El Salvaje

Guillermo Arriaga
El Salvaje

ALFAGUARA

El Salvaje

Primera edición: octubre, 2016

D. R. © 2016, Guillermo Arriaga

D. R. © 2016, derechos de edición mundiales en lengua castellana:
Penguin Random House Grupo Editorial, S. A. de C. V.
Blvd. Miguel de Cervantes Saavedra núm. 301, 1er piso,
colonia Granada, delegación Miguel Hidalgo, C. P. 11520,
Ciudad de México

www.megustaleer.com

ISBN: 978-607-314-842-9

Printed in Mexico – Impreso en México

El papel utilizado para la impresión de este libro ha sido fabricado a partir de madera procedente
de bosques y plantaciones gestionadas con los más altos estándares ambientales, garantizando
una explotación de los recursos sostenible con el medio ambiente y beneficiosa para las personas.

Penguin
Random House
Grupo Editorial

Para Mariana y Santiago, mis maestros

Sangre

Desperté a las siete de la noche después de una larga siesta. Hacía calor. Un verano demasiado caliente para una ciudad casi siempre fría. Mi cuarto se encontraba en la planta baja. Mi padre lo había construido con tablas de madera aglomerada junto al baño de visitas. Sin ventanas, iluminado por un foco pelón que colgaba de un alambre. Un catre, un buró pequeño.

Los demás habitaban en la planta alta. A través de las paredes de solo dos centímetros de grosor podía escuchar su trajín diario. Sus voces, sus pasos, sus silencios.

Me levanté sudando. Abrí la puerta del cuarto y salí. Toda mi familia se hallaba en la casa. Mi abuela, sentada en el sofá café, veía un programa de concursos en la televisión, un mueble enorme que ocupaba la mitad de la estancia. Mi madre, en la cocina, preparaba la cena. Mi padre, sentado en el comedor, revisaba los folletos de su viaje a Europa. Era el primer vuelo trasatlántico de cualquier miembro de nuestra familia. Mis padres viajarían a Madrid la mañana siguiente y por dos meses recorrerían varios países. Acuclillado, mi hermano Carlos, seis años mayor que yo, acariciaba al King, nuestro perro, un bóxer leonado con una notoria cicatriz en el belfo izquierdo, producto de una cuchillada que un borracho le sorrajó cuando de cachorro le brincó encima para jugar. Dentro de su jaula, Whisky y Vodka, los periquitos australianos, saltaban ansiosos de una percha a otra en espera de que mi abuela los cubriera con un trapo para poder dormirse.

9

A menudo sueño con esa imagen de mi familia al despertar de esa siesta. Fue la última vez que los vi juntos. A lo largo de los siguientes cuatro años todos estarían muertos. Mi hermano, mis padres, mi abuela, los periquitos, el King.

La primera muerte, la de mi hermano Carlos, llegó veintiún días después de esa noche. A partir de entonces mi familia se precipitó en un alud de muerte. Muerte más muerte más muerte.

Tuve dos hermanos. Los dos murieron por mi culpa. Y si no fui culpable del todo, al menos sí fui responsable.

Compartí con otro esa caverna llamada útero. Durante ocho meses un gemelo idéntico a mí creció a mi lado. Ambos escuchamos al unísono los latidos del corazón de nuestra madre, nos alimentamos de la misma sangre, flotamos en el mismo líquido, rozamos nuestras manos, pies, cabezas. Hoy, las resonancias magnéticas demuestran que los gemelos luchan por ganar espacio dentro del vientre materno. Son peleas violentas, fieramente territoriales, sin tregua, en las cuales uno de los gemelos termina por imponerse.

Las convulsiones dentro de su vientre mi madre no debió considerarlas como parte de una feroz batalla. En su mente las gemelas (ella pensaba que eran niñas) cohabitaban en armonía. No era así. En una de esas escaramuzas uterinas arrinconé a mi hermano al límite de la matriz hasta provocar que se enredara con su cordón umbilical. La trampa quedó tendida: en cada movimiento el cordón se fue tensando alrededor de su cuello, asfixiándolo.

La pelea terminó cuatro semanas antes de cumplirse los nueve meses de embarazo. Sin saberlo, mi madre se convirtió en el féretro de uno de sus gemelos. Durante ocho días cargó el cadáver en lo profundo de sus entrañas. Los jugos de la muerte inundaron el saco amniótico y emponzoñaron la sangre que me nutría.

Mi hermano, a quien vencí en la fetal pelea, cobró venganza. Casi me mata. Cuando el ginecólogo auscultó a mi madre, quien llegó a su consultorio quejándose de una indigestión, percibió el latido de un solo corazón que se debilitaba segundo a segundo. El médico dejó el estetoscopio y volteó hacia ella.

—Tenemos que practicarle una cesárea.

—¿Cuándo, doctor?

—Ahora.

La llevaron al hospital directo al quirófano. Con urgencia cortaron la línea cesariana. Sacaron el cuerpo tumefacto de mi hermano y luego a mí boqueando como un renacuajo fuera del fango.

Necesité trasfusiones sanguíneas. Envenenado por mi hermano requerí tiempo para destilar mi sangre y permitir que las toxinas se eliminaran. Estuve internado en el hospital dieciocho días.

En el lapso de los seis años que me lleva Carlos, mi madre tuvo tres abortos espontáneos. Dos niñas y un niño. Ninguno pasó de los cinco meses de gestación. Con el afán de concebir un hijo que pudiera sobrevivir esos fatídicos cinco meses y que el embarazo llegara a buen término, consultaron un médico tras otro y se sometieron a varios tratamientos. Desde hierbas hasta ejercicios pélvicos, de inyecciones de hormonas a intervalos de duchas frías y calientes, de medición de temperatura basal a posturas sexuales. Alguno debió resultar porque permitió mi llegada al mundo.

Mis padres regresaron a la casa devastados. Mi madre entró en depresión. No quiso atenderme ni alimentarme. Mi padre me rechazó. Presente en la cirugía en la que nací, arrastrado a la sala de operaciones por el caos y la velocidad de los hechos, se asqueó con la peste a cadáver impregnada en la piel de su hijo recién nacido.

Durante años dormí en un cuarto con dos cunas. Mis padres guardaron el trajecito en neutro amarillo destinado a mi hermano/hermana para cuando saliera del hospital. Lo extendieron sobre la que debió ser su cuna. A veces, por las noches, prendían el móvil infantil con figuras de jirafas y elefantes que colgaba del techo. El móvil giraba en la oscuridad con sus luces de estrellas, distrayendo una cuna vacía y una madre absorta.

Mi abuela paterna llegó a mi rescate. Se mudó a la casa cuando descubrió cuánta repulsa les provocaba a mis padres. Se dio a la tarea de darme el biberón, cambiarme los pañales, vestirme, hasta que mi madre despertó de su prolongado letargo y la naturaleza le devolvió el instinto materno cuando yo estaba por cumplir un año.

Algunos niños crecen con amigos invisibles, yo crecí con un hermano invisible. Como mis padres se aseguraron de que conociera a detalle la historia del malogrado parto, me sentí responsable de su muerte. Para subsanar la culpa jugué durante años con el fantasma de mi gemelo. Compartí con él mis juguetes, le conté mis miedos y mis sueños. En la cama siempre dejé espacio para que se acostara a mi lado. Y percibía su respiración, su calor. Cuando me miraba en el espejo sabía que él habría poseído las mismas facciones, el mismo color de ojos, el mismo cabello, la misma estatura, las mismas manos. ¿Mismas manos? Si una gitana le leyera las líneas de la palma de la mano ¿dirían lo mismo que las mías?

Mis padres lo llamaron Juan José, a mí Juan Guillermo. En la lápida de su diminuta tumba pusieron como fecha de su muerte la misma fecha de su nacimiento. Una mentira: Juan José había muerto una semana antes. Nunca nació. Nunca sobrepasó la etapa acuática, su condición de pez.

Crecí obsesionado con mi sangre. Mi abuela recalcó varias veces que yo había sobrevivido gracias a la generosa donación de seres anónimos que vertieron en mi corriente sanguínea sus glóbulos rojos, sus plaquetas, sus leucocitos, su hemoglobina, su ADN, sus preocupaciones, su pasado, su adrenalina, sus pesadillas. Durante años viví con la certeza de que dentro de mí habitaban otros seres, su sangre mezclada con la mía.

En una ocasión, ya adolescente, pensé en buscar la lista de donadores para agradecerles por haberme salvado la vida. Un tío me reveló una verdad que hubiese preferido no conocer: "Darles las gracias de qué, si los cabrones cobraron carísimo cada mililitro de sangre" (fue hasta años después que se prohibió el comercio con la sangre). No hubo donadores generosos, sino gente desesperada por vender su sangre. Jeringas extrayendo el petróleo de la vida de cuerpos marchitos, vencidos. Me desilusionó saberme nutrido por mercenarios.

A los nueve años vi correr mi sangre por primera vez. Jugaba futbol en la calle con mis amigos de la cuadra, cuando se voló el balón a casa de un abogado alcohólico y divorciado que cada vez que descendía de su automóvil dejaba ver una pistola escuadra fajada a su cintura. Las bardas de la casa estaban cubiertas por enredaderas y en la parte superior había pedazos de botellas rotas incrustados para disuadir a quien intentara traspasarlas. Como el abogado nunca estaba, se me hizo fácil trepar por entre las enredaderas, librar los vidrios afilados y saltar por el balón. La ida fue fácil, al regreso trepé de nuevo y al brincar hacia la acera sentí que mi pantalón se rasgaba. Caí al piso y me incorporé. Mis amigos me miraron, pasmados. Por mi pantalón roto empezó a chorrear sangre. Revisé mi pierna y descubrí una rajada profunda de la cual borbotaba un chisguete rojo. Abrí la herida con mis manos. Al fondo se veía un objeto blancuzco. Pensé que era un trozo de vidrio o algo que me había clavado. Era mi fémur. Empecé a ver negro. Por suerte una vecina llegó justo en el momento en que me senté sobre la banqueta, mareado y lívido, con un charco carmesí bajo mis pies. La mujer me cargó, me arrojó al asiento trasero de su Ford 200 y me llevó a una clínica de cuarta sobre la avenida Ermita Ixtapalapa, a diez minutos de distancia.

De nuevo trasfusiones. Más sangre de desconocidos. Un nuevo ejército de mercenarios bombeado por los ventrículos de mi corazón: prostitutas, dipsómanos, madres solteras, adolescentes calenturientos en busca de dinero para pagar una tarde de hotel, oficinistas despedidos y sin empleo, albañiles tratando de darles de comer a sus hijos, obreros completando para el gasto, adictos desesperados por una dosis. La marginalidad irrigando mis arterias.

El médico que me operó dijo que la mía era una herida de torero, que justo así los pitones penetran los muslos de los matadores y les cercenan la femoral, tal como se me cercenó a mí. Dio la casualidad que este médico había sido ayudante de cirugía en la Plaza México. En la lóbrega sala de operaciones de la inmunda clínica a la que me llevaron, él supo exactamente cómo suturar la femoral desgarrada. La destreza del médico y la pronta reacción de la mujer que me rescató impidieron que la vida se me escurriera por la pierna.

Estuve internado quince días. La clínica solo disponía de cuatro camas. En una de ellas dormían alternándose mi abuela, mi madre y mi hermano. A veces llegaban borrachos severamente intoxicados o heridos en accidentes de automóvil. Una tarde llegó un hombre al que habían acuchillado en el estómago y que se salvó también por las dotes quirúrgicas del joven médico.

Fue durante las noches que Carlos se quedó a velarme que realmente nos conocimos uno al otro. Los seis años y meses que nos llevábamos nos habían impedido convivir. Esa vasta distancia de edad se acortó en las horas que hablamos durante las madrugadas, en que se preocupó porque mi herida drenara, porque las enfermeras no olvidaran administrarme los antibióticos, por ayudarme a ir al baño, por limpiar con una esponja la extensa rajada que recorría mi pierna. Con genuino celo vigiló mi recuperación. Caí en la cuenta de que con él también había compartido el oscuro útero de nuestra madre, que éramos miembros de la misma nación de sangre. Del hermano invisible —Juan José— pasé al hermano visible —Carlos—. Descubrí que mi verdadero gemelo había nacido seis años y medio antes que yo y nos hicimos inseparables.

Durante dos meses el médico no me permitió cargar objetos pesados, agacharme o caminar, ni siquiera con muletas. Como mis padres no disponían de dinero para pagar una silla de ruedas, me montaban en una carretilla para llevarme hasta el salón de clases.

El primer día que pude salir por mi propio pie fui a buscar la mancha de sangre que quedó dibujada sobre la banqueta. Contemplé esa mariposa negra trazada por las muchas sangres de mi sangre, un recordatorio de la vida que casi se me vacía en el asfalto.

Mi madre me descubrió abstraído mirando la mancha. Salió con una cubeta, detergente y un cepillo, y me obligó a restregar hasta el último vestigio. La mancha desapareció, pero en el vidrio que me abrió un tajo desde la parte interna del muslo hasta la pantorrilla, quedaron remanentes de sangre seca que ni siquiera sucesivas lluvias pudieron borrar.

Un año después escalé la pared, con un martillo quebré el pedazo de botella que me había cortado y lo guardé en un cajón. Imagino que eso hacen los toreros con el cuerno del toro que los atraviesa.

Quedó en mi pierna una larga cicatriz de cuarenta centímetros de largo. Perdí sensibilidad atrás de la rodilla, alrededor del tobillo y en la parte externa del pie. La sensación de anestesia se soporta menos que la del dolor. Al menos con el dolor se siente aún viva esa zona del cuerpo. La anestesia es la casi certeza de que algo en ti ha muerto.

La mujer que me salvó esa tarde era la madre del que cinco años después se convertiría en mi enemigo, el asesino de mi hermano. Homicidio del que de alguna manera fui cómplice y que desató la cadena de muertes que asoló a mi familia.

Según una tribu africana, los humanos contamos con dos almas: una ligera y una pesada. Cuando soñamos es el alma ligera que sale de nuestro cuerpo y deambula por las periferias de la realidad; cuando nos desmayamos es porque el alma ligera se ha ausentado de súbito; cuando se marcha y jamás retorna es cuando enloquecemos.

El alma ligera viene y va. El alma pesada, no. Solo emigra de nuestro cuerpo en el momento en que morimos. Como el alma pesada no ha salido al mundo exterior, ignora cuál camino conduce hacia los territorios de la muerte, aquellos donde residirá para siempre. Por esa razón, tres años antes de la muerte, el alma ligera emprende un viaje para buscarlos. Como no sabe hacia dónde dirigirse, trepa a un baobab, el primer árbol de la creación, y desde ahí escudriña el horizonte para determinar el rumbo. Luego visita a mujeres en menstruación. Durante unos días las menstruantes experimentan los límites de la vida y la muerte. Entre sangre y dolor pierden al ser que pudo ser y ya no será. Durante su periodo menstrual, las mujeres se tornan sabias. Bordean las fronteras entre el existir y el no existir, y por eso pueden señalarle al alma ligera hacia dónde se halla el abismo de la muerte.

El alma ligera echa a andar. Recorre valles, cruza desiertos, escala montañas. Luego de varios meses, arriba a su destino y se detiene al filo del brumoso precipicio. Lo contempla, azorada. Frente a sus ojos se manifiesta el gran misterio. Regresa, le narra con detalle al alma pesada lo que ha visto y firme la guía hacia la muerte.

Luna

—No mames, Cinco —me dijo el Pato cuando terminé de contarles la leyenda africana. La había memorizado para la clase de Historia Universal en la secundaria. El profesor había dicho que si narrábamos un cuento que él no conociera o no pudiera adivinar el final, nos calificaría con diez. El libro donde la leí lo encontré entre las decenas que Carlos tenía regados en el piso de su cuarto. Una buena cantidad se los robó de bibliotecas o librerías. De casa de sus amigos no, porque decía que sus padres sufrían de mal gusto y solo coleccionaban best sellers.

A los dieciocho años mi hermano abandonó la escuela. Mi padre enfureció al saberlo. Para él la educación era clave para conseguir la vida a la cual nunca pudo acceder. Se esforzó para darnos la mejor posible. Él y mi madre trabajaron jornadas dobles para pagarnos escuelas privadas. Carlos y yo fuimos los únicos de la cuadra que no estudiamos en las escuelas públicas de la zona: la primaria Centenario, la secundaria 74 y la preparatoria 6. Decepcionado, mi padre amenazó a mi hermano con no darle un solo centavo si no estudiaba. A Carlos no le importó. A los diecinueve ganaba bastante más dinero que él.

—La neta, la historia está muy cursi —agregó el Jaibo.

Al Jaibo, al Pato, al Agüitas y a mí nos gustaba sentarnos por las noches a platicar en el tendedero de la azotea de la señora Carbajal. A los trece años el Jaibo fumaba dos cajetillas diarias de Delicados. Fumaba a lo idiota porque ni siquiera sabía dar el golpe. Al Agüitas —así le decíamos porque era sentimental y a menudo se le aguaban los ojos— le gustaba llevar cervezas para compartirlas con el Pato. Yo no bebía ni fumaba. Había decidido hacer sobrio lo que otros solo se atreverían a realizar ebrios.

En la colonia, la mayoría nos refugiábamos en las azoteas. Nadie nos molestaba ahí. Después del desmadre del 68, de la matanza de estudiantes en Tlatelolco y de la paranoia comunista del gobierno, las Julias —camionetas policiales cerradas con dos bancas de madera en su interior donde hacinaban a los detenidos— recorrían a diario la colonia. Los policías vigilaban de pie montados sobre la defensa trasera, sosteniéndose en un par de barras afianzadas a las puertas. Si te veían en la calle brincaban de la Julia, te apresaban bajo cargos de vagancia y sedición (aunque ninguno de ellos sabía lo que la palabra significaba) y te llevaban a los separos con las esposas tan apretadas que te cortaban el flujo sanguíneo. Una vez encerrado no cesaban de golpearte, patearte y darte toques eléctricos en los testículos hasta que alguien llevara dinero suficiente para sobornarlos y así te soltaran. En el mejor de los casos te correteaban para pegarte de macanazos, "a ver si así aprendes a traer el pelo corto como hombre y no como una mujercita". Te dejaban ir después de amenazarte: "Si volvemos a verte en la calle con el pelo largo te castramos, cabrón, para que seas vieja de verdad".`

Los únicos indemnes al acoso policial eran los "buenos muchachos", aquellos que pertenecían al Movimiento de Jóvenes Católicos. Los buenos muchachos llevaban el cabello al ras, vestían con camisa de manga larga abrochada hasta el cuello y un crucifijo colgando. No decían "malas palabras", asistían diario a misa, ayudaban a las señoras a cargar las bolsas del supermercado y llevaban comida a los orfanatorios. Eran el ideal de una madre o una suegra: buenos hijos, buenos estudiantes, buenos muchachos. Limpios, decentes, ordenados, trabajadores, morales.

La noche era caliente. El calor se desprendía de los ladrillos del techo, sin viento que nos refrescara. El Jaibo no paraba de fumar. Prendía el cigarro con la colilla del que acababa de terminar.

—¿Por qué es cursi? —cuestioné al Jaibo.

—Pues porque es cursi.

—¿Tú qué sabes, cabrón? Si hasta hace poco creías que a las mujeres les venía la regla porque habían dejado de ser vírgenes —me burlé.

El Jaibo provenía de Tampico. Su padre, un marino, había muerto al caer borracho desde lo alto de la proa del barco mercante donde trabajaba. La viuda, igual de alcohólica, llevó de arrimados a sus cinco hijos a la Ciudad de México a casa de un hermano recién casado. El pobre tipo, con su escaso sueldo de topógrafo, se vio obligado a mantener a los seis gorrones.

—Yo sé todo de las mujeres —afirmó.

—A ver, dime qué es el himen —lo reté.

El Jaibo se quedó callado. No iba a saber nunca lo que era un himen. El Pato le dio un trago a su cerveza y se volvió a verme.

—¿A poco una vieja a la que le está bajando sabe dónde se halla la muerte? —dijo con sorna.

—Pues cuando les baja pierden al que pudo haber sido un bebé —respondí.

—Y cuando me masturbo, ¿también me hallo en estado de sabiduría? —intervino el Agüitas—. Salen un chingamadral de espermatozoides que también pudieron ser bebés.

Los tres se reían, burlones, cuando se escuchó una voz a nuestras espaldas.

—No sean tarados.

Volteamos. Era Carlos. Quién sabe cuánto tiempo llevaba ahí, escuchándonos. Caminó hacia nosotros. Mis amigos se intimidaron. Carlos mandaba en la cuadra. Se paró frente al Agüitas.

—Las mujeres solo tienen entre cuatrocientos y seiscientos óvulos. Y cuando menstrúan el óvulo sale en pedazos ensangrentados y a ellas les duele un montón. Las hormonas les cambian el humor, les hinchan el cuerpo. A ti te salen los espermatozoides hasta dormido y cuando te chaqueteas es pura felicidad. Ellas saben cosas que nosotros los hombres no tenemos ni idea.

Mis amigos se quedaron callados. No había manera de rebatirlo. Carlos leía compulsivamente filosofía, historia, biología, literatura. Había dejado la escuela aburrido, harto de leer lo que él consideraba textos mediocres. Sus conocimientos eran vastos y se expresaba como nadie más en la colonia podía. Usaba el lenguaje con precisión y sabía el significado de palabras rimbombantes y desconocidas. Aunque mis amigos tuvieran tantos conocimientos como él, no se atreverían a desafiarlo. Le temían. Todos le temían.

Carlos señaló la cajetilla de Delicados que asomaba por entre la bolsa de la camisa del Jaibo.

—Regálame un cigarro —le pidió.

El Jaibo se irguió para entregarle la cajetilla en la mano. Carlos sacó un cigarro y el Jaibo le extendió un encendedor. Carlos prendió el cigarro, examinó la cajetilla como si se tratara de un objeto extraño, la estrujó hasta despedazarla y luego la arrojó hacia la calle. El Jaibo se volvió a mirarlo, indignado.

—¿Por qué hiciste eso?

—Para que no te mueras de cáncer —contestó mi hermano sin aspavientos mientras apagaba el cigarrillo contra el alambrado. Yo me sonreí y al notarlo Carlos sonrió también. Volteó a mirar la Luna—. En cuarenta y siete días el Apolo XI va a aterrizar ahí en el Mar de la Tranquilidad —dijo y apuntó hacia un sitio indefinible.

Los cuatro volvimos la vista hacia la Luna. El viaje imposible soñado por la especie humana estaba a punto de cumplirse.

—La gravedad en la Luna es seis veces menor a la nuestra —añadió sin dejar de mirarla.

—¿Cómo? —preguntó el Agüitas.

Carlos sonrió.

—Te explico: si la obesa de tu madre acá pesa como cien kilos, allá pesaría solo dieciséis.

21

Carlos sabía del temperamento sentimental del Agüitas y que una broma como esa era capaz de hacerle soltar un par de lágrimas, pero el Agüitas estaba muy concentrado en entender la conversión aritmética como para llorar. Además, Carlos fue indulgente: en realidad la madre debía pesar ciento cuarenta kilos.

—Para poder retornar a la Tierra, la nave necesita impulsarse con la fuerza gravitacional de la Luna. Si el Apolo XI no llega a entrar a la órbita lunar, se seguirá de largo y nada podrá regresarlos —continuó.

Mi hermano ya me había explicado esa posibilidad. Me horrorizaba pensarlo. Tres hombres montados en una nave pierden la oportunidad de volver y se desvían hacia el infinito. Tres hombres mirando por la escotilla el planeta que se aleja y se aleja. ¿Qué descubrirían en su trayecto hacia la nada? ¿Qué sentirían allá arriba, flotando a la deriva en el espacio sin fin? ¿Se dejarían morir lentamente o llevarían pastillas de cianuro para hacer más rápido el desenlace? ¿Cuánto tiempo les duraría el oxígeno antes de entrar en el sopor irreversible de la muerte? ¿Pelearían por la comida en un intento por vivir aunque sea un par de días más? Lejos de entusiasmarme, la conquista lunar me angustiaba. Trillizos en un útero de metal, flotando en el falso líquido de la gravedad cero, luchando uno contra el otro por sobrevivir, era una metáfora demasiado próxima y dolorosa para mí.

Carlos me pegó con el pie en la suela del tenis.

—Vámonos a cenar.

Estiró la mano para ayudar a levantarme.

—Nos vemos mañana —me despedí de mis amigos.

Carlos y yo partimos, sorteando alambres, cables, tenderos, tinacos. Llegamos a la orilla de la azotea de los Ávalos. Para poder continuar hacia nuestra casa era necesario saltar el metro y medio que mediaba entre la azotea de los Ávalos y la de los Prieto. Por lo general brincábamos sin mayor precaución. Era parte de la rutina diaria. Pero existía un riesgo real. Cuatro meses antes, Chelo, una linda flaca de ojos azules y diecisiete años, y su novio, el Canicas, habían ido a coger una noche escondidos entre la ropa colgada en los tendederos de los Martínez (lo supusimos por el par de condones resecos que hallamos tirados ahí al día siguiente). Al regresar a oscuras ella intentó saltar primero, pero no calculó bien la distancia y se precipitó al vacío. Cayó de rodillas sobre el cofre del Coronet del señor Prieto. Los amortiguadores del auto le salvaron la vida al absorber el impacto. Ambos fémures estallaron en la caída, pero la columna y el cráneo quedaron intactos. Y tuvo suerte, porque Colmillo, el enorme perrolobo de los Prieto, cruza de una perra alaskan malamute con un lobo canadiense, estaba encadenado. De estar suelto la hubiera descuartizado. Fernando Prieto salió al patio alarmado por el golpe sobre el automóvil y por los ladridos de Colmillo. Encontró a Chelo tirada sobre el piso con los muslos traspasados por decenas de fragmentos de hueso.

Chelo tardó año y medio en recuperarse de las fracturas luego de una dolorosa rehabilitación. Sometida a varias operaciones, su pierna quedó cuadriculada en cicatrices. Por las tardes salía a recorrer la calle en muletas, apenas manteniendo el equilibrio. Luego regresaba a su casa a cumplir con una exhaustiva terapia de ejercicios. Se escuchaban del otro lado de la barda las instrucciones del terapeuta y los gemidos de dolor de Chelo. Aun en su suplicio, siempre la vi sonreír. Alegre, divertida, de invariable buen carácter. Años después Chelo me hizo el amor con tal dulzura que me salvó de enloquecer.

Carlos saltó primero y se detuvo a esperarme. Salvé la distancia sin problema. Cruzar el vacío me excitaba. A veces dificultaba mis saltos solo para acentuar la sensación de peligro: brincar sin impulso, con los ojos cerrados, con las manos atrás. Carlos me sorprendió un día haciéndolo. Furioso comenzó a regañarme, pero no le hice caso y salté de nuevo. Carlos me alcanzó y me tomó de los hombros. Luego me levantó en vilo —yo tenía once años entonces— y se paró en la orilla, amagando con aventarme al vacío.

—¿Quieres peligro, cabrón?

Miré hacia abajo. Seis metros de altura. Lejos de darme miedo, me pareció gracioso y empecé a carcajearme.

—¿Qué te pasa? —preguntó Carlos desconcertado.

Había armado su numerito para darme una lección, y yo en lo alto de sus brazos, a nada de resbalarme hacia el fondo y sin parar de reír.

Carlos se giró y me tumbó sobre el piso de la azotea de los Ávalos.

—Nunca más lo vuelvas a hacer —me advirtió— o te rompo tu madre.

Sonreí y sin impulso salté de ida y de vuelta el metro y medio y luego eché a correr por entre los techos.

Caminamos hacia la azotea de nuestra casa. Al acercarnos empezamos a escuchar en la oscuridad los chillidos de las chinchillas. Carlos criaba cientos de ellas. En los techos de las casas de los Prieto, los Martínez y la nuestra había establecido un criadero. Docenas de minúsculas jaulas apiladas una encima de otra, un condominio de roedores de piel fina. En días de calor la peste a orines ondulaba por las casas. Para evitar quejas, Carlos le pagaba a Gumaro, un joven mulato con ligero retraso mental, para que fregara la azotea tres veces al día con cloro y desinfectante.

Carlos sacó una linterna del bolsillo del pantalón e iluminó alrededor. Deslumbradas, algunas chinchillas corrieron en círculo golpeándose contra los barrotes. Otras se levantaron sobre sus patas en un intento por adivinar qué sucedía. Carlos cargaba con la lámpara para localizar gatos cimarrones, los enemigos de su negocio. Los gatos metían sus zarpas por entre los barrotes de las jaulas, atrapaban las cabezas de las chinchillas, les mordisqueaban el hocico para asfixiarlas y luego las desmembraban en tiras para comerlas.

Mi hermano escondía dentro de una perrera un oxidado rifle calibre 22 de un tiro. Si encontraba un gato merodeando, sacaba el rifle, le apuntaba a la cabeza y disparaba. La mira del rifle no era precisa y a veces el tiro les pegaba en la panza. No era raro encontrar gatos moribundos debajo de los carros en las cocheras, gimiendo de dolor, arrastrando sus intestinos perforados.

El negocio de las chinchillas inició cuando un tío le regaló a Carlos una hembra en su cumpleaños dieciséis. Un par de semanas después, Carlos compró un macho. Las chinchillas se aparearon y en menos de dos meses la pareja engendró diez crías. En una revista Carlos leyó sobre lo cotizado de su piel. Se fue al centro y averiguó que un empresario textil judío compraba pieles de chinchilla al mayoreo. Pidió permiso a mis padres para construir jaulas en la azotea y compró veinte chinchillas más. Al año y medio ya vendía cerca de cuatrocientas pieles mensuales. Organizó la crianza para que las hembras parieran al ritmo que demandaba la producción.

Aunque Carlos ganaba un dineral con las chinchillas, ese no era su principal negocio.

Humedad

Viví partido entre dos mundos. Uno, el de la colonia, el lugar al cual sentía pertenecer, mi territorio de calles y azoteas. El otro, la escuela privada que mis padres pagaban con gran esfuerzo. Escuela de compañeritos que viajaban a Nueva York y Europa. Escuela donde había que llamar "miss" a las maestras, que nos obligaba a hablar en inglés en los recreos, que se preciaba de disciplina de hierro. Escuela que yo sentía como una prisión y que se negó a becarnos. "La buena educación cuesta, señora", le dijo la dueña a mi madre cuando fue a requerir una oportunidad para pagar a plazos. La humillación de ir a rogarle a la directora debió acongojarla. "Solo denos hasta fin de año para pagarle, cuando mi esposo reciba su bono", imploró mi madre. "Tengo que pagarle a los maestros, lo siento", replicó la dueña-directora-usurera-cabrona.

Esa noche, en la cena, recuerdo a mi padre ensimismado después de que mi madre le informó que la directora nos expulsaría si se retrasaba un mes el pago de las colegiaturas.

—Voy a conseguir el dinero —dijo mi padre con voz queda.

—¿De dónde? —preguntó mi madre.

Mi padre se mantuvo callado un momento. Se llevó la mano a la cabeza y se sobó la frente.

—Puedo pedir prestado a la empresa.

—¿Sí? ¿Y luego cómo les pagamos?

Mi padre giró el cuello para sacudirse la tensión.

—Deberíamos cambiarlos a una escuela pública —sentenció mi madre.

Mi padre volteó a verla como si lo hubiese insultado.

—Su educación es nuestra única herencia —aseveró.

Volvieron a quedarse en silencio. Mi padre suspiró hondo y tomó a mi madre de la mano.

—Vamos a pagarlo, no te preocupes.

Ellos pensaban que por verme reconcentrado en mi plato no prestaba atención a lo que susurraban. A mis nueve años aún convalecía de la pierna. Mis padres habían gastado el total de sus ahorros en mi operación y en los costos médicos y hospitalarios. Desconfiados del gobierno, se negaban a que nos atendieran en las clínicas del Seguro Social. Nada público, nada que oliera a burocracia estatal. Ni escuelas, ni hospitales, ni trabajos. Y ahora, no hallaban el modo de pagarnos la escuela privada.

Carlos me acompañó a mi cuarto. Mi padre lo había construido en la planta baja para evitar que subiera las escaleras mientras me reponía de mi accidente (nunca volví a habitar en la planta alta). Se sentó en mi catre, pensativo.

—¿Crees que nos cambien de escuela? —le pregunté.

Carlos empezó a mascullar, irritado.

—Le voy a romper la madre a esa pinche vieja, no tiene ningún derecho a tratar a mi mamá así.

Apretó la mandíbula, se puso de pie y jaló las sábanas.

—Ya acuéstate —ordenó.

Me metí en la cama y Carlos me tapó con la cobija.

—Buenas noches —dijo, me hizo una pequeña caricia en la frente y salió.

Mis padres lograron pagar la escuela a tiempo. Saldaron esa y otras deudas con la venta del Mercury que mi padre adoraba. Se sentía orgulloso de haberlo adquirirlo con años de arduo trabajo. Ahora el Mercury y el orgullo se perdían.

Sin automóvil, no le quedó a mi padre otra alternativa que usar transporte público. Lo recuerdo levantándose a las cuatro y media de la mañana para bañarse, desayunar y salir hacia el paradero de camiones de la línea Popo-Sur 73, ubicada al otro lado de Río Churubusco. Lo recuerdo volviendo a las diez de la noche, agotado después de trabajar dos turnos.

Ya no hubo tampoco quien nos llevara a la escuela. A las seis de la mañana Carlos y yo salíamos de la casa y caminábamos hasta la estación de trolebuses en San Andrés, Tetepilco. Cruzábamos unos llanos donde se dibujaban con cal irregulares canchas de futbol que se inundaban con las lluvias y se convertían en un lodazal. Saltábamos de una piedra a otra para no mancharnos de lodo el uniforme, pero era inevitable resbalar y salpicarnos.

A la entrada de la escuela nos recibía un conserje que se encargaba de inspeccionar la limpieza de los uniformes, el largo del pelo de los hombres, el largo de las faldas en las mujeres y la higiene personal (uñas recortadas, orejas lavadas). Varias veces me devolvió a la casa por llevar manchas de lodo en los pantalones. Como no había nadie que me pudiera recoger, Carlos se veía forzado a irse conmigo. No la pasábamos mal. Nos íbamos al Museo de Ciencias Naturales a ver los animales disecados o nos colábamos a las caballerizas del Hipódromo para mirar cómo entrenaban y cuidaban a los purasangre.

A los cuatro meses de que mis padres lograron regularizar el pago de las colegiaturas, que equivalían al sesenta y cinco por ciento del salario de doble turno de mi padre, fueron llamados con carácter de urgencia por la directora, advirtiéndoles que era indispensable la presencia de ambos.

Mis padres arribaron nerviosos y preocupados. Nunca los había llamado con esa premura. En el largo trayecto de camión hasta la escuela, imaginaron lo peor: un accidente, una golpiza, un robo.

La cabrona directora, sin importarle haber sacado a mis padres de sus respectivos trabajos, los hizo esperar casi dos horas. Dos horas que les hubieran significado no perder el día laboral ni apresurarse para llegar a tiempo.

Cuando entraron a la oficina de la directora me hallaron ahí sentado. Mis padres me miraron con azoro. Pensaron que los habían requerido por Carlos, en ese entonces cada vez más rebelde, pero nunca imaginaron que se tratara de mí.

La directora los invitó a tomar asiento. Mis padres se acomodaron en las sillas tapizadas en piel. La directora me señaló.

—Hemos decidido expulsar a Juan Guillermo de manera definitiva e inapelable.

Mis padres se miraron entre sí y luego mi madre me miró a mí.

—¿Qué hizo? —preguntó casi en un susurro.

La directora abrió la boca en un gesto de indignación.

—Alumnos como su hijo no podemos tolerarlos en esta escuela.

—¿Pero qué hizo? —insistió mi madre.

La directora, que se hacía llamar Miss Ramírez, volteó a verme y levantó el mentón.

—Que él les diga.

Mis padres aguardaron mi respuesta. No me atreví a hablar. La directora se paró junto a mí, intimidante.

—Anda, dile a tus padres lo que hiciste.

La miré de reojo. Mi madre se giró hacia mí.

—Dinos qué hiciste.

Me mantuve en silencio. La Miss Ramírez se dirigió a mí en inglés a sabiendas de que mis padres no lo hablaban.

—Come on, tell them. Don't be a coward.

Seguí callado. Lejos de amedrentarme, la actitud de la directora me provocó más y más rabia.

—No pueden expulsarlo a mitad del ciclo escolar —sostuvo mi madre.

—Yo expulso a quien quiero y cuando quiero, señora. Y ya que este muchachito se niega a decirles qué hizo, tendré que decírselos yo…

Justo cuando iba a soltar su perorata, la interrumpí.

—Besé a una niña, ma.

Mi padre, que se había mantenido al margen, increpó a la directora.

—¿Va a expulsar a mi hijo por besar a una niña?

—Por supuesto que no, señor, lo voy a expulsar porque lo hallamos semidesnudo, abusando sexualmente de una niña la cual también estaba semidesnuda. Su hijo cometió una gravísima falta moral que en esta escuela no será permitida.

—Pero si mi hijo es un niño.

—No, señor, su hijo es un pervertido.

Salón. Recreo. Silencio. Miradas. Respiración. Latidos. Manos. Falda. Rodillas. Muslos. Piel. Caricias. Miradas. Calzones. Respiración. Latidos. Roce. Pubis. Cercanía. Temblor. Miradas. Roce. Pubis. Silencio. Calzones. Dedo. Pubis. Humedad. Gemido. Respiración. Pantalón. Cierre. Manos. Aliento. Miradas. Temblor. Botones. Manos. Pito. Erección. Roce. Panocha. Roce. Miedo. Excitación. Miradas. Fricción. Pito. Panocha. Dentro. Humedad. Sudor. Piel. Latidos. Respiración. Campana. Miradas. Separación. Silencio. Despedida. Salón. Puerta. Silencio. Latidos. Voces. Compañeros. Maestra. Salón. Miradas. Secreto.

Carlos apagó la linterna, sacó el rifle de la perrera y colocó una bala en la recámara.

—A ver si se aparece un gato —dijo y se recargó en la pared.

Guardamos silencio. Las chinchillas chillaban en la oscuridad. En el cielo, la Luna próxima a ser conquistada. ¿Se puede conquistar lo inconquistable? La mácula de una nave mancillando el Mar de la Tranquilidad. El hombre y su obsesión por pisotearlo todo.

A lo lejos se escuchaban los carros transitando por Río Churubusco. Lo que ahora era una avenida antes había sido un caudal transparente donde habitaron peces, ranas, ajolotes y tortugas y en el que mi padre y sus amigos nadaban en las tardes de calor. Río Piedad, Río Mixcoac, Río de los

Remedios. Ríos y convertidos en avenidas, aplastados por toneladas de asfalto. La masacre acuífera de mi ciudad.

—¿Cómo se llamaba la chava que te cogiste en la primaria? —preguntó Carlos.

—Yo no me cogí a ninguna chava.

Carlos sonrió. Su silueta recortada contra la noche. Sobre el cañón del rifle brilló la luz de la Luna próxima a ser pisoteada.

—La chava esa, hombre, ya sabes cuál.

—Fuensanta.

—Ándale, esa. Se me había olvidado. Fuensanta. ¡Carajo! ¿No pudiste escoger a alguien con otro nombre? Fue Santa. No te mides, me cae.

Carlos encendió la linterna para revisar las jaulas. Los ojos de las chinchillas brillaron rojizos. Volvió a apagarla.

—¿Te chupaste el dedo después de metérselo en la puchita?

Por supuesto que me lo había chupado, olido, vuelto a chupar. Guardé su sabor en mi lengua. Lo paladeé. Fuensanta. Fuente Santa, fuente de los secretos, fuente húmeda.

—Ya te dije que no —le respondí molesto.

Carlos sonrió. Cien veces me había hecho la misma pregunta, cien veces le había dicho que no. Cien veces le había mentido y cien veces él esperó que le dijese la verdad.

—Te apuesto a que tu dedo todavía huele a Fuensanta.

Sí, mi dedo aún huele a Fuensanta y nunca dejará de oler a ella.

—Mi dedo no huele a nada —le dije.

—Cómo hiciste llorar a mi mamá por andar de caliente con Fue Santa.

Escuchamos a las chinchillas revolverse, nerviosas. Carlos prendió la linterna. Unos ojos amarillos resplandecieron entre las jaulas. Carlos subió el rifle y acomodó la linterna para iluminar la mira. Al sentir la luz el gato saltó a la barda. Se disponía a escapar cuando sonó el balazo. El gato soltó un bufido y se desplomó hacia la calle. Corrimos a asomarnos.

El gato estuvo tirado boca arriba un rato, se incorporó tambaleante y se perdió debajo de un carro.

—Ese gato no volverá a comer chinchilla —sentenció Carlos.

Algunos psicólogos sostienen que cuando un gemelo pierde al otro, por muerte, separación o por cualquier otro motivo, queda en él un hondo sentimiento de abandono. El gemelo solitario vive con la huella de una amputación, una herida imborrable. El gemelo solitario busca entonces compañía que subsane ese hueco emocional. En mi caso no fueron amigos o compañeros de juegos, sino mujeres. Desde niño, a los cuatro o cinco años, solo pensaba en mujeres, en un hondo deseo de sentir su proximidad, su mirada, su desnudez. Acariciar la piel femenina me aliviaba esa comezón de ausencia. En un inicio eran simples roces a un brazo, un atisbo de muslos. Hasta que llegó Fuensanta.

La directora, plantada en medio de su oficina, no cesó de mirarme con reprobación. Mi madre con la cabeza gacha, apenada.

Mi padre se enderezó sobre su silla.

—¿Quién lo vio?

—Media escuela, señor Valdés. Su maestra, varios alumnos. Juan Guillermo tenía los pantalones a las rodillas y estaba toqueteando a una compañerita a la cual le había bajado los calzones.

Mi madre empezó a llorar quedito. Yo con más y más rabia. Y mi padre abstraído tratando de armar el rompecabezas.

—¿Y la muchachita?

—La muchachita ¿qué?

—¿Lo consintió o Juan Guillermo la forzó?

—Es obvio que la forzó, señor Valdés.

Me puse de pie y encaré a la directora.

—No es cierto. Ella también quiso.

—Tú te callas y te sientas —ordenó la directora.

—No es cierto —repetí indignado—, yo no la forcé.

—Siéntate ya —volvió a ordenar.

Me quedé de pie. Mi padre volteó hacia la directora.

—¿Qué dice la niña?

—¿Qué va a decir? Por favor…

—¿Qué dice? ¿La forzó o estuvo de acuerdo?

—Por supuesto que no estuvo de acuerdo.

—Quiero oírlo de su boca —dijo mi padre, molesto.

—Ya bastante está comprometida su dignidad de mujer como para exhibirla aún más —dijo la directora con cursilería telenovelera.

Mi padre comenzó a exaltarse.

—Supongo que la va a expulsar a ella también.

—Supone mal. Aquí solo hay un responsable y ese es Juan Guillermo. Se va expulsado para siempre. No lo queremos en esta escuela.

—Ella también quiso —insistí.

—Deja de decir mentiras —espetó la directora.

La rabia.

—No son mentiras. Los dos quisimos.

La directora dio media vuelta y fue a sentarse a su escritorio.

—No voy a hablar más del asunto. Este niño se va expulsado y de una vez también Juan Carlos. No los quiero aquí. Y hagan el favor de salir porque tengo cosas que hacer.

Mi padre se inclinó hacia ella, irritado.

—¿Qué tiene que ver Juan Carlos con esto?

—No me gusta cómo están educados sus hijos, señor Valdés, y le ruego se retiren.

—¿Qué? —preguntó mi padre, incrédulo.

Como si no existiéramos, tomó unos papeles y se puso a leerlos. Su actitud me encendió. Arranqué hacia el escritorio de la directora, le arrebaté los papeles y los arrojé al piso.

—¿Qué haces, idiota?

Tiré lo que había encima de su escritorio. La directora se levantó y se replegó hacia una vitrina.

—¡Su hijo es un demonio! —les gritó a mis padres—. Lárguense o llamo a la policía.

Mi madre me tomó de la mano y me llevó hacia la puerta. Mi padre —notablemente furioso— intentó decirle algo, pero mi madre lo impidió jalándolo del antebrazo.

—No te rebajes —le dijo y se volvió hacia mí.

—Ve al salón y recoge tus cosas —ordenó.

—Les juro que ella también quiso —les dije.

—Ve por tus cosas —repitió mi madre.

Fui al salón por mis pertenencias. El grupo se hallaba en clase. La maestra me permitió entrar bajo la consigna de que no tardara más de un minuto. Tomé mis útiles, mis cuadernos y mis libros y los metí en mi mochila. Mis compañeros no dejaron de observarme, cuchicheando entre ellos. Me dispuse a partir. Crucé una mirada con Fuensanta y salí. Esa fue la última vez que la vi en mi vida.

Lluvia

—¿Qué dijiste? —escuché a alguien preguntar a mis espaldas mientras jugábamos futbol en la calle. No quise distraerme, el equipo del Pulga Tena estaba por meternos gol.

—¿Qué dijiste? —insistió la voz. Despejé el balón y volteé. Antonio, uno de los buenos muchachos, de los venerados jóvenes católicos de la colonia, me miraba con dureza.

—¿Qué dije de qué?

Antonio era tres años mayor que Carlos, sus padres eran dueños de una papelería en el Retorno de al lado. Era un gordo grandote, de pelo rizado muy corto y, como los demás buenos muchachos, vestía camisa de manga larga, camiseta blanca y un crucifijo al cuello.

—Lo que le dijiste a tu amigo.

—No me acuerdo.

—Pues te tienes que acordar.

Me empecé a reír. No entendía qué quería el gordo.

—Pues no me acuerdo.

Dio un paso más hacia mí.

—¿Qué le gritaste a él?

Señaló al Papita, quien, como los demás, había detenido el partido para escucharlo.

—¿A la Papita? ¡Ah, ya me acordé! Le grité que no fuera pendejo y despejara el balón.

Antonio clavó su mirada en mí.

—Es la última vez que tú o cualquiera de tus amigos vuelven a decir malas palabras en la calle.

No comprendí a qué se refería.

—¿Qué?

—Que no vuelvan a decir groserías. A las mujeres de esta calle las respetan.

Volteé alrededor: no había ninguna.

—¿Cuáles mujeres? —pregunté y me eché a reír.

—Te lo advierto —dijo y se volvió hacia los demás—. Se los advierto.

Se dio media vuelta para partir. No había avanzado más de diez metros cuando grité lo más fuerte posible.

—Chinguen a su madre los pinches pendejos putos.

Todos nos reímos. Colérico, Antonio se devolvió y se fue directo hacia mí. Me soltó una bofetada que me tumbó. El Chato Tena se le lanzó encima, pero Antonio, más alto y fornido que nosotros, y nueve años mayor, tomó al Chato de los hombros y con una llave de judo lo levantó y lo azotó contra el suelo (los buenos muchachos practicaban judo y karate). Me incorporé y le pegué un puñetazo en la oreja, pero logró agarrarme de la camisa y con un movimiento me estrelló de cara contra el asfalto.

Los demás ya no intervinieron. Antonio me apuntó con el dedo.

—Te lo advierto: no quiero volverlos a escuchar decir una mala palabra.

Se giró hacia mis amigos.

—Les enseñaremos a respetar por las buenas o por las malas. Si no soy yo, alguien más de los nuestros va a venir a ponerlos en orden. Así que más les vale que se anden con cuidado.

Miró desafiante al grupo y se alejó sin mirar atrás. De nuevo sangre, mucha sangre, ahora borbotando de mi nariz.

La tarde en que hice el amor con Chelo por primera vez, no paró de llover. No había cesado de llover desde la mañana del día anterior en que enterramos a mis padres como no dejó de llover el día en que sepultamos a Carlos. Murieron tres años después que él. Derraparon en la carretera y su auto

36

voló hacia un precipicio. Por más que intentaron, mi madre y mi padre no pudieron superar la muerte de Carlos. Padres fantasmas deambulando por la casa, con la culpa de haber disfrutado un viaje por Europa mientras su hijo moría asesinado en una azotea cercana. Padres fantasmas que de pronto se quebraban en sollozos a la mitad de la cena. Padres fantasmas a quienes descubría en las madrugadas mirando el lugar vacante donde mi hermano acostumbraba sentarse a la mesa. Padres fantasmas.

Trabajaron más duro que nunca. De nuevo mi padre logró comprar otro automóvil, pero no hubo ahora orgullo ni satisfacción. Fue comprado a base de dolor, lágrimas, una depresión bestial. Tan bestial que mi padre no notó la muerte de mi abuela, también deprimida, atormentada por no haber podido evitar la muerte de su amado nieto. Mi abuela murió frente al televisor, mirando uno de sus programas de concurso. Débil, anoréxica, cerró los ojos y expiró sin un quejido. Mi padre, sentado en la mesa del comedor leyendo por enésima vez en la caja las virtudes nutricionales de un cereal, no se percató de que la vida de quien le había dado la vida se había extinguido. Tan fantasma mi padre que apagó la luz del comedor, le dio las buenas noches a mi abuela ya muerta, la besó en la frente y subió a su recámara. Yo fui quien tocó a su puerta en la madrugada para avisarle que mi abuela había dejado el televisor encendido y ya no se movía. Mi padre huérfano hacia arriba y hacia abajo, huérfano de madre y de hijo.

Mis padres compraron ese auto como un misil para su muerte. Una bala en cuatro ruedas que usaron para suicidarse. Mi padre, considerado por sus amigos como un experto de manejo en carretera, perdió el control del auto en una sencilla curva. Él y mi madre se precipitaron a un voladero de cuarenta metros de altura. Iban de camino al pueblo natal de mi abuela, a depositar las cenizas en un panteón en medio de la selva tamaulipeca.

Los diez deudos que soportamos la lluvia durante su entierro quedamos mojados y enlodados ("desaseados" habría dicho el conserje de mi escuela). Mis amigos se mantuvieron a mi lado, el Agüitas llorando sin parar.

La tormenta no dio tregua para el entierro. Agua encharcando las fosas donde mis padres serían sepultados. Agua cayendo mientras los enterradores arrojaban paletadas de lodo al féretro. Agua y más agua. Los peritos determinaron que el pavimento mojado ocasionó que el auto patinara. Yo sabía que no. Mi padre debió mirar a mi madre, ella debió devolverle la mirada y ambos supieron que ya no podían ni querían resistir más. Mi padre debió levantar las manos del volante y permitir que el carro avanzara sin control hacia el desbarrancadero. Eso creo yo.

Nadie de quienes me acompañaron en el auto habló al regreso del entierro. Cada quien ensimismado en sus pensamientos, tiritando. Mis tíos me dejaron en la casa y mis amigos partieron, abatidos. Me quedé solo. Entré a la casa donde me aguardaban unos periquitos y un bóxer leonado. La enorme casa donde ahora habitaban mis hermanos invisibles, mis padres invisibles, mi abuela invisible.

Al día siguiente por la tarde salí a la calle. Di vueltas y vueltas caminando bajo la lluvia. No podía tolerar seguir en la casa. Chelo me vio desde la ventana. Abrió la puerta y en medio de la tormenta cojeó hasta mí. Me dio un abrazo. No un pésame, no un "lo siento", solo un abrazo.

Hicimos el amor esa tarde en el catre de mi cuarto, mi cubil de animal herido. Chelo me pidió apagar la luz. No quería que me horripilara con las cicatrices en sus piernas, sus muslos masacrados por diez cirugías que reconstruyeron sus fémures pedazo a pedazo.

No apagué la luz. Me despojé del pantalón y le mostré la cicatriz que recorría mi pierna. Ella ignoraba mi episodio con el vidrio. Besándola le quité la falda. Junté mi cicatriz con las suyas. Herida con herida. Después de haber caído desde seis metros de altura, sus padres la trataron con desprecio. "Eso te pasa por andar de puta en las azoteas", le recriminó su padre. El Canicas, su novio, quien le había jurado amor y compromiso, no tuvo siquiera el gesto de llamar por teléfono para ver cómo seguía. Solo Carlos y Fernando Prieto la visitaron en el hospital. Carlos por las mañanas, sin falta.

Hicimos el amor mientras la tristeza se me agolpaba en la garganta. No usé condón. No le importó embarazarse. Se enlazó a mi cuerpo y me quedé ahí, refugiándome de tanta muerte.

A la salida, en la escuela, a los niños nos sentaban en una larga hilera de bancas a esperar a que nos recogieran. A las niñas en otra larga hilera frente a nosotros. Mis padres habían firmado una carta en la cual autorizaban que me fuera a casa con mi hermano Juan Carlos. Aunque no necesitaba esperar a nadie, me gustaba sentarme un rato con mis compañeros de clase, no por ellos, sino porque en la banca contraria se sentaba Fuensanta.

El castigo a quien se portara mal era pasarlo a la banca del sexo opuesto. Para un niño ir a dar con las niñas era considerado una humillación. No para mí. Yo hacía lo posible porque me castigaran y me pasaran al lado de Fuensanta, lo que ocurría a menudo.

Fuensanta era rubia, de ojos cafés claros, pecosa. Dicen que una mujer sin pecas es como un taco sin sal. Pues a Fuensanta le sobraba sal. Pecas en su nariz respingada, pecas en el nacimiento de su pecho, pecas en sus brazos. Cabello largo, delgada, seria, dulce. Era hija de una americana de Kansas y un bioquímico coahuilense que terminó dedicándose a la política. Me gustó mucho desde el primer día que la vi. La niña que más me había gustado a mis nueve años.

Nuestra relación, si puede llamarse relación a lo que sucedió entre nosotros, comenzó con un chicle. Le pedí que me regalara uno. Respondió que el que mascaba era el último que le quedaba pero que aún conservaba algo de sabor. "Si te lo paso ¿te atreves a masticarlo?", preguntó. Asentí. Ella se sacó el chicle y me lo pasó. Me lo metí a la boca, excitado de sentir su saliva en mi lengua. Después de mascarlo un rato, me atreví a preguntarle "Si te lo paso ¿te atreves tú también a masticarlo?" Se quedó pensativa eternos diez segundos. Asintió. Tomó el chicle y con delicadeza lo colocó dentro de su boca.

Intercambiarnos chicles se convirtió en una rutina diaria a la hora del recreo, nuestra forma de besarnos.

"Recess" le llamaban al recreo en la escuela. Y en recess solo podías hablar en inglés. "Pass me the ball", "Do you want a piece of my sandwich?", "It's awesome". Iowa en el centro mismo de México. Para asegurarse de que habláramos inglés en el recreo (y para controlarnos y vigilarnos), la escuela creó un perverso sistema de espías llamados "Safety Patrols". Los alumnos con mejores calificaciones eran considerados como la elite de esa mini-Gestapo. Solo ellos podían recorrer los pasillos durante el recreo para asegurarse de que nadie entrara a los salones a robar; vigilaban que cumplieras con la regla de solo hablar en inglés, que no salieras disparado por los corredores al toque de la chicharra, que trajeras la camisa bien fajada, que te formaras en fila india al regresar al salón, que no te colaras en la línea de la cafetería, que no cometieras desmanes. Si un safety patrol te señalaba, así fuera una acusación inventada e injusta, recibías un cinco en conducta. Dos cincos equivalían a una suspensión de tres días, tres a una suspensión de dos semanas y cuatro expulsión definitiva. Los safety patrols contaban con un amplio arsenal para amenazarte y chantajearte. Poder idiota y fascista en manos de niños de nueve o diez años.

Fuensanta era safety patrol. Una alumna destacada. La de más edad en el salón: diez años y cinco meses. Yo el más chico: nueve años y dos meses. Ella se había retrasado porque no le revalidaron un año de primaria que cursó en Buenos Aires, adonde su padre había sido enviado como funcionario de la embajada. Era distinta al resto de nosotros.

Sabía más que cualquiera y además del inglés, dominaba el francés.

Con el tiempo, lo de los chicles se sofisticó. Ya no solo nos lo pasábamos de mano a mano, sino de boca a boca. Durante unos segundos me deleitaba con sus labios calientes, su lengua depositando el chicle en la mía.

En los recreos nos veíamos en una de las esquinas menos concurridas del patio. Teníamos unos cuantos minutos, ya que debía volver a sus tareas de espionaje y supervisión. Hablábamos poco y nunca de nosotros. Yo temía que si le contaba sobre mi mundo de azoteas y padres que habían rematado el automóvil para pagar las colegiaturas, se alejaría de mí. Ella, lo supe después, se avergonzaba de su vida familiar: un padre borracho y abusivo, político corrupto y prepotente; una madre guapa y bobalicona, a quien el padre tundía a golpes y que sufría de torpeza emocional aguda. Reservados sobre nuestras vidas, nuestras charlas se limitaban a la escuela, chismes sobre compañeros, simpatía o antipatía hacia los profesores, quejas sobre el exceso de tareas.

Un día vi a Carlos jugar "arañitas" en la rodilla de una muchacha con falda. El juego consistía en colocar los dedos cerrados sobre su rodilla, abrirlos con lentitud como si fueran las patas de una araña y al hacerlo acariciarle la pierna. Cuando Carlos lo hizo la muchacha se sonrojó y su piel se erizó. Me pareció buena idea jugar arañitas con Fuensanta.

En un recess, en nuestro alejado rincón, le propuse jugar "little spiders".

—¿Qué es eso?

—Préstame tu rodilla.

Acercó la pierna izquierda. Junté los dedos de mi mano derecha, los descansé sobre su rodilla y los fui extendiendo. Resultó: ella se estremeció y su piel se erizó como le había sucedido a la muchacha con Carlos. Levanté la mirada y me percaté de sus piernas abiertas. Al fondo alcancé a vislumbrar el blanco de sus calzones. Me sorprendió mirándola, pero no cerró las piernas.

—¿Seguimos? —le pregunté.

Ella lo pensó un momento y luego asintió. Coloqué mis dedos en la parte interna de su muslo derecho y lo acaricié despacio. Ella se retorció y de nuevo su piel se enchinó.

—¿Te gustó?

Fuensanta suspiró hondo. Pequeñas manchas rojas empezaron a surgir en torno a su cuello. Nos miramos un momento. Los dos respirábamos agitados. A mí el corazón palpitándome en el vientre.

—¿Otra más? —le pregunté con voz trémula.

—Ajá —alcanzó a asentir.

Deslicé las arañitas hasta el fondo de su entrepierna. Desplegué mis dedos hasta tentar la tela de sus pantaletas. Al sentirme, Fuensanta retrocedió y escrutó a su alrededor. Jadeaba un poco. Se tranquilizó y seguí rozando su pubis con mis dedos. Ella se limitó a mirarme, sin quitarme la mano.

De pronto cerró las piernas y se hizo a un lado. Con la barbilla indicó atrás de mí: dos de sus amigas se aproximaban. Me incorporé y me sacudí el pantalón para disimular mi pito bien erecto.

—Nos vemos —le dije.

Ella sonrió forzadamente. Intentó decir algo pero se le ahogó la voz. Yo tampoco pude pronunciar palabra. Crucé frente a sus amigas y me perdí entre mis compañeros que jugaban baloncesto en el patio escolar.

Se dice que los vikingos no se casaban con vírgenes. Les parecía sospechoso que una mujer no hubiese sido deseada por otros hombres. Para ellos la virginidad era defecto, no virtud. Si en países de Medio Oriente se apedrea a una mujer por deshonrar a la familia con la pérdida de la virginidad, entre los vikingos la mujer se deshonraba a sí misma al no provocar los instintos masculinos. De seguro la virgen ocultaba vicios intolerables: mal carácter, aliento nauseabundo, falta de gracia, tontera. Por alguna retorcida causa su himen se había mantenido intacto. ¿Quién puede amar a una mujer que ha sido desdeñada por otros?

Humo

Carlos, el Loco y el Castor Furioso corrieron por la calle. Brincaron la barda de la casa de los Montes y subieron de prisa la escalera de caracol hacia la azotea. Pistola en mano, ocho policías judiciales tras ellos. Cuatro de ellos saltaron también la barda de los Montes para perseguirlos, mientras los demás corrieron por la calle. El Pato y yo los vimos pasar a lo lejos mientras les dábamos de comer a las chinchillas. Carlos y sus amigos zigzaguearon con agilidad entre la ropa tendida, alejándose de sus perseguidores.

Los policías, desconocedores del laberinto de las azoteas, por poco y se caen al vacío en la separación de casi tres metros entre las casas de los Rodríguez y los Padilla. Se detuvieron un instante para decidir si saltaban o elegían otra ruta, tiempo suficiente para que Carlos y los otros se perdieran entre los techos.

Furiosos por haberlos perdido de vista, los policías se dedicaron a catear casa por casa. No pidieron permiso. Simplemente entraron a la fuerza. Los vecinos no protestaron. En colonias como la nuestra los policías judiciales no requerían de órdenes de aprehensión o instrucciones giradas por un juez. Su poder y autoridad bastaban. Las leyes y los derechos prevalecían en otras zonas de la ciudad, en donde habitaban mis compañeritos de la escuela privada, no en esta.

Durante horas los policías buscaron a mi hermano y sus amigos. Abrieron clósets, miraron debajo de las camas, forzaron cerraduras, registraron cuarto por cuarto, amenazaron a los vecinos. Nada. Ni un rastro. Mi hermano y sus amigos se hicieron humo.

A veces Chelo se quedaba a dormir conmigo. Les inventaba a sus padres viajes de prácticas universitarias —estudiaba medicina y le exigían trabajo social en zonas rurales—. Chelo preparaba maletas, montaba en el carro de una compañera y se despedía de sus padres, solo para detenerse más adelante y subrepticia entrar a mi casa ante la mirada cómplice de su encubridora.

Chelo era amorosa y cuidaba de mí. Yo apenas tenía ánimo de comer, bañarme, tender la cama. Ella me llevaba comida, se duchaba conmigo, me ayudaba a cocinar, lavar, limpiar. Evitó que la orfandad me avasallara.

El acuerdo era tácito: nuestra relación sería temporal, sin futuro entre nosotros. Chelo había anunciado que una noche no regresaría y me hizo jurarle no buscarla jamás. Se presagiaba otra orfandad: la pérdida de Chelo. Al menos esta no sería repentina y brutal como las otras. No habría Chelo invisible, sino una mujer en una existencia paralela, quizás visible en otro momento de mi vida.

No tenía por qué enamorarme, pero me enamoré. De sus ojos azules, su cuerpo delgado, su piel lampiña. De sus caricias constantes, su dulzura, su alegría. Besé sus piernas, los alambres de púas que eran sus cicatrices. Besé sus labios, sus ojos, su cuello, su espalda, sus nalgas, su clítoris, su ano. Bebí su sudor, sus flujos vaginales y en ocasiones sus lágrimas. No era sentimental como el Agüitas. Al contrario, era de una alegría casi imbatible. Pero al hacer el amor, lloraba y me estrujaba y me besaba más y más.

Dormíamos abrazados. En mi catre estrecho apenas cabíamos. A veces me despertaba el calor de su cuerpo, el pegajoso sudor de la cercanía. Levantaba la sábana y la sacudía para enfriarnos y luego volvía a envolverla con mis brazos.

Chelo era una mujer promiscua. Se había acostado con varios de la cuadra. Ella se presentaba como una hippie, un espíritu libre sin ataduras conservadoras. Si me lastimaba solo imaginarla besando a otro, imaginarla desnuda, penetrada por múltiples hombres, me trastornaba de dolor. Por ello, al hacer el amor con ella, miraba hacia otro lado, al piso, a un rincón, a la nada. Evitaba verla a los ojos para no imaginar a los tipos montándola o a ella montándolos.

No quise revelarle mis celos. ¿Para qué? Ella no era mía. No lo sería nunca por más que la amara. Me cuidaba, me quería, me besaba con dulzura. Sus orgasmos eran fáciles y numerosos. Decía que solo yo se los suscitaba, ninguno de sus amantes anteriores. Abrir la baraja de mis celos solo ocasionaría que ella partiera antes. Ya bastante significaba lidiar con la muerte de mi familia. ¿Cuál era el sentido de envenenar una relación con fecha límite?

Chelo me prometió no meterse con nadie mientras estuviera conmigo. Pero no podía creerle. Su promiscuidad poseía más tintes de adicción que de libertad. Al despedirse cada día me daba un beso. Viví con la sensación permanente de que ese beso podía ser el último que me diera. Chelo no se percataba de la ansiedad que me provocaba su partida.

No crecí católico ni bajo ninguna religión. Ni en mi casa ni en las escuelas a las que asistí se mencionó jamás la palabra dios o pecado o penitencia. Mi padre ateo y mi madre cada vez más alejada del catolicismo me enseñaron que los verdaderos pecados eran la injusticia social y la pobreza, no la sexualidad. ¿Por qué entonces me dolía tanto, tantísimo, la vida sexual previa de la mujer que amaba?

Pensaba en los vikingos. Había sido Carlos quien me contó la historia. Aun con sus gruesas cicatrices, Chelo era una mujer deseada. Debía alegrarme que una mujer tan ansiada hiciera el amor conmigo, me cuidara, durmiera a mi lado. Para halagarme decía que había sido el mejor amante de su larga lista. ¿Qué consuelo podía ser ese? Toqueteada, manoseada, ensartada, babeada, lamida, ensuciada por otros. El choque de civilizaciones en mi mente: las huestes de Cristo y su moralidad asexuada, contra las hordas de Thor y Odín y su alegría por recibir con amor a la mujer penetrada por otros.

Mis padres apenas con un mes de muertos y yo soportando el vendaval de los celos.

—¿Para dónde se fueron?

El Pato señaló hacia las azoteas.

—Para allá.

—¿Dónde mero? —repitió el comandante.

El Pato respiró nervioso. El comandante de los judiciales no parecía tener mucha paciencia.

—Por aquel rumbo.

—¿Cuál rumbo?

El Pato tragó saliva.

—Estaba oscureciendo, no vi bien.

El comandante se volvió hacia mí.

—Dime tú. ¿Para dónde se fueron?

Yo tampoco había visto por dónde huyeron mi hermano y sus amigos. Los perdí cuando cruzaron los tinacos de los Padilla.

—No sé.

—¿No sabes?

—No, no sé.

El comandante llamó a otro de los policías.

—Juárez, ven.

Un gordo se acercó. Gotas de sudor cubrían su labio superior.

—Dígame, jefe.

—Agárrale los huevos a esta niñita.

El gordo estiró su mano hacia mis testículos, pero di dos pasos hacia atrás. El gordo sonrió.

—Te va a gustar, nene. Ven, acércate.

El Pato, pálido, no atinó a moverse. El gordo volteó de súbito y lo prendió de la nuca. El Pato se retorció intentando zafarse.

—Suélteme.

El gordo lo inmovilizó apretando sus dedos. El comandante acercó su rostro al del Pato.

—¿En dónde se metieron?

—No sé, se lo juro que no sé.

El gordo apretó más. El Pato gesticuló de dolor.

—Déjenlo —les grité.

Otro policía se paró detrás de mí.

—Cállate, nena.

El comandante continuó.

—¿Dónde chingados se metieron?

—Le juro por mi madre que no sé.

El comandante lo miró despectivo.

—Pinche chamaco baboso.

Se giró hacia el gordo.

—Suéltalo.

El gordo le dio un apretón más en la nuca y lo soltó. En cuanto se sintió libre, el Pato huyó entre las azoteas. El comandante dio unos pasos hacia mí.

—Cuando esas ratitas salgan de la ratonera, les dices que tarde o temprano el comandante Adrián Zurita se los va a chingar.

Con una seña de su mano llamó a sus hombres y se alejaron hacia la azotea de los Martínez.

Por sus excelentes notas Fuensanta se hallaba en el tope de la jerarquía de los safety patrols. La subdirectora de primaria, la Miss Duvalier, una francesa pelirroja y arrugada, era quien otorgaba las posiciones de poder en los escuadrones espías. Con su 9.8 de promedio y un comportamiento impecable, Fuensanta fue promovida por la Miss Duvalier. La convirtió en vigilante del segundo piso, asignado a tercero y cuarto de primaria. Ella supervisaba que nadie ingresara en los salones durante el recreo. Estaba también autorizada para entrar a los baños de secundaria y delatar a alumnas que estuvieran fumando o maquillándose. En su posición, bastaba que ella acusara a un alumno para que este fuera suspendido de inmediato por dos semanas. Ella me juró que nunca había acusado a nadie, ni lo haría.

Para evitar que los alumnos entraran a los salones de clase durante el recreo, los safety patrols colocaban una cadena amarilla que impedía el paso. Si algún alumno se atrevía a cruzarla y era descubierto por un safety patrol era merecedor de un cinco en conducta. Al sonar la campana que daba por terminado el recreo, los alumnos solo podían regresar al salón si la cadena era destrabada por un safety patrol categoría A, de los cuales solo había tres en total en la primaria. Y, por supuesto, Fuensanta era una de ellos.

Un día en el recreo me invitó a acompañarla en su recorrido. Pasamos salón por salón mientras me explicaba los detalles de su tarea. Llegamos al salón que nos correspondía: cuarto grado B. Entramos y ella cerró la puerta. Habíamos jugado ya varias veces arañitas y ambos sabíamos que sería más interesante si lo hacíamos en privado. De ella había surgido la idea de entrar al salón escudados bajo su autoridad.

Durante el trayecto Fuensanta no paró de hablar, pero en cuanto cerró se hizo un silencio entre los dos. Ella se sentó en el templete, yo a su lado. Nos miramos.

—Préstame tu rodilla —le pedí.

Ella giró su rodilla hacia mí. Levantó su mirada y nos quedamos viendo unos segundos. Puse mis dedos sobre su rodilla y los abrí. Ella se estremeció más que de costumbre. Seguí con otra arañita en su muslo y luego otra directo a su pubis. Ella respiró jadeante. Una y otra vez abrí los dedos recorriendo sus genitales. Ella comenzó a respirar de manera cada vez más acelerada. Volvimos a mirarnos. Con el antebrazo abrí sus piernas un poco más. Me puse frente a ella. Hice otra arañita, pero esta vez metí mis dedos por dentro de sus calzones. Ella trató de quitarme la mano, pero endurecí el brazo. Seguí acariciando con mis dedos. Sentí húmedo ahí dentro, como si su pubis sudara. No quise mirarla a los ojos para que no me pidiera detenerme. Acaricié de arriba abajo sus labios vaginales. Húmedos. Muy húmedos. Con precaución introduje mi índice en su pequeño orificio. Ella se retorció, pero ya no intentó quitarme la mano. Empujé mi dedo un poco más adentro. Levanté la cabeza esperando encontrarme con su mirada, pero había cerrado los ojos. Gemía y se mojaba los labios. Con la mano izquierda tomé el borde de sus calzones y comencé a bajarlos. Ella cerró las piernas para evitarlo, pero con delicadeza se las volví a abrir y ella, dócil, aceptó. Bajé los calzones hasta sus tobillos. Por primera vez pude contemplar en directo los genitales de una mujer. Una delgada raya que al contacto se movía como una anémona. Seguí acariciándola, metiendo el dedo con lentitud. Fuensanta echó la cabeza hacia atrás, relajada. Me abrí el cierre del pantalón y me saqué el pito. Ella no se percató y continuó con la cabeza hacia atrás, gimiendo suavemente. Me desabotoné el pantalón y lo bajé hasta mis muslos. Sin sacar mi dedo me aproximé a ella. Al sentirme abrió los ojos y al verme con el pantalón abajo me empujó.

—¿Qué haces?

El corazón me latía con furia. La garganta reseca. Ella se hizo a un lado y comenzó a subirse los calzones. La detuve.

—Deja que mi pipí toque tu pipí —le dije.

—No. ¿Estás loco? Podemos tener un bebé.

Su cuello y su pecho estaban rodeados de manchas rojizas. Su respiración desacompasada. Siguió subiendo sus calzones. La paré con mi mano izquierda.

—Nos tocamos tantito y ya —le propuse.

—No, no quiero.

—Solo una vez.

—No —repitió contundente.

Supe que la única manera de convencerla era no dejar de acariciarla con la mano derecha. Así que volví a subir y bajar mi índice por sus labios vaginales. Ella volvió a gemir y a cerrar los ojos.

Los calzones habían quedado a la mitad de sus muslos y era difícil maniobrar. Traté de bajarlos, pero ella, aún con los ojos cerrados, lo impidió. Me acerqué y me coloqué encima de ella. De nuevo abrió los ojos.

—Te dije que no.

No me empujó esta vez. Mi pene quedó a centímetros de su pubis.

—Solo nos tocamos los pipís.

No dijo más y cesó de ofrecer resistencia. Fui juntando mi cuerpo al suyo hasta que mi pene quedó pegado a su orificio. Lo restregué contra ella. El contacto con su humedad me excitó aún más. Ella me abrazó y me jaló contra su cuerpo. Comenzó a estremecerse. Nuestra respiración cada vez más acelerada. De pronto se lanzó hacia atrás y se separó de mí.

—Ya, quítate.

—Otro poco —le pedí.

—No —dijo terminante. Se puso de pie, se acomodó los calzones y se bajó la falda—. Súbete el cierre —ordenó.

Obedecí. No tardaba en sonar la campana.

—¿No puede entrar alguien al salón? —le pregunté.

—No, hasta que yo quite la cadena amarilla.

—¿Nadie nos pudo haber visto?

—No, nadie.

Miró el reloj empotrado al centro del salón.

—Tengo que ir a quitar la cadena —dijo.

—¿Salgo contigo?

—No, métete al baño al final del pasillo y sal hasta que los demás entren al salón.

Aunque su estrategia parecía largamente pensada, debió haberla resuelto en ese mismo momento. Cuánta razón tenía Carlos: las mujeres saben cosas que nosotros los hombres no tenemos ni idea.

Fuensanta se dispuso a salir. Al abrir la puerta se volteó hacia mí.

—Si por tu culpa tengo un bebé te mato.

John Hunter fue un cirujano escocés del siglo XVIII. Durante años diseccionó cadáveres, lo que lo convirtió en un depurado anatomista. Conocedor de los más intrincados pasadizos del cuerpo, llegó a proponer operaciones innovadoras para su tiempo.

Su curiosidad científica lo llevó a extremos. Convenció a amigos y familiares de donar su cuerpo al morir para autopsiarlos. Sin el menor prurito rajó los cadáveres de sus seres queridos. Cuando sabía de la muerte de alguien por deformidades o enfermedades extrañas, robaba los cadáveres o corrompía a los enterradores para que se los dieran. Así fue como se hizo del cadáver de Charles Byrne, "el Gigante Irlandés", un muchacho de más de dos metros treinta de altura que se bebió hasta la muerte las ganancias obtenidas por su condición de fenómeno de la naturaleza.

Al fallecer, Byrne pidió que sus restos fueran arrojados al océano para que no los sometieran al impúdico tasajeo de la ciencia. Hunter sobornó a los empleados de la funeraria y por la noche sustrajo el cuerpo. Los deudos lanzaron al fondo del mar un ataúd lleno de piedras, mientras esa misma tarde Hunter desmenuzaba el cadáver del gigante.

John Hunter armó una vasta colección de curiosidades médicas. Esqueletos, embriones, seres deformes, tumores, masas encefálicas, fósiles, primates albinos. Parte de la colección sobrevivió al masivo bombardeo nazi a Londres y en esta aún puede observarse la enorme osamenta de Charles Byrne.

Hunter murió el dieciséis de octubre de mil setecientos noventa y tres, después de discutir airadamente con la junta de gobierno del Hospital de San Jorge, en donde colaboraba. En su obsesión por la ciencia pidió como última voluntad que su cadáver fuera diseccionado para determinar las causas de su muerte. Sus alumnos dictaminaron arterioesclerosis avanzada en cerebro y corazón.

A la fecha John Hunter es considerado como uno de los científicos más influyentes en la historia de la medicina y el estudio del cuerpo humano.

Formol

Dentro de una vitrina en el laboratorio de Biología de mi nueva escuela secundaria se exhibían varios frascos de cristal con fetos humanos sumergidos en formol. No sé cómo la escuela logró conseguir tantos embriones y en tan diversas fases de gestación. Algún pacto clandestino debían mantener con una clínica ginecológica. Conservaban también embriones de perros, conejos, gatos y hasta uno de venado. Yo los contemplaba absorto, fascinado por su forma, textura, tamaños.

Después de estudiar las teorías de Darwin, tuve una revelación: durante el desarrollo embrionario se repiten cada una de las etapas evolutivas de una especie. Al inicio, dos células independientes se unen, forman una sola que de inmediato se duplica, luego se cuadruplica, octuplica, formándose nuevas células y luego pequeños seres que se van transformando. Si se observan con cuidado, los embriones pasan por ser larvas, luego peces, luego reptiles, aves. Incluso hay un momento en que el feto humano presenta una cola. Nuestro maestro de Biología, patólogo de profesión, nos mostró en el microscopio glóbulos rojos de fetos humanos de diez días de concebidos y glóbulos rojos de reptiles. Su composición era casi idéntica: una dona roja con un centro oscuro.

Me angustiaba una duda: si el ser humano se completa a los nueve meses de embarazo, ¿qué sucede con aquellos que nacemos prematuros? Concluí que en los prematuros el curso evolutivo se interrumpe. Así, quienes nacen antes de tiempo lo hacen en un momento intermedio entre hombre y animal. Y aunque la socialización y la cultura subsanen esa falta de desarrollo uterino, queda en nosotros, los prematuros, la huella perene de lo animal.

Crecí con la noción de haberme quedado de por vida en un estado semianimal, salvaje. Y si mi hermano quiso ser de niño "Carlos, el Valiente", yo deseaba ser "Juan Guillermo, el Salvaje".

"Puto", le gritó Carlos. Antonio, quien caminaba junto a su madre cargando unas bolsas de supermercado, se volteó a verlo.

—Respeta a mi madre.

Carlos sonrió con sorna.

—Señora, ¿sabe que su hijo es un putito?

Antonio dejó las bolsas en el piso y avanzó hacia mi hermano.

—Te callas o te callas.

—Te voy a romper el hocico, putito —le dijo Carlos.

No le había confesado a mi hermano el incidente con Antonio, pero el Jaibo sí: "el gordo de los buenos muchachos, le pegó a tu hermano y le rompió la nariz". Por supuesto, Carlos no iba a permitir que Antonio quedara impune.

El gordo se plantó a media calle en una kata de karate.

—Pinche gordo ridículo. Pelea como los hombres, no con tus mariconadas japonesas —se burló Carlos.

La madre de Antonio lo jaló del brazo para evitar que peleara.

—Es un lépero, vámonos.

Carlos se mofó de la mujer.

—¿Lépero? Lo que pasa es que su hijo es un cobarde que solo se mete con los más chicos. Le pegó a mi hermano que solo tiene catorce. Qué bien educó al maricón de su niñito.

La madre intentó de nuevo llevarse a su hijo.

—Por favor, Antonio, vámonos. No te metas con esta gentuza.

Antonio la apartó de sí.

—Déjame poner en su lugar a este barbaján.

54

Los buenos muchachos no proferían groserías. Usaban en su lugar palabras que parecían sacadas de novelas del Siglo de Oro español, un lenguaje rancio y absurdo.

—Vamos, majareta —ironizó mi hermano—, ven a sotanearme.

Si alguien había leído novelas del Siglo de Oro español, ese era mi hermano. El gordo se mantuvo firme en su kata. Su labio temblaba.

—¿Tienes miedo, puerquito? —le preguntó mi hermano.

Carlos dejó de sonreír y apretó los dientes. Me volteó a ver, luego giró y corrió hacia Antonio. Un metro y medio antes brincó hacia delante y con toda la fuerza del impulso le pegó un puñetazo en plena nariz. El gordo se tambaleó hacia atrás e intentó recomponer su posición, pero Carlos volvió a saltar sobre él y lo golpeó en la ceja. Sangre comenzó a escurrir sobre el rostro de Antonio.

—Déjalo, bruto —gritó la madre.

Nada iba a detener a mi hermano. El gordo tiró una patada frontal que mi hermano esquivó con facilidad. Carlos no soltaría una sola. En el código de la colonia los hombres no daban patadas, eso era de pusilánimes y niñas. No patear, no rasguñar, no jalar del pelo, no golpear nunca a un tipo en el suelo, ni por la espalda.

—Muy bravo para pegarle a los más chicos, ¿verdad, pendejo? Éntrale.

El gordo resopló para quitarse la sangre que le manaba de la nariz y arremetió con más patadas, pero Carlos las eludió con agilidad.

—Hasta con las manos amarradas te parto la jeta.

Antonio se abalanzó sobre él para aplicarle una llave de judo. Trató de agarrarlo de la camisa, pero Carlos se zafó. El gordo se fue en banda y cuando se volvió, Carlos aprovechó para conectarle un cruzado de derecha en la boca. Atarantado por el golpe, Antonio dio dos pasos vacilantes. Carlos embistió de nuevo con un recto en la sien y con la izquierda lo remató en el mentón. El gordo se precipitó hacia atrás y se enconchó contra una pared para protegerse. Carlos olió el miedo de Antonio y con saña comenzó a tundirlo.

Asustada, la madre tocó el timbre de una casa en busca de auxilio. Salió un vecino, Rodolfo Cervantes, un piloto aviador retirado, y la madre le rogó que parara la pelea. El capitán Cervantes se interpuso en medio de mi hermano y Antonio.

—Ya estuvo bueno —sentenció.

Carlos se detuvo, pero se quedó parado a unos pasos, listo para volver a atacar si era necesario. El capitán extendió su brazo hacia él.

—Carlos, ya. Vete de aquí.

Carlos clavó su mirada en el gordo, que sangraba profusamente de la ceja, la nariz y la boca.

—Vuélvete a meter con mi hermano y te mato.

—Eres una bestia —le gritó la madre.

Carlos la miró con desprecio.

—Ya vete, Carlos —ordenó de nuevo el capitán Cervantes.

El piloto nos conocía desde niños. Era una muy buena persona y lo estimábamos y respetábamos.

—Sí, mi capitán —respondió Carlos. Se dio media vuelta y se dirigió hacia mí—. Vámonos —me dijo.

Nos encaminamos hacia la casa. A media cuadra volteé a mirarlos. El gordo se hallaba recargado en la pared, su madre limpiándole con un pañuelo la sangre del rostro. El capitán a su lado tratando de calmarla. En ese momento no lo supimos, pero el segundero de la muerte de mi hermano se había activado.

El robo lo planeé durante semanas. Decidí extraer el frasco cortando con bisturí el panel de la vitrina orientado hacia la pared durante los descansos entre clase y clase. Un trabajo semejante al de un reo en prisión que poco a poco cava un túnel en el piso de su celda. El laboratorio era vigilado por Manuel, un técnico bastante celoso de su responsabilidad. Solo salía por momentos a contestar una llamada telefónica o al baño. Era necesario actuar con rapidez y precisión en sus ausencias. Una muesca por día, nada de cortes apresurados que hicieran notorio mi propósito.

De entre los fetos exhibidos deseaba sustraer el ochomesino. Escondería debajo de mi catre el pesado frasco con ese cuasibebé que se malogró en el mismo término en que yo nací. Lo agitaría por las noches, bajo la luz de mi lámpara de mesa, para darle un poco de vida dentro de su hábitat de formol como quien le da vida a un paisaje navideño sacudiendo una bola de cristal. Al observarlo flotar dentro de su frasco quería observarme a mí mismo y a Juan José. Mi ser reflejado en ese ser blanquecino y arrugado.

Después de veinticinco días el hueco en la madera del panel estaba ya casi terminado. Faltaba encontrar el modo de sacar el feto de la escuela. El frasco medía sesenta centímetros de alto por treinta y cinco de diámetro. Debía pesar al menos cinco kilos. Para un niño de doce años, lidiar con un bote de ese tamaño no era fácil. Planeé envolverlo en mi bata de laboratorio, meterlo en mi casillero —el cual ya había vaciado de cuadernos y útiles— y llevármelo un sábado después de las clases técnicas: mecanografía y taquigrafía (la mía era una secundaria técnica, eso significaba que además de egresar con el certificado de secundaria, te brindaban una carrera "técnica", en mi caso "secretario bilingüe"; mi madre, a sabiendas de mis dificultades con las matemáticas, me inscribió en el de secretario y no en el de contador privado. Decisión muy afortunada: seis hombres y treinta mujeres en el salón, y aprendí a escribir a máquina sin ver el teclado). En sábado asistían pocos alumnos, la vigilancia se relajaba, y con salir al último de la escuela podía fácilmente escabullirme con el frasco.

Llegó el día. Por la ventana del salón vi que Manuel bajaba a la dirección. Tardaría al menos diez minutos en regresar, tiempo suficiente para terminar de cortar el panel y sacar el frasco. Pedí permiso para ir al baño y con mi bata puesta entré al laboratorio. Saqué el bisturí con el cual había hecho las incisiones, di vuelta a la vitrina y me encontré con una gruesa lámina de triplay remachada sobre la madera que cuidadosamente había seccionado. Habían faltado solo dos centímetros para desprender el panel y sacar el frasco. Solo dos. Con seguridad Manuel había descubierto mi maniobra. Di por canceladas mis intenciones. Semanas de trabajo minucioso a la basura por culpa de la sagacidad de Manuel. Volví a acomodar la vitrina en su sitio y contemplé con tristeza al nonato ochomesino que tan cerca estuve de poseer.

Transcurrieron los días. Ni Manuel ni el profesor de Biología hicieron comentario alguno sobre el misterioso hueco en la vitrina. La rutina escolar siguió su cauce normal. Una mañana me senté a desayunar en la cafetería de la escuela: unas cuantas mesas bajo un techo de lámina en lo que alguna vez fue una cancha de frontón. Estaba sentado solo. Aún no sonaba el timbre llamando a clases, pero la gran mayoría de los alumnos ya avanzaba hacia los salones.

Concentrado en el plátano que mi madre me había mandado en la lonchera, no me percaté de que Manuel se aproximaba a mi mesa.

—¿Me puedo sentar contigo? —preguntó café en mano.

—Sí, sí, claro —le respondí asombrado. Era poco común que un profesor o un técnico convivieran en la cafetería con los alumnos.

Manuel se sentó, le dio un sorbo a su café y volvió su mirada hacia la descascarada pared del fondo.

—Cuando llegué a trabajar a esta escuela era todavía una casa. Aquí jugaban frontón el dueño y sus hijos.

Miré la pared. En algún momento debió estar pintada de verde con las franjas amarillas perfectamente delineadas. Ahora era un muro desmoronándose con varios grafitis pintarrajeados por los alumnos.

Bebió otro sorbo de su café. Algo en Manuel semejaba un ratón.

—¿Cuánto tiempo llevas trabajando aquí? —le pregunté solo por seguir la conversación.

—Veintidós años —respondió.

Ambos nos quedamos mirando la pared del frontón. Mechones de pasto crecían entre las oquedades. Manuel se volvió hacia mí.

—¿Todavía quieres el feto?

No supe qué responderle, tragué saliva.

—¿Qué feto?

—El que te querías robar.

—Yo no quería…

—Te puedo conseguir uno en doscientos pesos —interrumpió y por primera vez me miró a los ojos. Doscientos pesos en aquel entonces eran un dineral y más para un niño de doce años.

—¿Y yo para qué lo quiero?

—No sé, tú dime. ¿Crees que no me daba cuenta de que tratabas de cortar la vitrina para sacarlo?

Tenía la opción de negarlo o en realidad conseguir uno.

—¿Y de dónde lo vas a sacar?

—Un primo trabaja en Neonatología en el Seguro Social.

—No tengo doscientos pesos —le dije.

—¿Cuánto es lo más que puedes juntar?

—Como quince pesos.

—¿Quince? No, hombre, para nada. Consigue más y me buscas.

Pedí prestados veinticuatro pesos y me reuní con Manuel. Le mostré el dinero con el que contaba. Se me quedó mirando, serio.

—Es muy poquito, pero creo que con eso te lo consigo.

Se los entregué. Tres días después volvió con un frasco de mayonesa dentro del cual flotaba un diminuto embrión humano. Me sentí decepcionado.

—Yo quería uno igual al grande del laboratorio.

—¡Uy, Juan Guillermo! Esos ya no se consiguen en ningún lado. Los papás se ponen sentimentales y les da por enterrarlos. Además la ley se pone bien dura con fetos tan grandes, es una bronca conseguirlos.

Tomé el frasco y miré la pequeña larva que se balanceaba en el formol.

—Pero yo de verdad quiero uno grande.

—Eso de plano es imposible. ¿Quieres este sí o no? —preguntó Manuel impaciente.

—Okéi, dámelo.

Me lo llevé. Al llegar a casa mi madre se percató de que cargaba el frasco y apresurado traté de ocultarlo.

—¿Qué es eso?

—Nada.

—¿Cómo que nada? ¿Qué escondes? ¿Una botella de alcohol?

Levanté el frasco y se lo mostré.

—Es un embrión de perro —le mentí.

—¿Y para qué quieres esa porquería? Tíralo a la basura.

—No puedo, ma, es para un trabajo de la escuela.

—Pues haz el trabajo y lo tiras.

—Sí, ma.

Guardé el frasco en un cajón de mi buró.

¿Dónde se metía mi hermano cuando lo perseguían? Los policías judiciales jamás lo hallaron. Escapaba hacia las azoteas y desaparecía sin rastro. Por más que lo buscaran, interrogaran a los vecinos, nada. Ni a él, ni al Loco, ni al Castor Furioso. Durante largo tiempo no conocí su secreto, hasta que una noche me lo reveló. Supe dónde y cómo se ocultaba. Y habérmelo dicho le costó la vida.

Música

"Come together, right now…" "I'd like to be, under the sea, in an octupus' garden…" "Yesterday, all my troubles seemed so far away…" Mis compañeritos cantaban al unísono guiados por el maestro Kurt Holland, un tipo chaparro con aires de grandeza. "Again kids, let's try Obladi, Oblada" pedía Holland y entusiasmados los chiquillos se soltaban a vociferar las canciones de Los Beatles. Los amaban. Sabían cualquier minucia sobre Paul, Ringo, George y John. Pegaban sus fotos en cuadernos, mochilas y hasta sobre los pupitres. Angustiados por el rumor de la muerte de Paul McCartney no tuvieron otro tema de conversación por varios días. Con arrebato delirante aguardaban la clase de música —tres veces por semana— para su karaoke infantil. De tarea nos obligaban a escuchar en casa sus discos de cuarenta y cinco revoluciones por minuto para memorizar las letras en inglés de sus canciones y así "aprender divirtiéndonos".

Yo detestaba a Los Beatles. Salir de la escuela, abordar un camión repleto, ir apretujado una hora, cambiar a un trolebús para media hora más de trayecto, descender y cruzar campos de futbol encharcados para llegar a la colonia, a mi mundo de chinchillas desolladas, de judokas ultracatólicos, de muchachas cayendo desde seis metros de altura, de un perrolobo metido a peleas de perros y escuchar "She loves you, ye, ye, ye" simplemente no cuadraba.

Nada en Los Beatles, absolutamente nada, ni en sus letras acarameladas, ni en su música pegajosa, ni en sus películas banales hallé un resquicio de mi realidad. La clase de música me parecía una experiencia horripilante. Docenas de niños y niñas entonando musiquita baladí como si fuera el himno de su generación. En esa escuela donde jamás oí mencionar la palabra "dios", denostar a Los Beatles era un sacrilegio.

Uno de los múltiples cinco en conducta que me endilgaron fue a causa de un exabrupto anti-Beatles. Una maestra me preguntó en inglés cuál era mi canción favorita de Los Beatles. Le respondí que ninguna. "¿Te gustan todas como a mí?", inquirió con una sonrisa boba. "No, Miss Carmelita, no me gusta ni una sola de sus canciones." Ella sonrió y miró al resto del grupo como diciendo "Miren nada más qué barbaridad". Volvió a mirarme con su sonrisa boba. "¿Y se puede saber por qué no?" Pude dar cien respuestas diferentes, desde "no son de mi estilo" o "se me hace fea su música", pero respondí lo que le escuché a Carlos decir una vez sobre Los Beatles: "Es música para fresas mamones".

Las faltas graves en la escuela merecían un castigo "severísimo": la obligación de quedarse tres horas en la escuela después de la salida. Le llamaban "Detention", que no era otra cosa que ser encerrado en un salón rayoneando en un cuaderno dos mil veces: "I have to behave well in school. I have to behave well in school…" Pero el castigo no terminaba ahí. Continuaba al día siguiente en la clase de Deportes. En lugar de aprender a jugar futbol o baloncesto, el profesor de Educación Física te forzaba a marchar durante la hora y media de la clase. Flanco derecho, flanco izquierdo, alto, paso redoblado. Al profesor, un imbécil apellidado Toral, debí provocarle una tremenda antipatía, porque aun purgado el castigo me exigió clase con clase, durante el año completo, marchar sin descanso, sin poder beber agua, ir al baño ni descansar (tanto marché en la primaria que debieron revalidarme el servicio militar).

Mis compañeros de clase se ofendieron gravemente con mi respuesta: "música para fresas mamones". Algunos de ellos ni siquiera sabían lo que significaba "mamones", pero la reacción airada de la Miss Carmelita les hizo suponer un insulto mayor.

Fuensanta y yo repetimos lo de las "arañitas" a escondidas en el salón en nueve ocasiones más. Ambos disfrutábamos el juego. Salíamos con la respiración entrecortada casi sin poder hablar, excitadísimos, sin una comprensión real de lo que hacíamos, pero dispuestos a repetirlo en cuanta oportunidad se presentara. Como diría Carlos, no éramos más que un par de chamacos calientes.

Nadie nos habría sorprendido haciéndolo si no fuera porque ese día llovió. Ningún alumno podía dirigirse hacia su salón si la cadena amarilla no había sido bajada por un safety patrol, en este caso Fuensanta. Para no minar la autoridad de sus niños delatores, los profesores no cruzaban ni desenganchaban la cadena. Esa era tarea exclusiva de los safety patrol y era acatada por niños y adultos por igual. En esa regla estricta confiábamos Fuensanta y yo: nadie entraría al salón hasta que ella lo permitiera.

Justo nos hallábamos en el momento de frotar nuestros genitales cuando empezó a llover. Se desató un aguacero con el viento soplando en todas direcciones. Los alumnos trataron de guarecerse en las escaleras, pero los ventarrones provocaron que la lluvia irrumpiera por el cubo y los empapara. Para evitar que los alumnos siguieran mojándose, las maestras, contrariando la rígida regla de la cadena amarilla, decidieron bajarla. Un tropel corrió por los pasillos rumbo a los salones, tropel que abrió la puerta y nos encontró semidesnudos en nuestro remedo de fornicación.

Miss Ramírez nos desterró a Juan Carlos y a mí de su escuela hitleriana y sus escuadrones paramilitares de infantes aplicados. Su decisión, lo repitió hasta el cansancio, era irrevocable. No contó con la resistencia tenaz de mis padres.

Ser expulsados a medio ciclo escolar suponía una gran dificultad para hallar inscripción en otra escuela. Representaba la pérdida total de las materias cursadas y del dinero invertido en pagarlas. Ninguna escuela revalidaba semestres incompletos. Mis padres lo sabían y varias veces se presentaron en la oficina de la Miss Ramírez a intentar un acuerdo. Intransigente, la directora se negó a recibirlos.

No supe más de Fuensanta. Una vez expulsado no tuve manera de comunicarme con ella. Nunca le pedí su número telefónico ni su dirección. Los pocos compañeros con quienes me llevaba en la escuela y se lo pedí, o no lo tenían o se negaron a dármelo.

Ignoraba si ella también había sido castigada o si la habían despojado de su condición de elite de los safety patrols. Por las mañanas, al despertar, pensaba en ella. No solo en nuestros escarceos sexuales, sino también en nuestras caminatas en silencio hacia el salón, en las veces que busqué ser castigado a la hora de la salida para que me sentaran en la banca de las niñas junto a ella, las miradas cómplices al sonar la campana del recreo. En otras palabras, la extrañaba.

A ojos de la Miss Ramírez, Fuensanta había sido una víctima. Una niña con esas calificaciones, de conducta impecable, no habría accedido nunca a la atrocidad sexual que decenas de compañeros atestiguaron. Con seguridad yo la había obligado o la había chantajeado. Solo había un culpable y solo una inocente. Fuensanta la santa contra el obsceno Dionisio. La Bella y la Bestia. Caperucita y el Lobo.

Mis padres se negaron a creer en una versión tan maniquea. Presumían que la directora me había expulsado —y por ende a Carlos— porque temía al poder del padre de Fuensanta, en ese tiempo subsecretario de Hacienda pero con larga trayectoria política: senador, diputado, coordinador de bancada, etcétera. Quiso evitar el escándalo y la mejor manera de hacerlo fue echándonos a la calle. Hubo en su decisión también un viso clasista. ¿Para qué mantener en la escuela a dos alumnos zarrapastrosos cuyos padres apenas podían pagar las colegiaturas?

Con tal de encontrar ayuda, mis padres hablaron con amigos, conocidos, abogados. Nada. Les recomendaron no moverle al asunto. El subsecretario era conocido por su fama de corrupto e implacable. Un hombre poderoso y atrabiliario. Cualquier salida cancelada. Pero mis padres no cedieron.

La solución apareció en el lugar más imprevisto. Mi padre había estudiado hasta el séptimo semestre de Ingeniería Química. Desertó de la carrera al morir mi abuelo. Se vio en la necesidad de mantener a mi abuela y a mis dos tías, sus hermanas menores. Tuvo que aceptar trabajos disímiles: chofer, vendedor, mesero, hasta que logró trabajar como supervisor en una empresa lechera, lo más cercano a un empleo como ingeniero químico. Su trabajo le gustaba, pero le pagaban poco. Consiguió un empleo vespertino de medio tiempo en una planta tratadora de desechos industriales. Laboraba en la lechera de nueve a cinco y en la tratadora de cinco y media a diez de la noche. Por sus conocimientos de química fue contratado para dar clases en una preparatoria privada de las siete a las ocho de la mañana. Le apasionaba enseñar, para él la educación era la mejor manera de cambiar el mundo.

Al director de la preparatoria mi padre le contó en un pasillo sobre mi expulsión y le pidió consejo. El director lo desalentó: "No hay nada que hacer, esa escuela es de las más prestigiosas del país y además se trata de la hija del subsecretario Ramos. Ya déjalo así". Le dio una palmada en la espalda —apreciaba a mi padre como uno de sus mejores maestros— y se retiró a su oficina. Desanimado, mi padre se encaminaba hacia el salón de clases, cuando lo abordó un alumno.

—Perdone, profesor Valdés, escuché lo que le dijo al director y creo que mi papá puede ayudarle.

—¿Cómo?

El alumno, un tipo de cabello crespo, risueño y expulsado de un racimo de escuelas por bajas calificaciones, era Jaime Molina y, nadie lo sabía en la escuela, hijo del senador Ignacio Molina, ex gobernador de Veracruz y ex secretario de Agricultura y Ganadería. Nadie sabía tampoco que el senador Molina consideraba al subsecretario Ramos como su enemigo político.

La tarde siguiente el senador Molina recibió a mi padre en su casa. Le agradeció que fuera tan paciente con su hijo y le hubiera dedicado tanta atención. Mi padre no consideraba haberle dado un trato especial a Jaime Molina, pero al parecer él pensaba lo contrario. Varias veces ponderó las espléndidas clases de mi padre y lo había interesado de tal modo que ahora pensaba estudiar Ingeniería Química en la UNAM.

El senador escuchó divertido el pormenorizado relato de mi encuentro sexual con Fuensanta y la posterior reunión con la Miss Ramírez. Lo que a ojos de la directora era una barbaridad, para Molina eran "simples travesuras de chiquillos".

—Demande a la escuela —propuso el senador.

—No tengo dinero para pagarle a un abogado —respondió mi padre.

—Ese no es problema —aseveró el senador— yo me encargo.

—Pero es que… —intentó protestar mi padre.

El senador dejó su copa de coñac sobre la mesa y se inclinó hacia mi padre.

—Mire, Ramos es un hijo de puta. Eso todo el mundo lo sabe. Lo que él no sabe es que es padre de una puta y eso quiero que él y todo el mundo lo sepa. Ramos es un mojigato de clóset, querido profesor Valdés, y puedo decirle que nada le va a doler más en la vida que exhibir a su hija consentida como lo que es: una putita calenturosa. Yo pago el abogado, deme el placer de darle un chingadazo a ese cabrón.

Mi padre sabía que lo correcto era no aceptar la oferta del senador. Fuensanta no era una puta y no debía usarse a una niña de once años como una jugada de jaque contra Ramos en el sinuoso ajedrez de la política. Pero, por otro lado, las opciones se habían agotado. Mis padres habían prodigado su capital entero en nuestra educación y de forma injusta sus dos hijos habían sido echados de la escuela por una directora prepotente.

Mi padre aceptó.

Carlos se quedó mirando hacia la calle con el rifle en la mano, en espera de que el gato saliera de debajo del carro para poder rematarlo. Alborotadas aún por el olor del gato, las chinchillas daban vueltas en círculo dentro de sus jaulas, sus pieles plateadas por la luz de la Luna.

Las chinchillas son originarias de las montañas altas del Perú. Habitantes de los grandes paredones de los Andes, huyen escalando por el filo de los despeñaderos a cientos de metros de altura. Rápidas y vivaces, son difíciles de cazar. ¿A quién se le ocurrió domesticarlas, criarlas, meterlas en jaulas diminutas, alimentarlas con croquetas, sacrificarlas, desollarlas y luego convertirlas en codiciados abrigos de venta en Nueva York, París y Londres? Sin poder escapar por los intersticios de las cordilleras, las chinchillas encerradas en las jaulas quedaban a merced de un enemigo impensable: los gatos ferales. Siete u ocho morían por semana desgarradas a pedazos frente al horror de las demás, que corrían de un lado a otro de su jaula buscando desesperadas el muro andino por el cual escapar.

El gato avanzó y se recostó sobre la llanta izquierda. Su cola sobresalía por debajo del auto y se agitaba de vez en vez. Carlos apuntó unos minutos, esperanzado a que el gato le diera tiro, pero luego de un rato dejó de mover la cola y vimos cómo estiraba una de sus patas detrás de la llanta.

—Ya felpó —dijo Carlos.

Bajó el rifle y fue a guardarlo a la perrera.

—Ahora sí, a cenar —me dijo y se encaminó hacia la escalera de caracol que descendía al patio de nuestra casa.

Castillos

Mis padres llegaron de Europa cuando Carlos no era más que un cúmulo de carne pútrida y gases enterrado a dos metros bajo lodo. No cesó de llover en días. El agua filtrándose hacia el ataúd de mi hermano. Mi hermano-cadáver empapado, mi hermano-cadáver y sus últimas bocanadas, mi hermano-cadáver sepultado al lado de mi otro hermano-cadáver. La familia de los muertos. Mis hermanos ahogados ahora ahogándose más con esa lluvia interminable. Agua sobre agua sobre agua. Gases, putrefacción y agua. ¿En qué momento un hermano con el que desayunas, platicas, juegas, acompañas, le cuentas tus secretos, te aconseja, lo aconsejas, quieres, amas, se convierte en un borbotón de gases pestilentes en una ausencia insoportable en una muerte irremediable en una culpa insalvable en un asesinato premeditado en una rabia incontenible en una venganza deseada en una pesadilla en un golpe en el estómago en unas ganas de vomitar en un dolor descomunal en un olor brutal?

Mis padres se enteraron de la muerte de mi hermano seis días después de que ocurriera. El acuerdo era que llamarían una vez a la semana para ver si estábamos bien. Las llamadas trasatlánticas eran caras y por ello breves. No dejaron los números telefónicos de los hoteles donde se hospedaban y no pudimos localizarlos. ¿Dónde llamarles para decirles que su hijo mayor había muerto ahogado, que mi abuela no paraba de llorar, que yo era en parte cómplice del homicidio de mi hermano y que tarde o temprano trataría de convertirme en asesino de sus asesinos?

Itinerario de un día en Europa (leído en el diario de viaje de mi madre):

—Mis padres despertaron a las 8:15 a.m.

—Llegaron a desayunar a la cafetería del hotel a las 8:45.

—Desayunaron croissants con mermelada y café. El desayuno venía incluido en el paquete.

—A las 9:18 se reunieron con el grupo de dieciocho personas del Tour "Europa A Su Alcance" y subieron al autobús turístico rumbo a los castillos de la Loire.

—Recorrieron la campiña francesa. Mi padre comentó que Francia le parecía el país más bonito del mundo.

—A las 11:23 el autobús arribó al castillo de Chambord. El guía les comentó que el castillo era utilizado para las expediciones de caza de la realeza.

—A las 12:08 recorrieron los aposentos reales de Francisco I y Luis XIV.

—A las 12:40 el autobús partió hacia Chenonceau. Por las ventanillas vieron correr entre los bosques a un ciervo rojo.

—A las 5:40 a.m., hora de México, corro de un lugar a otr tratando de salvar a mi hermano.

—A las 13:37 llegaron a Chenonceau. El guía les explica que es conocido como el "Castillo de las Damas" debido a que ahí habitaron Diana de Poitiers y Catalina de Médicis.

—Mi madre escribe: "El castillo más hermoso que he conocido, parece flotar sobre el agua".

—A las 6:37 a.m., hora de México, mi hermano flota dentro del tinaco. Lleva horas ahí metido.

—La visita termina a las 15:02. El guía bromea: "Seguro querrán morderse unos a los otros por el hambre".

—A las 15:27 el autobús se estaciona en un restaurante cercano.

—El grupo se sienta en largos bancos de madera y el guía les anuncia que comerán como los antiguos nobles. El menú incluye faisán a las uvas, pato a la orange, lomos de ciervo a la pimienta, costillas de jabalí a la miel, y para los de paladar menos aventurero, pollo a la cacerola o bistec con papas. La comida es acompañada por espléndidos vinos de la región y agua mineral sin gas.

—Mientras mis padres degustan platos de caza, Carlos boquea tratando de jalar aire a las 15:36 hora de Francia.

—A las 15:42 llegan los postres: tartaleta de fresa, crème brûlée, mousse de chocolate blanco y quesos normandos con frutos del bosque.

—A las 15:45 hora de Francia, 8:45 hora de México, Carlos golpea las paredes del tinaco tratando de hacer un último esfuerzo por salir. Sus asesinos escuchan los golpes, pero ríen divertidos.

—A las 15:48 mi padre pondera las virtudes del brie que ha seleccionado: "No he probado nada semejante en mi vida". Mi madre se rehúsa a comerlo, el olor del queso le molesta.

—A las 15:59 hora de Francia mi hermano empieza a tragar agua, grita pero su voz no alcanza a escucharse y aun cuando se escuchara sus asesinos no harían nada por salvarlo.

—A las 16:02 mis padres suben al autobús rumbo a Ambroise. Mi padre dice que es la mejor comida de su vida y que ahora entiende por qué los cazadores cazan.

—A las 16:03 de Francia, 9:03 a.m. hora de México, los pataleos de mi hermano son débiles. Sus pulmones se inundan.

—El autobús arranca a las 16:05. Un turista corre apresurado tras él. Había ido al baño y el guía no se había percatado. Por poco lo dejan varado en un castillo a dos horas de París. "Stranded", dijo el guía cuando no supo cómo decir "varado" en español.

—A las 16:05 de Francia, 9:05 de México, mi hermano Carlos muere ahogado después de sobrevivir veintiún horas bajo el agua.

—A las 17:00 el autobús arriba a Amboise. Mi padre se emociona al saber que en la capilla del castillo está enterrado Leonardo da Vinci.

—A las 17:01 hora de Francia, 10:01 hora de México, mi hermano flota ahogado.

—A las 17: 29 mis padres suben a la torre más alta del castillo. Se maravillan de la hermosa campiña, del río de la Loire que serpentea bajo el castillo.

—A las 18:02 parten de Amboise rumbo a París.

—A las 18:14 hora de Francia, 11:14 hora de México, los asesinos se cercioran de que mi hermano está muerto y lo dejan dentro del tinaco.

—Mis padres duermen abrazados en el camino de regreso. Mi hermano duerme en su lecho de agua.

—El autobús arriba a París a las 20:30, justo a la hora que el folleto indicaba como tiempo de llegada. Felices y cansados, mis padres suben a su habitación sin cenar: aún se sienten llenos de la comilona en el restaurante cercano a Chenonceau.

—Mi hermano hinchado de agua. Su cadáver crece más, pesa más, duele más.

—Última anotación de mi madre en su diario de viaje a las 22:17, escrita en clave: HEA, muy romántico todo.

—HEA, lo supe luego: Hicimos el amor.

—SHMMA: Su Hijo Mayor Muerto Ahogado.

Tarareaba mientras hacíamos el amor. Una tonada dulce, suave. Cuando Chelo lo hacía, lloraba quedito. Sus lágrimas mojaban mis mejillas y resbalaban hacia mi cuello. Tarareaba y sonreía y lloraba y me abrazaba. Luego aceleraba su vaivén y se venía ondulando su vientre contra mi pelvis. Jadeaba unos segundos y luego calmaba su respiración. Me tomaba de la cabeza, me miraba a los ojos y sonreía. Aunque llorara, Chelo siempre sonreía. Volvía a tararear, a abrazarme, a sonreír, a llorar y a gozar un orgasmo tras otro. Ella volvía a contarme que nadie la había hecho venirse así, que a lo máximo dos orgasmos, pero que conmigo era la locura. Lejos de alegrarme, me dolía. ¿Para qué restregarme los orgasmos que otros le provocaban? ¿Para qué? Los celos me corroían. Los celos, los malditos celos.

A veces la contemplaba frente a la estufa preparando la cena. Reconcentrada en el sartén mientras freía los huevos o un pedazo de cecina. Me parecía hermosa, con sus ojos azules, su cojera permanente, su indestructible alegría. Al cocinar también tarareaba. Tanta paz en una mujer con dolor crónico. Al descubrirme mirándola ella sonreía y señalaba los manteles y los cubiertos.

—Ven, ayúdame con esto, llévalos a la mesa.

Obediente, los colocaba frente a nuestros lugares. Ella servía la cena, se sentaba a mi lado y me daba un beso.

—Anda, come para que no te pongas flaco.

Al terminar lavábamos juntos los trastes y nos íbamos a acostar a mi catre a hacer el amor una vez más. Ella me enlazaba con sus piernas mientras yo la penetraba. Cuando yo me venía dentro de ella no se limpiaba mi semen. Ella lo llamaba "mi tacita" y decía que lo que más le excitaba al vestir con falda en clase era sentir cómo mi semen le escurría por la pierna y se deslizaba hasta su pantorrilla. "Quiero tacita" decía cuando deseaba que cogiéramos y me lo pedía en cualquier lugar de la casa: la cocina, la sala, el baño, el cuarto de mis padres. Mis celos. ¿A cuántos antes les habría dicho "quiero tacita" y se los habría cogido en cualquier lugar a cualquier hora?

Cada noche, al terminar de hacer el amor, ella se vestía en silencio y me besaba para despedirse. Yo me quedaba desnudo en mi casa solitaria, en la casa de mis muertos, con mi luto empalmado a la tortura de mis celos.

Yo no salía. Chelo era quien realizaba las compras. Yo le daba dinero para ello. Al vaciar los cajones de mi padre hallé escondidos entre los calcetines varios billetes enrollados. Una pequeña fortuna, suficiente para poder vivir sin aprietos durante un año o año y medio. Chelo era una administradora nata. Hacía que el dinero rindiera. Sin ella yo lo hubiera dilapidado en un mes.

Por las mañanas, cuando ella no estaba, subía al cuarto de mi hermano a hurgar entre sus libros. Su biblioteca de libros robados era vasta, de Rulfo a Einstein, de Faulkner a Nietzsche, biografías de Mozart a Marx, atlas geográficos, mapas antiguos, tratados filosóficos, diccionarios. Me tumbaba en su cama a leer. (¿Los ahogados también tienen camas, sábanas, ropa? ¿A quién le pertenecen los objetos de los muertos? ¿A los muertos? ¿A los que los sobrevivimos?) En cada página de sus libros descubría una anotación suya, una palabra subrayada, un comentario. O de plano tachaba por completo una frase que le parecía mal escrita. Leer sus libros era mantener un diálogo silencioso con él.

Con el King tendido a mis pies, leía por horas hasta que escuchaba a Chelo abrir la puerta principal con la llave que le había dado y entonces bajaba a recibirla. Si no hacía frío, Chelo y yo deambulábamos sin ropa por la casa. Al principio ella se resistía, le apenaba aún mostrar sus cicatrices. Pero terminó por sentirse cómoda y ambos paseábamos desnudos sin ningún pudor. A veces su "quiero tacita" nos sorprendía a mitad de la sala. Nos tirábamos sobre la alfombra a hacer el amor. Al King nuestros embates sexuales le parecían juegos. Ladraba a nuestro alrededor o brincaba sobre nosotros y nos lengüeteaba las nalgas o las piernas. Chelo no paraba de reír cuando nos acometía y nos llenaba de baba.

Fue ella quien me introdujo a la música de Deep Purple, de John Mayall, de La Revolución de Emiliano Zapata. Hablaba con ardor de Antonioni, Truffaut, Godard, Buñuel, De Sica, el Indio Fernández y de su película mexicana favorita: *Viento negro*. Me prestó libros de sus autores favoritos: Pío Baroja, Dostoievski. Todo en ella era entusiasmo, alegría vital, curiosidad.

María Consuelo Reyes López era su nombre completo. Consuelo. En mi circunstancia no pude enamorarme de alguien con un nombre más apropiado: Consuelo. "Soy tu

Consuelo" me decía y sí, ella era mi consuelo, mi suelo, mi cielo, mi sueño, mi país, mi patria. Cuánta patria puede ser una mujer para un hombre. Cuánta patria era Chelo para mí.

Imagino el rostro de la Miss Ramírez al recibir la orden de apercibimiento por el juzgado XIII para enfrentar una demanda por difamación, otra por maltrato infantil, otra por fraude, otra por…, en total dieciocho demandas presentadas por los abogados del despacho Ortiz, Arellano, Portillo y Asociados, el bufete legal más poderoso del país, cuyo socio mayoritario, Alberto Ortiz, jamás había perdido un caso. Bien relacionados con la clase política, conocedores de los entresijos del poder judicial, sabedores de las corruptelas necesarias para subyugar jueces, procuradores, testigos, los abogados de Ortiz, Arellano, Portillo y Asociados se hallaban en el tope de la cadena alimenticia del sistema legal.

Con certeza, la Miss Ramírez debió dar por resuelto mi caso con nuestras expulsiones, pero no previó la avalancha de auditorías, juicios, gastos y amenazas que se le vino encima. La estrategia del senador Molina surtió efecto. Ramos y su familia se vieron involucrados en una maraña de chismes, rumores y mentiras. Fuensanta fue llamada a declarar y la gente del senador Molina se encargó de que se le diera suficiente espacio en la prensa. Aunque estaba prohibido por ley publicar el nombre de menores de edad en procesos legales, bastó con mencionar que se trataba de "una de las hijas del subsecretario Ramos" para que el chisme repercutiera.

Ramos no expuso más a su hija. La mandó a Kansas a casa de unos primos de su mujer y obligó a la Miss Ramírez a negociar con mis padres para evitar que el escándalo siguiera desparramándose.

Carlos y yo terminamos readmitidos con beca al cien por ciento, no solo por el resto del año escolar, sino por los dos siguientes, lo cual no me hizo nada feliz: detestaba esa escuela. Muy a su pesar, la Miss Ramírez se disculpó conmigo y con mis padres. Acostumbrada a ser la mandamás de su escuela y a mangonear a empleados, maestros y padres de familia, se topó de pronto con un adversario mayúsculo que desde el anonimato evidenció la dimensión de su negocio: los costos de la escuela los pagaba solo con el veinte por ciento de las colegiaturas, el resto era ganancia. La multa por evasión fiscal —ella declaraba un ingreso de apenas el diez por ciento— fue tan severa que por poco quiebra. Doblegada a golpe de juicios, no le quedó de otra que ceder ante mis padres.

Tal y como lo fraguó el senador Molina, el episodio afectó al subsecretario Ramos tanto en lo familiar como en lo político. Su torpeza para manejar el asunto se le revirtió. Cada declaración suya para librar a su hija del escándalo lo hundió más y más. Los periodistas pagados por Molina dibujaron a Fuensanta como una Lolita ninfómana. A él se le acusó de mal padre. Salieron a relucir sus borracheras y las golpizas a su mujer. En los pasillos políticos corrieron bromas sobre él y Fuensanta. El corrupto moralista, sucio en los negocios, con una hija de once años sucia en lo sexual.

Dos meses después el subsecretario Ramos renunció. El senador Molina pudo entonces sacar adelante los proyectos inmobiliarios que Ramos bloqueaba para poder beneficiar a su propia gente. Compra de terrenos a precios de regalo para luego construir casas y venderlas a precios disparatados.

Carlos y yo regresamos a la escuela percibidos bajo otra óptica. Los niños que no viajábamos a Europa, que llegábamos a la escuela en transporte público, que vivíamos en una colonia de la cual nadie había escuchado, los niños problema expulsados de manera definitiva, volvimos a la escuela con beca y con un trato deferente y respetuoso de la directora. En cambio Fuensanta Ramos, la niña modelo, la estudiante ejemplar que conocía Europa, Japón, Australia, Sudamérica, la muchachita acosada sexualmente por un niño precoz y degenerado, desapareció de la escuela sin explicación alguna.

Fuensanta se evaporó. Ni sus amigas más cercanas volvieron a saber de ella. ¿Pensaría en mí? ¿Me extrañaría tanto como yo a ella? ¿Le había hecho daño? Fuensanta se desvaneció en una lejana pradera de Kansas y yo me quedé en esa escuela horrorosa, en ese cuadrángulo de cemento sin jardines ni árboles, del cual salí expulsado para siempre al terminar sexto de primaria por culpa de mis diatribas anti-Beatles.

—Bueno.
—Bueno.
—¿Juan Guillermo?
—…
—¿Me escuchas, hijito?
—…
—Juan Guillermo, soy yo, tu papá. ¿Me escuchas?
—Sí, te escucho.
—Estamos llamando desde Florencia, en Italia. No te imaginas qué bonita ciudad. Tu mamá y yo nos la estamos pasando muy bien.
—…
—¿Me escuchas?
—Sí.
—¿Cómo están?
—Pa…
—Me pregunta tu mamá si pagaron la luz y el gas, que les dejó el dinero en el mueble de la cocina.
—Pa, estuvimos tratando de localizarlos.
—¿Por?
—Pasó algo malo.
—¿Qué pasó?
—Tienen que regresar.
—¿Está bien tu abuela?
—Sí, mi abuela está bien… Tienen que regresar.
—Pero ¿qué pasó?
—Carlos.
—Carlos ¿qué?
—…

—¿Está bien tu hermano?

—No, no está bien.

—¿Dónde está?

—…

—Hijo, contéstame. Tu mamá está aquí al lado, preocupada.

—…

—Juan Guillermo, ¿me escuchas?

—Regresen, aquí te explico.

—Dime ahora ¿qué le pasó a tu hermano?

—…

—Contéstame.

—Lo mataron.

—¿Qué?

—A Carlos, lo mataron.

—…

—Papá, tienen que regresar.

—No estás bromeando, ¿verdad?

—No, pa, Carlos está muerto.

—No, eso no es cierto.

—Lo mataron hace seis días. Lo tuvimos que enterrar.

—No puede ser. ¿Quién lo mató?

—Ya vuelvan, por favor.

—¿Qué pasó? Dime

—Acá te explico, ya vengan. Mi abuelita está muy mal.

—Vamos a tratar de regresar lo antcs posible.

—…

—¿No es una broma?

—No, pa.

—Tu mamá está llorando. ¿Estás seguro?

—Sí, pa. Carlos está muerto. Vuelvan ya.

Los aborígenes de una tribu australiana creen que cuando una persona muere viaja con dirección al oeste, hacia el Sol que desciende en el horizonte. En los rayos del atardecer transitan los muertos hacia su noche final, un puente entre la luz y la oscuridad. Excepto los niños. Los niños que fallecen son muertos antes de su tiempo y no merecen terminar en la oscura comarca de la muerte. Por ello permanecen indefinidamente en el limbo naranja del ocaso.

Cuando muere alguien que no debía morir, los niños salen del Sol crepuscular y guían al alma de quien pereció de regreso al cuerpo abandonado. El cadáver inhala el alma y se estremece al sentirla volver. El sacudimiento es muestra de que ha revivido. El niño mira al muerto que ha recobrado la vida y satisfecho regresa a su casa, el declinante Sol del atardecer.

Acordes

Felipe fuerza la ventana. La abre. Entramos a la casa.
Humberto nos guía en la oscuridad. Los rostros tapados con
capuchas. Dios con nosotros. Dice Humberto. Llegamos
a las escaleras. Subimos uno por uno. En silencio. Bates en
las manos. Martillos. Desarmadores. Humberto señala una
puerta. El cuarto principal. Antonio da dos pasos. Se prepara. Respiro hondo. Antonio abre la puerta con un golpe.
Los viejos están en la cama. La mujer grita. El viejo se levanta. No sabe qué pasa. El primer batazo de Felipe tumba
al viejo. La mujer grita. Antonio la jala al baño. Le tapa la
boca. Otro batazo al viejo. Grito ahogado. Batazo. Batazo.
Somos el brazo de dios. Otro batazo. Por traicionar a Cristo.
Judíos apóstatas. Enemigos de dios. El viejo gime. Lo miro.
Humberto me dice. Te toca. Dudo. Humberto señala el
bate. Hazlo, ordena. Lo levanto. Por favor no. Dice el viejo.
Descargo el golpe. El viejo se enrosca. Otro, ordena Humberto. Le pego otra vez. El viejo se retuerce. Le doy varios
más. Dios con nosotros. No tengo miedo. Ni lástima. Adrenalina. Demasiada adrenalina. El brazo de dios. El puño de
dios. Su ejército en la tierra. La mujer se desmaya. Sus piernas blancas en el piso. Sus venas azuladas. Judíos herejes. Judíos traidores. Enemigos de dios. Viejo judío tirado en el
piso. Gime. No lo maten. Ordena Humberto. Una lección.
Nada más. El viejo deja de moverse. La mujer inane en el
azulejo del baño. Su cabello blanco en el azul del piso. Sus
piernas blancas, sus brazos blancos, su camisón percudido,
sus mejillas lívidas, su boca abierta, su pueblo, su dios. Dios
con nosotros. El viejo. ¿Está muerto? Pregunta Felipe. Respira. Dice Antonio. El viejo gime. Llévense cosas. Que

parezca un robo. Ordena Humberto. Abrimos cajones. Joyas. Dinero. Todo para la Iglesia. Nada para nosotros. Salimos. Cerramos la ventana. Dentro el viejo. La mujer. Sus piernas blancas. El odio de dios. Respiro hondo. Tiemblo. Corremos tres cuadras. Nos quitamos las capuchas. Apresuramos el paso. El ejército de dios.

Bajamos de la azotea al patio por la escalera de caracol. Al vernos el King corre a saludarnos meneando su corto rabo. Me lame la mano, me llena de baba la ropa. Carlos abre la puerta de la cocina y el King entra primero. Del refrigerador Carlos saca un cartón con huevos. Mi abuela mira la televisión en el sofá de la sala. Se escucha hasta la cocina la voz gangosa del conductor del programa de concursos. "¿Quieres huevos?", me pregunta Carlos. Le digo que sí. Me prepara mi cena de siempre: tres huevos estrellados, seis panes con mantequilla y un litro de Choco Milk. Me dice que tenemos que entregar un pedido de cien pieles la semana entrante. Hay que cepillar las chinchillas y alistarlas para ser sacrificadas.

Terminamos de cenar. Subimos a su cuarto. Carlos cierra la puerta con seguro. Siempre que la atranca es que va a hablarme del "otro negocio" y no quiere que mis padres se enteren.

—Necesito que alguien recoja un paquete. ¿En quién confías?

Carlos no me permite involucrarme en el otro negocio, aunque en ocasiones me pide que le recomiende a alguien que vaya por la mercancía o pueda esconderla por unos días.

—Yo mandaría al Jaibo otra vez.

Carlos piensa un momento.

—¿Crees que sepa lo que viene adentro?

—No, no creo. Las dos veces que lo hemos mandado, el paquete ha llegado envuelto y sellado.

Mi hermano no parece convencido. El Jaibo no es el más inteligente de mis amigos, pero sí el más discreto.

—No creo que convenga que alguien más se entere —le digo.

Carlos se quita la camisa. En el antebrazo derecho lleva amarrado un pequeño cuchillo con su funda. Carlos ha aprendido a sacarlo con rapidez en un solo movimiento. Varias veces se cortó practicando, pero ahora lo domina y sabe deslizarlo hasta la palma de su mano. En el bolsillo derecho del pantalón guarda un bóxer y una navaja de resorte en el izquierdo. La hebilla de su cinturón la talló con piedra hasta afilarla. Podría rebanar el cuello de alguien con ella si quisiera. En el bolsillo de su camisa lleva siempre una cajetilla de cigarros dentro de la cual oculta cuatro popotes cortados en diferentes tamaños. Nunca sale sin ellos. De sus herramientas de trabajo (así le llama a su arsenal de cuchillos, navajas y bóxers), los popotes son los más importantes y de los cuales nadie debe saber para qué los usa.

—Está bien, dile al Jaibo.

—¿Cuánto le ofrezco?

—Cien varos.

Cien pesos era un dineral.

—Mejor dámelos a mí —reclamo.

Carlos ríe.

—A ti te voy a dar más un día de estos, verás.

Casi nadie en la colonia sale sin estar armado. Yo mismo llevo a veces, al igual que Carlos, un cuchillo atado a mi antebrazo. Carlos, por su negocio, debe andarse con mayor cuidado. Los policías judiciales lo acechan para chantajearlo con la cárcel y sacarle dinero. Con algunos clientes no siempre se pone de acuerdo y a veces las cosas se tornan violentas. O tipos que quieren robarle la mercancía.

—Vete a dormir —ordena.

—Buenas noches.

Salgo de su cuarto. Bajo las escaleras. Mi abuela se ha quedado de nuevo dormida frente al televisor. La tapo con una cobija y le doy un beso en la frente.

—Buenas noches —susurro.

Paso por detrás de ella, abro quedamente la puerta de mi cuarto y entro. Me recuesto sobre mi cama. En el techo he pegado un póster de Raquel Welch vestida como cavernícola. Le doy las buenas noches a ella también, cierro los ojos y me duermo.

Por las noches aullaba. El suyo era un aullido hondo, intenso. Si yo tenía un hermano invisible, Colmillo aullaba para convocar a una invisible jauría de lobos. A cada uno de sus aullidos respondían otros perros en la lejanía. Un coro de aullidos disímiles. Colmillo aullaba con la potencia de los bosques, de la tundra. Sus genes añorantes de la nieve, del frío invernal, de la manada. Colmillo necesitaba praderas heladas, sangre, correr, pelear, dominar, cazar. Aún habitaba demasiado lobo dentro de él.

Era feroz. Atacaba sin más a quien no perteneciera a la familia Prieto. No podía salir sin bozal. Una tarde Colmillo escapó y destrozó el brazo de un mecánico —un gigantón fornido— que había ido a arreglar el carro de los Tena. Colmillo lo atacó en cuanto salió de la casa y lo descubrió asomado bajo el cofre. El hombre no tuvo tiempo de reaccionar. Colmillo brincó directo a su cuello pero solo alcanzó a morder su brazo y sin soltarlo cayó al suelo llevándose en el hocico un gran trozo de músculo.

Fernando Prieto se apresuró a agarrarlo, pero Colmillo lo arrastró y volvió a atacar. El mecánico trepó al techo del carro, despavorido. Colmillo trató de alcanzarlo saltando hacia la cajuela. El hombre gritó desesperado a los Prieto para que se lo quitaran. Fernando, su padre y su hermano pudieron por fin someter al perrolobo. En cuanto lo alejaron, el mecánico entró al carro y se encerró. Su sangre manchó los asientos, el volante, el piso. Un regadero. Donde debía estar su bíceps quedó un enorme boquete ribeteado por las marcas del mordisco del perrolobo. Se lo había arrancado por completo.

Los Prieto le pagaron la cirugía y los gastos médicos, pero él ya no pudo trabajar más como mecánico. ¿Cómo bajar un diferencial con un brazo inútil? ¿Apretar tuercas, desmontar llantas, cambiar una bomba de gasolina? El hombre exigió una indemnización que los Prieto le negaron. Los gastos médicos habían mermado sus finanzas y carecían de dinero para ofrecerle siquiera tres meses de sueldo. Lo lamentaban, pero no podían ayudarlo.

El mecánico juró matar a Colmillo, así tuviera que quemar la casa para lograrlo.

Lo escuché por primera vez en casa del Pato. El disco de cuarenta y cinco rpm se lo había traído un primo de Chicago. Bastaron los primeros acordes de guitarra para saber que esa era la música que me hablaba, me entendía, me emocionaba. Si Los Beatles eran la antípoda de mi calle, Hendrix la condensaba en tres segundos. Jimi Hendrix. No entendía ninguna de sus letras. Hendrix podía cantar estupideces, decir la-la-la o entonar una lista de compras del supermercado. No importaba. Fueron sus intrincadas figuras musicales las que me sedujeron de inmediato.

Le conté a Carlos lo que había descubierto. Él tampoco sabía sobre Hendrix. Juntos peregrinamos de tienda en tienda buscando sus discos, hasta encontrar uno en la Zona Rosa. Lo vendían carísimo. Carlos lo compró y me lo regaló.

Llegamos a la casa y de inmediato lo pusimos en el tocadiscos. En cuanto lo escuchó Carlos volteó hacia mí. "¿Qué es esta chingonería?" Mozart con Nietzsche con el dolor de los esclavos africanos con olor a calle con sabiduría con naturaleza con vida con muerte con amor con potencia con fuego con aire con tormentas con Faulkner con Kant. Si Colmillo era un perrolobo, Hendrix era un músico-lobo. Su música era fiereza pura. Hendrix entendía la calle, las azoteas, las heridas, las cicatrices. Debía saber de peleas, de cuchillos, de abrigos zurcidos con pieles de chinchilla. Hendrix sabía.

Los Beatles representaban la música pegajosa, fácil, que cualquiera podía tararear. Tararear a Hendrix era imposible.

Mi padre lamentaba que sus hijos no escucharan música mexicana o al menos con letras en español. La generación de mis padres creció con las voces de Pedro Infante, Jorge Negrete, Pedro Vargas, María Victoria. Traté de escucharlos y escuchar la música de mexicanos en otros tipos de género: corridos, polcas, boleros, hasta el inocente rock de César Costa y Angélica María. Nada sonaba a Hendrix. Nada como esa guitarra destemplada, esas armonías insospechadas, esos acordes furibundos.

En menos de una semana se extendió en el Retorno el culto a Hendrix. Supimos que era negro, que llevaba en sus venas sangre mexicana, que había nacido en Seattle, que se vestía con abrigos de piel, que se metía cuanta droga podía, que en sus conciertos se presentaba intoxicado, que era zurdo pero tocaba en una guitarra para diestros. Me dormía escuchando a Hendrix, me despertaba escuchando a Hendrix.

Llevé el disco de Hendrix a la clase del ñoño de Kurt Holland por el puro deseo de provocarlo. Lo tomó entre sus manos y lo escrutó con detenimiento, como si pudiera leer la música en los surcos de vinilo. Recién había sucedido el incidente con Los Beatles y mi partida al final del periodo escolar era un hecho. Estaba seguro de que Holland odiaría a Hendrix y por eso quise que lo tocara en clase.

Se paró frente al grupo y les mostró el disco.

—Valdés trajo esto y lo quiere compartir con nosotros.

Se volvió hacia mí, burlón.

—Me imagino que es mucho mejor que Los Beatles.

Rio y varios de mis compañeros rieron con él.

—Oigamos pues.

Lo colocó en el tocadiscos y bajó la aguja. En cuanto empezó a sonar la sucia guitarra de Hendrix en "Voodoo Child", la expresión de Holland se endureció.

—Esto es una broma, ¿verdad? —dijo y después de treinta segundos más de música, quitó la aguja del disco.

—No, no es una broma. A mí me gusta.

—¿Esta porquería?

Ya no le respondí. Ya le había dicho que me gustaba y con eso era suficiente. Holland volteó hacia el resto del grupo.

—¿Alguien aquí aprecia esta basura?

Nadie levantó la mano. Solo se escucharon algunas risillas y cuchicheos. Holland sacó el disco del tocadiscos, lo guardó en su funda y caminó hasta mí para devolvérmelo.

—Tú no perteneces a esta escuela, nunca perteneciste. Te va a hacer bien que te vayas y nos va a hacer bien que te vayas.

Me entregó el disco.

—Ojalá algún día cambies, o al menos mejores tus gustos musicales —dijo con una mirada de desprecio.

Acto seguido el grupo cantó a coro "Yellow Submarine". Al salir de clase Jaime, un gordito con el que jugaba futbol, se me acercó.

—A mí sí me latió —me dijo—. ¿Cómo se llama?

Hendrix, Jimi Hendrix.

Al gordo se le iluminó la cara.

—¿Jimi? Se llama como yo: Jaime.

Sonrió feliz por la coincidencia y se alejó por el pasillo.

Memento mori

Memento mori decían los antiguos romanos. Recuerda que morirás. Cualquiera que haya visto morir a un ser sabe que la muerte no llega de manera definitiva y total. La muerte es una oleada de pequeñas muertes. No somos individuos, sino la suma de células que se agrupan para dar forma a lo que creemos es un individuo. La muerte no es sino la muerte de un conjunto de múltiples seres vivos. Los tejidos no fenecen de golpe, sino van extinguiéndose uno detrás de otro.

Aprendí esto sacrificando a las chinchillas. Carlos nos pagaba tres pesos a mí y a mis amigos por matarlas, limpiarlas y dejar las pieles listas para curtir. Para ejecutarlas, las tomábamos del cuello con la mano derecha, doblábamos un poco su cabeza y luego con la mano izquierda jalábamos de la cola hacia abajo al mismo tiempo que con la derecha tirábamos hacia arriba. El jalón desnucaba a las chinchillas sin dolor y sin maltratar su piel. La desconexión entre cerebro y cuerpo significaba una muerte fulminante, pero aun así minutos después algunas partes seguían moviéndose. Estertores en las piernas, sacudidas en las orejas, temblores en el lomo.

El Agüitas, sentimental como siempre, dejó escurrir unas lágrimas las primeras veces que las desnucó, pero se acostumbró al seco sonido de las vértebras descoyuntándose.

Cada tarde sacrificándolas era una lección de biología, anatomía y filosofía. Entendí lo que era una fascia, cómo funcionaban los tendones, dónde se acumulaba la grasa, de qué color eran los músculos, qué membrana rodeaba al corazón, cuál era la delgada línea entre vivir o morir.

El proceso de pelar las chinchillas era laborioso. Con cuchillo abríamos la piel desde los genitales hasta la base de la mandíbula, cuidando de no penetrar hasta los órganos. La sangre, los orines, las heces, podían dañar las pieles y dejarlas inservibles. Una vez hecho el corte, metíamos los dedos bajo la piel y presionando con suavidad la separábamos del músculo. Debíamos hacerlo con cuidado para no romperla. Los peleteros solo compraban pieles enteras. Al terminar espolvoreábamos los cueros con cal y los extendíamos sobre tendederos para que se secaran.

Desollar cada chinchilla llevaba alrededor de diez minutos. Seis por hora, treinta por tarde. Al principio Carlos solo vendía las pieles y la carne la hervíamos para que se la comieran el King o los perros de los vecinos. Tiempo después consiguió que un fabricante de comida para gatos la comprara. El trabajo se hizo doble: desollar y destripar. Terminábamos exhaustos, las pieles colgando de los alambres y los cadáveres oreándose en canal sobre guacales de pino. Y la paradoja: trabajábamos para alimentar al enemigo: los gatos.

Carlos vendía cada piel en treinta pesos. En ciertas temporadas los pedidos llegaban a las mil pieles mensuales. Carlos sofisticó el proceso de crianza y venta a variables matemáticas. Cuatro a seis crías por alumbramiento. Un promedio de quince por ciento de fallecimientos al nacer. Seis a ocho meses para lograr el tamaño de venta. Dos pesos de alimento por animal al mes. Tres pesos por mano de obra. Cinco por ciento de las ganancias para los vecinos que permitían usar sus azoteas como criaderos. Cien pesos mensuales a Gumaro por limpiar y desinfectar las azoteas. La carne la vendía a las procesadoras de comida para gatos a quince pesos el kilo —aproximadamente seis chinchillas—. Además destinaba cincuenta chinchillas al mes para venta en tiendas de mascotas, las cuales se las pagaban a cuarenta pesos cada una (las tiendas las ofrecían en setenta). En total Carlos sacaba entre veinte y veinticinco mil pesos al mes. De esos tomaba quinientos para reposición de hembras para cría, ciento cincuenta pesos para gastos personales y el resto lo utilizaba para comprar mercancía de su otro negocio.

Según algunos pensadores psicoanalistas, los seres vivos tienden a retornar al estado puro y plácido de lo inorgánico. Existir supone una constante tensión, un desgaste, una angustiosa lucha día a día por alimento, territorio, reproducción, agua y solo con el regreso a la nada los seres vivos hallan reposo. Spinoza, el filósofo de Ámsterdam, por el contrario, pensaba que los seres defienden su inmanencia. *Unaquaeque res, quantum in se est, in suo esse perseverare conatur:* "Todas las cosas quieren preservar su ser". Parafraseando a Spinoza, Borges escribió: "La piedra quiere ser eternamente piedra y el tigre un tigre".

Después de desnucar cientos de chinchillas concluí que Spinoza tenía razón. El tigre quiere permanecer tigre, la piedra en piedra, la chinchilla en chinchilla, el hombre en hombre. Es el instinto de conservación el que prevalece, no la tendencia a la muerte. De ahí el terror en su forma más pura: el miedo a morir.

Una tarde tocaron a la puerta. Mi abuela fue a abrir. Regresó para decirme que me buscaban "unos vecinos". Salí. Afuera me aguardaban diez de los buenos muchachos, entre ellos Humberto, un tipo alto y correoso que era su líder. También estaba Antonio, con un vendolete en la ceja y dificultad para hablar a consecuencia del golpe que Carlos le propinó en la mandíbula.

—Hola —me saludó Humberto con cordialidad.

Parecían uniformados. Pantalones de vestir en beige o café, camisa blanca de manga larga impecablemente fajada, camiseta blanca abajo, crucifijo en el cuello, pelo corto, zapatos choclos negros bien boleados, reloj dorado en la muñeca izquierda. Nada de tenis, botas, camiseta de colores, pantalones de mezclilla, pulseras, anillos, pelo largo. Pulcros, limpios, atildados.

—¿Qué hay? —le pregunté.

—Supimos del altercado que tuvieron tú y tu hermano con Antonio.

—¿Y?

—Antonio desea disculparse con ambos, pero sobre todo contigo. No debió pegarte.

Antonio adelantó un paso y cruzamos una mirada.

—Perdón. Me molestaron tus insolencias, pero mi proceder fue equivocado.

Sin duda, Quevedo habría amado la forma de hablar de estos tipos.

Está bien, no te preocupes.

—¿Lo perdonas? —preguntó Humberto con entusiasmo.

Al parecer no me quedaba de otra. Frente a mí se hallaban diez loquitos karatekas.

—Sí.

Con una seña de su barbilla, Humberto le ordenó a Antonio que se acercara.

—¿Podrías sellar tu perdón estrechándole la mano?

Sospeché una trampa. Antonio se acercó dócil y estiró su mano hacia mí. Pensé que al tomar la mía la jalaría para inmovilizarme y entre los diez me apalearían. Le di la mano.

—Enhorabuena —exclamó Humberto.

La mano del gordo era sudorosa y regordeta. En cuanto la solté limpié discretamente la mía en el pantalón.

—Quería pedirte, y te lo digo con respeto, que por favor tú y tus amigos no profieran malas palabras en la calle. No es correcto. Hay niñas, mamás, abuelitas que pueden oírlas —dijo Humberto. Si hubiera sabido que mi abuela decía "me carga la rechingada contigo, pinche escuincle cabrón" cada vez que se enojaba conmigo.

—Vamos a tratar —le dije.

—Queremos también que tú, Carlos y tus amigos vengan a reunirse con nosotros. Nos juntamos los lunes y miércoles a las siete de la noche en mi casa. Tomamos refresco, pasamos películas, escuchamos música, hablamos de varios temas y vienen a darnos charlas personas interesantes. Estoy seguro de que les va a agradar.

—Okéi, yo les digo.

Humberto me miró con la expresión beatífica de un buen hombre.

—Que sigas pasando un bonito día. Espero verlos el próximo lunes. Que dios te bendiga.

Partieron y esperé a que se alejaran. Humberto era hijo de la mujer que años atrás me había salvado la vida.

¿Quiénes serían sus padres? ¿En dónde hubiera nacido? ¿Qué nombre le habrían puesto? ¿Sería Piscis o Cáncer o Tauro o Escorpión? ¿Sería alcohólico? ¿A qué se habría dedicado? ¿Futbolista? ¿Albañil? ¿Pordiosero? ¿Asesino? ¿Creería en dios? ¿Habría tenido hijos? ¿Sería guapo o feo? ¿Alto o bajo? Tantas posibilidades desbaratadas flotando dentro de un frasco de mayonesa. Miré al feto contra la luz de la lámpara de mi cuarto. Se mecía dentro del turbio formol, rebotando contra las paredes de vidrio. Sus órganos se traslucían bajo la piel. Sus ojos, dos puntos negros en su cara informe. Dos apéndices como piernas. Una gran cabeza rosada. Manos que semejaban aletas. Hombre-pez, hombre-reptil, hombre sin ser hombre.

El feto dentro del frasco de mayonesa era la metáfora de la muerte de mis dos hermanos. Así debió flotar Carlos esa mañana al ahogarse mientras sus asesinos celebraban su muerte. Así debió bambolearse el cadáver de Juan José dentro del vientre de mi madre cuando ella empujaba el carrito en el supermercado y decidía si compraba betabeles o zanahorias.

Me dormí con la luz prendida y el frasco sobre mi pecho. Temprano por la mañana sentí que alguien intentaba quitármelo. Por instinto lo aprisioné y abrí los ojos. Sentada en la cama se hallaba Chelo. No la había escuchado entrar.

—¿Qué hora es? —le pregunté. Aún estaba oscuro.

—Seis y cuarto.

Fijó su mirada en el frasco.

—¿Qué es eso?

—Un embrión de perro —le mentí.

—Déjame verlo.

Retuve el frasco, pero ella me lo quitó con suavidad. Lo alzó para verlo con la luz que se filtraba por la puerta. Lo examinó dándole vueltas y volteó hacia mí.

—Esto no es un embrión de perro, es de humano —dijo. No tuve idea de cómo pudo distinguirle los más mínimos rasgos humanos.

Caminó dos pasos y me mostró el frasco. El embrión chocó contra la tapa.

—¿Me puedes decir qué haces con esto?

Nunca la había visto tan seria y molesta.

—Lo compré.

—¿Lo compraste? —preguntó incrédula.

—Sí, lo compré cuando iba en primero de secundaria al técnico del laboratorio de Biología.

—¿Para qué?

—Para tenerlo.

—Tenerlo —repitió para sí misma.

Miró el piso, como si ahí se encontraran las palabras que buscaba.

—Por qué mejor no lo sacas del bote, lo limpias, lo envuelves en un pañuelo nuevo, lo metes en una cajita de madera y lo entierras en un lugar arbolado.

Como estudiante de medicina, Chelo debía examinar cientos de fetos, autopsiar cadáveres, practicar cirugía en animales muertos. ¿Por qué le preocupaba un embrión flotando en formol?

—Quiero guardarlo, lo veo diario.

Chelo se quedó pensativa unos segundos y me miró a los ojos.

—¿No tienes suficiente muerte ya?

91

Su pregunta me dejó frío. ¿Qué tenía que ver un feto encerrado en un frasco de mayonesa con la muerte de mi familia? Empecé a llorar sin poder detenerme. No había llorado con la muerte de Carlos, ni la de mis padres, ni la de mi abuela. Yo no lloraba. Nunca. Mi padre presumía frente a sus amigos que jamás me había visto llorar. Y era cierto, no recordaba llanto en mi vida después de los cuatro años. Yo no lloraba y ahora no podía parar.

Chelo me abrazó.

—Perdóname, no te quise lastimar.

No, ella no me había lastimado. Es que era tanta y tanta muerte a mi alrededor.

—Perdóname —susurró. Me llenó de besos la cara. Seguí sin poder controlar mi llanto. Un llanto de tristeza, de rabia, de impotencia, de deseo de venganza. Venganza. Traté de ya no llorar. Imposible. Me avergoncé. Desde niño nadie me había visto llorar y ahora la mujer que amaba veía que no podía detenerme. Quería tragarme mis lágrimas, esconderlas, aplastarlas. Yo nunca lloraba.

Mientras Chelo besaba mis lágrimas se desnudó. Me abracé a ella. Sentir su desnudez empezó a calmarme. Clavé mi cabeza en su hombro y me quedé dormido.

Definición de muerte: cesación o término de todas las funciones vitales de un organismo.

Definición de muerte: cesación o término de todas las funciones vitales de un organismo.

Definición de muerte: cesación o término de   las funciones vitales de un organismo.

Definición de muerte: cesación o término de   las funciones
          de un organismo.

Definición de muerte: cesación o término de
          un organismo.

Definición de muerte: cesación   de
          un organismo

Definición de muerte: cesación   de
organismo

Definición de muerte: cesación
          organism

Definición   muerte: cesación

               muerte: cesación

               muerte

               m   erte:

               m   rte:

               m   te:

               m   e:

               m   :

                    :

                    .

Praderas

Amaruq lo había visto un par de veces. Era enorme, su pelaje gris intenso. Uno o dos gruñidos bastaban para que otros lobos lo obedecieran. El gran lobo gris apareció de pronto y destronó a Tulugak en una pelea descarnada. Tulugak llevaba dos inviernos como líder de la jauría. Amaruq lo nombró Tulugak por su color negro, tan negro como el de los cuervos.

Herido de muerte por las hondas dentelladas, Tulugak erró por la pradera nevada dejando un copioso rastro de sangre. Amaruq siguió las huellas y descubrió su enorme cuerpo negro al final de una hondonada. Imposible aprovechar su piel. Las heridas de la pelea la habían arruinado. Trozos enteros arrancados a mordiscos.

Amaruq había intentado cazarlo durante meses, pero Tulugak nunca se acercó a las trampas ni ofreció tiro. Era un lobo avisado y sagaz. Amaruq se acuclilló para examinar el cadáver. Era un magnífico lobo. Amaruq pasó su mano por el oscuro pelaje. Sintió aún el calor despedido por el cuerpo inerte. Le cortó la cola y la colgó en su cinturón.

Los siguientes días Amaruq exploró las praderas con los binoculares. Quería hallar a la jauría ahora regida por el gran lobo gris. No vio nada, ni siquiera huellas en la nieve. Solo los oía aullar por la noche con su aullido grave y profundo. Cada día, al despertar, levantaba la tienda de campaña, enrollaba las pieles sobre las cuales dormía, las acomodaba en el trineo, se calzaba las raquetas para nieve y echaba a andar hacia los remotos parajes donde había escuchado los aullidos.

A las dos semanas por fin encontró indicios en la nieve. Huellas de quince lobos. Amaruq determinó por el tamaño de la pisada que debían ser nueve hembras, tres machos jóvenes, dos adultos y el gran lobo gris, el macho alfa.

Durante cinco días Amaruq siguió el rastro. El gran lobo los guiaba hacia lo más denso de los bosques. En una sola ocasión Amaruq pudo verlos trotando a lo lejos. El lobo se detuvo, venteó el aire cristalino de la mañana y se volvió hacia donde se hallaba Amaruq. Por los binoculares Amaruq distinguió sus ojos amarillos, el vaho de su aliento. Luego el lobo dio vuelta y continuó seguido por el resto de la jauría.

Amaruq supo desde el principio que ese era el lobo del cual su abuelo le había advertido: "De todos los lobos que veas en tu vida, uno solo será tu dueño. Le pertenecerás. Tratarás de cazarlo y te evadirá una y otra vez. Lo verás desaparecer de un segundo a otro. Y te obsesionarás con él. Dedicarás tu vida a perseguirlo. Ese lobo será tu dios. Escucharás sus aullidos por las noches y sabrás que no llama a otros lobos, que te llama a ti. Algún día cruzarán miradas y verás en la suya quién eres. Ese lobo eres tú. Saldrás cada día a buscar la voz que te clama, la de tu dios, tu insondable dios. Y si en esta vida no logras cazarlo, deberás acecharlo en tus otras vidas hasta que por fin lo caces".

Amaruq observó desde lo alto de una montaña al gran lobo gris y su grey que se perdían entre los bosques. Decidió nombrarlo "Nujuaqtutuq": el Salvaje.

Dejó la cuchara dentro del platón de cereal y me miró.
—¿Cuándo te lo dijo?
—Ayer por la tarde. Hizo que Antonio me pidiera perdón.
—¿Perdón?
—Sí, perdón.
Carlos se quedó pensativo un momento.
—¿Qué se traerán entre manos los mochos?
—Es lo que dice Cristo, ¿no? Que hay que perdonar.
—¿Cristo? ¿Lo de la otra mejilla y ese rollo?
—Sí.

—¿Qué más te dijeron?

—Que nos invitaban los lunes y miércoles a las siete de la noche a las reuniones que hacen en casa de Humberto.

Carlos meneó los corn-flakes dentro del platón.

—¿Y piensas ir?

—No. Han de ser aburridísimas.

—Quiero que vayas.

Lo volteé a ver, incrédulo.

—¿Para?

—Para saber qué quieren.

—Me imagino que enseñarnos lo que predica Cristo. No matarás, no robarás, no desearás a la mujer de tu prójimo, eso.

—No creo. Algo más quieren esos cabrones.

Carlos se quedó pensativo, de nuevo concentrado en el cereal.

—Ve dos o tres meses y me cuentas.

—No, ¡qué hueva!

—Necesito saber qué se traen.

—Vamos juntos.

—Yo voy a ir contigo después. Tú empieza por ir. Hazles creer que estás en el mismo rollo que ellos.

—¿Para qué necesito hacerlo?

—Porque si no suena a que te convencieron no te van a decir lo que realmente quieren y yo quiero saber qué quieren.

Accedí. El siguiente lunes, a las siete de la noche, toqué en la puerta de casa de Humberto.

Mi madre sacó una camisa del clóset de Carlos y me la mostró.

—¿Esta te la pondrías?

Era una camisa de leñador, roja con cuadros negros, de franela. Se la había traído mi papá de un viaje a Wisconsin adonde lo mandó la compañía lechera a estudiar los procesos de control de calidad en las empresas de allá. Carlos la vistió a menudo durante casi dos años. Si cierro los ojos y recuerdo a Carlos, es con esa camisa.

—No sé si me la ponga, pero la guardaría.

—Te pregunté si te la pondrías, no si la guardarías.

—Sí, sí me la pienso poner.

La colocó sobre el montón de otras camisas sobre las cuales me había hecho la misma pregunta. Era extraño decidir si pensaba usar o no la ropa de mi hermano muerto.

Mis padres no pudieron regresar de inmediato de Europa. No les alcanzó para pagar un nuevo boleto de avión. Debieron esperar seis días más a que el autobús del tour "Europa a Su Alcance" los devolviera a Madrid para regresar a México. Cuando llegaron a la casa, mis padres se veían demacrados y secos. Esa noche en Florencia, al colgar conmigo y enterarse de que su hijo mayor había sido asesinado, se abrazaron y no pararon de llorar (tal como yo no cesé de llorar abrazado a Chelo, tres años después, cuando ellos también estaban muertos). Ahora que habían regresado, ya no les quedaban más lágrimas.

Durante una semana fueron al panteón a sentarse junto a la húmeda tumba de su hijo. Así como mi madre se quedaba absorta contemplando la cuna vacía del gemelo que perdió, así de absorta se quedaba ahora mirando la sepultura del hijo ahogado por asesinos devotos de Cristo. Como si fuera una ciega leyendo braille, mi madre pasaba los dedos una y otra vez por la inscripción en la lápida con el nombre de su hijo yacente bajo el lodo para constatar que en realidad estaba muerto. El ir y venir de sus dedos por la piedra le sangró las yemas. Mi padre trató de detenerla, pero ella se negó.

Días después abrieron las pesadas maletas llenas de suvenires y regalos de su viaje a Europa. Reproducciones de la torre Eiffel, manteles de Brujas y un abrecartas repujado en oro hecho en Toledo fueron los regalos para mi abuela. Una camisa de lino blanca, un libro sobre Leonardo da Vinci y una reproducción del jabalí que se halla a la entrada del mercado en Florencia, los regalos para Carlos. Y para mí un suéter de lana de Berlín, un cuchillo de caza de San Sebastián y unos zapatos italianos que no me quedaron.

Mi madre puso la camisa de lino blanca, el jabalí y el libro sobre la cama de Carlos y ahí los dejó, como una Santa Claus subrepticia que espera que el espíritu de su hijo llegue a recogerlos. Al día siguiente, sin que ella se diera cuenta, me los llevé. Leí el libro sobre Da Vinci, coloqué el jabalí a la entrada de mi cuarto y colgué la camisa de lino dentro de mi clóset. Me prometí que el día que cumpliera con mi venganza la vestiría con orgullo, como quien guarda sus mejores prendas para la celebración más esperada.

Mi padre juró que dedicaría el resto de su vida a que se hiciera justicia. Si había logrado que la escuela se retractara y terminara por readmitirnos, lograría también que los asesinos de su hijo acabaran purgando condena. No contó con la podredumbre y la impunidad crónica del sistema judicial mexicano, con la confabulación entre los asesinos y quienes debían castigarlos. Cómplices la pureza moral de los jóvenes católicos con la eficaz crueldad de la policía.

La autopsia corrompida y manipulada determinó que mi hermano había muerto por accidente. Mi padre clamó homicidio. Había pruebas contundentes, testimonios, evidencia. Decidido me llevó de una dependencia de gobierno a otra como testigo de los hechos. Nadie se interesó en nosotros. A nadie pude contarle la atrocidad que presencié. Criminalillos como mi hermano eran los responsables de la depravación de la juventud. Al fin y al cabo los buenos muchachos no eliminaron a un hijo, a un hermano, a un amigo, a un nieto, sino a un tipejo que emponzoñaba el tejido social. Además, la autopsia comprobó que había sido un accidente ocasionado por la inconsecuencia de mi hermano, que al tratar de huir acabó ahogado. Caso cerrado. Punto.

Mi padre atravesó vestíbulo tras vestíbulo de las oficinas de procuración de justicia en espera de ser atendido. Inútil. Una vez que se ponen en movimiento los engranes del sistema, lo único que puedes esperar es acabar triturado. A lo más que llegó mi padre fue a ojear el expediente judicial de mi hermano. Su muerte la resumían en una palabra: accidental. En cambio la lista de delitos que cometió era larga: tráfico y venta de enervantes, cría ilegal de animales, posesión de armamento, crimen organizado y más y más. Nada decía que era un hombre culto que sabía de Aristóteles y Kant, Zola y Stendhal, el Doctor Atl y Diego Rivera, nombres que la mayoría de quienes lo mataron jamás conocieron.

Mi padre dejó el expediente sobre el grisáceo escritorio de metal y le reclamó al secretario del juzgado que esas eran mentiras, que su hijo no había merecido morir y que debía hacerse justicia. El secretario, en un burdo intento por confortarlo, le dijo que tuviera resignación y confiara en la ley de dios. ¿Confiar en dios? ¿Confiar en el imperturbable ser que avaló a los asesinos?

Mi padre intentó en vano comunicarse con el senador Molina. No tomó ninguna de sus llamadas. Buscó a los abogados del despacho Ortiz, Arellano, Portillo y Asociados que tanto nos habían ayudado en el caso contra la escuela. Se reunió con ellos y atentos lo escucharon. Le pidieron que los llamara al día siguiente y no le volvieron a contestar. La secretaria utilizó decenas de excusas para evitar comunicarlo con ellos: salieron a comer, están en junta, fueron al juzgado. Después de decenas de llamadas, la secretaria se apiadó de mi padre. "Deje de insistir, señor Valdés, ni pagándoles el triple de lo que cobran van a tomar este caso. Es una pérdida de tiempo." ¿Pérdida de tiempo? La muerte de un hijo mantenido bajo el agua por horas y ahogado con alevosía y ventaja por un grupo de fanáticos religiosos, ¿una pérdida de tiempo?

Le dije a mi padre que no quedaba más opción que la venganza. A Humberto, Josué y Antonio los habían mandado un tiempo a Lagos de Moreno mientras se calmaban las cosas. Ahí, en ese antiguo territorio cristero, las organizaciones ultracatólicas clandestinas de la región los cuidarían y protegerían. "Pero", le dije a mi padre, "algún día van a volver y entonces los matamos".

Oír a su hijo de catorce años hablar sobre muerte y venganza lo horrorizó. "Somos otro tipo de personas", sentenció, "nosotros no hacemos eso". "¿Qué hacemos entonces?", le pregunté. (¿Crees que tu hijo sepultado bajo el lodo no espera que castigues a sus asesinos? ¿Debemos susurrarle en su tumba: tus homicidas están libres, esperando asesinar al siguiente?) "Tarde o temprano se va a hacer justicia", aseguró. "No", le dije, "tarde o temprano me voy a vengar". Mi padre me tomó del mentón y me levantó la cara para verme a los ojos. "Que tu calidad humana no dependa de la calidad de los demás. Si ellos son asesinos, tú no te convertirás en asesino."

Elegimos para enterrarlo uno de los bordes de la avenida Río Churubusco, bajo dos árboles y entre el pasto crecido. Fue mi primera salida de la casa en dos meses desde la muerte de mis padres. Había llovido por la mañana y por la tarde había escampado. El cielo era azul intenso, claro. Caminamos hasta el sitio. A unos metros los automóviles cruzaban a ochenta kilómetros por hora. Extraño sitio el que escogimos como cementerio, pero Chelo deseó un lugar cercano para poder ir a visitarlo.

Quise enterrarlo dentro del frasco. Saber que estaba ahí, aún conservado, en caso de que quisiera exhumarlo y llevarlo de vuelta a casa para de nuevo verlo mecerse contra las paredes de cristal. Chelo lo impidió. Había que cancelar cualquier posibilidad de rescatarlo de debajo de la tierra.

Sacamos al feto del frasco. El olor del formol fermentado por el cadáver casi me hace vomitar. Tiramos el líquido por el desagüe del lavabo y Chelo tomó el embrión con delicadeza. Lo enjuagó bajo el chorro de agua fría, lavándolo como si fuera un bebé. Chelo se volvió hacia mí.

—¿Qué nombre le ponemos? —me preguntó.

—No sé ni siquiera si es hombre o mujer.

Chelo exploró entre las diminutas piernas palmeadas. No había manera de distinguir el sexo, pero Chelo afirmó convencida: "Es un niño". Le puso Luis. No entendí su necesidad de darle nombre a ese pequeño batracio. Chelo terminó de enjuagarlo, lo contempló unos segundos y lo extendió hacia mí.

—Envuélvelo —ordenó.

Sentir su piel contra mis dedos fue extraño. Su piel glutinosa brilló bajo el foco. Miré los minúsculos puntos negros que eran sus ojos. Cuántas noches busqué observarlos de cerca cuando flotaba dentro del frasco. Ahora, por primera vez, nos veíamos cara a cara.

Desplegué el pañuelo de seda rojo que Chelo había comprado para la ocasión, lo envolví con ceremonia y lo deposité en una pequeña caja de madera, de esas en que empacan turrón de avellana. Una vez cerrada, Chelo la selló con un listón, también rojo.

Arribamos al sitio elegido, el King detrás de nosotros, jadeante. Gordo y viejo, le costó subir el antiguo borde del río. Me arrodillé junto a uno de los árboles y con una pala de jardinería escarbé un hoyo. Olió a tierra mojada. Algunas lombrices se deslizaron entre las raíces. Sin querer partí una con la pala. La parte trasera se quedó enroscándose en el lodo mientras la delantera desapareció por un agujero.

Con curiosidad, el King asomó su hocico en la fosa. Varias veces tuve que empujarlo para que me permitiera continuar mi trabajo. Lo hacía a un lado y se volvía a encimar para entrometerse. Mi pantalón quedó cubierto por sus huellas lodosas. Terminé de excavar y Chelo me entregó la caja.

—Adiós, Luis —dijo y sin añadir más se alejó por un sendero. Quise llamarla y pedirle que volviera. Ella me había persuadido de sepultarlo y ahora se iba. Me limité a verla marcharse. Un camión con el escape abierto pasó a mi lado soltando una humareda negra. Me distrajo lo suficiente para dejar de mirar a Chelo y concentrarme en el minúsculo funeral.

Cavé sesenta centímetros de profundidad. No quería que un perro rascara, extrajera a Luis y lo devorara. Coloqué la caja en el fondo, la tapé con una pesada piedra y rellené con tierra lodosa. Al finalizar aplané la tumba con la pala y la cubrí con pasto para disimularla. El King, pendiente de cada uno de mis movimientos, olfateó la fosa y con su pata escarbó un poco. Lo hice a un lado y se quedó mirando fijamente la capa de tierra y pasto de la tumba.

Me incorporé y alcé la cabeza. Chelo estaba sentada sobre la base de una de las torres de alta tensión que corrían a lo largo de la avenida. Me encaminé hacia ella, el King pegado a mi pierna. Ella me descubrió y sonrió con una sonrisa triste. Tendió su mano para que se la tomara y me jaló con delicadeza para que me sentara a su lado.

—¿Ya terminaste?

Asentí. Sentados en la base de la torre alcanzábamos a divisar algunas de las azoteas de la colonia, entre ellas la de los Barrera, donde murió Carlos. La miré unos segundos y me volví hacia Chelo.

—Nunca más voy a llorar —le dije.

—No seas tonto, llorar es bueno.

—Nunca, de verdad, nunca voy a volver a llorar. Te lo juro.

Chelo me miró a los ojos y me acarició la mejilla.

—Te creo.

El wapití dio vuelta por entre el pinar y se detuvo. Husmeó el aire y exhaló un denso vaho. Estuvo un momento inmóvil, vigilante, y luego trotó para alcanzar al hato de hembras que pastaban en un manchón de hierba entre la nieve. Se puso a comer al lado de ellas. Sonó un balazo. El wapití reculó y corrió unos pasos. Las hembras huyeron asustadas y a los pocos metros se pararon a ver qué sucedía. El wapití trastabilló y cayó pataleando sobre la nieve.

Amaruq bajó el rifle. Le había llevado gran parte del día acercarse lo suficiente para poder tirarles. Cada vez había

menos wapitíes. Los tres últimos inviernos habían sido brutales y la población de wapitíes, venados, búfalos y alces se había diezmado. Y con ellos, disminuyó la población de lobos. Los buenos tiempos de abundancia habían quedado atrás. Al menos, con ese wapití Amaruq aseguró alimento por quince días y carne para cebar los cepos.

Subsistía de vender pieles de lobo. Su abuelo le había enseñado a cazarlos. "Para cazar al lobo hay que ser el lobo." Por eso se llamaba Amaruq: "Lobo". Su abuelo insistió en que llevara ese nombre para que no olvidara esa máxima de cazador. Amaruq no era inuit puro. Su padre había sido un canadiense blanco de origen escocés que se dedicaba a comprar pieles. El abuelo se las vendía y así su padre conoció a su madre, una tímida inuit.

El abuelo había decidido alejarse de los de su tribu. Un pleito doméstico con sus hermanos se convirtió en una guerra creciente. Una tarde el abuelo le puso una golpiza a uno de ellos y lo dejó malherido. El hermano derrotado juró venganza y muerte. El abuelo resolvió llevarse a su familia de ahí. Montó a su mujer y a su hija en un trineo de perros y arrancó hacia el sudoeste, lo más lejos posible, lejos de los caribúes, las focas y los osos polares. Lejos del hielo perpetuo. En su tribu se podía intercambiar grasa de foca, carne de oso, pieles de caribú por productos como harina, cerillos o linternas. Pero en el sur la gente no compraba ni carne ni grasa. Fue ahí donde aprendió el valor de las pieles de lobo para fabricar abrigos para gente rica. Cada piel podía venderla en diez, veinte dólares. Una fortuna para un hombre como él.

Amaruq veía poco a su padre, un hombre alto y robusto, de ojos azules y cabello rojizo. Su padre llegaba en tren, se quedaba con ellos un par de noches en la casa cercana a la estación en la cual moraban y partía para regresar el mes siguiente. Cuando Amaruq cumplió diez años su padre le dijo que iba a volver con unos niños que él deseaba que conociera. Semanas después regresó acompañado de dos niños y una niña. Los tres rubios. La niña con ojos azules y los niños con

ojos cafés. Amaruq y los niños se saludaron. Al p[...] sabían qué hacer ni qué decirse, pero para la tarde ya [...] con los cachorros de los perros de trineo. Al día siguien[...] fueron su padre y los niños. Justo antes de partir, su padre l[...] dijo que esos eran sus hermanos. Amaruq no volvió a ver ni al padre ni a sus hermanos.

Para cazar lobos Amaruq había prescindido del trineo de perros. Con la escasez de caza era difícil alimentarlos. Debía matar al menos un wapití o un venado cada cinco días para darles de comer. Prefirió arrastrar él mismo el trineo donde llevaba víveres, balas, ropa. Amaruq se convirtió en un cazador solitario y nómada.

Se sentaba por horas en el filo de los riscos de las montañas a explorar con sus binoculares. "Piensa como lobo", se decía. Y pensaba como lobo. A menudo lograba cazar gran parte de una jauría. Mataba cinco o seis miembros y dejaba vivos siempre a tres hembras y a un macho para que se reprodujeran. Nunca exterminaba una jauría completa.

Y aunque Amaruq pensaba como lobo, Nujuaqtutuq procedía de manera distinta. No seguía ningún patrón ni ninguno de los hábitos de su especie. Imposible adivinar sus movimientos. El gran lobo gris guiaba a su jauría hacia lugares cada vez más remotos e inaccesibles.

Amaruq los persiguió por días sin verlos. Una mañana descubrió que habían rondado en círculos su tienda de campaña. Los lobos comandados por Nujuaqtutuq eran nujuisiriartutuq, animales que se acercan al cazador y luego desaparecen. Nujuaqtutuq, lobo temerario, lobo fantasma, lobo casi imposible de cazar.

Fantasmas

Cuatro veces Zurita y sus hombres incursionaron en la colonia para aprehender a mi hermano y a sus amigos, cuatro veces se fueron con las manos vacías. Carlos se convirtió en su obsesión. El comandante ignoraba cómo era, solo poseía una somera descripción que le habían brindado sus informantes. No lo perseguía por sus actividades criminales, no. Iba detrás de él porque no se apegó a las normas tácitas entre policías y delincuentes. Las reglas indicaban que un comandante debía recibir un porcentaje de las ganancias. Zurita no necesitaba conocer a mi hermano ni establecer ningún tipo de trato. Un simple sobre con billetes hubiese bastado. Cuando uno de los informantes le sugirió a Carlos que le mandara un moche al comandante, la respuesta de mi hermano fue clara: "Dile que vaya y chingue a su madre". El soplón fue a darle el mensaje a Zurita. La declaración de guerra estaba hecha. Carlos no pensaba cuadrarse y Zurita no iba a permitir que un traficante de poca monta retara su jerarquía y diera mal ejemplo a otros criminales.

Por varios medios trató de atrapar a Carlos. Apostó hombres frente a nuestra casa en espera de que llegara, pero obvio, jamás lo vieron. Para mi hermano era fácil eludir la vigilancia. Bastaba ir por las azoteas para bajar a una casa a trescientos metros de distancia y salir, no al Retorno 201, nuestra calle, sino hasta Río Churubusco o incluso hasta el Retorno 207. Además, la sección de enfrente de la casa, la Modelito, era un laberinto de callejones en los cuales no podían entrar autos. Como una kasbah, eran pasadizos estrechos y embrollados. Solo quienes conocíamos la zona éramos capaces de saber por dónde entrar y por dónde salir. Y si alguien nos perseguía, era fácil perderlo. Bastaba correr entre los andadores, saltar una barda, subir una escalera hacia las azoteas y listo. Así aprendimos a burlarnos de los policías con uniforme que bajaban de las julias a corretearnos macana en mano. Con el tiempo las julias cesaron sus recorridos vigilantes. ¿Cuál era el sentido de hacer rondines por calles vacías? Los azules desaparecieron, pero llegaron los policías encubiertos de Zurita.

Ellos pensaban que no nos percatábamos de que se disfrazaban de barrenderos o que aparentaban vender camotes o tamales. Se les notaba de inmediato. Uno de ellos se hizo pasar por merenguero. Era tan torpe que no sabía que la tradición de los merengueros es apostar al doble o nada. Una moneda al aire y los merengues o eran gratis o costaban el doble. Cuando al idiota policía le propusimos un volado no supo de qué hablábamos. Se veía que era un tipo de otra ciudad, ignorante del lenguaje y códigos de nuestras calles.

Algunos llegaban pidiendo "mercancía". Detenían su Volkswagen sedán chatarra, bajaban la ventanilla y preguntaban si alguien podía venderles. "Claro", les respondíamos y los mandábamos a la impenetrable Modelito a la casa de Pedro Jara, el jefe de los Nazis, la pandilla más numerosa y violenta del rumbo. Uno de esos policías, ataviado como hippie con una banda en el pelo, casi termina muerto a golpes.

Bajábamos de las azoteas en pocas ocasiones. Solo para jugar futbol, comprarle nieves al Güero o charalitos vivos a don Román, quien cargaba con bolsas de plástico repletas de peces, ranas y tortugas. Sabíamos quiénes pertenecían al barrio y quiénes no.

La policía judicial no logró dar con mi hermano. Podían torturar a cada uno de los vecinos, pero ninguno conocía su secreto para esfumarse sin rastro. A Carlos y a sus amigos les bastaba subir a las azoteas para desaparecer.

A decir verdad, los negocios de Carlos no eran graves ni de alto perfil criminal. No robó, no mató, no secuestró, no hirió, no extorsionó. Vendía lo que él llamaba "puertas de la percepción", parafraseando a William Blake y, por supuesto, a Los Doors. Una generación buscaba desmarcarse de la anterior y al hacerlo retó al rígido statu quo, el cual solo supo responder con violencia y autoritarismo. No bastaron los asesinatos en masa, los encarcelamientos, la feroz persecución política. No. El régimen buscó controlar cada aspecto de la vida social de los individuos. La represión, y eso lo entendió el sistema, funciona mejor en el nivel micro, cuando logra que un ciudadano salga a la calle temeroso de ser apresado, incluso por su aspecto físico. Por eso las julias, los rondines persiguiendo jóvenes de pelo largo, las represalias, los espías encubiertos, la permanente amenaza velada. Por eso alguien como Carlos debía ser reprendido, castigado, controlado, y Zurita se iba a encargar de ello.

Esa tarde, Chelo no asistió a la universidad. Después de enterrar a Luis nos duchamos juntos en el baño que se hallaba en el cuarto de mis padres. Ella salió primero de la regadera. Se envolvió en una toalla y bajó a mi cuarto. Cuando llegué la encontré tendida en la cama, sin taparse. Dormía en posición fetal. Me acosté y la abracé por detrás. Al sentirme, se pegó a mí.

Dormimos hasta que se hizo de noche. Cuando desperté Chelo ya no se encontraba a mi lado. Me levanté a buscarla. La hallé desnuda en la sala a oscuras, sentada en el sofá café, el mismo donde mi abuela acostumbraba ver la televisión. Su cuerpo lo iluminaba la luz del baño de arriba que olvidamos apagar y que se colaba por el cubo de la escalera. Ella lloraba quedamente. Me senté a su lado.

—¿Estás bien? —le pregunté.

No me respondió. La tomé de la barbilla y la giré hacia mí.

—¿Qué pasa?

Suspiró hondo. Me miró a los ojos.

—¿Carlos te contó? —me preguntó.

—Contarme ¿qué?

Chelo tomó aire y lo soltó en un largo suspiro.

—Olvídalo.

—¿Qué tenía que contarme Carlos?

Algo debió dolerle por dentro, porque bajó la cabeza y comenzó a llorar con más fuerza. Su espalda lisa brilló con la luz proveniente de la escalera. La acaricié pasando mis manos por sus vértebras. Ella sollozó un rato. Luego alzó la cara y me miró. Trató de decir algo y se detuvo, intentó de nuevo y volvió a detenerse hasta que pareció cobrar valor.

—Carlos se acostaba conmigo, pensé que lo sabías.

No, no lo sabía. Cerré los ojos. Náusea. Confusión.

—Me acosté con él durante tres años.

Lo que siguió fue un torrente de confesiones. Carlos había sido el segundo hombre con el cual se había acostado y no paró de hacerlo sino hasta el día previo a su muerte. Un fin de semana, en que fui con mis padres y mi abuela a Oaxtepec, Carlos se encerró con Chelo en la casa. Cogieron en el cuarto de Carlos, en el de mi abuela, en el de mis padres, en la cocina, en las escaleras, en la sala, en los baños, en el sofá café, en mi catre. No había sido con el Canicas con quien cogió esa noche fatídica en que se desplomó desde la azotea de los Prieto, sino con Carlos. Al terminar se vistió —Carlos la había desnudado por completo— y de prisa se dirigió hacia su casa. El Canicas había quedado en pasar por ella para ir al cine. Fue por su premura que saltó sin precaución y resbaló hacia el vacío. En su caída golpeó contra una cornisa que la hizo girar en el aire y la lanzó hacia el Coronet, lo cual le salvó la vida.

El Canicas se enteró de que su novia había fornicado con otro en las azoteas y por ello se negó a visitarla en el hospital. Furioso, no volvió a hablarle. Carlos no se enteró del accidente sino hasta el día siguiente y culpable fue a visitarla cada mañana al hospital mientras se recuperaba. A él no le importaba que ella se acostara con otros, lo cual le pesó a Chelo. Ella estaba enamorada de él. Quería que fueran novios, que se amaran, serle fiel, incluso casarse con él. Carlos le tenía cariño y ella le gustaba, pero no lo suficiente para entablar una relación. Nada detuvo entonces a Chelo en su promiscuidad serial. Uno tras otro tras otro. Tuviera o no novio, Chelo no cesó de acostarse con quien se le pegara la gana y, claro está, con Carlos.

Vino la revelación más dura para mí: Chelo se había embarazado de Carlos. Supo que el bebé era suyo porque en los días en que se preñó solo se había acostado con él y solo con él cogía sin condón. Aun sabiendo del talante sexual de Chelo, Carlos asumió que el bebé era suyo. Acordaron abortar. Terminaron en una clínica clandestina en la colonia San Rafael. En las paredes colgaban cuadros de la Virgen de Guadalupe, de santos y varios crucifijos. El médico abortista les habló con voz meliflua y pausada. Semejaba a un abuelo condescendiente y bonachón, que sin ningún empacho les cobró quinientos pesos.

Practicaron el aborto y los dos salieron deprimidos de ese lugar apestoso a religión y cloroformo. Pasaron las semanas y los síntomas del embarazo no cedieron. Chelo continuó con náuseas y vómito, el abdomen creciendo día a día. Regresaron al mes a preguntarle al médico qué había sucedido. Les explicó que no siempre el "producto" podía ser extirpado, que hay embriones más resistentes que otros y que ese no era problema suyo. Les dijo que como el embarazo era más avanzado la tarifa sería bastante más cara. Carlos protestó, enojado. Ya habían pagado el aborto y por la incompetencia médica no había resultado. El doctor no cedió: "O me pagan lo que cobro o la muchachita se queda embarazada". Negociaron un precio que Carlos pagó a regañadientes.

Metieron a Chelo a un cuarto y a los veinte minutos una secretaria llamó a mi hermano. "Pide el doctor que entre", le dijo. Carlos halló a Chelo anestesiada, con las piernas abiertas colocadas sobre unos cojinetes encima de una vulgar mesa. Los muslos sanguinolentos. Una enfermera con unas pinzas le jalaba la lengua hacia fuera. Sentado sobre una silla giratoria de oficina, el médico —si es que en verdad era un médico— raspaba dentro del útero con una cucharilla. La sangre brotaba abundante. Carlos se detuvo a respirar. Ver a Chelo así lo impresionó. El doctor le pidió que se acercara: "Quiero que veas cómo raspo y no sale nada". Una y otra vez el médico insertaba la cucharilla dentro del útero y volvía a sacarla. "¿Ves? No sale." Continuó hasta que empezaron a aparecer unos pequeñísimos pedazos carnosos. "Ahí está", dijo, "se había fijado hasta el fondo". La enfermera notó a mi hermano mareado y, sin soltar la pinza con la cual jalaba la lengua, le hizo señas para que saliera.

Carlos salió y se sentó sobre unas sillas naranja de plástico. Una hora después Chelo salió caminando, adolorida. El doctor les dijo que pasaran a su consultorio. Le indicó a Chelo que no caminara con tacón alto, que tomara los antibióticos que le recetó, que no saliera a la calle en tres días, que pasara en cama el resto de la tarde, que usara kótex y evitara usar tampones por los próximos cinco meses y que si se sentía mal o sangraba mucho regresara a verlo.

Terminó con sus instrucciones, giró su silla y de una caja sacó una bolsa de plástico enrojecida. "Les entrego esto para que comprueben que salió completo", les dijo y puso la bolsa sobre el escritorio. Era el "producto". Chelo lo volteó a ver, dentro se vislumbraba el pequeño feto desmembrado, su cabeza grande, sus dos puntos negros como ojos, brazos en formación, piernas palmeadas. Justo de la misma edad del embrión que yo guardaba en el frasco.

Carlos y Chelo salieron de la clínica sin llevarse la bolsa con el embrión abortado. Supusieron que el médico debió tirarlo a la basura o quemarlo. A Chelo la imagen sangrante y despedazada del que pudo haber sido su hijo le provocó insomnio durante meses. Imaginó un nombre para él: Luis. Al sepultar al embrión, Chelo sepultó también a su otro Luis.

Esa noche que la encontré llorando desnuda a oscuras en la sala de mi casa, Chelo me reveló su más profundo dolor: Carlos había muerto y nunca más podría tener un hijo suyo, un hijo de él, el hombre que amaba. Un hijo de Carlos, mi hermano.

Carlos hermano, Carlos rival, Carlos penetrándola, tocándola, Carlos omnipresente, Carlos muerto, Carlos vivo, Carlos en el cuerpo de la mujer amada, Carlos besando los mismos senos que beso, Carlos derramando su semen donde yo lo derramo, Carlos otra vez compartiendo un útero conmigo, Carlos en la saliva de Chelo, en su sudor, en su flujo vaginal, Carlos en su mirada, en su clítoris, en su corazón, Carlos acariciando su ano, lamiendo su cuello, Carlos padre del hijo abortado de la mujer que amo, Carlos derrotado, Carlos perseguido, Carlos ahogado, Carlos cogiéndosela en mi catre, entre los tendederos de la azotea, Carlos arrebatándomela muerto, Carlos en sus lágrimas, Carlos en nuestro dolor, Carlos embarrado en la mujer que amo, Carlos impregnando a la mujer que amo, Carlos ausente, Carlos presente, Carlos lejos, Carlos cerca, Carlos salvándome, Carlos hundiéndome, Carlos ayúdame, aconséjame, Carlos arráncame estos celos, Carlos convéncela de que me ame, Carlos por favor, Carlos ayúdame.

Vivo en un mundo de fantasmas, Chelo. Por favor no traigas nuevos. Ya no resisto más.

Selva

Selva, mosquitos, calor, humedad. Avanzan por la orilla del río. Suena una ráfaga. Los balazos zumban por arriba de sus cabezas. Se tiran al suelo. Bradley cae con un tiro en la nuca. Sean se arrastra hacia él. El enemigo les dispara. Sean lo llama. Bradley. Bradley. Él voltea. Sangra. ¿Me escuchas? Bradley asiente. Pecho tierra Sean llega hasta él. Lo jala hacia unos matorrales. Por la nuca de Bradley escurre sangre. Las balas silban. Caen dos hombres más. El pelotón se repliega. Los han emboscado. Les tiran desde varios puntos. Sean logra poner a salvo a Bradley en una hondonada. Arranca un pedazo de su camisa y se lo ata al cuello para detener la hemorragia. Sean escucha unos gemidos. Descubre a Paul. Una trazadora le ha pegado en el abdomen. Un borbotón de intestinos. Sean se arrastra hacia él. Las balas pegan a su lado. El fuego enemigo arrecia. Son cientos. Ellos, quince. Han muerto cuatro. Sean alcanza a Paul, que grita de dolor. El enemigo dispara en dirección de los gritos. Sean le tapa la boca. Paul se retuerce. Sean lo monta sobre sus espaldas y corre con él. Balas y más balas. Paul no deja de quejarse. Sean le pide que se calle. Sean tropieza y Paul cae de bruces. Los intestinos de Paul se llenan de lodo, hierba, insectos. Vas a estar bien, vas a estar bien. Repite Sean. Llegan a la hondonada. Sean empuja a Paul, que se desliza al fondo. Grita. Dolor. Intestinos. Bradley lo mira en silencio. Sean mira a su alrededor. Ahora son siete los muertos. Sus amigos. Sus compañeros. Traga saliva. Una bala le pega en el hombro, otra en el abdomen y una más en la pantorrilla. Se queda tumbado. Escucha las voces enemigas. Los gritos ordenando la retirada de su pelotón. Los balazos que no cesan.

Mira la hierba. El cielo. A los muertos a su lado. Cierra los ojos y se desmaya.

Tres veces el mecánico intentó matar a Colmillo, tres veces el perrolobo sobrevivió. Primero lo envenenó. Aprovechó que los Prieto mantenían a Colmillo encadenado en el patio. No podían arriesgarse a que sacara la cabeza por la reja y mordiera a quien pasara por ahí. El mecánico le arrojó bolas de carne rellenas con raticida. Colmillo las devoró. Por la noche Fernando halló al gran perrolobo tumbado en el suelo, con los ojos vidriosos y un charco de baba espumosa junto al hocico. Lo llevaron de prisa al veterinario, que lo salvó con un lavado de estómago.

Frustrado, el mecánico consiguió un revólver calibre 32-20 y desde la reja le disparó a Colmillo. Le vació las seis balas del cilindro. Tres de los tiros pegaron en la pared y uno reventó una cubeta. Dos dieron en el blanco. Uno en el pecho y otro en los cuartos traseros. Colmillo quedó malherido, pero no de gravedad. Las balas no tocaron ningún órgano vital. De nuevo al veterinario. Dos cirugías para extraer las ojivas y cerrar las heridas.

El mecánico decidió llevar su venganza al extremo. En su último intento lanzó una bomba molotov armada con gasolina, una mecha y borra retacada en una botella de cerveza. La bomba estalló frente a Colmillo y la gasolina se expandió por la cochera. El perrolobo quedó levemente quemado, pero su perrera se incendió. Les llevó a los Prieto más de una hora apagar el fuego.

Cansados de sus ataques, Fernando y su padre fueron con Pedro Jara, el líder de los Nazis, y le pidieron ayuda. Al día siguiente ocho tipos montados en motocicletas llegaron al taller del mecánico. Al verlos, el tipo intentó refugiarse en la parte de atrás del taller. Los Nazis entraron por él, lo sacaron a rastras a la calle jalándolo del cabello y lo pulverizaron a patadas. El mecánico quedó tirado en la acera con cuatro costillas rotas, una conmoción cerebral, la nariz sangrante y una abierta en la frente. Sus deseos de venganza se esfumaron para siempre.

Sean Jordan Page. Nacido en Denver, Colorado. Edad: 26 años. Estatura: 1.82. Peso: 76 kilogramos. Enlistado en el Ejército Americano en 1963. Enviado a varias misiones a combatir en Vietnam. Liberado de sus obligaciones militares por heridas en combate. Condecoraciones: Estrella de Bronce y Corazón Púrpura. Varias cirugías. Seis meses en un hospital psiquiátrico. Adicto a la morfina. Cambió de residencia varias veces. Su último domicilio conocido en EUA fue en Las Cruces, Nuevo México. Entró al país por Del Río, Texas, en una camioneta Ford modelo 1958, placas 15-1813 del estado de Montana, EUA. Actual domicilio: Retorno 207 #63. Colonia Unidad Modelo. Delegación Ixtapalapa. México D.F. Zona Postal 13. Viaja a menudo a la frontera. Se registra con frecuencia en hospitales militares para continuar con sus tratamientos médicos. Se sospecha que trafica y distribuye estupefacientes. Lo apodan el Loco.

En la colonia se llevaban a cabo peleas de perros. Con anterioridad se realizaban en garages o en los callejones de la Modelito, pero ante el acoso policial las peleas, como sucedió con casi todo, tuvieron que efectuarse en las azoteas.

Eran peleas de apuesta, no con pitbulls, sino con perros de razas comunes. El dóberman de los Barrera contra el pastor alemán del Veracruz, el dálmata del Tamal contra el perro callejero de los Aldama. Eran peleas sangrientas. Orejas arrancadas, belfos perforados, ojos vaciados, lenguas desprendidas. Varias veces los apostadores acicatearon a Fernando para pelear a Colmillo contra un perro cruza de mastín con gran danés, al cual llamaban Sonny en honor de Sonny Liston, el boxeador americano de peso completo. Un perro enorme y fuertísimo. Fernando se resistió. Ni a él ni a ninguno de nosotros nos gustaban esas peleas. Al equipo de futbol de la cuadra lo llamamos Canes por nuestro amor a los perros y detestábamos la idea de ponerlos a matarse entre sí. Pero los apostadores insistieron. Le prometieron una bolsa de doble o nada. Si ganaba se llevaba cinco mil pesos. Una oferta tentadora.

La pelea se llevó a cabo en la azotea de los Belmont. Llegaron cerca de ciento cincuenta personas. Abundante alcohol, mariguana, cocaína, dinero. El Sonny había matado a los quince perros contra los cuales había peleado. Los apostadores confiaban en su potencia para derrotar a Colmillo y las apuestas quedaron tres a uno a su favor.

Fernando llegó a la azotea de los Belmont junto con su hermano. Llevaban a Colmillo atado con dos cadenas y bozal para controlarlo. Querían evitar que atacara a la gente. Aun con bozal, Colmillo podía derribar a alguien o darle un golpe brutal en el estómago.

La azotea de los Belmont era ideal para las peleas de perros. El señor Belmont había construido un cuadrángulo de cemento de metro y medio de altura, ocho de largo por cinco de ancho para montar ahí el palomar de sus sueños. Obsesionado con las palomas mensajeras desde que vio un documental acerca de ellas y su uso en la Primera Guerra Mundial, el señor Belmont se propuso ser un criador de primer nivel y venderlas a ejércitos alrededor del mundo. Destinó el total de sus ahorros a comprar treinta palomas de registro. Le duraron exactamente una semana. Un domingo por la noche los gatos hallaron un resquicio por donde entrar a las jaulas y se dieron un banquete. Devoraron a todas. Decepcionado, Belmont tumbó las jaulas, pero quedó en pie el cuadrángulo. No lo construyó en balde. Con el tiempo los apostadores empezaron a rentárselo para peleas de perros, hasta que se volvió la sede definitiva. Doscientos pesos por cada pelea no le resultaron mal negocio.

Los Prieto y Colmillo entraron al cuadrángulo por una de las esquinas, y Sonny y sus dueños por la otra. Al ver a

Sonny, Colmillo tensó sus músculos. Fernando le quitó el bozal. Colmillo no se movió un centímetro, concentrado en el perro adversario. Los espectadores se acomodaron en las bardas del cuadrángulo. Excitados chiflaban, gritaban. El Sonny, nervioso por el ruido, volteaba a verlos, distraído. Colmillo, inmutable.

Lo que siguió fue un desastre. Al soltarlse, Colmillo no fue hacia Sonny sino contra la gente que se hallaba sentada sobre la barda opuesta. Colmillo esquivó a Sonny y saltó sobre un gordo que bebía cerveza. Lo tiró de espaldas y mordisqueó su pecho. Varios lo patearon para que lo soltara, pero Colmillo se giró y los atacó. El saldo final: seis personas mordidas, tres de ellas de gravedad. Más amenazas a los Prieto para asesinar a su perrolobo.

Sean Jordan Page. Nacido en Denver, Colorado *(sus padres se divorciaron cuando él cumplió cuatro años. Hijo único. Su madre no se volvió a casar, su padre sí)* Edad: 26 años *(llevaba tres años viviendo en México)*. Estatura: 1.82. Peso: 76 kilogramos *(en su convalecencia llegó a pesar solo cincuenta)*. Enlistado en el Ejército Americano en 1963 *(aunque quería estudiar en la universidad, fue convocado al ejército. La orden fue implacable: o te enlistas o vas a la cárcel)*. Enviado a varias misiones a combatir en Vietnam *(soldado de infantería: carne de cañón)*. Liberado de sus obligaciones militares por heridas en combate *(un tramo de intestino delgado seccionado por las balas, septicemia que lo hizo delirar durante días, hombro destrozado con fractura expuesta por bala expansiva, herida supurante en pantorrilla derecha)*. Condecoraciones: Estrella de Bronce *(por valor extraordinario en actos de guerra)* y Corazón Púrpura *(medalla otorgada a quienes son heridos durante la guerra)*. Varias cirugías *(reconstruir el hombro, salvar la pierna de ser amputada, reconectar el intestino)*. Seis meses en un hospital psiquiátrico *(no bastó tenerlo año y medio saliendo y entrando a quirófanos, cagar por una colostomía, Sean recibió*

116

electroshocks cada semana para controlar sus arranques de ira). Adicto a la morfina *(aferrarse a la sustancia que le permite caminar, dormir, comer. Aferrarse a la única posibilidad de hallar cierta paz en el terremoto de sus dolores. ¿A eso se le llama adicción?).* Cambió de residencia varias veces. Su último domicilio conocido en EUA fue en Las Cruces, Nuevo México *(paso a paso se acercó a la frontera con México. Empezó a sentirse más a gusto entre los Pérez y los López que entre los Brown y los Jackson).* Entró al país por Del Río, Texas *(los médicos militares en Texas eran más laxos para recetarle morfina)*, en una camioneta Ford modelo 1958, placas 15-1813 del estado de Montana. *(al divorciarse, el padre se fue a vivir a un rancho próximo a Helena, Montana. Cuando Sean era niño convivieron poco y al regresar de la guerra lo hospedó en su casa. No se entendieron. Sean era un extranjero en su propia patria y un extranjero en la casa paterna. Se despidieron y el padre le regaló su camioneta.)* Actual domicilio: Retorno 207 #63. Colonia Unidad Modelo. Delegación Ixtapalapa. México D.F. Zona Postal 13. Viaja a menudo a la frontera. Se registra con frecuencia en hospitales militares para continuar con sus tratamientos médicos *(¿cómo se puede uno quitar el dolor crónico? ¿Hay alguna manera de apagarlo aunque sea por dos horas?).* Se sospecha que trafica y distribuye estupefacientes. Lo apodan el Loco *(ese apodo se lo puse yo. El Loco es socio de mi hermano Carlos y uno de sus dos mejores amigos).*

Nada entusiasmados, el Agüitas, el Pato y el Jaibo me acompañaron a la reunión con los buenos muchachos en casa de Humberto. "¿A qué chingados vamos? Qué aburrido", protestó el Pato. Les dije que Carlos y yo teníamos curiosidad por saber cómo eran. La explicación no les bastó, y es que en verdad ¿a qué chingados íbamos?

Tocamos el timbre. Una chicharra ruidosa sonó en el interior. Tan sonora que los perros de alrededor ladraron. Nos abrió Josué y se sorprendió al vernos.

—Hola, no pensamos que vendrían. Pasen por favor.

Caminamos por un largo pasillo adornado con macetas sucias y rotas en las cuales languidecían plantas secas. Cruzamos por la sala, modesta, con pocos muebles, y bajamos por una escalera a un sótano. Era rara una casa con sótano en la colonia. Casi una metáfora de la división entre ellos y nosotros. Ellos bajo las casas, nosotros en los techos. Nosotros cerca del cielo, ellos del infierno.

Entramos a un cuarto. Sobre unas mesas había refrescos, papitas y cacahuates. Vasos y platos desechables, cuadros religiosos, cartulinas pegadas en las paredes con frases de la Biblia, dos grandes crucifijos y veinte sillas plegables colocadas en círculo. Ahí estaban reunidos el total de los buenos muchachos. En cuanto nos vio Humberto fue a saludarnos con un apretón de manos.

—Bienvenidos. ¡Qué gusto!

Se le notaba genuina alegría por vernos. Nos invitó a servirnos refresco. El Jaibo se sirvió cocacola tres veces y las tres se la bebió de un jalón. Luego llenó su plato de papas fritas y fue a sentarse en un rincón a comérselas.

—Hoy vamos a charlar de temas de sumo interés —me dijo Humberto— y viene el padre Chava a acompañarnos.

Humberto no permitió que nos sentáramos juntos. Bajo el pretexto de convivir y conocer al resto del grupo, nos separó. Yo quedé junto a él. Platicamos durante unos minutos con quien nos tocó al lado. Humberto se levantó y solicitó que nos pusiéramos de pie. Al unísono se pararon, serios y callados. Eduardo, bajito y de voz tipluda, nos dio la bienvenida al grupo Jóvenes Comprometidos con Cristo, Capítulo Suroriente del Movimiento de Jóvenes Católicos en el Distrito Federal.

—Entren con nosotros al corazón de Cristo, hallen dentro de sí su bondad, su amor y su perdón —dijo.

El Pato y yo intercambiamos una mirada. Si eso era al principio, qué nos esperaba al final. Tomó la palabra Antonio. "Recemos", dijo. Los buenos muchachos bajaron la cabeza y empezaron a musitar un padrenuestro. Ni yo, ni el Pato, ni el Agüitas nos lo sabíamos. Solo el Jaibo pareció seguirlos, aunque luego confesó que solo había murmurado frases sin sentido.

Al terminar, los Jóvenes Comprometidos con Cristo se persignaron repetidas veces. Con actitud sacerdotal, Humberto extendió sus manos, pidió que nos sentáramos y señaló a Saúl, un tipo moreno, de pelo negro.

—Saúl, ¿cuál es el tema de hoy?

—Hoy hablaremos de sexo —dijo sin pestañear, como si hablara de champús o ecuaciones trigonométricas. El Pato se enderezó en su silla. Al menos el tema sonaba interesante.

—¿Qué has preparado sobre el sexo? —inquirió Humberto.

Saúl abrió un portafolio y extrajo un fólder con ocho páginas mecanografiadas. Comenzó a leer. "El sexo debe ser una de las actividades más puras del ser humano, siempre y cuando se realice con amor y bajo los preceptos del matrimonio cristiano. La convivencia sexual entre un hombre y una mujer debe en todo momento expresarse en el amor a Cristo, nuestro señor…"

La lectura continuó por otros veinte minutos. Mientras más leía, más espantoso me parecía el contenido. Como era de esperarse, brotaron las palabras pecado, castigo, virginidad, castidad, pureza, y no menos de cincuenta menciones a Cristo. El Pato y el Agüitas no podían creer lo que escuchaban. El Jaibo sin prestar atención, concentrado en devorar papas fritas.

Al finalizar la letanía de Saúl, Humberto se dirigió al Jaibo.

—¿Qué te pareció lo que nos ha presentado Saúl?

El Jaibo se le quedó viendo y luego me miró a mí en espera de ayuda. No había prestado mucha atención.

—Que está padre —respondió escupiendo pedazos de papas fritas.

—¿Por qué te parece "padre"? —inquirió solemne Humberto.

—Pues porque está chido y buena onda eso que dijo.

—Te ruego uses palabras que entendamos, Javier —le pidió Humberto. Se oyó extraño que llamara al Jaibo por su nombre.

—¿No entienden qué es chido?

—No —respondió contundente Humberto—, ahora dinos tu opinión sobre lo expresado por Saúl.

El Jaibo rumió su respuesta.

—Pienso que eso del sexo con amor y Cristo está bien.

—¿Por qué está bien?

El Jaibo no era mi amigo precisamente por sus dotes intelectuales, sino por su lealtad y su sentido del humor. Nadie nos hacía reír como él. Ahora, Humberto lo acorralaba a sabiendas de que él era el eslabón más débil de nuestro grupo.

—¿Por qué? —insistió Humberto ante el silencio del Jaibo.

—Porque es bonito coger con amor —respondió el Jaibo, intimidado. La palabra "coger" de inmediato incomodó a los buenos muchachos. Antonio fue el primero en respingar.

—Les pedimos que no dijeran groserías en la calle y menos vengas a proferirlas aquí, donde Cristo es nuestro testigo.

El Jaibo volteó a vernos, desconcertado.

—¿"Coger" es grosería? —preguntó inocente.

—Vaya que lo es —respondió molesto Humberto.

—¿Cómo se dice entonces?

—Tener relaciones.

—¡Ah! Pues entonces pienso que está bien tener relaciones si nos cuida diosito —dijo el Jaibo.

—Muy bien, Javier —dijo Humberto—, pero eso no basta. Tenemos que cuidarnos nosotros también de no caer en tentación.

Humberto no era un hijo concebido dentro de un matrimonio cristiano. Su madre se embarazó de él a los dieciséis años de un tipo que conoció una noche en unas vacaciones en Acapulco y del cual no volvió a saber. Hija rebelde de una familia sumamente conservadora, trató de abortar, pero no consiguió dinero para hacerlo. A los diecisiete el padre la echó de la casa con su hijo. Rodó por la vida con varios hombres. Cada semana desayunaba en su casa uno distinto. Algunos apestando a sudor. Otros a alcohol. Varios golpearon tanto al niño como a la madre. Una mandíbula fracturada, hemorragias nasales frecuentes, moretones, sufrió Humberto por tales golpizas. No siempre su madre conseguía permiso para salir del trabajo y a menudo llegaba tarde a recogerlo a la escuela. Los abuelos no la perdonaron nunca, pero acogieron al niño para cuidarlo mientras ella cumplía ocho horas laborales más las que dedicaba a acostarse con el amante en turno. El niño creció al amparo de un abuelo severo y religioso que no perdió oportunidad para reprobar la conducta de su hija. Humberto absorbió la retorcida religiosidad de su abuelo y comenzó a juzgar a su madre con dureza y a lo que ella representaba: sexo adolescente, aborto posible, múltiples parejas, madre abandonante, abuso, trastocaron su psique. Humberto se reinventó como un joven moral, casto, recto y religioso, aunque en el fondo nunca dejó de ser un niño desamparado, intolerante e inestable. Durante varios años en la colonia su apodo fue el Basta, por bastardo, pero a base de madrizas y amenazas logró que dejaran de llamarlo así.

—Debemos respetar nuestro cuerpo y sobre todo respetar el cuerpo de las mujeres —continuó—, por eso es importante que los hombres se mantengan impolutos y las mujeres vírgenes hasta el matrimonio por la iglesia.

Los buenos muchachos asintieron de manera unánime. El Pato y yo intercambiamos de nuevo una mirada. Lo que decían sonaba absurdo, hasta divertido, pero no lo era. Había llegado el momento de probarles que éramos diferentes.

—¿Ustedes saben lo que pensaban los vikingos de las mujeres vírgenes? —les pregunté.

Los buenos muchachos voltearon a verme, atentos. Y seguí con la historia.

Entro al cuarto de mis padres muertos
    las cortinas cerradas el polvo
                flotando
la cama aún sin tender
                             donde ellos durmieron la noche
                            previa al accidente
volar hacia el precipicio gritos el ruido del metal los vidrios
rotos la caída las vueltas el primer golpe
                                 el segundo golpe
                                       la certeza
                                         del fin
                                              los
últimos pensamientos la puerta desprendida el parabrisas
estallado el olor a gasolina las vueltas
                                   cactos cielo piedras
cielo cactos cielo gritos
y
                        luego el silencio
                             el viento
                                       el armario
abierto ropa de mis padres muertos las fotografías sobre el
buró el tiempo suspendido de sus
                            sonrisas suspendidas
                                        la foto
de mi padre con su trajecito elegante cuando cumplió
                        cinco años mi madre en la banca
de un parque a sus quince años
                        los dos en ataúdes contiguos
en la funeraria
                  en la casa su ropa sucia aún oliendo a ellos
                              olor dulce de mi madre
                              olor dulce de mi padre
       sus cajones
               los de mi padre ordenados
                           los de mi madre un
poco desarreglados

   el vestido de boda colgado al fondo del clóset

                            los trajes de mi padre

sus corbatas sus cinco pares de zapatos

                         las medias de mi madre

y la ropa interior

            que jamás me dejó mirar y que lavaba

                      a escondidas sus

cuerpos al fondo de un barranco un auto

                    destrozado unas vidas

destrozadas

sus cartas de amor en una caja de chocolates

unos condones ocultos entre los calcetines de mi padre

los libros que leían en las mesas de noche

las medicinas en sus frascos ámbar

la forma de su cabeza en sus respectivas almohadas

la alarma del reloj despertador puesta a las cinco y media a.m.

los cabellos de mi madre en el cepillo

                     la rasuradora de mi

padre con los últimos residuos de la barba afeitada

                el álbum de fotos de su boda

la foto de Carlos de bebé

          mi foto de bebé

nuestras piyamas de niños guardadas en bolsas de plástico

junto a rizos pegados en un cartón

             un carro con las llantas hacia arriba

               y dos muertos hacia abajo

un funeral en la lluvia

una boda bajo la Luna

          las mancuernillas de mi padre que

fueron de mi abuelo que fueron de mi bisabuelo

              una medalla de mi madre que

fue de su madre y de la madre de su madre

           documentos ordenados en carpetas

los impuestos los recibos de la luz y el teléfono

                 mi madre-cadáver

recargada sobre una puerta

                                        mi padre-cadáver
aplastado en el volante
                    el techo del auto en sus cabezas
las pantuflas de mi padre
su bata gris
las chanclas de mi madre
su bata rosa los afeites los lápices labiales los aretes sus
                                        cepillos de dientes
la pasta a medio abrir
los jabones con los cuales lavaron su piel, la que no volveré
                                a tocar
la estola de chinchilla que Carlos le regaló a mi madre
            el abrigo de piel de conejo que le regaló a mi padre
las noches
        en que hicieron el amor en esa cama en que durmieron
en que despertaron para salir al trabajo en la que
despertaron para viajar por carretera hacia su muerte
                                                    el
aerosol para el cabello de mi madre
la loción barata de mi padre el desodorante de barra que
huele a él
su olor mezclado al
olor a gasolina al
olor de su sangre al
olor de la muerte al
olor de las espinas de biznaga que se clavaron en sus cuerpos
                                    las vueltas en el aire
los golpes en las piedras
                        las joyas la bisutería
las monedas extranjeras que coleccionaron en su viaje a
Europa y que escondieron avergonzados
                            su hijo muriendo y ellos paseando
y ellos rodando en un carro que no deja de dar vueltas y
vueltas

          y yo sentado al borde de su cama miro el cuarto
que dejaron vacío
                    y en el espejo contemplo al hijo que dejaron

h u é r f a n   o.

Ríos

Amaruq pensó si debía cruzar o no el río congelado. Nujuaqtutuq y su jauría lo habían atravesado dos días antes. Su abuelo había tenido razón: ese lobo era su dueño. Por seguirlos había perdido el sentido de la prudencia y ahora se internaba en territorios desconocidos. No reconocía esos macizos montañosos, esas planicies nevadas que se extendían por kilómetros. Nunca había visto una jauría tan nómada. Cuando la caza era escasa, los lobos podían recorrer hasta veinte kilómetros diarios, pero no esas distancias. Nujuaqtutuq guiaba a la jauría cada vez más lejos hacia el norte, sin detenerse.

Amaruq no se había topado con más wapitíes, venados o alces. Parecían suprimidos de los bosques. Ni una sola huella. Nada que denotara su presencia. El invierno era frío, las temperaturas más bajas en un siglo. Cuatro años seguidos con los peores inviernos de la historia. Ese no era motivo para que desaparecieran por completo.

A Amaruq ya solo le quedaban dos balas. Las demás las había usado en cazar dos wapitíes, un venado, dos linces y un lobo solitario. Ahora, tan lejos de casa, debía usar con precisión esas dos últimas. Aún quedaba carne para aguantar veinte días más, pero llevaba persiguiendo a Nujuaqtutuq y su jauría más de dos meses. Calculó que su casa junto a la estación del tren había quedado al menos a ciento cincuenta kilómetros y no había visto ningún signo de civilización en el camino, un pueblo, una cabaña, otro ser humano.

Se quedó mirando el río. Necesitaba decidir si lo cruzaba o volvía a casa. Remontarlo podía significar la muerte. Las temperaturas invernales continuaban desplomándose y su abrigo de piel de caribú se había desgarrado. Lo reparó cosiéndole un pedazo de piel de wapití, pero aun así el viento se colaba hacia su pecho y podía enfermarlo. Ya había sufrido hipotermia en varias ocasiones. Sabía del sopor que adormece hacia la muerte, del tremendo dolor de cabeza que se padece hasta semanas después, de los dedos ennegrecidos por la falta de circulación y gangrenados dentro de las botas hasta que se desprenden putrefactos. No, Amaruq no deseaba morir. Si cruzaba el río había el riesgo de no retornar jamás. Si no, perdería para siempre la oportunidad de cazar a Nujuaqtutuq en esta vida. El gran lobo gris se internaría entre las montañas al norte y él se condenaría a perseguirlo en varias vidas sucesivas hasta lograr cazarlo. No, este era el momento de ir detrás de él. No se daría por vencido.

Amaruq jaló el trineo y cruzó el río.

Después de confesarme su relación con Carlos, Chelo me dijo que necesitaba tiempo para pensar. "¿Pensar qué?", le pregunté. "Pensar, solo pensar", me respondió. Del total de mis rivales, mi hermano amado era quien salía de su tumba para alejar de mí a la mujer amada. ¿Pensar en qué? ¿En las tardes en que hizo el amor con mi hermano? ¿En el hijo abortado? ¿Necesitaría ir a consolar a sus dos muertos, Carlos y Luis? ¿Qué carajo necesitaba pensar Chelo? Yo la amaba, la quería junto a mí. Tarde o temprano se iba a ir de mi vida, eso lo supe desde el inicio, pero no después de una confesión tan brutal. No podía dejarme sin piso, peleando contra una avalancha de dudas y miedos.

Chelo desapareció. Prometí no llamarla, no buscarla. Eso no evitó que marcara a su casa por teléfono en las madrugadas. A veces ella contestaba. Deseaba decirle: "Te amo, te necesito. Por favor regresa". Pero me limitaba a escuchar su voz y luego colgaba. Chelo era mi país, la única tierra a la cual podía aferrarme. Ahora se había ido a "pensar". A pensar ¿qué?

Mis amigos sabían que prácticamente Chelo vivía conmigo y por eso en raras ocasiones fueron a verme. Discretos, no quisieron estorbarnos, pero en cuanto se enteraron de que Chelo me había abandonado decidieron ir a visitarme. Llevaron bolillos, un frasco de mayonesa (sin embrión adentro), jamón, un bote de chiles jalapeños, dos Coca Colas familiares y cuatro gansitos. Concluyeron que sin Chelo yo debía carecer de comida y compraron suficiente para organizar un picnic en mi patio trasero.

El Pato preparó unas tortas mientras el Jaibo y el Agüitas sacaron al patio las sillas y la mesa del desayunador. Era un día soleado y sin nubes, después de semanas de tormentas.

Nos sentamos a comer. El King a nuestro lado devoraba las bolitas de migajón sobrantes de las tortas. Mis tres amigos trataron de consolarme a su manera. Me contaron chistes bobos y chismes sobre los vecinos de la cuadra: que los Richard se irían de vacaciones a Disneylandia; que Jorge Padilla estaba por acabar su carrera de veterinario; que el Pulga Tena pronto debutaría con el Necaxa; que les habían robado el carro a los Rovelo; que Ernesto Martínez se había ido a vivir a Costa Rica. Sucesos que en otro momento me hubieran interesado, ahora me importaban poco. Pero hubo una noticia que sí llamó mi atención.

—Los Prieto van a cambiarse de casa a una mejor colonia y el papá decidió sacrificar a Colmillo —contó el Agüitas.

—¿Sacrificarlo? —pregunté. Sacrificar era la palabra que usábamos para desnucar a las chinchillas, una manera elegante de evadir el término matar.

—Sí —respondió el Agüitas—, piensan dormirlo la semana entrante.

"Dormirlo", otro término para eludir "matar", significaba inyectarle al perro un anestésico potente que primero lo adormecía y luego le provocaba un paro cardiorrespiratorio.

—¿Y por qué no se lo llevan a la nueva casa?

—Los papás ya están hasta la madre del perro. No quieren problemas en su nueva colonia, es muy fifirufa —respondió el Pato.

—Colmillo no es un perro, es un perrolobo —sentencié.

—Lo que sea, Cinco, lo van a sacrificar —dijo el Pato.

Terminamos nuestro picnic entrada la noche. Mis amigos me hicieron reír, me distrajeron, me ayudaron a sobrellevar al menos ese día. Al salir se despidieron con un abrazo. El Agüitas y el Jaibo partieron y el Pato se quedó un momento a hablar conmigo.

—Cinco, ¿quieres que busque a Chelo y le pida que venga?

—No, déjala.

—¿Quieres que me quede a hacerte compañía?

—No, gracias, prefiero estar solo.

—Está bien. Si necesitas algo me llamas.

Sonrió y se apresuró para alcanzar a los otros. Entré a la casa. El King roncaba acostado al pie de mi recámara. Al sentirme irguió las orejas y se levantó a lamerme la mano. Le di unas palmaditas y volvió a echarse junto a la puerta de mi cuarto. No le permitía acostarse conmigo. Sus ronquidos no me dejaban dormir.

Me acosté en el catre y me quedé un largo rato con los ojos abiertos en la oscuridad. Colmillo empezó a aullar. Un aullido profundo, penetrante. Debía escucharse a kilómetros a la redonda. Pronto sería acallado para siempre. Le pondrían bozal y lo atarían de las patas. Un veterinario prepararía una jeringa con pentobarbital, le pediría a Fernando y a sus hermanos inmovilizarlo, buscaría una vena en la pata trasera e inyectaría lentamente el fármaco mortal. Colmillo caería dormido para no despertar jamás. Colmillo muerto, sin descendientes. Colmillo muerto y con él muerta la jauría invisible a la cual le aullaba por las noches, muerta la fuerza de la naturaleza que lo habitaba, muertas las praderas heladas, muertos los animales que jamás cazó, muertas las nevadas noches de sus antepasados.

Cerré los ojos y me dormí escuchando sus aullidos.

Carlos me lo presentó una noche. Era de estatura media y hablaba bastante bien el español. Le pregunté cómo lo había aprendido. "Escuchando radio mexicano", contestó. De su cuello colgaban dos placas metálicas. Me sorprendió observándolas. Sean me las mostró. "Si te matan en la guerra, aquí viene escrito tu nombre y tus datos. Al menos saben quién eras", explicó. "Muchas veces no queda nada reconocible de ti, más que esto." Sabía de qué hablaba. Había visto soldados volar en pedazos al pisar una mina antipersonas. Los había visto carbonizados dentro de sus vehículos después de un bombardeo, sus cuerpos una masa negra humeante o desmadejados en el lodo, con las vísceras de fuera y la cara borrada a balazos.

Esa noche Sean me contó por qué radicaba en la colonia. Un día, internado en un hospital, mientras trataba de atenuar sus dolores con morfina, decidió irse de Estados Unidos y mudarse a México. Había peleado una guerra por su país, pero su país no había peleado una guerra por él. Al regresar de Vietnam lo encerraron en un hospital psiquiátrico, le aplicaron electroshocks, lo embrutecieron. Al salir se sintió a la deriva. Tres de sus compañeros de pelotón se habían suicidado. Otros dos presos por robo a mano armada. No consiguió trabajo. Las mujeres le temían y sus tatuajes les provocaban rechazo. Ninguna mujer decente se metería con un tipo tatuado. Solo prostitutas o viejas entradas en carnes. "El Corazón Púrpura no sirve más que de cuchara", le había dicho un sargento. Estaba en lo cierto. A los héroes de esa guerra librada en un exótico país asiático se les consideraba apestados. Infectados de sífilis o gonorrea, oliendo a napalm y sangre, mutilados física y emocionalmente, miles de veteranos de Vietnam regresaron a un país que les dio la espalda. Sean decidió buscar en México una nueva patria, un lugar donde reconstruirse.

Cruzó la frontera por Del Río, Texas. Al llegar a mitad del puente internacional, detuvo su camioneta Ford. Se bajó y miró al gran río serpentear entre ambos países. Aprendió que los americanos le llamaban Río Grande, y que los mexicanos Río Bravo. Puso un pie en el lado americano y otro del lado mexicano, su cuerpo dividido entre los dos países. Se mantuvo en esa posición unos segundos, luego dio un paso hacia el lado mexicano y alzó la mano para despedirse. "Good bye, USA", dijo en voz alta. Montó en su camioneta y terminó de atravesar el puente hacia su nuevo país.

Se estacionó en la garita aduanal. Necesitaba registrar la camioneta. Después de rebasar una franja de veinticinco kilómetros, cualquier auto con placas americanas requería un permiso de "introducción de vehículo al país". Entró a una oficina. Solo había un escritorio donde se hallaba sentado un oficial alto y delgado, portando lentes para sol. El ventilador no servía y el ambiente en la oficina era caldoso y encerrado. "Olía a sudor hasta en las paredes", nos dijo.

Para realizar el trámite, el aduanero le exigió llenar unas formas en una vetusta máquina de escribir. Sean le preguntó si podía hacerlo a mano. Imposible, se trataba de documentos oficiales y solo valían si se presentaban mecanografiados. Eran tantas las formas que a Sean le llevó una hora hacerlo. Al terminar, el aduanero salió a revisar su equipaje. Le hizo abrir dos maletas, las cuales inspeccionó prenda por prenda y le preguntó si llevaba algún equipo electrónico.

Sean le mostró un arcaico radio de pilas. El aduanero le dijo que no podía pasarlo, que era un artículo prohibido en México, pero que por veinte dólares haría la excepción. Sean le dio el dinero sin objetar. Aunque el aparato valía menos de tres dólares, había sido de su abuelo, en el que el viejo escuchó programas nocturnos, música country y las noticias que anunciaron el fin de la Segunda Guerra Mundial. No lo iba a perder en manos de un aduanero corrupto. El tipo le preguntó si llevaba algo más que declarar. "Nada", respondió Sean. Con desgano el aduanero dio vuelta a la camioneta, abrió la puerta y examinó bajo los asientos. Regresó a la oficina y volvió con unos papeles sellados y firmados que le entregó a Sean. "Listo, te puedes ir", le dijo.

Sean subió a la camioneta y arrancó. Por suerte al aduanero no se le ocurrió abrir la hielera. Dentro Sean llevaba, escondidas en botellas de leche, dosis de morfina para tres meses. Había conseguido cinco ampolletas de manera legal. Como veterano herido en acción tenía derecho a ellas, pero las cincuenta restantes las compró de forma clandestina a un empleado del hospital, quien las extrajo del almacén farmacéutico con un saqueo hormiga.

Recorrió las calles del centro de Ciudad Acuña. Cruzó frente a los restaurantes y bares para gringos en la avenida principal. El bochorno lo asfixiaba. ¿Cómo podía la gente caminar por las aceras a más de cuarenta grados a la sombra? El calor era casi un muro que podía tocarse.

Preguntó a un hombre por el mejor hotel. Siguió las instrucciones y llegó a unos cuartos desperdigados en el desierto en la carretera hacia Piedras Negras. Le tocó la habitación 13 F. El dueño había nacido un trece de marzo y decidió que todas las habitaciones empezaran con 13. Así retaba a la superstición de la mala suerte.

Sean entró al cuarto, prendió el abanico, se quitó la camisa, tomó un folleto turístico sobre el desvencijado escritorio empotrado a la pared y se tumbó en la cama a leerlo. Se enteró que Ciudad Acuña se llamaba así en honor de Manuel Acuña, un poeta, quien despechado por una tal Rosario, se suicidó con cianuro a los veinticuatro años. Por eso —nos dijo esa noche bebiendo cervezas— le empezó a gustar México: apenas había cruzado la frontera y ya el país lo sorprendía: una ciudad ardiente le debía su nombre a un poeta suicida.

—¿Te cae?

—Sí, de verdad, eso dijeron.

Carlos no podía creer lo que le había contado sobre la reunión con los buenos muchachos.

—¿En serio son tan medievales?

—Peor.

Después de relatarles sobre los vikingos y sus ideas en torno a la virginidad, los buenos muchachos se desbordaron en un furibundo alud en contra de las mujeres ligeras. "La visión de ese pueblo bárbaro no es correcta", espetó enojado Humberto, "denigra a nuestras madres, a nuestras hermanas. ¿Quién va a querer a una mujer impura, fétida de sexo (me sorprendió su vena poética), que no se respeta a sí misma?" Apenas logró disimular su ira. Continuó con un listado de las virtudes que toda mujer decente debía poseer: recatada, fiel, discreta, solícita, obediente, casera, maternal (cualidades en las que en ninguna de ellas encajaba su madre).

—Bueno —le dije—, ya fui y no quiero volver a ir.

—Tienes que volver.

—¿Para?

—Para que no caigas en pecado.

—No, en serio. ¿Para qué?

—Porque he escuchado rumores sobre esos pinches mochos.

—¿Como cuáles?

—Como que quieren romperle la madre al negocio.

—¿Ellos?

—Sí, ellos. Hace una semana unos encapuchados se madrearon a cuatro clientes míos. Los dejaron muy golpeados y les dijeron que más les valía dejarse de meter cosas porque iban a acabar con todos los adictos y con aquellos que los envenenaban.

—No creo que se atrevan a hacer algo así.

—Más vale que vayas a picar cebolla —me dijo.

"Picar cebolla", "echarles un oclayo", "lentearlos", "hacerle al ratón", "jugarle a la pared", "sacarles la sopa", "saber su dos más dos", en otras palabras, calladito ir y extraerles información.

—Sígueles la corriente. Cuéntales historias de la Biblia, no de vikingos y sus viejas calenturosas y cogelonas.

Reímos. Ya no les llevaría la contra. Se trataba de mimetizarme con ellos, no de convertirme en su antagonista.

"El recorrido de 'Europa a Su Alcance' incluye visitas a las ciudades más importantes del Viejo Continente: Madrid, Barcelona, París, los castillos de la Loire, Roma, Florencia, Milán, Brujas, Londres, San Sebastián, Bruselas. Recorreremos palacios, castillos, museos, restaurantes, avenidas, callejuelas, hermosos paisajes."

Mi padre repasó el itinerario una y otra vez. Recién casados, mis padres carecieron de recursos para disfrutar una luna de miel a lo grande y apenas les alcanzó para ir tres días a Veracruz. Su sueño fue surcar el Atlántico hacia Europa. Pudieron pagar el viaje a plazos gracias a que la escuela nos becó y ahorraron el gasto de las colegiaturas. Antes del viaje, por las noches se sentaban a estudiar sobre los lugares que iban a visitar. Concentrados revisaban la *Enciclopedia Británica* o el *Diccionario Larousse*. Cada uno anotaba en una libreta los sitios que más le atraían y luego comparaban. Casi siempre coincidían. Mis padres se llevaban de verdad muy bien.

Carlos se ofreció a regalarles el viaje. Mi padre se sintió ofendido. Él, que no había aceptado un centavo de nadie, no iba a aceptarle dinero a su hijo. Mis padres no supieron del negocio alterno de Carlos, sino hasta que murió y Zurita se encargó de embarrarlos con la información sobre sus actividades ilícitas.

Dos meses después de muerto Carlos empezaron a llegar a la casa las postales enviadas por mis padres desde Europa. Una tras otra. Algunas postales destinadas a mi abuela, otras a Carlos y otras a mí. El anacrónico correo, en su lentitud, trajo a retazos la historia del viaje que mis padres terminaron por maldecir.

Cada postal reflejaba el enorme amor que nos tenían. Nos contaban de los museos, iglesias, restaurantes. Nos pedían que nos cuidáramos uno al otro y a nuestra abuela y que no olvidáramos cuánto nos querían. Mi madre, preocupada por los menesteres cotidianos, escribía al margen indicaciones para pagos de luz, agua, gas y compras en el supermercado. Entusiasmados por su viaje mandaron postales casi a diario que fueron goteando dolor al llegar a la casa. Todavía seis meses después siguieron arribando. Mis padres no tiraron ninguna de las dirigidas a Carlos y a mi abuela. Al revisar sus cajones cuando murieron, las hallé ordenadas por fecha y lugar dentro de una carpeta. Las leí una por una. Mis muertos escribiéndoles a mis muertos. Y la vida ahí, pulsando aún, diáfana. El corazón de la vida en la letra manuscrita de mis padres.

Los antiguos griegos hablaban de un remoto lugar más allá de donde provenían los vientos del norte: Hiperbórea. Aseguraban que ahí durante la mitad del año el Sol no se metía ni una sola vez y que durante la otra mitad nunca salía.

Se recomendaba no viajar de noche por sus mares. Los acantilados, con formas de mujer, cobraban vida y destrozaban los barcos que navegaban en las cercanías.

Se pensaba que para los habitantes de Hiperbórea la tristeza no existía. Vivían felices. La tierra les brindaba frutos y en los cuatro ríos que la atravesaban, abundaban los peces y las ranas. Poseedores de una existencia inmortal, ellos decidían el momento de su muerte. Lo suyo no era un suicidio, sino una festiva manera de despedirse de la vida. Celebraban con la comunidad para después dirigirse hacia lo alto de un risco y arrojarse al mar.

Los hiperbóreos adoraban a Apolo, quien, se decía, visitaba la lejana tierra cada diecinueve años para rejuvenecerse. Ahí también se cree que fue desterrada Medusa.

Se hablaba de los hiperbóreos como los seres originales, como los gigantes felices. De ellos, Nietzsche escribió en *El Anticristo*:

«Enfrentémonos a nosotros mismos: somos los Hiperbóreos. Sabemos cuán distante vivimos. "Ni por tierra ni por mar encontrarás el camino hacia los Hiperbóreos", Píndaro ya sabía esto de nosotros. Más allá del norte, del hielo, de la muerte, se encuentra nuestra vida, nuestro bienestar. Hemos descubierto la felicidad, hallamos el camino, encontramos la salida al laberinto milenario… estamos sedientos de relámpagos y de hazañas y estamos lo más alejados de la felicidad de los blandos: la resignación… la fórmula para nuestra felicidad es un Sí, un No, una línea recta, un fin.»

Libertad

Pasaron los días y Chelo no regresó. Por las madrugadas volvía a llamar a su casa con la esperanza de escucharla contestar, pero solo sus padres atendieron el teléfono. Empecé a trastornarme de celos e incertidumbre. ¿Dónde estaría? ¿Se habría ido con otro?

Las noches eran insoportables. Me costaba trabajo dormir en el silencio y la soledad. A veces me tumbaba en la cama de Carlos a leer hasta que amanecía. O me iba a la azotea. Me sentaba sobre el borde del techo y miraba el inmenso paraje de tinacos, tendederos y antenas de televisión.

Solo la presencia del King y de Vodka y Whisky impidió que enloqueciera. Los periquitos los había comprado mi abuela. Vodka, la hembra, era color amarillo. Whisky, azul claro. Mi abuela colocó un tronco en su jaula. Los periquitos empezaron a escarbar un nido. Sobre el piso caía el aserrín de su faena diaria. Con la cabeza Whisky lo empujaba hacia fuera mientras Vodka seguía taladrando. Al cabo de un mes terminaron de cavarlo. La periquita no salió del nido por una temporada. Whisky saltaba ansioso sobre las perchas, recogía semillas de alpiste y las introducía dentro del tronco ahuecado.

Un día escuchamos un alboroto de chillidos agudos: habían nacido cuatro polluelos. Sin plumas, con los ojos cerrados. Por primera vez en semanas, Vodka salió. Sacudió sus alas, picoteó alpiste, bebió agua y retornó a regurgitar alimento para sus crías. Whisky, encargado de la limpieza, extrajo del nido los cascarones de los pequeñísimos huevos y los arrojó al piso de la jaula.

Mi abuela disfrutó ver cómo crecían los polluelos, dos amarillos y dos azules. A veces tomaba un gotero y los alimentaba con una solución azucarada. Cuando terminaron de emplumar, mi abuela los regaló a sus primas y a partir de ahí docenas de periquitos se propagaron por la red familiar. Whisky y Vodka debieron tener cerca de doscientos descendientes, los doscientos condenados a una jaula, dos perchas, un bebedero, un tronco y a comer alpiste de por vida.

Por las mañanas, al despuntar el Sol, iniciaban su parloteo. Mi abuela les hablaba con la ilusión de que aprendieran algunas palabras. Nada. Ni "hola", ni "amigo", ni "Juan". Cuando me quedé solo, su ruido mañanero, que antes me fastidiaba, me hizo sentirme acompañado. También intenté hacerlos hablar y fracasé.

Una tarde decidí liberarlos. Los saqué de la jaula, los llevé a la cocina, abrí la puerta del patio y los puse sobre el respaldo de una silla, justo en la frontera entre volar libres o quedarse en la casa. Se mantuvieron inmóviles sin saber qué hacer. Vodka fue la primera en volar. Cruzó la cocina, esquivó el trinchador y fue a pararse sobre su jaula. Whisky la siguió. Decidí no hacerlos prisioneros de nuevo. Dejé la puerta de su jaula abierta para permitirles ir y venir. Si querían quedarse dentro de la jaula era por su voluntad, no la mía. Si lo deseaban, podían huir por las ventanas. Era su derecho.

Los periquitos rara vez se apartaban de la jaula. Volaban en círculos alrededor de la sala, eludiendo con torpeza muebles y adornos. A pesar de la puerta abierta del patio, jamás intentaron salir. Lo más lejos que se aventuraron fue a mi cuarto. Se pararon un momento sobre la cabecera de mi catre y casi de inmediato emprendieron el vuelo de regreso.

Morfina, opiáceo descubierto en el siglo XIX por Friedrich Sertürner, un químico alemán. Debe su nombre a Morfeo, dios griego del sueño. En protocolos médicos es utilizada como analgésico para aliviar dolores agudos o crónicos. Puede provocar efectos de euforia en quienes la consumen, de ahí su uso como droga recreativa. Es altamente adictiva.

La interrupción súbita de su administración puede provocar síndrome de abstinencia con sintomatología de leve a grave. La morfina se halla entre las sustancias de uso médico restringido y controlado.

"Dietilamida de ácido lisérgico", sustancia mejor conocida por sus siglas en inglés: LSD. Sintetizada por el químico suizo Albert Hoffman a finales de la década de los treinta, el LSD induce reacciones psicodélicas, afecta la percepción de la realidad y causa alucinaciones cercanas a las percibidas en los sueños. En un inicio el LSD fue recetado por psiquiatras con fines terapéuticos.

En la década de los sesenta, se inició su consumo con fines recreativos. El LSD es una sustancia prohibida y controlada, pese a que investigaciones médicas no arrojan datos de daños permanentes en la salud mental y física de los seres humanos.

Desde tiempo atrás, en la colonia se vendían mariguana y cocaína al menudeo. Los callejones de la Modelito eran ideales para las transacciones. El vendedor metía al comprador por un lugar, le entregaba el producto y lo sacaba por otro. Era imposible que el comprador elaborara un mapa mental del laberinto donde había estado. La venta era vigilada desde las azoteas por tipos armados. En caso de problemas: policías fisgones, chivatos o desacuerdos con los clientes, los francotiradores disparaban. Primero tiros de advertencia. Si el aviso no funcionaba, entonces apuntaban a los cuerpos. Solo en pocas ocasiones fue necesario el uso de las armas. Rara vez fatales. El negocio debía marchar limpio de sangre.

Los Nazis acaparaban el mercado de la mariguana y la cocaína. Era imposible tratar de competir contra ellos. Organizados y crueles, eliminaron con brutalidad a aquellos que intentaron arrebatarles el más mínimo pedazo de territorio.

Dominaban una gran zona en las delegaciones de Coyoacán, Benito Juárez e Ixtapalapa. Pedro Jara había fraguado un pacto con la policía para llevar las cosas en paz. Y cuando un nuevo jefe policial intentó acotarlos, los Nazis reaccionaron con violencia inaudita. Quemaron lo que encontraron a su paso: autobuses, restaurantes, farmacias. Tumbaron semáforos, postes de luz. Fue forzoso retornar al acuerdo original. Con los Nazis era imprescindible apegarse a lo pactado.

El LSD y la morfina eran las "mercancías" que manejaba Carlos. Les llamaba así, no drogas o sustancias. "Mercancía" era un término más comercial y frío, sin connotaciones de ilegalidad, sino de negocio próspero y serio. Los Nazis lo toleraron porque mi hermano no era un competidor directo. Además, era sumamente difícil conseguir LSD y morfina en cantidades comerciales.

Carlos se consideraba un proveedor gourmet. Promocionaba su negocio como un acceso a "experiencias vitales cognoscitivas", "viajes de percepción", "estados alterados", "alucinaciones creativas". Bien manejadas, "ninguna de las mercancías que vendo causan problemas de salud".

Sus clientes no moraban en la colonia. La mayor parte procedía de las clases altas. Los años en escuelas privadas Carlos los invirtió en relacionarse con compañeritos ricos con aspiraciones hippies. Ellos se convirtieron en el primer peldaño de la larga escalera de consumidores a los cuales surtía sus productos.

El negocio comenzó cuando Sean Page, el Loco, llegó a radicar a la colonia. Él y Carlos se conocieron en La Escondida, la tiendita de abarrotes ubicada en el Retorno 202. Sean había ido a comprar un cartón de cervezas. Carlos notó sus tatuajes y le preguntó si era marinero. Sean le contestó que no, que era veterano de la guerra de Vietnam. Empezaron a conversar y terminaron en la azotea de la casa hablando sin parar hasta las ocho de la mañana. Ahí arrancó una intensa amistad en español, spanglish e inglés.

Sean había rentado un cuarto de azotea en el Retorno 207. Llegó a la colonia por casualidad. Al ir a la embajada a sacar su cédula de veterano de guerra, se topó con un chicano que también había combatido en Vietnam. Mientras aguardaban a ser recibidos, el chicano le comentó que una prima suya acababa de enviudar y que para allegarse recursos alquilaba unos cuartos en su casa. Al salir de la embajada fueron a ver a la prima viuda. A Sean los cuartos le parecieron caros, pero preguntó si podía rentarle el de servicio. Ella aceptó por una exigua cantidad y Sean se mudó esa misma noche.

En poco tiempo iniciaron las confidencias entre Carlos y Sean. En el cuartucho, Sean le mostró sus cicatrices y le habló de sus dolores y su dependencia a la morfina para mitigarlos. Del pequeño refrigerador donde guardaba sus alimentos, Sean extrajo las ampolletas. Carlos le preguntó si producía efectos similares a los de la cocaína. "No", respondió Sean, "mucho mejores". Sean pensó que Carlos le pediría una dosis para probarla, pero no fue así. En la mente de mi hermano germinó la idea de un negocio. Le pidió una ampolleta para llevársela a un conocido adicto a la cocaína para que comparara los efectos.

Días después Carlos regresó con una buena noticia: el tipo había preferido la morfina por encima de la cocaína y dijo que sin duda la recomendaría a sus amigos. Le preguntó a Sean si podía entregarle sus dosis para venderlas. Sean le contestó que requería de las ampolletas sobrantes y que, dada la intensidad de sus dolores, no podía darse el lujo de quedarse sin dosis.

—¿Tienes dónde conseguir más? —inquirió Carlos.

—Sí, en un hospital en Texas.

—¿Cuántas más?

—Unas cuarenta o cincuenta ampolletas.

—¿Podrías traer doscientas?

Sean rio. Eran cantidades inusitadas. Además de que sería imposible contrabandearlas por la frontera, ¿de dónde sacarían el dinero para adquirirlas?

—Tú consíguelas, yo las pago. Y de los aduaneros ni te preocupes, yo me encargo de sobornarlos.

A Sean le sorprendió la seguridad de mi hermano a sus dieciocho años. No sabía aún de sus dotes empresariales ni de su boyante negocio de chinchillas. Carlos vio en la morfina una ventana gigantesca de oportunidad financiera y estaba decidido a llevarla hasta sus últimas consecuencias.

Buscó a un amigo suyo, Diego Pernía, a quien apodaban Castor Furioso, para que los ayudara en el nuevo negocio. Era un tipo alto, pelado al rape y que en un breve momento de su vida había traficado mariguana. Le decían el Castor Furioso por sus dientes pronunciados y su inclinación a resolver disputas a batazos. Él y Carlos eran amigos desde niños. Alguna vez se liaron a golpes y Carlos lo noqueó. Al día siguiente, el Castor Furioso fue con un bate a cobrar revancha, pero Carlos lo esperaba con otro bate. Se vieron uno al otro y terminaron riéndose. No volvieron a pelear y durante años se cuidaron las espaldas, hasta que Carlos murió ahogado y al Castor Furioso lo aprehendió Zurita y lo condenaron a quince años de prisión.

Se reunieron los tres. Convinieron en que Sean viajaría a los hospitales en Dallas y Laredo a intentar obtener las ampolletas de morfina. El Castor Furioso lo acompañaría para sobornar a los aduaneros y cuidar el cargamento. Sean sintió más seguro cruzar la frontera por Acuña a pesar de la larga vuelta que ello significaba.

Carlos les entregó tres mil dólares. Sean los recibió, asombrado. Solo tenían unas semanas de conocerse y ya Carlos le confiaba su dinero. "Me lo podría robar", bromeó Sean. "Pues te perderías el negocio de tu vida", replicó mi hermano.

No fue fácil adquirir la morfina. El empleado del hospital en Dallas tuvo miedo de ser descubierto si robaba demasiadas ampolletas. Les pudo entregar solo cuarenta. Sean y el Castor Furioso viajaron a Laredo. Fueron al hospital militar. Sean presentó sus recetas y una empleada de la farmacia le entregó las dosis permitidas. A bocajarro Sean le preguntó si podía conseguirle más.

—¿A qué se refiere? —inquirió la mujer mirándolo con dureza.

—Vivo en Ciudad de México y no quiero volver en un buen rato —contestó Sean.

—¿Cuántas necesita?

—Doscientas —respondió el Loco con convicción.

La mujer hizo una mueca burlona.

—No piensa regresar en cien años, ¿verdad?

Sean se limitó a encogerse de hombros.

—¿Sabe que cada ampolleta está numerada e inventariada?

—Lo imagino.

—¿Sabe que lo que me acaba de pedir es delito castigado con cárcel?

—Sí, lo sé.

—¿Y sabe que si se las doy es cárcel para mí también?

—Sí.

—Entonces, si sabe los riesgos que corro, sabrá también recompensarme.

—La sabré recompensar.

La mujer se acercó a Sean a hablarle en voz baja.

—Búsqueme en el estacionamiento de Aguirre's Super Mart a las seis de la tarde. Voy a ir en un Pinto blanco.

A las seis en punto la mujer llegó seguida por una camioneta con dos tipos. Se estacionó y, sin bajarse del automóvil, le hizo señas al Loco de que se acercara. Sean se aproximó con cautela. La guerra le había enseñado a anticipar las trampas. Con la mirada le señaló al Castor Furioso los dos hombres en la camioneta.

Sean llegó hasta ella. La mujer volteó nerviosa para registrar los alrededores.

—¿Consiguió eso? —le preguntó Sean.

Ella no dejó de escrutar de un lado a otro.

—¿Eres policía?

—No, no soy policía.

—¿Y cómo puedo saberlo?

Sean se arremangó la camisa y le mostró un tatuaje en el antebrazo izquierdo. En tinta azul venía escrito el nombre de su pelotón, el lugar donde había sido herido y la fecha. La mujer leyó y se volvió a verlo a los ojos.

—Traigo solo ciento veinte ampolletas. Es lo máximo que pude sacar.

—Me sirven.

—Son dos mil cuatrocientos —dijo ella—, veinte por cada una.

—¿Qué? En Dallas las consigo en diez dólares.

—Pues entonces ve a Dallas por ellas.

La mujer amagó con arrancar el auto. Sean le pidió detenerse.

—Tengo mil ochocientos.

—Cuando tengas los dos mil cuatrocientos me buscas.

De nuevo la mujer amenazó con irse. Prendió el coche y cuando iba a meter velocidad, Sean se recargó en el filo de la ventanilla.

—Dos mil. Es todo lo que traigo, pero prometo comprarte más.

La empleada miró por el parabrisas, meditando su respuesta.

—Está bien, dámelos.

—Dando y dando —exigió Sean.

—La caja con las ampolletas la traen ellos —dijo ella y señaló la camioneta atrás de su auto—, dame el dinero y ellos se las entregan.

Sean sacó un sobre y con la barbilla le indicó al Castor Furioso que fuera hacia la camioneta. Diego se paró frente a los tipos, que no eran más que un par de adolescentes asustados.

Sean le entregó el sobre a la mujer. Ella contó los billetes y agitó su mano izquierda fuera de la ventanilla. Al ver la señal, el adolescente al volante le entregó la caja a Diego. La mujer y los de la camioneta partieron. Sean y el Castor Furioso contaron una por una las ampolletas. Eran ciento diecinueve. Seguro uno de los adolescentes se agenció una antes del intercambio. Ambos sonrieron: el negocio comenzaba.

Amaruq siguió el rastro entre la nieve. Las huellas no se marcaban de manera contundente. Los lobos arrastraban las patas, lo que indicaba que se hallaban exhaustos. Amaruq no halló cadáveres de wapitíes devorados. La jauría no había podido cazar. Al parecer los hatos de wapitíes habían migrado hacia el sur en busca de un clima más benigno. ¿Por qué Nujuaqtutuq conducía la manada hacia el norte?

A Amaruq le costaba trabajo avanzar en la nieve cada vez más tupida. A pesar de los gruesos guantes de carnaza, remolcar el trineo le había sangrado las manos. Los músculos de las piernas y los brazos le quemaban por el esfuerzo. No podía dejar el trineo con las pieles y la carne, su único suministro. Con solo dos balas le sería imposible sobrevivir.

Amaruq alzó la vista hacia el cielo. Los nubarrones auguraban una tormenta. Eligió un manchón de pinos para montar la tienda de campaña. Aseguró los amarres alrededor de los troncos. Metió el trineo, con el fuego descongeló las pieles con las que se arropaba para acostarse y anudó la puerta.

No logró dormir. Las ráfagas de viento zarandearon la tienda de un lado a otro. El peso de la nieve amenazó con romper el techo. Ventoleras se colaron por las rendijas, congelándolo. Amaruq se cubrió lo más que pudo con las pieles y envolvió su cabeza con uno de los aún endurecidos cueros de los lobos cazados.

La tormenta duró tres días. Permeó una penumbra grisácea, sin luz del Sol. Amaruq no pudo atizar otro fuego por las furiosas ventiscas. Se alimentó de la carne cruda de wapití congelada. Le costó trabajo desgajarla con los dientes y masticarla. A veces, al dormitar, la borrasca le traía los graves aullidos de la jauría. Al escucharlos, se incorporaba y aguzaba el oído. No sabía si en verdad eran los lobos o el continuo ulular del viento.

Por fin la tormenta amainó. Amaruq se asomó por una ranura y vio que la tienda estaba cubierta de nieve. Salir le costaría trabajo. Desanudó la puerta y se topó con un muro blanco. Con una pala abrió un estrecho pasadizo. Emergió de la tienda arrastrándose y se incorporó. La pradera estaba completamente nevada. Trepó el montón de nieve frente a la tienda y contempló el vasto horizonte. De pronto sintió algo a su izquierda. Volteó y ahí estaba Nujuaqtutuq, el gran lobo gris, mirándolo fijamente a veinte metros. Amaruq se arrepintió de no haber salido con el rifle. Intercambiaron una mirada por unos segundos y luego Nujuaqtutuq se alejó hundiéndose en la nieve. A lo lejos, Amaruq divisó al resto de la jauría aguardando el regreso de su líder.

Nujuaqtutuq debió estar hambriento y pasada la tormenta olfateó la carne dentro de la tienda y se acercó a explorar. Amaruq no lo atemorizó. Eso significaba que los lobos le perdían el miedo o, peor aún, planeaban un ataque. Amaruq entró por el rifle a la tienda y salió a explorar. Alrededor halló decenas de huellas de lobo. Los lobos se habían burlado de él una vez más.

Si lograba cazar a Nujuaqtutuq la manada con seguridad se desbalagaría. Sin macho alfa, la pugna por el escalafón jerárquico los dividiría en dos o tres grupos. Si pensaban atacarlo, la posibilidad decrecería matando al gran lobo gris. Cazarlo sería difícil. Con solo dos balas y más de noventa centímetros de nieve, intentar acecharlo era imposible.

Amaruq tendió varios cepos alrededor del campamento. Calentó agua en una olla y descongeló pedazos de carne de wapití para usarlos como carnada. Los colocó sobre las trampas y después las cubrió con nieve. Los cepos eran más eficaces cuando el animal rascaba para descubrir la carne oculta.

Afianzó los cepos encadenándolos a los troncos de los pinos. Así los lobos no podrían huir arrastrando la trampa y escapar requeriría que se mordisquearan la pata hasta arrancársela.

Atardeció. A lo lejos Amaruq detectó a los lobos entre los árboles aproximándose lentamente hacia su dirección. No tardarían en llegar.

Mi abuela se repliega contra la pared, asustada. Los hombres vestidos con chamarras de cuero abren cajones y los vacían sobre el piso. Mi abuela pregunta qué pasa. Guarde silencio, le ordena Zurita. Yo trato de impedir que sigan esculcando. Un policía me toma del cuello. Me asfixia. ¿Dónde guardaba la droga su nieto? Pregunta Zurita a mi abuela. Ella no sabe qué decir. No la molestes, tuteo a Zurita. Un policía me abofetea. No le hables de tú al comandante. Entran a los cuartos. Sacan la ropa de los clósets y la botan. Voltean los colchones. ¿Dónde está la droga y el dinero? Pregunta Zurita de nuevo. En realidad no sé. Han cateado la casa del Loco. No han hallado nada. Ahora al Loco lo están pateando en los huevos para que hable. El Loco no va a rajar. Es soldado. Veterano de guerra. Estúpidos. Lleva años aguantando dolor. No va a cantar. ¿Dónde están la droga y el dinero? No sé, repito. Suben a empujones a mi abuela. Ella llora. Un policía me amenaza: le vamos a romper la madre a la vieja si no nos dices. Que no sé. Le grito. Mi abuela llora. Zurita se acerca. Compasivo. Le dice a mi abuela que se calme. Juega al policía bueno. Le pide que por favor le diga dónde están las drogas y el dinero. ¿Cuáles drogas? ¿Cuál dinero? Pregunta mi abuela. No tiene idea de qué le están hablando. En la cocina se escuchan platos caer, vasos. Sube un policía. Comandante, no encontramos nada. Zurita le ordena al otro que me suelte. Deja a ese culero. Vámonos. Comienza a bajar la escalera. Me apunta con el dedo, amenazante. Si nos enteramos que sabías dónde estaba escondido el dinero, vengo yo mismo a partirte la madre, como se la partimos a tu hermano. Se la partieron los mochos, no tú, le digo por joderlo. Zurita se regresa y me pone un trancazo en la cara. Caigo sobre la alfombra. Mi abuela grita. Es apenas un muchacho, les dice.

Zurita sonríe. Se burla. Mi hermano está muerto. Y eso, a la larga, lo van a pagar.

Benghansa. Bengansa. Benganza. Vengansa. Venganza

V
  E
    N
      G
        A
          N
            Z
              A

Venganza, venganza, venganza, venganza.

En las montañas de Transilvania, cuando muere una joven mujer que no llegó a casarse, el pueblo le prepara una ceremonia nupcial. Como ha muerto antes de su tiempo, la "stragoli", o alma incompleta, enfurece. Desea arrasar con los vivos antes de irse al otro mundo. Para darle paz se organiza esa boda simbólica. Visten el cadáver con traje de novia y le piden a un hombre del lugar que funja como novio. Los amigos y los familiares de la muerta se engalanan con sus mejores ropas. Se lleva a cabo el matrimonio. El novio pronuncia los votos maritales y promete amor y fidelidad. Al terminar, colocan un muñeco dentro del féretro como representación de los hijos que la joven nunca pudo procrear. Cierran entonces el ataúd y lo bajan a la fosa. La stragoli puede irse tranquila: es ya un alma completa.

Respiración

Diez días sin Chelo. No me ha llamado. Mis amigos no la han visto. Le pedí al Pato que hiciera guardia frente a su casa. Nada. Se esfumó. Desprendo el póster de Raquel Welch pegado sobre el techo de mi cama. Quiero solo pensar en Chelo.

Los periquitos han aprendido a ser libres. Cruzan por las escaleras hacia los cuartos de arriba y vuelven presurosos a la sala. Aún no se arriesgan a salir al patio. La puerta abierta les parece una frontera infranqueable. El King duerme, ronca, despierta, se estira, brinca sobre mí, me babea, come, bebe agua, duerme, ronca, despierta…

He desaparecido todos los relojes de la casa. No quiero saber qué hora es. Solo necesito dos medidas de tiempo: día-noche, luz-oscuridad. Lo demás: segundos, minutos, horas, es irrelevante. El mío es ahora el tiempo de los animales. No importa a qué hora despierte o a qué hora vaya a la cama. El mío es también el tiempo de los fantasmas. En el insomnio se dialoga mejor con ellos, es su momento favorito. Te cuentan sus historias, les cuentas las tuyas.

Leo a Shakespeare, Rulfo, Faulkner. Sus palabras reverberan. Venganza, muerte, amor, sangre. Faulkner habla de una mujer casada que muere después de que su amante, un joven médico recién graduado, le practica un raspado uterino. Un aborto. Ella se desangra. Al final de la novela Faulkner escribe: "Entre el dolor y la nada, prefiero el dolor". ¿Ah sí, Faulkner? ¿Prefieres el dolor? Ven, cabrón, y aguanta mi dolor. Carga con esta tonelada de muertos. Te aplasta. Ven, Faulkner, sal de tu tumba, anda. Te espero aquí sentado, señorito del Sur Americano. Vamos a zambullirnos juntos en el cenagal del dolor y al salir hablamos.

Faulkner, quizás tengas razón. La piedra quiere permanecer piedra. El tigre en tigre. Quiero permanecer. Quisiera permanecer como tigre. Con sangre de piedra. Sangre poderosa, irrompible. Sangre que no se vierta, no se escurra. Sangre de piedra que desdeña la muerte. Y sí, entre el dolor y la nada, prefiero el dolor, míster Faulkner.

Y tú, Shakespeare, con tu Hamlet blandengue que duda en vengarse. "To be or not to be". Ser o no ser. Lee a Spinoza, Shakespeare, te hará bien, responderá a tu pregunta. Lee a Borges, tu tataranieto ciego. Ser o no ser. Ser, querido Shakespeare. Siempre ser.

Y tú, Rulfo, que presumes que tus muertos te hablan. Claro que los muertos hablan. Si noche a noche oigo a los míos murmurar. Sus susurros rebotan en las paredes. No me dejan dormir. Mis muertos se acomodan en sus tumbas inundadas. Mis padres, mi abuela y mis hermanos empapados, el agua chorreando en sus ataúdes. ¿Cómo se secan los muertos bajo tierra? ¿Se quedan húmedos convirtiéndose en lodo? ¿O se sacuden como perros al emerger de una charca? Vamos, Rulfo, Faulkner, Shakespeare. Quédense aquí conmigo. Díganme algo que no sepa, lo que sea que me ayude a transitar por estas horas apagadas y sofocantes.

Como si fuera un prisionero en una celda, hago ejercicio diario. Interrumpo mi lectura, hago veinticinco lagartijas y luego continúo leyendo y otra vez veinticinco lagartijas. Sentadillas en medio de la cena. Subo y bajo escaleras, sesenta veces. Cargo al King sobre mis espaldas y hago desplantes. Necesito fuerza. La venganza espera allá afuera.

Miro las venas de mis brazos, hinchadas por el ejercicio. El corazón bombea mi sangre hacia los músculos. Mi sangre. ¿Cuántos de quienes me donaron sangre han muerto? ¿Cuántos resucitan dentro de mí? ¿A quién pertenece la sangre que corre en mis arterias? ¿Cuántos hijos míos bracean en mi sangre en espera de su momento? Si me quedo en silencio los oigo respirar. Escucho sus resuellos, sus vahídos. Nadan como cardúmenes ciegos a tientas entre mis arterias.

¿Qué mujer lleva la otra mitad de mis hijos? ¿Serás tú, Chelo? ¿Brincarán mis hijos hacia ti y bucearán en tus entrañas para ser engendrados?

Respiro. El corazón bombea mi sangre. Llega a mis bíceps, mis antebrazos, mis manos. Siento los latidos en mi muñeca. Me tiro al piso para hacer más lagartijas. Bajo y subo. Cien. Empujo. Sangre. Venganza. Amor. Mis hijos. Chelo. La extraño. ¡Carajo! Cómo la extraño. Carlos. Padre. Madre. Abuela. Los extraño demasiado. No callen. Hablen conmigo. Se los ruego. No callen.

Postal enviada desde la ciudad de Florencia, Italia. Fechada en julio de 1969. Letra manuscrita de mi padre y mi madre.

"Carlos, hijito. Este es el Ponte Vecchio, sobre el río Arno, en Florencia. Como puedes ver es un sitio hermoso. Fue construido en la época medieval. Aquí los artesanos vendían sus productos y aún los venden.

Hijo, piensa volver a la escuela. La universidad te va a ayudar en la vida. Sé que te va bien con las chinchillas. Pero de verdad. Piénsalo. Te quiere mucho, tu papá.

Nos estamos divirtiendo de lo lindo. Cómo me hubiera gustado que vinieras con nosotros. Te extrañamos. No olvides cuánto te queremos. Mamá."

Postal enviada desde la ciudad de Roma, Italia. Fechada en julio de 1969. Letra manuscrita de mi padre y mi madre.

"Juan Guillermo, hijito querido. Este lugar te enloquecería. Aquí los gladiadores peleaban contra tigres y leones. De solo imaginarlo se me enchina la piel. Hemos comido pasta a lo loco. Vamos a regresar gordos. Tu mamá ya está pensando en la dieta. A pura agua, dice. Te quiero harto. Besos, papá.

Mi chinito melenudo. No sé si te acuerdas del traje romano que te regalamos cuando cumpliste cinco años y que venía con una espada de plástico. No te lo quitabas por nada del mundo. Y hoy aquí, en el Coliseo romano, me acuerdo montones de ti. No olvides lo mucho que te queremos. Tu mamita."

Treinta y seis postales para Carlos, treinta seis postales para mí y veinticuatro para mi abuela. La cartografía de la premuerte.

Sean no recordaba el nombre de la película, pero trataba de soldados americanos en la Segunda Guerra Mundial que al huir de sus enemigos entran en un río y para no ser descubiertos se sumergen y respiran bajo el agua con la ayuda de carrizos huecos. Los japoneses revisan las márgenes del río y entre los juncos, pero no adivinan que los soldados americanos yacen bajo la superficie, camuflados con las algas, inhalando a través de las varas de carrizo.

—En tu experiencia de soldado, ¿tú crees que eso es posible? —le preguntó Carlos.

—Lo intenté y no pude —contestó Sean con una risotada.

—Debe poderse —afirmó mi hermano.

Llenaron la tina del cuarto de Carlos. El Castor Furioso se apuntó para hacerlo primero y en calzones se sumergió con un popote en la boca. Apenas inhaló y salió del agua tosiendo.

—Se me metió agua por la nariz —dijo.

—Métete despacio y respira lento —le sugirió mi hermano.

De nuevo Diego lo intentó y salió jadeante en busca de aire.

—Como castor te mueres de hambre —se burló mi hermano.

—Pero no sabes cómo con estos dientecitos le he mordido las chichis a tu mamá, cabrón —reviró Diego.

Carlos ya no le contestó. Se quitó la ropa y antes de meterse al agua practicó inhalar y exhalar por el popote.

Entró a la tina, se sumergió y al primer intento salió también tosiendo. De inmediato Sean y el Castor Furioso se mofaron de él.

—¿No que muy Tarzán? —le dijo Sean.

—Es más Chita que Tarzán —opinó el Castor Furioso.

Carlos los miró sin responderles y se deslizó de nuevo dentro del agua. Esta vez comenzó a respirar por el popote. Aguantó un minuto y salió tosiendo.

—Sí se puede, ¡carajo! ¿Cómo chingados no se va a poder?

Practicaron durante horas. El problema era que al sumergirse flotaban. Era necesario empujarse del grifo o que alguno de ellos los detuviera bajo el agua. Pero lo lograron. Carlos consiguió respirar por el popote por más de seis minutos.

Lo que comenzó como un juego se convirtió en su estrategia de escape. Por ello Zurita y sus policías no lograban encontrarlos. A Carlos se le ocurrió que nadie los buscaría escondidos dentro de los tinacos. Intentaron respirar sumergidos dentro de uno a través del popote y les dio resultado. Practicaron y fueron perfeccionando su técnica. Para mantener, secreto su plan, silenciosos recorrían los techos entrada la noche, examinando los tinacos más apropiados. Los mejores eran aquellos en los cuales el agua no llegaba hasta el tope, los que contaban con bordes que les permitieran empujarse hacia abajo para no flotar, los que eran fáciles de abrir y volver a tapar, los que estaban ocultos por una barda y aquellos cercanos a una escalera de caracol para huir en caso de que la maniobra fallara.

Revisaron tinaco tras tinaco, la mayoría construidos con asbesto y con las tuberías oxidadas. Eligieron seis y Carlos los asignó. Los de los Padilla y los Martínez, para Sean. Los de los Armendáriz y los Carbajal, para el Castor Furioso, y los de los Santibáñez y los Barrera, para él. A las tres de la mañana, cada madrugada, se citaban en una azotea distinta. Cronómetro en mano medían el tiempo que les llevaba ir de un techo a otro, saltar las separaciones entre casas, correr hacia el tinaco, destaparlo, sumergirse sin derramar una sola gota, taparlo de nuevo y respirar al menos quince minutos dentro de él. Lo ideal era que el agua no llegara más allá de medio rostro, así podían respirar por la nariz levantando la cabeza y si era necesario, sumergirse y respirar por el tubito.

Analizaron el tamaño ideal de los popotes. Calcularon el largo indicado para poder respirar en uno u otro tinaco de acuerdo con la cantidad de agua. Los cortaron en diferentes medidas para ajustarlos a los seis tinacos y los escondieron dentro de cajetillas de cigarros para que nadie hiciera preguntas sobre ellos y no los relacionaran con sus maniobras de huida.

Juraron no revelar a nadie su manera de escapar. Para sellar el pacto, cada uno se cortó con cuchillo una incisión en la muñeca izquierda. Marcaron así la promesa de no delatarse unos a los otros. Carlos fue el único en romper el secreto.

Mi vida cambió cuando entré a la secundaria en una nueva escuela. Acostumbrado a marchar en la materia de Educación Física, llegué a clase esperando los "flanco a la derecha y paso redoblado, ya", pero encontré un maestro que trastocó mi vida: Fernando Alarid. Al ver mi torpeza para botar el balón de baloncesto, me llamó aparte. "Ven, te voy a enseñar cómo hacerlo", me dijo y con gran paciencia me fue guiando. "Bota con los ojos cerrados", "cambia de mano", "ahora corriendo". Me convirtió en un gran jugador de basquetbol y me devolvió la confianza en mí mismo que la otra escuela había derruido. Como él actuaron la mayoría de los profesores, verdaderos maestros preocupados porque el alumno aprendiera, y no obcecados en imponer disciplina y control. Sí, a esta escuela también acudían alumnos de la misma clase social que los de la otra, pero el espíritu casi socialista de la plantilla académica brindaba un cariz de igualdad y respeto. Nada de espías ni safety patrols. Nada de hablar solo inglés a la hora del recreo. Nada de presunción. Nada de canturrear mecánicamente a Los Beatles. Nada de llamarles miss a las maestras, sino profesoras. Me sentí libre y renovado, y mi desempeño académico mejoró notablemente.

Continué mis estudios de preparatoria en la misma escuela: la Escuela Mexicana Americana. Lamenté abandonarla al morir mis padres. Preocupada por mi situación, la directora, la profesora Salinas, antítesis de la Miss Ramírez, llamó varias veces a la casa para ver cómo me encontraba. Me dijo que me tomara mi tiempo, que con los maestros arreglaríamos la manera de regularizarme, que no me preocupara por pagar la colegiatura y que me esperaban con los brazos abiertos.

Después de dos meses de faltar a la escuela, se ofreció a visitarme. Le respondí que no, que estaba bien y le pedí que no volviera a llamar porque había decidido no volver. Llamó cuatro veces más para tratar de convencerme, hasta que se dio por vencida.

Mis amigos decidieron irse de pinta de la escuela para ir a verme. Me trajeron para desayunar tamales rojos y atole de chocolate.

—Vámonos a Chapultepec, Cinco —sugirió el Agüitas.

Me apodaban el Cinco porque había nacido el 5/5/55. Además, porque mientras cursé la primaria mi calificación habitual era cinco.

—Sí, vamos a los juegos mecánicos —agregó el Jaibo.

No me sentí de ánimo para dar vueltas de cabeza en el martillo o subir y bajar a gran velocidad en los carritos del ratón loco. Al ver mi negativa, el Pato propuso ir al Museo de Ciencias Naturales. El mismo al que Carlos y yo íbamos a pasar el tiempo cuando el conserje nos rechazaba en la puerta de la escuela por mugrosos.

Vacilé en ir. Me ayudaría a distraerme, pero al mismo tiempo me lastimaba. Demasiado de Carlos en ese museo. Pero también en la casa, en las azoteas, en la calle, en la colonia, en el cuerpo de Chelo.

—Anda vamos —insistió el Pato.

¿De verdad quería pasar un día más encerrado con mis fantasmas esperando enloquecer?

—Vamos, pues —les dije.

No nos fuimos en camión, como solíamos hacerlo, sino en taxi. Tomar un taxi era un lujo para las mermadas finanzas de nuestras familias, pero ahora vivía solo y decidí pagarlo.

El museo era también conocido como el "de las Cúpulas" porque estaba construido en nueve módulos en forma de cúpula. En cada módulo había una exposición distinta: Origen del Universo, Origen de la Vida, Invertebrados, Dinosaurios, Reptiles, Peces, Aves, Mamíferos, Ecosistemas. Nos dirigimos directo hacia la cúpula de Ecosistemas, mi exhibición favorita. En los dioramas aparecían pintados diversos paisajes con muestras de la flora y la fauna que los habitaban. En las planicies heladas del Ártico, un enorme oso polar defiende su presa —una foca— de otro oso que busca despojarlo de ella. En un bosque, un lobo acomete a una venada que huye. En una montaña, un puma se agazapa en una roca. En un desierto, una víbora de cascabel se halla lista para atacar a un ratón canguro. Predadores en el acto de cazar, la frontera entre la vida y la muerte.

Después de dos horas de recorrer el museo, el Pato y yo nos sentamos frente al diorama del lobo mientras el Agüitas y el Jaibo iban a buscar algo de comer. El Pato se quedó mirando la escena: la venada aparenta correr despavorida mientras el lobo abre el hocico presto a soltar la dentellada sobre una de sus patas.

—Así quisiera disecar al Colmillo ahora que lo sacrifiquen —dijo y rio—, pero atacando al mecánico.

Por alguna razón pensé que la ejecución de Colmillo —o dormirlo, como dirían las buenas conciencias— ya no se llevaría a cabo.

—¿Cuándo lo matan? —pregunté ansioso.

—Los Prieto se mudan mañana por la tarde. Creo que el veterinario va a ir a inyectarlo a las nueve.

—¿Estás seguro?

—Seguro. Me lo dijo Fernando. El veterinario se va a llevar el cuerpo para que lo incineren.

Sentí un golpe en el estómago. No debían matarlo. Simplemente no debían. El Agüitas y el Jaibo regresaron con unos hotdogs y unos boings de tamarindo. Salimos al patio a comer. No tenía hambre y el hotdog me lo tragué casi sin masticarlo.

Volvimos. Mis amigos se despidieron y se apresuraron a regresar a sus casas. Una regañiza los esperaba por haberse volado las clases e irse por ahí sin avisar a sus padres.

Entré a la casa. El King corrió a mi encuentro y me babeó el pantalón. Era increíble la cantidad de baba que podía producir y embadurnar. Le puse unas croquetas en su plato y rellené con alpiste la bandeja de los periquitos. Cansado, me fui a dormir.

A las tres y media de la madrugada me despertaron los aullidos de Colmillo. No sé si un animal puede anticipar su muerte, pero esa noche los aullidos se escucharon distintos. Más graves, más lúgubres. No paró de aullar en la madrugada. Me senté sobre el colchón. Sentí que Colmillo no le aullaba esta vez a su jauría invisible, sino a mí. Me llamaba: Colmillo me pedía salvarlo.

Fui a tocar a la casa de los Prieto. Llamé sin parar. Los timbrazos resonaron en la cuadra. Luego de quince minutos, salió el señor Prieto enfundado en una bata. Abrió la puerta, desconcertado.

—¿Qué pasa, Juan Guillermo? Son casi las cuatro de la mañana.

—No mate a Colmillo.

—¿Qué?

—No lo mate, yo me quedo con él.

El señor Prieto me miró, condescendiente.

—Hijo, ese perro es incontrolable.

—No importa, yo lo cuido.

El hombre meneó la cabeza.

—Juan Guillermo, ese perro es capaz de matar a quien se le ponga enfrente.

—Yo puedo entrenarlo.

—No, hijo. Olvídalo.

—No lo mate.

—Ya tomamos la decisión, Juan Guillermo.

—De verdad, yo lo cuido.

—No puedes hacerte responsable. Ni siquiera has cumplido dieciocho. Si el perro ataca a alguien te vas a meter en broncas serias.

—No me importa, las arreglo.

—Lo siento, hijo, pero no. Me voy a volver a dormir. Vete tú también a descansar. Lo necesitas. Buenas noches.

Me dio una palmada cariñosa en la espalda, dio vuelta, cerró la reja y se dirigió hacia el interior.

Esperé unos minutos y volví a tocar el timbre repetidas veces. Ahora fue Fernando quien salió.

—Cinco, ¿qué onda? Ya despertaste a toda la familia.

—No quiero que maten a Colmillo.

—Yo tampoco quiero, nadie quiere, pero ya lo decidió mi papá.

—Yo me lo quedo.

—En serio que ya no hay nada que hacer. Es lo mejor, Cinco, es un perro demasiado bravo.

Me miró a través de los barrotes de la reja.

—Y ya por favor, no toques más el timbre.

Regresó a la casa. Yo me senté en la banqueta a aguardar al veterinario. Iba a impedir que ejecutara a Colmillo.

El xoloitzcuintle es una raza de perro originaria de México. Carece de pelo y a veces muestra un mechón en la cabeza. Su piel lisa varía del café claro al marrón. Algunos presentan manchas blancas o incluso, rosadas. Su constitución es delgada y grácil. Era costumbre, en los ritos funerarios aztecas, enterrar a los xoloitzcuintles junto con sus amos.

De acuerdo con la mitología náhuatl, una persona al fallecer debe migrar a Mictlán —el lugar de los muertos—, situado en lo profundo de la Tierra. El trayecto es prolongado y se necesitan cuatro años para recorrerlo. Durante el viaje se requiere salvar varias pruebas en completa oscuridad:

Remontar dos sierras.

Vadear un río custodiado por una serpiente.

Pasar por un lugar protegido por un lagarto.

Atravesar un cerro de pedernales.

Ascender ocho páramos donde el viento corta como navajas.

Surcar ocho collados donde no cesa de nevar.

Cruzar el río Chiconahuapan.

Este último es un río caudaloso y difícil de cruzar en la impenetrable noche de la muerte. Al llegar a la ribera, los muertos descubren que los aguardan sus perros. Los perros, al reconocer a su dueño, menean sus colas, felices por el reencuentro. El amo entra al agua y se sostiene del lomo de su perro que con sabiduría canina lo guía por entre los rápidos para atravesar sanos y salvos. Una vez que arriban a la otra orilla, perro y amo continúan juntos hacia la última morada: el Mictlán.

Aquellos que en vida maltrataron a su perro, no tendrán su auxilio para cruzar el río y deambularán perdidos en los laberínticos territorios de la oscuridad eterna.

Soledad

Se agotaron las dosis de morfina en una semana. Si la mujer de Laredo les había cobrado veinte dólares por cada ampolleta, ellos las vendieron en setenta y cinco. La voz corrió rápido entre los jóvenes que deseaban probar nuevas sensaciones. La morfina les suscitaba una contradictoria mezcla de sopor y excitación que ninguna otra droga les había provocado. La red de consumidores se expandió con rapidez. De las calles a los hoyos funky. En los años sesenta la experimentación era la norma y varios deseaban ir a los extremos, incluso rozar la muerte. Cuanto más proscrita la sustancia, mayor el interés en consumirla.

Carlos les entregó ocho mil dólares al Loco y al Castor Furioso y los envió de vuelta a Texas. El empleado en Dallas y la mujer en Laredo se mostraron nerviosos. Ambos temían una inadvertida auditoría de los inventarios. Sean juzgó necesario ofertar veintidós dólares por ampolleta para tentarlos. Pese al alza, el empleado del hospital en Dallas solo pudo conseguir treinta dosis y la mujer de Laredo, noventa. Ella les sugirió intentar en los hospitales militares de Harlingen, Eagle Pass, Brownsville y El Paso.

El Castor Furioso y Sean viajaron a Harlingen. Trataron de sobornar al encargado de la farmacia del hospital militar, pero este se rehusó de inmediato. Ante su insistencia les advirtió no volver a aparecerse por ahí o los denunciaría.

En Eagle Pass tuvieron mejor suerte y adquirieron sesenta ampolletas en veintiún dólares cada una. Decidieron lanzarse a El Paso, a veinte horas de carretera. Ahí se hallaba la base militar más grande de Texas y una de las más importantes del país.

A mitad de camino, cerca de Langtry, Texas, toparon con una comunidad mitad hippie, mitad cineastas porno. Semidesnudos y promiscuos, enarbolaban un discurso antiburgués como pretexto para filmar en súper ocho sus excesos sexuales. Vendían las cintas a una distribuidora de películas XXX en Houston y así mantenían sanas las finanzas de la comunidad. Al parecer, no les iba mal con el negocio. Ninguno de ellos o ellas se consideraban actores porno, sino "promotores de la libertad sexual y la belleza de los cuerpos". Sin el menor reparo permitían ser filmados en una variedad de posiciones sexuales, tríos, orgías o actos de sadomasoquismo.

Sean y el Castor Furioso no tuvieron problema en coger esa noche. Alrededor de una fogata, en presencia de la comunidad, incluidos niños que también deambulaban semidesnudos alrededor de ellos, copularon con dos muchachas con las axilas sin rasurar y olorosas a sudor acumulado por semanas de no bañarse. Los hippies de mayor edad se divirtieron arrojándoles piedritas en las nalgas para sacarlos de concentración y celebraron ruidosamente cuando alguna de ellas berreaba un orgasmo.

Sean les ofreció venderles algunas ampolletas de morfina, pero el líder de la comunidad objetó: esa es droga de militares. Les hizo una contraoferta: "Les vendemos LSD, si quieren".

Desde una caseta telefónica en una gasolinera en Comstock, Sean le preguntó a Carlos si debían destinar parte del dinero a comprar LSD. Carlos respondió de inmediato que sí: el LSD era una droga bastante requerida entre los burguesitos mexicanos, y le pidió que les preguntara a los hippies si podían conseguir más lotes.

Los hippies les vendieron cien dosis de LSD a siete dólares cada una (cuando ellos las conseguían a cuatro). Sean le preguntó si más adelante podrían regresar a adquirir más. "Por supuesto", respondió el líder hippie con una sonrisa. Sean le pidió que tuviera listas mil dosis para el mes siguiente.

Escondieron las ampolletas de morfina y el LSD debajo de los asientos y continuaron hacia El Paso. La base militar era enorme, con un considerable movimiento de soldados que entraban y salían, cientos destinados a la guerra en Vietnam.

Sean se internó en el hospital bajo el pretexto de rehabilitarse. La burocracia militar, acostumbrada a lidiar con veteranos de guerra nómadas, desempleados y sin hogar fijo, los aceptaba para tratamiento si mostraban su cédula militar, una copia de la baja del ejército y las indicaciones del último médico tratante.

Mientras Sean estuvo internado en el hospital militar, logró obtener recetas autorizadas por dosis suficientes para un mes. Convenció a otros veteranos de que le vendieran sus recetas y se conchabó a enfermeras y empleados para conseguir aún más dosis.

El hospital en El Paso resultó el paraíso para la compraventa de morfina. Los almacenes farmacéuticos eran grandes, con decenas de empleados prestos para ser corrompidos. En total consiguieron seiscientas ampolletas, ciento cincuenta y cinco frascos con solución inyectable para seis dosis y cuatrocientas cuarenta cajas con cuatro pastillas cada una. Un tesoro listo para distribuirlo en el mercado.

No necesitaron sobornar a ningún oficial de aduanas. Cruzaron la frontera por Lajitas en un vado en la parte baja del río, donde no había vigilancia alguna. De ahí tomaron una brecha hacia Ojinaga y luego la carretera hacia el Distrito Federal.

Carlos celebró la eficiencia de sus amigos. La mercancía era suficiente para satisfacer la demanda de morfina por meses, con el agregado de poder ofrecer LSD, que a la larga resultó aún mejor negocio.

Somos el ejército de dios, los soldados de Cristo. Somos su puño, su daga, los ejecutores de su furia.

Muerte a los comunistas

Muerte a los ateos, a los herejes y a los apóstatas

Muerte a los judíos que traicionaron a nuestro Señor

Muerte a quien se drogue

Muerte a quien se prostituya

Muerte a quien aborte

Muerte a quien denigre o insulte a nuestro señor Jesucristo

Muerte a los criminales

Muerte a quienes envenenen, corrompan e infecten nuestra sociedad

Juro actuar en nombre de Jesús, nuestro Señor

Juro acatar las órdenes que me manden

Juro luchar hasta el fin

Juro ofrecer mi vida a Jesucristo y no temer morir en su nombre

Señor Jesucristo que sacias nuestra sed, que nos alimentas con tu cuerpo, que nos abrazas con tu amor, que nos guías en la oscuridad, te entregamos nuestro corazón. Te pertenecemos. Somos tu ejército en la Tierra, tu puño, tu daga. En tu nombre acabaremos con la escoria, con quienes te traicionen, con quienes te nieguen o te desobedezcan. Somos tu ejército, Señor, y cumpliremos.

Durante la noche Amaruq los escuchó rondar la tienda. Pudo escuchar sus pisadas, su respiración, sus jadeos. Gruñían, ladraban, peleaban entre sí. Se mantuvo atento en la oscuridad, el rifle sobre las piernas, cargado con las dos balas sobrantes. Debía estar preparado. Nunca lo habían atacado lobos, pero sabía de casos. A tramperos y cazadores los lobos los habían desmembrado vivos.

Oyó un chasquido seco y unos aullidos de dolor. Un lobo había caído en uno de los cepos. Escuchó el roce de la cadena contra el tronco, los embates del animal contra las mandíbulas de metal tratando de librarse. Amaruq atisbó por una de las rendijas de la tienda. No pudo ver nada en la oscuridad. La linterna carecía de pilas. Más de tres meses sin regresar a la civilización lo habían dejado sin provisiones, sin baterías, sin harina, sin aceite, sin sal, sin balas, sin combustible para la lámpara de keroseno. Las uñas crecidas, el pelo largo, la barba enmarañada, el cuerpo oloroso a sudor rancio, a cuero de animales, a grasa, a sangre.

Amaruq escuchó el frenético ir y venir de lobos, el crujir de sus pasos en la nieve, el golpeteo de la cadena. Un lobo se acercó hasta la puerta de la tienda y comenzó a gruñir, amenazante. Amaruq gritó para espantarlo, pero el lobo no cesó. Amaruq no podía disparar a ciegas y perder una de sus dos únicas balas. Volvió a gritar. El lobo jaloneó la lona. La tienda se cimbró. Amaruq se echó hacia atrás y gritó una vez más. En vano, el lobo prosiguió. Amaruq calculó la posición del lobo y disparó. El tronido del balazo retumbó en la planicie. La ojiva atravesó la lona y se escuchó un chasqueo de huesos y un quejido de dolor. Luego un alboroto de ladridos y gruñidos, y el tropel de los lobos huyendo. Después de unos segundos, silencio.

La noche fue larga. Amaruq no pudo dormir, alerta al regreso de la jauría. Oyó el ruido de la cadena y los lamentos del lobo atenazado por el cepo. El viento comenzó a soplar y el frío se intensificó. Amaruq temió otra tormenta. Se arrebujó entre las pieles congeladas. La tela de la tienda endurecida. Su aliento de hielo.

Amaneció. Amaruq desanudó la puerta empuñando el rifle, presto a disparar. No sabía si el lobo que había herido por la noche estaría aún por ahí, dispuesto a atacarlo. Salió y registró los alrededores. No vio nada. Se agachó para buscar las huellas del lobo herido. Ni pisadas ni sangre, solo el orificio de bala en la lona. Miró hacia donde había colocado los cepos. Nada. La mayoría se encontraban intactos y no había rastros de lobos. Se angustió. Él había escuchado los aullidos,

165

el ruido de la trampa al accionarse, el golpeteo metálico de la cadena, los ladridos. Los había sentido merodeando. Nada. Ni una sola huella.

Amaruq volteó su mirada hacia el cielo encapotado. Entre el gris de las nubes brillaba el amarillo sucio de un Sol apagado. En el horizonte, solo pinos meciéndose con el viento. La pradera blanca, silenciosa. Unos cuervos volando en círculos. Las montañas nevadas a lo lejos. Amaruq cerró los ojos. Empezó a temblar de manera incontrolable. No supo si había alucinado, si los lobos eran de verdad o espíritus conduciéndolo hacia la muerte. Ya le había contado su abuelo que quienes pasan demasiado tiempo solos en la nieve enloquecen y se dedican a perseguir fantasmas. ¿Había gastado una de sus dos últimas balas disparándole a un espectro? ¿Estaba desvariando o próximo a morir? ¿Qué o quién era Nujuaqtutuq? Esos manchones a lo lejos ¿eran lobos, piedras, hierbas, pesadillas?

Amaruq examinó sus manos. Las abrió y cerró. Sus dedos respondieron. Fue a tocar el tronco de un pino. Palpó la tosca corteza, las agujas. Sentía. Percibía. No, no había muerto. Inhaló hondo. El aire gélido cortó sus pulmones. No le importó si estaba vivo o muerto, si había enloquecido o no. Debía cumplir su misión: cazar a Nujuaqtutuq y no detenerse hasta lograrlo.

Comencé a ir los lunes y los miércoles a las reuniones de los buenos muchachos. El Jaibo me acompañó un par de veces más y luego dejó de hacerlo. Tal y como me lo pidió Carlos, no volví a confrontarlos. Traté incluso de comprender sus visiones del mundo. Imposible. Era como comunicarse con un extranjero proveniente de una época remota y que hablaba una lengua incomprensible. Sus razonamientos los sustentaban en visiones maniqueas de la Biblia. Cualquier frase o versículo era tergiversado y sacado de contexto para respaldar sus posiciones.

En cada sesión uno de los miembros del grupo pasaba al frente a exponer un tema. Se discutía, o más bien, cerraban filas en torno a su credo intolerante. Al finalizar llegaba un "experto" a ilustrarnos. La mayoría de los ponentes invitados eran sacerdotes, hombres píos o mujeres devotas de la iglesia. Unos más interesantes que otros, pero igual de fanáticos. Lo suyo era una mezcolanza de creencias contradictorias. Por un lado, cada acto se debía a la voluntad divina: "dios así lo quiso", pero por el otro el diablo se agazapaba en cada rincón de la Tierra aguardando el momento oportuno para tentar a los hombres y conducirlos al infierno. Para los buenos muchachos, el diablo se filtraba gota a gota en el mundo contemporáneo, corrompiendo a la humanidad y alejándola de dios. Era necesario ponerle un alto. Ellos encabezaban la vanguardia evangelizadora y moralizante que detendría la caída estrepitosa de la especie humana.

Un miércoles al terminar la reunión, Humberto me pidió que hiciera la próxima presentación. "Elige el tema que gustes", dijo, "y lo expones el lunes. Tienes cuatro días para prepararlo."

Esa noche hablé con Carlos. Le dije que ya llevaba cinco semanas yendo a las reuniones y que estaba harto. Me pidió paciencia. "Empiezan a confiar en ti, aguanta", dijo. "Sácales la sopa y averigua si ellos son los que atacaron a mis clientes."

Para mi exposición, Carlos me sugirió usar el pasaje de la Biblia que habla sobre el rey David y su hijo Absalón. Me comentó que Faulkner había escrito una novela inspirado en esa historia. "Y si Faulkner la eligió es por ambigua e intensa", dijo. "Se van a quedar confundidos, verás."

Leí el relato bíblico. Absalón manda a sus siervos a asesinar a su hermano Ammón por haber violado a su media hermana Tamar. Por este crimen y por problemas sucesorios, Absalón entra en conflicto con su padre y se alza en armas contra él. Al rey le duele pelear contra su hijo. No hay tregua entre ambos ejércitos. Las huestes del rey David toman ventaja. Absalón se ve rodeado e intenta huir, pero al hacerlo montado en un burro su melena se enreda con las ramas de un árbol y queda colgando. Joab, capitán del ejército del rey, lo encuentra y ordena que lo maten ahí mismo. Al enterarse el rey es presa de una gran tristeza. No soporta el dolor de perder a su hijo. Joab lo reprende. Absalón era un enemigo implacable y feroz y no es momento de que se lamente, sino de que retome el poder y se gane el respeto de sus súbitos. Apesadumbrado, pero decidido, el rey David decide recuperar el mando.

Conté la historia al grupo. Ninguno conocía ese extracto de la Biblia, excepto, claro, Humberto. Me puse nervioso al hablar frente a ellos. Quizás por temor a hablar en público o por ser el más joven del grupo. Yo estaba por cumplir catorce y la mayoría rebasaba los veinte. Humberto rayaba los veinticuatro.

Tal y como lo previó Carlos, los buenos muchachos quedaron confundidos. Me abrumaron con preguntas. ¿Cuál era el propósito de haber elegido esa historia? ¿Qué habría pensado Cristo sobre ella? ¿Por qué le dolió tanto al rey David la muerte de un hijo que le declaró la guerra? No supe responderles. Les dije que la historia me había gustado y que deseaba compartirla con ellos, pero que no sabía más al respecto. "Lo importante", aseveré, "es que cada quien saque sus propias conclusiones".

En el receso, mientras me servía refresco en un vaso desechable, Humberto me abordó. "Te felicito", me dijo, "mejor fragmento de la Biblia no pudiste elegir. Es justo como debemos actuar. Por más que nos duela, es necesario extirpar los quistes del mal, así sean tus padres o tus hermanos. Pronto vas a entender lo que buscamos. Ya casi eres uno de nosotros". Me dio una palmada en el hombro y se fue a recibir al orador invitado, un sacerdote anciano.

"Ya casi eres uno de nosotros", sus palabras aún retumban en mi cabeza. Quise gritarle "Nunca lo seré", pero fui tan buen actor, me mimeticé tan bien, que casi terminé siendo uno de ellos.

Os convoco a todos ustedes, animales que he cazado. Os convoco justo en este momento. Vengan a mí. Necesito de su fuerza. Mi sabiduría proviene de vosotros. Sus cuerpos alimentaron mi cuerpo, su vida mi vida. Su sangre es mi sangre. Su carne mi carne. Sus pieles me han protegido. Sus huesos mis herramientas. Hemos compartido el día y la noche, el frío y la tundra, las praderas y los bosques. Respiramos el mismo aire, juntos dimos vueltas al Sol. Os quité la vida, la sagrada vida. Ahora necesito de sus espíritus. Os convoco. Salgan de la sombría madriguera de la muerte y vengan a mí. Los requiero a todos, que ninguno falte. Ustedes son mis guías.

Estoy perdido. No sé dónde estoy, ni quién es ese lobo que persigo. No quiero morir extraviado en estos páramos de silencio. Animales que he cazado, os necesito. Os convoco, osos, denme su fiereza. Enséñenme a luchar contra las ventiscas, ustedes, los reyes de este reino helado. Os convoco, caribúes, hermanos de mis antepasados, ustedes alimentaron a la tribu de la que desciendo. Os convoco, nobles wapitíes. Vosotros que recorren las praderas sin descanso, que luchan a muerte por sus hembras. Vengan a inyectar en mí su ancestral deseo de pelea. Os convoco, gansos. Necesito su vuelo en las alturas. Muéstrenme el camino de regreso a casa, los atajos. Os convoco, búfalos. Necesito su trote poderoso, reconocer a mis enemigos como vosotros reconocen a los suyos. Os convoco, lobos. Necesito cazar a su hermano, debo hacerlo. Ayúdenme a ser lobo. Enséñenme a cazar como ustedes para cazarlo a él, su hermano. Denme su astucia, su olfato y su vista. Quiero ser lobo. Edúquenme en el arte de su ataque. Os convoco a todos ustedes que he cazado: patos, coyotes, linces, perdices, liebres, focas. Ninguno puede faltar. Traigan la sabiduría de su especie. Su instinto, su naturaleza. Debo cazar al gran lobo gris. Regresar a casa y si es preciso, luego morir. Pero ahora necesito de vosotros. Os convoco, animales que he cazado.

Esqueletos

Corrieron desesperadas de un lado a otro dentro de sus jaulas. El hambre empezó a enloquecerlas. Aquellas que vivían juntas se atacaron una a la otra, sin piedad. Los machos, casi siempre vencedores en estas peleas a muerte, devoraron a las hembras. Se las comían enteras y dejaban solo un pedazo de mandíbula o de cola.

A las chinchillas encerradas solas, la inanición las tornó endebles. La hambruna comenzó a diezmarlas. Famélicas, se tumbaban sobre un costado a esperar una muerte lenta. Los gatos las masacraron. Sin poder moverse, las chinchillas se resignaron a que las desgarraran pedazo a pedazo. Ni siquiera poseían fuerza para arrinconarse al otro extremo de la jaula. El venturoso criadero de chinchillas de mi hermano se convirtió en un cementerio pestilente.

Gumaro fue quien nos advirtió sobre las chinchillas veinte días después de asesinado Carlos. "¿Cuándo puedo pasar a darle su limpiadita a las jaulas? Hasta la calle huele la peste, no se aguanta." En el caos y el pesar después del asesinato, en lo último que mi abuela y yo pensamos fue en las chinchillas.

Subí a la azotea. Gumaro tenía razón: el hedor era insoportable. Aquello era un hervidero de gusanos pululando entre las tripas, moscas zumbando sobre los cadáveres. Las pocas chinchillas sobrevivientes languidecían dentro de sus jaulas. La salvación, un saco de veinte kilos de alimento, descansaba en una esquina de la azotea, a menos de dos metros de las jaulas. El olor del alimento debió trastornarlas. Prisioneras, sin más culpa que poseer una piel tersa y codiciada, fueron condenadas a una muerte paulatina y cruel.

Los buenos muchachos no solo mataron a mi hermano, sino que su muerte reverberó como una piedra arrojada en un estanque. Las olas de la muerte provocando más muerte. La muerte invitando a la muerte invitando a la muerte invitando a la muerte.

Abrí el saco y coloqué alimento en las jaulas de las que habían subsistido. Las más fuertes atacaron las croquetas con ferocidad y las devoraron, ansiosas. Las débiles, tiradas panza arriba, las miraron como quien mira un lugar distante e inaccesible, se voltearon con dificultad y se arrastraron lentamente hasta alcanzar la comida. A otras de plano tuve que ponerles las croquetas en la boca y aun así carecieron de voluntad para masticarlas. Renunciaron a la vida o, más bien, la vida renunció a ellas.

De las ochocientas treinta y seis chinchillas que mi hermano poseía al morir, sobrevivieron solo quince. Le regalé una a cada uno de mis tres amigos y las restantes las vendí a una tienda de mascotas.

Quedaron en la azotea decenas de jaulas vacías, oxidándose al paso del tiempo, como el esqueleto herrumbroso de un animal prehistórico.

A las siete de la mañana toqué de nuevo el timbre en casa de los Prieto. Salió el padre, lagañoso. Esta vez se veía de mal humor.

—¿Qué pasó, Juan Guillermo?

—Vengo por Colmillo.

—Ya te dije que no te lo voy a dar.

—No lo mate.

—Es mi perro y hago lo que quiera con él, ¿entendiste?

—No.

—Y no vuelvas a tocar, nos despertaste otra vez.

—Deme a Colmillo y dejo de tocar.

El señor Prieto fue hacia el registro eléctrico y bajó la palanca para cortar la luz.

—Toca cuanto quieras, no te vamos a escuchar —dijo molesto y se retiró.

Si el mecánico estaba dispuesto a quemar la casa para matar a Colmillo, yo estaría dispuesto a quemarla para salvarlo. Me senté de nuevo en el portón a esperar la llegada del veterinario. A la hora y media salió la señora Prieto a levantar la palanca del registro.

—Señora, ¿puedo hablar con usted?

La mujer ni siquiera se volvió a mirarme. Se dio vuelta y se alejó. A los pocos minutos llegaron el Pato y el Jaibo.

—¿Qué hacen aquí? —los cuestioné.

—Nos invitó Fernando a ver cómo lo inyectan —respondió el Jaibo.

—¿Y para qué quieren ver?

—Pues nomás —contestó el Jaibo.

Me molestó su morbo. El Pato fingió un poco de sensibilidad.

—Yo vine a despedirme de él.

Mentira, lo suyo era pura avidez por ver morir. Como si desnucar docenas de chinchillas no les hubiera bastado.

—Me lo voy a quedar —afirmé.

—¿Quedarte con qué? —preguntó el Jaibo.

—Con Colmillo.

El Pato se rio.

—¿Ah, sí? ¿Y con qué lo vas a mantener? Al cabrón no le gustan las croquetas como al King, solo come carne cruda de caballo.

Era cierto. Colmillo devoraba alrededor de cuatro kilos diarios. No había reparado en el gasto que ello significaba, pero me las arreglaría.

A las nueve en punto llegó el veterinario. El mismo que había curado a Colmillo de los envenenamientos, balazos y bombas molotov del mecánico, ahora llegaba como sicario del pentobarbital.

El hombre, de unos treinta y pico años, se paró frente a la puerta para tocar el timbre.

—Usted es el veterinario, ¿verdad? —le pregunté.

—Sí.

—La familia ya se cambió de casa, no están.

—¿Qué?

—Se fueron ayer y nos pidieron que lo esperáramos para avisarle.

El veterinario señaló a Colmillo al fondo de la cochera.

—¿Y qué hace ahí el perro?

—Nosotros nos vamos a hacer cargo de él.

El Jaibo empezó a reírse.

—¿De qué te ríes? —le pregunté.

El Jaibo siguió riendo. Me dieron ganas de ponerle un madrazo.

—Es una broma, ¿verdad? —preguntó el veterinario.

—No, no es una broma —aseveré serio, pero el Jaibo se rio aún más. Molesto, el veterinario se giró para tocar el timbre. Di dos pasos y me interpuse para impedirlo.

—¿Qué te traes? —preguntó altanero.

—Ya te dije que no están.

El veterinario me miró y trató de esquivarme. Lo encaré.

—Tú tocas y te rompo tu madre.

El hombre me miró, desconcertado.

—¿Qué?

—Tú le haces algo a ese perro y te reviento el hocico.

El Pato me tomó de los hombros.

—Cálmate, Cinco.

Me zafé y adelanté un paso hacia el veterinario.

—No te atrevas a tocar.

—A mí me llamaron los Prieto para hacer un trabajo y lo voy a hacer.

El Pato me jaló hacia atrás.

—Déjalo, cabrón.

El hombre aprovechó para pulsar el timbre.

—Te lo advertí —le dije. Empezó a crecer en mí una furia que nunca había experimentado. Un túnel en mi visión comenzó a bloquear lo que sucedía a mi alrededor. Me concentré en ese hombre, como si no existiera nada más que él.

El hombre sonrió burlón y volvió a tocar. Fernando salió de la casa y se dirigió a abrir. El túnel se estrechó sobre la barbilla del veterinario y le solté un volado de derecha. El Pato se interpuso y el golpe apenas lo rozó.

Me lancé sobre él, pero el Pato y el Jaibo me abrazaron para impedirlo. Lejanos, como rumores sordos, escuché los gritos del Pato tratando de contenerme, los ladridos de Colmillo. Mi cuerpo entero se enfocó en golpear al tipo.

Me zafé y volví a acometerlo. El veterinario alzó su maletín para protegerse. Tiré varios puñetazos que se lo tumbaron. El hombre corrió hacia la esquina y se escudó detrás de un poste de luz. Fernando salió a cogerme del cuello mientras el Pato y el Jaibo me tomaban de la cintura.

El túnel. Cada vez más oscuro, cada vez más estrecho. Traté de quitarme a Fernando dando cabezazos hacia atrás. Pero en cada intento, Fernando me ahorcaba aún más. El señor Prieto y Luis salieron de la casa. Entre los cinco intentaron dominarme.

Yo me revolví para evitarlo. El señor Prieto me gritó:

—Ya cálmate.

A quien debía madrearme era a los Prieto, no al hombrecito asustado que solo iba a cumplir con un encargo.

—No van a matar a Colmillo —grité.

Fernando y Luis se me echaron encima para tirarme al piso, mientras el Pato y el Jaibo me detenían de los brazos. El señor Prieto abrió el portón y le hizo señas al veterinario para que se apresurara a entrar. El hombre recogió su maletín y se metió corriendo. Una vez a salvo, el señor Prieto cerró con llave.

¿A quién quería salvar? ¿A Colmillo o a mí mismo? ¿Qué me había desquiciado? Era el peso de tantos fantasmas aplastándome: un feto bamboleándose en un frasco de mayonesa, un hermano ahogado en un tinaco, uno ahorcado en un útero, unos padres volando hacia un precipicio, una abuela yéndose en silencio, unos asesinos libres, un infame comandante,

Chelo sin aparecer, las chinchillas pudriéndose dentro de sus jaulas, unos periquitos temerosos de su libertad, una venganza en espera de cumplirse, la sangre de varios pulsando dentro de mis venas, la pierna sin sensibilidad, las cicatrices, todo ello concentrado en una vida: la de Colmillo.

Quedé tendido sobre el asfalto, sometido entre los cuatro. El Pato se agachó sobre mí y empezó a susurrarme.

—Tranquilo, Cinco, tranquilo.

Mientras, con sus rodillas detenía mi brazo. Colmillo no cesaba de ladrar y gruñir.

Relajé mi cuerpo y Fernando y Luis se incorporaron. En cuanto abrieron la puerta para entrar, me solté del Pato y del Jaibo y me levanté a encarar a Fernando.

—No dejes que lo maten.

—Yo tampoco quiero, ¡carajo!, pero no hay de otra.

El Pato me tomó del pecho y me alejó.

—Tiene razón, Cinco.

Los dos hermanos entraron a la casa y volvieron a cerrar con llave. El veterinario, pálido, se recuperaba recargado en una pared. Había sacado una gasa con alcohol y se limpiaba una herida en el mentón.

El padre y sus dos hijos trataron de ponerle el bozal a Colmillo, pero este se volteó para impedirlo, inquieto por el alboroto y los gritos. Después de varios intentos, lograron colocárselo y entre los tres lo inmovilizaron. El veterinario hurgó entre su maletín y extrajo una jeringa. Metió la aguja en un frasquito de cristal y levantó la jeringa para comprobar que la medida del anestésico fuera la correcta. Se acercó a Colmillo y se arrodilló frente a su anca izquierda. Aún nervioso, Colmillo intentó zafarse, pero el señor Prieto acortó la cadena para impedirlo.

A la distancia Colmillo y yo cruzamos una mirada. Ese perrolobo era mío y yo de él. Nunca debió ser de los Prieto. El veterinario tomó un pliegue de la piel y se dispuso a inyectarlo.

—¡No! —les grité desde la reja—. ¡No lo maten!

Mis gritos volvieron a sobreexcitar a Colmillo. Trató de sacudirse el agarre de Fernando y Luis sobre su cuello.

—¡No, no, no! —vociferé de nuevo.

Colmillo logró liberarse y giró hacia al veterinario arrodillado. Brincó sobre él y con el bozal lo golpeó en la cara. El hombre se fue hacia atrás y la jeringa rodó por el piso. El padre jaló la cadena, pero Colmillo tiró con fuerza y el señor Prieto tuvo que soltarla. Colmillo atacó de nuevo al veterinario, lo derribó sobre el cemento y se montó encima de él, gruñendo furioso.

Luis y Fernando forcejearon con su perro hasta remolcarlo lejos del veterinario. El pobre hombre se arrastró despavorido hasta meterse debajo del Coronet del señor Prieto.

El padre volteó a verme, iracundo.

—¿De verdad quieres este perro, cabrón?

—Sí, sí lo quiero —respondí.

El padre se volvió a su hijo.

—Dénselo.

Fernando lo miró incrédulo.

—¿Qué?

—Si tanto lo quiere, que se lo quede. Llévaselo.

Luis destrancó la cadena del poste y se la enredó con dos vueltas en el brazo para que Colmillo no escapara. Entre él y Fernando lo condujeron con trabajos hasta la reja.

—Estás loco —alcanzó a decirme el Pato al ver venir la mole gris apenas controlada por sus dueños.

El padre abrió la puerta y Luis y Fernando sacaron a Colmillo.

—Todo tuyo —dijo el señor Prieto.

Al verme, Colmillo se me abalanzó. Me golpeó el estómago con el bozal y me sacó el aire. Gruñó feroz. ¿En qué momento se me ocurrió que yo podía controlar a esa bestia?

—¿Lo pueden meter hasta mi patio? —les pedí a los hermanos Prieto.

—Lo querías, ¿no? Pues métalo tú —dijo Fernando y me extendió la cadena. Me volteé hacia el Pato y el Jaibo implorando ayuda. El Jaibo se enredó la cadena en el brazo como lo había hecho Luis. El Pato la tomó de en medio y yo agarré a Colmillo del collar.

—Ya suéltenlo —le dije a Fernando.

Los hermanos soltaron la cadena. Ahora Colmillo me pertenecía.

Trato de recordar, pero no puedo. Si hay un infierno es ese: no recordar. Sé que Carlos se detuvo en el quicio de la puerta y me dijo algo, pero no recuerdo qué. ¡Carajo! ¿Qué me dijo? Sé que sonrió y que lo vi partir. ¿Qué me dijo? Esas palabras fueron las últimas que le escuché, y si hubiese sabido que eran las últimas lo habría detenido en la puerta y le habría pedido que las repitiera muy despacio. Las dijo y salió. En la calle lo esperaban sus enemigos para acorralarlo.

Carlos se dio la vuelta y escuché la puerta de la casa abrirse y la voz de mi abuela gritándole "Te cuidas, hijito". Me quedé acostado en mi cama leyendo mientras mi hermano se encaminaba hacia su destino final, hacia el tinaco donde lo ahogaron después de tenerlo atrapado dentro por veintiún horas.

Lo que daría por retenerlo esa mañana y decirle: "Huye, te quieren matar", pero ni yo sabía que ellos pensaban asesinarlo justo ese día. Ellos, el ejército de dios, los asesinos de dios, y sí, escribiré siempre dios en minúscula, porque si en verdad fuera Dios, Carlos estaría vivo y su ejército de sicarios muertos y habría justicia, y hoy cada palabra final de Carlos podría recordarla.

la vida es esa línea de luz suspendida entre la nada y la nada

saltamos de la oscuridad a la oscuridad

la piedra quiere eternamente ser piedra y el tigre un tigre

queremos ser luz perpetua

pero nos extinguimos

un tigre quiere eternamente ser piedra y la piedra un tigre

en realidad somos eternamente piedras

Cucarachas

Con el tiempo, Carlos y sus socios encontraron maneras de evitar a los intermediarios. Comprar la morfina a los encargados de los almacenes o las farmacias militares era riesgoso y encarecía el producto. Fueron directo con los distribuidores de las compañías farmacéuticas. A ellos poco les importaba quién les compraba. Las ampolletas bajaron su costo hasta en un sesenta por ciento y las ganancias se multiplicaron.

Con el LSD mantuvieron a sus mismos proveedores: los hippies porno. Sondearon otras opciones, pero los hippies terminaron por venderles el producto casi al mismo precio que los distribuidores. Además, eran de fiar. Honestos, cumplidos, eficaces. Las negociaciones eran relajadas y se cerraban con facilidad, con la ventaja adicional de poder celebrar con una noche de sexo.

A pesar de que el negocio prosperaba, Carlos pensó que debían explotarse otras posibilidades. En su afán de rebeldía, los jóvenes burgueses deseaban experiencias únicas, pero las alternativas eran limitadas. Drogarse en un hoyo funky, en un concierto clandestino de rock o en una fiesta privada en una casona del Pedregal eran lugares comunes. Una banda tocaba, la gente consumía lo que tuviera a la mano: mariguana, cocaína, heroína, alcohol. Luego, bajo el influjo, bailaban, se besaban, meditaban. Carlos sentía que algo faltaba, que la intoxicación colectiva podía despuntar en espacios más imaginativos. Había pues, un nicho por explorar.

La idea le surgió mientras veíamos una función triple en el Cine de La Viga, un cine rascuache y enorme donde era frecuente sentir ratones y cucarachas correr entre los pies. "Voy a organizar funciones psicodélicas", dijo. Esa

179

misma noche habló con el gerente del cine, un tipo regordete y chaparro que a menudo se limpiaba el sudor de la cara. Carlos le ofreció rentar la sala los sábados de diez de la noche a diez de la mañana del día siguiente. El gerente se quiso pasar de listo y le pidió una cantidad exorbitante. "En doce horas puedo proyectar cinco películas, más las palomitas, refrescos, gomitas, chocolates que pueda vender." Quería cobrar como si la sala se llenara en cada una de esas películas. El cupo era para ochocientas personas. Si el boleto en permanencia voluntaria se cobraba a tres pesos por las tres películas, eso significaba un peso por espectador por película. Ochocientos por cinco, cuatro mil, más ventas de dulcería: dos mil. Total: seis mil pesos. Además pensaba cobrar aparte los salarios de dos veladores, un proyeccionista y sus dos ayudantes, cinco acomodadoras y dos billeteros, porque así lo exigía el sindicato.

Carlos rio con las pretensiones del gordito. "En primera, nadie va al cine entre las diez de la noche y las diez de la mañana. En segunda, he venido al cine montones de veces y jamás lo he visto lleno. En tercera, vamos a vender productos bastante más redituables que las palomitas o los refrescos. En cuarta, te ofrezco quinientos pesos por noche más el diez por ciento de las ventas y pago la mitad de los salarios, la otra la pagas tú con tu porcentaje. ¿Le entras o de plano me voy a buscar otros cines?" El gordito pidió un día para decidir. Le explicó a Carlos que la mayoría de las salas de cine pertenecían al gobierno y que había logrado su puesto gracias a los contactos de un primo suyo. Debía consultarlo con él. "No, no hay día más y mucho menos consultas con nadie", le advirtió Carlos. "Es mi última oferta, o le entras o no le entras." El gerente aceptó.

La estrategia para promover las funciones fue cautelosa. Carlos estaba decidido a no entregar un centavo de sus ganancias a la policía. Le irritaba la corrupción. Sean propuso imprimir folletos a una sola tinta, al estilo de los hoyos funky y las fiestas de paga, pero Carlos le hizo ver los riesgos. No podían poner por escrito dirección ni horarios. La policía podía husmear. Además, ellos vendían mercancía exclusiva, y por lo tanto, su evento debía ser exclusivo.

Arrancaron con una campaña de bajo perfil. Ofrecieron las funciones a sus clientes de más confianza y les pidieron organizar reuniones con amigos para hablarles de "una nueva manera de abrir las puertas de la percepción". En tres semanas lograron interesar a treinta y dos hombres y veintiún mujeres. No les importó a estos niños bien ir a un cine por rumbos desconocidos en zonas de peligro para ellos. Les sonó a adrenalina, a aventura, a trasgresión.

Llegó el día del estreno. El boleto de entrada incluía doce horas dentro del cine para mirar la película cuantas veces desearan, una dosis de morfina o LSD a elegir y el primer trago de vodka Oso Negro. Consumos posteriores tendrían un costo adicional.

Carlos adquirió una copia de la película que en esos años era la cúspide de los efectos especiales: *Jasón y los argonautas*. El acuerdo era que repetiría la película una y otra vez, con quince minutos de descanso entre cada proyección.

En la parte frontal de la sala colocaron varias mesas con vasos desechables y las botellas de Oso Negro. Las acomodadoras llevarían a los espectadores a sus butacas y servirían y cobrarían los tragos. Las dosis de la mercancía serían entregadas por las billeteras al comprar el boleto. Los vigilantes se comprometieron a avisar de inmediato si alguna patrulla merodeaba.

La primera función fue la locura. Ver *Jasón y los argonautas* bajo la influencia del LSD o la morfina fue un suceso. Mirar los esqueletos batallando contra los hombres de Jasón, a Talo despertando, a Jasón cortando la cabeza de la Hidra, se convirtió en la experiencia única que Carlos deseaba para sus clientes. Aplaudieron, gritaron, pidieron más dosis (lo que Carlos aprovechó para venderlas al triple), bebieron hasta quedar tumbados en los pasillos y se ocultaron en las butacas de gayola para coger. Un éxito.

El sábado siguiente llegó el triple de espectadores. La respuesta fue igual de entusiasta. Gritos, aplausos, gente de pie sobre la butaca animando a Jasón; una que otra muchacha bailando con los pechos al aire. Carlos pidió por micrófono no compartir con nadie el secreto de "esta cueva de libertad".

Las funciones en el Cine de La Viga se hicieron de una clientela fiel y regular. Los hoyos funky, las fiestas, los conciertos, carecían de la vivencia sensorial del cine y de la intimidad de la sala. El público exigió que solo se proyectara *Jasón y los argonautas*. A nadie le importaba verla una y otra vez. La película era ideal para los efectos psicodélicos del LSD. En la escena de los esqueletos varios de los espectadores blandían espadas invisibles y peleaban trepados sobre las butacas. Otros, los menos, se malviajaban. Veían sus manos derretirse o se arrinconaban temerosos de que las cabezas de la Hidra se deslizaran hasta ellos para comérselos. La morfina provocaba exclamaciones de júbilo cuando Jasón acometía cada uno de los obstáculos para alcanzar el vellocino de oro o, al contrario, los adormecía mientras copulaban desnudos entre las últimas filas de la sala. A estos jóvenes narcotizados les entusiasmaba saberse los diálogos, los giros dramáticos, los resultados de cada batalla. A las funciones se les conocía como "el viaje de Argos" y a los participantes como los "Jasones" o las "Medusas".

Carlos se resistió a expandir el negocio a otras salas de cine, pese a las presiones de Sean y el Castor Furioso. Podían llamar la atención de la policía corrupta, de algún político transa, o tentar la codicia de grupos ajenos que traficaban con otras sustancias, como los Nazis.

Doscientos clientes le parecieron excesivos a Carlos y se esforzó por mantener el negocio fuera del radar. Hizo un listado minucioso de cada persona que entraba al cine. Su fecha de nacimiento (evitó menores de edad), su domicilio y número telefónico, si había sido cliente previo o si había llegado por recomendación. Creó contraseñas y le otorgó a cada cliente un número secreto. Si no coincidían el nombre, la contraseña y el número, se les denegaba el acceso. El ingreso era tan reservado como el de un club privado.

A los empleados les pagó con generosidad y así evitó descontento y chismes. Aumentó la rebanada al gerente del cine para mantenerlo satisfecho y callado. Le encargó a Sean lo referente a la logística y al Castor Furioso la seguridad. Carlos cuidó cada detalle, pero se le escapó uno: permitió la entrada a una morena de veinte años, guapa y loca de atar, de aquellas que se metían dobles dosis de LSD, que corrían por los pasillos con los senos desnudos y que resultó ser prima de Josué, el mismo de los buenos muchachos.

Me sorprendió la cantidad de televisores. En el comedor, en las salas comunes, en los cuartos de los custodios, en los pasillos de las celdas. Esa era la diferencia entre la prisión americana y la mexicana. La mexicana carecía de televisiones. Ni una sola. La americana parecía un culto a los voluminosos aparatos con antenas de conejo. Los reos mexicanos se entretenían jugando baraja o rayuela, u organizando peleas a puño limpio. Los prisioneros americanos se embobaban horas frente a inanes programas de concurso o triviales noticieros. En lo demás, la cárcel mexicana y la gringa se parecían: muros descascarados, olor a excremento, gritos, miradas recelosas, celdas atestadas, ratas, cucarachas, camas de cemento, frío o calor intolerables, ventiladores inservibles, reos con privilegios, racismo, clasismo.

Sean terminó en una prisión en un pueblo de Texas, Diego en Lecumberri. Ambos se adaptaron pronto a la vida penitenciaria. A Sean lo respetaron desde el inicio. Un veterano de guerra herido en acción que antes pasó por una prisión mexicana y que aguantó el dolor crónico de sus heridas en combate sin chistar por la falta de morfina. Nadie se metió con él. El Castor Furioso aprendió rápido las reglas del juego de Lecumberri. Con su sabiduría callejera identificó rápido a los grupos de poder y a quienes los encabezaban. Supo

183

negociar pronto con ellos y pidió ayuda a Pedro Jara. Los infiltrados de los Nazis en la prisión lo defendieron. Pedro Jara no pidió nada a cambio. Los dos eran de la Unidad Modelo y eso bastaba para ofrecerle su protección.

A Sean le ofrecieron purgar el resto de su condena en una cárcel americana. Su padre logró que un senador, amigo suyo, gestionara el acuerdo con las autoridades mexicanas. Se negoció con la fiscalía de Texas para que fuera aceptado en uno de sus penales. Sean regresó al país en el cual se sentía extranjero, pero para su fortuna fue a dar a una prisión donde la mayoría eran mexicanos o chicanos. Se sintió entre los suyos. Solo se comunicaba en español con los demás internos y se negó a hablar en inglés con los custodios.

Pude visitarlo en el reclusorio tejano, una prisión de baja seguridad. Me permitieron incluso verlo dentro del patio carcelario. Para llegar a él debía cruzar las oficinas de custodios, los corredores de las celdas, los talleres y las decenas de televisores encendidos. Le pedí ayuda para vengarme. Él ya había planeado la manera de reventar a Zurita y solo esperaba salir para cumplirla.

El Castor Furioso, con habilidad, consiguió ser trasladado a la crujía de los condenados por delitos de cuello blanco: banqueros fraudulentos, estafadores de poca monta y extorsionadores. Libró compartir celda con asesinos o esquizofrénicos. Su carácter rijoso lo metió en algunos problemas, pero, o lo salvaba su furia para pelear o los Nazis lo auxiliaban cuando el pleito era contra varios. Con el tiempo los celadores lo ablandaron a base de golpes y castigos y tuvo que aprender a comprar su tranquilidad.

Al Castor Furioso lo visité un par de veces. Era difícil ingresar a Lecumberri si no se era familiar del preso visitado, pero hallé la forma de colarme. Al Castor Furioso le endilgaron quince años de cárcel. Zurita se las arregló para levantarle una docena de cargos falsos. Diego no solo prometió ayudar a vengarme, sino juró que al salir se dedicaría de por vida a hacerlo.

Llevaba tres semanas adentrándose en territorios cada vez más agrestes. Ni un wapití, venado, búfalo. La carne se le agotaba con rapidez. Amaruq la administró, una parte para utilizarla como cebo, otra para alimentarse. A pesar del hambre y la escasez de presas, la jauría husmeaba los cepos, pero no tocaba la carnada.

Amaruq lidió con pesadillas y alucinaciones. Varias veces se topó con su abuelo a plena luz del día. El abuelo oteaba el horizonte en busca de lobos, rastreaba las huellas, olfateaba el aire glacial de la mañana para tratar de percibir su olor. Caminaron largas jornadas en silencio. Cuando el cansancio vencía a Amaruq y caía rendido sobre la espesa nieve, su abuelo iba al trineo, cortaba dos pedazos de carne de wapití, los calentaba al fuego y se los llevaba. Ambos se sentaban sobre montículos de nieve a masticarlos. Por las noches escuchaba a su abuelo mascullar algunas palabras inentendibles. Amaruq no aprendía aún el lenguaje de los muertos.

Una tarde vio a lo lejos una figura oscura tirada entre el bosque nevado. Receloso —las alucinaciones le habían hecho desconfiar—, se aproximó. Era una joven loba. Flaca, la piel pegada al costillar, tumbada exangüe, vencida por la inanición. Alrededor de ella se hallaban decenas de rastros de la jauría y —marcadas con claridad— las descomunales huellas de Nujuaqtutuq. Era notorio que habían tratado de ayudarle a escapar.

Amaruq descubrió a trescientos metros al resto de la jauría escurriéndose entre los pinos. Alzó el rifle y con la mira telescópica buscó a Nujuaqtutuq. No lo localizó. Trató de entender al gran lobo gris. ¿Adónde conducía a los demás, si no hacia una muerte segura? Esa loba era la primera víctima de sus decisiones erradas.

Amaruq se arrodilló junto a la loba. La desnutrición le había provocado la caída del pelo. Respiraba con dificultad y de vez en cuando temblaba. Amaruq puso su mano sobre el lomo. La loba solo movió la cabeza un poco para verlo y luego la dejó caer. Sacó su cuchillo para rematarla, pero su abuelo lo contuvo. Amaruq se volvió a verlo. "¿Por?", le preguntó. Su abuelo lo miró unos segundos y fue al trineo por uno de los cepos. Lo puso a un metro de la loba. Luego fue por otro cepo y otro y los fue colocando en círculo. Amaruq entendió: debía tender un cerco de trampas alrededor de la loba. Con seguridad el resto de los lobos regresaría por ella. Entre él y el abuelo terminaron de armar la celada. Luego el abuelo volvió a desvanecerse.

Amaruq tuvo lástima por ella. Debía rematarla ahí mismo, pero necesitaba cazar a Nujuaqtutuq a como diera lugar. Atardeció. Por primera vez en semanas las nubes se disiparon y Amaruq pudo ver el Sol declinar detrás de los pinares. Antes de que oscureciera montó la tienda. Otra vez escuchó afuera los cantos de su abuelo. Se envolvió en las pieles y cerró los ojos.

Esa noche no sopló el viento. Luz de la Luna. Silencio. La blanca paz de las praderas. Amaruq pudo conciliar el sueño como hacía tiempo no lograba hacerlo. Dormía profundo cuando sintió una mano sobre su hombro, zarandeándolo. Abrió los ojos. Su abuelo lo observaba. Agotado, intentó dormirse de nuevo, pero su abuelo insistió. Amaruq se sentó para despabilarse. Amanecía. El abuelo se giró para desanudar la puerta y señaló hacia fuera. Amaruq se puso su parka de piel de caribú y salió. El Sol del este lo deslumbró. Amaruq se talló los ojos. Su abuelo lo jaló del brazo y señaló hacia el pinar. Ahí, junto a la loba echada, ya muerta, se hallaba atrapado Nujuaqtutuq, el gran lobo gris.

Amaruq se acercó para cerciorarse de que era él. En cuanto lo vio, Nujuaqtutuq se lanzó impetuoso a atacarlo, arrastrando consigo el pesado cepo que apresaba su pata trasera. La cadena asegurada al tronco le impidió llegar hasta él. El jalón casi le arranca la pierna. Un chisguete de sangre salió disparado de la herida. Nujuaqtutuq se revolvió para morder la trampa. Sonó un estallido al golpear los colmillos contra el metal. No, esa no era una alucinación.

Amaruq entró a la tienda por el rifle. Cargó la única bala en la recámara, trancó el cerrojo y caminó unos pasos hacia el lobo, quien había roído su pierna tratando de zafarse. Su sangre enrojecía la nieve en torno a él. Sus huesos triturados asomaban por entre la piel mordisqueada. Nujuaqtutuq se volvió a mirar a Amaruq con sus ojos amarillos. Mostró los dientes mientras emitía un sordo gruñido. Era un animal magnífico y poderoso. Amaruq alzó el arma. Apuntó en la frente del gran lobo y quitó el seguro. Respiró hondo. Comenzó a oprimir con suavidad el gatillo, pero al momento del disparo sintió que algo empujaba el cañón del rifle. La bala pegó a un lado de Nujuaqtutuq. Su abuelo había desviado el tiro. Amaruq se volvió a verlo, enfurecido. "¿Por qué?", le gritó. Se miraron unos segundos y luego el abuelo se difuminó entre los rayos de Sol. Amaruq trató de seguirlo, pero se topó con el aire frío de la mañana. "¿Por qué?", vociferó de nuevo. El grito retumbó en los vastos bosques sin respuesta.

El tronido del balazo no perturbó a Nujuaqtutuq. Se mantuvo en la misma posición, retador. Amaruq había gastado su última bala. Ahora debía matar al gran lobo con cuchillo o con sus propias manos. Ya hallaría el momento para hacerlo.

Las últimas palabras que le escuché a mi abuela: "¿Quieres que te prepare algo de cenar?"

Las últimas palabras que le escuché a mi madre: "Te cuidas, regresamos el martes".

Las últimas palabras que le escuché a mi padre: "Aprovecha para limpiar tu cuarto ahora que no vamos a estar".

Las últimas palabras que le escuché a Carlos:

Campamentos

Antes del desastre, mi vida era buena. Me divertía en la colonia, en la nueva escuela tenía amigos y maestros preocupados porque aprendiera, obtenía buenas calificaciones, jugaba muy bien basquetbol y más o menos futbol, tuve un par de novias, hablaba otro idioma, pensaba estudiar en la universidad, sabía defenderme en la calle y ganaba buen dinero ayudando a Carlos con las chinchillas. Pero de golpe llegó la marabunta de la destrucción y las hormigas de la muerte lo masticaron todo.

Al perder a mis padres, uno de mis tíos, hermano de mi madre, insistió en llevarme a vivir con él a San Antonio, Texas, donde residía. Me pintó una vida ideal: una familia dispuesta a acogerme, una excelente universidad, amigos, paseos. Él era un buen hombre y su oferta fue sincera y generosa, pero no me vi viviendo en los Estados Unidos. Fue el único en llamar cada semana, en preocuparse por si contaba con dinero para sobrevivir, pagar la colegiatura, transportarme. El resto de mis tíos y tías, tan acongojados por mí en el velorio y el entierro, se limitaron a llamarme por teléfono un par de veces para ver cómo estaba y ya. Apresuraban la conversación. "Hola, Juan Guillermo. ¿Cómo estás? —Más o menos. —Sí, me imagino. Es duro, pero vas a salir adelante. A mí también me pesa que tus papás ya no estén con nosotros, pero así es la vida y hay que aguantar. —No, tía, así no es la vida. —Bueno, hijito, ya saldrás adelante. Vamos a tratar de visitarte este fin de semana y si no, el próximo. Pórtate bien y cuídate." Y colgaban. Los entiendo. ¿Qué iban a hacer si les decía que estaba muy mal? ¿Llevarme a residir con ellos? ¿Prestarme dinero? No. Ellos tenían su propia vida y no querían que se la infectara de muerte. Yo no aceptaría irme a vivir a su casa, sus finanzas ya de por sí eran exiguas. Para qué apretarlas más. Dos de mis tías y uno de mis tíos atendían a sus hijos pequeños, ninguno mayor de seis años. ¿Qué harían con un tipo de diecisiete huérfano hasta la médula?

Y sí, la muerte irrumpió en mi vida y la devastó. Pero estuve resuelto a no permitir que me remolcara con ella. No, no a mí. No. Definitivamente no.

Hacía un frío del carajo. El termómetro marcaba seis bajo cero y los buenos muchachos practicaban katas sin camisa. "Respiren con el diafragma", ordenaba Humberto, que, también con el torso desnudo, parecía estar en la playa a pleno Sol. "El frío es mental, el dolor es mental, la derrota es mental. Venzan." Algunos temblaban sin control, los labios amoratados, la piel congestionada. Pero no se quejaban. Un solo lamento podría significar la expulsión del grupo. Y eso sería una deshonra. Pertenecer al Movimiento de Jóvenes Católicos, representar los valores inculcados por sus familias conservadoras, defender la religión, pugnar por la moral cristiana, era motivo de profundo orgullo. Les entusiasmaba la idea de mantenerse incólumes en medio de tanta putrefacción.

Resistir el frío intenso —de acuerdo con Humberto— los fortalecía. El aire helado de la montaña los purificaba en cuerpo y mente. El ejercicio los preparaba para la lucha. Yo los observaba a la distancia, enfundado en un suéter de Chiconcuac. Me había acompañado el Agüitas, quien tiritando no dejaba de lamentarse. "¡Carajo! No sé cómo me convenciste de venir a esta babosada."

Un miércoles, al finalizar la reunión, Humberto se me acercó. "El último fin de semana de cada mes organizamos un campamento en Las Monjas, queremos invitarlos a ti y a tus amigos." Me planteó un evento divertido: acampar, fogatas, pesca de trucha en los arroyos, clases de karate y judo,

189

charlas, montañismo, escalar roca, aventarnos por una tirolesa. Yo sabía que eran mentiras, una de sus tantas argucias para acercarme al movimiento. El proselitismo fanático se esconde siempre en la buena onda y la sonrisa ensayada. Acepté, no solo para investigarlos, sino porque me atraía su ardor cristiano y su moral incorruptible.

De mis amigos, solo el Agüitas accedió a acompañarme. Él disfrutaba ir al campo y creyó en la mentira que elaboré sobre la mentira. "Creo que nos podemos divertir mucho", le dije. Más falso no pude sonar. ¿Quién podría divertirse con tipos de tal cuadratura?

Llegamos el viernes por la tarde. Los buenos muchachos montaron ocho tiendas de campaña y en cada una acomodaron a tres. El Agüitas y yo quedamos solos en una, la más distante del campamento. Cenamos pan dulce con leche rebajada con agua. A las ocho Humberto mandó apagar las linternas. Disciplinados, los buenos muchachos cumplieron la orden. El campamento quedó a oscuras. En los siguientes minutos se escuchó un rumor creciente: los buenos muchachos rezaban sin cesar el padrenuestro. Luego, casi al unísono, pararon con un sonoro amén.

A las cuatro de la madrugada, Antonio sonó un silbato para levantarnos. "Arriba, a desayunar." El Agüitas se dio vuelta y se arrebujó dentro de la bolsa de dormir. "Están locos estos pendejos", murmuró, mientras Antonio seguía dándole al silbato.

Los buenos muchachos salieron de sus tiendas alumbrándose con linternas. Unos recogían leña, otros prendían el fuego o preparaban el desayuno: una olla gigante de chocolate con agua y varios sartenes con huevos revueltos. Ninguno de ellos se cubrió del frío brutal. Vestían solo camisetas blancas.

Me dispuse a salir sin taparme. El Agüitas me miró con extrañeza. "No mames, Cinco, tú también estás loco." Me volteé a mirarlo. "Estos no van a venirme con que son más machos que yo", le dije y salí. El frío me golpeó, pero empecé a respirar tal y como explicó Humberto y fui entrando en calor.

Al terminar de desayunar, un joven sacerdote ofició una misa de casi hora y media. Llenó su sermón con parábolas y alegorías. Los buenos muchachos se estremecían con sus palabras. En realidad sus sermones eran bastante huecos. Pura retórica insustancial.

En cuanto acabó la misa, Humberto nos llamó. Debíamos correr cinco kilómetros cuesta arriba. Arrancamos en grupo. Los gordos, como Josué o Lalo, se rezagaban o de plano vomitaban, exhaustos. Humberto, con una condición física extrema, bajaba de la ladera para aguijonearlos. "A darle, no nos avergüencen. Corran." Los jalaba del brazo y los impelía a continuar. Los pobres tipos, trompicándose, eran obligados a ascender sin detenerse.

Nadie podía rendirse. Nadie. No sé cómo no me percaté de que Los Jóvenes Comprometidos con Cristo era un ejército en formación. El ala paramilitar del Movimiento de Jóvenes Católicos. Humberto era el comandante designado para organizar estos escuadrones de la muerte encubiertos y los demás lo obedecían sin interpelar.

Después de la carrera continuó una extenuante rutina de artes marciales. A mí y al Agüitas no nos permitieron participar, solo observarlos. Practicaron tirándose golpes de verdad. No los marcaban, como es lo normal. Se daban duro. Y Humberto gritando "Aguanten el dolor. El dolor es mental." Varios quedaron sangrando de la boca o la nariz, unos con los pómulos hinchados o los pies adoloridos por las patadas. Como no podían quejarse, los lastimados se retiraban discretamente, algunos conteniendo las lágrimas, para limpiarse la sangre y luego seguir peleando.

A las dos de la tarde se organizaron para preparar la comida. "Desayunen como reyes, coman como nobles, cenen como mendigos", sentenció el sacerdote. La interpretación de los buenos muchachos de "comer como nobles" se tradujo en hervir verduras, arroz y patas de pollo en una enorme cacerola. Y punto. Un menjunje bastante desabrido. Frugalidad y disciplina.

Los eventos "recreativos" consistieron en cascaritas de futbol jugadas con dificultad en el terreno pedregoso. La pesca de trucha, la tirolesa y la escalada en roca fueron puras promesas incumplidas. Sin falta, al abrir o concluir una actividad, rezaban. Al finalizar repetían el estribillo "entregaré mi vida a dios y seré recompensado por mis acciones". Asesinos de mierda. No entregaron su vida a nadie y salieron impunes de sus crímenes fanáticos.

En el autobús de regreso, Humberto se sentó a mi lado. Platicamos banalidades. Me contó que deseaba correr un maratón. "Es algo que quiero hacer desde niño", dijo. Yo le hablé de mi deseo de ser futbolista o basquetbolista profesional. Mostró interés. Me preguntó si pensaba estudiar una carrera y le respondí que sí, que quería ser veterinario y escritor. Sonrió. "Escribir no siempre es bueno", dijo y nunca entendí por qué lo dijo. Habló de cuán bien yo le caía al grupo, de lo rápido que me había integrado. "Para tener catorce años, sabes mucho", me dijo, "lees la Biblia y eliges pasajes interesantes". No supe hacia dónde iba. ¿Por qué los halagos? Humberto se cercioró de que nadie lo oyera y luego se acercó a hablarme en voz baja. "El último sábado de cada mes, a las ocho de la noche, nos reunimos para aceptar nuevos miembros del grupo. Es una ceremonia privada de la cual nadie puede saber. Ni tu hermano ni tus amigos. Queremos que formes parte del movimiento. Nos dará mucho gusto recibirte", dijo y esbozó una gran sonrisa.

De eso se trataban los halagos: preparar el terreno para reclutarme. Me sentí satisfecho. Mi tarea de espía había funcionado a la perfección. Carlos debía estar orgulloso de mí. "¿Me tengo que cortar el pelo?", le pregunté. Humberto sonrió de nuevo. "Claro que no. Cristo lo traía largo, como tú. Ya verás más adelante si crees necesario traerlo un poco más ordenado. ¿Te esperamos el sábado?" Asentí. Humberto me dio un apretón en la nuca y sonrió benévolo. Miré la carretera oscura. La noche había llegado.

Tardamos en meter a Colmillo a mi casa. Entre los tres apenas pudimos controlarlo. Nos acometía, gruñía, trataba de zafarse. Por aferrarnos a la cadena, las manos se nos ampollaron. Los hermanos Prieto se divirtieron con nuestros esfuerzos y se burlaron de mí. "Te va a comer vivo", rieron. El veterinario se limitó a observar. No parecía disfrutar del espectáculo. Al contrario, podía decirse que a pesar de haberle pegado, me miraba con empatía. El señor Prieto se me acercó. "Hijo, deja que el veterinario lo duerma. No vas a poder con él." Era un buen hombre. Su preocupación era genuina. "No", le dije terco, "lo voy a cuidar". Negó con la cabeza. Era obvio que yo no podía cuidar a esa bestia furiosa e indómita. Pero ya había decidido salvarlo y no me iba a echar para atrás. "Ahí sigue el veterinario, ya le pagué. Todavía estás a tiempo de arrepentirte." "No", repetí. El señor Prieto se alzó de hombros, caminó hacia sus hijos y los impelió a entrar a la casa junto con él.

Colmillo no cejó un segundo. Su energía era inagotable. Batallamos con él cerca de una hora hasta que logramos meterlo a la cochera de mi casa. Al descubrir al King, Colmillo se abalanzó sobre él. El King huyó a máxima velocidad subiendo por las escaleras. Colmillo nos arrastró en su persecución. Por tratar de frenarlo, Colmillo cambió de dirección y se estrelló contra la televisión, reventando la pantalla. Era, literalmente, un lobo en cristalería.

A los tres nos sangraron las manos. Dentro de la casa, Colmillo se revolvió para atacarnos y rotamos en círculo para eludirlo. El Pato se volteó a verme. "Ya no puedo más", dijo. "Yo tampoco" agregó el Jaibo. Yo mismo estaba exhausto. "Al menos ayúdenme a llevarlo hasta el patio", les pedí. "Ya no aguanto los brazos", dijo el Pato, "mejor al rato tratas, cuando se calme". "Está bien", les dije "a las tres suéltenlo y salgan corriendo. No olviden cerrar la puerta. Una, dos..., tres". El Jaibo y el Pato escaparon de prisa. Me quedé solo con Colmillo. Pareció calmarse, pero en cuanto aflojé la cadena se giró para morderme. Como llevaba puesto el bozal, chocó contra mis piernas. Casi me tumba. Volvió a acometerme y me protegí con una silla. Me agaché, aseguré la cadena a una de las patas del comedor y hui hacia las escaleras. Colmillo intentó perseguirme, pero la cadena lo impidió. Metí al King al cuarto de Carlos y nos encerramos. Escuché a Colmillo tratar de liberarse. Ruido de sillas, vidrios rotos, platos que caían. Y al cabo de un rato: silencio.

A la hora decidí revisarlo. Atisbé desde la escalera y descubrí a Colmillo, echado. Por fin se notaba tranquilo. No logró zafarse de la cadena y arrastró la mesa por la sala. Había destrozado la planta baja de la casa. Arreglarla me costaría un dineral.

Volví al cuarto. El King se había refugiado en el baño, despavorido. En cuanto me vio de regreso sacudió el rabo y se me quedó mirando desde la puerta. Lo llamé y temeroso fue a acostarse sobre la cama. Las manos me ardían. Los jaloneos con Colmillo me habían dejado las palmas en carne viva. Adolorido, no podía levantar los brazos.

Me tumbé junto al King en la cama. Seguía nervioso. De cachorro era un perro juguetón y seguro. A partir de la cuchillada se tornó receloso y pusilánime. Yo tenía seis años cuando eso sucedió. Se escapó de la casa una noche en cuanto abrimos el portón y corrió hacia Río Churubusco. Lo cruzó a plena carrera y por suerte no lo atropellaron. Mi padre trató de seguirlo, pero el King se perdió entre la oscuridad de los llanos. El King se fue a meter a los callejones de San Andrés Tetepilco. Ahí encontró a un borracho con el cual intentó jugar. Brincó sobre él. El borracho se sintió atacado, sacó un cuchillo y se lo encajó en el hocico. Le rebanó casi entero el belfo. El King cayó y se revolcó en el lodo. Esto lo supimos cuando seguimos el rastro de su sangre y descubrimos al borracho recostado en una banqueta con el cuchillo en la mano.

El King huyó de vuelta a la casa, pero perdió tanta sangre que se desvaneció sobre un charco en los llanos. Mi padre lo halló horas después, inconsciente, sofocándose. Lo cargó hasta la casa, lo aventó sobre el asiento trasero de su Mercury y lo llevó al veterinario. Requirió catorce puntadas. El médico ordenó reposo. Dejamos al King en el patio trasero. Echado día y noche, sin moverse. Una mañana fui a verlo. Una línea de hormigas desfilaba hasta su herida y se metía dentro de su boca. Las hormigas transportaban pedazos de coágulos entre sus mandíbulas. Furibundo las pisoteé, pensé que se comían a mi perro. El King tardó cerca de dos meses en recuperarse por completo. El belfo nunca le quedó bien. Al exhalar vibraba con un sonoro resoplido.

Estuvimos un rato el King y yo sobre la cama, dormitando. Las punzadas en las palmas de las manos me despertaron varias veces. A las dos horas sonó el timbre con insistencia. Colmillo se alborotó de nuevo y arrastró la mesa de un lado a otro. Corrí al cuarto de mis padres y abrí la ventana para ver quién timbraba. Era Fernando. "¿Qué pasó?", le pregunté. Alzó su brazo y mostró un fólder. "Son los papeles de Colmillo", gritó, "el pedigrí, la libreta de vacunas y los expedientes del veterinario". "Voy", le grité.

No me atreví a pasar por la sala. No deseaba inquietar aún más a Colmillo. Subí al techo, crucé la azotea y bajé por la casa de los Ávalos. Brinqué la barda y llegué hasta Fernando. Me extendió el fólder. Hojeé el contenido. Radiografías, cirugías, fechas de vacunas y folletos en inglés donde se especificaba el origen de Colmillo y sugerencias para su cuidado, alimentación y entrenamiento.

Frente a la casa de los Prieto unos cargadores transportaban muebles hacia un camión de mudanza. "¿A qué hora se van?", le pregunté. "A las cuatro. Ya están subiendo lo último que queda." Nos quedamos en silencio un rato. "Cuidas a Colmillo", me dijo. "Claro, y ven a visitarlo cuando quieras", le respondí. Nos dimos un abrazo y Fernando se encaminó a su casa. No regresó a la colonia y jamás volví a saber de él.

Ignoro si Colmillo me vaya a matar. Si mate al King. Si devore a Whisky y a Vodka. No sé qué pasaría si Chelo volviera a la casa, abriera con la llave que le di, entrara y Colmillo la atacara y la destripara. ¿Qué haría yo con otro muerto? No puede haber uno más. No caben más muertos en los nichos funerarios de mi cerebro. Hay lleno total. No cabía Colmillo y por eso lo salvé.

En las montañas de Serbia se creía que eran brujas quienes mataban a los infantes. Sobrevolaban por encima de sus cunas para robarles la vida. Por eso los pobladores acostumbraban ponerles el nombre de Vuk, que significa lobo, a algunos de los hijos varones. Así las brujas, temerosas de los lobos, no atentarían contra ellos.

Domar

Unos meses antes de morir Carlos, llegaron unos extranjeros a rentar la casa de los Richard. Dos hombres y una mujer. Ellos atléticos, pelo largo, vestidos siempre con pantalón de mezclilla. Uno rubio, el otro cabello y ojos negros. Ella, delgada, de brazos fuertes, blanca, ojos café claro, muy atractiva. Los tres debían rondar los treinta años. Pensamos que eran futbolistas y ella la esposa de uno de ellos. Algo entendíamos de la lengua que hablaban. Palabras sueltas. Supimos que habían rentado la casa por medio año.

Al principio, fueron un misterio. Salían en un Datsun blanco al mediodía y regresaban entrada la noche. Una tarde, mientras platicábamos en la azotea de la señora Carbajal, escuchamos un rugido proveniente de su patio. Nos asomamos para curiosear. La mujer jugueteaba con un cachorro de tigre. El felino saltaba sobre ella y la mordisqueaba con suavidad.

—¡No mames, un tigre! —exclamó el Agüitas.

Ella volteó y nos sorprendió espiándola.

—Hola. ¿Quieren jugar con él? —nos preguntó con acento extranjero.

Bajamos de la azotea. La muchacha nos abrió la puerta y entramos a su jardín. Aunque cachorro, el tigre imponía.

—Acérquense —dijo la muchacha con una sonrisa.

Nos aproximamos. El cachorro nos miró y de súbito saltó sobre el Jaibo, que gritó asustado. El tigre también se espantó y fue a refugiarse a una esquina del pequeño jardín.

—Está jugando —aclaró ella con su terso acento.

Se llamaba María y ellos Braulio y Joao. Los tres trabajaban en un circo. Eran domadores de fieras, originarios de Río de Janeiro. La temporada del circo en la Ciudad de

México era de seis meses y por eso habían rentado la casa solo por ese lapso.

Empezamos a ir seguido a su casa a jugar con el Tigre y nos hicimos amigos. A menudo nos invitaban a almorzar. Cocinaban platos brasileños como moqueca de peixe o camarones con coco. Sin ningún prurito, ella se besaba con uno y con otro. Incluso confesaron que dormían los tres juntos. Acostumbrado a que en la Ciudad de México la gente era más reservada, su franqueza brasileña me atrajo sobremanera.

Los tres se ejercitaban a diario. Salían a trotar temprano y levantaban pesas en el jardín. Joao me explicó que debían mantenerse en buena condición física. "Los leones y los tigres saben si eres débil o fuerte. Si te ven débil, te matan."

Eran capaces de conversar en cuatro o cinco lenguas distintas y pronto dominaron el español. Acostumbrados a morar en diversos países, los idiomas eran fundamentales en su trabajo y su vida diaria. A los dos meses de su llegada a México ya eran capaces de mantener una conversación sin intercalar palabras en portugués.

Una mañana Braulio nos comentó que iban a ensayar su acto y nos preguntó si deseábamos acompañarlos. Como era lunes y el circo no daba funciones aprovechaban para corregir errores e intentar nuevas rutinas. Aceptamos de inmediato.

La carpa sin gente se veía enorme. El aforo debía ser para al menos mil personas. Braulio nos instaló en unos asientos a dos metros de la jaula. Nos advirtió no acercarnos a los barrotes. Con facilidad uno de los tigres podría alcanzarnos con un zarpazo.

—Podrás sacar al tigre de la selva, pero no podrás sacar la selva de dentro del tigre —acotó Braulio.

María y Braulio se colocaron al centro de la jaula. Entraron cuatro tigres y cuatro leones conducidos por Joao. Podía escucharse con claridad el áspero jadeo de su respiración. Braulio chasqueó un látigo y los felinos se acomodaron cada uno en un banco. El ensayo comenzó. Obedeciendo las órdenes de los tres domadores, los felinos cruzaron aros, rodaron subidos encima de grandes pelotas e intercambiaron lugares saltando al unísono.

Joao fue a sentarse con nosotros mientras Braulio y María continuaban el entrenamiento.

—¿Les gusta? —nos preguntó.

—Demasiado —le respondió el Pato—. Es muy emocionante verlos tan cerca.

—¿Quién de ustedes quiere meterse con nosotros a la jaula? —nos preguntó Joao. El Jaibo respondió sin dilación.

—Yo no, ni por error.

—Yo tampoco —terció el Agüitas.

El Pato y yo intercambiamos una mirada.

—Yo —dije.

Joao me palmeó en la rodilla.

—Vamos.

Me llevó a la pista contigua y me pidió que le prestara atención.

—No corras, no hagas movimientos bruscos, no trates de huir, no los mires a los ojos y jamás les des la espalda.

Empecé a sentir náusea.

—¿No me va a pasar nada?

—Claro que te puede pasar. A ti, a mí, a Braulio, a María. Nos pueden matar en menos de cinco segundos. Eso es lo excitante. ¿Quieres quedarte afuera?

Volteé a ver a mis amigos. No podía echarme para atrás.

—Sí entro —afirmé con decisión.

Joao abrió la puerta, me hizo pasar y volvió a cerrarla. Avanzamos con lentitud hacia donde nos aguardaban María y Braulio. El corazón me empezó a latir con fuerza. Olí mi propia adrenalina. Pude sentir el aliento de las fieras, notar las cicatrices en la piel provocadas por los zarpazos de los otros felinos, distinguir los matices de color en su pelambre, percibir la ferocidad de su mirada. Entendí a fondo lo que Braulio me había dicho antes: "Podrás sacar al tigre de la selva, pero no podrás sacar la selva de dentro del tigre".

Los tigres y los leones me observaron, vigilantes. Yo era un intruso dentro de su espacio. Volteé hacia un tigre macho que se hallaba justo frente a mí. Con intensidad siguió cada uno de mis movimientos. Nos quedamos mirando uno al otro a menos de un metro de distancia. El tigre se agazapó y se inclinó hacia delante. Su mirada se hizo más aguda. Bajé los ojos y, sin darle la espalda ni precipitarme, retrocedí. Volteé de nuevo a verlo para demostrarle que no me intimidaba. El tigre se mantuvo inmóvil, concentrado en mí. Braulio se percató de su actitud amenazante, chasqueó el látigo dos veces y el tigre saltó a otro banco.

Respiré aliviado. María se me acercó y me susurró.

—Estuvo a nada de atacarte. Actuaste muy bien.

María atizó su látigo y los leones comenzaron a caminar en círculos en una dirección y los tigres en otra. Pasaron casi rozándonos.

—Quédate aquí. No te muevas —decretó.

Joao se dirigió hacia la puerta y la abrió. Golpeó su látigo contra los barrotes y de forma ordenada los felinos comenzaron a abandonar la jaula. El tigre macho con el cual había intercambiado miradas se detuvo a escrutarme unos segundos y luego continuó su camino. María se volvió hacia mí.

—Eres el primero que se atreve a entrar. Hemos invitado al público en varios países y siempre se acobardan. Felicidades.

La realidad es que fuimos unos idiotas. Ellos por invitarme a entrar y yo por aceptar. Pero no me arrepentí. A mis catorce años, fue la experiencia más inquietante de mi vida.

De regreso a la casa, solos el Pato y yo, me preguntó qué había sentido estar dentro de la jaula con los leones y los tigres. Medité un momento la respuesta.

—Que todos ahí éramos animales.

El Pato soltó una risotada.

—Qué filosófico resultaste —dijo—, pero la verdad es que tú siempre has sido muy animal.

Me dio una palmada en la espalda y partió.

Un león no se pregunta a sí mismo si es un león. Es un león.

Las manos se le adormecieron dentro de los guantes, el aliento se congeló sobre su barba, sus labios se cuartearon. Su cabeza resintió el gran mazazo del frío nocturno. No le importó. Se quedó en vela a vigilar a Nujuaqtutuq con un cuchillo desenfundado en la mano.

El gran lobo se había enroscado para resistir la pertinaz nevada que caía desde el atardecer. Se veía tranquilo, pero Amaruq no se iba a fiar: esa aparente calma podía ser una artimaña de lobo para huir.

Amaruq destazó a la loba y comió crudos su carne y su corazón. Comió lobo para convertirse en lobo. Lo hizo frente a Nujuaqtutuq, para demostrarle que era un predador y él su presa.

Al alba empezó a descender una espesa niebla. En unos cuantos minutos se convirtió en un manto gris impenetrable. No podía verse más allá de medio metro. Amaruq perdió a Nujuaqtutuq entre la bruma. Al no hallarlo blandió su cuchillo. No sabía si este era también un ardid del lobo. Quizás Nujuaqtutuq se había agazapado para atacarlo por la espalda. Dio vuelta sobre sí mismo para buscarlo. La neblina se tornó más espesa. ¿Dónde se hallaba el lobo?

Comenzó a escucharse un ruido atronador bajando por la montaña. Ramas rompiéndose, crujir de nieve, golpe de rocas. Pensó en una avalancha. A ciegas buscó el árbol donde estaba encadenado el cepo para escudarse y se topó con Nujuaqtutuq, quien mantenía fija la mirada en dirección hacia el estruendo. Amaruq saltó para no ser mordido, pero el lobo ni siquiera le prestó atención.

El estrépito empezó a crecer y conforme se aproximaba, Nujuaqtutuq tensó más sus músculos. Amaruq se refugió detrás del pino, fuera del alcance del gran lobo. Si era una avalancha, al menos no sería arrastrado. El tronido era tal que parecía que la montaña se desgajaba. De pronto, entre la niebla Amaruq distinguió enormes figuras corriendo hacia ellos. Era una inmensa manada de wapitíes en estampida perseguidos por la jauría de Nujuaqtutuq. Entre la neblina los ciervos no podían ver los árboles y chocaban contra ellos. Un macho se enfiló directo hacia Nujuaqtutuq. Aun apresado, el lobo lo embistió y el wapití a gran velocidad trató de eludirlo, pero fue a estrellarse contra el pino y rodó boca arriba. El lobo se lanzó a morderle la garganta. El wapití desnucado no ofreció resistencia y bramó sus últimos estertores.

Wapitíes y lobos pasaron raudos al lado de Amaruq. Remolinos de piel y pisadas. Nieve explotando a su paso. Se escuchaba a los lobos atacar, a los wapitíes patear para quitárselos de encima, crujido de astas al reventarse contra los árboles, ladridos.

El hato de wapitíes se desvaneció entre la niebla acosados por la jauría y se alejó hacia la pradera. Cesó el ruido de la estampida. Amaruq se sintió vulnerable. Sedientos de sangre, los lobos podrían regresar a atacarlo. Escuchó un sonido de huesos quebrándose. Dio dos pasos y entre la niebla pudo vislumbrar a Nujuaqtutuq roer el cuello del wapití. Amaruq oyó pisadas sigilosas a su alrededor. Percibió el olor de los lobos. Guardó el cuchillo en el cinto, buscó una rama, se colgó de ella y trepó hacia la parte alta del pino.

Amaruq escuchó los pataleos de los wapitíes moribundos, las dentelladas de los lobos para rematarlos, las peleas entre ellos para decidir el orden jerárquico para comérselos. Los escuchó deleitarse con el botín, las carnes desgarrándose, el mordisqueo de las entrañas.

Esa era la manada de wapitíes a la cual Nujuaqtutuq guio a su jauría. El gran lobo no era un suicida conduciéndolos hacia la muerte, sino a la abundancia. Por instinto debió saber que los wapitíes se habían refugiado en los bosques del norte.

La niebla se disipó a media mañana. A plena luz Amaruq ya no vio ningún lobo, solo el regadero de cadáveres. Una cría de wapití deambulaba perdida entre el pinar, berreando en busca de su madre. Amaruq saltó desde las ramas y cayó de bruces sobre la nieve. Dio vuelta y halló a Nujuaqtutuq aún alimentándose, su hocico lleno de sangre metido dentro de la panza del wapití desnucado.

Amaruq examinó los alrededores para asegurarse de que ningún lobo permaneciera cerca. Cuchillo en mano entró a la tienda a buscar una cuerda. Preparó un nudo corredizo y salió. A unos metros de él una wapití, con la columna rota, se arrastraba tratando de huir de él. Amaruq se acercó por detrás para evitar que lo pateara con las patas delanteras, montó sobre su lomo, la cogió de las orejas para inmovilizarla y con su cuchillo rebanó su cuello seccionando la arteria carótida. La wapití gimió y un borbotón de sangre empezó a escurrir. Amaruq se levantó y la dejó desangrarse. Con el otro wapití y esta hembra tendría suficiente carne para sustentarse hasta regresar a casa.

Fue hacia Nujuaqtutuq. Se acercó con cautela. El lobo sacó la cabeza del abdomen de su presa y le gruñó. Amaruq calculó el límite hasta donde la cadena impedía que el lobo lo alcanzara. Lazó la pata del wapití y tiró para alejarlo de Nujuaqtutuq. No podía permitirle que se alimentara. Si quería matarlo, era necesario debilitarlo hasta que ya no pudiera mantenerse en pie.

Amaruq jaló con ambos brazos y el wapití se movió lentamente hacia él. El lobo apresó el costillar con sus fauces. Amaruq enlazó la cuerda en un pino y cada centímetro ganado lo aseguró con un nudo. El lobo se negó a ceder y peleó con decisión. Amaruq enredó la cuerda sobre su brazo y se dejó caer para usar las piernas. Empujó con fuerza para remolcar al wapití. Nujuaqtutuq no lo soltó. El peso combinado del wapití y el lobo hizo casi imposible que Amaruq venciera, pero estaba resuelto a arrebatárselo.

Amaruq se dio cuenta de que su estratagema no funcionaba y se levantó. Nujuaqtutuq aprovechó para llevarse el wapití hacia sí. El hombre fue a la tienda y regresó con un hacha. Se cercioró de no estar al alcance del lobo y empezó a dar hachazos sobre el cadáver del ciervo. El lobo, lejos de intimidarse, trató de atacarlo. Tiró una tarascada al aire, pero el dolor de la pierna atrapada lo hizo recular.

Amaruq cortó a la mitad al wapití y volvió a tirar de la cuerda. Sin tanto pcso logró acarrear el resto del ciervo hacia él. El lobo mordisqueó con más fuerza para tratar de retenerlo, pero Amaruq no cejó.

Desesperado, Nujuaqtutuq embistió contra el cepo para tratar de liberarse, pero solo consiguió lastimarse el hocico. El lobo se quedó adolorido, con la nariz y los belfos sangrantes. Amaruq no desaprovechó la ocasión. Jaló empujando con los pies y logró apartar del lobo el resto del wapití.

Furioso, Nujuaqtutuq acometió varias veces contra el hombre que le había robado la comida. Al hacerlo la pata trasera se le destrozó, pero no logró zafarse.

Exhaustos, ambos se dejaron caer sobre la nieve. La pugna había durado más de una hora. Amaruq colgó de un pino los pedazos de wapití para que la jauría o los pumas no se los llevaran. Había dejado al lobo sin nada con que alimentarse. Faltaba ver por cuánto tiempo Nujuaqtutuq resistiría.

Nervioso, di varias vueltas a la cuadra antes de decidirme a tocar el timbre. Hacerlo significaba llevar demasiado lejos la mentira. Empezaba a cansarme del engaño, pero a la vez me seducía penetrar el mundo de dogmas de los buenos muchachos. Me paré frente a la puerta, indeciso. Si no fuera por la insistencia de mi hermano, habría abandonado mucho antes mi tarea de caballo de Troya. A las ocho y dieciocho me resolví a timbrar. Recuerdo bien la hora porque junto a mí pasó el Opel azul del papá de los Belmont con las ventanas abiertas. Se escuchó la engolada voz de un locutor de radio: "Amigos y amigas de Radio Mundo, son las ocho y dieciocho de la noche. Pásenla bonito y los dejo con 'Rosas en el mar', interpretada por la guapísima cantadora española Massiel".

Abrió la puerta Antonio. Me miró con gesto adusto. Vestía un hábito negro amarrado por la cintura con un grueso cordón. "La cita era a las ocho en punto", me amonestó. "Se me hizo tarde", pretexté. "Si quieres venir no puedes llegar tarde." Me dieron ganas de decirle: "No, no quiero venir, pinche gordo", pero solo atiné a decir: "Entonces lo dejo para la próxima". Como respuesta abrió la puerta y con la mano me indicó que pasara.

Antonio me guio hacia el sótano. No estaba prendida la luz. La habitación la alumbraban dos antorchas empotradas en la pared y un quinqué de aceite. Los buenos muchachos, vestidos también con hábitos negros, estaban reunidos en círculo. Humberto al centro, serio. "Interrumpiste nuestras oraciones", dijo molesto. "Lo siento", respondí. Con su mano me indicó una posición en el círculo, al lado de Josué y de Saúl. Esperó a que me acomodara en mi sitio y luego bajó la cabeza para continuar con los rezos.

Las oraciones se prolongaron durante varios minutos. Esta vez no mascullaron padrenuestros ni avemarías, sino rezos que no logré descifrar. Al terminar, Humberto levantó la cabeza y se volvió a mirarme. Sonrió. "Bienvenido", me dijo. Luego se dirigió al resto del grupo. "Hermanos en Cristo, tal y como les anuncié, he invitado a Juan Guillermo a unirse a nosotros. Ha mostrado constancia y disciplina, y aunque no vaya a misa, ni sepa sobre religión, ha mostrado apego a la moral católica y se ha esforzado en integrarse al grupo y leer y estudiar la Biblia."

Con su mano dio una orden y dos de ellos fueron a un clóset, sacaron una mesa plegable, extendieron sobre ella una tela de terciopelo púrpura con una cruz gruesa y cuatro pequeñas cruces bordadas en dorado en cada esquina: la cruz de las Cruzadas.

Humberto supervisó en silencio y una vez montada la mesa se ubicó detrás de ella. Los demás se mantuvieron en círculo. "Juan Guillermo, da dos pasos hacia el frente." Di los dos pasos y Humberto continuó. "Nosotros somos un grupo muy unido, y una vez que alguien acepta pertenecer al Movimiento es de por vida. Nos protegemos los unos a los otros y velamos por el bien de nuestras familias. Consideramos que eres digno de ingresar al grupo y por eso te hemos invitado. Puedes no aceptar si crees no poder cumplir con tus compromisos. Tu negativa no la tomaremos a mal y esperaremos a que Jesucristo, Nuestro Señor, te mande una señal de amor y esperanza para que más adelante aceptes. Pero si accedes, debes saber que nosotros sellamos con sangre nuestro pacto y romperlo lo consideramos alta traición. No a nosotros, sino a dios, el único y todopoderoso. Nadie puede atreverse a desertar. Te voy a preguntar tres veces si aceptas. Si en las tres veces respondes sí, nos regocijaremos y serás recibido entre nosotros con los brazos abiertos. Si es un no en cualquiera de ellas, lo lamentaremos y aguardaremos ansiosos el momento en que estés preparado para dar el sí con alegría y seguridad. Ahora, Juan Guillermo, ¿aceptas pertenecer a Jóvenes Comprometidos con Cristo, cumplir con nuestras reglas y entregar tu vida al servicio de Nuestro Señor?"

Me quedé callado por un momento. Ellos me miraron, expectantes. Quise gritar un NO sonoro, definitivo. Hacerles ver que su movimiento me parecía cursi y enfermizo.

—Sí —contesté.

Te lo preguntaré por segunda ocasión. ¿Aceptas pertenecer a Jóvenes Comprometidos con Cristo, cumplir con nuestras reglas y entregar tu vida al servicio de Nuestro Señor?

Por supuesto que no. ¡Carajo! ¿Por qué este impulso morboso de contestar con un sí?

—Sí —contesté.

—Por tercera vez, Juan Guillermo. ¿Aceptas pertenecer a Jóvenes Comprometidos con Cristo, cumplir con nuestras reglas y entregar tu vida al servicio de Nuestro Señor?

Última oportunidad. Última. Humberto clava su mirada en mi mirada. Se la sostengo. Casi catorce años de edad y a punto de signar una cadena perpetua. He dicho que sí dos veces. Puro afán de aparentar hombría. No puedo retractarme.

El no, no es alternativa. El morbo. La hombría. Espiar. Mimetizarse. Curiosidad. Condena de por vida.

—Sí —contesté.

Mi último sí provocó un largo silencio. Humberto esbozó una leve sonrisa. "Te aceptamos. Ahora necesitas sellar con sangre tu ingreso al Movimiento."

Los buenos muchachos rompieron el círculo y se dirigieron hacia unas cajas de cartón. Sacaron unas capuchas cafés y se las pusieron sobre la cabeza. Cada uno regresó a su lugar. Humberto fue el último en colocarse la suya.

—Quítate la camisa —me ordenó.

—¿Para? —pregunté.

—De ahora en adelante debes obedecer. Quítate la camisa.

Me la quité. Uno de los buenos muchachos, encapuchado, fue por ella, la tomó y la dobló sobre la mesa.

—Arrodíllate.

¿En qué me había metido? ¡Carajo! Me arrodillé.

—Confiésate.

Jamás me había confesado. Tenía una ligera idea de lo que significaba: arrodillarse en un locutorio de madera y revelarle a un sacerdote los pecados cometidos, por insignificantes que fueran. Pero ellos no eran sacerdotes y pensé que no tenían derecho a exigírmelo.

—¿No debe uno confesarse con un sacerdote?

—Obedece. Ahora somos tus hermanos. Cristo nos escucha, así que ten cuidado con mentir.

Inventé lo que creí iba a satisfacer su necesidad de hurgar en mi vida íntima: mentiras a mis padres, robos y hurtos pequeños, deseos pecaminosos incumplidos (si supieran de Fuensanta…).

Me escucharon atentos, o eso supuse, porque detrás de sus capuchas era imposible percibir sus emociones. Al finalizar, Humberto sacó un fuete del clóset. Se paró detrás de mí. "Ten fuerza como Cristo la tuvo, soporta como Cristo soportó el castigo de sus enemigos, los judíos", dijo y comenzó a azotarme la espalda. Grité al primer fuetazo. Al tercero caí de bruces. Luego me atizó tres veces más. Sentí mi espalda arder.

—Estás purificado —dijo.

Quedé tumbado en el suelo. Volvieron a formarse en círculo. "Levántate", ordenó Humberto. Me puse de pie con esfuerzo. Cada movimiento me dolía. Humberto se paró frente a mí.

—Has compartido tu sangre con nosotros, como Cristo lo hizo en la cruz para salvarnos de nuestros pecados. Eres ahora nuestro hermano. Bienvenido.

Esa noche observé mis heridas en el espejo. Seis largos rayones cruzaban mi espalda ensangrentada. Empapé una toalla con alcohol y me la eché encima para desinfectar mi piel lacerada. No pude dormir del dolor.

Humberto fue inmensamente más sofisticado que nosotros. Yo jugando al espía de Carlos, cuando en realidad era una celada que Humberto había orquestado con paciencia. La planeó paso por paso y supo disimular los ases en sus naipes. Humberto sabía que éramos ateos. Sabía de las funciones de *Jasón y los argonautas* en el Cine de La Viga, que Carlos traficaba, que era un enemigo que debía destruir. Sabía también que iba armado y peleaba bien. La riña con Antonio lo había confirmado. Sabía que Zurita buscaba aprehenderlo sin éxito. Sabía que yo mentía y que no aprobaba nada de las ridículas creencias que profesaban. Vilmente me usó. Sin saberlo me convertí en agente doble. Fabricó sonrisas, entusiasmo, disculpas, invitaciones, discursos. Supo seducir y manipular. Caímos redonditos en la farsa. En mi descargo puedo alegar mi edad, mi inocencia. Muy joven para prever su malicia. En contra, mi estupidez y la arrogante soberbia de Carlos. Nunca medimos los alcances. Nunca calibramos el tamaño del enemigo que azuzamos. Y lo pagamos caro.

Etimología de los sucesos (primera parte):

Abandono: desamparo. Derivado del francés antiguo *a bandon*, en poder de alguien.

Dios: deidad. Derivado del indoeuropeo *deiwos*. Día, brillante, claro.

Asesino: homicida. Derivado del árabe *hashshashin*, plural de *hashshash*, fumador de hashish. Secta de homicidas que actuaban bajo el influjo del hashish.

Íntimo: cercano. Derivado del latín antiguo *interus*, interior.

Penetrar: introducir. Derivado del latín *penus*, la parte más profunda de una casa en la cual se depositaban los víveres para que estuvieran fuera del alcance de ladrones y animales.

Celos: temor a que un ajeno despoje a uno de su ser amado. Derivado del latín *zelus*, ardor, fervor, excitación.

Animal: ser vivo capaz de desplazarse y dotado de aliento o soplo. Del latín *anima*, aliento.

Embrión: ser vivo en proceso de gestación. Del griego *émbryon*, que brota o crece dentro.

Enemigo: opuesto, contrario. Derivado del latín *inimicus*, no amigo.

Ahogar: impedir la respiración. Del latín *offocare*, sofocar.

Sacrificar: renunciar, muerte de un ser en ofrenda a una deidad, matar. Del latín *sacrificare*, hacer sagrado.

Herida: lesión. Del latín *ferire*, cortar.

Mirar: ver. Del latín *mirari*, maravillarse.

Oscuro: sin luz. Derivado del indoeuropeo *sku-ro*, cubierta.

Pasión: emoción incontrolable. Del latín *passio*, padecimiento.

Compasión: compartir la desgracia, el sufrimiento. Del latín *compassionem*, comparto tu padecimiento.

Salvaje: indómito, primitivo, feroz. Del latín *silvaticus*, relacionado con la selva, los bosques.

Traición: deslealtad profunda, confianza quebrantada, entregar a alguien al enemigo. Derivado del latín *traditio,* entregar.

Caos: desorden. Del griego *kháos,* abismo.

Búsqueda

El negocio del cine generó altos dividendos. Tan solo las ganancias por la venta de vodka superaban por el doble a las obtenidas con las chinchillas. En cada función se distribuían al menos doscientas cincuenta dosis de morfina o de LSD, vendida cada una en seis veces su costo. Si la tendencia del tráfico de estupefacientes ya circulaba en esa época del tercer mundo al primero, aquí era a la inversa. La mercancía era producida en Estados Unidos o Europa e importada a México. Eso enorgullecía a mi hermano: un mexicano les compraba a los estadounidenses y no ellos a nosotros.

El boca a boca se convirtió en su mejor publicidad. Mientras la mayoría fumaba mariguana o inhalaba cocaína, los clientes de Carlos accedían a una experiencia más selecta. Para los burguesitos mexicanos, sentirse hermanados con los veteranos de la Guerra de Vietnam a través de la morfina o compartir con los avant-garde las sensaciones psicodélicas provocadas por el LSD los hacía sentirse únicos y rebeldes. Y para el sistema capitalista, la rebeldía —Carlos lo entendió a la perfección— posee un valor comercial muy explotable. Carlos la supo etiquetar y mercadearla. Convenció a sus clientes de que los auténticos rebeldes eran aquellos que se adentraban en los mundos de la morfina y el LSD, y que se alejaban del lugar común de la mota y la coca.

Las universidades privadas se convirtieron en la plataforma para el despegue económico del negocio. Sus alumnos, pudientes y con aspiraciones contestatarias, pagaban rápido y al contado. Además, asustados por la represión imperante en esos años, mantenían un perfil bajo. Evitaban problemas con un sistema donde prevalecían la intransigencia y el control férreo. Algunos clientes se ponían difíciles. Escamoteaban pagos, hacían dramas si se retrasaban sus dosis, llamaban a deshoras, provocaban, chantajeaban. Por gente como ellos es que Carlos cargaba el bóxer en la bolsa de su pantalón y el cuchillo escondido dentro de la manga de la camisa. En la mayoría de los casos, Carlos lograba dominarlos con ecuanimidad y diálogo. Si no resultaba, la pura amenaza de una golpiza bastaba para pacificarlos. Solo en contadas ocasiones llegó a usar la violencia. Bastaban una nariz rota o una ceja abierta para disuadirlos de causar problemas. Además, eran tiempos de amor y paz. El enemigo para estos jóvenes rebeldes era el sistema autoritario, no gente como mi hermano, que les facilitaba el acceso a las puertas de la percepción.

Con la bonanza vino el peligro de la notoriedad. Carlos se tornó más cuidadoso. Evitó exponer a Sean y Diego a cruzar la frontera y transportar la mercancía a lo largo de más de mil cuatrocientos kilómetros. Con que los detuvieran una sola vez, las autoridades conseguirían desmantelar la intrincada madeja de compra, distribución y venta armada por Carlos. Logró que fueran los hippies de Texas quienes negociaran con los distribuidores de los laboratorios americanos la compra de la morfina. Los hippies se convirtieron en los únicos proveedores tanto de morfina como de LSD. A Carlos no le importó pagar el sobreprecio. Valía la pena lidiar con un solo abastecedor y no con varios.

Consiguió también que los hippies mandaran la mercancía a México con uno de ellos. Eligieron a un güero desabrido y apocado. El líder ordenó que le cortaran el cabello y lo vistieran con ropa anodina para no llamar la atención. Parecía uno de los tantos estudiantes de intercambio que llegaban a aprender español viviendo con familias mexicanas.

Se llamaba Bill Cone y era originario de Seguin, Texas. Su físico no concordaba con su inteligencia, ni con su habilidad para zafarse de situaciones comprometidas. Hablaba perfecto el español, pero fingía no entender cuando los aduaneros en la frontera lo interrogaban sobre su equipaje. Conservaba su cara de gringo idiota y así eludía revisiones: alguien tan tonto no podía ser contrabandista de nada.

Bill viajaba en el autobús de Líneas Anáhuac que cubría la ruta directa de Piedras Negras a la Ciudad de México. Al llegar a la terminal de autobuses se escabullía con rapidez, tomaba un taxi y se hospedaba en uno de los cinco hoteles previamente elegidos por Carlos. Rotaban los hoteles para evitar suspicacias. Ahí esperaba paciente a quien fuera a recoger la mercancía. Carlos mandaba a recolectarla con diversos mensajeros —entre ellos el Jaibo— que no tenían idea del contenido empacado en cajas de Kleenex envueltas en papel de estraza y selladas con cinta canela. Ingenuos, los mandaderos cruzaban con los paquetes frente a patrullas y delegaciones con tal despreocupación que ningún policía sospechó.

Conocí a Bill en mi casa. Hablaba el español con acento neutro y dicción perfecta. Era simpático y culto. Al igual que Carlos, admiraba a Hendrix, Blake, Rulfo, Faulkner, Nietzsche. Después de llevarse a cabo la transacción, abandonaba el hotel y se mudaba por unos días al cuarto de Sean. Ahí se vestía otra vez como hippie. Se ponía de nuevo sus collares y pulseras, se inyectaba morfina y viajaba con LSD. Se veía extraño con camisas floreadas, pantalones de mezclilla y un corte de cabello estilo militar. Para su regreso a Texas volvía a vestir su ropa insípida de misionero mormón.

Bill me caía bien, hasta enterarme de que fue uno de los tantos con quienes había cogido Chelo.

La maquinaria de distribución y venta marchaba con fluidez. Carlos tomó a la Universidad Iberoamericana, de jesuitas ("Los jesuitas son los únicos ateos que creen en dios", solía decir), como su centro de operaciones. Gran parte de sus clientes provenían de ahí. Sobre todo alumnos de Comunicación, Historia y Letras.

Nunca ofrecía sus productos de manera directa. Se sentaba en la cafetería a departir con profesores y estudiantes sobre historia, literatura, cine, arte, política. Su vasta cultura seducía. Era capaz de rebatir a expertos en existencialismo, a especialistas en la obra de Hemingway o Buñuel. Recitaba de memoria poemas completos de Rimbaud y Verlaine, los poetas favoritos de las hermosas universitarias con las cuales a menudo terminaba en la cama.

Cuando lo invitaban a fiestas privadas o cenas, deslizaba furtivo el tema de la morfina y el LSD. "Los verdaderos rebeldes son…" y disertaba sobre los cambios químicos, psicológicos y neurológicos que ambas sustancias provocaban y sobre cómo abrían boquetes en la realidad que permitían contemplarla desde ángulos inesperados. "El sistema corrompe tu punto de vista; la morfina y el LSD te permiten recuperar tu mirada original, tu identidad", explicaba convincente. Los jóvenes se interesaban en las articuladas tesis de mi hermano y, guiándolos por la tangente, los seducía. Les regalaba un par de dosis y los enganchaba hasta convertirlos en clientes regulares.

Una vez que Carlos construyó en la Universidad Iberoamericana una base firme de consumidores, abordó otras universidades de paga, también fundadas y regenteadas por religiosos, pero bastante más conservadoras. "La morfina es la religión de los pueblos", parafraseaba a Marx. En esas universidades también usó su erudición. Logró engañar a los profesores conservadores con su amplio conocimiento de la Biblia. Cuando era necesario impresionarlos, citaba textualmente versículos y se fingía devoto.

Yo lo acompañé algunas veces y me divirtió mirar el modo tan desfachatado de engañarlos. Se le prohibió la entrada a una de estas universidades megarreligiosas cuando al tomarse un café con un grupo de alumnos dijo "Se cree en Santa Claus y en dios hasta los ocho años. Después de esa edad rezarle a dios es tan ridículo como esperar a que un gordo canoso que conduce un trineo con renos te deje regalitos debajo de un árbol decorado con esferas". Una de las estudiantes, esta sí fervorosa creyente, pero amante de la morfina, lo acusó con los directivos universitarios. Aunque Carlos lo negó, se descubrió que no cursaba una sola materia en la universidad y se le denegó el acceso. No le importó, había generado una larga lista de clientes, entre ellas la indignada creyente que no cesó de aprovisionarse con él y de paso revolcarse juntos en moteles de paso.

El negocio de las proyecciones del Cine de La Viga también avanzó con solidez. Durante catorce meses Carlos, el Loco y el Castor Furioso no tuvieron problemas serios. No hubo muertos por sobredosis, ni paranoicos sufriendo ataques de pánico, ni peleas tumultuarias. De vez en cuando algunos buscaban pleito, pero el espíritu pacifista de la grey terminaba por calmarlos.

Decidieron abrir funciones también los viernes y tuvieron resultados tan exitosos como con las de los sábados. En mi honor, Carlos programó para los viernes *Viaje fantástico,* con mi apetecida Raquel Welch. La película contaba la historia de unos científicos que son miniaturizados por un aparato para luego ser inyectados dentro del cuerpo de un diplomático moribundo. Los científicos navegan por el torrente sanguíneo en un submarino microscópico y en una tarea contra el tiempo intentan disolverle un coágulo en el cerebro para salvarle la vida.

Si *Jasón y los argonautas* era la favorita de los morfinómanos, *Viaje fantástico* fue la ideal para los viajeros del LSD. Era una metáfora de lo que ellos experimentaban: una aventura impensable dentro de su propio cuerpo. La diminuta nave rebota contra las paredes de las venas, cruza silenciosa las terminaciones nerviosas, se pierde entre las neuronas, es atacada por los glóbulos blancos, la arrastra el flujo de sangre bombeado por el corazón.

Delirantes y entusiasmados, los clientes empezaron a asistir a ambas funciones. Nada como un fin de semana entregados a la experiencia sensorial de cine y drogas. Ver la misma película en el mismo lugar con la misma gente los hizo sentirse cobijados. La fraternidad junkie.

Los problemas iniciaron un viernes por la madrugada. Cuatro de los asistentes salieron de la función rumbo a su automóvil estacionado sobre calzada de La Viga. Cuando el conductor se dispuso a abrir el carro, ocho tipos encapuchados, con bates en las manos, los rodearon. Los cuatro, asustados, levantaron las manos. "Llévense lo que quieran", les dijo el dueño del auto. Como respuesta recibió un batazo en pleno rostro que le destrozó la nariz y lo tumbó al suelo. Aún bajo los efectos del LSD, los otros tres creyeron alucinar, pero sendos batazos les bajaron el efecto psicodélico. Los tundieron sobre el asfalto hasta dejarlos hechos un mazacote de sangre y huesos rotos. Antes de irse, uno de los atacantes se agachó sobre ellos. "Vamos a matar a todos los drogadictos como ustedes y a sus envenenadores. Adviértanles a los demás que cambien, porque dios nos ha mandado a expulsar a los mercaderes del templo." El encapuchado se incorporó y los ocho huyeron por la calzada.

A unos les fracturaron manos y brazos, a otros piernas, a los cuatro costillas, a uno el cráneo y al primero la nariz y la mandíbula. Los cuatro fueron hospitalizados y requirieron cirugía. La severidad de los golpes manifestó una saña descomunal. Los padres decidieron no denunciar. Sus hijos les habían confesado su adicción al LSD y la morfina y no desearon escándalos. Ninguno de los cuatro delató a Carlos y sus socios, ni evidenció el secreto de las funciones de cine. Sean fue a verlos al hospital y ellos le aseguraron: no eran soplones ni se iban a rajar.

Carlos se preocupó, pero tuvo la esperanza de que fuera un incidente aislado. No fue así. El lunes por la tarde lo llamó el gerente del cine. Con voz temblorosa le pidió que se vieran en la sección de cereales de Gigante, el gran supermercado. A Carlos le pareció una petición inusual, pero asistió. Al llegar vio al gerente escondido detrás de una caja de cornflakes, nervioso y asustado. Carlos lo abordó y el gerente vio hacia un lado y hacia el otro, cuidadoso de que nadie más los escuchara. Había ido a verlo a su oficina un comandante de apellido Zurita. Le dijo que sabía de las funciones nocturnas, de la venta de droga y alcohol y cuánto dinero ganaban por noche. "Me pidió cincuenta mil pesos de anticipo para no meterme a la cárcel", dijo el gordo y luego le reclamó a mi hermano: "Tú me aseguraste que no iba a haber broncas". Carlos se quedó pensativo un momento. "No te va a encerrar en el bote. No tiene pruebas ni ha reventado ninguna de las funciones. Vete a tu casa y dile a tu primo que te dé vacaciones por quince días y que te asigne a otro cine. No regreses al Cine de La Viga." El gordo comenzó a sudar. "Es que tú me dijiste…" Carlos lo interrumpió. "Olvídate de lo que dije antes y ahora haz lo que te acabo de pedir. Prometo compensarte por este inconveniente." Se dio media vuelta y se alejó por los pasillos.

El gordo no obedeció las instrucciones de Carlos. Al día siguiente fue a buscar al comandante Zurita. Negoció con él. Para que lo dejara en paz, el gordo le entregó la factura de una combi Volkswagen que acababa de comprar y desembuchó los nombres de Carlos, Sean y Diego.

A Zurita le sorprendió que un negocio tan redituable y clandestino fuera manejado por tres mocosos veinteañeros. A él no le convenía encarcelarlos, sino ordeñarlos. Pensó que las funciones en el Cine de La Viga eran su único negocio. Ignoraba que esa era la rama menor de una compleja empresa de distribución y venta de estupefacientes.

A través del gordo, Zurita le mandó un mensaje a mi hermano: que le autorizaba continuar con sus funciones de cine, pero debía otorgarle un sesenta por ciento de las entradas y, recalcó, de las entradas, no de las ganancias. Carlos respondió que accedía. Hizo seis funciones más y cuando prometió ir a ver a Zurita para entregarle su porcentaje, desapareció. Zurita enfureció y empezó el juego del gato y el ratón en las azoteas, los agentes disfrazados de merengueros o barrenderos, los interrogatorios a los vecinos y clientes, los tipos estacionados frente a la casa en espera de que saliera. La persecución ineficaz y torpe.

Mi padre se preguntaba cómo era que los aviones volaban. Mi madre se preguntaba si las ondas de televisión, las imágenes de noticieros y locutores y partidos de futbol traspasaban su cuerpo y se quedaban atrancadas entre sus células.

Mi padre se preguntaba cuánto de animal quedaba en un balón de futbol cosido con pedazos de cuero. Mi madre se preguntaba cuánto de animal quedaba en la especie humana.

Mi padre se preguntaba cómo habían sometido la energía eléctrica como para encender un foco. Mi madre se preguntaba cómo un motor de auto puede controlar las explosiones de gasolina y hacer girar las ruedas.

Mi padre se preguntaba si los dinosaurios habían respirado exactamente el mismo aire que él respiraba. Mi madre se preguntaba si la carne de dinosaurio podía comerse.

Mi padre se preguntaba quién era esa adolescente de nariz respingada y ojos aceitunados. Mi madre se preguntaba quién era ese muchacho de pelo negro que tanto la miraba.

Mi padre se preguntaba si ella tendría novio. Mi madre se preguntaba si ella lo atraía.

Mi padre se preguntaba cómo abordarla. Mi madre se preguntaba si debía hablarle primero.

Mi padre se preguntaba dónde viviría. Mi madre se preguntaba si su padre aceptaría a mi padre.

Mi padre se preguntaba si se vería linda desnuda. Mi madre se preguntaba si él con el transcurso del tiempo engordaría.

Mi padre se preguntaba si ella tendría mal aliento al despertar. Mi madre se preguntaba si él olería bien al volver del trabajo.

Mi padre se preguntaba si ella quisiera tener un perro. Mi madre se preguntaba si podría invitar a sus padres a la casa a cenar los jueves.

Mi padre se preguntaba si ella sabría administrar bien el dinero de la casa. Mi madre se preguntaba si les alcanzaría.

Mi padre se preguntaba si un guillotinado escucha aun con la cabeza desprendida. Mi madre se preguntaba si valía la pena tener hijos en un mundo tan violento.

Mi padre se preguntaba si la víctima de un asesino perdonaría. Mi madre se preguntaba si la víctima de una violación se vengaría.

Mi padre se preguntaba cómo se llamaría su primer hijo. Mi madre se preguntaba cómo se llamaría el último.

Mi padre se preguntaba si debía decirnos que Santa Claus existía. Mi madre se preguntaba si debía confesarnos que su madre era alcohólica.

Mi padre se preguntó si debía disminuir la velocidad al entrar a la curva. Mi madre se preguntó si ese sería su último momento.

Desde cachorro, Colmillo creció solitario habitando un espacio minúsculo. Durante el día se echaba junto al poste de metal al que estaba encadenado. No dormitaba, como lo hacían otros perros. Atento, observaba la calle a través de la reja. Cuando alguien pasaba cerca, se incorporaba y le gruñía, amenazador.

Los Prieto casi nunca lo sacaron a la calle. Aun con el bozal les causaba problemas. Atacó personas, gatos, perros, automóviles, lo que se moviera. Era capaz de abollar las puertas de los carros que acometía. Para ejercitarlo, los Prieto preferían llevarlo a los llanos y dejarlo correr, siempre atado a una larga cuerda.

La vida de Colmillo transcurrió en un área con un radio no mayor de dos metros. Eso no le impidió matar varios gatos. Colmillo dejaba sobras de carne cruda en los límites de su perímetro y se metía a su perrera. Con paciencia esperaba a que un gato se acercara a la carnada y, cuando se hallaba distraído, arrancaba a atacarlo. Los apresaba por la cabeza y podía escucharse el tronido del cráneo triturado por su mandíbula. Luego se los comía con todo y piel. Carlos bromeaba con darle a Colmillo parte de las ganancias del negocio de chinchillas por exterminar tantos gatos cimarrones.

Los Prieto habían adquirido a Colmillo por correo. En la década de los sesenta, en revistas de caza y pesca americanas, como *Outdoor Life* y *Field and Stream,* se anunciaban comerciantes dedicados a la venta de animales, desde los más comunes, como perros, gatos o conejos, hasta los más exóticos: tarántulas, víboras, cocodrilos, monos. Uno de ellos ofertaba perros-lobo y lobos purasangre en el Criadero Mackenzie, ubicado en el poblado de Mayo en el Yukón, Canadá. "Compre un perrolobo o un lobo con nosotros. Líneas directas de lobo gris salvaje. Nuestros lobos son cruzados con perros alaskan malamute. Criamos perros con un 25%, 50%, 75% o más de lobo. O si lo prefiere, para aquellos que se atrevan, vendemos también lobos puros." Ponderaban las características de la cruza: "Los perros-lobo son fuertes, gustan de compañía, nobles, juguetones. Ideales para la familia. Después de poseer un perrolobo, nunca más querrá un perro de otra raza".

Fernando, a quien como a varios de nosotros en la colonia le apasionaba cazar, leyó la publicidad en un *Outdoors Life* y le pidió a su padre que le regalara un perrolobo de cumpleaños. Al señor Prieto le pareció buena idea. Habían tenido perros de razas difíciles de educar, entre ellos dos dóberman y un gran danés. Supuso que después de lidiar con estas razas testarudas no le sería difícil entrenar un perrolobo. Mandó una carta pidiendo informes. Dos meses después llegó la respuesta: cada perrolobo o lobo puro costaba ciento cincuenta dólares y no podían enviarse a México, pero sí a cualquier lugar de Canadá o Estados Unidos continental. Era importante que en el pedido se especificara el porcentaje de sangre de lobo deseado en el animal.

El padre remitió un giro postal y la dirección de un primo suyo en Brownsville, Texas. Al mes, el primo le llamó para avisarle que el cachorro había llegado vivo y sano. Acordaron mandarlo por ferrocarril de carga. Lo pasaron al lado mexicano oculto en la cajuela de un Ford 200 y lo llevaron directo a la estación de trenes en Matamoros, Tamaulipas. Lo metieron en una jaula para gallos de pelea y lo despacharon hacia la Ciudad de México.

No contaron con los frecuentes retrasos de los trenes mexicanos. Por descarrilamiento de otro ferrocarril, el que lo transportaba se detuvo durante horas en pleno desierto potosino. Colmillo estuvo encerrado en un vagón, en medio de sacos con harina y bolsas de fertilizantes. Sin ventilación y sin agua, el cachorro estuvo sometido a temperaturas superiores a los cuarenta grados centígrados. El cachorro, de apenas un mes de edad, cayó deshidratado y no murió por la fuerza de sus genes y la voluntad de no morir.

Yo acompañé a los Prieto a recogerlo a la estación. Cuando se entregaron estaba inconsciente, jadeando dentro de la jaula. Lo llevaron moribundo al veterinario (el mismo que años después estuvo a punto de convertirse en su verdugo), que lo salvó administrándole suero por vía intravenosa y colocándolo en una habitación con un ventilador. Colmillo, que debía su nombre al perrolobo protagonista de la novela de Jack London, tardó semanas en recuperarse. Fuimos a verlo a diario. En un principio era un bulto tumbado en una esquina de la jaula, pero paulatinamente recobró su fortaleza. El veterinario lo alimentó primero con leche y luego con carne cruda de caballo. A mí me gustaba darle de comer. Ponía un poco de carne molida entre mis dedos y Colmillo arremetía dejando marcas en mi mano con sus filosos dientes.

Cincuenta días después los Prieto lo llevaron a su casa. El padre trató de educarlo con el mismo método utilizado con sus anteriores perros. Nada resultó. Ni los gritos, ni los golpes con el periódico enrollado, ni levantarlo en vilo sobre la cabeza. Colmillo destruyó las rosas que con devoción la madre cultivaba, mordisqueó la manguera, se trepó al cofre a arrancar los limpiaparabrisas y lo más grave: atacaba a quien

222

intentara reprenderlo. A los ocho meses de edad, le soltó a Luis una tarascada en el brazo. En castigo el padre lo apaleó y lo encadenó al tubo de metal. Colmillo siguió causando daños a aquello que estuviera a su alcance. Los Prieto fueron acortando la cadena hasta limitarlo al reducido espacio en el que vivió por tres años y diez meses de su vida.

A las siete de la mañana decidí bajar. En cuanto abrí la puerta del cuarto, el King corrió a refugiarse al baño. Cuando lo compraron, mis padres pensaron que traían a la casa un perro guardián, capaz de intimidar a posibles ladrones. El King fue un gran perro. Obediente, tranquilo, juguetón, pero la valentía no fue su fuerte.

Descendí por la escalera lo más lento posible para no llamar la atención de Colmillo. La planta baja la había devastado un huracán. Incapaz de zafar la cadena de la pata de la mesa, la había remolcado por la estancia. Seis de las diez sillas del comedor yacían rotas, los platos del trinchador quebrados, la comida de la alacena regada por el piso, los sartenes y ollas tirados en la cocina. Había roto la puerta de cristal que daba hacia el patio y había despedazado las paredes de madera de triplay de mi cuarto. Cada rincón de la casa, cada mueble, estaba orinado. Excremento regado por la alfombra. No vi a Whisky y a Vodka. Supuse que se habían escapado por la puerta rota del patio, pero los hallé aterrados dentro de su tronco.

Era imposible que Colmillo comiera con el bozal puesto. Pero si se lo quitaba con seguridad me mordería. ¿No sería mejor buscar al veterinario, pedirle perdón y solicitarle que lo sacrificara? Si con los Prieto vivió atado día y noche, conmigo estaría no solo encadenado, sino con el bozal permanentemente puesto. ¿Cuál era el sentido de quedarme con él?

Colmillo se había echado debajo de la mesa. Cuando me vio no hizo ningún intento por levantarse. Pegado a la pared caminé hasta la cocina. Como iba descalzo me cuidé de no pisar los platos rotos o su caca. Llené una olla con agua y la coloqué a su alcance. Tomé la jaula de los periquitos para llevármela arriba. En cuanto empecé a subir la escalera, Colmillo se levantó, fue hacia la olla y a través del bozal logró beber.

Dejé la jaula de los periquitos sobre la cama de Carlos y entré a la recámara de mis padres a buscar la Sección Amarilla. María, Joao y Braulio debían saber cómo manejar a la fiera que rondaba en la planta baja y quise averiguar el número de teléfono del circo donde trabajaban, pero no venía enlistado. Empecé a llamar a cada uno de los circos que se anunciaban en el directorio. Quizás ellos podían ayudarme a localizarlos.

Marqué a varios números. Como el suyo era un circo extranjero en gira por el mundo, no era fácil ubicarlos. Llamé a un circo mexicano, también de fama internacional. Un tipo con voz aguardentosa me dio un número en Rusia. "Allá están", dijo, "este es el teléfono del empresario que los contrata". No supe ni cómo marcarlo desde mi casa. Intenté varias combinaciones de prefijos. Fue inútil. Llamé al Pato para ver si él sabía cómo. "Claro, cabrón, si llamo a Rusia todos los días. Marcas el no-mames-pinche-puto-cuatro-tres-tres y te comunican", dijo y soltó una risotada.

Después de dos horas de intentarlo me di por vencido. Llamé de nuevo al circo mexicano. Volvió a contestar el tipo de la voz aguardentosa. "¿Pudiste comunicarte con los rusos?" Le expliqué que no, pero que no era para eso que lo llamaba. "¿Entonces qué quieres?" "¿Ustedes tienen domadores de fieras?" "¿Para? No llevamos leones a fiestas infantiles", dijo y rio. "Lo necesito para que me ayude a domar un perro." El hombre se quedó en silencio unos segundos. "Necesitas un entrenador de perros, no un domador", explicó. "Este no es un perro normal, es un perrolobo." "¿Qué edad tiene?" "Cuatro años." "¿Es tuyo?" "Sí, pero me lo acaban de regalar y no lo puedo controlar." "No hacemos ese tipo de cosas, pero si las hacemos te vamos a cobrar muy caro." Ahora quien se quedó pensando en la respuesta fui yo. "Si logran domarlo, pago lo que me pidan. Si no, solo pago cincuenta pesos por la visita." El hombre rio otra vez. "Está bien, chamaco. Te voy a mandar a nuestro domador estrella. Dame tu dirección y prepárate para pagarnos por lo menos tres mil pesos."

Me siento frente al espejo. No me veo a mí, sino a él, a Juan José, mi gemelo. Nos hablamos. Él me cuenta de la oscuridad, yo de la luz. Él me cuenta de lo que no llegó a ser, yo le cuento de lo que he sido. Él me describe el mundo desde adentro, yo se lo describo desde afuera. Él me mira desde un cuerpo sin heridas, yo lo miro desde un cuerpo herido. Juan José lidia con la muerte. Yo lidio con la vida. Juan José se detuvo. Yo… ¿avancé? En Juan José permea el silencio, en mí el bullicio. Yo sueño, él es sueño.

Cada cumpleaños le doy las gracias. Por no matarme, por dejarse matar. Juan José nació fantasma. Yo deambulo fantasma. La casa de Juan José flota en el aire, la mía yace varada en la tierra. Juan José es viento. Yo polvo. Él percibe, yo siento. Él me observa y al hacerlo se observa. Soy quien jamás pudo ser.

Cada día frente al espejo lo recuerdo. Su ausencia es presencia. Juan José, mi hermano.

Túneles

La leyenda cuenta que en la villa de Kapilavastu, en las faldas de los Himalayas, nació un niño a quien nombraron Siddhartha. Se dice que prorrumpió al mundo no a través de la vía vaginal, sino emergiendo por el costado derecho de la madre. Su nacimiento asombró a sus contemporáneos y desde el primer momento Siddhartha fue considerado un ser especial.

La *sectio caesarea* o *matriz utero causas* —que significa "corte al útero materno"— fue utilizada para sacar a los bebés de las madres que habían muerto. *Si mater pregnant mortua est fructus quam primum caute extrahitur:* "Si la madre embarazada muere, es necesario extraer con cautela su primer fruto". Quienes nacen por cesárea surgen a la vida desde el panteón en que se ha transformado su madre. Situación inversa a lo sucedido a mi madre con Juan José. Ella se convirtió en el ataúd de mi hermano.

Con el tiempo la cesárea evolucionó. Ya no solamente fue usada para sacar a los bebés de los cadáveres maternos, sino para salvar a madres e hijos de una muerte segura cuando el bebé venía en una posición incómoda o existía riesgo. Es el caso de Cayo Julio César, el gran emperador de Roma.

Si para quienes nacen por vía natural el difícil tránsito de emerger por el musculoso túnel del útero los prepara para los rigores de la vida, quienes nacimos por cesárea ¿estamos en desventaja? En otras palabras, ¿necesitamos del dolor del parto para enfrentar la vida?

Imagino el momento de mi nacimiento. Un cadáver flota junto a mí. Intoxicado, manoteo en busca de una salida. Mi madre no sospecha lo que sucede en su interior. Se siente débil, mal. Es llevada de urgencia al quirófano. La anestesian. Un cirujano marca una línea sobre su pelvis. La secciona con un bisturí. Corta piel, grasa, músculo. Rebana la matriz. La sangre brota. Sin dudar, el médico mete su mano en el hueco sanguinolento y saca el cadáver de mi hermano. Un minuto después me saca del pantano donde yazco sumergido. Soy rescatado a cuchilladas. Esa violencia ¿me preparó menos o más para la vida? ¿Me hizo más rudo, más duro o más frágil?

Cuando cumplí once años mi madre me mostró la cicatriz sobre en su vientre. No era una cicatriz limpia y recta. La cirugía había sido atropellada y el corte, zigzagueante. "Por aquí saliste", me dijo. Recorrí con la mirada la irregular línea blancuzca que la atravesaba de lado a lado. *Matriz utero causas.*

Fue mi madre quien me contó lo de Siddhartha y Cayo Julio César con el objetivo de que me identificara con grandes hombres y me sintiera miembro de una dinastía única. Mi madre. ¿Cuán gloriosa podía ser una cesárea de emergencia para sacar a uno de los gemelos vivo y al otro muerto, uno triunfante y otro derrotado?

Durante tres días los lobos rondaron el campamento, alimentándose de los restos de wapitíes esparcidos entre el pinar. Amaruq necesitó refugiarse dentro de la tienda y prender una fogata frente a la puerta para alejarlos. Por entre las rendijas llegó a ver a varios machos demostrar su sumisión a Nujuaqtutuq. Dóciles, se tumbaban panza arriba ante los gruñidos de su líder. Aun con la pata despedazada y atrapado por el cepo, Nujuaqtutuq continuó imponiéndose.

La jauría dormitó alrededor del gran lobo. Por las noches aullaban. Nujuaqtutuq, débil por la herida, se incorporaba y aullaba con ellos. Sitiado por la jauría, Amaruq no salió de la casa de campaña esos días. Comió tiras de wapití asadas en la lumbre frente a la tienda. Estaba convencido de que no lo atacarían mientras la hoguera estuviera encendida. Para alimentar el fuego, Amaruq abría la puerta escarchada y colocaba sobre la fogata dos o tres troncos. Por suerte, unos días antes había guardado leña junto a la tienda. Para salir por más, se armaba de una tea encendida para ahuyentar a los lobos, tomaba los troncos necesarios y volvía a su refugio.

En los momentos de más tedio y cansancio, Amaruq pedía a su abuelo que vigilara la puerta y alimentara la fogata. Entonces dormitaba balbuceando entre sueños. Las noches se confundían con los días y los días con las noches. Un amasijo de extenuación y desvaríos. Lo despertaba el temor de que el fuego se consumiera y la jauría entrara a la tienda y lo devorara vivo.

Una mañana la jauría desapareció. Permaneció dentro de la tienda, atisbando para asegurarse de que en verdad se habían ido. Al mediodía escuchó un rugido. Se asomó y descubrió a un puma comiéndose uno de los wapitíes. Diez metros más allá, Nujuaqtutuq observaba al puma con fijeza, listo para dar pelea.

El puma comió hasta atascarse. Al terminar, jaló el cadáver del wapití, lo llevó hasta la base de un pino y con las patas delanteras lo tapó con nieve. Luego volvió su mirada hacia Nujuaqtutuq, brincó con agilidad y se perdió en el bosque.

Amaruq dedujo que si el puma se había atrevido a acercarse fue porque la jauría ya no merodeaba por ahí. Trepó un pino para cerciorarse. Las ramas cubiertas de nieve y hielo eran resbalosas y varias veces estuvo a punto de precipitarse hacia abajo. Con grandes esfuerzos logró llegar a la copa del árbol. Se sentó sobre la rama más gruesa y la ciñó con las piernas para no caer. Oteó el horizonte. Los lobos no se veían por ningún lugar. ¿Por qué habían partido?

Amaruq descendió del pino. Aprovechó para juntar leña y llevarla a la tienda. Nujuaqtutuq lo observó, vigilante. Varias veces cruzaron miradas. El lobo no parecía dispuesto a darse por vencido, pero la estrategia de Amaruq comenzaba a dar resultados: lo estaba debilitando mientras la pierna se gangrenaba.

Amaruq encendió fogatas en las esquinas exteriores de la casa de campaña. Algunos copos de nieve empezaron a flotar con el viento. Volteó hacia arriba. Las nubes encapotaron el cielo. Se avecinaba una intensa nevada. Entre penumbras, Amaruq vio a Nujuaqtutuq protegiéndose con el tronco del pino para soportar la tormenta.

Amaruq entró a la tienda y cerró la puerta. Otra larga noche en la pradera helada errando por los precipicios de la locura.

Llegó de Oaxaca. Era un poco regordete, con facciones de niño. Debía rondar los veintiocho años. Lo contrató el abogado alcohólico y divorciado —en cuya casa me corté la pierna— para que se hiciera cargo de la limpieza, le lavara la ropa y le cocinara. Vestía pantalones entallados, camisetas coloridas y sandalias. El muchacho era un trabajador eficiente y responsable. En menos de una semana arregló el descuidado jardín y limpió a profundidad el cochambroso patio. Plantó rosales, crisantemos, huele de noche, alcatraces. Lavó los vidrios, pintó la barda, podó el pasto.

Por las tardes, cuando jugábamos futbol en la calle, se ponía a regar la enredadera o a fingir que lo hacía. Con su pantalón ajustado y sus camisetas verde limón, nos miraba de reojo. Al principio afectó timidez y solo saludaba con un neutro "Buenas tardes, chicos". Al poco tiempo empezó con comentarios sueltos. "Qué buen gol metiste" o "¿Creen que llueva?" y animaba un poco de conversación.

Un día se presentó con nosotros. "Hola, nos hemos visto pero no les he dicho mi nombre. Me llamo Enrique pero me gusta que me digan Quica. Mucho gusto." El Pato se me acercó para susurrarme. "Qué puto es." Enrique o Quica lo escuchó y se plantó a mitad de la calle adelantando uno de sus pies con pedicura. "No seas grosero", le dijo, "así no se trata a una dama". El Pato y los demás nos echamos a reír: Quica nos había caído bien.

Enrique se sentía "una mujercita atrapada en el feo cuerpo de un hombre". Abandonó su simulado acto de regar la enredadera y a diario se sentaba sobre la barda a vernos jugar. Aplaudía las buenas jugadas con entusiasmo femenil. "Vamos, chicos", gritaba. Nunca escondió su homosexualidad y hacía de ella un estandarte.

Al diez para las ocho, en punto, se despedía de nosotros. "Nos vemos, muchachos, me voy a hacerle de cenar a mi patrón." Y moviendo las nalgas con el más artificial de los vaivenes cerraba la reja y entraba en la casa.

Los chismes afirmaban que el abogado se había divorciado porque su esposa lo descubrió una noche abusando sexualmente de uno de sus hijos. No nos parecía un pederasta, pero con el alcohol nunca se sabe qué monstruo puede liberarse.

El Agüitas aseguró haber visto al mocito besarse con el abogado a través de una de las ventanas. No le creímos. Días después el Pato le preguntó a Quica a rajatabla si él y el abogado cogían. Quica sonrió, coqueto. "Secretos de mujer", respondió.

El descaro de Quica comenzó a subir de tono: miradas subrepticias, indirectas sexuales, roces furtivos. A mí me empezaron a molestar su seducción ramplona, sus toqueteos resbalados. Tomé distancia. Ya no me parecieron tan graciosos sus devaneos de nena inocente. Dejé de contestarle y de ponerle atención. "¿Estás enojado conmigo, Cinquito?", me preguntaba con insolencia. Yo ni siquiera volteaba a verlo. Enrique podía ser cuan mujeril quisiera, eso no me importaba. Me irritaba su necesidad de embarrarse contra nosotros al primer descuido. Al Agüitas y al Jaibo, en cambio, parecía divertirles enormidades. Se morían de risa con sus dobles sentidos, festejaban sus besitos de despedida soplados en la palma de la mano. Al Jaibo incluso parecían entusiasmarle sus arrimones. "¿No serás maricón tú también?", le pregunté. "Ni madres", respondió altanero de inmediato. "Pues parece que te gusta mucho", reviré. "Estás pendejo", me dijo.

Una tarde, Quica subió con nosotros a la azotea de la señora Carbajal. Empezó a beber cerveza con el Agüitas y el Pato. A la cuarta cerveza su mirada se hizo más indiscreta y empalagosa. Llegó a mirarme con tanta insistencia que lo reté: "¿Qué tanto me ves?" Era difícil que un chamaco de trece años intimidara a un hombre de veintiocho. "Cuando te enojas no sabes las ganas que me dan de darte un beso", dijo sonriente. "Chinga tu madre", repliqué. El Jaibo soltó una carcajada burlona. Quica volteó hacia él. "Me encantas cuando te ríes así." Luego se dirigió a los cuatro. "Deberían coger conmigo. Les va a encantar. Les voy a apretar el pito como nunca una mujer se los va a apretar. Soy un potro salvaje que les va a dar la cabalgata de su vida", soltó sin el menor empacho. Si sobrio la Quica me incomodaba, su impertinencia de ebrio me hartó. "Yo solo monto yeguas", aclaré. "¿Te quedas?", le pregunté al Pato. "No, vámonos." Se incorporó y nos fuimos por entre los techos. Se quedaron con Quica el Jaibo y el Agüitas, calientísimos los dos a sus trece años.

Esa noche Quica, nos contó al día siguiente el Jaibo, no cejó en sus avances sexuales. Les pidió no preocuparse por lo que sucediera. "No va a pasar nada malo, solo quiero hacerles algunas cositas de mujer", les dijo. Dos horas y diez cervezas después, ahí mismo en la azotea, Enrique, oaxaqueño originario de San Mateo Talchihuacán, les quitó a ambos su virginidad. Se arrodilló primero frente al Agüitas, le bajó la bragueta, le sacó la verga y comenzó a chupársela. Pasmado, el Jaibo se limitó a observar. Confundido y excitado, el Agüitas se recargó contra la alambrada del tendedero y se vino casi de inmediato. Enrique se bebió el chorro entero. Al terminar se quitó los pantalones y quedó desnudo de la parte de abajo. "Ven, te toca", le dijo al Jaibo. Le extendió la mano para jalarlo hacia sí. Enrique se restregó contra él, le bajó la bragueta y le extrajo el pito. "Métemelo", ordenó. Se dobló hacia el Jaibo exhibiendo sus nalgas. El Jaibo empezó a temblar. No supo si de excitación o susto. "Métela, ándale", insistió

Enrique mientras se ensalivaba el culo. El Jaibo lo tomó de las caderas, lo penetró y Quica se meneó hasta hacerlo venirse. "¿No te dio asco?", le preguntó el Pato. "No", respondió rotundo el Jaibo, "se sintió bien rico". El Pato no pudo esconder su repugnancia. "No mames, Jaibo, tiene razón el Cinco, eres bien puto."

Para el Jaibo una cosa no tenía que ver con la otra. "Puto la Quica, que se la dejó meter. ¿Yo por qué? Además, es como una vieja. Tiene cuerpo de mujer, nalgas de mujer, se mueve como mujer y piensa como mujer."

Abochornado, el Agüitas no quiso vernos durante dos semanas. Había satisfecho su calentura y punto, hasta ahí. No quería burlas ni que lo juzgáramos. En cambio el Jaibo se cogió a Quica varias veces más. Una de ellas en la cama misma del abogado. Ahí pudo comprobar que, en efecto, ellos eran amantes. Un bote de vaselina, unos condones sobre la mesa de noche y que Quica hablara del abogado como "mi hombre" confirmaron el romance.

Ni el Agüitas, ni el Jaibo se acostaron con una mujer sino hasta años más tarde, cuando estaban por cumplir los veinte. Ninguno de los dos manifestó tendencias homosexuales posteriores. De hecho, y me imagino que para anular la culpa por sus deslices con la Quica, se obsesionaron con las mujeres al grado de no hablar sobre otro tema.

Le llamaban el padre Pepe. Su nombre completo: José de Jesús María Revilla del Campo. Calvo, robusto, mejillas rojizas. Vestido siempre con traje negro y alzacuellos. Afable, bonachón, iba casa por casa en la colonia para invitar a las familias a inscribir a sus hijos en el catecismo y asistir a misa. Era perseverante. Si no veía a una familia en la iglesia, los visitaba hasta convencerlos. "Unidos en Cristo somos poderosos como comunidad", decía. La suya era la actitud aguerrida de los vendedores de aspiradoras. Su meta era llevar a cada niño de la colonia a la enseñanza de la santa doctrina.

Su labor de convencimiento, tan efectiva en la década de los cincuenta, comenzó a erosionarse en los sesenta. La mentalidad cambió con rapidez. Más cosmopolitas y educados, los padres de familia de la colonia no fueron fácilmente conquistados por los discursos del padre Pepe. Entre aquellos contra los que chocó se hallaban los míos. Por más que lo intentó, no pudo contra la absoluta negativa de mi padre a mandar a sus hijos a ser educados en un dogma religioso en el cual no creía.

Después de diez engorrosas visitas, mis padres decidieron no volver a abrirle la puerta. El padre Pepe no cejó. Le dio por abordar a mi padre en cualquier lugar donde se cruzaran: la calle, la terminal de camiones de la línea Popo-Sur 73, en el Gigante. Mi padre lo evadía. El cura justificaba su acoso evangelizador: "Ninguna oveja se descarriará y mi obligación como pastor es traerla de vuelta al corral de Nuestro Señor". Por más que mi padre insistía en que él no era creyente, el padre Pepe arremetía: "Tú podrás no creer en dios, pero dios cree en ti".

Cansado de sus peroratas, mi padre lo confrontó cuando un domingo estábamos por entrar a comer tacos en La Cabaña. El padre Pepe nos vio a lo lejos y se apresuró a cruzar la calle.

—Qué bueno que los veo por acá y en familia —dijo—. Me gustaría sentarme a platicar con ustedes.

—Venimos de prisa. Queremos regresar a ver los toros.

—Vamos, hombre, un momentito para hablar de dios —dijo el padre Pepe con su enjundia de mercachifle.

—Por favor, señor cura, le ruego ya no nos moleste —mi padre jamás le diría "padre" a un sacerdote. "Padre es el mío y padre soy yo para ti y tu hermano, y punto", solía decirme.

—Perdone la lata —se excusó el padre Pepe—, pero mi misión es conducirlos hacia la casa de dios.

Mi padre intercambió una mirada con Carlos y luego con mi madre. Luego se volvió hacia el sacerdote.

—Yo creo en dios.

—¿De verdad? Me había dicho usted que no.

—Creo en mi dios Quetzalcóatl —dijo mi padre solo por molestarlo.

El cura sonrió con sorna.

—Es una broma, ¿verdad?

—No, no es una broma. Creo en Quetzalcóatl, nuestro creador.

El cura empezó a reír.

—Jajá. ¿Me va a decir ahora que cree en un ídolo con plumas cubierto con taparrabos?

—Jajá —respondió mi padre—. ¿Y me lo dice usted que venera a un greñudo con taparrabos colgado de una cruz?

El semblante del sacerdote se tornó sombrío y duro.

—Tenga mucho cuidado con lo que dice —advirtió.

—No se burle de mi dios, yo no me burlo del suyo —replicó mi padre.

El padre Pepe se retiró con el rostro enrojecido y atravesó de prisa la avenida. Mi padre lo vio irse, satisfecho. Quizás esa era la última vez que nos fastidiaría.

No volvió a aparecerse por la casa, ni a interrumpirnos. Cuando cualquiera de la familia se topaba con él, el padre Pepe nos miraba con desprecio y continuaba su camino.

Y así como con mi padre, el cura sufrió el desafío de otros padres de familia que también rechazaron sus machacantes acosos. Su carácter afable comenzó a tornarse agrio. El Agüitas y su familia, que sí acudían a misa, contaron que en sus sermones el padre Pepe solicitaba escarmientos y rechazo a los herejes de la colonia. "No les hablen, no les ayuden, no convivan con ellos. Que sus hijos no jueguen con sus hijos, que sus esposas no charlen con las suyas. Si quieren ser diferentes a nosotros, que lo sean. Pero que sean diferentes de verdad. Si ellos son hostiles a Nuestro Señor Jesucristo, nosotros debemos ser hostiles a ellos. Que sientan nuestro repudio."

Escasos creyentes acataron la orden del cura. Creer en dios era diferente a meterse en problemas con los vecinos.

El padre Pepe se desesperó. Su grey no obedecía sus órdenes. Y, pensaba, al no aislar a los herejes contaminaban al resto. Por eso el uso de drogas aumentaba, las jovencitas eran promiscuas y la gente, cada vez más grosera y egoísta.

El padre Pepe analizó varias alternativas para fortalecer la fe en la comunidad. Después de darle vueltas, resolvió que la mejor opción era enfocarse en los jóvenes. De ahí surgieron diversas estrategias. Instauró un coro para integrar a muchachos y muchachas a la iglesia a través de música y "sana diversión". Amplió los horarios de catecismo y trajo a la parroquia a dos sacerdotes más para ayudarle en su tarea evangelizadora. Creó la misa juvenil los sábados a las diez de la mañana para menores de veinte años. Sus sermones pretendían inflamarlos de amor a Cristo. Eficaz orador, narró las hazañas de los cruzados en la defensa de la fe, los sufrimientos de los mártires en manos de los infieles, las peripecias de los misioneros para llevar la palabra de dios hasta las zonas más remotas. Incitó también a los jóvenes a organizarse para salvaguardar la religión. "Conviértanse en los nuevos cruzados, contagien al mundo de amor a Cristo, den sus vidas por proteger la fe." Los resultados saltaron a la vista: jóvenes comprometidos, dispuestos a convertirse en una muralla contra la degradación moral y la herejía. No más insultos a Cristo, no más materialistas, no más enemigos de la religión católica.

Según el plan del padre Pepe, estos jóvenes debían comportarse como seres bondadosos, respetuosos, responsables. Nunca imaginó el Frankenstein en que se transformaron sus organizaciones juveniles. Los "buenos muchachos" como él los nombró, se dividieron en varios grupos. Unos, los del coro, jóvenes ingenuos cuyo único interés era cantar y organizar fiestas inocuas para reunir fondos para las actividades caritativas de la parroquia. Otros decidieron convertirse en misioneros y visitar comunidades pobres para auxiliarlas y transmitirles el mensaje de Cristo o entrar al seminario con la esperanza de convertirse en sacerdotes. Unos más se agruparon en una cofradía intolerante y fanática: los Jóvenes Comprometidos con

Cristo, fundada por Humberto, Antonio y Ricardo, quien murió a los dieciocho años de leucemia.

Esta cofradía empezó a denigrar a los demás grupos surgidos de las iniciativas del padre Pepe. Los juzgaron blandos, débiles, incapaces de defender con firmeza la religión católica. Los del coro les parecían igual de inmorales que los herejes. Solo les importaba ligar y hacer fiestas bajo el pretexto de promover un hipócrita amor a Cristo. Quienes iban a las misiones en realidad huían del verdadero campo de batalla y de sus adversarios: la colonia y los vecinos sacrílegos. Despreciaban a los seminaristas. "Se necesitan soldados de Cristo, guerreros en pie de lucha, no hombres enclaustrados y protegidos", afirmaba con convicción Humberto.

En un principio el padre Pepe vio con buenos ojos el espíritu ardiente y devoto de los Jóvenes Comprometidos con Cristo, pero se preocupó cuando supo cómo descalificaban a los otros grupos. Intentó persuadirlos de que suavizaran su postura. Humberto lo enfrentó. "Usted nos mostró que el camino hacia Cristo era el único y auténtico, ¿ahora quiere que seamos unos blandengues?"

El padre Pepe ya no tuvo tiempo para atenuar la dureza de los Jóvenes Comprometidos con Cristo. Después de veintidós años de residir en la colonia, fue transferido por órdenes superiores a una parroquia en el estado de Chihuahua. Intentó quedarse y pidió se reconsiderara su traslado. Quiso demostrar su importancia en la colectividad, su activo trabajo en defensa de la fe y lo crucial que era continuar su proyecto juvenil. El superior fue terminante: "Los tarahumaras te necesitan". De un día para otro, desapareció.

El sustituto, el padre Arturo, no poseía el carisma y la cordialidad del padre Pepe, pero lo compensaba con su determinación y autoritarismo. Seco, parco y bastante más conservador. Alto, delgado, expresión severa. Llevaba puestos lentes oscuros día y noche. Javier Arturo Magaña Pérez era originario de Cihuatlán del Monte, ranchería a media hora de Lagos de Moreno, Jalisco, en donde fue párroco de varias iglesias. Con vehemencia arremetía en sus prédicas contra los "enemigos de la Iglesia": aquellos que tentaban a los demás a "desviarse del auténtico camino de Cristo". Diario comía y cenaba lo mismo, sin variar en lo absoluto: filete de pescado hervido, un bolillo, verduras cocidas y agua con limón.

En cuanto arribó, el padre Arturo desechó la mayor parte de las iniciativas del padre Pepe. Eliminó el coro, que le parecía trivial, y condenó el uso de música frívola en un recinto sagrado como la iglesia. "La música de monos no debe entrar a la casa de dios." Canceló las actividades sociales y caritativas de la iglesia en los barrios populares porque "hedían a comunismo". "La Iglesia tiene el deber espiritual de ayudar a los pobres y para eso damos aliento y esperanza, pero no debe distribuir recursos a holgazanes y malvivientes y menos repartir dinero destinado a las mejoras del templo y la vida sacerdotal", dijo en uno de sus enardecidos sermones. Suprimió las misas juveniles. Le pareció absurdo el concepto de misas por segmentos. "Las familias deben venir unidas a celebrar el amor a Cristo. Es importante que padres, hijos, abuelos, reciban el gozo de la eucaristía como un árbol, no como hojas sueltas." Dio apoyo moral y económico a los Jóvenes Comprometidos con Cristo. Los consideró como punta de lanza en la reconquista de la fe cristiana. Los ayudó a organizarse y los vinculó con el poderoso Movimiento de Jóvenes Católicos, la organización más ultraconservadora del país y cuya sede se hallaba, precisamente, en Lagos de Moreno.

El padre Arturo fue quien financió las actividades de los buenos muchachos. Les propuso elegir la cruz de las Cruzadas como su emblema y fueron idea suya las reuniones clandestinas en las cuales debían vestir hábitos y capuchas. Él los guio y los empujó a posiciones cada vez más radicales. Se reunía a menudo con Humberto para discutir las tácticas del grupo y las acciones a tomar.

Yo lo conocía poco. Sabía sobre las arengas en sus sermones por el Agüitas. No había hablado con él una sola vez hasta que entré a los Jóvenes Comprometidos con Cristo.

Y fue con él que descubrí los aterradores subterráneos del fanatismo católico.

Probabilidad de morir en un accidente aéreo: una en treinta mil.

Probabilidad de morir en un accidente automovilístico: una en ciento cuarenta.

Probabilidad de morir por un ataque de perro: una en ciento cincuenta mil.

Probabilidad de morir por un ataque de tiburón: una en trescientas mil.

Probabilidad de morir ahogado: una en mil.

Probabilidad de morir por enfermedades del corazón: una en cinco.

Probabilidad de morir asesinado: una en doscientas cincuenta.

Probabilidad de morir por un rayo: una en diez millones.

Probabilidad de que ambos padres mueran en un accidente automovilístico:

Probabilidad de que una mujer de setenta y un años muera de un infarto y nadie se percate de ello:

Probabilidad de que un hermano muera ahogado:

Probabilidad de morir por el ataque de un perrolobo:

Probabilidad de que la mujer amada vuelva:

La mitología de los antiguos nórdicos habla de un lugar helado, neblinoso, oscuro: el Hel. Lo sitúa en las profundidades de la tierra, bajo los mundos de los dioses y de los humanos, y se halla orientado hacia el norte. Es el territorio de los muertos. Está regido por la diosa Hel, del mismo nombre, hija del dios Loki y de la pitonisa Angrbotha, ambos seres malvados. Hel está mitad viva, mitad muerta. Su torso vivo, sus piernas violáceas carcomidas por la muerte.

El Hel es el lugar final para los muertos no aceptados en el Valhala. Al Hel están destinados los malvados y los perversos, los asesinos y quienes quebrantaron un juramento.

Para llegar al Hel es necesario recorrer varios pasajes.

1. Se entra por una caverna tenebrosa, Gnipahellir, que se encuentra en medio de escarpados y peligrosos precipicios.

2. Se recorre un largo tiro en cuyo fondo se halla encadenado Garmr, un feroz perro con el pecho ensangrentado (hay quien dice que es un lobo). Garmr es el primer guardián del Hel.

3. Se vadea la fuerte corriente del río Gjoll bajo una lluvia de cuchillos.

4. Se cruza el puente Gjoll, de cuyo techo gotea oro ardiente.

5. Después del puente y resguardado por la pálida doncella Mothguthr, un sendero desciende hacia el norte.

6. Continúa la reja del Hel, la cual se cierra tras de quien la traspasa.

7. Sobre la reja se halla un gallo color óxido cuyo canto despierta a los habitantes del Hel para anunciarles el día de la destrucción final.

8. En lo más profundo del Hel se halla la morada de la diosa Hel: el Sleetcold, o ranura helada. Ahí Hel gobierna a solas, rodeada de espectros.

El Hel nórdico se convirtió en el Hell de los antiguos anglosajones: el infierno donde los pecadores iban a purgar sus condenas.

Garmr es un perro temido. Feroz, vigila la entrada al Hel. En algunos relatos nórdicos, como el Voluspá, se habla de otro portero: el lobo Fenris, quien custodia uno de los últimos pasajes.

Fenris es el hijo mayor del dios Loki y Angrbotha. Encarnado en lobo, se creía que él y su familia destruirían el mundo. Por esa razón los dioses lo encadenaron. Fenris era tan fuerte y poderoso que rompió los hierros. Preocupados, los dioses encomendaron a los duendes una atadura lo suficientemente sólida para contenerlo. Los duendes crearon un listón de apariencia suave pero resistente llamado Gleipnir. Lo fabricaron con seis elementos míticos: el aliento de los peces, la barba de una mujer, las raíces de una montaña, el tendón de un oso, las pisadas de un gato y la baba de un pájaro. Fenris fue amarrado a una roca llamada Gioll, en las profundidades de la tierra.

Nadie se acercaba a Fenris. Incluso la mayoría de los dioses le temían. Solamente Fyr, el dios de la guerra, lo cuidaba y le daba de comer. Iracundo al darse cuenta de que era casi imposible romper el listón Gleipnir, Fenris mordió la mano de Fryr.

Se decía que el gran lobo lograría soltarse en Ragnorök, el día del gran evento en el cual los gigantes pelearían contra los dioses. Fenris, aliado a los gigantes, atacaría, mataría y devoraría al dios Odín, para luego ser cazado en venganza por Viddar, hijo de Odín.

Garmr y Fenris, perro y lobo encadenados. Perro y lobo guardianes de los mundos subterráneos. Perro y lobo furiosos destructores. Garmr, su pecho lleno de sangre. Fenris, devorador de dioses. Fenris y Garmr, lobo y perros encadenados.

Fenris.

Garmr.

Lobos

Sonó el timbre de la puerta temprano, a las seis y media de la mañana. El King y yo de nuevo habíamos dormido en el cuarto de Carlos. En la madrugada, Colmillo empezó su rutina de destrozos. Si algo le faltaba romper, lo rompió esa noche.

Apenas conciliaba el sueño cuando escuché a lo lejos el chirrido estridente del timbre. Decidí no prestarle atención y me puse una almohada sobre la cabeza para no oírlo más. El timbre volvió a sonar y a sonar. Adormilado me levanté, me puse unas chanclas y bajé a abrir. En la sala, Colmillo aguzó su mirada hacia la puerta. Había terminado por derrumbar las paredes de mi cuarto y despedazado la cobija, la colcha y las sábanas. Los jirones cubrían ahora la alfombra llena de excrementos y orines.

Fui a la cochera a abrir el portón. Afuera esperaba un hombre grueso, cincuentón, cabello largo alborotado y bigote tupido.

—Buenos días. ¿Qué se le ofrece?

El hombre me examinó de arriba abajo. Se detuvo a mirar los pantalones de mi piyama deshilachada.

—Esa piyama pronto vas a tenerla que usar como trapo de sacudir.

Le sobraba razón: era más trapo que piyama, pero su comentario me pareció inoportuno.

—¿Qué se le ofrece?

—¿Te desperté?

—Sí.

—Muy bien. Debes aprovechar el aire fresco de la mañana.

—Me acosté muy tarde.

El hombre parecía no escuchar lo que le decía.

—¿Y dónde está el perro?

Amodorrado, no entendí el objeto de su pregunta.

—¿Cuál perro?

—El que quieren domar.

—¿A usted lo mandó el circo?

—Sí.

El tipo no poseía facha en lo absoluto de domar nada. Era lo opuesto a Joao y Braulio. Parecía más un compositor alemán del siglo XVIII que un domador de tigres. Aún incrédulo, le pregunté.

—¿Usted es el domador?

—Soy quien entrena a los domadores. Y sí, soy domador.

No imaginé al gordito vistiendo un traje entallado sin mangas al estilo del que usaban mis amigos brasileños. Sacó una tarjeta del bolsillo de su camisa y me la entregó.

Sergio Avilés de la Garza
Animal trainer
Lion and tiger tamer
Biologist

Abajo venían tres direcciones distintas y tres teléfonos con diferentes claves de larga distancia. Una dirección en el D.F., otra en Saltillo, Coahuila y una más en Houston, Texas.

Con su barbilla Avilés señaló hacia el interior de la casa.

—¿Ahí dentro tienes a la fiera?

Asentí.

—¿Quieres que pase o mejor te doy los consejos aquí afuera?

Abrí la puerta con reservas. Ese tipo no podía ser domador. Quizás había escuchado la conversación telefónica con el hombre de la voz aguardentosa y anotó los datos para venir a robar.

Avilés entró sin decir más y lo seguí. Llegó a la sala y se detuvo en el quicio de la puerta a mirar los destrozos.

—Ustedes no necesitan un domador, necesitan carpinteros, plomeros, vidrieros y quien limpie este cochinero —dijo y sonrió.

No me cayó en gracia su comentario.

—Yo lo voy a limpiar y arreglar.

Cuando se lo dije ya no me prestaba atención. Escrutaba con detenimiento a Colmillo. Dio dos pasos para poder verlo mejor y luego se volvió hacia mí.

—¿Quién te dijo que este era un perrolobo?

—Sus dueños. Lo compraron por correo a un criadero en Canadá que anunciaba la venta de perros-lobo.

—Pues les mintieron —aseveró—: ese no es un perro-lobo.

—Claro que sí, hasta los certificados mandaron.

—Eso que está ahí te puedo asegurar que no es un perro-lobo.

Sentí un vacío en el estómago: un mito a punto de derrumbarse.

—¿Es alaskan malamute? —inquirí, esperanzado en que al menos fuera un perro de trineo.

—No, no es alaskan malamute, ni husky, ni pastor alemán, ni ninguna otra raza de perro.

—¿Entonces?

—Es un lobo purasangre.

Debía estar equivocado o no saber de qué hablaba.

—Es un perrolobo —insistí.

—No, es un *Canis lupus occidentalis,* un lobo del oeste de Canadá también conocido como "lobo del valle de Mackenzie". Esta es la subespecie más grande. Llegan a pesar hasta ochenta kilos, que es más o menos lo que pesa ese animal —dijo con absoluta seguridad.

Avilés hablaba como ficha descriptiva de la *Enciclopedia Británica.*

—¿Hace cuánto lo tienen? —preguntó en plural.

—Dos días.

Colmillo, tenso por la presencia del intruso, comenzó a gruñir.

—¿De dónde salió?

—Era de los vecinos, lo querían sacrificar.

Avilés se recargó en la pared y se mesó los bigotes, pensativo, mientras contemplaba los estragos provocados por Colmillo.

—Creo que hubiera sido lo mejor.

Colmillo no cesaba de mirarlo.

—¿Lo tenían encerrado o amarrado?

—Encadenado, todo el tiempo.

—¿Desde qué edad?

—Desde cachorro.

Avilés revisó de nuevo a Colmillo.

—No creo lograr mucho con este animal, pero haré el intento.

Volteó hacia las escaleras.

—¿Tus papás todavía están dormidos?

—No tengo papás.

Me miró incrédulo.

—¿Cómo que no tienes papás?

—Se mataron en un accidente de carretera hace poco.

El rostro de Avilés cambió.

—¿Con quién vives?

—Solo.

—¿Solo? ¿Qué edad tienes?

—Diecisiete.

—¿No tienes hermanos, abuelos?

—No.

—¿A nadie?

—Tengo un perro bóxer y unos periquitos australianos y… a Colmillo.

—¿Cómo te llamas?

—Juan Guillermo.

—Juan Guillermo. ¿Trabajas? ¿Estudias?

—Ninguna de las dos.

—¿Cómo piensas mantenerlo?

—Tengo ahorrado.

—¿Te dijeron lo que cobro?

—Sí.

—¿Tienes con qué pagarme?

—Pago solo si logra domarlo.

Avilés sonrió.

—Las posibilidades de lograr domarlo son casi nulas y me llevaría mucho tiempo.

—Si lo doma le pago, si no, no.

—Te voy a cobrar cuatro mil pesos.

—A mí me dijeron que eran tres mil.

—Pues te dijeron mal.

—Solo tengo dos mil.

Avilés miró a Colmillo. Sus ojos de lobo fulguraron detrás del bozal.

—Honestamente, te recomiendo que lo dones a un zoológico o de plano le des cuello.

—No, me lo voy a quedar. ¿Puede domarlo o no?

—No sé. Los lobos como mascotas por lo general no dan problemas, son tímidos y obedientes, pero si no socializan desde cachorros se tornan agresivos y es difícil dominarlos cuando son grandes. La verdad creo que voy a perder mi tiempo y tú, tu dinero.

—No me importa perder mi dinero —dije convencido.

—Pero a mí sí me importa perder mi tiempo. Esto puede tomar meses y tengo demasiado trabajo.

Caminó hacia la escalera y se sentó en el segundo escalón. Colmillo lo siguió con la mirada sin dejar de gruñirle.

—Te propongo algo, voy a venir por diez días y te voy a enseñar a domarlo. Por eso te cobro mil pesos.

—¿Y si no logro domarlo?

—Ese va a ser tu problema. No el mío. ¿Aceptas?

Asentí. Avilés extendió su mano hacia mí y se la estreché.

—Trato hecho.

Avilés se puso de pie y caminó hasta el límite de la cadena de Colmillo. Me hizo la seña de que me le uniera.

—Este debe ser un lobo alfa. Un líder. Está acostumbrado a hacer lo que se le da la gana. Debe aprender que el que manda eres tú.

—Colmillo, ¿líder de qué? Si pasó su vida amarrado a un poste.

—Él sabía que lo encadenaban porque no podían con él. Los lobos no son tontos, saben cuándo son más fuertes que los demás.

Avilés señaló a Colmillo apenas a unos metros de nosotros.

—Nunca más le vuelvas a mostrar miedo.

Ya quisiera ver qué hacía Avilés si Colmillo estuviera suelto. Tomó una silla del piso, la empuñó como escudo y comenzó a caminar con lentitud hacia Colmillo. Avanzó cuatro pasos y al quinto, Colmillo se abalanzó sobre él. Golpeó la silla con el hocico con tal fuerza que hizo trastabillar a Avilés, pero este se mantuvo firme. Colmillo volvió a embestir y de nuevo Avilés aguantó el golpe.

Se giró hacia mí.

—Juan Guillermo, ahora hazlo tú.

Me acerqué y me pasó la silla.

—No se te ocurra echarte para atrás.

Tomé la silla y con cautela me aproximé. Colmillo me clavó la mirada unos segundos y se arrojó contra mí. El golpe casi me arranca la silla. Traté de recomponerme, pero Colmillo lanzó otro ataque de inmediato. Me pegó en el estómago con fuerza y me sacó el aire. Solté la silla del dolor. Traté de dar un paso hacia atrás para librarme de otra acometida, pero Avilés ordenó:

—No te rajes.

Intenté no moverme, pero Colmillo brincó sobre mí y me tumbó de nalgas. Por suerte la cadena lo detuvo, porque si no me hubiera reventado la cara con el bozal.

—Párate, agarra la silla y vuelve a hacerlo —dijo Avilés.

Colmillo era fuerte y agresivo. Me levanté e intenté retroceder, pero Avilés puso una mano sobre mi espalda.

—Agarra la silla y plántate frente a él.

Recogí la silla, la blandí como escudo y adelanté dos pasos. Colmillo volvió a arremeter y de nuevo el trancazo me desprendió la silla. Quedé a su merced. Atacó directo a mi muslo. Sentí un dolor lacerante en la pierna, pensé que la había fracturado.

—Aguanta —gritó Avilés.

Traté de plantarme, pero Colmillo se revolvió y embistió de nuevo sobre la misma pierna. Caí de espaldas. Mi cabeza rebotó contra el piso. Quizás Avilés tenía razón: Colmillo era indomable.

Avilés me jaló de los hombros y me arrastró un par de metros para alejarme del lobo.

—Muy bien —dijo y estiró su mano para ayudar a incorporarme. A duras penas me pude levantar. El dolor en la pierna era inaguantable.

—Tienes que hacer esto noche y día. Cada vez que puedas. ¿Entendiste? Esta es la primera lección.

¿Noche y día? Eso si podía mantenerme de pie.

—Creo que tengo la pierna rota —le dije.

—No, no se te rompió nada. Aprende a aguantarte —dijo molesto—. Y si la llegas a tener rota, te aguantas también.

Se levantó la camisa. Su panza se hallaba cruzada de cicatrices.

—Me han atacado seis tigres y cuatro leones. Uno de ellos me abrió la panza de un zarpazo y se me salieron los intestinos. Y aun así me le tuve que plantar. Cuando digo que te aguantes es porque te tienes que aguantar.

Avilés señaló la silla.

—Vuelve a hacerlo.

Cojeé hasta la silla, la levanté y volví hacia Colmillo. En cuanto rebasé los límites de su territorio, saltó hacia mí. Apreté las manos con fuerza para que no me arrancara la silla. El golpe cimbró mis brazos, pero pude sostenerla.

—Avanza un paso más —decretó Avilés.

Di el paso. Colmillo, resuelto, se arrojó de nuevo contra mí. Aferré la silla para retenerla. La silla osciló de un lado a otro, pero no me la zafó. Colmillo lanzó otros dos ataques casi de manera simultánea. Al segundo logró tumbarme. Aprisioné la silla para protegerme. Colmillo brincó por encima de ella y se estrelló contra mi hombro. Por instinto golpeé con la silla la cabeza de Colmillo, quien soltó un chillido de dolor y retrocedió unos pasos.

—¡Muy bien, muy bien! —exclamó Avilés.

Colmillo no volvió a atacar. Me levanté con dificultad y fui a sentarme en las escaleras. La pierna y el hombro me dolían como si me hubieran agarrado a palazos.

—Primera lección aprendida —dijo Avilés—. Regreso mañana temprano. No olvides hacer esto noche y día. No le des agua. Ni nada que pueda comer. Que aprenda que depende de ti.

Me dio una palmada en la espalda y sonrió.

—A ver si no te arrepientes. Nos vemos.

Dio media vuelta y salió. Intercambié una mirada con Colmillo. Sobre su nariz escurría un hilo de sangre que goteaba contra el piso. Se la había roto al pegar tantas veces contra la silla.

Subí las escaleras despacio. Pisar cada escalón me significó un dolor intenso que recorría mi pierna de extremo a extremo.

Entré al cuarto. El King se hallaba echado sobre la cama. Me recibió moviendo el rabo. Me senté y me quité los pantalones. Un enorme moretón cubría la mitad de mi muslo. Apenas podía mover la pierna. Si quería ser el dueño de Colmillo debía soportar el dolor. Vendría más, mucho más. Me dejé caer sobre la cama, cerré los ojos y me quedé dormido.

Continué asistiendo a las reuniones secretas de los sábados. No me atreví a revelárselo a Carlos ni a mis amigos.

Romper el pacto de silencio traería consecuencias serias. Humberto no se cansó de advertirnos sobre el alto costo de hacerlo. "Si alguno llega a decirle a su madre, hermano o amigo quiénes somos y qué hacemos, pagarán muy caro, no solo ustedes, sino también aquellos a quienes les contaron."

Las sesiones de los sábados adquirieron un tono espeluznante. Al inicio oraban y, más que rezos, lo suyo eran retahílas sobre venganza, muerte, Cristo, ejército, castigos. Quien se equivocaba y rompía la cadencia de las plegarias era reprendido con gritos, bofetadas y hasta golpes con el puño cerrado en pleno rostro.

Humberto justificaba sus agresiones: "Somos un ejército y como ejército nos comportamos. Somos soldados de Cristo y por Él sobrellevamos nuestro dolor". Quienes eran castigados debían resistir a pie firme. Nada de blandura o quejas. Se obedecía y punto. Por el bien del ejército, de la unión y la disciplina.

A pesar de la brutalidad, Humberto seducía. Siempre escuchaba con atención y hacía sentir importante a cada miembro del grupo. Se preocupaba por su bienestar y el de su familia. Daba consejos y ayuda espiritual. Su discurso ardoroso y moralista los emocionaba. Humberto sabía exactamente qué fibras tocar.

Conmigo Humberto fue amable y atento. Con frecuencia me pedía acompañarlo para hacer compras para la organización: papelería, plumas, refrescos, papas fritas. Al salir del supermercado deslizaba unos chocolates dentro del bolsillo de mi pantalón. "Para que lleves a tu casa." Yo trataba de devolvérselos, no quería deberle nada. Pero él insistía. "Por favor no me arrebates el placer de compartir contigo."

Estoy seguro de que la gran mayoría de los buenos muchachos ingresaron al grupo asustados y renuentes, por presiones de sus padres o abuelos. Aceptaban seguir las reglas y la severa disciplina porque anhelaban ser aceptados y reconocidos. Humberto supo persuadirlos. Después de unos meses, la ambigua táctica de dureza, seducción, disciplina, amabilidad daba resultados. Los jóvenes terminaban por creerse Soldados de Cristo con la encomienda de defender con sus vidas la verdad católica. Adoptaban el uniforme tácito: pantalón beige, camisa blanca de manga larga y cabello cortado al ras.

Yo mismo estuve tentado a cambiar mi manera de vestir e incluso tusarme la melena. Brotó en mí una imperiosa necesidad de pertenencia, de ser aprobado por Humberto y los demás. Sus ideas me parecían absurdas, pero en mi psique adolescente las estrategias de persuasión de Humberto se filtraron una por una dentro de mí.

Comencé a acatar sus órdenes, a responder a sus cuestionamientos, a seguir sus dogmas. En el fondo quise suponer que no pertenecía al grupo, que marcaba una línea entre ellos y yo. No supe cuán implicado estaba hasta esa noche en que le desvelé a Humberto la manera en que Carlos escapaba al acoso policial.

Durante la noche lo oyó aullar. Unos aullidos hondos, prolongados. Luego el silencio. También hondo y prolongado. A Amaruq tanto silencio le preocupó. Se calzó las botas y desanudó la puerta de la tienda. Tomó una tea y la prendió con la fogata. Caminó hacia donde se hallaba Nujuaqtutuq para ver si aún se hallaba ahí. La cellisca le impidió ver y tanteó en la oscuridad tratando de ubicarse. Avanzó con dificultad en la nieve. Con la tea iluminó de un lado a otro hasta que encontró al gran lobo echado junto al tronco. Amaruq se percató de que se había acercado demasiado y trató de desandar sus pasos, pero la nieve espesa le imposibilitó hacerlo con rapidez. Nujuaqtutuq se levantó y lo atacó. Amaruq solo atinó a golpearlo con la antorcha en pleno rostro. El lobo, confundido por el fuego en sus ojos, cayó sobre la nieve. El lobo trató de atacarlo de nuevo, pero la cadena lo frenó.

El cansancio lo había llevado a cometer una estupidez. ¿Qué hacía saliendo a la medianoche sin un arma, sin una linterna, a un bosque donde merodeaba una jauría de lobos?

¿Por qué se acercó tanto a Nujuaqtutuq? Se miró el antebrazo izquierdo. Sangraba. El lobo lo había mordido. Alumbró la herida con la tea. La parka estaba rasgada. La sangre manaba profusamente. Entró a la tienda, se quitó la parka y se arremangó la camisola. El lobo había hundido los colmillos cerca del codo y lo había atravesado de lado a lado. Con la antorcha quemó la herida para tratar de cauterizarla. Aguantó el ardor sobre su piel hasta que pudo controlar la hemorragia. Luego restregó la herida con nieve para limpiarla.

Volvió a ponerse la parka y se acostó. Tardó en dormirse. El dolor le pulsaba por el brazo y le adormecía la mano. Ahora ese lobo y él estaban hermanados. Dentro de sus venas corría su saliva. Sí, ese lobo era su dueño. Lo había trastornado. Lo había perseguido hasta los helados páramos del norte. Había perdido el sentido de la precaución, había agotado provisiones. Había llegado al límite mismo de la muerte.

Debía matar a Nujuaqtutuq en cuanto pudiera. Comer su carne, vestir su piel, fabricar un cuchillo con sus huesos. Debía mirar como Nujuaqtutuq, intuir como Nujuaqtutuq, respirar como Nujuaqtutuq.

Durmió sin interrupción hasta media mañana. Cuando salió de la tienda ya el Sol se hallaba en su cenit. Había dejado de nevar y sobre el cielo azul no aparecía una sola nube. Revisó su herida. El antebrazo se le había hinchado casi al doble. La piel carbonizada se granulaba en diminutos trozos negros si la tallaba con los dedos. Los cuatro orificios provocados por los colmillos se hundían en su carne. Había sido una suerte que el lobo no le arrancara el brazo.

Miró a su alrededor. Ningún rastro de la jauría. Entre los pinos yacían los cadáveres de los wapitíes cubiertos por un manto escarchado. Caminó hasta Nujuaqtutuq y se sentó en la nieve, en el límite del alcance de la cadena. El lobo gruñó en advertencia, pero Amaruq no se movió. El lobo acometió, pero la cadena lo contuvo a unos centímetros del rostro de Amaruq. Quedaron frente a frente. Sus ojos a la misma altura. Amaruq pudo sentir el aliento acre de su hocico. El lobo mostró los colmillos, pero el hombre se mantuvo inalterable. Amaruq acercó su rostro aún más y comenzó a hablarle. "Prepárate para morir, Nujuaqtutuq. Mira el Sol. Escucha el graznido de los cuervos. Siente la nieve bajo tus patas. Despídete, que tu última hora se acerca."

La jauría no volvió. Debieron ir tras el numeroso hato de wapitíes. Mejor cazar y alimentarse de carne fresca que continuar mordisqueando los duros cadáveres congelados sobre la pradera.

Al paso de los días, sin nada que comer y solo bebiendo nieve, Nujuaqtutuq empezó a debilitarse. Aún desafiante, le gruñía a Amaruq cada vez que se le acercaba. A Amaruq no le importó. Siguió sentándose cerca de él. Hubo un momento en que incluso Amaruq extendió su mano y le acarició la cabeza. El lobo no intentó morderlo. Dejó que el hombre posara sus dedos sobre él y lo estrujara suavemente.

Hambriento, con la pata gangrenada, el gran lobo comenzó a apagarse. Amaruq preparó una lanza para matarlo. Talló con cuchillo una larga rama de arce hasta dejar una filosa punta. En cuanto Nujuaqtutuq se echara y ya no pudiese levantarse, Amaruq lo lancearía en el corazón para provocarle una muerte rápida.

Amaruq se hizo una incisión en la herida del antebrazo y con la sangre que emanó humedeció la punta de la lanza. Si Nujuaqtutuq le había introducido su saliva, ahora era su turno. Lo mataría mezclando sus sangres, serían dueños uno del otro. En esta vida y las siguientes. La sentencia del abuelo se cumpliría y Amaruq podría morir en paz. Solo necesitaba que el gran lobo se tumbara sobre su costado, famélico y débil, para lancearlo.

Al viajero le dijeron que en medio del desierto había un oasis esplendoroso, colmado de riquezas. Preguntó hacia dónde dirigirse. Le señalaron el inmenso desierto. "Camina hacia allá hasta encontrarlo." El viajero echó a andar. Durante varios años erró entre las dunas a pleno Sol. Topó con largas caravanas de camellos, con los hombres azules transportando cargamentos de sal. Vio leones merodear entre las colinas, lagartos desaparecer en la arena, víboras serpentear por las laderas, órix de cimitarra trotar entre los espejismos. Descubrió los esqueletos blanquecinos de aquellos que le antecedieron. Se alimentó de dátiles e insectos. Bebió su orina y el agua pútrida de los charcos bajo las palmeras. Sufrió diarreas y fiebres. Pasó noches heladas bajo el cielo estrellado del Sahara. El Sol de mediodía quemó sus labios y sus párpados. Sus pies se llagaron. No se detuvo hasta que arribó al oasis prometido. Débil, casi a gatas, se arrastró hasta sus puertas. El oasis, el magnífico oasis. El viajero no tardó en descubrir que había llegado al mismo lugar del cual había partido.

Encuentros

El cadáver de Quica fue hallado boca abajo en las abandonadas canchas de basquetbol. Lo descubrieron unos niños una mañana cuando fueron a investigar el cuerpo que su perro olfateaba. Al principio pensaron que estaba borracho y lo picaron con unas ramas para ver si despertaba. No se movió. Se percataron de que estaba muerto cuando uno de ellos se agachó para mirar su cara y se horrorizó al ver sus ojos resecos y su boca sangrante. Asustados, arrancaron a avisar a sus padres.

Pronto corrió la voz por el Retorno. Fui con mis amigos a verlo junto con una docena más de curiosos. El cuerpo amoratado yacía tendido bajo una de las canastas. Los ojos de Enrique miraban hacia un punto infinito.

Según la prensa del día siguiente, le habían destrozado el cráneo con un objeto contundente. El reportero achacó el crimen a "líos pasionales entre maricones". Me entristeció su muerte. Si no nos hubiera acosado sexualmente con tanta avidez, me habría caído mejor. No era un mal tipo. Simpático, dicharachero, trabajador.

La policía judicial, comandada por Zurita, llegó a investigar. Indagaron con los vecinos. Nadie escuchó gritos por la noche ni notaron nada fuera de lo común. Solo un hombre dijo que su perro había ladrado sin parar durante la madrugada.

No hallaron huellas digitales, ni pisadas en la sangre, ni rastro de las armas usadas para el crimen. El abogado alcohólico para el cual trabajaba Enrique se apresuró a darle a Zurita unos billetes para cerrar el caso. No quiso verse inmiscuido en un embrollo de homosexuales. Ya bastante cargaba con el escándalo de su divorcio y las acusaciones de abuso sexual de sus hijos. El abogado sostuvo que Enrique había sido solo un mozo en su casa y no sabía más.

Nadie reclamó el cuerpo. Zurita llamó a la presidencia municipal de San Mateo Tlachihuacán para ver si conocían a algún familiar de Enrique. Nadie sabía quién era él y si sabían, no lo admitieron. La investigación policial concluyó al cuarto día. Se selló el caso y el asesinato pasó al olvido. No solo el abogado había pagado para que así sucediera, tampoco Zurita quiso perder el tiempo en solucionar el asesinato de un indígena mixteco homosexual.

El cadáver permaneció dos semanas dentro de una gaveta del depósito forense. De ahí fue trasladado a la Escuela de Medicina de la UNAM para ser diseccionado en las prácticas escolares. Los estudiantes hurgaron entre sus tejidos grasos, sus músculos fláccidos, su recto laxo, su cráneo deshecho, su rostro tumefacto. Un nadie y una nada que acabó incinerado en los hornos crematorios de una universidad pública. Sus cenizas esparcidas en un basurero a la intemperie, entre perros hambrientos, verduras pudriéndose, bolsas de supermercado, botellas rotas. Ni una ceremonia, ni un funeral. Ninguna despedida digna. Impune su crimen como el de tantos como él.

Turbados por su experiencia sexual con Enrique, ni el Agüitas ni el Jaibo supieron cómo tomar su muerte. Si con alegría o tristeza, con rabia o compasión. Para el Agüitas, Quica mereció morir por enredarse con chavitos como él. Le costó un largo tiempo superar el trauma de su felatio relámpago. ¿Qué les iba a contar a sus hijos? "Mi primera relación sexual fue con un gordito que me la mamó." Durante meses la reacción del Agüitas fue ambigua, de culpa y enojo. Al final prevaleció el enojo, la sensación de haber sido manipulado bajo el influjo de unas cervezas para acceder a ese borroso instante en que la Quica le bajó la bragueta, le sacó el pito y a chupadas le trastocó la existencia. Durante años vivió avergonzado por esos fugaces dos minutos.

Al Jaibo, por el contrario, le pesó su muerte. Para él no hubo nada turbio en su relación con Quica. No se sintió ni abusado ni ultrajado. Quica le había caído bien, nunca lo forzó a nada y en su mente él no vio comprometida su integridad masculina. Quica era para él como "una vieja, con cuerpo de vieja, nalgas de vieja y que pensaba como vieja". "Además", afirmaba con suficiencia varonil "yo siempre fui el que se la metió".

Recuento de momentos felices:

—Cuando el King se recuperó de la cuchillada.

—Cuando mis papás me regalaron una tortuga al cumplir cuatro años.

—Cuando pude nadar solo a los tres años.

—Cuando gané el trofeo de "mejor jugador de la temporada" en el torneo de basquetbol de la secundaria.

—Cuando rocé el pubis de Fuensanta.

—Cuando mi papá me enseñó a andar en bicicleta.

—Cuando el profesor Alarid me puso atención en la primera clase de Educación Física.

—Cuando anoté un gol desde media cancha a los doce años.

—Cuando escuché a Hendrix por primera vez.

—Cuando leí a Faulkner.

—Cuando vi por primera vez *Los vikingos*.

—Cuando Carlos me enseñó a pelear.

—Cuando pude romperle la madre al gordo Brand que no dejaba de fastidiar en la secundaria.

—Cuando mi mamá me cosió mi camiseta del Atlante rota.

—Cuando mi abuela calentaba con plancha mi cama a la hora de dormir.

—Cuando vi por primera vez una televisión a colores en casa de los Tena.

—Cuando nuestro equipo de futbol, Los Canes, le ganó al equipo del Retorno 304.

—Cuando brinqué desde lo alto de un puente peatonal al pasto crecido de Río Churubusco y no me rompí ni un hueso.

—Cuando mi papá me ayudó a pescar ajolotes y acociles.

—Cuando mi mamá nos hizo un picnic en el patio de la casa.

—Cuando Carlos ganó los ochocientos metros planos en una competencia estudiantil.

—Cuando mis papás me regalaron una autopista de juguete al cumplir ocho años.

—Cuando viajé solo con mi papá a Tlaxcala y Puebla.

—Cuando mi mamá nos llevó a Carlos y a mí a las playas de Tampico.

—Cuando viajamos en el bote con fondo de cristal en Caleta, Acapulco.

—Cuando mi papá me llevó a cazar conejos por La Marquesa.

—Cuando Vodka y Whisky tuvieron sus primeros polluelos.

—Cuando probé el aguacate a los cuatro años.

—Cuando mis papás nos llevaron a San José Purúa y chapoteamos en las aguas termales.

—Cuando buceamos en la cueva del manantial de Agua Hedionda.

—Cuando viajamos juntos por tren hasta Monterrey.

—Cuando fui a cazar con Carlos al rancho de mi primo Pepe Sánchez en Coahuila.

—Cuando mis papás nos llevaron a conocer el Parque Nacional en Uruapan.

—Cuando en bicicleta bajé a gran velocidad un cerro y no me estrellé.

—Cuando me di cuenta de que era más alto que mi papá.

—Cuando tuve mi primer sueño húmedo.

—Cuando recibí mi primer pago por destazar chinchillas.

—Cuando a los cinco años vi por primera vez una niña desnuda.

—Cuando al cumplir siete años mi mamá me compró en el supermercado un álbum de estampas de animales.

—Cuando me acostaba a tomar el Sol sobre el techo de la iglesia.

—Cuando nadamos en el río helado de Las Estacas.

—Cuando subí corriendo la pirámide del Sol en Teotihuacán.

—Cuando aprendí a deslizarme en la cresta de las olas.

—Cuando cacé un jabalí con arco a los trece años.

—Cuando vi *Viento negro* en la televisión.

—Cuando leí *El llano en llamas* de Rulfo.

—Cuando entré en Chelo la primera vez y sentí su humedad.

—Cuando en una bronca en un partido de futbol noqueé a cuatro.

—Cuando veo las fotos de nosotros, juntos.

A pesar de que las funciones de cine fueron canceladas, el negocio de Carlos continuó operando sin problemas. Las funciones habían sido sumamente redituables, pero las ganancias fuertes derivaban de la venta al menudeo de la mercancía. La red de distribución era el núcleo de la empresa y Carlos creyó importante protegerla. Fue a visitar uno a uno a sus principales clientes. Los convenció de no colaborar con la policía y los indujo a crear ligas solidarias con él y sus socios. En el entorno de los tiempos opresivos y autoritarios, la estratagema funcionó. La policía, el ejército, los granaderos, representaban a los adversarios, el sistema corrupto y anquilosado. Carlos supo articularlo: "Somos nosotros contra ellos". Ninguno de sus clientes lo delató.

Con su intensa campaña de relaciones públicas, Carlos buscó ganar tiempo. Mientras más durara activa la "Red", como la llamaba, más poder y posibilidades para él y sus socios. El error de mi hermano fue rehusarse a negociar con la policía. Su desprecio profundo a la corrupción lo hundió.

Después de que Carlos le escatimó el dinero prometido, Zurita se encaprichó con aprehenderlo. No pudo. Carlos, el Loco y el Castor Furioso huyeron una y otra vez escondidos dentro de los tinacos respirando a través de los popotes. Y además, si los atrapaba Zurita, ¿bajo qué cargos los encarcelarían? Carlos sabía que sí, que podían pasar unos meses en la prisión, pero en realidad Zurita no podía armar un caso contra ellos. Jamás cateó una de las funciones de cine y nadie testificó sobre sus actividades. ¿Cuáles serían las pruebas? Claro, podían inventarles trasgresiones a la ley, al puro estilo de la policía judicial mexicana, pero Zurita lo que deseaba era cobrarles cuota, no encerrarlos. Los traficantes encarcelados no rinden ganancias. Y si bien Carlos detestaba la mera idea de sobornar policías, otra sería la perspectiva desde la cárcel.

Zurita y su equipo no imaginaron la dimensión del negocio ni el volumen de ganancias generadas. Tardaron en desvelar la red instaurada por mi hermano. Zurita era un sofisticado extorsionador de los bajos fondos, pero limitado para detectar y controlar las transacciones clandestinas en las esferas de las clases altas. Como policía judicial era consciente de que su poder se diluía al toparse con el hijo de un empresario opulento o de un político de alto nivel. Investigar a alumnos de una universidad privada era impensable para alguien de su posición, a menos que alguien en verdad poderoso diera la orden. Lo cual era improbable. Las élites se arreglaban entre sí. Arrestar a uno de esos juniors hippies era permitido, siempre y cuando no pasara de exigirles una nimia "cooperación" para evitarles el escándalo o unos cuantos golpecitos para intimidar. No podía ir más allá. No separos, no lastimar, no esposar, no tundir.

Con las muchachas de la clase alta, ni pensarlo. La regla entre los judiciales era semejante a la que rige en la cacería: no hembras. Al menos no burguesitas lindas y bien vestidas. Ya un comandante suyo había pagado caro la osadía de detener a una de ellas por consumir mariguana en la calle. La llevó a los separos y la dejó ahí a cargo de sus hombres. Se fue a su casa a dormir. Durante la noche, tres de los policías se alcoholizaron y la violaron. A la mañana siguiente el comandante la halló muda y con la entrepierna ensangrentada. El comandante intentó proteger a sus hombres y aseguró que ella había llegado en ese estado. La muchacha resultó ser hija de un senador. Por supuesto, se investigó a fondo y la verdad se supo. Al comandante lo obligaron a ejecutar con mano propia a los perpetradores. Les pegó de tiros en un terreno baldío en Tláhuac. Uno de ellos era su compadre. "Eres el padrino de mi hijo, no me puedes hacer esto", suplicó. El comandante no tuvo alternativa. Le vació la pistola en la cabeza para no escucharlo más.

El comandante no salió indemne. Había arrestado a una menor de edad de clase alta, la había encerrado en una diminuta celda y no había avisado a los padres. La muchacha apenas había cumplido dieciséis. Los violadores le rasgaron el útero. Le dejaron estéril y traumada. El senador ordenó a que al comandante le quebraran las piernas y los brazos a mazazos. Lo dejaron maltrecho y sin trabajo. Renco, con dolores crónicos y con escasa movilidad, terminó como vendedor de periódicos en las esquinas.

No, Zurita no iba a cometer una estupidez así. Que los burguesitos se drogaran, se pelearan, se mataran entre ellos. Él solo intervendría si la solicitud llegaba directo del Olimpo. En otras palabras, solo si se lo pedía el presidente, un secretario de estado o un senador.

La Red operaba en los cotos vedados para Zurita. Por ello demoró tanto en descubrirla. Fue por casualidad que topó con el hilo que lo condujo al filón. Un estudiante de la Universidad Iberoamericana, bajo el influjo de dos dosis de LSD, fue hallado desnudo caminando por avenida Taxqueña a las siete de la noche. Incoherente, manoteaba entre los carriles, con riesgo de ser atropellado, argumentando que necesitaba escalar una cascada de nubes derretidas. Fue aprehendido y lo subieron a una patrulla. En cuanto los policías escucharon su nombre y apellido entraron en pánico. Era hijo de un hermano del presidente de la República, director de una paraestatal. El presidente, el Zeus del Olimpo. No podían soltarlo desnudo y mucho menos conducirlo a la delegación de policía. Aterrados llamaron a Zurita, responsable de la jurisdicción donde lo hallaron.

Zurita arribó. Calmó al muchacho, lo arropó con una cobija y mandó comprar ropa de su talla. Luego lo ayudó a vestirse y lo llevó a un hospital privado dirigido por un amigo suyo. Lo registraron bajo otro nombre para proteger su identidad. Transcurrieron tres horas y el muchacho seguía empeñado en trepar la cascada de nubes derretidas. Zurita llamó a los padres y les contó. "Lo estamos cuidando para que no se haga daño." Los padres llegaron y sacaron al muchacho por una puerta trasera del hospital. Lo montaron en una ambulancia, vigilado por dos médicos y lo llevaron a casa. En cuanto la ambulancia arrancó, varios autos con vidrios polarizados, repletos de guardaespaldas, la escoltaron.

El padre, agradecido por el trato a su hijo, recompensó al comandante Zurita con cinco mil pesos y le ordenó que buscara a quien había proveído a su hijo de "ese veneno". Como los mandatos del Olimpo no se tomaban con ligereza, Zurita interrogó a decenas de estudiantes de universidades privadas. Reacios a hablar, los jovencitos intocables no denunciaron a Carlos. Respondieron con evasivas o dieron pistas falsas, pero, a pesar suyo, soltaron información suficiente. Zurita concluyó que no se trataba de una mafia conocida o traficantes a gran escala, como los Nazis, sino de solo dos o tres personas.

Después de semanas de investigar, pudo por fin obtener tres nombres y apellidos. Juan Carlos Valdés, Sean Page y Diego Pernía. A Zurita le costó creerlo. La Red era en extremo compleja y extensa como para ser operada por los mismos tres chamacos de la Unidad Modelo que manejaban las funciones de cine. ¿De dónde sacaban la morfina y el LSD? ¿Cómo los transportaban? ¿Quién los financiaba? ¿Cómo habían logrado penetrar el cerrado ambiente de las universidades privadas? ¿Cómo habían logrado mantenerse fuera del radar? ¿Quién los protegía? No, no cuadraba. No podían ser los mismos. O al menos, no ellos solos.

Continuó con las pesquisas. Alguien poderoso debía estar detrás de esos tres. Pero por más que rascó no halló a nadie más. Juan Carlos Valdés, Sean Page y Diego Pernía eran los únicos. Zurita se molestó consigo mismo y con su equipo. Ese trío amateur había creado un negocio altamente redituable en la zona que él controlaba. Decidió redoblar esfuerzos. Carlos y sus socios iban a caer. De eso no le cabía la menor duda.

Desperté a las once y media de la mañana. El Sol pegaba en la cama y me hizo sudar. El King dormitaba a mi lado. En cuanto me sintió despertar se levantó y agitó el rabo. Lo acaricié y me lengüeteó la cara. Vodka y Whisky habían salido de la jaula y parados sobre el quicio de la ventana miraban hacia fuera.

Me senté sobre el colchón. Me sobé la pierna amoratada. El dolor palpitaba por entre los músculos. Me incorporé con dificultad. Una pierna adolorida y la otra sin sensibilidad. Me puse el pantalón y los zapatos. El King, montado sobre la cama, me observaba. Lo tomé del collar y lo jalé para bajarlo. El King se resistió. Volví a intentarlo, pero retrocedió con fuerza. Mientras Colmillo estuviera abajo, no había manera de sacar al King de la planta alta.

Abrí la ventana para airear el cuarto. Los periquitos solo dieron unos pasos sobre el quicio para hacerse a un lado. Con la mano los empujé para impelerlos a volar. Picotearon con suavidad mis dedos, pero no se atrevieron. Les señalé los árboles al fondo. "Vuelen para allá", les dije. En respuesta ladearon su cabeza y volvieron a acomodarse en su sitio para calentarse con el Sol.

Bajé. Colmillo estaba echado bajo la mesa, alerta. Decidí seguir las instrucciones de Avilés. Tomé una silla y me acerqué a él. Me midió con la mirada y en cuanto estuve a tres metros de él, se paró, listo para atacar. En tres metros podía tomar suficiente velocidad para embestirme con potencia. Para evitarlo adelanté dos pasos. Colmillo se quedó quieto y comenzó a gruñir. No le di tiempo de atacar. Empuñé la silla y lo acometí. Le golpeé el hocico y vociferé. Colmillo no se intimidó y respondió lanzándose sobre mí. Las manos se me doblaron con el impacto y el respaldo de la silla me golpeó en el pecho. Trastabillé. Colmillo volvió a arremeter y me tumbó. Caí de espaldas y con la silla me protegí el rostro. Colmillo aprovechó su ventaja y se montó sobre mí, gruñendo. Sabía lo suficiente de perros para entender que Colmillo adoptaba la posición dominante y no debía permitirlo. Le pegué un puñetazo en el hocico y luego otro y otro. Colmillo trató de inmovilizarme con las patas delanteras. Me escapé por debajo de él, me levanté, tomé la silla y se la estrellé en la cabeza. Colmillo quedó aturdido. Volví a golpearlo con la silla, pero estalló en pedazos. Me quedé con el respaldo en la mano y con eso lo seguí apaleando. No dejé de gritar. Colmillo se abalanzó contra mí. De nuevo me dio de lleno en el muslo izquierdo. Sentí que me arrancaba la pierna. Caí de sentón. El dolor era agudo. Colmillo se alzó en dos patas y se arrojó sobre mí. Su hocico pegó en mi mandíbula. Escuché un crujido. Como pude me arrastré fuera de su alcance.

Colmillo tensó su cuerpo sin dejar de gruñir. Sentí la boca pastosa y escupí un buche de sangre. Colmillo también sangraba. La nariz escoriada, los colmillos enrojecidos, una abierta en la cabeza, una oreja cortada. No, no iba a permitir que me dominara.

A gatas me acerqué lo más que pude hasta el límite de su cadena. Clavamos los ojos uno en el otro, respirando alterados. Nos quedamos un largo rato mirándonos, hasta que el lobo dio la vuelta y volvió a echarse bajo la mesa. Como sugirió Avilés, no le iba a dar agua ni comida. Dependería de mí. Lo alimentaría y le daría de beber si obedecía. Yo mandaría, no él.

Fui a la cocina renqueando. Otro enorme moretón cubría mi muslo. No era posible tanto dolor. Saqué un litro de leche del refrigerador y me serví un cereal. Me senté a comerlo frente a Colmillo. Deseaba que me viera hacerlo. Yo era libre de hacer lo que quisiera, él no, y se lo iba a hacer palpable día a día.

No dejamos de mirarnos hasta que acabé con el cereal. Fui a la cocina, lavé el plato, tomé el costal de croquetas para perro y subí. Le di de comer al King y lo llevé a la azotea para que orinara y defecara. Educado desde cachorro, era incapaz de ensuciar la casa.

La tarde era fría y límpida. Los árboles se balanceaban con un viento ligero. A lo lejos se escuchaba el rumor de los automóviles transitando por Río Churubusco. Me puse a hacer ejercicio. Hice cien lagartijas y luego me colgué de un tubo para hacer dominadas. Hice seis series de seis y las rematé con cristos.

Al terminar acomodé en fila las jaulas oxidadas y las brinqué solo con la pierna sana. No paré de ejercitarme hasta sentirme agotado. Para refrescarme, coloqué la cabeza bajo un grifo y dejé correr el agua hasta empaparme el cabello y la camiseta. Me senté en la barda a que me pegara el Sol para secarme. El King se acostó sobre mis piernas y nos quedamos dormidos.

Me despertaron unos timbrazos alrededor de las ocho de la noche. Abrí los ojos. El King no se hallaba por ningún lado. Le chiflé para llamarlo. No apareció. Los timbrazos continuaron sin cesar. Somnoliento, me asomé por la azotea. Quien tocaba era Sergio Avilés. "Voy", le grité. Avilés alzó la cara y sonrió.

Bajé. El King ya estaba acomodado sobre la cama de Carlos y se alegró al verme. Comenzó a seguirme rumbo a la planta baja cuando de pronto pareció recordar al lobo. Se quedó pasmado en uno de los escalones, dio vuelta y huyó de nuevo hacia el cuarto de Carlos.

Abrí el portón. Avilés se veía cansado. El aire al soplar le despeinaba su melena alborotada.

—¿Ya cenaste? —preguntó a bocajarro.

—No —le respondí.

—¿Se te antojan unos tacos?

Asentí.

—Vente, vamos.

Aún llevaba puesta la camiseta empapada. Me dio frío.

—Me voy a cambiar, ¿me espera?

—Pues si vine por ti, cómo no te voy a esperar.

Me metí de prisa. Me puse una camisa, un suéter y unos tenis. Cogí mi cartera, las llaves de la casa y salí. No supe por qué Avilés había ido a invitarme a cenar. Apenas lo había conocido esa mañana. Tuve la esperanza de que no fuera un acosador homosexual.

Fuimos a los tacos de carnitas en la fonda Don Cipriano. Me sorprendió la cantidad de grasa que Avilés devoraba sin el menor reparo. Uno tras otro se zampó tacos de cuerito. Gotas grasientas escurrían de la tortilla y él como si estuviera comiendo jitomates. Yo pedí una orden de tacos de maciza.

—¿Por qué vives solo? —me preguntó mientras masticaba sus tacos sebosos.

—Porque me gusta.

—¿No tienes hermanos?

Su pregunta me sacó de balance. No supe si revelarle la verdad sobre lo sucedido con Carlos. Me quedé pensativo un momento.

—Tenía uno, pero lo asesinaron.

Avilés dejó su taco sobre el plato y se volvió a mirarme.

—¿Quién lo asesinó?

—Unos vecinos hijos de la chingada.

—¿Están en la cárcel?

—No, andan por ahí, libres.

Tomó una servilleta y limpió la grasa de sus dedos.

—No está bien que vivas solo —sentenció.

—¿Por?

—Porque no.

—Vivo con el King y con Colmillo —le dije.

Suspiró y se quedó en silencio un largo rato mirando hacia el plato. Luego levantó la cabeza.

—¿De qué vives? —inquirió.

—De unos ahorros que me dejaron mis papás.

—¿Y para cuánto tiempo te va a alcanzar?

—Lo suficiente.

De nuevo guardó silencio. Tomó el taco que había dejado a la mitad y se lo terminó.

—¿Hiciste lo que te dije con el lobo?

—Sí.

Señaló el moretón alrededor de mi barbilla.

—Ese golpe que traes en la cara, ¿te lo hizo él?

Asentí. Él rio de buena gana.

—Te vas a llevar muchos más. Así es esto. Sigo pensando que lo mejor es que lo regales o lo sacrifiques.

Volvió a limpiarse las manos con la servilleta y le dio un sorbo a su agua de horchata.

—Además de seguir con lo que te sugerí, trata de hacer tus actividades cotidianas cerca de él. Demuéstrale que no va a afectar tu vida, que puedes más que él.

—Ya se lo demostré hoy y pude más con él.

Avilés negó con la cabeza.

—Cuando le quites el bozal y lo sueltes es cuando vas a demostrar que en verdad puedes más que él. Ahora está encadenado, indefenso. Lo bueno está por venir.

Tragué saliva. Le sobraba razón. Dominar a Colmillo libre de la cadena y sin bozal iba a ser muy distinto.

—Grúñele y orina donde él orina. Demuéstrale que tu casa es tu territorio y que piensas defenderlo. Y no es broma.

Volvió a darle un trago a su horchata y pidió la cuenta.

—No te voy a cobrar un centavo —dijo—, y seguiré viniendo diario hasta que domes a ese pinche lobo.

—No quiero que lo haga de gratis —repliqué.

—Ven de vez en cuando al circo a ayudarme a limpiar jaulas. Así me pagas.

El mesero trajo la cuenta. Saqué mi cartera para pagarla, pero Avilés me detuvo.

—Yo pago —decretó autoritario. Sacó un billete y se lo dio al mesero.

Terminó el vaso de horchata y se volvió hacia mí.

—Y no soy maricón, por si lo habías pensado. Me encantan las mujeres. Me metí de domador solo para impresionarlas, y si fuera posible yo desayunaría mujer, comería mujer, cenaría, botanearía mujer. Por eso me divorcié: porque me gustan en exceso.

Caminamos rumbo a la casa por los llanos bajo las gigantescas torres eléctricas. Los cables zumbaban sobre nuestras cabezas. No hablamos durante el trayecto.

Llegamos al Retorno y se dirigió hacia un Maverick del año estacionado frente a la casa de los Ávalos. Debía ganar bien, esos autos eran caros.

—Yo también me quedé huérfano de padre y madre cuando era adolescente. Sé cómo se siente no tener con quién contar —me dijo. Empecé a entender que de la nada Avilés iniciaba las conversaciones más dispares. Se montó en el auto y bajó la ventanilla—. Te veo mañana. Y por cierto, trata de dormir lo más cerca que puedas del lobo.

Se despidió con un gesto de la mano, encendió el auto y arrancó. Cruzó el Retorno y se enfiló hacia la avenida Oriente 160.

Etimología de los sucesos (segunda parte):

Adicto: apegado a algo, por lo general a una droga o sustancia. Del latín *addictus,* entregado o adjudicado a. En la antigua Roma, los deudores imposibilitados de cancelar sus pagos eran entregados como esclavos a quienes les debían. Se cree también que eran *addictus* los esclavos concedidos a un militar después de vencer en una batalla. Un adicto es "un esclavo de".

Genuino: auténtico. Del latín *genus,* rodilla. En la época de los romanos, los soldados, después de regresar de una larga guerra y hallar a su mujer con un vástago recién nacido, debían reconocer o no al bebé como suyo. Para ello lo sentaban sobre sus rodillas. Si el hombre consideraba que ese hijo era suyo, lo reconocía como legítimo.

Accidente: suceso imprevisto. Deriva del latín *adcidere,* palabra compuesta por *ad*, cerca, y *cadere*, caída.

Mamihlapinapatai (Mamihlapinatapei): un hombre y una mujer, sentados uno frente al otro, ansiando decirse muchas cosas y no atreviéndose a hacerlo. La incapacidad de un hombre y una mujer de expresar uno al otro aquello que realmente desean. Expresión derivada del yagán, lenguaje hablado entre los indígenas de la Tierra del Fuego.

Mattaqtuq: soltar a un perro de su arnés. Liberarlo. Derivado del i*ñupiaq,* la lengua de los indígenas inuit del norte de Canadá.

Deseo: pretender algo, aspirar a que algo se cumpla de acuerdo con las intenciones propias. Del latín *desiderium.* Se cree que deriva de *de sidere,* de las estrellas, aguardar aquello que las estrellas anuncian.

Gainisg: pequeña divinidad que habita entre los juncos y pantanales de las riberas de los lagos y los ríos y la cual, antes de cada tormenta, lamenta y solloza las muertes por venir. Deriva del gaélico.

Ayanmo mi: mi destino. Derivado del yoruba, lengua utilizada por una tribu en el oeste de África, principalmente en Nigeria.

Kunmarnu: palabra usada en sustitución del nombre de una persona que ha muerto. Deriva del manyjilyjarra, lengua utilizada por aborígenes australianos.

Draugr: hombre que se resiste a morir, fantasma. Deriva del noruego antiguo.

Victorias

Gainisg, divinidad de las tormentas, tú que lloras a los muertos por venir, ¿por qué no me advertiste de esta avalancha de muertos que terminó por arrollarme? Ahora por favor dime cuánta muerte más va a llegar. Dime para soportarla, alértame.

Gainisg, divinidad de los juncos, de los pantanos, responde, ¿en dónde estoy sumergido? ¿Qué es este lodo de días sin tiempo? ¿Este transcurrir de tiempo sin tiempo, esta vida sin vida, esta mole de ausencias, este

vacío?

Gainisg, tú que anticipas la muerte, ¿quién te dicta los nombres de quienes van a irse? Debes saber demasiado para llorarlos tanto, debe ser doloroso presagiar su muerte. Los observas caminar, sonreír, soñar, amar, comer, besar, acariciar, despertar y de pronto te llega la certeza de que todo ello va a desvanecerse en la llovizna de la nada. Gainisg, dime ¿dónde está el cementerio de aquello que vivimos? ¿Dónde están las caricias de mi madre, los abrazos de mi padre, los besos de mi abuela, las palabras de mi hermano? Gainisg, no pueden simplemente desaparecer. No puede morirse toda la vida al morir. Algo debe quedar en esa bruma impenetrable que es la muerte. Así sean migajas de todo aquello que alguna vez existió.

Divinidad de los lagos, dime en dónde hallo a mis muertos. Necesito verlos de nuevo. Me quema esta urgencia por reencontrarlos. Me quedé con muchas preguntas, con tanto que decirles. Gainisg, anda, despiértalos de sus lechos, sácalos al viento, que salgan a hablarme otra vez. Y si no vas a traerlos de vuelta, Gainisg, te lo ruego, detén la muerte. Detén esta oleada que me ahoga. Te lo ruego.

Después de ocho días, Nujuaqtutuq se veía cada vez más débil. La piel pegada a las costillas, tembloroso. Su instinto lo llevó a mordisquear nieve, raíces, tierra. Lo mínimo para subsistir. El lobo deseando permanecer lobo.

Por las tardes Amaruq se sentaba frente a él. Con el cuchillo raspaba los cueros de los wapitíes para desprenderles las rebabas de grasa o prendía una fogata para calentarse. El lobo acechaba a su adversario mortal. Esperaba un descuido del hombre, uno solo, para atacarlo y matarlo. Lo devoraría de inmediato para saciar su hambre y su deseo de venganza. Morirían ambos, él atenazado por la trampa y Amaruq entre sus fauces.

Transcurrieron tres días más. El gran lobo comenzó a languidecer. La anemia lo consumía. Su mirada se tornó opaca. Su lengua reseca. Amaruq vio a su abuelo arrodillarse junto al lobo. El viejo pasó su mano sobre su lomo para tranquilizarlo. El lobo alzó su cabeza y ambos cruzaron una mirada. Algo susurró el abuelo y Nujuaqtutuq volvió a recargar su cabeza en la nieve. El abuelo se incorporó y fue a sentarse junto a un tronco.

Por la tarde empezó a soplar un viento ligero. Amaruq levantó la vista hacia el cielo. Entre las nubes se filtraron los rayos del Sol. "Es la muerte que llega", murmuró para sí. Volteó a ver al lobo. Nujuaqtutuq respiraba fatigado. No resistiría más. En unas horas más se echaría de lado y entonces Amaruq lo atravesaría con la lanza, clavando la punta detrás del codillo para ensartar el corazón. En menos de un minuto, el lobo estaría muerto.

Amaruq entró a la tienda al anochecer. Se sentó sobre las pieles heladas. Lo embargó la melancolía. Se encontraba a un paso de vencer a su lobo-dueño. El sentido de su existencia se concentraría a la mañana siguiente en el pecho del gran lobo. En cuanto expirara habría cumplido con su sino. Adoptaría el nombre del lobo. Buscaría a su abuelo en el páramo nevado de la muerte para decirle: "Ahora soy Nujuaqtutuq, el Salvaje". Llevaría con orgullo su nuevo nombre. Amaruq transfigurado en el gran lobo.

Trató de dormir, pero no lo logró. Afuera el lobo yacía herido, con la pierna despedazada, a punto de desfallecer de hambre. Sí, él lo había derrotado. Lo persiguió por valles y montañas, cruzó ríos, soportó el invierno, agotó sus víveres, rozó la locura y aguantó el embate de sus alucinaciones. Lo engañó y lo trampeó. Contendió con él por un wapití. Él merecía la victoria. La había peleado minuto a minuto, metro por metro. Pero vencer ¿significaba matarlo?

Pasó la mayor de la noche en vela y justo antes del amanecer se quedó dormido. Soñó con la primera mujer con la cual se había acostado. Una prostituta de Keno, blanca y rubia, muy alta, de dieciocho años, la misma edad que él tenía en ese momento. La rubia le dijo que se llamaba Lucy. Se desnudó distraída, como si él no estuviera ahí y ella estuviera aguardando a que se calentara el agua para darse una ducha. Él se cohibió con tan rotunda desnudez. Le pareció demasiada belleza para alguien como él. Cerró los ojos. Ella se sentó sobre sus piernas y le besó los párpados. Luego hicieron el amor por horas. Ambos se gustaron y volvieron a acostarse repetidas veces. Ella dejó de cobrarle y empezaron a salir a pasear, a tomar café, a cenar.

Un día ella lo citó en el cuarto del hotel. Le explicó que le habían ofrecido un puesto como mesera en una cafetería en Banff y que no quería desperdiciar la oportunidad de un trabajo decente. Hicieron el amor y ella lloró y lloró entre orgasmos. Se despidieron y él la vio partir por la calle. Nunca más la volvió a ver. Esa madrugada, en la tienda, Amaruq soñó el preciso instante en que ella le besó los párpados antes de partir para siempre. Fue tan vívido el sueño que al despertar Amaruq aún sintió la piel de Lucy en la yema de sus dedos.

Salió de la tienda. Infinidad de copos de nieve flotaban sobre el frío aire de la mañana. Caminó hasta Nujuaqtutuq. Se hallaba echado, exangüe. Amaruq asió la lanza y se acercó con cautela. El gran lobo intentó pararse, pero sus piernas no pudieron sostenerlo y volvió a desplomarse.

La nieve empezó a caer con mayor intensidad. El lobo giró la cabeza hacia Amaruq. En su mirada ya no quedaba nada, solo el vacío de quien espera morir. Amaruq tomó la lanza y la alzó para descargar el golpe mortal. Apuntó justo atrás del codo izquierdo. Respiró hondo. Apretó la empuñadura y sostuvo la lanza en el aire. Buscó a su abuelo. Miró a su alrededor y solo halló una cortina blanca cayendo entre los árboles. No escuchó más que el silencio de la nieve. Estaban ellos dos, solos. Hombre y lobo. Amaruq impulsó su cuerpo para dar el lanzazo final. Sus músculos contraídos, listo para matar. El lobo dispuesto a morir. Cruzaron una mirada durante unos segundos y lentamente Amaruq bajó la lanza.

El lobo se giró para ver qué sucedía. Amaruq se acuclilló, tomó el cepo y con fuerza abrió las quijadas. Liberó la pata fracturada y la examinó. La herida penetraba hasta el fondo de los músculos, el hueso ya negruzco y putrefacto.

Amaruq fue al campamento. Tomó unas cuerdas y regresó. Ató las patas traseras de Nujuaqtutuq, cuidadoso de no lastimarlo más. Luego le amarró las patas delanteras. Exánime, el lobo no ofreció resistencia. Amaruq metió las manos debajo de su cuerpo y lo levantó en vilo. Lo cargó hasta la tienda y lo depositó con delicadeza en el piso. Amaruq lo cubrió con una piel de wapití. Luego cortó unos pequeños trozos de carne y se los puso junto al hocico. Nujuaqtutuq tardó en reaccionar, pero abrió la boca y aceptó el alimento. El lobo deglutió con dificultad. Comió unos trozos más y luego cerró los ojos, exhausto. Amaruq salió de la tienda. Deseó hablar con alguien, preguntar si perdonarle la vida al lobo había sido lo correcto, si había traicionado o no su espíritu de cazador. Dio vueltas en la pradera buscando a su abuelo. Solo nieve y silencio. Ni siquiera un dios a quien consultar.

Esa noche vestimos los hábitos y las capuchas. Los rezos se prolongaron más de lo acostumbrado. Otra vez las furiosas diatribas, los himnos jurando castigo y muerte.

Al terminar, pidió que nos despojáramos de las capuchas. Caminó alrededor de nosotros. Algunos se intimidaron a su paso y bajaron la mirada. Se detuvo en el centro y comenzó a hablar. "Después de meses de investigación hemos recopilado los nombres de tres enemigos de dios." Del clóset sacó un pizarrón y con un gis comenzó a escribir:

Profesor José Luis Cedeño. Retorno 207 # 49. Trabaja en la Universidad Nacional Autónoma de México. Comunista.

Señor Mario Arias. Retorno 202 # 8. Comerciante. Hereje.

Señor Abraham Preciado. Dueño de la tienda de abarrotes La Españolita. Ex Hacienda de Guadalupe # 857. Judío.

El primer paso para señalar a alguien como "enemigo de dios" era una "alerta" emitida de manera anónima por un miembro del grupo. Al terminar las reuniones de los sábados, a cada quien se le entregaba una hoja en blanco y un sobre. Si uno sospechaba de personas que manifestaran visiones anticatólicas o comportamientos amorales, se escribía el nombre en la hoja, se sellaba el sobre y se depositaba en una urna de metal con candado. Humberto y Antonio eran los únicos con llave para abrirla.

Casi siempre las papeletas venían en blanco. Pero si venía algún nombre escrito, ellos dos analizaban la presunta culpabilidad y ordenaban —en absoluta secrecía— el segundo paso: la investigación. Esta etapa debía ser realizada por tres miembros del grupo seleccionados solo por Humberto. Ninguno sabía el nombre de los otros dos y cada uno requería actuar por su cuenta. Bajo juramento los elegidos no podían mencionar su tarea a ningún otro compañero.

Si los "investigadores" entregaban pruebas fehacientes que incriminaran al posible "enemigo", seguía el tercer paso: "la resolución". Humberto ponderaba los datos para dictaminar si el acusado era o no "enemigo de dios" y lo consultaba con el padre Arturo. Si el padre Arturo otorgaba su venia, Humberto lo hacía del conocimiento de los demás. Venía entonces el último paso: la "defensa". Frente al grupo, Humberto preguntaba si alguien poseía datos que atenuaran, o incluso cancelaran, la condición de enemigo de la persona encausada. Estaba prohibido, y se consideraba traición grave, mentir para defender a un acusado. Hacerlo podía significar castigos severos. Si se presentaban testimonios válidos en la defensa, la investigación sería repetida las veces necesarias hasta obtener un veredicto final: enemigo o no enemigo.

—¿Quién tiene algo que decir en defensa del profesor Cedeño? —preguntó Humberto.

El profesor Cedeño era bien conocido en la colonia. Serio, pero amable. Varios de sus alumnos lo visitaban en su casa. Casi siempre tipos melenudos y llenos de collares. Raymundo, un muchacho enjuto y de rostro alargado, alzó la mano con timidez.

—Yo conozco al maestro Cedeño. Es amigo de mi papá.

—¿Y qué tiene que sea amigo de tu papá? Es comunista.

Raymundo tragó saliva.

—Pero cree en Cristo y va a misa.

—Aunque vaya a misa, eso no significa que no sea comunista. Enseña teorías marxistas y socialismo ateo en la UNAM —espetó Antonio.

La evidencia se apilaba en contra de Cedeño. Raymundo hizo un último esfuerzo por defenderlo.

—Es buena persona. Es padrino de bautizo de mi hermana.

Humberto se aproximó y se paró a unos centímetros de él.

—Ser buena gente y creer en Cristo no basta. Quizás necesite un correctivo para rectificar su posición comunistoide.

Amedrentado, Raymundo respondió balbuceante.

—Sí, puede ser.

"Correctivo" significaba una golpiza, el castigo de menor escala en la lista de los buenos muchachos.

—Cedeño será castigado —sentenció Humberto ante la silenciosa aprobación de los demás.

Nadie levantó la mano para defender a Mario Arias. Era un vecino que apenas llevaba seis meses en la colonia. Su pecado había sido renunciar a la fe católica para convertirse en testigo de Jehová. Se lo dijo al padre Arturo cuando fue a darle la bienvenida e invitarlo a ir a misa. Humberto decidió perdonarle el correctivo. "Como sea, sigue creyendo en Cristo. Pero, si alguno de ustedes lo escucha hablar mal de la religión católica, notifiquen de inmediato." A Arias se le impuso un proceso de supervisión.

Abraham Preciado era un hombre de setenta y cinco años, de carácter amargo y difícil. Atendía La Españolita, una tienda de abarrotes junto con Elsa, su mujer, también de carácter agrio. Por su apellido nadie imaginó que fuera judío y él nunca lo reveló. Cuando el padre Pepe lo fue a ver para invitarlo a ir a misa, él solo dijo que le dolían las rodillas —de hecho caminaba con bastón— y que prefería rezarle a dios en su casa para no ofender a nadie si no se arrodillaba. Le pidió al cura si podía bendecir la tienda y el padre Pepe aceptó gustoso. De esa manera, don Abraham escondió su religión y evitó el acoso al cual estaba acostumbrado desde niño.

Para los buenos muchachos, todo judío era enemigo de Cristo. "Ellos lo crucificaron. Ellos negaron su fe. Ellos quieren imponerse a nosotros, se sienten superiores y son una escoria", nos dijo Humberto en una de las reuniones.

Por años don Abraham y su mujer no levantaron sospechas entre los buenos muchachos. Eran solo dos viejos malhumorados y severos. Atendían a diario detrás del mostrador, de las siete de la mañana a las nueve de la noche. De lunes a sábado y medio día los domingos. Los ayudaba solamente un empleado al cual trataban a gritos. Si no les daba la gana, no le vendían a quien su presencia física o su forma de vestir les molestara. "A ti no te vendo, muchacho", argüían y les tenía sin cuidado si el cliente suplicaba que le vendieran. Abraham y Elsa no volteaban ni a verlo.

Su actitud provocaba antipatía entre los vecinos, pero no había otra tienda en los alrededores, excepto el Gigante, el cual quedaba retirado y abría solo de diez de la mañana a siete de la noche. Las compras de emergencia se hacían en La Españolita. Claro, con un sobreprecio no menor del veinticinco por ciento.

Josué fue quien descubrió que don Abraham y doña Elsa eran judíos. Un compañero suyo de la escuela, un muchacho judío de apellido Grinberg, le comentó que en la Unidad Modelo vivían sus tíos. "¿Son judíos?", le preguntó Josué. "Claro", respondió Grinberg, "un primo de mi papá y su esposa. El señor Abraham, el que tiene una tienda frente a la iglesia que se llama La Españolita".

De inmediato Josué se lo contó a Humberto. El apellido Preciado no les sonaba judío. Ignoraban las diferencias entre askenazis y sefarditas. El apellido Preciado era de origen sefardita.

Humberto comisionó a tres a investigar a la pareja. En menos de veinte días averiguaron el nombre de la lejana sinagoga en Polanco a la cual asistían, quién era el rabino a quien consultaban y los nombres de cada miembro de su extensa familia. Abraham y Elsa eran judíos practicantes y activos en su comunidad.

Ser judío, en la escala de enemigos de dios, no era grave. Por lo general solo se les supervisaba, pero en su contra se hallaba la animadversión que causaban en la colonia por sus malos modos, su avaricia, su mezquindad. Para Humberto ellos eran ejemplo del tipo de judíos culpables de masacrar a Cristo y por tanto requerían un correctivo severo. "Vamos a enseñarles a ser humildes y generosos, como debe serlo cualquier creyente de cualquier religión."

Nadie los defendió. No importó que fueran un par de viejos que trabajaban a diario de Sol a Sol. No importó que hubiesen vivido entre nosotros durante años, que los conociéramos desde niños. No. La decisión estaba tomada y nadie la iba a cuestionar.

Los enemigos de dios:

1. No profesan la misma religión. Medidas: supervisión. En caso de ofensas a Cristo o la fe católica: correctivos.

2. Cambiaron de religión católica a otra. Herejes. Medidas: supervisión. En caso de ofensas a Cristo o la religión católica: correctivos o correctivos severos.

3. Ateos y agnósticos. Medidas: correctivos severos. En caso de ofensas a dios o burlas a la fe católica: eliminación.

4. Comunistas. Medidas: correctivos severos. Si atentan contra la religión o se burlan de la fe católica: eliminación.

5. Quienes consumen drogas o alcohol en exceso. Medidas: correctivos severos.

6. Mujeres promiscuas o que se prostituyen. Medidas: correctivos o correctivos severos.

7. Quienes roban, cometen fraudes, extorsionan, caen en actos de corrupción. Medidas: correctivos severos.

8. Quienes cometen abortos. Medidas: eliminación.

9. Secuestradores. Medidas: eliminación.

10. Quienes corrompen sexualmente a individuos de su propio sexo, sodomitas o violadores. Medidas: eliminación.

11. Quienes envenenan a la sociedad vendiéndoles drogas o sustancias prohibidas. Medidas: eliminación.

Supervisión: vigilar de cerca a una persona para investigar si su comportamiento, su discurso y su actuar atentan contra la fe católica o contra Cristo Nuestro Señor.

Correctivo: aplicar un castigo físico al enemigo. Se utilizarán para ello solo partes de nuestro cuerpo: manos, codos, pies, rodillas.

Correctivo severo: aplicar al enemigo castigo físico de mayor intensidad utilizando para ello objetos duros, como bates, palos, botellas, tubos, cadenas.

Eliminación: suprimir a la persona nociva y así evitar que continúe causando mal. Se permite la utilización de armas de fuego y armas blancas, además de las mencionadas en los otros correctivos.

Frases de la Biblia seleccionadas por Humberto y que colgaban en cartulinas enmarcadas en las paredes de la habitación donde se reunían los Jóvenes Comprometidos con Cristo (ninguna de las frases cita a Cristo):

Dios, el juez justo, tardo a la ira,
pero Dios vengador en todo tiempo
para el que no se rinde.
Salmo 7, versículo 12

Espera en Yahvé y guarda su camino,
de los malos Él te librará,
te exaltará a la herencia de la tierra,
verás con gozo la ruina de los malos.
Salmo 37, versículo 34

¡Ay de ellos que se alejan de Mí!
Serán destruidos por haberse rebelado contra Mí.
Oseas 7:13

Todo hombre o mujer que evoque el espíritu de los muertos o se dedique a la adivinación será apedreado y muerto: caiga su sangre sobre ellos.
Levítico, Conclusión, versículo 27

1 Y oí una voz potente, salida del Templo, que decía a los siete ángeles: "Id a verter sobre la tierra las siete copas de la ira de Dios". 2 El primero fue y vertió su copa en la tierra, y una úlcera maligna y perniciosa alcanzó a los hombres que tenían la marca de la Bestia y adoraban su imagen.
3 El segundo vertió su copa en el mar: éste se convirtió en sangre, y todo ser viviente que había en el mar pereció. 4 El tercero vertió su copa en los ríos y en las fuentes de las aguas, que se convirtieron en sangre...
Apocalipsis, Las siete copas, 16

3 Esto dice el Señor Yahvé:
Tenderé sobre ti mi red,
Y te sacaré en mi redada con numerosos pueblos;
4 te tiraré a la tierra
y te dejaré en medio del campo.
Haré posarse sobre ti todas las aves del cielo,
a todas las bestias de la tierra las hartaré de ti.
5 Tiraré tu carne por los montes
y llenaré de tu carroña los valles
6 con tu sangre regaré la tierra, hasta
los montes,
hasta que se llenen los torrentes.
Ezequiel 32

¡Fuera los perros, los envenenadores, los fornicarios, los asesi-
nos, los idólatras, y todo el que ama y hace la mentira!
Apocalipsis, Epílogo, versículo 15

Justicia

Vi el Maverick de Avilés perderse entre las calles. Entré a la casa y encendí la luz de la sala. Colmillo se encontraba echado bajo la mesa. Tomé una silla y me senté a unos metros de él. Colmillo me observó, vigilante. Aunque Avilés me había propuesto hostigarlo las más veces posibles, estaba exhausto y adolorido como para intentarlo.

Contemplé la planta baja destruida. Me levanté y me dirigí a lo que quedó de mi cuarto. Salté las paredes derribadas. Los cajones con mi ropa se hallaban esparcidos por el suelo. Ropa interior, pantalones, calcetines. La camisa de Carlos que había guardado se hallaba colgando solitaria de un gancho en el clóset despedazado.

Empecé a recoger el tiradero. Coloqué los libros sobre mi cama y los acomodé en orden alfabético. Mientras los levantaba descubrí la carpeta que me había entregado Fernando con los datos de Colmillo. Avilés había asegurado que era un lobo y quise comprobarlo.

Me senté sobre la cama a leer los documentos. Venía primero la cartilla de vacunación. Constaba que a Colmillo le habían aplicado la vacuna antirrábica y la triple cada año desde cachorro. Cada dos años lo habían inyectado contra el moquillo. Al lado aparecía la fecha y la firma del veterinario para certificarlo. Colmillo se hallaba al día en lo concerniente a vacunas.

En un sobre venían algunas fotos de Colmillo. Desde cachorro hasta unas recientes. Era difícil creer que ese diminuto cachorro se convertiría con los años en el tornado que destruyó mi casa. Luego hallé un folleto en inglés. En la portada la foto de unas praderas nevadas y un lobo en primer plano.

Parecía póster de una película de Rin Tin Tin. "Criadero Mackenzie, mascotas salvajes." Lo abrí. Contaban la historia del criadero. Un tipo apellidado Mackenzie había conseguido un lobo vivo atrapado por un legendario trampero inuit. Lo llevó a su casa y le construyó una enorme jaula donde pudo deambular a sus anchas. Cruzó al lobo con una loba pura y luego apareó otros lobos con perras de raza alaskan malamute. Nacieron varias camadas y el señor Mackenzie decidió ofrecer en venta los cachorros. Fue un éxito. En el folleto aparecían varias fotografías del criadero y de la infinidad de lobos, perros-lobos y perros utilizados para las cruzas.

Adjunta venía una hoja con las explicaciones para el trato del animal recién adquirido:

Felicidades, ha comprado usted un lobo cien por ciento de raza pura. Por favor siga las instrucciones aquí sugeridas para lograr la mejor adaptabilidad y manejo de su cachorro:

Uno, los lobos son animales sociables. Es importante que desde cachorro su mascota se encuentre a menudo entre la familia y jugar con él lo más frecuentemente posible. NO lo amarre ni lo deje solo en un espacio reducido. Eso puede afectar su sociabilidad y convertirlo en un animal agresivo.

Dos, sea firme con su cachorro. No permita que lo desobedezca. En cuanto presente cualquier asomo de indisciplina, repréndalo. Es importante que el cachorro sepa que usted es el líder alfa de su manada y no él.

Tres, permita que se ejercite a diario al menos una hora. Es importante que corra con libertad y que las personas convivan con él. El lobo necesita sentir que pertenece a un grupo. Su familia humana es, de ahora en adelante, su manada.

Cuatro, entrénelo diario. Debe obedecer órdenes sencillas como sentarse, echarse, caminar con correa, defecar en los lugares indicados. El animal debe someterse a usted y no a la inversa.

Cinco, evite alimentarlo con carne cruda. Si lo hace despertará su instinto asesino y cazador. Prepárele la carne cocida con algunos huesos que pueda roer. Recomendamos también las croquetas para perro.

Seis, en lo posible permita que el lobo lo acompañe dentro de su hogar. La soledad los angustia. Permita que se eche a su lado mientras ve la televisión o cocina. Es fundamental que el lobo se sienta parte de las actividades familiares. Sugerimos que le permita relacionarse con otros perros e impedir cualquier acto de agresividad contra ellos. La convivencia con los perros le permitirá desarrollar aún más su proclividad a pertenecer a una jauría: su familia.

Si usted sigue estas indicaciones, su cachorro será una mascota tranquila, algo tímida, juguetona y obediente. No hay razón por la cual un lobo deba comportarse de manera agresiva.

Ninguno de los Prieto dominaba el inglés. De haber leído la hoja con las indicaciones se hubieran evitado infinidad de problemas. Hicieron exactamente lo opuesto a lo sugerido: lo encadenaron a un poste desde cachorro, lo tuvieron abandonado en la cochera, lo alimentaron con carne cruda de caballo, no lo sacaron a ejercitarse, no lo entrenaron, no lo metieron nunca a la casa, no compartieron con él. Colmillo se hizo agresivo por la falta de espacio, de libertad, de sociabilidad. Avilés había sido exacto en su diagnóstico. Ahora faltaba ver si esos errores eran reversibles y si yo podía corregir el temperamento trastornado de Colmillo.

Continué examinando los documentos. El último era un pergamino con tipografía rimbombante. En ella se desplegaba la escasa genealogía de Colmillo. Se mencionaban solo los nombres del padre y la madre y se aclaraba que no había manera de saber quiénes eran sus abuelos, porque Colmillo descendía de lobos salvajes capturados y no criados en cautiverio. El padre se llamaba Nujuaqtutuq. Entre paréntesis escribieron que era un nombre en inuktitut que significaba "el Salvaje" y la madre se llamaba Pajamartuq, Aquella que Muerde. La validez del pedigrí la autentificaban un sello y una firma notariada.

Salí de mi cuarto y de nuevo me senté en la silla a contemplar a Colmillo. Cuán diferentes éramos él y yo. Por sus venas corría un único linaje de lobos salvajes. Por la mía una caterva de donadores de sangre. El puro y el impuro. Me emocionó confirmar que en mi casa vivía con un lobo. Sentí un ardoroso deseo de domesticarlo, de convertirlo en mi compañero, en hacerle sentir que él y yo pertenecíamos a la misma manada.

No debía perder tiempo. Aún con el dolor en la pierna, tomé la silla, la alcé y sin pensarlo me fui directo a acometerlo.

dime dios, si es que existes ¿por qué estás tan enojado? esas frases lapidarias, tan llenas de cólera ¿de dónde salieron? si fuimos hechos a tu imagen y semejanza ¿tanto te enfurece que los humanos sean tan parecidos a ti?

dime dios ¿tú eres el que mandas matar? ¿tú eres el que pide que ateos como yo seamos asesinados? esos que dicen ser tus soldados ¿los avalas? ¿o ellos actúan por voluntad propia?

dime si esa rabia milenaria que aparece en la biblia es tuya. dime a quién le dictaste las terribles sentencias que aparecen en tu libro sagrado ¿son tuyos esos mandatos feroces? ¿por qué ese deseo de derramar sangre, destruir, tirar cuerpos al campo para ser devorados por las bestias? ¿por qué amenazas tanto?

y tú, cristo ¿no se supone que viniste a cambiar el mundo? ¿a perdonar, a llenarnos de amor? ¿eres o no eres hijo de dios? ¿o eres dios? ¿dios padre, dios hijo y espíritu santo? tu padre escribió una parte del libro, ¿tú viniste a reescribirla? sí eres un solo dios ¿contradices? ¿te corriges? ¿te arrepentiste de tus dictados previos?

ven cristo a poner un alto. una secta de asesinos se dedica a defender tu nombre. lo enarbolan como un estandarte de muerte y desolación. lo manosean, lo salpican de sangre ¿o fuiste tú quien dictaminaste las sentencias de muerte? tú, quien predicó sobre el amor y la solidaridad espíritu santo, me imagino que debes ser un soplo de bien, un viento purificador ¿tú eres lo que respira este ejército vulgar que masacra en tu nombre?

dios, ¿tú señalaste a mi hermano con tu dedo flamígero? ¿desde las alturas extendiste todo tu brazo para marcar su suerte? dímelo. de una vez manifiéstate. ten el valor de aparecer y explícame o justifica su muerte ¿a quién dañó mi hermano? a nadie forzó a drogarse. a nadie. ¿no eres tú quien habla de libre albedrío? ¿no eran ellos dueños de sus cuerpos? ¿o eres tú el único dueño de todos los cuerpos en el mundo?

¿cuánta gente has mandado matar, dios? no puedes decretar homicidios y causar tanto daño y seguir tan tranquilo en tu trono celestial, impune.

responde a mis preguntas o daré por hecho tu inexistencia. habla o calla para siempre. pero si callas, confirmaré una vez más que eres solo una humareda, que nunca has existido, que no eres más que el subterfugio de unos criminales. en otras palabras, no eres más que una figura literaria, el producto de mentes enfebrecidas. ven o vete, existe o desaparece, pero cesa de ser el banal pretexto de un grupúsculo de asesinos

demasiada muerte y pavor causan ustedes, los dioses. si van a existir traigan bienestar y alegría. que nadie más mate en su nombre. que nadie robe, secuestre, mutile, viole, juzgue, condene. no lo permitan. detengan ya, las manos asesinas. los hombres queremos paz. hagamos un acuerdo y quedemos en paz. ustedes, nosotros. en paz

La densa nieve le dificultaba arrastrar el trineo. El gran lobo, aun flaco y desnutrido, pesaba varios kilos. A eso se sumaba la carne de wapití, la tienda de campaña y las pieles. Jalarlo por entre los bosques, subir las colinas, le había llagado las manos, le había dejado los músculos envarados. No podía detenerse. Si la primavera llegaba, la nieve se derretiría y no podría deslizar más el trineo. Entonces sí le sería imposible avanzar.

Amaruq había perdido la noción del tiempo y la distancia. Caminó con decisión hacia el sur, a donde sabía que se hallaba su casa. Se hallaba en territorio ignoto, pero en algún momento reconocería las montañas, los ríos, los parajes.

El lobo se fortalecía. Su mirada recuperó el brillo, su boca salivó de nuevo y dejó de jadear. Aun amarrado de las patas, Nujuaqtutuq tuvo fuerza suficiente para intentar morder a Amaruq. Al jalar el trineo el hombre se acercó demasiado y el lobo le soltó la tarascada. Logró arrancarle un pedazo del pantalón. Para evitar que volviera a agredirlo, Amaruq le amarró el cuello con una soga y lo inmovilizó.

Amaruq temía el ataque de otra jauría de lobos. No se habían cruzado con ninguna, pero con seguridad, si venteaban el olor del lobo herido, los atacarían. No podría pelear contra ellos. Sin rifle, exhausto y solo con la lanza y el cuchillo para defenderse, la lucha sería desigual. También temió la acometida de un puma o de un glotón. El invierno había sido rudo y para los predadores un lobo herido y un hombre agotado eran presa fácil.

Por las noches Amaruq montaba la tienda entre los manchones de pinos, donde se sentía más protegido, y metía el trineo con el lobo. Luego encendía fogatas alrededor para evitar el ataque de animales. Colocaba al lobo en la esquina próxima a la entrada de la tienda y él se acurrucaba en el rincón contrario. Amaruq dormía con el cuchillo al alcance de su mano por si Nujuaqtutuq lograba soltarse.

El invierno le pareció el más largo y oscuro que había vivido. El frío recrudecía. El viento helado le cortaba la cara al avanzar. No quería tapársela, nada debía obstruir su vista. Debía estar atento a cualquier predador que quisiese atacarlos. Por momentos deseó caminar por la pradera donde era más fácil remolcar el trineo y no zigzagueando por entre los pinares. Hubiese sido un error mortal. Se convertiría en un blanco fácil. Entre los pinos podía defenderse apoyando la espalda contra un tronco o huir trepando por las ramas.

A veces su abuelo lo acompañaba en el trayecto. Amaruq le pedía que le relatara historias. El abuelo caminaba en silencio o canturreaba en voz casi imperceptible. Amaruq le reclamaba. "Háblame, haz más ligera mi jornada." Nada. Nieve. Viento. Murmullos.

Llegó a un ancho río. Sus aguas se hallaban congeladas. No recordó haberlo atravesado antes. ¿Hacia dónde iba? Este río, ¿estaba al oeste? ¿Al sur? Volteó hacia el cielo buscando el Sol para orientarse. Lo tapaba un velo nuboso pero aun así su brillo le permitió ubicarse. Sí, caminaba hacia el sur. Entonces, ¿qué hacía ese río ahí? No reconoció sus riberas ni sus meandros. Un río de ese ancho no lo había cruzado. Volteó hacia atrás, confundido. Él no se había extraviado nunca. ¿Qué le sucedía? Respiró hondo para tratar de calmarse. Sabía que en la tundra la gente tiende a extraviarse cuando pierde la cabeza y toma decisiones precipitadas. Entonces comienzan a dar vueltas en círculo. Avanzan más y más hacia el fondo de un laberinto interminable y no se detienen sino hasta que mueren de hambre y agotamiento.

Amaruq caminó por la ribera para examinar el terreno. Buscó indicios de su paso por ahí. Nada reconoció, ni una mota de pinos, una sierra, un valle. Al perseguir a Nujuaqtutuq olvidó una máxima de quienes rondan los bosques. Cada cien metros mirar hacia atrás porque el paisaje hacia delante es distinto al paisaje que queda atrás. Ahora pagaba el precio.

Amaruq no se atrevió a cruzar el río congelado. Era ancho, y si el hielo no estaba suficientemente firme él y el lobo se hundirían y la corriente subterránea los sumergiría bajo la capa de hielo hasta morir ahogados.

Decidió seguir el río corriente abajo para buscar un punto donde se hiciera más estrecho. Avanzó unos kilómetros y al dar vuelta a un recodo, se topó con un hato de docenas de wapitíes. Los ciervos, al sentirlos, huyeron. A ochenta pasos se detuvieron y voltearon. Cientos de ojos escrutaron al hombre cubierto de pieles y al lobo tumbado sobre el trineo.

Uno de ellos soltó un agudo bramido y al unísono la manada se dio vuelta y huyó cruzando el río congelado.

El sonido de las patas estrellándose contra el hielo resonó en el valle. Amaruq los vio partir y se acercó hacia donde habían atravesado. El hielo no mostraba una sola cuarteadura. Lo golpeó con el puño. Estaba sólido. Decidió cruzar doscientos metros más adelante para evitar el tramo pisoteado.

Inquieto por la presencia de los ciervos, Nujuaqtutuq se agitó de un lado a otro. Amaruq le desamarró la cabeza para que no se lastimara. Libre de la soga, el lobo estiró el cuello y de inmediato giró hacia donde se habían ido los wapitíes. Amaruq esperó a que se calmara y luego decidió cruzar.

Franqueó el río sin dificultad. En el hielo el trineo se deslizó con suavidad. Amaruq lo agradeció, ya no aguantaba los dolores en las piernas y espalda, ni las manos llagadas y sangrantes. Terminaron de atravesarlo. Amaruq dejó el trineo sobre el borde del río y se tumbó sobre la nieve. Miró una bandada de cuervos volar por encima de él y posarse sobre las ramas de un pino. A lo lejos escuchó los bramidos de los wapitíes alejándose. Exhausto se quedó dormido.

Despertó aterido, cuando ya estaba oscuro. Se levantó y miró a su alrededor. Entre las penumbras pudo distinguir el trineo y el lobo. Había vuelto a cometer un error: dormirse a la intemperie, sin protegerse de los predadores. Sintió los primeros síntomas de la hipotermia: dolor de cabeza, dedos entumecidos, somnolencia. Fue hacia el trineo, sacó la tienda y como pudo la montó. Los dedos torpes impidieron que clavara con precisión las estacas y anudara los cordeles. La tienda quedó bamboleante y mal puesta.

Amaruq prendió dos fogatas, metió el trineo a la tienda y adormilado pasó junto a Nujuaqtutuq, que no desaprovechó la oportunidad de morderle el tobillo. Amaruq gritó del dolor. Los colmillos del lobo lo traspasaron. La sangre brotó rápido. Con el mango de la lanza, Amaruq lo golpeó varias veces en la cabeza, gritándole "Te voy a matar, te voy a matar". El lobo chilló. Amaruq no pudo continuar porque su abuelo detuvo la lanza. Amaruq se volvió a mirarlo. Ya lo traía harto el fantasma del viejo. "Te voy a matar a ti también", le dijo. Zafó la lanza de las manos del anciano y empezó a golpear el aire, hasta que cansado se desplomó.

Dos mordidas le había dado ya Nujuaqtutuq. Saliva de lobo, sangre de hombre. Abatido, humillado, cagándose y meándose amarrado como un bulto, el lobo se había cobrado el trato indigno. Amaruq se sentó a revisar la herida. La sangre manaba sin cesar. Aplicó un torniquete y lo apretó y soltó cada veinte segundos. La sangre comenzó a detener su flujo. Colocó brasas ardientes sobre la mordida para cauterizarla y apretó la mandíbula para soportarlo.

Amaruq sacó un trozo de carne, lo puso sobre la lumbre para descongelarlo, lo partió en pedazos y con la lanza se lo dio a Nujuaqtutuq en el hocico. Cenaron ambos en silencio. Al terminar, Amaruq apagó la pequeña fogata encendida al interior de la tienda y se acomodó para dormirse.

Reflexiones sobre el enemigo mientras me hallo sentado en la azotea:

"No combatas a tu enemigo. Déjalo cometer los errores fatales. Él mismo se derrotará. Siéntate tranquilo a ver el río. Tarde o temprano su cadáver flotará corriente abajo."

"El enemigo más difícil de vencer es aquel que miras todos los días frente al espejo."

"La venganza es un acto de precisión."

"No permitas que la emoción alimente tu venganza. Aguarda, el momento correcto para ejecutarla llegará."

"Si tu enemigo es belicoso, pronto topará con el adversario que le dé muerte. Puedes ser tú, puede ser otro."

"Hazle creer al enemigo que te ha vencido y atácalo cuando menos lo espere."

"En la selva caminas esperando a que el león acometa. No olvides mirar hacia abajo. El enemigo puede disfrazarse de serpiente."

"Tu enemigo siempre estará convencido de que se halla del lado del bien y que tú estás en el error."

"Los enemigos más implacables conocen tus debilidades y tus fortalezas, estuvieron cerca de ti, estudiándote."

"Tú puedes ser el enemigo de alguien sin sospecharlo. Te atacarán sin que tú sepas por qué ni cuándo."

"Las batallas son cortas, las guerras largas. No importa cuántas batallas pierdas, la guerra continúa."

"El enemigo tiene que hallarte preparado."

"Cuídate del traidor que habita dentro de ti."

"Nuestras grandes derrotas y nuestras grandes victorias son secretas. Solo nosotros sabemos cuando en verdad ganamos o perdemos."

"No gastes energía en odiar al enemigo, concéntrate en derrotarlo."

"Tus enemigos creen que los dioses están de su lado."

Ajedrez

Movió la torre para amenazar mi alfil. No hallé la manera de protegerlo. Si lo quitaba, su peón podía avanzar a R6 y acorralar a mi rey. El padre Arturo sonrió satisfecho. Yo apenas le había quitado dos peones y un caballo. A mí me había arrebatado dos caballos, una torre, cuatro peones y un alfil. Me estaba despedazando.

Humberto me había pedido acompañarlo a comprar cartulinas y al regreso me pidió que pasáramos a la iglesia. Me llevó a unos aposentos al fondo del anexo, donde vivían el padre Arturo, otro sacerdote y las dos monjas que los atendían. Eran tres cuartos austeros, diminutos. Una pequeña sala con un televisor, una mesa y una cocineta compactados en treinta metros cuadrados.

Esperamos al padre Arturo quince minutos. "Está terminando de orar", dijo una monja al recibirnos. Cuando apareció me saludó cordial. "He oído hablar mucho de ti", dijo y me apretó el brazo. Había imaginado a un tipo sombrío y tieso, pero era relajado e incluso, bromista. Aun así era extraño hablar con alguien que nunca se quitaba las gafas oscuras. Humberto lo trataba con reverencia casi cortesana y escuchaba solícito cada una de sus palabras.

El padre Arturo nos invitó a sentarnos junto a él en uno de los raídos sillones de la sala. Nos ofreció un café de olla recién preparado por la monja. "Este va a ser el mejor café que vas a tomar en tu vida", me dijo. Lo saboreé. Sí, era un café delicioso, con toques de canela y la justa medida de piloncillo. Miré un tablero de ajedrez sobre la mesa. "¿Juegas ajedrez?", me preguntó. Asentí. Había aprendido a jugar a los ocho años estudiando los movimientos de las piezas en la *Enciclopedia Británica*. Mi padre pulió mis conocimientos y nos enfrentamos en varias partidas. A los nueve años logré ganarle. Creí que se había dejado derrotar, pero no, lo había vencido de verdad.

"¿Cuál es tu apertura favorita?", inquirió el padre Arturo. No sabía a qué se refería. Fuera del "jaque mate al pastor", no conocía otra. "No tengo", le respondí. "A mí me gusta la Ruy López", dijo. Señaló el tablero. "¿Quieres jugar?"

En la primera partida salió con el caballo de la reina. Yo estaba acostumbrado a que mi padre y Carlos iniciaran con el peón del rey. No supe contrarrestar su juego y con pocos movimientos conquistó el centro y me dio un jaque mate certero. En la segunda partida, luego de ser desangrado, sin caballos, sin torre, sin alfil, decidí rendirme. Era notoria la cantidad de tiempo que el padre Arturo le dedicaba a estudiar aperturas, defensas, ataques.

"¿Sabes quién era Capablanca?", me preguntó mientras colocaba las piezas de nuevo sobre el tablero. "Sí, un jugador cubano. Campeón mundial", le respondí. "¿Sabes cómo perdió el campeonato?" Negué con la cabeza. "José Raúl Capablanca era un genio. Quizás el mejor jugador de ajedrez de la historia. Un superdotado, pero… de vida disipada. Le gustaba el trago, la fiesta. Le tocó exponer su cetro contra un ruso metódico y disciplinado: Alexander Alekhine. Mientras el ruso estudiaba a fondo las debilidades de su rival, Capablanca se la pasaba acostándose con varias mujeres, muchas de las cuales, se dice, las contrató el mismo Alekhine. Nadie esperó que Capablanca perdiera, pero fue derrotado después de cuarenta partidas. Desvelado, fuera de concentración, no resistió ni mental, ni físicamente. Alekhine nunca le dio la revancha y duró años como campeón mundial."

La historia me pareció interesante, pero no adiviné hacia dónde iba. "Aquí hay una lección, Juan Guillermo", dijo enfatizando mi nombre, "debes aprender de qué lado estás, o en el de los ganadores, o en el de los perdedores. Alinéate con el bando de los Alekhine, no con el de los Capablanca.

¿Entiendes?" Sonrió satisfecho y me palmeó en la pierna. "Hiciste lo correcto en ponerte de nuestro lado. Porque vamos a triunfar. Pero debes mantenerte fiel a nosotros." Acercó su rostro a mí. Su aliento olía a caño. "No fue una casualidad que la madre de Humberto fuera quien te salvó la vida. ¿Comprendes la dimensión de ese misterio de dios?"

Se puso de pie y se acomodó la sotana. "Si nos disculpas, Humberto y yo tenemos asuntos de los cuales hablar." Entraron a la habitación del cura y cerraron la puerta. La monja me trajo otra traza de café de olla. Esta ya no me pareció tan buena. Quizás era porque aún sentía el fétido aliento del padre Arturo en mi paladar. Aún hoy me repugna recordarlo.

Esperé a Humberto casi una hora. Al salir me sonrió. "Le caíste muy bien al padre Arturo." No hablamos casi en el camino de regreso. Al dejarme en mi casa, Humberto me miró a los ojos. "Este domingo, a las diez de la noche", dijo "confiamos en ti".

José Raúl Capablanca se desplomó a los cincuenta y tres años de edad víctima de un derrame cerebral mientras pedía ayuda para quitarse el abrigo al llegar a un restaurante. Falleció horas más tarde en el sanatorio. A la fecha se le admira y se le respeta como un jugador brillante, de un talento natural extraordinario.

Alexander Alekhine fue hallado muerto sobre una silla frente a su mesa a los cincuenta y tres años de edad. Murió mientras comía a solas. El parte médico lo achacó a un ataque cardiaco. Alguien vinculado a la autopsia aseveró que se asfixió con un pedazo de carne. Teorías conspiratorias afirman que fue envenenado. Según algunas versiones, Alekhine era antisemita y admirador de los nazis. En los círculos ajedrecísticos fue repudiado como cobarde por rehuir jugar con Capablanca por el campeonato.

A partir de la renuncia del ruso por darle una oportunidad al cubano, las reglas del ajedrez cambiaron. Ahora es obligatorio que el campeón reinante le otorgue la revancha al campeón destronado. Si no lo hace, se le despoja del título.

Estoy, y estaré siempre, del lado de los Capablanca.

Desperté tirado en la alfombra de la sala, Colmillo echado a unos metros de mí. Apenas me moví y un dolor punzante recorrió mi pierna. Colmillo alzó la cabeza y se me quedó mirando. No se me ocurrió otra cosa que saludarlo con un "buenos días, puto".

Por la noche había bajado a confrontarlo. Fue una pelea ríspida que duró más de una hora. Le di duro con la silla y él me acometió varias veces. De nuevo tronó mi pierna, con tal fuerza que ya no me pude mover. Aun tumbado pude acomodarle dos sillazos más que lo hicieron retroceder. Me arrastré hacia atrás, nos contemplamos uno al otro y exhausto me quedé dormido.

Colmillo se irguió. Sangraba a través del bozal. Él también debía estar adolorido después de nuestro round nocturno. Me incorporé. Colmillo me gruñó, amenazante. Tomé la silla y amagué con reventársela en la cabeza. Eso bastó para silenciarlo.

Fui al refrigerador y saqué los restos de un pollo rostizado que el Pato había traído tres días antes. Tomé una pierna y un muslo, los calenté un poco en la estufa y me fui a sentar frente a Colmillo. El olor de inmediato lo hizo levantarse. Crispó los músculos. El hambre debía enervarlo. Clavó sus ojos en la comida y de pronto se abalanzó hacia mí, con tal fuerza que arrastró la mesa consigo. Apenas logré quitarme. Me levanté y le di vuelta. Colmillo me siguió jalando la mesa. Nunca le di la espalda. Cuando lo tuve cerca le puse una patada en el hocico. Colmillo se detuvo, precavido. Nos quedamos mirando, frente a frente.

Alcé la pierna de pollo y empecé a comérmela. Al terminar le arrojé el hueso. Colmillo se lanzó sobre él. Frustrado por no poder morderlo por el bozal, empezó a menear su enorme cabeza de un lado a otro. Me volteó a ver. En su mirada había más rabia que imploración. Comí el muslo exagerando el deleite para provocarlo aún más. Al terminármelo subí al cuarto de Carlos.

Más caca y orines. Había olvidado abrirle al King la puerta hacia la azotea, adonde iba a defecar. Domesticado a más no poder, el bóxer fue a cagarse en la ducha tratando de atinarle a la coladera del desagüe, tal y como le había enseñado Carlos a hacerlo en el patio.

Con papel del baño recogí los excrementos y los tiré al inodoro. Luego abrí la regadera para lavar los restos y enjuagar la orina. El pobre perro seguía en pánico. No quiso separarse de mí ni cuando me bañé. El King, tan reacio a mojarse, se sentó en una esquina de la ducha sin importar que lo salpicara.

Estuve metido media hora bajo el agua caliente con los ojos cerrados. El chorro suavizó un poco el dolor en mi pierna y en mi hombro. Mientras me vestía sonó el timbre. Eran mis tres amigos. Les abrí, y apenas entró, el Pato se quedó mirando atónito la zona de desastre. "¿Colmillo hizo eso?", me preguntó. Asentí. Prácticamente no faltaba más que el lobo pudiera destruir.

"Vamos a dar la vuelta", propuso el Jaibo. "Vayan ustedes", les dije. "No. Vinimos a sacarte", dijo el Pato, "así que no vamos a ningún lado sin ti". Sugirieron ir a la Estación de Ferrocarriles de Buenavista. Desde que teníamos doce años nuestro sueño era montarnos de polizones en los trenes de carga. Lo intentamos una vez, pero el Jaibo se fue de espaldas y se lastimó las costillas. Cuando mi padre se enteró, enfureció. Él lo había hecho de adolescente, pero en una ocasión uno de sus amigos resbaló al saltar entre los vagones y cayó entre las vías. El tren pasó por encima de él y le cercenó ambas piernas. Deprimido por las amputaciones, se encerró en su cuarto y murió un año después.

Mi padre nos hizo prometerle no intentarlo. Pero ahora que había muerto no había promesa que cumplir, y a decir verdad, poco me importaba resbalar entre los furgones y morir aplastado.

Llegamos a la estación y nos paramos en los andenes a elegir tren. El que partía más temprano iba hacia Saltillo. Lo estudiamos mientras estuvo detenido para decidir la mejor manera de abordarlo. Luego caminamos por fuera de las vías, saltamos la alambrada y nos escondimos detrás de unos barriles a esperar su paso.

El tren traqueteaba lento cuando nos montamos. Nos encaramamos con rapidez y nos metimos a un vagón con sacos de maíz. Salimos de la ciudad y nos sentamos en la orilla de la puerta a mirar hacia fuera. El paisaje de boscoso pasó a desértico. En las llanuras sobresalían nopales y huizaches. Liebres corrían asustadas al paso del tren y huilotas cruzaban a gran velocidad.

El tren se detuvo en pequeñas poblaciones y en descampado. Luego de cinco horas de viaje nos aproximamos a la ciudad de Querétaro y decidimos bajarnos. El tren comenzó a disminuir su marcha. Aprovechamos para apearnos cuando entramos a los patios de la estación. Unos vigilantes nos vieron y nos corretearon. Huimos zigzagueando entre los furgones de varios ferrocarriles hasta perderlos.

Pasamos la tarde en el centro de Querétaro. Comimos enchiladas en un puesto y recorrimos los callejones, las plazas y sus parques. Me sorprendió la claridad de la luz, el azul profundo del cielo, las nubes blanquísimas.

Al atardecer decidimos regresar. Nos apostamos en las vías en medio de un terregal a las afueras de la ciudad. Se acercó un tren de carga con bastante velocidad. Esperamos que avanzara un poco y corrimos paralelos a los vagones. El Pato y yo nos sujetamos de la escalerilla de un furgón y trepamos hacia su interior. El Agüitas y el Jaibo casi pierden el tren, pero al final se montaron en un carro que cargaba arena.

Nos encontramos en un furgón abierto que transportaba gigantes rollos de lámina. Nos acostamos cada uno sobre un rollo y nos dormimos. A medio camino nos despertó una tormenta. En menos de un minuto quedamos empapados. No hubo dónde guarecernos de la lluvia. Nos quedamos tumbados sobre los rollos, las gotas cayendo sobre nuestros rostros.

El tren hizo varias paradas. En cada una se escuchaba el rechinido metálico de los frenos. La gran bestia de carga se detenía en la cortina de lluvia. Al reanudar la marcha, la locomotora daba un jalón y los vagones se sacudían.

El tren serpenteó entre las montañas y luego descendió hacia la mancha urbana. Arribamos a la Ciudad de México y el tren se estacionó en unos andenes en la zona industrial de Vallejo. Descendimos y mojados atravesamos una franja de calles vacías, grandes bodegas, basura amontonada sobre las banquetas, perros roñosos y famélicos, charcos de agua negra y nauseabunda. No conocíamos el lugar y no hallamos a nadie que nos orientara para salir de ahí.

Deambulamos perdidos, tiritando de frío. Para entretenernos, el Jaibo contó historias sobre Tampico, de pescadores a la deriva en altamar por semanas, de capitanes de barco que hablaban lenguas inentendibles, de chapopote invadiendo las playas como una gran ola negra, de incendios de buques cargueros iluminando la noche, de mareas rojas y pescados y jaibas podridos sobre la arena.

Por fin dimos con una avenida transitada. Tomamos un taxi y volvimos a la colonia a la media noche. Exhaustos, mojados y con frío, nos despedimos. Llegué a mi casa. Sobre el portón hallé una nota pegada con cinta adhesiva:

Vine a ver si cenábamos juntos. Te traje unos bísquets de un café de chinos. Cómelos con mantequilla derretida. Son buenísimos. Los puse debajo de la reja. La lección de hoy con Colmillo. Aúlla, ladra, gruñe, háblale, cántale. Los lobos son muy vocales. Trata de comunicarte con él. Te busco mañana para cenar. Si no puedes, me avisas.

Sergio

Entré y busqué la bolsa de pan. Avilés la había colocado junto a la manguera del patio. Se notó que hizo un gran esfuerzo para estirarse entre los barrotes y depositarla ahí. Me había comprado cuatro bísquets. Me olvidé de la mantequilla y me comí uno ahí mismo.

Entré a la casa a oscuras. Prendí la luz y encontré a Colmillo parado mirando hacia la escalera. Volteé y ahí estaba Chelo sentada sobre un escalón.

Zurita nunca vio a mi hermano en persona sino hasta que lo sacaron hinchado del tinaco, sus pulmones rebosando agua, su cara amoratada, sus ojos mirando hacia la tapa que le impidió salir, la boca abierta. A Zurita le sorprendió su gran estatura, su cabello crespo, el color de sus ojos. Se arrodilló a mirarlo y luego se volvió hacia Humberto. "¿Es él?" Humberto le contestó. "Sí, ese es Carlos Valdés." Zurita se incorporó. "Estaba guapo el cabrón, pudo haber sido actor", dijo el muy imbécil.

Al cadáver lo rodearon policías y buenos muchachos. Me acerqué a verlo. Dos policías me interceptaron, pero Zurita les indicó que me dejaran pasar. Mi hermano parecía tratar de decir algo, como si se hubiese quedado a la mitad de una frase, pero en lugar de palabras escurría agua. No iba a llorar, y menos enfrente de sus asesinos. "Eliminamos una lacra", dijo Humberto. Volteé a mirarlo. Se hallaba parado a unos metros del borde de la azotea. Pensé arrancarme hacia él y empujarlo hasta que se precipitara al vacío. Algo debieron adivinar los policías en mi mirada, porque dos de ellos se colocaron frente a mí para impedirlo. No importaba, mataría a Humberto tarde o temprano.

"Qué lamentable accidente", me dijo Zurita. Humberto y Antonio sonrieron. ¿Accidente? Así fue como el comandante Adrián Zurita reportó por escrito el homicidio de mi hermano. "Por razones desconocidas, Juan Carlos Valdés se escondió en un tinaco lleno de agua. La tapa se trabó y no pudo salir. Murió ahogado. No se hallaron en el cadáver signos de violencia o indicios de que pudo tratarse de un acto criminal."

Así como los cuerpos de las chinchillas se seguían retorciendo después de muertos, el cadáver de mi hermano comenzó a vomitar agua y jugos gástricos. "Eso no fue un accidente", le dije con rabia a Zurita. "Ya lo determinará la autopsia", respondió cínico. A lo lejos vi al Agüitas y al Jaibo mirando desde la azotea de los Ávalos. Ambos lloraban. Quise gritarles que no lloraran. Que mejor fueran por la pistola a casa de Sean, que me la lanzaran de azotea a azotea y así yo podría balacear a los doce apósteles del mal que rodeaban a mi hermano muerto.

Vi a mi alrededor. Los dos policías frente a mí se distrajeron por un momento. Clavé mi mirada en Humberto. Eludí a los policías y corrí hacia él. Cuando lo tuve a dos metros salté y le pegué un cabezazo en la cara. Le reventé la nariz y comenzó a sangrar. Lo tomé de la cintura y empecé a desplazarlo hacia la orilla de la azotea, pero Antonio me tomó de los hombres y con una llave de judo me tiró al piso. Josué y otros dos buenos muchachos se lanzaron a patearme. Me golpearon en las costillas, en el estómago, en los testículos. Quedé tendido. Zurita y sus hombres no hicieron nada por detenerlos. Humberto se acuclillo y acercó su rostro al mío. "*Non nobis, Domine, sed nomini tuo da gloriam*", me dijo, mientras gotas de sangre que escurrían por su nariz manchaban mi camiseta. Se levantó y se alejó por las azoteas seguido por el resto de sus secuaces.

Uno de los policías se acercó al cadáver de Carlos, se quitó la chamarra y le cubrió la cara. Furioso me levanté del piso y aún adolorido por la golpiza cogí la chamarra y la aventé sobre el vómito de mi hermano. Quería que vieran su rictus mortuorio, que no olvidaran nunca la expresión de ese hombre cuya muerte fueron incapaces de impedir. Que ese muerto que vomitaba se convirtiera en una de sus pesadillas.

Arribó una ambulancia. Tres paramédicos subieron por la escalera de caracol. Zurita los interceptó a medio camino y algo les dijo en voz baja. Los tres escucharon atentos. Un paramédico se inclinó hacia el cadáver. El estúpido palpó con sus dedos el cuello de mi hermano buscando pulso en su carótida, como si Carlos estuviera actuando el papel de muerto y solo esperara el aviso para levantarse y proseguir con su vida diaria.

Zurita ordenó a los paramédicos que se lo llevaran. Me interpuse. "Tiene que venir el ministerio público", advertí "se necesita levantar un acta". Zurita se volvió a verme, molesto. "Ahora resulta que eres abogado, pendejo. Aquí el que manda soy yo."

Los paramédicos subieron a mi hermano a una camilla y comenzaron a bajarlo con torpeza por la escalera de caracol, cuidadosos de que no se les resbalara y cayera hacia el patio de los Martínez. Varios vecinos avistaron la maniobra desde las azoteas.

Terminaron de descender el cuerpo. "Lo van a llevar a la delegación y luego al anfiteatro de Xoco", me informó uno de los policías. El que le había puesto la chamarra en el rostro se me acercó. "¿Era tu hermano al que mataron?", preguntó. "Sí", le respondí. "Lo siento mucho. Esos ojetes algún día la van a pagar. Verás", me dijo y señaló a los buenos muchachos.

Me asomé por el filo de la azotea. Un gran número de curiosos rondó la ambulancia. Los paramédicos abrieron paso y subieron a mi hermano. Encendieron la sirena y lentamente, para no atropellar a los mirones, se alejaron por la avenida.

Honorato de Balzac, el gran novelista, intentó esclarecer las raíces del amor a primera vista. Concluyó que al circular la sangre por nuestro cuerpo, se crean campos de energía que se manifiestan a través de calor, irradiación, resplandores. De estos campos emana un alfabeto aeroluminoso particular de cada individuo

Esos alfabetos, ilegibles para la mayoría, solo pueden ser comprendidos por aquellos que comparten uno similar. Cuando dos personas detentan alfabetos semejantes, son capaces de leerse uno al otro con claridad. La atracción entre ellos se torna ineludible, el entendimiento perfecto. Es así como surge el amor a primera vista.

Es de lamentar que la posibilidad de toparse con alguien que posea un alfabeto aeroluminoso análogo al nuestro sea bastante remota.

Hielo

Domingo. Diez y doce p.m. La noche es fría. Avanzamos en silencio pegados a las bardas. El corazón se me acelera. La capucha me sofoca. Llevo un bate en la mano. Siento la textura de la madera, del barniz. ¿Qué hago con un bate en camino a atacar a unos viejos? Veo los ojos de Humberto por entre las ranuras de su máscara. No los descifro. Son dos rajas oscuras. Paramos frente a la casa. "El judío pagará caro", dice Antonio. Nos cuesta trabajo ver en la penumbra. Durante la semana los buenos muchachos han roto con resorteras cada uno de los faroles de la calle. Han conseguido oscurecerla para suprimir la mirada de posibles testigos.

Nos disponemos a entrar. Humberto me palmea la espalda. "Suerte", me dice. ¿Suerte? Estamos por machacar a unos viejos indefensos ¿y me desea suerte? Humberto hace señas para que nos reunamos alrededor de él. Murmura las instrucciones finales. "Es un correctivo", advierte "no los vayan a matar". Por primera vez escucho abiertamente la palabra "matar". ¿Cuántas veces antes Humberto dijo en referencia a mi hermano: "vamos a matarlo"?

Humberto y los demás se persignan. Rezan en voz baja: "Por la señal de la Santa Cruz, amén". Humberto mira hacia la puerta de la casa. "¿Listos?", pregunta en voz baja. "Listos", responden los demás. No, yo no estoy listo. ¿Cómo se puede estar listo para algo así? Felipe fuerza una ventana con una barra de metal. La abre. Entran uno por uno. Mientras toca mi turno palpo con los dedos las letras grabadas en el bate: "Louisville Slugger".

Caminamos a oscuras por la sala. Esquivamos muebles cuidando de no tropezar o hacer ruido. Me cuesta trabajo respirar. Dios con nosotros. Subimos las escaleras en silencio. No puedo dejar de temblar. Humberto señala una puerta. El cuarto principal. Antonio da dos pasos. La abre y a manotazos busca el interruptor en la pared para encender la luz. Los viejos están acostados en la cama. La mujer grita al vernos. Viste un camisón raído. El viejo judío se levanta y nos mira con asombro. El asalto se inicia.

Se propuso avanzar dos kilómetros por día, aunque a veces no logró recorrer más de cuatrocientos metros. La nieve era espesa y aun con las raquetas se hundía hasta al fondo a cada paso. Los guantes no habían resistido el esfuerzo de jalar el pesado trineo y solo quedaban hilachas de cuero. El frío engarrotaba sus dedos ensangrentados. La carne de los wapitíes se congelaba con rapidez y había que dejarla al fuego largo rato para poder comerla. Nujuaqtutuq se fortalecía y él se debilitaba. En cualquier momento el gran lobo podía romper sus amarres y escapar. Amaruq no sabía aún cuál era el propósito de mantenerlo con vida. Algún designio de los dioses debió conocer su abuelo para impedir que lo matara.

La lona de la tienda empezó a sufrir los estragos de la travesía. Varios agujeros permitían el paso del viento helado. Dormir le costaba trabajo. La falta de sueño le hacía sentirse letárgico. Su cuerpo desprendía un olor pestilente. Quizás era ya un cadáver y no se había percatado de ello.

Amaruq jaló el trineo por valles y hondonadas, cruzó montañas y precipicios. Siguió sin reconocer los parajes. Una y otra vez se arrepintió de no haber tenido cuidado en hacer un mapa mental del recóndito territorio donde había penetrado. Avistó a lo lejos otro gran hato de wapitíes y caminó hacia ellos. Se dispersaron tan pronto lo vieron. Su carrera levantó la nieve creando un torbellino blanco. Espectros de la pradera.

Remolcó el trineo hasta donde habían desaparecido los wapitíes y se topó con otro ancho río, también congelado. No recordó haberlo cruzado. Levantó la vista y miró el paisaje en la ribera contraria. Le pareció familiar. Se acercaba a casa.

Tanteó el hielo para ver si resistía el peso del trineo. Era una capa sólida. Lo cruzó despacio, tratando de no resbalar. Lo último que deseaba era romperse una pierna o un brazo, o quedar adolorido por el golpe. Llegó al otro lado y echó a andar.

La prisa por regresar empezó a carcomerlo y caminó con largas zancadas. Así les sucedía a los perros de trineo después de un largo viaje. Aun exhaustos, en cuanto se sentían próximos a su hogar, aceleraban a máxima velocidad. Algunos morían a las cuantas horas de arribar, consumidos por el esfuerzo. Se enroscaban detrás de los iglúes y fallecían callados y tranquilos. Amaruq se serenó, de nada servía apresurarse.

Arribó a parajes cada vez más conocidos. Decidió dirigirse hacia una mota de pinos. Arrastró el trineo hacia allá y eligió un sitio donde instalar la tienda. Al llegar, se encontró a su abuelo sentado sobre un montículo de nieve, afilando un cuchillo. "¿Qué haces aquí?", le preguntó Amaruq. El viejo se volvió a verlo y sonrió. "Más bien, ¿qué haces tú aquí?" El abuelo apuntó con el cuchillo hacia un tronco. Ahí se encontraban las marcas donde Amaruq había asegurado la cadena del cepo para atrapar a Nujuaqtutuq. Más allá, la osamenta del wapití que se había estrellado contra el pino. A la derecha el costillar de la wapití sobresaliendo entre la nieve. Amaruq sintió náuseas. Había dado vuelta en círculos. No era posible. Se había orientado hacia el sur. Siempre hacia el sur. ¿Por qué se había perdido?

Dejó el trineo y fue a encarar a su abuelo. "Guíame de regreso a casa", le ordenó. El abuelo señaló el bosque. "Quizás ahora esto es tu casa, por eso regresaste." Estremecido, Amaruq revisó el lugar con la mirada. "Aquí no podré sobrevivir. No tengo balas, se acabaron mis cerillos, mi tienda se desgarra en pedazos, mis guantes están rotos, se me agotó la comida." "No gimas", le espetó el abuelo "los antepasados de nuestros antepasados aprendieron a sobrevivir en lugares mucho más inhóspitos que este. Compórtate como hombre y arráncale a esta tierra lo que te puede dar". Molesto, el abuelo se dispuso a partir. Amaruq lo detuvo. "Al menos déjame tu cuchillo. Es más filoso que el mío." El abuelo se lo entregó. "Te lo doy", le dijo "pero este cuchillo no te servirá en este mundo".

Chelo me llevó a la cama en mi cuarto destrozado sin decir palabra. Simplemente me tomó de la mano y me condujo esquivando los muebles rotos. Apagó las luces. Quitó lo que se hallaba sobre el colchón y se acostó. Me extendió las manos pidiendo un abrazo. No quise dárselo. "¿Dónde estabas?", la cuestioné. "Ven", me dijo. Fue la primera palabra que pronunció. Solo oírla me hizo recordar cuánto la amaba y cuánto me dolía a la vez. "Te desapareciste", reclamé. Ella se quedó pensativa unos segundos. "Te explico luego. Ven ahora." Los celos me carcomían. Chelo no podía llegar de pronto y pedir algo así como un abrazo sin antes explicarse. "¿Con quién te acostaste?", interrogué. Ella alzó la cabeza. En la oscuridad pude adivinar su mirada. "Te explico después, te lo prometo. Pero ven, por favor." Su "te explico después" me punzó en el estómago. La ambigüedad de su respuesta no significaba otra cosa que haberse metido con otros. Empecé a sentir ganas de vomitar. ¿Por qué tiene que doler tanto imaginar que la verga de otro hombre penetra a la mujer amada? ¿Por qué esa fragilidad? Esa terrible sensación de que esa mujer es tu país y otros llegan a mancillarla. El maldito ultraje del semen ajeno. Me quedé paralizado. Ahí estaba ella frente a mí, la mujer que me abandonó y cuya vuelta esperé anhelante. Y ahora, no podía tocarla. No podía. "Por favor, dime", repetí. Que me dijera de una vez si se había metido con alguien. Recibir todas las heridas de golpe, un machetazo rápido y preciso. No padecer la lenta supuración del dolor. "Después te digo", insistió ella. Se levantó de la cama, me abrazó y recargó la cabeza sobre mi hombro lastimado. Dolor sobre dolor. En la penumbra divisé a Colmillo. Nos observaba, encadenado. Quizás debía soltarlo y liberarlo del bozal. Así como el King brincaba juguetón sobre nosotros cuando hacíamos el amor, que Colmillo nos atacara hasta despedazarnos. Que sus dentelladas pusieran fin a los celos, a la incertidumbre. Ser devorados por la bestia.

Chelo comenzó a besarme. Quién iba a imaginar que unos besos provocaran tanta tristeza. Tanta, pero tanta tristeza. Me quitó la ropa mojada, la dobló con delicadeza, la colocó sobre una silla y fue al baño por una toalla para secarme. Cada punto por donde pasaba la toalla, lo besaba. Notó los moretones sobre mi pierna y mi hombro. "¿Qué te pasó?", inquirió. Con el mentón señalé a Colmillo. Atisbó al lobo y el desastre que había ocasionado, y volvió a la tarea de secarme. Pareció no causarle impacto una casa arrasada por un animal salvaje, como si fuera cosa de todos los días.

"¿Me puedo quedar a dormir contigo?", preguntó. Asentí. Ella se desnudó y empezamos a hacer el amor de pie. Se colgó de mí y me enlazó con las piernas. Me costó trabajo soportarla sobre mi muslo magullado y la tumbé sobre la cama. No tardé en venirme, mucho antes de que ella se acercara al orgasmo. "Gracias", me dijo. "¿Por?" "Por venirte antes que yo, por regalarme tu orgasmo." Siempre había pensado que a ella le gustaba venirse varias veces antes de venirme yo, nunca me imaginé que me fuera a agradecer mi prontitud. Se acurrucó sobre mi pecho y nos quedamos dormidos.

En la madrugada desperté. Chelo no estaba en la cama. Volteé hacia la sala a buscarla. Estaba sentada desnuda en una silla, apenas iluminada por la Luna, tarareándole a Colmillo. El lobo la escuchaba con las orejas levantadas. La melodía parecía inducir un efecto tranquilizador en él. Me mantuve acostado, contemplándola.

Ella dejó de cantar y se acercó a Colmillo para acariciarlo. Colmillo bajó las orejas y cuando la tuvo cerca, la acometió. Asustada, Chelo intentó retroceder, pero Colmillo la alcanzó y la golpeó en el estómago. Chelo se desplomó hacia atrás y se pegó contra los restos del televisor en el piso. Rápido salté de la cama y corrí hacia ella. La cargué en vilo y la alejé del lobo, que se aprestaba a atacarla otra vez.

A oscuras sorteé las paredes derrumbadas y la acosté sobre la cama. Encendí la luz. Su pie derecho sangraba. Se había cortado la planta con un pedazo de la pantalla del televisor. Examiné la herida para ver si el vidrio seguía clavado. Se quejó en cuanto la abrí. Era difícil explorar entre la sangre que manaba profusamente. Me paré al baño y traje un pedazo de papel higiénico. Limpié la cortada. No había vidrios clavados. Apreté el papel contra la herida para detener el flujo de sangre. Ella empezó a reírse. "Y yo que pensé que exageraban cuando decían que era bravo."

En medio de la planta baja destruida, con las sábanas manchadas de sangre, las paredes orinadas por Colmillo, la peste a mierda, su desnudez me conmovió más que nunca. ¡Carajo! ¿Por qué tenía que amarla tanto?

Volvimos a hacer el amor. Ella empezó a tararear una tonada triste y más triste se hizo mientras más se acercaba al clímax. Al venirse susurró en mi oído "Juan Guillermo, Juan Guillermo". Se estremeció entre mis brazos. Su abdomen vibró contra el mío. Sus manos se prendieron de mis hombros. Sus músculos empezaron a distenderse, se separó de mí y se enroscó dándome la espalda. Respiró excitada unos segundos hasta recuperar el aliento. Sin voltear hacia mí, musitó "Te extrañé". Pude reclamarle: "Si me extrañaste ¿por qué te perdiste más de dos meses? ¿Por qué no me buscaste, no llamaste, no fuiste capaz de venir a mi casa una sola noche? Una sola, Chelo. No pedía más. Una. Dime, Chelo, por favor ¿te acostaste con alguien? ¿Cuál es el nombre de esos imbéciles?", pero solo atiné a decirle "Yo también te extrañé". La abracé por la espalda hasta quedarnos dormidos.

Humberto y Antonio están sentados frente a mí. Humberto aparenta preocupación. "Te excediste", me dice. "Todos le pegaron", me defiendo. "No, tú fuiste el que más duro le dio", corrige Humberto. "No importa", intercede Antonio, "se lo merecía". El viejo judío ha quedado cojo. Los huesos de la cadera despedazados a batazos. Camina con dificultad y dolor. Humberto se congratula por mi brío. "No esperaba tanto de ti, lo quebraste." No puedo de la culpa. Apenas cumplí catorce años y ya la culpa me atraganta.

No fui yo quien lo hizo, estoy seguro. "Será nuestro secreto, Juan Guillermo. Nadie de nosotros dirá lo que hiciste", asegura Humberto. "Yo no le pegué en la cadera", afirmo. "Todos te vimos, pero no te preocupes, somos parte del mismo grupo."

¿En qué momento, en qué justo momento me convertí en uno de ellos? Sí, le pegué. Pero yo no lo dejé en ese estado. Fue la lluvia de batazos de los demás.

La mujer continúa internada en el hospital. No habla. Se va a recuperar, dicen los doctores. Abraham Preciado y su mujer Elsa. No podré olvidar jamás sus nombres. ¿Cuánto perdón necesito pedirles? ¿Cuánto?

No duermo, no como. Estoy asustado. Ellos fingen calmarme. "Era necesario, dios así lo quiso", explica Antonio. ¿De verdad así lo quiso dios? ¿Batear a un viejo inerme en el piso es una orden de dios? Humberto me da un apretón en el hombro. "Tranquilo. Tú guardas nuestros secretos, nosotros guardamos los tuyos." Se levanta y sonríe. "Nos vemos el próximo sábado."

Padre mío que estás en los suelos,
sepultado junto a mi madre,
amado es tu nombre y tu recuerdo.
Tú que moras en el polvo,
junto a mi madre y
mis hermanos,
manda una señal,
de que me escuchas,
guíame,
una mujer me ronda,
un lobo me acecha.
Son la vida, padre
los maderos al que
este náufrago
se aferra

Manda por favor un mapa,
una brújula,
una barca,
un mar,
un río,
libros.
Un Sur,
un Norte
un Este, un Oeste,
un horizonte,
un futuro
hacia donde avanzar.

Padre mío que estás en los suelos,
dame tu consejo,
líbrame de la incertidumbre,
dame aire, viento
este presente me asfixia.
Te necesito padre,
a ti madre,

a ti abuela,
a ustedes hermanos.
Necesito
sus palabras,
la memoria de su amor,
la memoria del nosotros,
padre e hijos,
hijo nonato
hijo asesinado,
madre protectora,
abuela dulce,
manden una señal
de que me escuchan,
una brújula,
una barca,
un mar,
un río,
libros.
Un Sur,
un Norte
un Este, un Oeste
un
horizonte,
un futuro
hacia donde
a
    v
        a
            n
                z
                    a
                        r

Palabras

Cuando cursaba tercero de secundaria, unos meses antes de que muriera Carlos, David Barraza, el maestro de Español, nos puso un ejercicio en clase. "Elijan diez palabras que en una catástrofe natural consideren indispensables para comunicarse con los demás y poder sobrevivir." Parecía un ejercicio sencillo. No lo fue. Pasamos dos horas tratando de dilucidarlas, sin lograrlo. Sonó la campana y nadie en el salón terminó. Quedó en tarea para la casa.

Por la tarde anoté decenas de palabras. Descarté las más abstractas: ideología, intranquilidad, suspenso, etcétera. Decidí elegir las que comprendían la supervivencia pura: comida, techo, agua. Luego las que creaban vínculos: tú, yo, nosotros. Y por último las que creaban un sentido de lo humano: amor, amistad, alegría, tristeza. Terminé satisfecho por lo que me pareció una selección razonable.

Al día siguiente el profesor nos pidió que leyéramos en voz alta nuestras diez palabras. Empezaron dos compañeras a quienes tenía por tontas y superficiales. La lista de ambas era casi idéntica a la mía: comida, bebida, casa, nosotros, ustedes, amor, amistad, alegría, tristeza. Una agregó la palabra "padres" y la otra "vestido". Mis compañeros siguieron leyendo. La lista de los demás cambió poco, con algunas variantes: viaje, dolor, medicina, dinero, miedo.

Empecé a sentirme estúpido. Uno tras otro habíamos caído en el lugar común. Quizás la trampa se hallaba en la petición del profesor Barraza: "Elijan aquellas palabras que les permitan sobrevivir". En realidad palabras como bebida, techo, comida, vestido, tú, nosotros, amor, permitían un rápido y claro nexo con los demás.

El maestro escribió en el pizarrón las palabras y el número de veces que se repetían. Por lo visto, yo entraría junto con el resto de mis compañeros en la estadística de la redundancia. Me negué a pasar por uno más. Empecé a garrapatear palabras sin ningún orden, cualquiera que me salvara del anodino lugar común.

"Tu turno, Valdés", dijo Barraza. Él junto con Fernando Alarid eran mis profesores favoritos. Joven, pensaba fraguar una carrera como escritor. Era talentoso. Nos leyó sus cuentos en clase. Poseían tensión narrativa, potencia, imaginación.

Me puse de pie y empecé a leer mi lista elaborada por pura asociación libre: nada, todo, rescate, renunciar, peligro, perdón, sereno, animal, doméstico, salvaje. Al terminar, Barraza sonrió. "¿Por qué esas palabras son indispensables para sobrevivir?", inquirió. Improvisé mi respuesta: "Porque todo lo demás lo puedo expresar con gestos o dibujos". Barraza volvió a sonreír. "No estoy de acuerdo, pero tú debes saber qué necesitas en tu vida para sobrevivir", dijo y continuó con una disertación sobre la importancia de crear lenguajes que en periodos de crisis nos permitieran comunicarnos de modo eficaz.

Felicitó al grupo porque la mayoría, de la cual fui excluido por mi lista al vapor, en tan solo diez palabras había creado un marco lingüístico preciso. Por el ejercicio, Barraza le subió dos puntos al grupo en su calificación mensual, "menos a ti, Juan Guillermo, ya hablaremos". Supuse que me reprobaría.

Al finalizar la clase me buscó. "Juan Guillermo, ¿por qué siempre te esfuerzas en ser diferente?" Su cuestionamiento me sacó de balance. Yo no deseaba ser diferente, simplemente no quería ser igual a los demás. "Solo trato de ser yo", le respondí. Barraza me palmeó en el hombro. "Estás exento este mes", dijo. "¿Por?", inquirí. "Porque la literatura es búsqueda de lenguajes propios, rompimiento, originalidad, y tú lo lograste. Tienes diez." Volvió a darme una palmada y cruzó el patio escolar.

Después de cuatro semanas se terminó la carne. Amaruq masticó el último pedazo y miró a su alrededor. Había colocado varios cepos en un amplio círculo con la esperanza de atrapar un animal. No importaba si era un lobo, un lince, un oso o hasta un cuervo. Necesitaban alimento, pero no había caído ninguna presa.

Era mediados de marzo y el invierno parecía no acabarse. El frío interminable, la nieve cayendo sin cesar, el viento soplando día y noche. La tienda se desgarraba con las tormentas y ondulaba en jirones. Las cuerdas que la sostenían se trozaban con las ventiscas y Amaruq debía salir en la oscuridad a atar los cabos rotos para que la tienda no volara por los aires.

Una mañana por fin amaneció despejado, sin una sola nube en el horizonte. Acostumbrado a semanas de cielo encapotado y gris, tanta claridad lo turbó. "La primavera, por fin", pensó. Era el momento de intentar una vez más el retorno a casa.

Recogió los cepos, dobló la tienda, ató las pieles y las acomodó sobre el trineo. Luego depositó a Nujuaqtutuq encima. El lobo había enflacado y no le costó trabajo cargarlo. Ante la escasez, Amaruq había administrado la carne. Al principio le daba al lobo raciones iguales a las suyas, pero al paso del tiempo las disminuyó hasta darle solo pequeños bocados. Amaruq necesitaba mantenerse fuerte para cazar para ambos.

Echó a andar. Su abuelo había desaparecido desde aquella vez en que le entregó el cuchillo. Amaruq no supo si se había molestado con él o sencillamente había vuelto a las remotas comarcas de la muerte. Por si las dudas, agitó la mano en señal de despedida y arrancó hacia el sur.

Decidió cambiar la ruta. No volvería a perderse. El río ancho y congelado debía hallarse a su izquierda. Tomó hacia la derecha, hacia el gigantesco macizo montañoso en el oeste. Sería difícil cruzarlo, pero desde sus picos podría escudriñar el horizonte y ubicar la vía del ferrocarril que conducía a su casa.

Días después llegó a la falda de la sierra. La reconoció como aquella que se miraba a lo lejos desde la estación del tren. Las mismas cumbres nevadas, las hileras de pinos que terminaban al inicio la montaña, las formaciones rocosas, las altas paredes de granito. Estudió las rutas para subirla y eligió la faceta norte. Era una pendiente más suave por donde podía arrastrar el trineo con mayor facilidad. Escalaría la mañana próxima.

Montó la tienda en la base de la montaña. Mientras lo hacía avistó en los picachos un hato de cabras monteses. "El animal más difícil de cazar. Los fantasmas blancos", le había dicho su abuelo. "Cuando caces a un gran macho, podrás llamarte cazador de verdad." Trataría de matar una con la lanza. Le demostraría a su abuelo cuán buen cazador era, cuán hábil para bordear los precipicios y acercárseles.

Logró dormir como no lo había hecho en largo tiempo. El viento no sopló ni tampoco nevó. Hasta Nujuaqtutuq tuvo un sueño profundo. Roncó tan duro que despertó a Amaruq. El hombre se levantó alarmado. No supo si el lobo lo atacaba o qué sucedía. Al percatarse de que solo habían sido sus ronquidos, se rio a carcajadas.

Al día siguiente comenzó el ascenso. Se le complicó subir. Desde abajo el camino parecía fácil, pero lo cortaban a menudo peñones o grandes abismos. Exploró atajos hasta que halló un sendero que subía sin una marcada inclinación. Recorrió un buen tramo y se sentó en la nieve a descansar. Había jalado el trineo cuesta arriba por más de seis horas. Miró hacia abajo. Descubrió el ancho río de hielo que había cruzado unas semanas antes. El río serpenteaba con caprichosos recodos. A veces de este a oeste, otras de norte a sur. Entendió por qué se había confundido y lo había atravesado en dos ocasiones en la misma dirección.

Continuó hasta la parte media de la montaña y empezó a circundarla. El sendero se hizo cada vez más pedregoso. Le costó aún más trabajo arrastrar el trineo. Varias veces estuvo a punto de rendirse, pero supo que solo desde los picos podría orientarse.

Agotado llegó a una hondonada y decidió disponer ahí el campamento. Metió a Nujuaqtutuq dentro de la tienda, tomó la lanza y fue a explorar los grandes paredones donde moraban las cabras monteses. Recorrió un kilómetro y se apostó sobre una roca. Descubrió a la distancia a dos machos y cuatro hembras. Caminaban sobre las escarpadas murallas de roca. Si resbalaban caerían a un precipicio de quinientos metros de altura, pero no parecía preocuparles. Tranquilas saltaban de un risco a otro sin titubeos.

Las observó un largo rato y vio que se dirigían a un pequeño valle en lo alto de la montaña. Dio vuelta y corrió entre los peñascos para interceptarlas. Llegó a las inmediaciones. Pecho tierra se arrastró contra el viento hacia un promontorio localizado en el centro del valle. Se ocultó y esperó a que las cabras se aproximaran. Tardaron casi dos horas en arribar, ya a punto de oscurecer. El macho más grande las guio hacia una orilla del valle cercana a una ruta de escape y ahí las hembras se echaron a pasar la noche. Ambos machos se quedaron de pie durante un largo rato, vigilantes.

Amaruq apenas asomó la cabeza para espiarlas. Paciente aguardó a que los dos machos se acostaran. Se hizo de noche. Amaruq esperó a que saliera la Luna e iluminara el valle. Dormitó un rato, con mucho frío. Las temperaturas descendían con rapidez apenas se ocultaba el Sol. Cerca de las once apareció la Luna en su fase menguante. Era suficiente la luz que proyectaba. Amaruq levantó la vista y con peñascos como referencia, marcó la posición de las cabras.

Salió de su escondite y con la lanza a su costado cruzó a gatas hacia donde se hallaban. De vez en cuando se tumbaba sobre la nieve unos minutos para no asustarlas. Luego continuaba su acecho. Se aproximó a cincuenta metros de ellas. Para lancearlas requería acercarse otros treinta. Parecía imposible. Ya una de las hembras se había levantado nerviosa a olfatear el viento. Amaruq se quedó inmóvil tratando de contener la respiración. La cabra dio unos pasos al frente, olisqueando. Después de unos minutos pareció calmarse y se echó de nuevo.

A Amaruq le llevó una hora arrastrarse hasta tenerlas a veinte metros. Las manos se le entumecieron con el frío. Apenas podía coger la lanza. Avanzó un poco más y cuando calculó dónde estaban se incorporó lentamente. No las halló. Escrutó el valle con cuidado. Nada, solo el nevado manto blanco. Revisó sus referencias: el pico a la izquierda, los peñascos al centro, los paredones a la derecha. Las cabras debían estar ahí echadas, pero no había más que nieve. Escuchó piedras rodar. Volteó. Las cabras saltaban ágiles por la inclinada muralla huyendo de él a doscientos metros de distancia. ¿En qué momento se levantaron y corrieron?

Regreso frustrado. Le tomó casi cuatro horas regresar al campamento. Llegó al amanecer. Se recostó y, extenuado, se durmió.

Dormimos abrazados. Desperté primero que ella. Contemplé su desnudez y pasé la mano por su espalda. Me concentré en su piel lisa, para ver si de ella emanaba un alfabeto aeroluminoso que permitiera descifrar el motivo de su desaparición. Pero en su piel solo alcancé a leer el enorme amor que sentía por ella. Y al mismo tiempo el dolor inconmensurable que me provocaban su promiscuidad, sus misterios, sus secretos. Mi madre solía decir "Cada quien tiene derecho a tener sus secretos". Cierto, pero también quienes sufrimos por esos secretos poseemos el derecho a saber. Es terrible la opacidad de la persona amada. Esas zonas impenetrables que nos erosionan la confianza, la seguridad, la certeza y terminan por desbaratarnos. Y yo ya estaba desbaratado.

Chelo despertó con una sonrisa y acarició mi cara. "Estás guapo, cabrón", me dijo. La frase me dolió. Las mismas palabras había usado Zurita para describir a Carlos. Se estiró y me preguntó la hora. "Las ocho y cuarto", le respondí. "A las

317

diez tengo clase de Anatomía y Fisiología, necesito apurarme", dijo.

Se levantó desnuda. Se puso los zapatos para no cortarse los pies y brincó una de las paredes derrumbadas. En cuanto cruzó, Colmillo empezó a gruñirle. Chelo le sonrió, como si el lobo pudiese comprender su gesto. Pasó pegada a la pared y entró a la cocina. "¿Quieres huevos estrellados?", me preguntó. "Sí", le respondí. Nuestra relación adquiría de nuevo un sentido de cotidianidad.

Me puse los zapatos y también desnudo me dirigí al desayunador. Ella terminó de preparar los huevos y se sentó a mi lado. Desnudos, picando la yema con tortilla, en medio de la planta baja destrozada, parecíamos los sobrevivientes de un tsunami que perdieron el total de sus pertenencias.

Se vistió sin bañarse. "Quiero oler a ti todo el día", me dijo y me besó en la boca. Se dispuso a salir. Le pedí que no se fuera. "Regreso por la noche", prometió. No le creí y cuando partió me entró una enorme ansiedad.

Desnudo me senté frente a Colmillo. Como lo sugirió Avilés, me puse a aullar y a ladrar. Colmillo ladeó la cabeza como para tratar de entender lo que hacía. No me desanimé. Continué con mis vocalizaciones hasta que Colmillo levantó la cabeza y, aún impedido por el bozal, aulló. Aullamos los dos en una sinfonía desigual.

Callé y él calló también. Nos mantuvimos en silencio. Primero no dejamos de mirarnos uno al otro. Luego, perdimos contacto visual y cada quien empezó a hacer lo suyo. Colmillo a rascarse la nuca con la pata trasera y yo a limpiar el tiradero.

Durante horas levanté excremento, cepillé paredes orinadas, barrí pedazos de vidrio y de vajilla, reacomodé muebles, restregué la alfombra sucia y parecía no adelantar. Sonó el timbre. Me amarré una toalla a la cintura y fui a abrir. Era Avilés. "¿Te estás bañando?", preguntó. "No, estaba recogiendo", respondí. "¿Recogiéndote a quién?", bromeó y rio de su chiste. "Vamos a comer", dijo. Poco le importó hallarme semidesnudo. "¿Ahora?" "Claro, es la hora de la comida. Vístete y vámonos."

Fuimos a comer mariscos en un puesto del mercado de La Viga. Avilés ordenó por los dos: callo de hacha, coctel de ostiones, pulpo a las brasas, pescado a la talla. En meses no había comido tan sabroso. Avilés me regañó porque no corté el aguacate en rodajas, sino que lo exprimí sobre el pulpo. "La comida, para que sepa bien, necesita verse bien." Por supuesto que no le hice caso. Turbado por la reaparición de Chelo, lo último que me importaba era rebanarlo con corrección.

"¿Qué te preocupa?", me preguntó Avilés. Volteé a mirarlo. ¿Qué tanto podía importarle mi vida a ese desconocido? ¿Por qué me llevaba a comer, a cenar, me compraba bísquets? ¿Qué quería? Se lo pregunté a rajatabla. Avilés rumió su respuesta. "Yo manejo seis tigres. Cinco nacieron en cautiverio. El otro fue atrapado en la India, cuando aún era un cachorro, después de que cazaron a su madre. Cuando lo adquirimos era un animal huraño que atacaba a quien se le acercara. Me di a la tarea de darle atención, alimentarlo. Solo eso. No quise domarlo ni domesticarlo. Empezamos a relacionarnos. Él huérfano y yo huérfano. Hoy ese tigre que se llama Tito es capaz de matar por mí. Si otro de los tigres intenta hacerme algo, me defiende. Ambos somos miembros de la comunidad de huérfanos. Vengo a verte porque somos huérfanos y entre huérfanos podemos cuidarnos unos a los otros, pero si te molesta no vuelvo a buscarte."

Su larga réplica me sacudió. El concepto de "comunidad de huérfanos" me brindó una nueva perspectiva sobre mi propia condición, sobre la fragilidad que significa carecer de padres y, en mi caso, de hermanos y abuelos. Era verdad, era necesario cuidarnos. "No, no me molesta que me busque. Es que no entendía", le respondí. "¿Y ya entendiste?" Asentí y seguimos comiendo.

De regreso a la casa, Avilés tocó una cinta de cantos cardenches. "Es lo más cercano que tenemos al blues en este país", explicó, "los cantan los pizcadores de algodón mientras

319

laboran en los campos de la zona de La Laguna, en Coahuila. Los entonan en coro, un cantante por cada surco en los algodonales".

El cardenche era ríspido, melancólico, un lamento profundo. "De niño mi papá me llevaba a escucharlos. Por lo general, quienes lo cantaban eran viejos con manos callosas y el rostro arrugado por tanto Sol. Para acordarme de mi papá, siempre traigo conmigo un casete de música cardenche."

Le pregunté cómo habían muerto sus padres. "A mi madre le sobrevino un derrame cerebral mientras cenábamos. Murió ahí mismo, en la mesa. Mi padre se suicidó un año después, justo el día en que cumplí catorce años, pero prefiero no hablar de eso."

Llegamos a la casa y entró a ver a Colmillo. "Está deshidratado", afirmó, "tiene reseca la nariz. ¿No le has dado agua?" No, no le había dado. Aturdido por el regreso de Chelo, había olvidado tanto a Colmillo como al King y los periquitos. Llené una cubeta con agua y la puse cerca de Colmillo, que de inmediato comenzó a beber a través del bozal.

"Voy a revisar a mi perro", le dije a Avilés. Lo había dejado encerrado solo en el cuarto de Carlos por más de veinte horas. Apenas abrí la puerta el King brincó ansioso sobre mí. En su desesperación había desportillado la puerta rascando con las patas. Ya no defecó en el baño, sino encima de la cama. Lo tomé del cuello y lo arrastré hasta donde se había cagado. "No, esto no se hace aquí. No." El King se soltó y fue a refugiarse debajo de una silla. Ya no solo enfrentaba el terror del lobo allá abajo, también debía lidiar con el sentimiento de abandono por el único dueño que le quedaba.

Me sentí culpable y lo llamé. El King se acercó temeroso y cuando me arrodillé a acariciarlo empezó a lengüetearme y a hacer fiestas. Le grité a Avilés que subiera. Le conté del miedo del King a Colmillo. Le pregunté qué hacer. "No sé", respondió, "mi trabajo es domar animales salvajes, no convertir en valientes a animales cobardes". Se agachó a verlo. Al igual que a mí, lo lamió y llenó de baba. Avilés jugueteó con él y cuando el King tomó confianza, lo levantó por arriba de su cabeza y llevándolo en vilo, descendió las escaleras.

El perro se retorció tratando de zafarse, pero Avilés lo agarró con fuerza. Cuando llegaron frente a Colmillo, Avilés lo volteó para que se vieran uno al otro. Mi perro comenzó a temblar. Avilés lo bajó y el King salió disparado a esconderse de nuevo en el cuarto de Carlos.

Avilés sonrió al verlo huir. "Creo que tu perro no tiene remedio", dijo. Luego señaló a Colmillo. "Trata de quitarle el bozal", dijo. "Si intenta atacarte, déjaselo puesto hasta que se muera de hambre. Se debilitará y se someterá a ti."

La carta anónima declaraba:

Los Comandantes y Caballeros de la Gran Cruz y la Serenísima Orden de los Cornudos convinieron en Asamblea Plenaria, bajo la presidencia del venerable Gran Maestro de la Orden, su excelencia D. L. Naryshkin, elegir unánimemente a don Aleksandr Pushkin como coadjutor del Gran Maestro de la Orden de los Cornudos e Historiógrafo de la Orden.

Aleksandr Pushkin, el admirado poeta ruso, la leyó indignado. ¿Cornudo él? ¿Infiel su mujer? Conocido por su temperamento atrabiliario, juró que quien hubiese provocado la ofensa pagaría con su vida. Sospechó de Georges d'Anthés, un oficial francés que pertenecía a la guardia de la corte del zar y que el embajador de Holanda, barón Von Heeckeren, había adoptado. D'Anthés le había coqueteado varias veces a Natalia Goncharova, la mujer de Pushkin, quien era célebre por su hermosura y estilo y a la cual el poeta, feo y de baja estatura, amaba con rabia.

Sin confirmar sus sospechas, Pushkin retó a muerte a D'Anthés. El embajador intentó disuadirlo, pero Pushkin no cedió. Para impedir el enfrentamiento, D'Anthés propuso una solución digna para ambos: casarse con Ekaterina, hermana de Natalia. Así D'Anthés demostraba carecer de intenciones lascivas con Natalia.

Pushkin consideró el gesto como un acto de buena voluntad. Se fijó fecha para el matrimonio y se canceló el duelo. No contaron con la mala leche de quien enviaba los anónimos. De nuevo llegaron cartas que insinuaban un amorío entre Natalia y D'Anthés. Pushkin se encolerizó, seguro de que D'Anthés usaba el matrimonio con su cuñada sólo para mantenerse cerca de Natalia, y volvió a retarlo.

Se iniciaron los preparativos del desafío, en el que todos los participantes corrían graves riesgos. El zar había prohibido los duelos y quien trasgrediera la orden sería ejecutado. Si los duelistas lograban sobrevivir, se les condenaría a la horca. Los testigos y los padrinos serían despojados de sus privilegios e incluso, sancionados con prisión.

La amenaza de escarmientos no impidió el encuentro. El veintisiete de enero de mil ochocientos treinta y siete, a las cuatro y media de la tarde, se reunieron los duelistas en un pasaje cercano a San Petersburgo. Los padrinos les entregaron pistolas cargadas con una sola bala. Los rivales caminaron veinte pasos. Se giraron en el momento indicado y D'Anthès, militar con amplia experiencia en tiro, jaló el gatillo primero e hirió a Pushkin en el abdomen. El poeta cayó a la nieve, sangrante. Con dolor se incorporó y disparó a su enemigo, hiriéndole en la mano y en las costillas. La herida de Pushkin fue grave; la del militar francés, no.

El poeta fue llevado en trineo a un hospital de la ciudad. Durante tres días trataron de curarlo, pero la bala había interesado varios órganos y Pushkin, el obstinado duelista, falleció.

Treinta mil personas asistieron a su entierro. Para evitar desmanes, las autoridades cambiaron el lugar de la misa de difuntos de la Catedral de San Isaac a una pequeña iglesia. Fue enterrado a media noche en una fosa desconocida para impedir que la muchedumbre esgrimiera su muerte como pretexto para sublevarse contra el zar.

El zar despojó de sus títulos rusos al barón Von Heeckeren y a D'Anthès. A este último no lo condenó a la pena capital, pero lo expulsó del país. D'Anthès regresó a Francia, donde vivió hasta avanzada edad y desarrolló una exitosa carrera en el ejército. Al enviudar, Natalia se casó con uno de los guardias del zar.

Testimonios de la época infieren que el duelo fue una conspiración tramada por los Von Heeckeren aliados con gente cercana al zar. La popularidad de Pushkin y su carácter subversivo lo convertían en un peligro para el régimen y lo mejor era deshacerse de él. Aprovecharon su carácter explosivo para enardecerlo e inducirlo a encarar a un oponente muy superior en el manejo de las armas. La hipótesis de esta intriga no ha sido aún comprobada.

Sábado

Continué asistiendo a las reuniones de los buenos muchachos. Las de los lunes y miércoles, inanes, con refrescos, papitas y conferencistas invitados con visiones fanáticas y desmedidas. Así nos tocó escuchar a un médico antiabortista que nos proyectó un documental llamado *El grito silencioso*, en el cual aparecían pedazos de un feto recién arrancado del útero con una cucharilla; a un tipo apellidado Cordero que negaba el Holocausto y la Inquisición, y a una mujer que aseguraba comunicarse con ángeles.

En una de las sesiones el orador fue el mismo padre Arturo. Habló de una conjura atea y judía para dominar el mundo. "Detrás de ellos se encuentra el Diablo", afirmó "y no podemos descuidarnos". Hizo énfasis en los dos grandes enemigos de los católicos: los gobernantes herejes que azuzaban al pueblo contra la Iglesia y los envenenadores de la sociedad que corrompían a los jóvenes facilitándoles alcohol, drogas y sexo. Había que combatir a ambos con igual denuedo y no olvidar que el Malévolo acechaba en cada uno de nuestros actos.

Al despedirse, el padre Arturo acercó a mi cara su rostro de reptil. "Vienen decisiones importantes y esperamos que estés de nuestro lado. ¿Contamos contigo?" No supe qué responderle, pero asentí con la cabeza. Me pellizcó el cachete y se alejó con una sonrisa glacial.

El sábado siguiente, como de costumbre, nos vestimos con los hábitos y las capuchas. Comenzaron los rezos, la promesa de demoler a los adversarios. Al terminar, Humberto pidió que nos quitáramos las capuchas y sacó el pizarrón. "Hemos traído los nombres de nuevos enemigos", dijo y apuntó un primer nombre.

Margarito Rosas. Retorno 108 #46. Chofer de taxi. Hereje.

Humberto me miró antes de escribir los siguientes nombres:

Sean Page. Retorno 207 #20. Ex soldado. Envenenador.

Diego Pernía. Retorno 201 #2. Sin oficio. Envenenador.

Juan Carlos Valdés. Retorno 201 #85. Sin oficio. Envenenador.

Los leyó en voz alta. Un escalofrío recorrió mi nuca. ¿Eso significaba el "contamos contigo" del padre Arturo? Sin quitarme los ojos de encima, Humberto preguntó si alguien podía presentar argumentos en defensa de los acusados. Levanté la mano. "Yo tengo", afirmé. Humberto sonrió con sorna. "Sabes las reglas, Juan Guillermo, no se puede defender a un familiar cercano o a sus secuaces", advirtió.

"Mi hermano no ha hecho nada", sostuve. Humberto me clavó la mirada. "Las investigaciones comprueban que son culpables y tú lo sabes mejor que nadie." "Culpable ¿de qué?", me atreví a preguntar. "Ha envenenado a cientos de jóvenes, entre ellos la prima de Josué. Les vende drogas y hasta les facilita un cine para que se metan esa ponzoña. ¿Me vas a decir ahora que no lo sabías?"

Humberto se giró hacia los demás. "¿Alguien tiene defensa para los acusados?" Todos enmudecieron. "Si no hay defensa, procedamos al siguiente paso", dijo. "No", grité "no les hagan nada". Humberto volteó hacia Antonio. "¿Merecen que los perdonemos?", preguntó burlón. Antonio negó con la cabeza. Humberto se volvió hacia mí. "Lo siento, pero deberemos determinar el castigo correspondiente."

Carlos y yo caímos en la trampa. Humberto tardó meses en tenderla. La armó pieza por pieza, colocó el cebo y torpes quedamos atrapados. El "contamos contigo" representaba el callejón, la no-salida. En cuanto terminó la reunión fui a hablar con él.

—Por favor, no les vayan a hacer nada.

—Ellos se lo ganaron —afirmó Antonio.

—Yo los convenzo de que paren.

—Demasiado tarde —sentenció Humberto—. Debiste hacerlo antes.

—No creí que fuera tan malo lo que hacían.

—Es lo peor de lo peor. Por culpa de tipos como ellos una generación entera se sumerge en el mal —aseguró Antonio—, y solo porque eres parte de nuestro grupo no te acusamos por encubrirlos.

—Me imagino que sabes del castigo que ameritan —dijo Humberto.

El castigo por "envenenamiento" era la eliminación. Empecé a temblar. Tuve miedo. No por mí. Por mi hermano, por el Castor Furioso, por el Loco.

—Por favor, no los eliminen —rogué.

Humberto se llevó el índice al labio para pedir que me callara. Bajó la cabeza para aparentar que cavilaba y después la levantó.

—Podemos cambiar la eliminación por un castigo más leve, como un "correctivo", pero necesitamos elementos que nos ayuden a suavizarlo. ¿Entiendes?

—¿Como cuáles?

—Que nos digas dónde se esconden cuando los persigue la policía.

Ese era el secreto de Carlos que jamás debía revelar.

—No lo sé —contesté titubeante.

—Pues si no lo sabes, averígualo. Es más, si en tres días no nos lo dices, vamos a aplicarles un severo "correctivo" a tus padres. Sabemos a qué hora salen del trabajo, a qué hora vuelven, qué ruta toman para llegar a tu casa.

—Mis papás no tienen culpa de nada.

Humberto me clavó la mirada, con odio.

—Tu padre ofendió a Cristo, se burló del padre Pepe. ¿Crees que se nos olvida? Y si tus padres criaron a un hijo como Carlos, son más que culpables. Si se te ocurre advertirles que huyan o cualquier otra cosa, escucha bien, los vamos a dejar como a Enrique, la "noviecita" de tus amigos.

Al escucharlo, Antonio se desconcertó. Cruzaron una mirada.

—No te preocupes —le dijo a Antonio—, contamos con Juan Guillermo, ¿verdad? Dejaste al viejito judío como muñeco roto, ya sabemos de lo que tú y todos somos capaces.

Dio dos pasos hacia mí y comenzó a hablarme en voz baja.

—No hay de otra. O nos dices dónde se esconden o te atienes a las consecuencias. Si nos dices pronto, aplicaremos un simple "correctivo", pero si se te ocurre mencionarles algo, lo más mínimo, matamos a tu familia, y sabes que lo digo en serio. Así que confiesa de una vez y así no te arriesgas a rajar.

Pude tomar los tres días que me dieron como plazo, advertirles a mis padres del peligro, pedirle a Carlos que atacara él antes, ir yo mismo a buscar una pistola y balearlos, pude hacer varias cosas, pero se redujeron a una:

—Se esconden dentro de los tinacos. Sean y Diego en los de las casas de los Martínez, de la señora Carbajal y de los Santibáñez. Mi hermano en los tinacos de los Barrera o de los Armendáriz.

—¿Cómo se esconden?

—Llevan popotes y respiran sumergidos a través de ellos. Pueden aguantar ahí metidos durante mucho tiempo.

Humberto sonrió. ¡Carajo, su sonrisa! Su maldita sonrisa.

—Les acabas de salvar la vida. Hiciste bien en decírnoslo. Eso demuestra que contamos contigo. Puedes irte.

La náusea se me agolpó en el esófago, a punto de explotar. Me di vuelta y salí de prisa. En cuanto crucé la puerta, vomité.

Varias veces intentó cazar las cabras. No pudo acercarse a menos de cien metros. Ante cualquier ruido o movimiento, huían. Amaruq estaba obligado a cazar una, por difícil que fuera. No tenía alternativa. La falta de alimento empezaba a desgastarlo. Bajar de la montaña a lancear un alce o wapití suponía localizarlos primero, lo que le llevaría semanas, y en el estado de desnutrición en que se hallaba, era imposible.

Nujuaqtutuq, cada vez más hambriento y desesperado, mordisqueó aquello a su alcance: cuerdas, el trineo, la lona de la carpa. Amaruq encontró el fémur y la cadera del esqueleto de una cabra. Los raspó con cuchillo y las ralladuras las mezcló con nieve y se las comió. El resto de los huesos se los arrojó al lobo, que de inmediato los royó.

Amaruq montó la tienda bajo una gran roca para impedir que una avalancha los arrastrara. Al hacerlo, escuchó un ruido distante. Descubrió un helicóptero cruzar a baja altura por la pradera. El primer signo de vida humana en meses. El helicóptero giró hacia la montaña, pasó cerca de los riscos de la cara norte y se alejó. Amaruq lo miró hasta perderlo.

Pasaron los días y sin alimento Amaruq y el lobo se debilitaron cada vez más. Amaruq decidió arriesgarse para cazar a las cabras. Aseguró una cuerda a la saliente de un peñasco en los paredones, se amarró y descendió hasta quedar suspendido encima del estrechísimo sendero por el cual las cabras transitaban de los riscos hacia los valles.

Oculto por unas rocas, Amaruq esperó colgado durante cuatro horas. En cuanto declinó el Sol escuchó rodar de piedras. Las cabras regresaban de comer y se dirigían a sus echaderos nocturnos. Amaruq no podía verlas, pero oyó próximos sus balidos. El corazón comenzó a latirle con fuerza. Una hembra con una cría pasó debajo de él sin percatarse de su presencia y continuó tranquila hacia el valle. Detrás de ella aparecieron dos hembras más y luego un macho joven que apacibles cruzaron el sendero.

Amaruq alzó la lanza con lentitud y apuntó hacia el hueco por donde supuso aparecería el macho líder del hato, pero en su lugar emergió una hembra de buen tamaño. Amaruq supo que esa era su oportunidad. La hembra avanzó por el sendero. Amaruq chasqueó los labios y la hembra se detuvo para ver de dónde provenía el ruido. Amaruq arrojó la lanza, que se clavó en un costado de la cabra. La hembra reculó al sentirse herida y huyó hacia el valle. Amaruq pudo ver un chorro de sangre escurrir por la blanca piel.

Amaruq se mantuvo quieto. Debía aguardar al menos una hora en espera de que la cabra se desangrara. Si la buscaba pronto, la cabra podía asustarse y brincar hacia los peñascos, donde sería imposible hallarla. Pasó la hora. Amaruq se desamarró y bajó con cuidado. El sendero medía apenas cuarenta centímetros de ancho. Un resbalón y caería al precipicio. Fue a revisar el punto donde le había dado. Había gotas de sangre mezcladas con pedazos de hierba molida. Lamentó el tiro, le había pegado en la panza. Diez centímetros más hacia los hombros y la cabra habría muerto de asfixia, con los pulmones perforados, en cuestión de minutos. Ahora tardaría en morir al menos cinco horas y seguir el rastro sería difícil. La materia gástrica taparía la herida y la sangre dejaría de manar. Debía buscar a gatas las pequeñas manchas rojas.

Decidió dejar la búsqueda para el día siguiente y volver al campamento. Dio un rodeo para no asustar al rebaño. Mientras menos presionara a la cabra herida, mejor. Confiar en que se echara a dormir con las otras y que la septicemia, provocada por la entrada de bacterias intestinales al torrente sanguíneo, la matara.

Llegó al campamento, exhausto. Por tantas horas inmóvil, el Sol le había requemado el rostro y las costillas le dolían por la presión de la cuerda sobre su pecho. Prendió fuego tallando unos palos secos. Derritió nieve para beber y puso un cazo con agua junto al lobo. Nujuaqtutuq apenas tuvo fuerza para alzar la cabeza y tomar agua. Amaruq lo contempló. "Buenas noches", le dijo.

Se levantó temprano a rastrear la cabra herida. Llevó varias ramas para marcar los sitios donde hallara sangre. Inició en el lugar donde la había herido. Al principio, la cabra dejó varias salpicaduras sanguinolentas, pero se fueron haciendo más pequeñas y escasas. A los cien metros perdió la huella. Ni una gota de sangre. Regresó a buscar la rama que indicaba el último punto donde había hallado una. Caminó en círculos cada vez más amplios para no dejar terreno sin examinar. Después de dos horas halló un pedazo de materia estomacal ensangrentada. La cabra no se había echado en los valles, sino que se había dirigido hacia los paredones. Ese era el peor de los escenarios posibles. Que tambaleante de muerte se despeñara cuatrocientos metros hacia el vacío.

Amaruq continuó buscando. Halló la lanza. Estaba cubierta de sangre, partículas de hierba digerida y pelos blancos. Había atravesado a la cabra. Unos metros más allá, descubrió un charco coagulado. Ello significaba que la cabra, debilitada por la hemorragia y la infección, se había recostado para luego reemprender la marcha. No debía estar lejos.

Después de buscar signos de sangre durante horas, avistó la cabra en la lejanía. Avanzaba con pesadez entre las rocas hacia los desfiladeros. Buscaba protegerse en las murallas. Sabía que parada en una angosta vereda a la mitad de un paredón, la posibilidad de que un puma la atacara sería menor.

Amaruq debía interceptarla antes de que llegara ahí. Si no, recuperarla sería complicado. Dio vuelta y corrió con la lanza lo más rápido posible. Necesitaba rodear los peñascos y cortarle el camino. Si la cabra se asustaba y huía hacia los valles, no importaba, pero era preciso alejarla de los voladeros.

Débil, Amaruq no pudo sostener el paso. Tropezó a menudo y varias veces paró a recuperar el aliento. Cuando llegó al cruce donde creyó atajarla, no la vio por ningún lado. Temió que se hubiese desbarrancado. Se asomó hacia el fondo del abismo, pero no logró divisarla.

Caminó hacia la dirección por donde se suponía que ella debía venir. No la encontró. Hulleó palmo por palmo en busca de sangre. Nada. Regresó sobre sus pasos hasta el último punto de partida. Luego caminó en línea recta hasta donde la vio la última vez. Un poco más adelante descubrió sus pisadas con pequeñísimas trazas de sangre. El rastro se marcaba en la nieve y se dirigía hacia los paredones. Pero luego la cabra giró e hizo algo raro en un animal herido: empezó a trepar hacia las rocas. Por lo general evitan el esfuerzo de subir pendientes para guardar energía.

Amaruq se hizo la pregunta fundamental que todo cazador precisa formularse. Si fuera cabra, ¿qué haría? Debía borrar cada reacción de los animales que había cazado con anterioridad y concentrarse en esta cabra y sus imprevisibles decisiones.

Registró los picos nevados, las murallas graníticas, las hondonadas, las grietas, los peñascos. ¿En dónde se sentiría ella más segura? La elección obvia sería en los bordes de los paredones donde no podría ser atacada, pero Amaruq la descartó. Traspasada por la lanza, la cabra no podría saltar y mantener el equilibrio en las diminutas salientes. Otro probable refugio sería entre las rendijas de los peñascos. Ahí entre las oquedades podría acostarse y sentirse protegida. Además, en el suelo de piedra el agua se acumulaba sin helarse y podría saciar su sed. Los animales heridos en la panza se tornan sedientos. La fiebre provocada por la septicemia y la hemorragia interna los deshidrata con rapidez.

Amaruq concluyó que la cabra debía estar oculta entre los peñascos, en la parte más alta de la montaña. No se equivocó. En la cuesta pedregosa halló gotas de sangre. La cabra había escalado por los gigantescos promontorios. Amaruq intentó treparlos, pero el hielo resbaloso se lo impidió. La roca carecía de suficientes aristas para aferrarse a ellas e impulsarse. El único medio para llegar a las cimas era por la cara norte de la montaña, donde la inclinación era menos severa. Pero dilataría no menos de seis horas. Miró la posición del Sol. El anochecer se aproximaba. Resolvió acometer la empresa a la mañana siguiente. Despertaría antes del amanecer para tener tiempo suficiente para subir, encontrar y rematar a la cabra, desollarla, destazarla y volver con la carne al campamento.

Por la noche, mientras se calentaba en la fogata, se avergonzó de sí mismo. Había trampeado al magnífico lobo. Durante días lo mantuvo sujeto a las mandíbulas del cepo, dejando que su pierna se pudriera día con día. Lo derrotó por hambre. Atado al trineo lo llevó de un lugar a otro, inmovilizado, humillado, flaco, desnutrido, furioso, subyugado. ¿Para qué? Se prometió que si no lograba recuperar a la cabra, lo liberaría. Aunque con certeza de una muerte segura. Con la pierna derecha inutilizada, esquelético, no podría cazar, y si se topaba con otros lobos, con seguridad lo aniquilarían. Quizás lo mejor sería sentarse junto a él y aguardar a que ambos murieran de hambre y frío. Al menos eso sería justo para el lobo. O soltarlo y permitir que se alimentara de él, que lo devorara vivo pedazo a pedazo. Al menos así recompensaría las largas semanas de indignidad a las que lo había sometido.

Acarició el lomo de Nujuaqtutuq y se recostó a su lado.

Espejos

Cuando murió el abuelo de Humberto, mis padres asistieron al velorio. Al darle el pésame a la madre, ella respondió con incoherencias. Que su padre había sido un tirano, que no le había vuelto a hablar después de que se embarazó, que la había expulsado de la casa, que había sido un padre implacable, que muchas gracias por venir, que si tuvieron dónde estacionar el carro.

Mis padres escucharon impasibles su verborrea inconexa. Ella mismo supo que carecía de sentido y pidió disculpas entre lágrimas. Mis padres se limitaron a abrazarla y susurrarle un "lo sentimos".

Buscaron a Humberto, entonces de trece años, para también brindarle sus condolencias. Lo hallaron solitario en un rincón. "¿Estás bien?", le preguntó mi padre. Humberto se volvió a verlo, los ojos llorosos, demacrado, y negó con la cabeza. No, no estaba bien. Nada bien. Había perdido a la única figura que le brindaba orden y estabilidad.

Mi padre pasó su brazo para consolarlo, pero Humberto lo eludió. "Quiero estar solo", dijo. Mi padre se hizo a un lado. "Nos buscas si nos necesitas", le dijo. Humberto ni siquiera lo miró.

Mis padres se despidieron de la madre y de algunos dolientes. Antes de salir del velatorio mi padre se volvió a ver a Humberto. Rezaba en silencio de rodillas sin dejar de llorar. ¿En qué momento ese Humberto frágil y vulnerable se transformó en el Humberto intransigente y exaltado? ¿De qué reserva de odio sacó su disciplina, su facilidad para manipular, su sangre fría, su fanatismo asesino?

Chelo cumplió su promesa y regresó a las ocho de la noche. En cuanto abrió la puerta me besó en la boca. "Te extrañé muchísimo", me dijo. Entramos a la casa. Después de que Avilés se fue, me dediqué a seguir limpiando. Barrí, lavé, tallé, recogí. Y con excepción de mi cuarto completamente destruido, la planta baja empezó a recuperar su condición de espacio habitable.

Chelo sonrió al ver el cambio. "Se ve que no has parado", dijo. Esa noche se veía más alegre que de costumbre. "Me muero de hambre, no he comido nada en todo el día", dijo. Ofrecí prepararle queso panela asado con nopales.

Nos dirigimos a la cocina frente a la mirada tensa de Colmillo, que no dejó de escrutarla. Ella se dejó caer en una silla del desayunador. "Estoy reventada. Hoy tuve examen de Química Orgánica, la más difícil de las materias." Y sin más continuó platicándome sobre su día cuando yo solo deseaba saber los motivos de su desaparición y, abrasado por los celos, averiguar si se había metido o no con otros.

Terminamos de cenar y propuso que nos ducháramos juntos. Nos quedamos en la regadera durante media hora. Pidió que le masajeara la espalda para "quitarle los nudos". Al final me obligó a aguantar un regaderazo con agua helada. "Para reafirmar la piel", aseguró. Yo odiaba que lo hiciera. El agua fría siempre me puso de mal humor.

Al salir se envolvió en una toalla y se cepilló el pelo frente al espejo. Vislumbré pasar el resto de mi vida con ella. Despertar juntos, desayunar, bañarnos. Pero de inmediato arremetió el demonio de los celos. Imaginé a otros mirándola desnuda mientras se cepillaba, tocándola, penetrándola.

Nos acostamos desnudos en la cama de mis padres. Dejamos solo prendida la lámpara del buró. Ella me acarició y quitó una gota de agua que resbalaba por mi frente. "No te secaste bien", me dijo con una sonrisa. No aguanté más. La duda me asfixiaba. "¿Por qué desapareciste?", le pregunté a bocajarro. Ella me acarició de nuevo, me miró a los ojos y empezó a contarme. "De vez en cuando y no sé por qué, me entran oleadas de tristeza. Me pasa desde que cumplí doce años. No me dan ganas de comer, salir, hablar. Me recluyo en mi cuarto, cierro las cortinas y me meto bajo las sábanas. Día y noche me siento adormilada. Me despierto sin aire y siento que el corazón se me va a detener de un momento a otro. A los quince años, de la desesperación, me tomé un frasco entero de aspirinas, uno de calmantes musculares, diez pastillas para dormir y muchos tragos de tequila. Quise embotarme hasta que se me pasara la tristeza. Acabé en el hospital, donde de milagro me salvaron la vida. Cuando salí mis papás me llevaron con varios doctores. Ninguno supo explicar los motivos de mi intento de suicidio. Uno de los médicos recomendó electroshocks, otro que me internaran en un psiquiátrico. Por suerte mis papás no les hicieron caso y me permitieron regresar a mi vida normal. Les prometí jamás volver a hacerme daño, y mira que la tristeza me pega tan duro que en serio quiero morirme. Por suerte, cada vez me pasa menos, pero cuando te confesé lo de Carlos y luego enterramos a Luis, me vino de vuelta. Es como si una mano gigante me exprimiera toda la vida que tengo dentro. Por eso estudio medicina, porque tengo la esperanza de saber algún día qué es lo que me pasa."

Su relato me desconcertó. Si algo caracterizaba a Chelo era su alegría y su vitalidad. Parecía describir a alguien más. Me costó visualizarla deprimida. Ella, la antítesis de la tristeza. Se lo comenté y sonrió. "Es parte de la montaña rusa", dijo. Guardamos silencio. "¿Tu tristeza se cura?", le pregunté. "No, solo se controla. Aunque a veces, al pasar cierta edad, desaparece. Ojalá así sea conmigo."

Me tomó de la mano y la besó repetidas veces, cariñosa. No pude evitar la segunda pregunta. "¿Te acostaste con otros?" Ella miró hacia un punto fijo, como si buscara su respuesta en un rincón del cuarto, y luego se volvió hacia mí. "¿Para qué quieres saber?", inquirió. "Necesito saber, te lo pido." Ella se quedó en silencio un momento. "Sí", respondió, "sí me acosté con otros".

Amaruq despertó antes del amanecer. Prendió una fogata para calentarse. El hambre no le había permitido dormir bien. Varias veces se levantó en la madrugada con dolor de estómago, con ensoñaciones de comida, con angustia de muerte. Los pantalones se le caían y tuvo necesidad de sostenerlos con una cuerda atada a la cintura. Para aplacar el hambre mascó unas ramas secas y luego las escupió. Sabían agrias y terrosas, pero al menos simularon alimento.

Al despuntar el Sol, tomó la lanza y salió a buscar a la cabra. Se detuvo a ver el amanecer claro, sin nubes, el horizonte enrojecido. "La sangre de los dioses", solía llamarlo su abuelo. Escuchó de nuevo las hélices de un helicóptero, pero no alcanzó a divisarlo. Siguió un sendero que dedujo debía ser utilizado a menudo por las cabras por la cantidad de pequeñas bolas de excremento. A menudo trastabillaba. Las botas destrozadas le impedían pisar con firmeza y para enderezar el paso recurría a apoyarse en la lanza.

Avanzó un kilómetro. El sendero desapareció bajo una pesada plancha de nieve que, al calor de los rayos del Sol, amenazaba con una avalancha. Debía cruzar justo por el punto de quiebre. Estudió rutas alternas para llegar a los peñascos donde se había refugiado la cabra. La más viable implicaba bajar hasta la falda, dar un largo rodeo y subir por una escarpada pendiente. Decidió continuar.

Tanteó cada pisada para evitar romper el frágil equilibrio de la placa de nieve. Había visto avalanchas feroces desatarse por causas nimias: el rodar de una piedra, el ruido de un trueno, el paso de un animal. En una ocasión vio a un rebaño de borregos cimarrones desaparecer bajo la ola de nieve provocada por el trote de un viejo macho. La nieve bajo sus patas comenzó a deslizarse con lentitud hasta tomar velocidad. Bastaron unos segundos para sepultar al resto de los borregos que pacían cuesta abajo. El macho se quedó en las alturas, mirando azorado el estallido blanco.

Amaruq vio a los borregos tragados por la avalancha. El viejo macho baló para llamar al rebaño desaparecido. Solo le respondió el eco de la montaña. Era un ejemplar magnífico, con cuernos que daban una vuelta y tres cuartos. Si Amaruq hubiese llevado rifle lo habría cazado.

Amaruq escarbó entre la nieve para buscar los borregos sepultados. Cada uno significaba treinta kilos de carne y cuero resistente para elaborar chamarras. Sacó a cinco. Tres de ellos mostraban fracturas expuestas y los intestinos explotados. Siguió paleando y halló a un macho joven aún vivo. Había resistido en una cavidad formada dentro de la nieve. Amaruq lo jaló hacia fuera. El borrego se quedó tumbado unos minutos, aturdido. Se puso de pie, miró a sus alrededores y tambaleándose se alejó por una vereda.

A Amaruq le llevó una hora recorrer los doscientos metros que atravesaban la plancha nevada. Por un momento sintió que se le vendría encima. Aun con la máxima precaución, un pequeño bloque se zafó con una de sus pisadas. La nieve de arriba de él zozobró para reacomodarse, pero no se suscitó la avalancha.

Llegó a los peñascos donde supuso se había guarecido la cabra. Descendió con cuidado. Las rocas congeladas eran deslizadizas y podía precipitarse hacia una muerte segura. Se asomó por unos resquicios y en un hueco lejano descubrió un pedazo de piel blanca: la cabra.

Descendió para entrar por el otro lado. Pegó con las botas en las salientes para desprender el hielo y afianzarse mejor. Logró arribar a la cueva donde se escondía la cabra. Entró a gatas y la halló echada, resollando, con el costado sangrante. Amaruq alzó la lanza y se acercó a ella con lentitud. La cabra volteó a verlo. Amaruq se dispuso a rematarla, pero la cabra brincó y escapó por una grieta.

Amaruq se apresuró a perseguirla. Se arrastró por debajo de las piedras y atisbó a la cabra remontando los peñascos. Amaruq los rodeó para interceptarla. Trepó un risco y al llegar a la cresta se toparon de frente. La cabra se giró y bajó, zigzagueante. Amaruq corrió tras ella y cuando estaba a punto de alcanzarla, ambos resbalaron. Amaruq trató de aferrarse a la roca lisa, pero no lo logró y continuó deslizándose hacia el precipicio. Los dos rebotaron contra otro peñasco y se desplomaron cuesta abajo. Amaruq escuchó sus huesos crujir mientras golpeaba contra los riscos.

Rodaron y rodaron hasta terminar en la parte inferior de la montaña. La cabra quedó muerta a su lado. El hocico abierto en una mueca de horror. Uno de sus cuernos quebrado, sangre manando por la nariz. Amaruq intentó incorporarse, pero no pudo mover ni las piernas ni los brazos. Quedó boca arriba mirando el límpido cielo azul. De reojo alcanzó a ver a la cabra muerta. No era el gran macho deseado, pero había logrado cazar una cabra con lanza. Su abuelo debía estar orgulloso de él.

Le costó trabajo respirar. Inhaló hondó y al exhalar tosió sangre. Pensó que con seguridad se había roto las costillas y una de ellas le había perforado los pulmones. Muchas veces imaginó el lugar donde alguna vez moriría. En una cama, de viejo; de hipotermia durante una tormenta de nieve; atacado por lobos en una llanura; de hambre refugiado dentro de su tienda; ahogado en un río. Nunca con la columna quebrada al fondo de una montaña.

Con dificultad viró la cabeza para recorrer con la mirada el sitio donde acabaría su vida. Unos pinos en la ladera a su izquierda, una falda nevada a la derecha y la muralla desde donde se había desplomado justo frente a él. "Un buen lugar para morir", se dijo.

Pensó en Nujuaqtutuq. Él también moriría, amarrado allá en lo alto de la montaña. Le angustió saber de la lenta agonía que le esperaba a ese, su dueño, su dios. No, el lobo gris no merecía morir así, de hambre y sed, pero ya nada los podría salvar. Así lo habían decidido la montaña y la naturaleza. Así lo habían resuelto sus actos y su voluntad. Atrapó al lobo, lo ató al trineo y lo arrastró por kilómetros para ambos arribar a una muerte conjunta. Sus espíritus traspasarían juntos esta vida para penetrar a la otra. Se guiarían uno al otro en los vastos territorios de la muerte.

Amaruq volvió a toser flemas sanguinolentas. Supo que el olor de su sangre y de la cabra muerte atraería a los depredadores. Si alguno iba a devorarlo, que fuera un lobo. Así se sentiría más en paz consigo mismo.

Vio el Sol declinar sobre la línea de pinos. Los rayos se filtraron por entre las ramas. Una parvada de cuervos cruzó por encima de él. Escuchó rodar de piedras. En las alturas las demás cabras abandonaban los riscos para dirigirse a los valles a dormir.

Oscureció. Empezó a enfriar. Amaruq solo sintió frío en el rostro. Su cuerpo yerto estaba insensibilizado del cuello para abajo. La Luna creciente apareció en el horizonte. A la distancia oyó el aullido de una jauría de lobos. Cercano el ulular de un búho. Empezó a contar las estrellas en la bóveda celeste. Su padre se había empeñado en que aprendiera matemáticas. Varias veces se sentó a enseñarle cómo sumar, restar, dividir, multiplicar. "Así no te van a engañar cuando compres o vendas algo", le dijo, "y en cada oportunidad que puedas, practica. Cuenta, suma, multiplica". Ahora Amaruq no contaba estrellas para practicar, sino para recordar a su padre ausente. A su madre que le tarareaba canciones inuit. A sus medios hermanos que un día jugaron con él. A su abuelo.

El frío le hizo castañear los dientes. Nunca antes le había sucedido. Su abuelo le había enseñado a respirar hondo para soportar el frío. "Cuando el aire entra en los pulmones, el calor brota en nuestros cuerpos." Ahora su pulmón izquierdo se vaciaba por la perforación en el costado. Lo escuchó burbujear con cada inhalación.

Siguió su conteo de estrellas. Cerró los ojos cuando llegó a ciento dieciocho. Luego las multiplicó por dos: doscientas treinta y seis. Las dividió entre tres. La cabeza ya no le dio para realizar una operación mental más. Un profundo sopor comenzó a invadirlo. Se concentró en Nujuaqtutuq. Ojalá muriera tan en calma como ahora él moría.

Desde la Grecia antigua y en civilizaciones posteriores, la medicina basó sus diagnósticos en los humores del cuerpo humano. Los humores no solo determinaban enfermedades, sino también el carácter y posibles trastornos mentales de las personas.

Los cuatro humores eran:

Sangre

Bilis amarilla

Flema

Bilis negra

Cada humor era vinculado con una estación del año. La sangre con la primavera, cálida y húmeda. La bilis amarilla con el verano, cálida y seca. La bilis negra con el otoño, fría y seca. La flema con el invierno, fría y húmeda.

La bilis negra era llamada *kholé* (bilis) y *mélas* (negra). Estar *melankholáo* significaba sufrir de bilis negra. El término se asociaba con la locura, ya que se creía que la bilis negra afectaba a la mente y provocaba reacciones extremas en el cuerpo. Las heces negras sanguinolentas, los vómitos oscuros y amargos, eran consecuencia del *melankholáo*.

En un inicio el plural *melankholía* significaba ataques de locura. Con el paso del tiempo cambió su sentido y se empleó para describir los estados sombríos de quienes, exhaustos por las ráfagas del enloquecimiento, quedaban pensativos, deprimidos, temerosos.

Hoy se usa el término *melankholía* para expresar un hondo estado de tristeza. Es la bilis negra que nubla nuestro ánimo, la oscuridad líquida que corre por dentro de los cuerpos. La noche oculta entre nuestras entrañas.

Tardes

A mis catorce años creí en la palabra de Humberto. Me faltó malicia para leer mejor las señales, percatarme de que él jamás cumpliría su promesa y que la decisión de matar a mi hermano la había tomado tiempo antes.

Humberto forjó una alianza con Zurita. A sabiendas de que al comandante le urgía atraparlos, Humberto ofreció entregárselos si a cambio le permitían "eliminar" a uno de los tres. Zurita accedió. Un criminal muerto era irrelevante. Primordial era llevarle resultados al hermano del presidente.

Carlos se confió. Pensó que tarde o temprano Zurita desistiría de acosarlo. No entendió que el enemigo no era la policía, sino los buenos muchachos. Quise avisarle del plan para aplicarle un "correctivo", pero me frenó el temor de que Humberto cumpliera su amenaza de matar a mis padres y a mi abuela. Mantener el secreto me carcomió. No pude comer, dormir, prestar atención en clase.

Una tarde no aguanté más. Le conté a Carlos sobre las reuniones secretas de los sábados, la paliza a don Abraham y su esposa, sobre el castigo que pensaban aplicarles. Le advertí sobre las represalias que amenazaban tomar si se enteraban de lo que le había revelado y le rogué que él y sus amigos salieran de la ciudad lo antes posible.

Carlos minimizó la amenaza. "Se fueron contra don Abraham porque son unos cobardes, pero a mí me la pelan." "Son asesinos, ellos mataron a Enrique", le dije. Carlos creía en otra versión: que el abogado lo había mandado matar después de que la Quica intentó extorsionarlo para no revelar sus amoríos. Le confirmé que habían sido ellos quienes habían golpeado a batazos a sus clientes. "Lo imaginaba", dijo.

Le pedí que no los confrontara. Carlos negó con la cabeza. "Guerra pidieron, guerra tendrán."

Resolví no ir a la sesión del miércoles, temeroso de que mi nerviosismo me delatara. Fui ingenuo al pensar que no me buscarían. Al día siguiente, mientras Carlos y yo alimentábamos las chinchillas, sonó el timbre. Carlos se asomó desde la azotea. Humberto y Antonio esperaban en la puerta. "Te buscan tus amiguitos", me dijo.

Bajé y les abrí la puerta. Traté de controlar mi ansiedad. Humberto me miró a los ojos. "¿Por qué no viniste ayer?", inquirió. "Me dolía la cabeza", pretexté. "Queremos hablar contigo", dijo. "¿Sobre?", pregunté aparentando calma. "De algunos detalles. Pero aquí no, vamos a las canchas." Las canchas, un cuadrángulo de concreto, en un llano bajo las gigantes torres eléctricas, en donde alguna vez hubo canastas de basquetbol y juegos infantiles, y que ahora era un baldío abandonado. Los aros rotos y oxidados colgaban de los carcomidos tableros de madera. El pasto había crecido entre los tubos derruidos de los subibajas y los columpios. Basura acumulada. Ratas. Cucarachas.

En las canchas habían asesinado a Enrique. Pensé que ahí también podían matarme. "¿Por qué allá?", pregunté. "Para que nadie nos moleste", contestó Antonio. Nos disponíamos a partir cuando apareció Carlos en chanclas. Desde el acecho incesante de Zurita, nunca salía por la puerta de entrada. Procuraba irse por las azoteas para emerger por otra casa. Ni él ni sus amigos repetían un patrón que los hombres de Zurita pudiesen prever.

"Quiubo", los saludó. El semblante de Humberto cambió. "¿Cómo estás, Carlos?", le preguntó con una sonrisa hipócrita. Noté que Carlos llevaba la navaja oculta en la manga de la camisa. "Muy bien", le respondió mi hermano, "¿y cómo se porta Juan Guillermo?" Humberto me palmeó en la espalda. "Excelente, es un buen muchacho." Se me heló la sangre. "Un buen muchacho", la mera enunciación me repugnó. "¿Adónde van?", inquirió Carlos. "A dar la vuelta a las canchas", respondió Humberto. "Los acompaño, me voy a poner unos tenis", dijo Carlos y entró a la casa.

Humberto se volvió hacia mí, la mandíbula apretada. "¿Le dijiste algo?" Negué con la cabeza. Sonrió. La inexpresiva y fría mueca de su sonrisa. "Más te vale", amenazó.

Carlos volvió. "Vámonos", dijo y escrutó los carros estacionados en el Retorno. Dominaba cuáles pertenecían a los vecinos y cuáles no y había memorizado las placas de cada uno. Al principio, Zurita mandó a vigilarlo con los típicos autos de los policías encubiertos: Dodge Dart con vidrios polarizados. Eran tan fáciles de identificar que cuando los policías los dejaban estacionados para ir a comer, en el polvo del cofre pintábamos con el dedo "Policías babosos". Zurita sofisticó la estrategia y envió carros viejos y destartalados: Volkswagen sedán, Opel, Renault, con la esperanza de que pasaran inadvertidos, pero Carlos los reconocía de inmediato.

Nos dirigimos a las canchas. En el camino hablamos de Vera Caslavska y Natasha Kuchinskaya, las hermosas gimnastas de Checoslovaquia y la URSS que habían participado en los Juegos Olímpicos el año anterior en México. Antonio declaró que ellos no veían a atletas de países comunistas y menos en paños menores. "Pues de lo que te pierdes porque están buenísimas", acotó Carlos.

Llegamos a las canchas. Era notoria la incomodidad de Humberto por la presencia de mi hermano. De haber sabido que lo matarían unos días después, hubiera desatado una pelea para que Carlos los tundiera hasta dejarlos inconscientes.

Carlos apuntó hacia donde hallaron el cadáver de Quica. "¿Ustedes saben quién lo mató?", preguntó por puras ganas de espolearlos. "No", respondió Humberto. Mi hermano volvió a la carga. "¿Saben lo que escuché por ahí?" Pensé que desvelaría lo que le había confesado. "Que lo mandó matar un novio al que quería chantajear", dijo. Y agregó: "A varios homosexuales los asesinan los hombres con quienes se acostaron y que no aceptan ser maricones". El tema pareció perturbarlos. "Ellos se lo buscan", dijo Antonio.

Se escuchó un ruido de motor. Mi hermano volteó. Un sospechoso Volkswagen sedán blanco se aproximaba por el Retorno 206. "Nos vemos", dijo. Caminó hasta la barda de la casa de Víctor Vargas, brincó para sujetarse de la parte superior y se impulsó al otro lado. Esa fue la última oportunidad que tuvo para detener el conteo regresivo de su muerte.

En cuanto desapreció, Humberto se volvió hacia mí. "¿Qué tanto le contaste?", preguntó. "Nada", respondí. Intercambió una mirada con Antonio. "Tu hermano nos interrumpió y ya no pudimos hablar contigo sobre lo que queremos que hagas", dijo. "¿Qué?", pregunté. "Compra treinta sacos de cemento y llévalos a la azotea de casa de Humberto", ordenó Antonio. "¿Para?", inquirí. "Pienso construir un cuarto allá arriba", respondió Humberto. "¿Y por qué no los compran ustedes?" Antonio se paró frente a mí. "Tú no preguntas, obedeces." "¿Y de dónde saco dinero para pagarlos?" "Pues lo consigues", dijo Antonio. Con el mentón Humberto le indicó que partieran. Se alejaron por el Retorno 206 y se detuvieron a hablar con quien manejaba el Volkswagen que recién había llegado.

"Me acosté con dos", me dice Chelo. Quiero volver el estómago. El dolor se convierte en vómito. Me levanto y me voy a sentar a la escalera. ¿Dónde se refugia uno cuando la mujer que amas te confiesa que se ha metido con otros? Me llevo las manos a la cabeza. ¿Por qué? ¿Por qué? ¿Por qué? "Crimen pasional", le llaman al deseo irrefrenable de matar a lo que más se ama. Matarla para no morir tanto. El vómito escuece mi garganta, está a punto de volcarse hacia fuera. Ella va a alcanzarme, desnuda. Se sienta a mi lado, en silencio. Quiero golpearla, abrazarla, besarla, acuchillarla, hacerle el amor. El corazón, ¿dónde ha quedado mi corazón? Ese turbio vacío que siento por dentro ¿es mi corazón? Corazón transformado en lodo. Lodo y más lodo. Vómito. Vomitar lodo. "Perdóname", implora Chelo. Estira su mano para acariciarme. Me hago a un lado. "No sabía cómo quitarme la tristeza de encima", dice. Cada palabra suya me machaca por dentro. Entonces, Chelo, dime ¿la tristeza se quita con una verga entre las piernas? ¿Con la verga de otros? El cuchillo-verga dentro de ella, el cuchillo-verga que me apuñala. Se lo pregunto. "¿La tristeza se quita con una verga entre las piernas?" Ella me mira. De nuevo estira su mano. Me repliego lo más posible a la pared para que no me toque. "Necesitaba a alguien", explica. "Si necesitabas a alguien, ¿por qué chingados no viniste conmigo?", le reclamo. Siento el vómito de lodo en la base de mi paladar. El dolor me recorre de arriba abajo. Borbotea en mi estómago. Da vuelta por mi espalda, desciende por mi espina dorsal. Lodo y más lodo. "No vine contigo porque tú también estabas triste." Estúpida. ¿Qué puede saber ella de mi tristeza? Ella, el madero en mi naufragio, ahora me jala de los pies y me sumerge en el mar. Cada vez más hondo y más y más. Ahógate, cabrón. "Carajo, ¿no se te ocurrió pensar que mientras cogías con otros imbéciles a mí la tristeza de saberlo me podía matar?" Chelo guarda silencio por una eternidad. El vómito en mi lengua. "Perdóname", vuelve a decir, "no creí que te fuera a lastimar tanto". ¿No? ¿No lo creíste? ¿Exactamente en qué mundo vives? "Me arrepentí al minuto de haberlo hecho", dice. ¡Ahhhhhhh! Necesitó coger dos veces para darse cuenta de cuán arrepentida estaba. Cada palabra que pronuncia contribuye al derrumbe. El edificio dentro de mí implosiona. Siento los ladrillos caer con estrépito en el charco de lodo de mis vísceras. Salpican fango hirviente, lava. Quiero decirle que se largue, que no vuelva nunca, pero ahí está sentada, desnuda. La mujer que amo. "Tú me dueles, ¿sabes?", me dice. ¿Dolerle? Si no he hecho más que amarla con rabia. "Sí, ¿y por qué te duelo?" Ella me mira a los ojos. "Porque estoy enamorada de ti." "¡Qué puta mentira!", le grito. "Si estuvieras enamorada no te meterías con nadie. No te hubieras largado a buscar la verga de otros." Ella no deja de mirarme. "Perdóname", repite, "pero sentí que entre tú y yo no había posibilidad

345

de nada. Lo hablamos. Los dos sabíamos que esto no iba a durar". Me dan ganas de tomarla del cuello y jalarla hacia mí. Decirle: mira, grandísima pendeja, si estás enamorada de mí te quedas conmigo. Conmigo. ¿Entiendes? C-o-n-m-i-g-o. ¿Para qué te metes con otros si me amas a mí? Pero no puedo ni hablar. Me ahogo. Me volteo y vomito. Un mar de lodo explota desde el fondo de mis intestinos. Dolor puro. El lodo chorrea por las escaleras. ¡Carajo! Entre tanta muerte viene este amor a morirse. Ese vómito es el cementerio de mi amor. Ahí va, licuado, un revoltijo de tristezas, celos, furias, pasiones. "¿Estás bien?", pregunta. Cuatro semestres de ir diario a estudiar medicina y la muy torpe todavía no se percata cuando alguien está mal a más no poder. Me levanto desnudo y me encierro en el cuarto de Carlos. Me tumbo en la cama y abrazo al King. El perro maricón me lengüetea la cara. Por eso la gente quiere tanto a los perros, porque son incondicionales, muñequitos de peluche animados que dan amor a pasto. Perros huevones que tragan a cambio de convertirse en sustitutos afectivos. Lindo trabajo el suyo. Aprieto al King contra mi cuerpo. Chelo toca la puerta repetidas veces. "Juan Guillermo, ábreme por favor. Te lo ruego." No le abro. No quiero que entren ella y los hombres embarrados en su cuerpo. No quiero su peste a semen ajeno, a boca babeada con saliva de otros, sus senos manoseados, su vulva penetrada. No, Chelo, no puedo abrirte, no vienes sola, vienes con esos dos imbéciles que te fueron a empuercar. A ti, la mujer que amo.

No escucho nada durante una hora. Sé que ella está sentada afuera, esperando a que le abra. La oigo levantarse, ir al cuarto de mis padres, vestirse y luego bajar la escalera y salir de la casa. Me abrazo al King aún con más fuerza. El perro sabe hacer bien su tarea de consolador profesional. Lame y limpia el vómito de lodo de mi mentón y mi pecho. Devora mi dolor. Mi perro, mi bóxer timorato y mediocre. Lo último que me queda de la familia, el resabio de un mundo feliz. El King los sobrevivió y sigue conmigo. Aterrado, miedoso, pero conmigo, llenándome de su baba maloliente como muestra de su amor ilimitado. Espero unos minutos para asegurarme de que Chelo se ha ido. Desnudo salgo de la recámara de Carlos. No se oye nada en la casa. Enciendo la luz y bajo. Colmillo me observa echado debajo de la mesa. Miro las paredes derribadas de mi cuarto. Recuerdo a mi padre colocándolas. Yo sentado en una silla, observándolo. Mi pierna cosida con treinta puntadas. Mi padre martillea. El clavo penetra la madera aglomerada. Mi padre sube en una silla. Atornilla las clavijas que sostendrán la puerta. Construye un cuarto para mí, su hijo herido, donde viví hasta la llegada del torbellino *Canis lupus*.

Entro a mi cuarto destruido. Vacío los cajones sobre el catre. Encuentro una foto de la familia en Acapulco. Aparecemos sonrientes, menos mi abuela, que se nota acalorada e incómoda. Yo de cinco años. Carlos de doce. Mi padre en traje de baño, mi madre arropada por una toalla. Sigo esculcando. Mis calificaciones de primaria. Números rojos: Grammar 5, Spelling 5, Math 5, Civismo 6, Geografía 5, Ciencias Naturales 5. Por algo soy el Cinco. Hallo una foto de Horacio Casarín autografiada. El gran ídolo de futbol, el goleador explosivo y letal de la época de mi padre. Encuentro una nota de mi madre entre mis cuadernos: "Hijito, debes esforzarte más en la escuela. Sabemos que puedes. Pon más atención en clases. Verás que vas a sacar mejores calificaciones. Te quiero mucho. Tu mamá". Extraño a mi madre. Necesito sus consejos, su amor, su presencia. Entre el rimero de papeles aparece la lista que escribí en la clase de David Barraza.

Nada,
todo,
rescate,
renunciar,
peligro,
perdón,

sereno,
animal,
doméstico,
salvaje.

Quedo abrumado: la lista de palabras que elegí al azar hace tres años parece prever lo que vino:

Nada-Todo.
Mi vida se ha columpiado entre el todo y la nada. Así se percibe la existencia cuando la muerte te arrasa. Todo-Nada. Vivir o morir. Conmigo o contra mí. Amar u odiar. Shakespeare querido, cuánta razón escondía la duda de tu Hamlet: "Ser o no ser".

Rescate.
En ese náufrago de muerte en que me convertí, rescatar se convirtió en mi afirmación vital. Salvar a Colmillo para rescatarme a mí mismo.

Renunciar.
¿Renunciar a quien fui? ¿Renunciar a Chelo? ¿Odiarla por ser tan puta, tan promiscua? O como me lo pidió mi padre: ¿renunciar al odio, a la venganza, al veneno del pasado? ¿A qué renunciar?

Peligro.
¿De qué peligro cuidarme? ¿De quienes asesinaron a mi hermano y vendrán por mí? ¿De yo mismo convertirme en un asesino? ¿De perderme en el pantano de la autoconmiseración y la lástima? ¿De acostumbrarme a la muerte y olvidar la vida?

Perdón.
¿Perdonar a Chelo? ¿Perdonarme a mí mismo? ¿Perdonar a la muerte por su intromisión brutal? ¿Perdonar a los

homicidas de Carlos? ¿Perdonar a mis padres por abandonarme? ¿Perdonar al dios de los asesinos? De verdad ¿perdonar?

Sereno.

¿Cómo mantenerme sereno a los diecisiete años padeciendo la soledad más absoluta? ¿Cómo mantenerme sereno para ver a Humberto a los ojos antes de matarlo?

Animal.

¿Con cuál animal debo identificarme? ¿Cuál animal ama? ¿Cuál se venga? ¿Cuál perdona? ¿Cuál pelea hasta la muerte? ¿Cuál es invencible? ¿Cuál es el más salvaje?

Doméstico.

No puedo permitir que nada ni nadie me domeñe. Impediré que esta familia de muertos me encadene al mástil de su barca fantasmagórica. No me reblandecerá este oleaje voraz. No seré domesticado.

Salvaje.

Seré el Salvaje. No me van a detener. Si me he de vengar, me vengaré. Si he de perdonar, perdonaré. Si he de amar, amaré. Si he de renunciar, renunciaré. Si he de pelear, pelearé. Me queda claro que es la vida —no la muerte— la que guiará mis decisiones. Daré la vida por la vida, siempre por la vida.

Me quedo sentado sobre el catre. Extraño a Chelo. Su ausencia me carcome. La odio, la amo. Me levanto. Decido que es momento de liberar a Colmillo. Tomo mi cuchillo y desnudo voy hacia él. Si me ataca, lo ataco. Si me muerde, lo apuñalo. Si quiere matarme, lo mato. Si ofrece paz, tendrá paz. En cuanto me acerco se yergue. Impone. Avanzo despacio. Colmillo no acomete. Se nota débil. Me pongo detrás de él. Nervioso se gira y trata de arremeterme. Dejo el cuchillo sobre la mesa. Lo sujeto del cuello y lo controlo. No sé de dónde saco fuerzas. Desabrocho las correas y cojo el cuchillo de nuevo. El bozal cae al piso. El primer paso para liberarlo se ha cumplido. Lo sigo sujetando con una mano. Si trata de morderme le rebano la yugular. Se lo advierto al oído. "Te mato, cabrón." Suelto a Colmillo. Sin bozal sé que puede despedazarme. Abre la boca, relucen sus colmillos. Estoy desnudo y me puede emascular de un mordisco. Me aferro al cuchillo y me retiro con cautela sin darle la espalda. Colmillo me observa, avieso, pero no ataca. Voy a la cocina. Del refrigerador saco el resto del pollo rostizado. Regreso a la sala y me paro frente a él. Colmillo me clava la mirada. Pongo el pollo en el piso y me alejo dos pasos. Colmillo voltea hacia el pollo y luego hacia mí. Me teme. El lobo me teme. El efecto acumulado de sillazos, hambre, sed, lo ha hecho capitular. Al menos por ahora. Exacta la estrategia de Avilés para domarlo. Precavido, Colmillo avanza hacia el pollo. Vuelve a mirarme. De verdad me teme. Agacha la cabeza y comienza a comer. Lo devora en segundos. Vuelvo a la cocina. Saco jamón, pan, queso. Se lo llevo. Lo engulle. Sigue hambriento. Obvio, lleva días sin comer. En el platón del King le sirvo las insípidas croquetas para perro. Colmillo se las acaba. Lleno la cubeta con agua. El lobo bebe sin cesar. Le doy la vuelta. Me paro junto a él mientras bebe, tomo el collar y le zafo la cadena. Colmillo queda suelto.

Me siento en una silla. Colmillo se sabe libre. Ronda la planta baja. Levanta la pata para orinar una esquina. Apenas sale un escaso chorro. Escruta los lugares desconocidos. Va al garage y vuelve. Se me acerca, me huele. Alzo el cuchillo. Si tan solo me gruñe le traspaso el cráneo. Se acerca a mis genitales. Los olfatea. Levanta la cabeza y me mira. Luego vuelve a explorar la casa. Respiro tranquilo.

Me quedo dos horas mirando el ir y venir del lobo. Después de rondar el patio y la cocina, se echa debajo de la mesa. Dormita. Pienso en Chelo, en la promiscua mujer que amo. Veinte años de edad y más de veinte hombres la han montado. ¿Debo amar a una mujer tan puta? O en términos vikingos ¿debo amar a una mujer tan deseada? Un par de imbéciles se la cogieron solo para pasar el rato. No la aman. Pura fugacidad que calcina mi país: ella. Me siento asqueado, saqueado. Ellos pueden ir a restregarse con otras mujeres. Esta mujer es única para mí. Para ustedes, pendejos de mierda, ella es un mero cuerpo donde masturbarse. Un saco para vaciar su excremento blanco. ¿Por qué lo permitiste, Chelo? Vuelvo a sentir el cráter de lodo dentro de mí. El lodo hirviente escalda mi esófago, bulle entre mis intestinos. No puedo más con los celos. No quiero imaginar la cara de quienes se acostaron con ella. Odio a Chelo, la amo.

Camino hacia la escalera para subir al cuarto. El lobo se levanta y me sigue. No puede ir arriba. El King se aterraría hasta lo indecible con solo olerlo. Me detengo en el quinto escalón y con la mano le hago la seña de que se detenga. Por supuesto, Colmillo no obedece. Es un lobo, no un bóxer sojuzgado. Va detrás de mí. Subir los escalones le cuesta. Se trompica. Un plano desconocido para él. Me apresuro a cerrar la puerta del cuarto de Carlos donde se halla el King. Oigo a mi perro correr con estrépito hacia el baño. Debe estar muriéndose del miedo. Colmillo olisquea la puerta. Sabe que dentro hay un perro que ha sometido aun sin verlo. Metros antes detectó su adrenalina impregnada de miedo. Voy al cuarto de mis padres. El lobo me sigue y entra detrás de mí. Merodea por la habitación y orina las paredes. Voy exactamente a los mismos sitios y los orino, tal y como me lo sugirió Avilés. Suelto un chorro por la alfombra. Que sepa que la casa es mi territorio y no pienso cederlo. Colmillo huele mi orina. Levanta la cabeza, me mira y sale. En el pasillo se detiene frente al cuarto de Carlos. Orina la puerta y continúa su incesante recorrido. Pasa fugaz de un lado a otro. Regresa al pasillo y lo veo detenerse frente a las escaleras. Las estudia. La simetría de los escalones debe parecerle un reto. Desaparece de mi vista. Me acuesto en la cama. Cierro los ojos y pienso en Chelo. Hace unas horas estaba ahí acostada a mi lado, desnuda. La luz se filtra entre las cortinas. Está por amanecer.

Etimología de los sucesos (tercera parte):

Palabras derivadas del inuktitut:

Ajustitsijuq: que libera un animal en cautiverio.
Aqasili: despedida de los que se van a los que se quedan.
Ningiusuk: mujer en sexo casual.
Ariuttaq: rechazado por un ser amado.
Paarsaituq: Aquellos que se separan y toman rumbos diferentes.
Nikanartuq: aquellos que murieron y aún extrañamos.
Anirnangirniq: último aliento.
Painnnguituq: extrañar, echar a alguien de menos.
Nuutsuituq: inmóvil, que ya no se mueve.
Nuqartatuq: que hace muchas lagartijas o dominadas, se ejercita.
Nunalituaq: único habitante de una casa. Solitario.
Nitjaluttaatuq: quien tararea melodías.
Nirlungajuq: animal alerta.
Angutiusugijuq: hombre que se cree capaz de acometer varias cosas.

Día

Robert Mackenzie despertó a las cuatro de la mañana. Debía alistarse para recorrer el largo macizo montañoso. Se sentó sobre el catre y encendió la lámpara Coleman. Se puso doble ropa interior de lana, doble pantalón, doble sudadera, un suéter y una chamarra de pluma de ganso. El pronóstico del clima indicaba veinticinco grados bajo cero. Aun con la inminente llegada de la primavera, el frío no cedía. La construcción del oleoducto del noroeste de Canadá hacia el sur había tenido que suspenderse por la crudeza del invierno. Por fortuna las tormentas y ventiscas habían parado. Se vaticinaban días soleados para las próximas dos semanas y las obras se reiniciaron.

Robert salió de su carpa y se dirigió al galerón donde se hallaba el comedor. Un trajín de obreros y camiones cruzaban por entre las brechas lodosas. La actividad no cesaba. Divididos en tres turnos de ocho horas, cientos de hombres laboraban noche y día. Las plantas de luz alimentaban descomunales torres desde donde se iluminaba el campamento.

La construcción se llevaba a cabo en varias etapas. En la primera, con buldóceres y sierras desmontaban el bosque para liberar el terreno y los árboles derribados los transportaban a los aserraderos. En la segunda, con excavadoras abrían las zanjas por donde correría el oleoducto. En la tercera, tractocamiones trasladaban los gigantescos tubos y las grúas los colocaban sobre los surcos. En la cuarta, un grupo de soldadores se encargaban de unirlos y sellarlos y en la quinta, con trascabos tapaban con tierra los ductos.

Robert no se formó en la fila del comedor donde decenas esperaban para ser servidos. Fue directo a la barra. Al verlo, los trabajadores le abrieron paso. Era uno de los jefes más respetados. Robert pidió café, huevos revueltos y un pan. Tomó su charola y fue a sentarse en la sección reservada a los altos funcionarios. Lo esperaban Alex, su asistente, y Jack, el piloto que los llevaría a recorrer las serranías.

En cuanto terminaron de desayunar, Alex extendió un mapa sobre la mesa. Robert lo estudió con detenimiento. Con líneas en rojo venía marcado el avance de la construcción y en verde las posibles rutas a seguir. Estas últimas se dividían en cinco. Una de ellas bordeaba la sierra y era la que ese día pensaban explorar. Calcularon que la jornada debía llevarles alrededor de nueve horas.

—Salimos en quince minutos, no quiero que regresemos de noche. Que alisten también los helicópteros de los topógrafos para que salgan en cuanto los llamemos —ordenó Robert.

—Correcto, señor —dijo Jack y fue a preparar las naves.

Robert era el ingeniero encargado de determinar la ruta del oleoducto y de realizar los estudios topográficos y de suelos. Conocía el área mejor que nadie. Había estudiado en Vancouver y su familia provenía de los primeros expedicionarios escoceses en cuyo honor ese vasto territorio se llamaba Mackenzie.

El helicóptero levantó el vuelo al alba y se adentró en los bosques. Habían tenido que modificar el trazo del oleoducto. Meses de planeación fueron desechados por dificultades con las comunidades aborígenes propietarias de las tierras. Ahora había que empezar de cero y delimitar una vía alterna.

Robert se inclinaba por el trazo que corría junto a la cordillera. Era arduo excavar el suelo rocoso, pero Robert había planteado continuar el oleoducto sobre pilotes. Sí, era más caro hacerlo, pero podían aprovechar la madera de los árboles derribados para fabricar los postes, y además las fugas o roturas en los tubos podían ser arregladas con mayor facilidad. Debía persuadir al consejo de administración de la empresa de las ventajas de esta probable ruta.

El helicóptero hizo el recorrido a baja altura, apenas a unos metros de las copas de los pinos. Alex y Robert tomaron notas. Cada arroyo, lago, colina, valle, eran registrados en las bitácoras. Incluso los hatos de wapitíes o caribúes. No debían construir el oleoducto en terrenos de paso o de hibernación. Las pisadas de cientos de ellos podían dañar las tuberías.

Sobrevolaron la pradera y se enfilaron hacia las montañas. Robert divisó un ancho río y un hato de cientos de wapitíes que corrieron asustados ante el ruido de las hélices. Anotó las coordenadas de su ubicación y continuaron el recorrido. Dieron una vuelta y una jauría de coyotes huyó por entre los pinos. Alex tocó a Robert en el hombro y señaló hacia abajo. Al parecer una figura humana yacía tirada junto a una cabra montés. Robert le pidió a Jack que circunvolara lo más bajo posible. El piloto esquivó unos pinos, descendió la nave y la sostuvo en el aire para revisar el sitio. El viento provocado por las aspas levantó la nieve alrededor de ambos cuerpos y era difícil distinguir entre el remolino níveo.

—Sí, es un hombre —afirmó Alex mientras veía por los binoculares.

—¿Está vivo? —preguntó Robert.

—No lo sé. No se mueve.

—Aterriza lo más cerca que puedas —le ordenó Robert a Jack.

El helicóptero se posó en un claro. Robert y Alex se calzaron las raquetas y se dirigieron hacia donde habían visto al hombre. En el camino tropezaron con un par de coyotes que salieron huyendo. Llegaron al lugar. El hombre y la cabra estaban tumbados sobre charcos de sangre ya congelados. Un costado de la cabra estaba comido por los coyotes. Robert se arrodilló junto al hombre. Sangraba por la boca y se le notaban unos mordiscos en el cuello. Los coyotes lo habían tratado de devorar.

—¿Me escucha? —le preguntó Robert.

El hombre se limitó a mirarlo.

—¿Se puede mover?

El hombre parecía no entenderle. Sus facciones eran las de un inuit, pero sus ojos azules, el pelo largo y la barba crecida casi rojizos no correspondían con su rostro indígena.

Robert miró a la cabra y luego al hombre. Alzó la cabeza hacia los riscos en las alturas. "Ambos debieron caer desde allá arriba", le dijo a Alex. Era un milagro que el hombre aún estuviera vivo.

—Vamos a llevarlo al campamento —decretó Robert.

El hombre hizo un esfuerzo por hablar.

—Nujuaqtutuq.

Ni Robert ni Alex entendieron lo que intentaba decirles.

—¿Niujaq usu?

—Nujuaqtutuq —repitió el hombre.

Robert y Alex intercambiaron una mirada.

—¿Ese es su nombre? —le preguntaron ayudándose con señas.

El hombre negó con la cabeza.

—Nujuaqtutuq —volvió a decir.

—¿Qué es Nujuaqtutuq? —inquirió Alex.

El hombre volteó hacia la montaña.

—Allá —dijo en mal inglés—. Nujuaqtutuq.

Robert sacó una pluma y una libreta y apuntó mientras repetía en voz alta.

—¿Nu-juaq-tu-tuq?

El hombre asintió.

—Avisa al otro helicóptero que vengan hacia acá —mandó Robert.

Alex tomó el radio y avisó al piloto de la otra nave.

—Vas a estar bien —le dijo Robert al hombre para reconfortarlo.

El hombre olía a animal, a sangre, sebo, sudor, carne. Levantó la cabeza para mirar más allá de ellos y empezó a hablar en inuktitut.

—¿Estás ahí?

—¿Qué dijo? —le preguntó Alex.

—Te fuiste —reclamó el hombre en su lengua.

Alex y Robert voltearon. No había nada.

—Creo que está alucinando —dijo Robert.

Se escucharon los rotores del otro helicóptero.

—Ya viene ayuda —le dijo Alex al hombre.

El hombre se volvió hacia él.

—Nujuaqtutuq.

—Sí, vamos a buscar a Nujuaqtutuq.

El hombre giró la cabeza y de nuevo se dirigió a alguien en inuktitut. Robert volteó a mirar. Nada. Solo el aire límpido de las montañas, las hileras de pinos, las faldas de la serranía.

Alex se levantó a examinar la cabra. Entre los intestinos devorados por los coyotes alcanzó a ver el puyazo en el estómago.

—Creo que la estaba cazando —le dijo a Robert.

Robert sacó un pañuelo y le limpió al hombre la sangre que le escurría por la boca.

—¿Cuál es su nombre? —le preguntó con gestos.

—Amaruq.

—¿Amaruq?

—Amaruq Mackenzie.

A Robert le sorprendió que el inuit mestizo llevara el mismo apellido que él. A la distancia pudo ver el otro helicóptero aterrizar.

—Amaruq, pronto vamos a llevarte a un hospital.

Los topógrafos arribaron. Llevaban una camilla de lona. Lo cargaron tratando de moverlo lo menos posible. El hombre esputó sangre. Pareció ahogarse, pero en cuanto lo depositaron en la camilla volvió a respirar con normalidad.

Los cuatro hombres lo trasladaron a través del pinar. El inuit de ojos azules no cesó de repetir en inuktitut.

—Déjenme morir aquí. Déjenme morir aquí.

No le prestaron atención. Los cuatro avanzaron de prisa entre la nieve profunda hasta llegar al helicóptero. Lo acomodaron en los asientos traseros y lo aseguraron con cuerdas.

—Déjenme —repitió el hombre.

En su frenesí, ninguno de los hombres lo escuchó. Cerraron las puertas y la aeronave se alzó entre los pinos.

Robert lo vio partir y luego volvió la vista hacia la montaña. ¿Quién o qué era Nujuaqtutuq?

Carlos se despidió en la puerta de mi cuarto, me dijo algo a lo cual no le presté atención y partió. Me quedé leyendo sobre la cama. A los pocos minutos escuché gritos. Salí a la calle. Carlos, Sean y Diego corrían perseguidos por cuatro policías encubiertos. El mismo Volkswagen sedán blanco que había llegado a las canchas la semana anterior estaba detenido a mitad del Retorno con la puerta abierta. Un policía, mal disfrazado de hippie, con una peluca de cabello negro largo, sacó un revólver. Les apuntó pero no disparó. Carlos y Sean brincaron la barda de los Rovelo y el Castor Furioso saltó la reja de los Richard. Los policías se detuvieron y ya no intentaron alcanzarlos. Alcancé a divisar a Carlos correr por los techos. Fue la última vez que lo vi vivo.

Supuse que la persecución policial había terminado cuando Carlos y sus amigos se perdieron por entre las azoteas. Regresé a la casa, aún con la inquietud de ver al policía pistola en mano. Me senté sobre mi cama y me alegré de que Carlos hubiese podido escapar. Unos minutos después comenzó a sonar el timbre con insistencia. Abrí y me encontré con el Pato, pálido. "¿Qué pasó?", le pregunté. El Pato tomó aire. "Se los chingaron, les taparon los tinacos con los bultos de cemento que subimos", dijo. No entendí de qué hablaba. Humberto había dicho que eran para construir un cuarto en la azotea. "¿Cómo que los taparon?", inquirí. "Los van a ahogar", aseveró el Pato.

Zurita había acordado con Humberto dividirse la operación para atraparlos. Los policías vigilarían las calles; los buenos muchachos, las azoteas. Humberto había apostado a varios de los suyos en los techos para velar día y noche. Los rotaba cada ocho horas, sin importarle si perdían clases o si caían exhaustos por falta de sueño. Él mismo custodió la azotea durante algunas madrugadas.

En cuanto los vieron ocultarse en los tinacos, los vigías dieron la voz de alarma. Humberto y los demás llegaron en minutos. Con rapidez pusieron los sacos de cemento sobre los tinacos. Más de cien kilos sobre cada tapa.

El Pato y yo nos dirigimos hacia la casa de los Barrera. Al frente se hallaba estacionada una patrulla de la Policía Judicial. La señora Barrera discutía con uno de los oficiales. Tratamos de entrar, pero el policía lo impidió. "¿Adónde creen que van?" La señora Barrera intercedió por nosotros. "No les hable así a los muchachos." El policía le clavó la mirada, amenazante. "Yo le hablo como quiero a quien quiero, vieja pendeja." La mujer bajó la cabeza, humillada, y el policía se volvió hacia nosotros. "Ahora lárguense, escuincles."

Dimos vuelta y corrimos hacia casa de los Armendáriz. Saltamos la barda y subimos veloces la escalera de caracol hacia la azotea. Cuatro casas más allá estaba el tinaco donde se había ocultado mi hermano. Desde el techo de los Martínez, el Jaibo y el Agüitas le gritaban a Humberto que lo dejara salir.

Esquivamos cables, alambres, tendederos y llegamos a la azotea de los Barrera. Fui directo con Humberto. "¿Qué hacen carajo? Lo van a ahogar." Humberto sonrió con su mueca de muñeco de ventrílocuo. "No le pasa nada", contestó. Me acerqué a él. Felipe y Antonio se interpusieron. "Prometiste darle solo un correctivo", reclamé. Humberto volvió a sonreír. "Es solo un correctivo, para que aprenda." Angustiado empecé a golpear el tinaco. "Carlos, ¿estás bien?" No pudo responder, sumergido con el agua al tope.

De un salto trepé hacia la tapa del tinaco y tiré uno de los bultos de cemento. Cuando me disponía a quitar uno más, Antonio y Josué me jalaron de los tobillos y desde arriba me tumbaron al piso.

Me levanté adolorido. "Vete", me advirtió Antonio "si no quieres que te hagamos lo mismo". Ellos eran diez. Imposible pelear contra tantos. Bajé de prisa la escalera de caracol y entré a la casa. Fui hacia el baño de uno de los cuartos. Abrí las llaves del lavabo y la regadera. Le jalé al excusado y trabé el flotador para que se fuera el agua. El Pato me alcanzó. "Hay que vaciar el tinaco", le grité.

Recorrimos la casa. El Pato abrió las llaves de los lavabos, regaderas y tinas de los demás cuartos, mientras yo bajé a la cocina a abrir el grifo del fregadero y en el patio, la llave de la manguera. La señora Barrera, asustada, no cesó de preguntarnos qué pasaba, por qué los policías y los buenos muchachos habían invadido su casa. Solo atiné a decirle: "Quieren matar a mi hermano".

Dejamos correr el agua en los baños, la cocina, el patio. Tuve la esperanza de que el tinaco se vaciara más pronto de lo que se llenaba y que Carlos tuviera al menos un momento para tomar aire. Josué se asomó por la azotea y descubrió lo que hacíamos. Alertó a Humberto, que con parsimonia cerró la llave de paso que alimentaba la casa. El tinaco volvió a llenarse al límite.

"Ya no sale agua, cerraron la llave general", me gritó el Pato. Fui a revisar los baños. De los grifos apenas escurrían gotas. Salí de casa de los Barrera y corrí a la mía. Subí a la azotea tan rápido como pude. Fui a la perrera donde Carlos escondía el rifle 22 y lo saqué. Desde ahí les dispararía. Busqué las balas dentro de la perrera, bajo las jaulas. No las hallé por ningún lado. Desesperado, empecé a voltear las jaulas. Las chinchillas chillaban, espantadas.

El Pato me alcanzó en la azotea. Me vio con el rifle en la mano y me lo arrebató. "¿Qué haces?" "Tengo que salvar a Carlos", le respondí. "Así no, no seas idiota", me dijo y escondió el rifle de nuevo en la perrera.

Revisé las demás azoteas. Tres de los buenos muchachos y un policía rodeaban el tinaco de los Padilla, también tapado con sacos de cemento. Más tarde supe que ahí se había ocultado Sean y que pudo respirar gracias a que el depósito tenía una pequeña fuga que impidió que se llenara al máximo.

Una patrulla llegó al Retorno con la sirena prendida. Desde el patio de los Prieto, Colmillo empezó a aullar. Un aullido hondo, doloroso, como si el lobo adivinara que la muerte merodeaba.

"Critón, debemos un gallo a Asclepio; no olvides pagar esta ofrenda." Esas fueron las últimas palabras de Sócrates antes de que su corazón se paralizara por efecto del veneno que había ingerido. Las relata Platón, alumno suyo, en sus *Diálogos*.

A Sócrates lo había acusado Melito, un joven poeta muy religioso, "por no reconocer ningún dios" y por corromper a la juventud ateniense. Sócrates pudo evadir el juicio, pero se negó. Consideraba no haber cometido ningún mal y por lo tanto, no debía temer. La acusación fue encausada y luego de que cada uno presentó sus argumentos frente a un tribunal, fue declarado culpable. De los quinientos cincuenta y seis jueces, doscientos ochenta y uno votaron en su contra y doscientos setenta y cinco a favor. Se le condenó a muerte por solo seis votos de diferencia.

Durante el proceso y hasta el final, Sócrates se mantuvo sereno. Para cumplir con la pena de muerte debía beber cicuta, un poderoso veneno. Sócrates le preguntó a Critón, a quien las autoridades le asignaron hacer cumplir la condena, cómo debía proceder y cuáles serían los síntomas. Critón le indicó beber de la copa y "pasear... hasta que sientas que se debilitan tus piernas". Los discípulos miraron horrorizados cómo Sócrates "se llevó la copa a los labios y bebió con una tranquilidad y dulzura maravillosas".

Sócrates caminó alrededor del cuarto. A los pocos minutos, tal y como lo había previsto Critón, Sócrates sintió desfallecer las piernas y se acostó. Un helor empezó a sentirse en su cuerpo. Critón dijo "que en el momento en que el frío llegase a su corazón, Sócrates dejaría de existir". Sócrates se descubrió y fue cuando pidió a Critón sacrificar el gallo. Critón respondió: "Así lo haré, pero mira si tienes alguna advertencia que hacernos. No respondió nada... y vimos que tenía su mirada fija".

A su muerte, Critón pronunció: "He aquí el fin de nuestro amigo, del hombre, podemos decirlo, que ha sido el mejor de cuanto hemos conocido en nuestro tiempo".

A la fecha los historiadores ignoran el destino final de Melito.

Muerte

Desperté y aún adormilado descubrí a Colmillo junto a la cama, observándome. Procuré moverme despacio. Busqué el cuchillo, pero al moverme el lobo gruñó. Me quedé inmóvil. Cerré los ojos para que me creyera dormido de nuevo. De inmediato me arrepentí. Si me atacaba, al menos debía tener tiempo de reaccionar. Volví a abrirlos. Colmillo me escrutaba a menos de treinta centímetros de mi cara. ¿Qué habría hecho Avilés en mi situación? Los lobos son vocales, había dicho. Gruñí con fuerza y Colmillo se desconcertó. Volví a gruñir y Colmillo dio vuelta y salió del cuarto.

Cerré la puerta. El cuchillo se hallaba sobre el buró que había sido de mi madre, junto a un bote de crema, un frasco de aspirinas y un libro de Papini. Mi ropa la había dejado en el cuarto de Carlos. No me atreví a salir desnudo con Colmillo afuera. En la madrugada lo había liberado bajo un estado de euforia. Ahora debía asumir las consecuencias de saberlo deambular por la casa sin bozal.

Decidí vestirme con la ropa de mi padre. La que me quedara, porque él era diez centímetros más bajo que yo y calzaba dos números menos. Cuando murieron mis padres una tía me preguntó con cuál ropa deseaba vestirlos para su entierro. "Con la que llevaban puesta", le respondí. "Pero si quedó destrozada. No estarán presentables así. Búscales algo apropiado", dijo. "Presentables", la palabra me dio vueltas durante horas. ¿Presentables para quién? ¿Para los morbosos que quisieran abrir su féretro? ¿Para los gusanos? Elegí unos pantalones de mezclilla y una camisa azul para mi padre, y un vestido floreado para mi madre. Mi tía se escandalizó. "No los vistas como si se fueran de vacaciones." Según ella, debí buscarle un traje negro a mi padre y un vestido oscuro a mi madre. "Yo los visto como quiera", le dije y fueron sepultados así.

Me probé varios pantalones y camisas de mi padre. Los únicos que me sirvieron fueron unos pants, una camiseta, una chamarra de cuero y unas chanclas de pata de gallo. La chamarra era gruesa. Si me mordía Colmillo al menos me protegería un poco. Cogí el cuchillo y un cinturón con una gruesa hebilla para golpearlo si quisiera atacarme. Salí del cuarto. El lobo no estaba a la vista.

Entré a la recámara de Carlos y tranqué la puerta. Los periquitos se hallaban parados sobre su jaula. En cuanto me vieron empezaron a cantar para llamar mi atención. Otra vez los había olvidado. Les puse alpiste y cuando fui al baño a rellenar con agua su charola, hallé al King en la ducha, encogido. Lo llamé, pero se quedó inmóvil. Solo agitó el rabo un poco. Me agaché a revisarlo y me lamió la mano. Sus ojos se veían acuosos y amarillentos. Traté de levantarlo, pero no pudo ponerse de pie.

Urgía llevarlo al veterinario, pero sin automóvil era imposible. Cargarlo hasta el paradero de autobuses o salir a buscar un taxi hasta La Viga no eran opciones. No se me ocurrió más que llamarle a Chelo. Contestó su madre. "Chelo está en la universidad, no debe tardar", explicó. "¿Como en cuánto tiempo llega?", la interrogué. "Más o menos a las dos quedó de comer aquí." Tragué saliva. El resto de familia que me quedaba se moría en los azulejos del baño. "Señora, ¿puedo pedirle un favor? Mi perro está muy mal y no tengo carro para llevarlo al veterinario. ¿Me podría ayudar?" La mujer quedó en recogerme en diez minutos.

Me asomé por la escalera para indagar dónde se encontraba Colmillo. Lo hallé olfateando mi cuarto despedazado en la planta baja. Regresé en silencio con el King para que no me descubriera. Lo cargué y con cautela lo llevé al baño de mi abuela que conectaba con la escalera de caracol que subía a la azotea. No podía llevarlo por la puerta principal, Colmillo nos atacaría al vernos.

Con trabajos subí la escalera de caracol con el King a cuestas. Varias veces estuve a punto de que se me cayera al vacío. Llegué a la azotea. Sorteé tendederos y antenas y bajé por la escalera de los Ávalos. El Coco, el hijo mayor, estaba en la cocina. Le pedí que me abriera. Lo hizo sin el menor reparo. En la colonia unos y otros nos aparecíamos de pronto en los patios de las demás casas. Nadie se sobresaltaba si cruzábamos sus cocheras o salíamos y entrábamos por sus puertas.

El Coco me ayudó a llevar al King hasta el carro de la mamá de Chelo. Lo coloqué sobre el asiento trasero. "¿Adónde lo llevamos?", preguntó la mujer. Le pedí que condujera a la Clínica de Urgencias de la Facultad de Veterinaria de la UNAM. Ahí habían estudiado y atendido Jorge Padilla y Rubén Rodríguez, vecinos del Retorno.

La mujer manejó con celeridad. Esquivó camiones de pasajeros, peatones, ciclistas. Se metió por atajos. Arribamos a la Ciudad Universitaria en menos de veinte minutos. La mujer se detuvo frente a la clínica. Acarreé de prisa al King entre mis brazos. Nos recibió una joven interna y me pidió que lo trasladara a un quirófano. Lo deposité sobre la plancha. La interna salió y regresó con uno de los maestros. "Soy el doctor José Sánchez Martínez, ¿qué le pasó a tu perro?" "No se puede levantar", le dije. Me preguntó sobre cambios en su alimentación o modificaciones en su entorno. Le expliqué que había llevado un lobo a vivir a mi casa y que el King se había aterrado. "¿Un lobo?", preguntó incrédulo. Asentí. "Espera afuera, vamos a revisarlo."

Aguardé en una pequeña sala. La madre de Chelo llegó luego de estacionar el auto. Nos sentamos en una banca de plástico naranja. "Me contó Chelo que te quedaste con Colmillo y de los destrozos que hizo en tu casa", dijo. Volteé a verla, sorprendido. ¿Chelo hablaba con ella de mí? "Sí, es un poco salvaje", le expliqué. "¿Y tú cómo vas?", preguntó. "Bien", le respondí. "¿Estás seguro?" Por supuesto que no. Su hija me había roto el corazón. Mis padres, mi hermano y mi abuela estaban muertos. En unos meses se me acabaría el dinero y tendría que vender los muebles para poder sobrevivir, si no es que la casa misma. Mis amigos estudiaban y los veía poco. Mi perro languidecía moribundo en el quirófano. Me sentía solo y una muralla me impedía concebir cualquier esperanza en el futuro. "Estoy seguro", le respondí.

Se hizo un silencio entre nosotros. Un reloj de pared marcaba ruidosamente los segundos. "¿Sabes que Consuelo estuvo enferma?", me preguntó de súbito. Asentí. "Fue muy duro para ella. Cuando le pasa es como si se perdiera en un hoyo negro", dijo. Su metáfora no pudo explicar mejor lo que yo había sentido: que Chelo se había perdido en un pozo profundo, inaccesible para mí. "Ella confía en ti", agregó. "Cuídense uno al otro." Claro, cuidarnos. El huérfano solitario y la maniaco-depresiva renca. Bonita pareja hacíamos.

La mujer se disculpó. "Necesito irme, Juan Guillermo, tengo que preparar la comida." Le agradecí y la acompañé a la puerta. Partió y me quedé mirando a unos tipos jugando "tochito" en el estacionamiento. Estaba concentrado observándolos cuando me llamó el doctor. "Examinamos a tu perro", dijo con gravedad, "tuvo un infarto. Es difícil que se recupere". En ese justo momento me percaté de cuánto quería al King y de la falta que me haría. "¿Se puede operar?", inquirí. "No, no hay nada que hacer." Empecé a sentir náuseas. Otra vez la muerte revoloteando alrededor de mí. "¿Un susto pudo haberle causado el infarto?", pregunté. El doctor meditó su respuesta. "Puede deberse a múltiples factores." Mi abuela usaba la frase "se murió del susto". Y sí, un susto puede matar a alguien. Una prima murió de un paro cardiaco en plena calle cuando un ladrón le apuntó con una pistola de juguete.

Me entró un mayúsculo sentimiento de culpa. El King encerrado en el cuarto de Carlos no resistió el terror que le provocó la cercanía del lobo. Arrinconado en la ducha, sin vías de escape, olió al rival que podía descuartizarlo y la tensión brutal hizo que su corazón se colapsara. Mi necedad por salvar a Colmillo estaba por cobrar su primera víctima.

"Yo sugiero que le practiquemos la eutanasia", propuso el médico. Por lo menos no usó el hipócrita "dormirlo". Insistí en una posible cirugía. El veterinario me miró, compasivo. "El músculo cardiaco muestra un daño irreversible y de verdad ya no hay nada que hacer."

Decidí llevarme al King. Si moría, que fuera porque ya no podía más, no por una inyección letal. Le pregunté a la interna si podía llamar un taxi. "Sí, pero tardan en venir", me dijo. Me dio un número y me prestó un teléfono sobre el escritorio. Llamé. El despachador me dijo que esperara alrededor de cuarenta y cinco minutos. Les marqué a mis amigos, que a esa hora ya habían vuelto de la escuela, y les pedí que cuando llegara me ayudaran a trasladar al King de regreso al cuarto de Carlos.

Trajeron al King a la sala de espera. No podía moverse. Según el veterinario, el daño en su corazón impedía que se oxigenaran adecuadamente sus músculos y por eso su inmovilidad. Lo recosté sobre mi regazo mientras esperaba el taxi.

Diez minutos después arribó un viejo Ford 200. Una estudiante vestida con bata blanca bajó del auto y entró a la clínica. "¿Juan Guillermo?", preguntó. Asentí pensando que se trataba de otra interna. "Venimos por ti", dijo y señaló hacia el auto. Chelo, también vestida con bata blanca, esperaba en el asiento del copiloto. Cruzamos una mirada. Descendió del carro y fue hacia mí. "¿Cómo está el King?", preguntó. Al oírla el King meneó el rabo. Ella se acuclilló a acariciarlo. "Tuvo un infarto, está agonizante", respondí.

Cargamos al King y lo depositamos sobre el asiento trasero. Me subí atrás con él y lo sobé para calmarlo. El King lamió mis dedos. Chelo se asomó por la puerta y me tomó la cara con ambas manos. "Perdóname por favor", dijo, "no quiero separarme jamás de ti". Me dio un beso en los labios, cerró la puerta, montó en el asiento delantero y la amiga arrancó el auto.

Escuchó pasos en la nieve. Los animales, cualesquiera que fueran, se movían vivaces en la oscuridad. Amaruq ladeó la cabeza y a unos metros descubrió unos coyotes. La Luna los iluminaba tenuemente. Se acercaban a devorarlos. Amaruq chasqueó la lengua para tratar de espantarlos, pero solo logró atraer su curiosidad. Los coyotes se acercaron sin temor. Uno de ellos comenzó a mordisquear la panza de la cabra. Los coyotes prefieren empezar por las vísceras, la parte más blanda y fácil de arrancar de un cadáver. Amaruq lo escuchó masticar. Varios coyotes más se unieron al banquete. Empezaron a pelear entre ellos. Amaruq los oyó gruñirse y atacarse.

Un macho joven fue expulsado por los demás. Rondó el cadáver de la cabra para volver a comer, pero los otros coyotes lo impidieron. Se dirigió hacia Amaruq. Olisqueó sus botas. Amaruq intentó chiflar para ahuyentarlo, pero apenas pudo exhalar un débil soplido. El coyote lo rodeó y fue a olfatear su rostro. Amaruq percibió el aliento del coyote sobre su cara. Hizo un ruido gutural en espera de amedrentarlo, pero el coyote se mantuvo husmeando. Amaruq sintió cómo le mordisqueaba el cuello. Movió la cabeza de un lado a otro para quitárselo de encima, pero el coyote no cejó. Amaruq trató de gritar, pero no pudo.

Llegaron más coyotes. Uno empezó a roer su cráneo, otros a morder sus piernas. Los coyotes volvieron a pelear entre sí, disputándose el cuello y la cabeza de Amaruq. Los vio gruñirse frente a sus ojos, lanzar tarascadas los unos a los otros. Al alba se alejaron unos pasos y comenzaron a aullar.

Salió el Sol y Amaruq escuchó un ruido lejano. Los coyotes detuvieron sus aullidos y tensaron sus cuerpos. El ruido se hizo más próximo y los coyotes corrieron a ocultarse entre los pinos. Amaruq miró hacia el cielo y descubrió sobre él un helicóptero dando vueltas. Lo escuchó descender entre los bosques. Luego oyó voces y pudo oler, por fin, el aroma de los humanos.

Dos hombres llegaron a él. Amaruq sabía que no tenía la menor probabilidad de sobrevivir. Del cuello para abajo su cuerpo no respondía. Trató de indicarles dónde se hallaba Nujuaqtutuq, pero no comprendían su lengua. Hablaban en exceso, lo aturdían. "Salven a Nujuaqtutuq", intentó decirles, pero ellos no le entendieron.

Escuchó una voz conocida. Trató de enderezar la cabeza para ver de dónde provenía. Los hombres le estorbaban. "Aquí estoy", le dijo su abuelo. Ahora lo veía con más claridad que nunca. Supo que en la proximidad de la muerte se comunicarían mejor. "¿Cómo te sientes?", le preguntó el abuelo. "Mal", contestó Amaruq. El abuelo dijo algo más, pero el parloteo de los hombres le impidió escucharlo.

Más helicópteros se aproximaron. ¿De dónde había salido ese enjambre de helicópteros? Más hombres llegaron a él. Más ruido, más verborrea. ¿Por qué no lo dejaban en paz? Lo subieron a una camilla. Le dolió la herida que el coyote había provocado en su cabeza al roerla. Los hombres hablaron entre sí. Amaruq no los comprendía. Le pidió a su abuelo que fuera con él. El abuelo sonrió. "No, no me necesitas."

Los hombres se lo llevaron en la camilla. Amaruq vio las copas de los árboles, el azul profundo de la mañana. Cuánto amaba Amaruq pertenecer a la Tierra. Cuánto añoraría vivir sobre ella. Volteó hacia la montaña y susurró un perdón a Nujuaqtutuq por haberlo humillado. "Te veo en la próxima vida", le dijo.

Lo montaron en el helicóptero. La nave levantó el vuelo. Era Amaruq de los cielos. El hombre junto a las nubes. El hombre próximo a los dioses.

Mi hermano lleva varias horas encerrado dentro del tinaco. A pesar de mis ruegos, Humberto se niega a sacarlo.

—Necesita aprender —arguye.

Golpea en el tinaco. Carlos responde con otro golpe.

—¿Ves? Está bien.

—Se va a ahogar.

—Cuando pegue muchas veces es que ya no aguanta.

La presencia de patrullas y policías causa conmoción en el Retorno. Los vecinos se aglomeran. Intentan saber qué pasa. Varios adultos interceden por mi hermano y sus amigos. Entre ellos el papá del Pato. Los policías los amenazan: "No se metan en lo que no les importa, y si se meten se atienen a las consecuencias." Uno de ellos abre su saco y deja ver una pistola. Acobardados, los vecinos se retiran uno por uno. No queda nadie a quien pedirle auxilio.

El padre del Pato se va llevándose a su hijo. La mamá del Agüitas le ordena que regrese de inmediato a la casa. El Agüitas obedece llorando. Nos quedamos solamente el Jaibo y yo.

La madre de Humberto no puede creer lo que su hijo hace. Intenta hablar con él. Humberto se niega. "Váyase, señora", la conmina uno de los buenos muchachos, "no quiere verla". La mujer insiste y se aproxima a él. Un policía la echa a empellones. Ella mira a lo lejos a su hijo, que la observa impasible.

A las ocho de la noche deciden sacar al Castor Furioso. Varios policías rodean el tinaco. En cuanto lo destapan, Diego emerge a tomar aire. Un policía lo jala del cabello y lo hace caer de espaldas desde dos metros de altura. Su omóplato derecho se fractura. Se escucha el hueso quebrarse. Eso no les importa a los policías. Lo colocan boca abajo y lo esposan.

—Ya te chingaste —le dice un policía.

El Castor Furioso lo mira a los ojos, aún jadea en busca de aire.

—Por ahora —contesta retador.

La respuesta le vale una andanada de macanazos. Diego resiste estoico a pesar del hueso roto. Lo empujan por la escalera de caracol y a rastras se lo llevan hasta una patrulla.

—Pájaro uno está en el nido —informa un policía por el radio.

Me alivia ver fuera a Diego. Significa que no tardan en liberar a Sean y a mi hermano. Transcurren dos horas más. Los buenos muchachos no manifiestan prisa en hacerlo.

Subo de nuevo a la azotea. Hace frío y los buenos muchachos han encendido una fogata para calentarse. Carlos debe estar helándose dentro del agua. Busco a Humberto. Está recargado en una esquina. El fuego ilumina su cara. Le pido una vez más que suelte a Carlos y le recuerdo su promesa de solo aplicarle un "correctivo".

—Nosotros sabemos cuándo sacarlo —dice con fastidio.

La Luna aparece en el horizonte. La Luna recién conquistada. Dos astronautas dan brinquitos sobre la superficie lunar mientras mi hermano se ahoga dentro del tinaco. Medio mundo pendiente de ellos. Mi hermano tan solo allá dentro. La luz de la Luna ilumina la azotea. Son las doce de la noche. Mi hermano y Sean llevan catorce horas sumergidos.

Un gato se dirige hacia las chinchillas. Lo descubro cruzar a lo lejos. Corro a espantarlo. No debe matar una sola, no puede la muerte flotar entre nosotros esta noche.

A la una y dieciocho de la madrugada, mientras los astronautas recogen muestras lunares, veo linternas alumbrar la azotea de los Padilla. Circundan el tinaco donde se oculta Sean. Corro de nuevo por entre los tejados. Cuando llego lo están sacando. Sean apenas puede moverse, aterido. Boquea con desesperación. Los policías le colocan las manos detrás de la espalda y lo esposan. Lo insultan. Sean no responde. Los mira a los ojos. Ha estado en la guerra. Ha soportado dolor, heridas. Los desprecia. Por mirarlos de frente, los policías le pegan de garrotazos. Sean cae de hinojos. Se nota débil. Lo arrastran. Le destrozan las rodillas. Le sangran. Sean pide a sus captores bajar él solo las escaleras de caracol. Acceden. Un policía camina al frente. Dos atrás y en la retaguardia tres buenos muchachos. Sean desciende seis escalones. Se detiene. El policía al frente lo confronta. "Avanza", le manda. Sean le pega un cabezazo. El policía cae. Sean lo brinca y corre por las escaleras. Cuando parece que va a lograr escapar, tropieza y rueda los últimos escalones. Los policías lo alcanzan y vuelven a tundirlo. Un toletazo en la mandíbula lo noquea.

Lo suben a la patrulla. El policía avisa por radio. "Pájaro dos está en el nido." Se lo llevan. "Pájaro tres", mi hermano, sigue enclaustrado en su prisión de agua. La Luna empieza a descender sobre el firmamento. En ella caminan dos astronautas. ¿Dormirán? Son las cuatro de la mañana. El cielo se nubla. La Luna desaparece. Carlos lleva atrapado dieciocho horas. Empieza a lloviznar. Los policías buscan techados donde refugiarse. Los buenos muchachos se mantienen inalterables. Son el ejército de dios. Humberto los ha preparado para soportar las inclemencias del tiempo, el hambre, el frío, la sed. Yo me quedo a la intemperie. Debo demostrarles que resisto más que ellos.

A las seis de la mañana cede la lluvia. Los policías salen de sus refugios. Un gordo sube un termo con café y tazas de unicel. Los policías se lo reparten. Les ofrecen a los buenos muchachos. No aceptan, ellos no toman café.

Amanece. Arriba Zurita escoltado por cuatro policías. Saluda afable a Humberto. Ha presumido los trofeos a sus superiores —Sean y Diego— y ha sido felicitado. Los llevó vivos, prestos a ser juzgados y condenados. No más jóvenes drogadictos. No más red de distribución de estupefacientes. Eficiencia policial.

Zurita me mira. Debe saber ya que mi hermano va a ser ejecutado. Se lo veo en los ojos. Pero aún mantengo la esperanza. Me acerco al tinaco. Busco una señal de piedad. Una manifestación del dios misericordioso del que tanto habla la Biblia. No hay tal. No hay ni dios ni misericordia. Solo un ejército que cumple las órdenes de un ser imaginario enojado y lleno de rencor.

Los policías en vela se muestran cansados. Zurita y Humberto conversan. Luego Humberto se reúne con Antonio y Josué. Algo maquinan. En la azotea contigua descubro a mis amigos. Han desobedecido a sus padres y solidarios me acompañan.

A las 8:58 de la mañana, Humberto camina hacia el tinaco donde se halla Carlos. Se para sobre unos ladrillos, toma el brazo de la bomba que regula el paso del agua y lo rompe. El tinaco empieza a llenarse. Humberto baja de los ladrillos y observa. El agua rebasa la tapa, se desborda. "Se va a ahogar Carlos", grito. Corro hacia el tinaco. Varios de los buenos muchachos me detienen. Por más que intento zafarme me someten. El agua chorrea. Mi hermano, sumergido, se asfixia. Carlos golpea, desesperado. Zurita contempla, impávido. El agua se desborda. El agua. Carlos sin aire. "Sáquenlo." Grito. Corre el agua. No se detiene. Falta aire. Golpes. Carlos. Sin aire. El agua. Golpes. Más golpes. Mi hermano se ahoga. Se muere. Grito. Nadie hace nada. Agua. Asfixia. El Agüitas llora. El Pato suplica. El Jaibo lívido. Mi hermano. Muere. Zurita. Humberto. Ellos. Los asesinos. El agua. Se desborda. Me zafo. Corro al tinaco. Me taclean. Caigo. Escucho. Los golpes. La vida de Carlos. Se escurre. Agua. Pataleos. 9:03. Carlos. Resiste. Patea. Golpea. No hay aire. Asfixia. Grito. El agua. Se desborda. Mi hermano. Se ahoga. Vida. Final. Agua. Muerte. Muerte. 9:05. Muerte. Silencio. El agua. Se desborda. Escurre. Por la azotea. La vida de Carlos. Se escurre. Las últimas vibraciones de su cuerpo. Humberto. Asesino. El agua. Escurre. Carlos flota. Ahogado. 9:07. El agua. Se desborda. Carlos es ya. Un cadáver hinchado. El agua. Moja mis zapatos. La muerte. Me moja

los zapatos

«El nombre de una mujer me delata.
Me duele una mujer en todo el cuerpo.»
Jorge Luis Borges

Abismos

El helicóptero sobrevoló varias veces la montaña. Robert, Jack y Alex escrutaron con cuidado las laderas hasta descubrir un campamento situado casi en la cima. Robert lo examinó con los binoculares. No se veían rastros de vida, pero necesitaban revisar dentro de la tienda.

Jack aterrizó en un valle a tres kilómetros de donde avistaron el campamento. Robert y Alex descendieron. A pesar de lo soleado, el día era frío. Robert se colgó el rifle en la espalda, Alex el radio y echaron a andar. La nieve era más densa de lo que habían esperado. Les costó trabajo avanzar. Robert no tenía idea de lo que el hombre quiso decir con "Nujuaqtutuq", pero más valía investigar.

Toparon con un precipicio. Para llegar al campamento debían cruzarlo por un estrecho sendero que corría a lo largo de una inmensa muralla. Robert no le temía a nada, excepto a las alturas. Desde niño el vértigo lo aterraba. Le estremecía el riesgo de precipitarse por un voladero, justo como se habían despeñado el hombre y la cabra. El horror a desplomarse en caída libre superaba cualquier otra muerte trágica: quemado, devorado, ahogado.

El sendero, un atajo de cabras monteses, no medía más de medio metro en su parte más ancha. Debían avanzar pegados al muro por un largo trecho. Robert se detuvo a examinarlo. Solo ver el fondo del abismo lo paralizó. ¿Cuál era el sentido de exponer la vida así? Alex comenzó a marchar por la vereda. Robert no podía mostrar debilidad frente a su subalterno, pero recorrer más de cien metros a la orilla del precipicio era demasiado para él.

—Vamos por el otro lado —propuso.

—Por aquí cortamos —aseveró Alex.

Robert volvió a mirar hacia abajo. Si resbalaba tardaría en caer varios segundos. Imaginar ese tiempo en el aire y luego reventarse contra las rocas le provocó náusea.

—No, vamos por otra ruta —ordenó, pero ya Alex había desaparecido por un recodo.

Robert suspiró hondo. Puso un pie en el camino. Había grava y nieve, lo cual lo hacía más resbaloso. Dio un paso y luego otro, titubeante. Procuró no mirar hacia el vacío. La vista siempre al frente, como le enseñó su padre. Avanzó tanteando el suelo. De reojo avistó a Alex. Caminaba con seguridad y rapidez. Verlo puso a Robert aún más nervioso. Topó con una roca que sobresalía. Para librarla requería pasar por debajo. Se paralizó. No, no se agacharía. Podía perder el equilibrio y tambalearse hacia una muerte segura. Volvió la vista al camino que había recorrido. Llevaba casi veinte metros. Devolverse le aterró tanto como continuar. Empezó a temblar sin control. Tuvo ganas de arrojarse al fondo, acabar de una vez con el miedo y el mareo. O quedarse ahí inmóvil y pedir que el helicóptero lo rescatara. Volteó de nuevo hacia abajo. Sintió que la fuerza del vacío lo jalaba. Se pegó a la muralla lo más que pudo. La mandíbula se le trabó. Cerró los ojos.

—¿Estás bien? —le gritó Alex, que había vuelto a buscarlo. Lo halló agarrotado a medio camino.

Robert negó con la cabeza.

—No pasa nada —le dijo Alex.

Robert empezó a hiperventilar. ¿Qué pensaría Alex de él? ¿Qué diría en el campamento a las docenas de obreros? ¿Que era un cobarde? Le dio vergüenza y horror.

—Abre los ojos —le pidió Alex—. Verás que no pasa nada.

Robert los abrió y miró hacia su derecha. Alex estaba parado al filo del desfiladero. Lejos de tranquilizarlo, Robert se atemorizó aún más.

—Quítate de la orilla —le gritó.

Con calma y con firmeza, Alex caminó hacia Robert.

—De verdad no pasa nada —le dijo y extendió su mano—. Te ayudo a cruzar, agárrame.

Robert estiró su brazo hasta tomar la mano de Alex.

—Ahora despacio, inclínate hacia delante y dobla las piernas.

Robert obedeció y con lentitud logró esquivar la roca.

—Vamos a ir paso a paso, no te voy a soltar —le aseguró Alex.

Recorrieron los ochenta metros restantes en casi una hora. Cuando llegaron al otro lado, Robert se veía descompuesto. Gotas de sudor escurrían por su frente. Tragó saliva para humedecer su garganta. Volteó al sendero y echó a reír nerviosamente.

—Pude, pude, pude.

Era la primera vez que superaba su miedo, pero al mismo tiempo se sintió frágil. Sin Alex guiándolo no hubiese podido recorrer ni un centímetro. Le hizo prometer que no le diría a nadie.

Continuaron hacia el este. Al bajar una pendiente hallaron el campamento. La tienda estaba rasgada y ondeaba con las ventoleras. Las cuerdas deshilachadas apenas la sostenían. Alrededor de las cenizas de una fogata se hallaban pedazos de ramas masticadas. Robert entró a la tienda y descubrió vivo a un gran lobo atado sobre un trineo junto a una bolsa de cuero, unas pieles, un rifle de cerrojo y unas rústicas raquetas para nieve.

Robert apuntó hacia el lobo.

—Nujuaqtutuq.

El lobo se veía flaco, con la pierna trasera destrozada, el pelaje opaco y con laceraciones. Los ojos apagados, la nariz seca. Deshidratado. Robert se agachó a revisarlo.

—Cuidado, puede morderte —advirtió Alex.

No, ese lobo no podía morderlo. Estaba en un severo estado de inanición, cercano a la muerte. No se explicaron qué hacía amarrado en la cima de una montaña, lejos de los bosques, su hábitat natural. ¿Por qué el hombre lo había llevado a esas alturas?

—¿Lo rematamos? —preguntó Alex—. Está moribundo.

—No, vamos a llevarlo con nosotros al campamento base.

—¿Y cómo lo bajamos?

Con la cabeza Robert señaló el trineo.

—Lo arrastramos hasta la falda de la montaña y que Jack nos recoja.

Acomodaron en el trineo las escasas pertenencias del hombre y se aseguraron de que el lobo estuviera bien sujeto. Llamaron por radio a Jack y le indicaron que aterrizara sobre una llanura en el lado este de la montaña.

Entre ambos jalaron el trineo. La nieve y las piedras dificultaron su tarea. Les pareció increíble que alguien hubiese arrastrado tanto peso hasta la cumbre. Necesitaron detenerse a reposar varias veces. Por radio le pidieron a Jack que les ayudara. Entre los tres lograron acarrearlo hasta la nave. Lo montaron en la parte trasera y emprendieron el vuelo.

Arribaron al anochecer. Trasladaron al lobo a los terrenos donde guardaban a los perros de trineo. En cuanto olieron al lobo, los perros comenzaron a ladrar, furiosos.

Encerraron al lobo en un cercado contiguo. Robert le cortó las cuerdas que lo ataban. El lobo no fue capaz de levantarse. Se quedó tumbado mirando los perros que le ladraban al otro lado de la alambrada. Robert se acuclilló para inspeccionarle la pierna. Se encontraba llagada y rota, en estado cercano a la gangrena. Al día siguiente que llegara el veterinario a revisar a los perros y a los caballos de tiro, le pediría auscultarlo.

Robert le puso un platón con carne molida y una cubeta con agua. Salió, cerró la puerta con candado y se dirigió a su carpa. En el camino lo interceptó uno de los jóvenes médicos. "Ingeniero, iba a buscarlo." "¿Qué pasó?", preguntó Robert. "El hombre acaba de morir", sentenció el joven.

—Traten de localizar a sus familiares o alguien que lo haya conocido.

Amaruq Mackenzie es su nombre, no lo olvides.

—Sí, señor —dijo el médico, dio vuelta y se alejó.

Robert debía investigar quién era. El apellido en común era más que una coincidencia. Quizás un llamado. Sí, un llamado de sangre. Ahora debía cuidar del cadáver de Amaruq y del lobo herido. Era su nueva responsabilidad.

Cuando llegamos con el King ya mis amigos me esperaban para meterlo a la casa. La amiga de Chelo se despidió y entre los cuatro lo cargamos hasta la azotea. Al llegar lo colocamos en el piso. Entré a la casa para revisar dónde se hallaba Colmillo. Lo encontré debajo de la mesa del comedor, dormitando. Al parecer había elegido esa zona como su cubil. En cuanto me vio se levantó. Caminé lentamente hacia él. Colmillo permitió que me acercara. Estiré mi mano y acaricié su cabeza. Me miró a los ojos. Tuve miedo. Cauto, tomé la cadena y la enganché a su collar. Colmillo no dejó de observarme. Retrocedí sin darle la espalda y subí dos escalones. Colmillo me vio partir y tranquilo se echó de nuevo bajo la mesa.

Llevamos al King a la cama de Carlos. Agradecido, el King no dejó de lamernos las manos. Se veía mal. El Pato lo abrazó y, por supuesto, el Agüitas dejó escurrir un par de lágrimas.

Mis amigos partieron por la azotea, temerosos de Colmillo. Saber que Colmillo era un lobo puro y que había estado suelto los amilanó. Por más que les aseguré que estaba encadenado no se atrevieron a cruzar por la planta baja.

Me quedé a solas con Chelo. Ella se tendió junto al King y yo al otro lado. Le pormenoricé el diagnóstico del veterinario y su propuesta de sacrificarlo. "Lo voy a curar", afirmó Chelo. "Voy a investigar con mis maestros cardiólogos. Va a quedar bien. Ya verás."

El King se quedó dormido en medio de ambos mientras Chelo le sobaba el lomo. Comenzó a roncar. A Chelo le dio risa. Cada ronquido una risa. Extendió su mano por encima del King y me acarició la cara. "¿Me perdonas?" La miré a los ojos. "Tú me prometiste no meterte con nadie mientras estuvieras conmigo", le reclamé. Ella siguió acariciándome. "Lo sé y te juro que me arrepiento, pero cuando me deprimo siento que es otra persona quien toma mis decisiones." Nos quedamos en silencio un momento. "Quiero seguir contigo", dijo, "te prometo serte fiel siempre". No podía creerle. Tarde o temprano su promiscuidad compulsiva terminaría por imponerse. "No puedo confiar en ti", le dije. "No confíes ahora, pero voy a hacer lo que sea para que vuelvas a confiar en mí." Gateó por encima del King y me abrazó.

Nos quedamos abrazados sin hablar hasta que anocheció. No nos besamos, no hicimos el amor, no nos acariciamos. Agradecí que no lo intentara. El King dejó de roncar. Asustado, pensé que se moría. Me recargué en su pecho para oír su corazón. Palpitaba desacompasado. Un tun-tun seguido de un "juosh" prolongado. Se lo comenté a Chelo. "Puede ser una arritmia", explicó. El King no despertó. Debió acumular noches en vela esperando el inminente ataque del lobo. El terror consumiéndolo. Quizás su carácter asustadizo se originó la noche en que lo acuchillaron. Un trauma insuperable. O simplemente era un perro miedoso. Ahora, rodeado por nosotros dos, se sintió protegido y por fin pudo descansar.

Chelo entró al baño sin prender la luz. A oscuras escuché el chorro de su orina y un pequeño gas. La intimidad creciente. Salió y me advirtió el riesgo de enfermedades. "El King meó y cagó el baño. Necesitamos limpiarlo y tallarlo con desinfectante, si no vamos a llenarnos de bacterias." Habló en plural, "necesitamos", como si mi casa también le perteneciera. No me gustó que asumiera que nos habíamos reconciliado.

Se sentó sobre la cama. "¿Me puedo quedar a dormir?" "No", le respondí. Se levantó, me dio un beso y se paró frente a mí. "¿Vas a querer volverme a ver?" Deseaba decirle "Sí, quiero verte, quiero que te quedes conmigo siempre, que duermas aquí, hoy, mañana, el lunes entrante, por el resto de nuestras vidas. Quiero que sigas hablando en plural, que hables de nosotros, que hagamos el amor por días sin salir de la cama, que me beses sin parar, que me abraces desnuda y no te separes de mí nunca", pero los celos son una gruesa pared de roca que se interpone entre dos personas que se aman. Una pared que todo lo ensombrece.

"Llámame si quieres verme otra vez", dijo. Me besó en los labios y salió del cuarto. La escuché cerrar la puerta de la casa. Encendí la luz. El King siguió dormido. Bajé a darle de comer a Colmillo. De nuevo caca y orines alrededor de la mesa. La marejada excremental.

Le serví unas croquetas con arroz y huevos crudos. Lo solté de la cadena y llevé su comida al patio trasero con la esperanza de que me siguiera. En adelante, viviría ahí.

Colmillo venteó la comida y salió. El patio era un espacio diminuto, pero ya aprendería a subir la escalera de caracol y gozar de la amplitud y vista de la azotea. Le cerré la puerta. Colmillo se volvió a verme por un momento y luego volvió al platón de comida.

Levanté las cacas y cepillé con agua y jabón ahí donde se había orinado. Luego limpié con desinfectante. Tenía razón Chelo. Ya no solo era el olor insoportable en toda la casa, sino que se estaba llenando de bacterias. De milagro no padecí tifoidea o amibas.

Subí al cuarto. El King ya se había despertado. Hizo un esfuerzo infructuoso por levantarse. Me senté a su lado y lo calmé. Lo acaricié y alzó la barbilla para que se la rascara. Eso y sobarle el lomo eran sus placeres favoritos. Volvió a quedarse dormido. Temí que esa fuera su última noche y dormí abrazado a él.

El nombre de una mujer me delata
Me duele una mujer en todo el cuerpo

El cuerpo de una mujer me delata
Me duele un nombre en todo el cuerpo

El nombre de una mujer me duele
Me delata un cuerpo en todo el cuerpo

El nombre de un cuerpo me delata
Me duele el cuerpo en toda una mujer

El nombre de una mujer me duele en todo el cuerpo.

Un nombre quiere permanecer nombre

Un cuerpo quiere permanecer cuerpo

Una mujer quiere permanecer mujer

Un nombre quiere permanecer mujer

Un cuerpo quiere permanecer mujer

Una mujer quiere permanecer.

El nombre de una mujer me delata
Me duele una mujer en todo el cuerpo

En la tribu de los diola, en Senegal, al morir alguien su cuerpo es cargado en una camilla por cuatro hombres. Un anciano de la aldea —el "asaba"— se aproxima para iniciar el rito del "kasab", el "interrogatorio al muerto", y le formula varias preguntas:

—¿Alguien o algo te mató?

—¿Fue una enfermedad?

—¿Desobedeciste a uno de los espíritus?

El muerto responde a través de vibraciones que perciben los brazos de quienes lo cargan. Si la camilla oscila de arriba abajo, la respuesta es "sí". Si es hacia los lados es "no". Un movimiento rápido indica verdad; uno lento, mentira.

Al final, el asaba enuncia la pregunta que causa más zozobra en un muerto: "¿Debiste morir?" Los hombres que cargan el cadáver aguardan su respuesta. Si el vaivén es suave es un "sí, debí morir". Una sacudida violenta significa que el cadáver considera injusta su partida. La rabia lo consume y quiere cobrar venganza contra los vivos. El asaba intenta consolarlo: "Queremos que te vayas tranquilo. Sí, no debiste morir, pero tu muerte permite el resurgimiento de la vida".

El difunto se serena. Entiende que los demás no son responsables de su muerte y parte sin provocarles daño. Pero si el muerto ha sido asesinado, no puede irse tranquilo hasta que al culpable lo castiguen. El asaba interroga: "¿Quién te mató?" El cadáver se balancea y el nombre del asesino trepida hacia los antebrazos de los cargadores, quienes lo repiten en voz alta. La colectividad voltea hacia quien ha sido señalado. No importa si se declara inocente. El muerto ha indicado su nombre y debe ser castigado.

Desde su fría mirada el muerto contempla los azotes y el exilio impuesto a su asesino. Satisfecho, se despide en paz.

Cuerpos

Entregaron a la funeraria el cuerpo tumefacto de Carlos tres días después de muerto. Abierto en canal, cosido con burdas puntadas. Los cínicos le habían practicado la autopsia, como si no fuese obvio que había muerto ahogado.

Mi abuela, siempre sonriente y dicharachera, se tornó en una mujer taciturna. No volvió a ser la misma. Se culpó de no haber cuidado a Carlos, como si él hubiese sido aún un niño. Se enojó conmigo porque no lloré. No supo que se llora de muchas maneras: crispando los puños, apretando los dientes, sufriendo insomnios.

El King también resintió la muerte de mi hermano. Manifestó su luto con hiperactividad. Subía y bajaba las escaleras, entraba y salía del cuarto de Carlos. Brincaba encima de cualquier visitante. Babeó sillones, paredes, platos, ahí donde halló vestigios del olor de Carlos. No durmió en su cama, como acostumbraba, sino que se echó en la cochera, mirando hacia la puerta, esperándolo.

El velorio fue poco concurrido. Solo amigos cercanos y familia. Muchos temieron ser vinculados con un "delincuente". Supusieron acoso policial, rumores, chismes, y prefirieron deslindarse.

Zurita les sugirió a Humberto, Antonio, Josué y Felipe, que desaparecieran de la ciudad por un tiempo. El resto de los buenos muchachos se refugiaron en casa de familiares en colonias distantes. Aunque la probabilidad de ser llevados a juicio era remota, hubo varios testigos del asesinato de Carlos y no era conveniente que se quedaran en el vecindario. En realidad, Zurita los deseaba lejos. Se había desarticulado una gran red de distribución de estupefacientes y le convenía llevarse él solo el crédito frente a la familia presidencial.

El padre Arturo se lavó las manos de inmediato. Fue a hablar con mis tíos y mi abuela para expresarles cuánto lamentaba el penoso "accidente" de Carlos. Disculpó a los buenos muchachos. Dijo que ellos se habían limitado a colaborar con la policía exponiendo dónde se escondían los "envenenadores" y que por desgracia la tapa del tinaco se atoró y Carlos no pudo salir a tiempo, como sí lograron hacerlo sus cómplices. Se desmarcó de lo sucedido y aseguró ignorar cómo se habían desarrollado los hechos.

Mentira. Palabra por palabra sus contradicciones y conocimiento de detalles expusieron cuán implicado estaba. Tan lo supieron las autoridades eclesiales que al mes del asesinato de Carlos fue relevado de la Iglesia del Espíritu Santo y trasladado a una parroquia en un caserío perdido en Zacatecas. Así lo alejaron de cualquier escrutinio o amago de investigación. Eso sí, el padre Arturo se encargó de que Humberto y sus acólitos fueran guarecidos y protegidos en pueblos de Jalisco sobre cuyas feligresías aún mantenía influencia.

A Zurita lo premiaron nombrándolo coordinador general de Investigación de la Policía Judicial, un puesto propicio para corromper más y mejor. Su rango de acción se extendió y pudo ejercer mayor control y ordeñar a ladronzuelos, traficantes, padrotes, prostitutas. La maquinaria criminal a su servicio. No toleró a violadores, homicidas y asaltantes con violencia. Provocaban demasiados conflictos y entregaban pocos dividendos. A esos los mandó matar. Al capturarlos los llevaban a un llano y les sorrajaban un balazo en la cabeza. Luego los aventaban al canal del desagüe. Así apaciguó a las buenas conciencias y justificó su designación.

Después del funeral de Carlos volví a la escuela. No conté nada a mis maestros. Para justificar mis días de falta invoqué un problema de salud de mi abuela. Y punto.

Por las mañanas me levantaba temprano a tomar el camión de la ruta Popo-Sur 73 que me dejaba en la esquina de mi colegio. Viajaba en silencio y me molestaba la conversación de otros. Exigía al resto del mundo que guardara duelo por mi hermano.

En mi cabeza solo resonaba una palabra: venganza. En clase cerraba los ojos e imaginaba el momento en que haría que cada uno de los involucrados en el asesinato de mi hermano purgara con su muerte. A los catorce años mi fantasía dominante era convertirme en un vengador silencioso y eficaz.

Después de que murió Carlos fui varias veces a ver el tinaco donde lo asesinaron. La familia lo desmontó para cambiarlo por uno nuevo y lo dejó en una esquina de la azotea. No beberían, no se bañarían, no cocinarían con el agua del depósito donde ahogaron a Carlos.

Entré al tinaco vacío. Traté de imaginar lo que mi hermano había sufrido. No era morbo. Era una necesidad de entender lo sucedido y de alguna manera purgar mi tristeza. En esa época la mayoría de los tinacos eran fabricados con asbesto, cuando aún no descubrían que ese material provocaba cáncer. Eran grises y sólidos, y al gritar dentro de ellos se producía un eco sordo. El tinaco como metáfora del saco uterino. ¿Habría gritado mi hermano Juan José en su mudez de feto mientras el cordón umbilical lo ahorcaba?

Descubrí el popote que mi hermano había usado para respirar dentro del tinaco. Estaba recortado por la mitad y medía nueve centímetros. Era amarillo. A través de ese pequeño tubo mi hermano se aferró a la existencia. Por ahí exhaló sus alientos finales antes de escupirlo para jalar aire con cada músculo de su cuerpo.

No podía conservarlo. En esos nueve centímetros se encerraba un excesivo dolor. Tampoco pude tirarlo a la basura. En la arqueología de su muerte, ese tubito condensaba el universo de Carlos: las funciones de cine, el LSD y la morfina, el ateísmo, los libros, Chelo, el encono de Humberto, mis padres, el King, mi abuela, yo. Volví a colocarlo donde lo hallé. Que fuera el viento o la lluvia o un gato quien decidiera su suerte.

Cuando regresaron mis padres de Europa yo ya había más o menos procesado la muerte de Carlos. Ellos no. Aterrizaron directo a la brutal ausencia de su hijo mayor. Su desesperación y angustia removieron de nuevo el caos dentro de mí. Volví al estado de trance, a deambular en silencio por la casa, a ir callado en el camión rumbo a la escuela. Mi marcador de duelo retornó a cero. A remontar otra vez el dolor y la rabia.

Fue un evento simple el que me permitió zafarme de esa telaraña de muerte: un partido de baloncesto. El profesor Alarid armó durante el año escolar un torneo con los equipos representativos de cada salón de clases. Justo antes de que Carlos muriera, nuestro equipo de tercero de secundaria, grupo B, había llegado a las finales. En el camino vencimos al resto de los equipos de secundaria y a los de mayor edad, de cuarto y quinto de preparatoria. Llegamos a la final a enfrentar a los de sexto. Ellos de dieciocho años, nosotros de catorce. Y aunque yo era más alto que cualquiera de sus jugadores, me superaban en fuerza, experiencia y rapidez.

A la final, veinte días después de muerto Carlos, llegué deprimido, sin ánimo de jugar un solo minuto. Pedí quedarme en la banca, cuando a lo largo del torneo había sido titular. Entré en el segundo tiempo, cuando nos estaban dando una paliza: 46 a 18. No sé de qué manera mi desconsuelo actuó como propulsor, pero di la mejor actuación deportiva de mi vida. Metí 45 puntos. 45 de los 56 que anotó mi equipo en la segunda mitad. Encesté de media cancha, de espaldas, de gancho, en escapadas, atacando el tablero. Ganamos el campeonato 74 a 73 con un tiro que encesté desde la esquina y sin ángulo a dos segundos de que sonara la chicharra finalizando el encuentro. Fui elegido como el mejor jugador de la temporada.

Exultante por el triunfo, me sacudí la muerte por unos días. En la escuela me convertí en personaje célebre. En el periódico escolar resaltaron mi hazaña. Los maestros me ensalzaron como ejemplo de lucha y pundonor. Incluso el profesor

Alarid sugirió que buscara una beca como jugador de élite en una universidad americana. Fue solo un espejismo. Poco a poco el goteo de la tristeza erosionó el caparazón del triunfo y me devolvió a la cotidianidad reseca e irrespirable de la vida sin mi hermano.

Como las jaulas oxidadas de las chinchillas o el palomar derruido del señor Belmont, el tinaco quedó abandonado en la azotea de los Barrera como el cadáver de una ballena varada en la playa. Una mole grisácea y hueca que se fue resquebrajando con el tiempo.

El tinaco terminó por convertirse en morada de gatos cimarrones. Una tarde, al pasar por ahí, escuché unos gemidos. Me asomé y una gata me bufó, amenazante. Había dado a luz a siete crías que reptaban ciegas en busca de las tetas de su madre. Vida en las entrañas de la ballena gris que devoró a mi hermano. Vida.

Acostado en el helicóptero, Amaruq vio el cielo a través de la ventanilla. Un cielo azul y transparente. Cuando era niño su padre le había dicho que los muertos buenos y justos subían al cielo. Su abuelo inuit le dijo que los muertos buenos y justos marchaban a tundras heladas, abundantes en caribúes, wapitíes y focas. Su padre le había dicho que los muertos buenos y justos se reunían con un dios piadoso y vigilante allá en el cielo. Su abuelo le dijo que viajaban a encontrarse con los dioses vivos, que son la tierra, el agua, el cielo, el viento. Su padre le había dicho que en el cielo habitaba ese dios único. Según su abuelo, el cielo era el corazón de los dioses.

Amaruq lamentó no haber procreado hijos para saber quién de los dos poseía la razón y cuál de esos dioses era el real. A sus hijos no les diría una palabra sobre ellos. Sin el peso de las creencias heredadas de generación en generación, los niños traerían consigo dioses frescos, los verdaderos dioses, los profundos dioses.

El vaivén del helicóptero lo adormeció. Cerró los ojos y comenzó a dormitar. La noche fría y los coyotes lo habían mantenido despierto. Volvió a abrirlos. Temió que esos fueran los últimos minutos de su vida y no quiso perdérselos.

Aterrizaron. Amaruq dejó de ver el cielo. En su lugar aparecieron torres gigantes, máquinas, pinos. Abrieron la puerta. Varios hombres se aproximaron. Uno de ellos acercó su rostro. Pudo oler su aliento a pasta de dientes. Le habló en inglés. Amaruq no pudo comprenderlo. Trajeron una camilla y lo montaron en ella. Con prontitud lo transportaron a una gran carpa utilizada como hospital y lo depositaron sobre uno de los catres.

Jóvenes médicos lo revisaron. Uno escrutó sus pupilas con una linterna. La luz le molestó, pero el médico le abrió los párpados para evitar que los cerrara. Otro tomó una aguja y le picoteó la yema de los dedos para sondear sus respuestas nerviosas. Y un tercero auscultó su pecho mientras le pinchaban el brazo para ponerle una sonda de suero. Eran estudiantes de medicina que trabajaban como internos en el hospital móvil. Debatieron entre sí sus diagnósticos. Amaruq deseó que terminaran con su incesante barullo. Lamentó que lo hubieran llevado ahí. Preferible morir al pie de la sierra. Anhelaba una muerte en silencio. Ahora tenía que soportar la cháchara de un grupo de jovencitos que manoseaban su cuerpo quebrado e insensible. Le horrorizó morir en ese lugar oscuro y feo cuando afuera brillaba el Sol. Quería morir sobre la nieve, cerca de la tierra, no en un catre. En inuktitut les pidió que lo llevaran de vuelta adonde lo hallaron. Los jóvenes se interrogaron uno al otro sobre lo que había querido decir y ninguno supo descifrarlo.

A la media hora de ser palpado, hurgado, ultrajado, llegó el médico en jefe en compañía de una enfermera. Hizo un par de preguntas a los internos, escuchó con atención y luego examinó a Amaruq con delicadeza y sin prisas. Amaruq agradeció la calma.

El médico pidió una silla y se sentó junto a él. Con señas, hablando despacio e intercalando algunas palabras sueltas en inuktitut que aprendió de un obrero inuit, le explicó que tenía la columna fracturada, varios huesos rotos y un pulmón perforado, y que podían llevarlo en helicóptero a un hospital en Whitehorse para operarlo. Amaruq se negó. Sabía que era inútil. El médico le mostró una jeringa y usó la palabra "dormir" en inuktitut para preguntarle si deseaba que lo sedaran. Aun en su profundo malestar, Amaruq eligió mantenerse despierto, estar lo más alerta posible antes de la llegada de la muerte.

A Amaruq le angustió pensar qué harían con sus restos. Su abuelo le había dicho que su tribu envolvía los cadáveres en pieles de caribú y los dejaban boca arriba en las praderas heladas para que sus espíritus pudieran mirar el cielo. No quería ser enterrado en un cementerio de blancos, metido en una caja de madera bajo paletadas de tierra. Su espíritu quedaría preso.

"Quiero afuera", dijo Amaruq en su precario inglés. Con señas el médico le explicó que se hallaba grave y que sacarlo podía provocarle la muerte. Amaruq rogó en inuktitut. Que lo devolvieran a la montaña, que no le importaba ser devorado vivo por los coyotes, convertirse en carroña para los cuervos, pero que por favor lo sacaran de ahí, porque no soportaba morirse rodeado de extraños.

El médico comprendió lo que Amaruq pedía. Reunió a los internos fuera de la carpa. Les explicó los deseos del hombre y les manifestó que pensaba cumplirlos, que si alguno de ellos objetaba se lo hiciera saber. El más joven alegó que era inmoral desatender a un enfermo tan grave. Otro arguyó falta de ética profesional y que su obligación como médicos era intentar salvarle la vida, que debían llevarlo en helicóptero de urgencia al hospital en Whitehorse aun cuando el paciente se negara al tratamiento. El médico les advirtió que ya no había nada que hacer, que esa era la voluntad del hombre y había que respetarla. "No es lo que me enseñaron en la universidad", dijo el más joven. "Ya la vida te enseñará otras cosas", rebatió el médico.

Aun en desacuerdo, los internos, seguidos por el médico y la enfermera, cargaron a Amaruq en una camilla para llevarlo al bosque. Cruzaron el campamento ante la mirada curiosa de decenas de trabajadores. Pasaron por entre la fila de camiones que esperaban su turno para ir a recoger la tierra excavada. Amaruq escuchó motores, voces. Olió los gases emanados de los escapes, el aceite de las máquinas, el sudor de los obreros.

Lo llevaron a la orilla de un río cercano. Los estudiantes depositaron con suavidad la camilla frente a una colina boscosa y volvieron al hospital. La enfermera y el médico se sentaron sobre unas grandes piedras. Amaruq sintió el viento sobre su cara. Escuchó el agua golpeando contra los bordes del río, las ramas de los pinos meciéndose con el viento, el goteo de una estalactita de hielo derritiéndose, cuervos graznar a lo lejos, trinos de pájaros. En la copa de un pino, una ardilla roja brincaba de una rama a otra. Los sonidos de esta vida se desvanecían para dar paso a los sonidos de la próxima. Debía concentrarse, no quería perderse un segundo de su propia muerte. Quería estar listo cuando llegaran las ligeras sacudidas que anteceden el momento final. Lo había visto en animales moribundos. Se mantenían tranquilos, con los ojos bien abiertos, cuando de pronto su costado empezaba a temblar. Con los ojos parecían buscar un último lugar donde posar la mirada. Después seguía un estiramiento de los músculos, un resoplido profundo y un progresivo desguance hasta que la vida se esfumaba. Amaruq deseaba sentir esa oleada de temblores previos y al final elegir dónde mirar mientras moría.

Oscureció. Empezó a enfriar rápidamente. El médico le hizo saber a Amaruq que era necesario regresarlo al hospital. Amaruq negó con la cabeza. "Lo siento", le dijo el médico en inglés, "pero no podemos seguir aquí". Por más que ansiaba cumplir la voluntad de Amaruq, el médico no quiso arriesgarse a que los internos lo acusaran de muerte por negligencia. Una hipotermia podía matarlo y ello supondría un posible cargo legal.

La enfermera salió a buscar a los estudiantes y a los pocos minutos regresó con ellos. Transportaron a Amaruq de nuevo en la camilla hacia la carpa. Con el frío de la noche, los charcos en las brechas se congelaron y debieron avanzar con cuidado para no resbalar. Los camiones seguían en fila con los motores prendidos. Los trabajadores del turno nocturno iniciaban labores. Gente iba y venía. Amaruq los veía pasar. Sombras en la noche a contraluz de las grandes torres que iluminaban el campamento. Otra vez ruidos, olores, voces.

Llegaron al hospital y colocaron a Amaruq sobre uno de los catres. Esta vez no estuvo solo. Dos obreros se hallaban recostados, uno frente a él y otro cuatro catres más allá. A uno de ellos dos dedos de la mano izquierda se le habían triturado al arreglar el motor de una de las grúas. El otro había caído de espaldas desde lo alto de un camión de carga. Al primero no tardaban en darlo de alta. Dedos amputados y un vendaje sanguinolento eran apreciados entre los trabajadores como un emblema de entrega y trabajo duro. El obrero se sentía adolorido, pero orgulloso. El otro se había conmocionado, pero no tardaba en recuperarse.

Los médicos prendieron lámparas de keroseno. Amaruq vio la bombilla encenderse con el gas. Las Coleman, las llamaba su abuelo. Eran un lujo en su casa y las encendían solo cuando llegaban visitas importantes, como tramperos, cazadores y compradores de pieles, como su padre.

Al mirar el bulbo incandescente, Amaruq recordó las noches cuando era niño y observaba a su madre y a su abuelo y a los adultos que los visitaban. De súbito, sintió que el cabello se le erizaba. "La muerte", pensó Amaruq. Un estremecimiento bajó hacia su nuca. Trató de decir algo, pero las palabras lo ahogaron. Escuchó sonidos lejanos. Su cabeza comenzó a estirarse hacia atrás, en un movimiento involuntario. Amaruq se esforzó por mantener la mirada en la

Coleman. Su abuelo, su padre, la estación, los lobos, las praderas, las montañas, la nieve. Decenas de recuerdos concentrados en la bombilla que resplandecía. Soltó una exhalación. Intentó jalar aire, pero ya no tuvo fuerzas. El médico se volvió a verlo y se apresuró a atenderlo. Demasiado tarde. Ya la cara de Amaruq se ladeaba contra las sábanas, sus ojos fijos en la lámpara de gas. El médico contempló el cadáver de Amaruq y lo tapó con una cobija. "Vayan a avisarle al ingeniero", le dijo a uno de los jóvenes médicos. El muchacho salió y el médico volteó a ver el reloj que colgaba sobre un poste de la carpa. En una libreta anotó: "Amaruq Mackenzie, quince de marzo, hora de fallecimiento: 19:18".

Según relatos de antropólogos de principios del siglo XX, los indios amahuaca, tribu que habitaba en la parte occidental del Amazonas, al fallecer un niño o una niña colocaban sus restos en grandes cazuelas y los hervían hasta que la carne se desprendía de la osamenta.

Al enfriarse el contenido, la madre extraía los huesos, los molía hasta convertirlos en un fino polvo y los mezclaba con harina de maíz hasta crear una pasta informe. Al terminar devoraba la masa entre llanto y dolor.

Una vez que la madre finalizaba el rito, el resto de la tribu juntaba los sobrantes de la carne hervida para sepultarlos, mientras ella se aislaba a sollozar la vuelta del hijo o la hija a la profundidad de sus entrañas.

Madres

La mujer camina por la calle. Se detiene. Da vuelta. Regresa. Se nota nerviosa. No sabe que la observo desde la azotea. Vuelve a irse y de nueva cuenta regresa. Camina hacia mi casa. Se para frente a la puerta. Toca el timbre. Mira hacia ambos lados de la calle. Tardan en abrir. Desde que murió Carlos, en mi familia todo tarda en hacerse. Como si la muerte hubiese retrasado diecisiete segundos los relojes internos de los miembros de mi familia. El mío también está retrasado. Tardo en responder preguntas, en despertar, deglutir, beber, orinar, pensar. Diecisiete segundos fuera del compás del tiempo del resto del mundo.

La mujer espera ansiosa. Ella me salvó la vida. Reaccionó rápido y me llevó de prisa a la clínica. Si no es por ella, me hubiera vaciado ahí mismo, en la banqueta. No me ve. Si alzara la mirada me descubriría observándola. Le abre mi madre. Se quedan mirando una a la otra. En la mirada de mi madre se adivinan los diecisiete segundos de retraso. La mujer le pregunta a mi madre si pueden hablar. Mi madre piensa diecisiete segundos y asiente. Se quedan paradas sin decir palabra. La mujer le ha pedido a mi madre hablar y las dos se quedan en silencio. A su manera, ambas son huérfanas de hijos. O viudas de hijos. La madre del asesino visita a la madre del asesinado. Ellas se entienden. Saben lo que es llevar a un hijo en las entrañas. Ellas, las dadoras de vida, las cuidadoras de vida, se miran una a la otra. El celofán de la muerte las envuelve. Una barrera transparente, pero impenetrable. La mujer se atreve a hablar: "Lo siento mucho". Aunque lo dice casi en un susurro la alcanzo a escuchar. Mi madre mira a la madre del asesino de su hijo y no sabe qué responder.

"Las dos perdimos a un hijo", dice la madre del asesino, "porque para mí el mío está muerto". Mi madre la mira, se nota que no esperaba oír eso. Traga saliva. Está a punto de soltar el llanto. Aprieta los puños para no llorar. La mujer continúa: "No puedo perdonarme lo que mi hijo le hizo a tu hijo. Me muero por dentro yo también". Mi madre no puede hablar. Desde hace rato las palabras se le enredaron en el estómago. Están enmarañadas ahí dentro. Yo desde la azotea las observo. Mi madre por fin logra articular unas palabras. Van llenas de dolor, de tristeza: "¿Por qué lo hizo?", le pregunta a la madre del asesino como si ella supiera el porqué, y aun así ella le contesta: "Lo hizo porque es un enfermo de dios". Sus palabras me dejan turbado. Ha descrito con exactitud lo que es su hijo. Un enfermo de dios.

La mujer sabe que su hijo actúa así por odio a ella. Sabe que el odio comenzó a engendrarse en el instante en que ese tipo se la cogió en una playa en Acapulco. El Basta, el ilegítimo hijo de una mujer inestable y promiscua, el niño solitario cobijado por un abuelo frenético que no cesó de juzgar a su hija. Enfermo de dios. Mi madre mira a la mujer y sin decir nada adelanta un paso y la abraza. Mi madre llora. Su espalda sube y baja con los sollozos. La mujer también llora. Se estrechan con fuerza. Soy el único testigo de su solidaridad. ¿Quién de las dos carga más dolor? Debió ser tan insoportable el dolor para que la madre del asesino tuviera la valentía de ir a hablar frente a frente con la madre del hombre que su hijo asesinó. No fue a justificarlo, no fue a pedir perdón en su nombre. Fue a compartir su dolor, a abrazar a la madre que perdió a un hijo por culpa de su hijo. Las mujeres se separan. Se enjugan las lágrimas. La mujer da un paso hacia atrás y se despide. No se vuelven a tocar. Lo que tenían que decirse se saldó en ese abrazo prolongado. Mi madre la mira partir.

Tres años más tarde mi madre moriría junto a mi padre en un accidente de auto. Unos meses más tarde, la madre del asesino pasaría una cuerda por encima de una viga en su casa.

La afianzaría con un nudo. Luego subiría en una silla y se colocaría la soga alrededor del cuello. Respiraría hondo y patearía la silla para colgarse. Tiempo después mi enemigo volvería al Retorno a velarla. El enfermo de dios. Mi enemigo. La venganza a mi alcance.

A las seis de la mañana sonó el timbre. Desperté abrazado al King, que seguía roncando con fuerza. Por la hora sospeché que quien tocaba era Avilés. No me equivoqué. En cuanto abrí la puerta, sonrió. "¿Ya desayunaste?" Por supuesto que no había desayunado. Solo un maniaco como él podía creer que uno desayuna en sábado a las seis de la mañana. "No", le respondí. "¿Te gusta pescar?" Asentí sin saber el porqué de su pregunta. "Pues te voy a llevar a pescar tu desayuno", sentenció. Desayunar pescado no era algo que me apeteciera, pero mostró tanto entusiasmo que acepté.

Nos montamos en el Maverick y tomamos rumbo a la carretera a Toluca. Llegamos a La Marquesa, un sitio recreativo cercano a la Ciudad de México, localizado en medio de bosques de pinos y riachuelos. Nevaba con frecuencia en esos páramos y de niños mi padre nos llevaba a jugar con la nieve. También nos tocó ver cómo un grupo de pescadores deportivos de origen francés —provenientes de un pueblo llamado Barcelonette— "sembraban" truchas arcoíris en los arroyos para poder ir a pescarlas cada domingo.

Dirigidos por un hombre apellidado Donneaud, llevaban miles de alevines en gigantescas bolsas de plástico oxigenadas por bombas de acuario conectadas al encendedor del auto. Nos acercamos mientras los soltaban. En cuanto emergían de las bolsas, las pequeñas truchas nadaban hacia las partes oscuras de la orilla y se colocaban a contracorriente. Peces predadores, aguardaban sigilosas entre las sombras a que sus presas descendieran río abajo. En menos de diez segundos, los alevines de criadero obedecieron el mandato de su instinto cazador.

Pensé que Avilés se estacionaría cerca de uno de esos arroyos y sacaría cañas y anzuelos para pescarlas, pero en lugar de ello se dirigió a una cabaña de madera al margen de la carretera que ostentaba un letrero: "Pesque su trucha, nosotros se la cocinamos". Bajamos del carro y dos mujeres salieron a recibirnos. Avilés debía ir a menudo, porque lo saludaron con afecto.

Inferí que las mujeres nos guiarían a uno de los riachuelos a pescar las truchas, pero nos llevaron a un diminuto estanque lodoso. Cinco cañas de bambú con un anzuelo y un plomo yacían recargadas en una cerca de tablas. "Escoge la tuya", dijo Avilés. Cogí una caña y él otra. Estiró los brazos y respiró hondo. "No sabes cómo me gusta el contacto con la naturaleza", dijo. ¿Contacto con la naturaleza? Si la autopista se hallaba a menos de cincuenta metros de nosotros. Tráileres, camiones, autos, cruzaban a noventa kilómetros por hora. Para mi padre, contacto con la naturaleza significaba meterse por veredas remotas hasta donde el carro ya no podía avanzar más y de ahí caminar kilómetros rumbo a los bosques en lo alto de la sierra. Avilés parecía satisfecho con salir a quince minutos de la ciudad.

Una de las mujeres nos trajo migajón de bolillo. Lo humedecimos para envolver los anzuelos y los lanzamos al estanque repleto de truchas engordadas con alimento para pollos. Después de dos intentos saqué una enorme de kilo y medio. Avilés sacó una más pequeña. "Sartenera", la llamó, porque era del tamaño perfecto para freírla dentro de un sartén. Las mujeres las pesaron y preguntaron si las queríamos empapeladas, fritas, rebosadas o al carbón. Avilés pidió la suya empapelada y yo la mía a la parrilla.

Nos sentamos afuera en una mesa que daba hacia la Laguna de Salazar, rodeada por la serranía boscosa. Avilés me preguntó sobre Colmillo. Le conté que ya le había quitado el bozal y lo había liberado de la cadena. "¿No te atacó?", preguntó incrédulo. "No", le respondí. "Felicidades, no creí que pudieras controlarlo. Fuiste más dominante que él."

Llegaron las truchas. La mía la habían asado con carbón de pino, la carne rosada impregnada con su aroma. La de Avilés envuelta en papel aluminio, cocida al vapor con zanahorias, cebolla y chile. Preferí el sabor de la mía y en verdad fue un desayuno delicioso.

Una muchachita se acercó a vendernos acociles —los pequeños crustáceos endémicos de la zona— en vasos de plástico. Cuando éramos niños, Carlos y yo atrapamos unos y los pusimos en una bandeja con agua que recogimos del mismo arroyo. El agua clorada de la llave los mataba y cuando era necesario rellenar la bandeja, lo hacíamos con agua de lluvia. Cuando se asustaban salían disparados hacia atrás propulsados por su cola. Se reprodujeron con velocidad y llegamos a poseer más de doscientos. En un día de campo con mis padres los devolvimos al riachuelo donde los capturamos.

Avilés compró dos vasos y me dio uno. "¿Cómo van tus cosas?", me preguntó. "Van", le respondí. "¿Para arriba o para abajo?" No supe qué contestarle. Más para abajo no podían ir, pero tampoco sabía si empezaban a subir. Mi vida era demasiado nebulosa para advertirlo.

A los acociles les habían puesto exceso de limón, pero a Avilés pareció no importarle. Devoraba uno tras otro. "¿Y con tu novia cómo vas?", preguntó. Nunca había pensado en Chelo en términos de "novia". En los setenta, "novia" era aquella a la que uno se le declaraba: "¿Quieres ser mi novia?" Sin declararse, la relación carecía de formalidad. Quizás eso era lo que me había faltado con Chelo. "No va", le respondí. "¿Por?", inquirió. ¿Debía contarle de la promiscuidad de mi "novia"? ¿Sobre los dos tipos con los que se revolcó? ¿Sobre sus depresiones? Sí, sí debía. Era mi oportunidad para sacar el veneno que pululaba por mis arterias. "Porque se metió con otros", contesté. Avilés se volvió hacia mí, perplejo. "¿Qué quieres decir con eso? ¿Que salió con ellos? ¿Se besaron?" Tardé en responderle. Tan solo decir "cogió con otros" me provocó náusea. El vómito negro escaldando mi garganta. "Se acostó con ellos", le dije. Avilés debió notar mi dolor, porque me apretó el antebrazo. "Ay, güey", dijo.

Nos quedamos callados un rato. "¿Ella te lo confesó o te enteraste por ahí?", preguntó. "Ella me lo confesó." "Por lo menos tuvo el valor de decirte. ¿Y te pidió perdón?" Asentí. "¿Y crees que sea sincera?" No supe qué responderle. "Mira, lo importante no es si te dice o no la verdad, sino si tú quieres creerle o no."

Regresamos a la ciudad. En el camino Avilés paró a comprar una piel de oveja curtida, de las que se usan como tapete o para adornar sillones. Subió al carro y me la arrojó. "Te la regalo para que tu lobo tenga piel de oveja", dijo y no paró de reír por lo que creyó era otro de sus estupendos chistes. Después abrió la cajuela de guantes y sacó un casete. "Este es otro regalo", dijo. Lo insertó en la reproductora del auto. Eran grabaciones de lobos grises. Aullidos, ladridos, gruñidos. Se lo había comprado a uno de los payasos del circo a quien le gustaba coleccionar sonidos de la naturaleza. Avilés sugirió que se lo reprodujera a Colmillo para ver su respuesta.

Llegamos a la casa. Le agradecí el desayuno y los regalos. Me dispuse a bajar y Avilés me detuvo. "Tienes muchos más huevos de los que crees", me dijo y sonrió. "Te busco pasado mañana."

Partió. Bajé la grabadora, la coloqué sobre la mesa del desayunador y abrí la ventana que daba al patio. Colmillo se había echado debajo del fregadero. En cuanto sonaron los aullidos de un lobo solitario, se incorporó. Era la primera vez que escuchaba a uno de los suyos. Con curiosidad ladeó la cabeza y empezó a gruñir, desconcertado.

Detuve la grabación y Colmillo se quedó mirando hacia la ventana, expectante. Adelanté el casete. Comenzaron a sonar aullidos colectivos. Colmillo comenzó a aullar también. Por fin una jauría de lobos le respondía.

Dejé correr los sonidos durante media hora. Colmillo reaccionó de diversas maneras a cada uno. Nunca había notado la capacidad expresiva de su rostro. Avilés había hablado de él como "mi lobo". Jamás pensé en Colmillo como mío, sino como un molesto huésped temporal que llegó a destrozar mi casa, pero que en algún punto se iría. Por primera vez reparé en mi relación con él. Era mi lobo tanto como el King era mi perro. Colmillo dependía de mí para subsistir. No era, como el King, un proveedor incondicional de cariño y lealtad. Pero era el recordatorio profundo de aquella naturaleza que jamás termina por domesticarse. Si el King servía para consolar, Colmillo me confrontaba. Y si algo podía sacarme de mi marasmo, era sin duda ese lobo enloquecido.

Apagué la grabadora. Subí al cuarto de mis padres, tomé el teléfono y le marqué a Chelo.

Robert estaba seguro de que Amaruq debía pertenecer a su clan familiar. Por radio pidió a la secretaria en la oficina de Whitehorse que localizara a primos y tíos para preguntarles si sabían quién era o habían oído hablar de Amaruq. "Si no lo conocen", agregó, "llame a cada Mackenzie enlistado en el directorio telefónico".

Los médicos le urgieron tomar una decisión sobre los restos de Amaruq. No podían mantenerlo más días dentro del almacén de las herramientas envuelto en cobijas a falta de bolsas para cadáveres. Las bajas temperaturas habían impedido que se descompusiera, pero el clima mejoraba y una mañana de calor bastaba para una rápida putrefacción. Si no podía hallar a un familiar que reclamara el cuerpo, lo mejor era enviarlo a la fosa común.

Robert solicitó más tiempo. No quiso que inhumaran a Amaruq sin ser despedido por sus seres queridos. Los médicos le otorgaron un plazo de cuarenta y ocho horas. Si en ese lapso nadie reclamaba el cadáver, lo enviarían a Cooper para que lo sepultaran.

Robert ordenó que el veterinario lo esperara sin importar qué tan tarde él llegara. El médico visitaba el campamento cada dos semanas y Robert no quería que partiera sin revisar al famélico lobo que seguía sin poder levantarse.

Salió en el helicóptero a sobrevolar la sierra. Con cada vuelo se convencía aún más de que el trazo debía bordear las montañas. Quienes se oponían alegaban la probabilidad de avalanchas o derrumbes que rompieran la tubería y provocaran fugas de petróleo o incendios fuera de control. Las pérdidas podían ser descomunales. Para resolver estos problemas Robert planteó construir muros de contención reforzados en las laderas y diseñó un sistema de compuertas de cierre automático. Los opositores argumentaron mayores gastos. Robert hizo notar que la ruta original era sesenta kilómetros más larga y por lo tanto más costosa. Los miembros del consejo de administración y el director general debían sopesar los pros y contras de cada propuesta. La decisión se acercaba y Robert debía apresurarse para presentar la suya.

Le gustaba su trabajo. En dos años más el oleoducto llegaría a Vancouver y satisfaría las necesidades energéticas del sur de Canadá. Había participado en la construcción de otros ductos y sabía del impacto en la vida cotidiana de los habitantes de pueblos y ciudades. Cada hogar con calefacción, cada cocina, cada vehículo, le debía mucho al esfuerzo de cientos de obreros e ingenieros. Esa era la honda satisfacción de cada uno de ellos. Pero para Robert el precio era alto. Veía poco a su familia. Se había perdido las primeras palabras de sus hijos, sus primeros pasos, sus logros escolares. Su mujer se cansaba de lidiar a solas con los niños, de llevarlos al pediatra, de levantarse temprano a darles de desayunar, de ayudarles con las tareas, de regañarlos cuando se peleaban entre sí, de dormirlos y exhausta terminar las tareas pendientes de la casa: lavar, cocinar, planchar. Ella y sus amigas se llamaban a sí mismas "las viudas del oleoducto".

También Robert comenzaba a agotarse. Su trabajo consistía en un incesante ir y venir en las más crudas condiciones: nieve, frío, neumonías, calor, humedad, mosquitos, diarreas, lluvia, disenterías, fiebres, parásitos. Muchas veces llegaba de las expediciones entrada la noche, empapado y con frío, sin tiempo de bañarse o al menos restregarse el cuerpo con un paño con agua caliente. Se despojaba de la ropa y aún tiritando se acostaba a dormir porque al día siguiente su jornada laboral iniciaba a las cinco de la mañana.

Arribó Robert de la expedición por la sierra y de inmediato fue a encontrarse con el veterinario. Le habló del lobo y de las circunstancias en que lo hallaron. El médico se mostró sorprendido por la historia. Había convivido durante años con las comunidades indígenas del norte canadiense y jamás había escuchado de alguien que hubiese atrapado vivo a un lobo y lo llevara atado hasta la cima de una montaña.

El veterinario examinó a Nujuaqtutuq. Presentaba un cuadro agudo de anemia por desnutrición. La falta de movilidad le había atrofiado por completo el sistema motor. La pierna derecha presentaba una fractura sin soldar, tendones seccionados y signos de una gangrena incipiente.

Robert preguntó qué podía hacerse. El veterinario volteó hacia el lobo maltrecho, con la cola pelada, las costillas salientes, tumbado exánime sobre el piso. "Sacrificarlo", contestó categórico "no le veo oportunidad de sobrevivir". Robert negó con la cabeza. "Esa no es opción", dijo. "¿Qué otra cosa podemos hacer?" El médico sugirió nutrirlo y rehidratarlo vía intravenosa. Alimentarlo con una papilla de carne molida, leche y huevos. Extirpar el tejido necrosado y entablillar la pierna con la esperanza de que la fractura soldara. Era importante mantenerlo alejado de los perros. Se hallaba en tal estado de debilidad que cualquier enfermedad infecciosa podía matarlo. El médico aclaró que aun con esos cuidados, estaba convencido de que el lobo moriría pronto. Robert supo que iba a resistir. No le cupo la menor duda.

Los perros bóxer derivaron de la cruza de dos razas hoy extintas: el bullenbeisser, que significaba "mordedor de toros", y el antiguo bulldog inglés, cuya traducción es "perro toro" y que eran utilizados para controlar a las reses en mataderos y corrales.

Ambas razas se emplearon también para cacería. El bullenbeisser era capaz de vencer a lobos en peleas a muerte. El antiguo bulldog inglés podía sujetar con su poderosa mandíbula a un jabalí de tres veces su peso hasta que los cazadores llegaran a lancearlo.

Los bullenbeisser eran perros grandes y potentes, similares en dimensiones a los dogos argentinos. De pelaje café atigrado, derivaban de los mastines de guerra del ejército romano. Los antiguos bulldogs ingleses eran diferentes a los bulldogs contemporáneos. Aquellos eran más altos, más ágiles y fuertes, no como los mofletudos canes de hoy que resoplan agitados ante el menor esfuerzo.

Los bóxer se originaron en Alemania a finales del siglo XIX. Los primeros criadores fueron Friedrich Robert, Rudolph Hoepner y Elard König. Pretendieron crear un perro de guardia, de talla media, de cuerpo musculoso y armónico, leal y cariñoso. En las cruzas privilegiaron los ejemplares dóciles y mansos, rechazando a los violentos o desobedientes. Los bóxer pronto se popularizaron como una raza apta para la familia, amable con los niños, de carácter tranquilo y bonachón, pero dispuestos a defender a sus dueños.

El bullenbeisser y el antiguo bulldog inglés, razas agresivas e indómitas, desaparecieron a principios del siglo XX. Los criadores, en su afán por crear razas manejables y sumisas, los cruzaron tantas veces que provocaron su desaparición. Hoy solo se puede saber cómo eran por escasas fotografías y dibujos de la época.

Reencuentros

Humberto, estás metido en tu casa, a solas con tus odios y tus terrores. No sales a la calle, los fantasmas te han obligado a encerrarte. Absorto contemplas la viga donde tu madre se colgó. Su carta te reventó, la culpa te carcome, te desmoronas a pedazos intoxicado de fervor religioso. El miedo se te nota. Bastó mirarte unos segundos a lo lejos para darme cuenta. Estás perdido. Y temes, Humberto, temes.

Tu dios se asfixia. Tú y aquellos que masacran en su nombre le arrebatan el oxígeno. Se queda sin aire. Manotea, boquea. Languidece. Ahora que lo necesitas no te responde. Es un dios débil y marchito. Anda, llama a ese vestigio blandengue que nombras dios. A ver si es cierto que los rezos funcionan y evita que te arrolle el hinchado cadáver de tu madre.

Humberto, el mundo gira y al girar desgaja la corteza del tiempo. El pasado emerge de los subsuelos y arrastrándose como un lagarto pesado y ponzoñoso mordisquea al presente. ¿O creías que el pasado se queda enterrado para siempre en el cementerio de los pasados? No, imbécil, el pasado retorna cuando menos lo esperas y el tuyo salpica sangre y muerte. Ese cadáver que velas a solas en tu casa, esa mujer ahorcada que en vida despreciaste, ese rostro violáceo y tumefacto, es el pasado que te alcanzó. ¿O creías que los juicios lapidarios a tu madre no tendrían consecuencias? ¿Pensabas que ella aguantaría incólume tus escupitajos morales? Tu odio la mató, idiota.

Veamos ahora, Humberto, quién de nosotros dos es más fuerte. Yo vengo de los sótanos del dolor. Tú apenas desciendes. Verás lo que significa quedar varado en los lodazales de la muerte. Y ahí te venceré, Humberto. Ahí en los subterráneos pelearemos hasta morir y te venceré. Los venceré, a ti y a tu dios. Los venceré.

En cuanto contestó el teléfono, Chelo no me dio oportunidad de hablar sobre nosotros. Se soltó a relatarme cómo había estudiado a fondo los males del King y cómo consultó con sus profesores sobre los tratamientos para curarlo. Explicó que, como la mayoría de las razas procedentes de cruzas manipuladas, los bóxer padecían de varios defectos genéticos, entre ellos una cardiopatía conocida como "cardiomiopatía del bóxer" que puede provocar síncopes, arritmias, taquicardias, congestión cardiaca e incluso paros fulminantes y que podía agravarse si el perro era sujeto a episodios de gran tensión emocional. "La tensión —expuso— lleva a que las arterias se contraigan disminuyendo el flujo de sangre al corazón y a que la adrenalina acelere los latidos. Esa combinación de factores fue la que causó la crisis cardiaca del King."

Diagnosticó como una profesional. Aseguró que el King podía mejorar con los medicamentos adecuados. Colgó sin darme oportunidad de decir más y quince minutos después llegó a la casa provista de inyecciones de cortisona, de pastillas de propanolol y amiodarona. Le pareció bien que Colmillo ya no habitara en la planta baja y que lo hubiera sacado al patio. "Para que el King se alivie necesitamos eliminar aquello que lo aflija", dijo.

Subimos a verlo al cuarto de Carlos. Lo hallamos echado sobre la cama. Al vernos meneó el rabo, pero no pudo levantarse. Chelo me pidió que lo inmovilizara. Le inyectó una dosis de cortisona en el cuarto trasero. Luego le metió en la boca una pastilla de propanolol y otra de amiodarona, y con ambas manos oprimió su hocico para obligarlo a tragar. La cortisona desinflamaría las arterias y permitiría un flujo más constante de sangre hacia el corazón. El propanolol —un beta bloqueador— disminuiría la segregación de adrenalina y la amiodarona regularía los latidos cardiacos.

Chelo anotó en un papel la dosificación a seguir y me la entregó. "Debe tomar media tableta de propanolol tres veces al día y una de amiodarona por la mañana y otra por la noche. Yo vendré diario a inyectarle la cortisona", dijo. Luego pasó su mano por el lomo del King. "No se va a morir, te lo aseguro."

Nos quedamos en silencio. Ella estiró su brazo para acariciarme, pero me quité. Sonrió con tristeza. "Te quiero, Juan Guillermo", dijo. Volvimos a quedarnos callados. El King resoplaba junto a nosotros. Trece años de convivir con él. Mi perro. Volteé hacia ella. La luz de la tarde filtrándose por la ventana pegó en su cara. Sus ojos se hicieron más verdes. Tanto que deseaba decirle, tanto que hacerle sentir, tanta rabia y tanto amor, tanta confusión y tanta certidumbre, y solo pude articular la más idiota de las preguntas posibles: "¿Quieres ser mi novia?" Sonrió. "¿Me lo estás proponiendo?" Asentí. Soltó una carcajada. "Caray, eso suena bien cursi", me dijo. No supe si reírme yo también. Era tan ridícula y tan apropiada a la vez mi declaración. "Sí, sí quiero ser tu novia", musitó. Se acercó a mí y me tomó la mano. "Nadie se me había declarado antes", dijo, "y pensé que al primero que lo hiciera lo iba a mandar a volar por ñoño. Pero, ahora que lo pienso, es la mejor pregunta que me han hecho en mi vida". Algo pasó por su cabeza, porque su expresión cambió. Se quedó concentrada unos segundos en un punto fijo y levantó la cara. "¿Y tú quieres ser mi novio?", preguntó. "Sí", le respondí. "¿Eso significa que me perdonas?" No, no la perdonaría nunca. Así estuviéramos juntos el resto de nuestras vidas, trazas del dolor me alejarían de ella. Era como si un ejército enemigo hubiese invadido mi patria y dejara un rastro de ruinas y devastación. Pero, al fin y al cabo, mi patria. No, no podría perdonarla. Mucho menos dejar de amarla. La vida me sería bastante más dolorosa sin ella que con ella, así arrastrara consigo el espectro de su promiscuidad. "No, no te perdono", le dije. Chelo se quedó callada un momento. "Te juro que nunca más voy a volver a lastimarte", aseguró.

Se quedó el resto de la tarde ayudándome a arreglar la casa. Se desnudó para hacerlo y calzó zapatos para no cortarse de nuevo la planta del pie. Yo no quise desnudarme. Necesitaba aún tiempo para recuperar la intimidad que habíamos perdido.

La observé mientras barría. Tarareaba concentrada en lo que hacía. Había enflacado. Durante su depresión había comido poco. Se le marcaban las costillas y las nalgas habían perdido algo de su redondez. Pero se veía muy hermosa.

"Quiero tacita", me dijo y enlazó sus brazos en mi cuello. Deseaba besarla, acariciarla, no dejarla ir nunca más. Quería pegarle, empujarla, sacarla a patadas de la casa. Hicimos el amor. La monté sobre la mesa del comedor y la penetré sin quitarme la ropa. Se abrazó a mí mientras se venía. No tuve orgasmo. Los celos aún me corroían y mi cuerpo simplemente no respondió.

Por la noche, Chelo se vistió para irse. Mientras se abrochaba la blusa se volvió a mirarme. "¿Te puedo hacer una pregunta?", inquirió. Asentí. "¿Qué le pasó a todo el dinero que Carlos tenía ahorrado?" "¿Cuál dinero?", pregunté. "El que ganó con las chinchillas y con las mercancías", dijo, recalcando "mercancías", como a Carlos le gustaba llamarlas. "Yo creo que se lo gastó", le dije. Ella negó con la cabeza. "No, no se lo gastó. Unas semanas antes de que lo mataran me enseñó unos estados de cuenta. El dinero lo tenía ahorrado en varios bancos por si lo atrapaban no le quitaran todo." No sabía de qué me hablaba. Chelo mencionó cantidades que me parecieron exageradas, pero hizo un rápido cálculo de las ganancias de ambos negocios. Y sí, los números concordaban. Era muchísimo dinero.

Me preguntó si mis padres lo habían recuperado. "No creo", le dije "ellos ni siquiera sabían a qué se dedicaba Carlos". Insistió en que debía recobrarlo, no permitir que los bancos se lo quedaran.

Nos pusimos a hurgar en el cuarto de Carlos en busca de los estados de cuenta. El King parecía molesto porque no lo dejábamos dormir con la luz prendida y el ruido. Nos volteaba a ver una y otra vez. Cerraba los ojos, roncaba un poco y volvía a despertarse. Tratamos de ser lo más silenciosos posible para no perturbarlo. Chelo me recordó que era necesario evitar tensarlo.

Sacamos la ropa de los cajones y los volteamos hasta dejarlos vacíos. Hojeamos cada libro. Revisamos los bolsillos de sus chamarras y pantalones. Nos subimos en una silla a revisar los compartimentos de la parte de arriba del clóset. Levantamos la alfombra para ver si abajo había oculto algún escondite. Buscamos entre las fundas de los discos. Abrimos los botes de lámina donde guardaba lápices y plumas. Desmontamos los espejos del baño. Nada, ni un rastro de los estados de cuenta.

Tuve temor de que Zurita y su gente los hubieran encontrado. Quizás Zurita disfrutaba ahora de las ganancias millonarias de Carlos. Chelo lo creyó improbable. Según ella, Carlos le había dicho que yo y mis padres éramos los beneficiarios y que necesariamente se hubiera requerido un juicio para incautar el dinero. Debía seguir depositado en los diversos bancos. Si encontraba los contratos, los estados de cuenta o cualquier estado bancario, podía ir a demandar la devolución de los ahorros. Si no los hallábamos, Chelo sugirió ir a las sucursales cercanas a la casa y preguntar por su nombre y cuentas. Sería difícil que los bancos nos revelaran la información. Los bancos ganan con la secrecía y la dureza de sus reglas. Después de tres años de muerto Carlos, dudé que quisieran restituir el dinero.

Nos dimos por vencidos. Apagamos la luz y dejamos dormir al King. Salimos del cuarto casi a la medianoche. Chelo me preguntó si esta vez podía quedarse a dormir. Era tarde y llovía. Acepté.

Dormimos en el cuarto de mis padres. Se desnudó y se metió entre las sábanas. Recostó la cabeza en mi pecho y se quedó profunda. Yo me mantuve despierto. Demasiado cruzaba por mi mente. Escuché los ronquidos del King, el deambular inquieto de Colmillo por el patio, los suaves suspiros de Chelo. Debía hallar una manera de reconstruirme. Edificar un futuro sobre los escombros. Y deseaba que la mujer que dormía junto a mí estuviera por siempre a mi lado.

A las seis de la mañana la desperté. Le pregunté si tenía clases a las siete. "Sí", respondió amodorrada y me besó en la boca. Al despertar era cuando más bonita me parecía. Adormilada se comportaba aún más dulce y amorosa. Me gustaba su inconfundible olor, sin perfume o jabón que lo atenuara.

Se levantó. Le llamó a su amiga para que pasara a recogerla y dando tumbos se metió a la ducha. Le preparé unos huevos revueltos para que desayunara y se los subí al cuarto. La hallé cepillándose el pelo y me llenó de besos cuando descubrió la charola sobre la mesa de noche.

Terminó el desayuno y pasó a inyectar al King. Seguía echado sobre la cama, pero durante la madrugada se había levantado a orinar en la regadera, signo de que las medicinas surtían efecto.

Sonó el claxon del coche de la amiga de Chelo. La acompañé hacia la puerta. Me tomó de la mano mientras bajamos las escaleras. Al llegar al zaguán me tomó la cara con ambas manos y me besó. "No olvides que soy tu novia", dijo. Caminó hacia el auto. Antes de abrir la portezuela giró hacia mí. "Regreso a las dos a comer", dijo. Montó y se despidió agitando la mano por la ventanilla.

Subí al cuarto para darles de comer a los periquitos y no los hallé. Los busqué por la casa. No estaban. Entré al cuarto de mis padres. Chelo había dejado la ventana abierta. Me asomé y descubrí a Vodka y a Whisky entre las ramas de un cedro en el camellón de la avenida. Me entusiasmó su libertad. Por fin se habían aventurado más allá de los confines de la casa. Dejé abierta la ventana por si acaso decidían regresar y puse alpiste y una bandeja con agua en la cornisa.

El veterinario acomodó los huesos fracturados y entablilló la pierna. Nujuaqtutuq no se movió mientras lo vendaba. Le insertaron una sonda en la pata delantera izquierda y colgaron una bolsa con suero en una estaca junto a él. El veterinario calibró el goteo. Así podrían hidratarlo y suministrarle glucosa. Antes de partir el médico insistió en la importancia de que comiera la papilla de carne.

Robert fue a la cocina del campamento y preparó la masa. Regresó con el lobo, se acuclilló junto a él y puso pequeñas bolas en su boca. Débil, el lobo apenas pudo deglutir tres. Robert lo cubrió con una manta y salió del cercado.

Se dirigió a su dormitorio. En el camino Alex lo interceptó para decirle que habían encontrado a alguien que quizás conocía a Amaruq. La secretaria lo había contactado con Kirk, un primo lejano, que le dijo que rememoraba haber ido con su padre hacía años a ver a un niño inuit de ojos azules y a su madre. No recordaba dónde ni quiénes eran ellos, pero seguramente su padre sí. El padre se llamaba Charles Mackenzie. Se había mudado a una cabaña a los lagos próximos a la frontera con Alaska y no había manera de contactarlo. Robert le pidió a la secretaria comunicarse con la policía montada para que enviaran a un oficial a localizarlo y, si era posible, trasladarlo al campamento.

Llegó a su carpa y se dispuso a estudiar los informes sobre el trabajo realizado durante los últimos meses. El día siguiente sería crucial. El presidente de la empresa y el consejo de administración volarían al campamento para evaluar la ruta más conveniente para tender el oleoducto.

Robert se había preparado a conciencia. Cada propuesta la acompañaba de carpetas atestadas de estudios. Sabía cada detalle sobre el trazado, desde costos hasta viabilidad geográfica. Cuántos bosques se interponían, la inclinación de los terrenos, la velocidad promedio de los vientos por cada semana del año, el tipo y cantidad de fauna que podría afectar los ductos. Sabía que su proyecto generaba oposición y le parecía inconcebible que gente menos preparada que él cuestionara su trabajo.

La junta con el presidente y los miembros del consejo fue ríspida. Su propuesta fue impugnada con dureza por los asesores financieros. Insistieron en el peligro de avalanchas o derrumbes que reventaran el oleoducto sobre pilotes. Robert se molestó. Era obvio que no habían leído con cuidado los dictámenes topográficos, ni los planos de cimentación para los muros contenedores. ¿De qué servían meses y meses de trabajo para que una sarta de imbéciles de escritorio lo cuestionaran? Él había recorrido cada una de las rutas posibles. Por helicóptero, trineo de perros, motos para nieve, a pie, a caballo. ¿Por qué los asesores no habían consultado a ingenieros de campo que como él se rompían la madre en las planicies y sierras heladas y no esos inútiles que laboraban en oficinas con calefacción a cientos de kilómetros de distancia?

Robert fue feroz. No hubo cuestionamiento que no rebatiera punto por punto. Carpetas en mano ridiculizó a sus opositores, a los que hizo ver como un grupo de improvisados. Al final logró doblegarlos y convenció al consejo de administración. La ruta que él y su equipo plantearon fue la elegida y Robert fue felicitado por el presidente por la precisión y solidez de sus argumentos. Se decidió mudar el campamento al día siguiente para avanzar los trabajos del nuevo trazo.

Robert salió de la carpa que fungía como sala de juntas. Comenzaba a nevar y una capa blanca cubría ya las máquinas y los camiones. Respiró satisfecho. Había tomado como personal el rechazo a su propuesta y había vencido.

Tomó una de las motos de nieve asignadas a los funcionarios y se dirigió hacia donde se hallaba Nujuaqtutuq. Debía prepararlo para la mudanza. Lo cargó y lo acomodó sobre la canastilla. Manejó hasta su dormitorio. Bajó al lobo y lo colocó junto al calentador. El lobo se quedó tirado en el piso. Robert se sentó en una silla a contemplarlo. "Nujuaqtutuq", lo llamó. El lobo levantó un poco la cabeza, lo observó un momento y luego se volvió a desplomar.

Acteón amaba tanto la caza que había criado una jauría de ochenta sabuesos para ayudarlo a acosar a sus presas. Una mañana salió al bosque con sus compañeros y sus perros. Durante horas buscaron ciervos, sin suerte. Exhaustos, los cazadores resolvieron descansar.

Acteón se negó a darse por vencido y decidió continuar solo en busca de un ciervo. Caminó sin ruta definida hasta que se topó con un estanque de aguas cristalinas. Ahí, acompañada de sus ninfas, se bañaba Diana, la hermosa diosa de la Caza y los Bosques.

Acteón la contempló desnuda. Las ninfas, al descubrirlo, gritaron con espanto y cubrieron con rapidez el sagrado cuerpo de Diana. Acteón no se retiró, prendado por la belleza de la diosa. Diana buscó sus pertrechos de caza: su lanza y su arco, para vengar la osadía del hombre, pero quedaron en la orilla, fuera de su alcance.

Enfurecida lo confrontó: "Has visto a la diosa desnuda, querrás decírselo a los demás. No podrás", le dijo y lo salpicó con agua del estanque. En cuanto las gotas lo tocaron, Acteón comenzó a transfigurarse. Sus orejas se alargaron, de su cabeza brotaron astas, sus piernas y brazos trocaron en patas.

Acteón —sin saber qué le sucedía— huyó de prisa y recorrió un largo trecho. Se serenó y cansado fue a beber a un río. Al verse reflejado en el agua descubrió con horror que se había transformado en ciervo. Oyó los ladridos de sus perros. Pensó que se apresuraban a protegerlo. Pronto se percató de su error: venían tras él para cazarlo. Aterrado intentó huir, pero no logró avanzar más de veinte pasos. Sus perros lo alcanzaron y mordieron sus patas. Acteón intentó gritarles por su nombre para detenerlos, pero de su boca solo surgió un berrido de ciervo. Tiró de coces para liberarse, pero los perros lo acorralaron hasta derribarlo. Acteón vio con desesperación cómo sus compañeros llegaron a instigarlos. Les pidió auxilio. Inútil. Otra vez prorrumpió en berridos. Los perros lo despedazaron vivo y sufrió una muerte pavorosa.

Diana escuchó el chasquido de las tarascadas que desmembraban al atrevido Acteón y sonrió satisfecha. Ningún mortal podría presumir ahora de haberla visto desnuda.

Automóvil

Sonó el teléfono apenas partió Chelo. "Encontré el carro de tus papás", dijo el Pato en cuanto contesté. "¿Dónde?" "En un deshuesadero en Ixtapalapa." Después del accidente el auto de mis padres había sido decomisado por la Policía Federal de Caminos en espera de los dictámenes legales. En el caos del reconocimiento de los cuerpos, la compra de los ataúdes, la renta de la funeraria, me olvidé de reclamarlo. Fue hasta días después que pensé en ello. Cuando quise averiguar dónde se hallaba fue imposible. Las telefonistas de las oficinas de la Policía Federal de Caminos respondieron con evasivas y un "llame mañana de nuevo". Lo di por perdido, pero el Pato se comprometió a localizarlo.

Durante semanas llamó a diario a las delegaciones policiales. Igual que a mí, le dieron largas. Dotado con el número de placas y modelo del auto, se lanzó en transporte público a recorrer cada deshuesadero y cada corralón. Fue una tarea ardua que siempre le agradeceré. Los encargados de los deshuesaderos no le brindaron ayuda, al contrario, lo obstaculizaron. Pasado cierto número de meses los autos no reclamados pasaban a ser bienes "sujetos a enajenación pública". En otras palabras, eso significaba que los dueños de los lotes podían desvalijarlos para vender las piezas.

El Pato lo halló arrumbado en una esquina de un deshuesadero llamado popularmente "La Ford". El carro estaba en medio de dos autobuses escolares. Uno en el puro cascarón. El otro con las huellas de un choque frontal, el motor fuera del cofre, retorcido como un intestino reventado.

El auto de mis padres lucía los cristales rotos. La lluvia había podrido los asientos de tela. En el piso el agua se había estancado. El Pato me dijo que el carro apestaba. Quiso evitar que fuera a verlo. Si a él le había dolido, podía imaginar cuánto me lastimaría tener frente a mí el último espacio donde mis padres hablaron, respiraron, vivieron. "Dame los papeles. Yo lo saco y lo llevo a un taller mecánico", me propuso. Me negué. Por más doloroso que pudiese ser, mi obligación moral era ir a recuperarlo.

Tomamos el camión en la avenida Ermita. Nos adentramos en las zonas más peligrosas de Ixtapalapa. La Curva, la zona donde se hallaba "La Ford", estaba rodeada de ciudades perdidas y basureros. Barrio puro y duro. Yo me llevé el cuchillo amarrado a la muñeca por precaución.

Arribamos después de casi dos horas. Por Ermita transitaban decenas de tráileres rumbo a Puebla. Además, el camión paraba a recoger pasaje en cada esquina.

La puerta de ingreso a "La Ford" se hallaba en la parte alta de una colina. Abajo se extendía el gigantesco deshuesadero. Cientos de autos y autobuses chocados se amontonaban en un terreno anegado. En la superficie de los charcos nauseabundos flotaba aceite azulado.

Entramos. El Pato le preguntó a un empleado por el Santaclós, el responsable del lugar. Llegó un tipo inmenso, de pelo largo hasta los hombros y barba crecida y abundante. A cinco metros de distancia podía olerse su pestilencia a alcohol, sudor y comida grasienta. Me preguntó si yo era el propietario del carro. Le respondí que era el único hijo del dueño, quien se había matado junto a mi madre en un accidente precisamente en ese auto. Me pidió la factura. Le entregué una fotocopia. No iba a andar por esas zonas de Ixtapalapa con la factura en la mano. Era como traer un cheque en blanco, aunque dudaba que alguien quisiera un automóvil con el techo aplastado, las llantas reventadas y los cristales rotos.

El Santaclós revisó la fotocopia. Sus manos regordetas y enormes, las uñas y las líneas de las palmas ennegrecidas por grasa de auto. En su barba se notaban tantos restos de comida que una numerosa familia de ratones podría alimentarse por semanas dentro de ella. Parecía no haberse bañado nunca.

"Yo solo te puedo entregar el carro si me traes la factura original, chamaco", me dijo. Le respondí que solo contaba con la fotocopia. "Entonces va a estar difícil soltártelo, a menos que quieras ponerte guapo." Me tuve que poner guapo con cien pesos. El gordo los recibió con sus dedos mantecosos y sonrió. "Con esto hasta me alcanza para dispararles a mis carnales una barbacoa y unos chescos."

Se alejó hacia una casucha de lámina. Una antena de televisión sobresalía en la techumbre y afuera, a manera de sofá, se hallaba el asiento trasero de una combi. Ahí llegó a repantigarse el gordo. El Pato me dijo que esa era su oficina.

Caminamos entre hileras de automóviles chocados. Algunos apilados encima de otros. Cada uno con su historia trágica. ¿Cuántos padres, hijos, amigas, hermanas, habrían muerto dentro de ellos?

Llegamos al auto de mis padres. Verlo me hizo perder el aliento. Me sentí mareado. Nunca imaginé que me pegaría tanto. Me recargué en el camión escolar. Las piernas me temblaron. Había pensado que verlo no me iba a afectar, que había pasado ya tiempo suficiente, pero observarlo destrozado en medio de un solar lodoso, rodeado de chatarra, me golpeó en el estómago.

El Pato me tomó del brazo. "¿Quieres que nos vayamos, Cinco?" Negué con la cabeza. "Dame dos minutos a que se me pase." Mi madre me había enseñado a respirar para calmarme. "Cuenta seis segundos para inhalar y seis para exhalar."

Me recompuse y me acerqué al automóvil. Sobre el tablero aún quedaban pedazos de cristal del parabrisas. El volante se había enchuecado hacia la derecha. Sobre el espejo retrovisor colgaba un llavero plastificado con un alacrán adentro que mi padre había comprado en Durango. Era una suerte que no se lo hubieran robado.

En cuanto mis padres cayeron al barranco, los pobladores de las cercanías llegaron a saquearlos. No les importó que mi madre yaciera muerta y que mi padre se asfixiara con su propia sangre con el volante encajado en el tórax. En su furiosa rapiña les quitaron los zapatos, las maletas, los relojes, los anillos, las carteras, las herramientas, la llanta de refacción, la chamarra de mi padre, el suéter de mi madre.

Quité el llavero del espejo y me lo guardé en la bolsa. Di la vuelta. La puerta descuadrada del lado del copiloto se hallaba abierta. Me agaché para librar el techo aplastado y examiné la cajuela de guantes. Ahí estaba la tarjeta de circulación y los restos de una tableta de chocolate, quizás lo último que comieron mis padres. A pesar de que el chocolate estaba polvoso y un poco enmohecido, le di una mordida. Me sentí así en comunión con ellos.

Regresamos con el Santaclós. Le preguntamos si sabía de un servicio de grúa para llevarnos el carro y respondió que por otros cien pesos él lo transportaba en la suya hasta el taller mecánico que le indicáramos. Negocié con él y terminó por aceptar cincuenta.

El Santaclós enganchó el auto a la grúa. Algunos pedazos de carrocería cayeron al suelo encharcado mientras lo levantaba. El Pato los recogió y los metió dentro del carro.

Subimos los tres en el asiento delantero de la grúa. El gordo ocupaba la mitad del espacio. El Pato y yo viajamos estrujados. Como la grúa era de velocidades, cada vez que el Santaclós quería meter un cambio el Pato, que iba en medio, tenía que alzar las piernas y empujarme hacia la puerta. Y encima el insoportable tufo del Santaclós. Todo en él era fétido: su aliento, su pelo, su barba, sus axilas. Su olor era tan fuerte que parecía de consistencia sólida. Se sentía untuoso en el paladar y provocaba picazón en la nariz.

Arribamos al taller del Güero en el Retorno 104. El Güero era un tipo fortachón, rubio, de ojos azules, originario de los Altos de Jalisco y primo lejano del padre Arturo, a quien detestaba. El Güero había sido jugador profesional de futbol en la segunda división, pero lo dejó temprano por problemas de alcoholismo. Se fue a la ruina, pero pudo salir avante gracias a sus conocimientos de mecánica automotriz. Se casó, renunció a la bebida y puso un taller. Presumía reconstruir carros destrozados, como el de mis padres.

El Santaclós desenganchó el auto de la grúa, lo bajó en el taller y partió dejando una estela pestilente que duró varios minutos. Había acordado con el Güero que él arreglaba el carro, lo vendíamos y nos repartíamos las ganancias a la mitad. Estuve a punto de arrepentirme. ¿Por qué un extraño iba a manejar la carroza fúnebre que era el auto de mis padres? Pero por otra parte, ¿por qué razón masoquista debía quedarme con ese carroza fúnebre?

El Güero dio varias vueltas alrededor del carro y se acuclilló a examinar cada abolladura. Pasaba su mano por la lámina rugosa y escribía notas con lápiz en una libreta. "Va a estar difícil dejar bien este carro", dijo. "Necesita mucha pintura y hojalatería, cambiar el motor y el eje trasero, y rehabilitar la dirección." "¿Qué significa eso?", le pregunté. "Que no me va a costear ni vendiéndolo como nuevo." Llegamos a un nuevo arreglo: él se ganaría el sesenta por ciento y yo el resto.

El Pato y yo volvemos a la casa. No hablamos en el camino. Llegamos. Lo invito a pasar. Pretexta tarea. Mentira. Trae el desconsuelo a cuestas. Ver de nuevo el auto donde se mataron mis padres le ha pesado. Insisto. Accede. Abro la puerta. Se adelanta mientras cierro con llave. Cuando lo alcanzo lo veo detenido en la entrada mirando hacia el piso. No entiendo qué pasa hasta que descubro a Chelo completamente desnuda de pie junto a la mesa del comedor. "Te dije que venía a comer", se excusa. El Pato, avergonzado, se da vuelta presto a irse. Lo detengo. "¿La viste desnuda?" Asiente. Es mi mejor amigo, mi hermano, pero me dan ganas de sacarle los ojos y arrojarlo al patio para que Colmillo lo haga pedazos. "¿Por qué la viste desnuda?", le reclamo furioso. "¿Qué carajos iba a saber que ella iba a estar aquí encuerada?" Chelo nos escucha y empieza a reír. Quiero matarlos a los dos. El Pato, mirando al piso para no verla, ríe también. Deseo decapitarlo, patear su cabeza, pero también empiezo a reírme. Chelo sube a vestirse. El Pato se queda a comer con nosotros.

Charles Mackenzie, el tío Chuck, arribó al campamento al atardecer. Después de localizarlo en su remota cabaña, la Policía Montada lo llevó en una patrulla hasta Beaver Creek. De ahí viajó en autobús hasta Bear Crossing, donde un helicóptero lo trasladó al campamento. Veintidós horas después de salir de casa, por fin llegaba. En ningún momento los policías le revelaron por qué lo habían requerido.

Lo condujeron con Robert. Se habían visto unas cuantas veces en reuniones familiares. El tío Chuck era primo segundo de su padre. Había hecho cierta fortuna con la compraventa de pieles. Al principio las ofrecía a los grandes distribuidores, pero luego él mismo comenzó a exportarlas a Estados Unidos, México y Europa. Hacía un par de años se había retirado. Heredó a sus hijos la empresa peletera y se mudó a la cabaña con su mujer.

Robert lo esperó en su dormitorio mientras empacaba para la mudanza. En unas horas levantarían el campamento para instalarlo en una planicie junto al río, treinta kilómetros más adelante. La nevada había impedido la movilización durante el día, pero era imperativo hacer el cambio para no detener el ritmo de los trabajos.

Robert y Chuck se saludaron afectuosos. Si algo presumía la rama de los Mackenzie era su espíritu de unidad. Bastaba que alguien llevara el apellido para darle hospedaje y recibirlo con los brazos abiertos. Chuck miró con interés al lobo herido que languidecía dentro de la carpa. "¿Y ese lobo?", preguntó. "De eso quería hablarte", le dijo Robert.

Lo llevó al cobertizo donde se encontraba el cadáver de Amaruq. Señaló el bulto envuelto en cobijas. "Lo hallamos herido en la falda de una montaña. Murió aquí en nuestro hospital. Se llamaba Amaruq Mackenzie, ¿lo conocías?"

Escuchar el nombre sacudió a Chuck. Se llevó una mano a la frente y suspiró hondo. Robert notó su desasosiego. "¿Quién era?", le preguntó. "Era mi hijo." Chuck se acercó al cadáver y lo destapó. El frío había mantenido intacto el cuerpo. Chuck escrutó el rostro. Sí, era él. El pelo rojizo igual al suyo, las facciones de su madre. Ella había sido la mujer más dulce que había conocido. Jamás peleó con ella o tuvieron una discusión. Nunca reclamó nada. Ni dinero, ni atención, ni tiempo. Ella se alegraba con verlo, hacer el amor y abrazarse desnudos por las noches cuando él iba a visitarla a su casa al lado de la estación del tren. Chuck estuvo a punto de dejar a su familia para irse a vivir con ellos. Como supo que nunca se iba a atrever, simplemente dejó de ir a verlos. No mandó una carta ni dio una explicación. Desapareció y durante años le pesó su decisión.

Robert no le hizo preguntas personales. Sabía que su tío estaba casado con su tía Rosie y que era padre de tres. ¿Para qué incomodarlo? Le contó que habían hallado a Amaruq con la columna vertebral rota junto a una cabra montés. Al parecer había intentado cazarla y ambos habían resbalado hacia el vacío. Le contó también sobre el lobo que hallaron atado en la tienda de Amaruq y le preguntó si sabía la razón por la cual lo había arrastrado en trineo hasta la cima de la montaña. Chuck le contestó que no tenía idea, pero que Amaruq en lengua inuktitut significa lobo.

Salieron del cobertizo. Chuck le confesó que había dejado de ver a Amaruq cuando este tenía doce años. Le contó del día en que llevó a sus otros tres hijos a conocerlo. Fue uno de los días más felices de su vida. Cuando los juntó se sintió aliviado. Los niños jugaron, se divirtieron. El problema fue al regreso, cuando sus tres hijos lo ametrallaron con preguntas. ¿Quién era ese niño? ¿Por qué los había llevado a verlo? ¿Por qué había sido tan cariñoso con su mamá? Supo que si su esposa se enteraba no lo iba a perdonar y se volvería a Calgary, de donde era originaria. Él no quería dejar de convivir con sus hijos y, a su manera, también quería a Rosie. Cambió la familia de dos por la familia de cuatro. Abandonó a la mujer dulce que amaba y se quedó con la que tenía a su lado.

Robert le preguntó cómo debían proceder con el cuerpo. Chuck respondió que debía llevarlo con su madre para que ella dispusiera. "¿Y si ya murió?", inquirió Robert. "Entonces decido yo." Chuck le aclaró que también quería llevarse al lobo consigo. Por alguna razón su hijo lo había atrapado y probablemente ella sabía por qué. Robert le hizo saber que por la noche el campamento se mudaría y que por la mañana le facilitarían una camioneta y un chofer para llevar el cadáver adonde él indicara.

Se acostaron en la carpa. A pesar de hallarse agotado por el viaje, Chuck no pudo dormir. Una y otra vez vinieron a su mente imágenes de Amaruq de niño. Dio vueltas sobre el catre, dolido por la ausencia definitiva del hijo que había abandonado.

A las tres de la mañana los encargados de la mudanza los despertaron y les pidieron salir para desarmar la carpa y acarrear enseres y mobiliario. Salieron a sentarse en una mesa dispuesta para que los altos directivos pudieran descansar mientras los trabajadores levantaban el campamento. Hacía frío y habían encendido varias fogatas para calentarse.

Hombres, máquinas, camiones, caballos, perros, empezaron a desplazarse bajo la luz artificial de las torres. Chuck contempló a decenas marchar en medio de la nieve y el lodo mientras él se calentaba las manos enlazándolas alrededor del tazón de café.

A las cuatro les avisaron que ya podían trasladarse al nuevo campamento. Subieron a la caja de un camión y los condujeron por una brecha lodosa. Había escampado y la Luna iluminaba la pradera nevada.

Llegaron al amanecer. Alex los recibió y les dijo que el chofer de la camioneta ya estaba listo para partir y que Nujuaqtutuq había sido colocado dentro de una jaula en un remolque. Le habían colocado un arnés de perro de trineo al cual podía engarzarse una cadena por si requerían sacarlo.

Robert y Chuck fueron a la carpa del hospital y pidieron al médico en jefe un certificado de defunciónEn los vastos territorios del Yukón a menudo era necesario transportar los restos de una persona de una zona a otra y encontrar un ataúd no era fácil. Las autoridades permitían trasladarlo en un vehículo y sin féretro, si un médico cercioraba que la muerte no se había debido a causas violentas. El médico elaboró un dictamen minucioso de las heridas y de las circunstancias en que fue hallado Amaruq y esclareció que su muerte no se había suscitado por homicidio o negligencia.

Acomodaron el cadáver envuelto en cobijas en la batea del vehículo y lo aseguraron con cuerdas. Robert se aprestó a despedir a Chuck. Se estrecharon la mano y Chuck abrió la puerta para montarse. Robert miró a su tío y luego al bulto sobre la caja. Cuando Chuck se disponía a cerrar la puerta, Robert lo contuvo. No, no podía dejarlo solo. No mandarlo con un chofer a dejar el cadáver de su hijo como quien va a entregar una mercancía. "Yo te llevo", le dijo, "espérame".

Robert se dirigió a la carpa donde oficiaba el presidente. La secretaria le señaló que se hallaba en junta. "Dile que es un minuto, por favor." El presidente lo recibió, extrañado por la urgencia. Robert le explicó que el hombre herido hallado en la montaña había resultado ser hijo ilegítimo de un tío suyo y que deseaba acompañarlo a darle sepultura. Pidió un mes de licencia y manifestó que el trabajo estaba adelantado para las próximas doce semanas.

El presidente accedió y dio instrucciones a la secretaria para entregarle además dinero en efectivo para el viaje. Robert le agradeció la generosidad. Salió de la carpa y se despidió de Alex y de Jack. Les encargó que ayudaran a seguir con exactitud el trazo y que volvería pronto. Se dieron un abrazo y Robert montó en la camioneta. Arrancaron. Debían recorrer doscientos cincuenta kilómetros de brecha antes de llegar a la primera carretera asfaltada.

El automóvil recorre la carretera da vuelta en una c

u

r

v

y   a

mi

padre pierde el control.   El carro

Z

i

g

Z

a

g

u

e

a

y mis padres vue

lan

hacia el

p

r

e

c

i

p

i

c

i

oooooooooooooooooooooooooooooooooooooooooooooo

El carro golpea contra las piedras

y rueda y

rueda y

rueda y

rueda

Hasta detenerse.

Silencio…………………………….

Mi madre muere. Mi padre se muere.

Silencio.

Llegan a rodearlos los

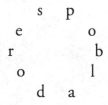

Los roban. Los saquean.

Mi padre se asfixia se asfixia se asfixia se asfixia
se asfixia se asfixia se asfixia

se asfixia

Ellos les quitan todo. Sin importarles nada. Todo por (nada).
( ) x todo.
X

Mi padre los observa. Con su mirada implora. Pide ayuda.
Escupiendo **SANGRE.**

Ellos siguen. Robando. Mi padre no lo cree. Él se muere y
ellos roban. Él s muere y ellos rob n. Él se mu re y el os r b n.

Hasta que

mi padre   m
                    u   r
                    e   e

                              .

Los pobladores terminan con la r a p i ñ a.

Y se   van.

                    Mis dos muertos se quedan

Solos

427

Cartas

La imagino escribiendo la carta. La termina. La lee. La rompe. Vuelve a escribirla. Vuelve a romperla. Arroja los pedazos al excusado. No quiere dejar rastros. Que nadie sepa de la confusión por la que pasa. Escribe de nuevo. Su letra le parece ajena, escrita por una forastera en una caligrafía desconocida. Sus trazos son irregulares. El travesaño de la T se inclina hacia la derecha, la cola de la Y se enrosca, la E es una C capada. Por más que quiere controlar su mano, no puede. Tiembla, arrastra la pluma sobre la hoja. No tolera más culpas, decepciones, pleitos, odios, alegrías fugaces, amoríos. Fue la hija del hombre equivocado y luego la madre del hombre equivocado. ¿Por qué tanta equivocación en su vida? Genealogía torcida hacia arriba y hacia abajo.

Y el cáncer. El maldito cáncer. Células amotinadas contra el resto del cuerpo. Sublevadas, negras, infectando con su rebeldía letal y absurda los tejidos sanos. Cáncer en la matriz, la misma donde alojó al hombre al que ahora le escribe, la matriz donde se gestó el asesino, el enfermo de dios. ¿Su hijo la inoculó con el mal? ¿Él fue el principio del cáncer, la célula enferma que enfermaría a las demás?

¿En qué momento Humberto se convirtió en un extraño para ella? ¿Por qué no cesó de repudiarla? Ella no le hizo ningún mal a nadie. Sí, se acostó con hombres ebrios que la golpeaban e insultaban y que golpeaban e insultaban a su hijo. Sí, trabajó largas jornadas para poder mantener a ambos y por ello abandonó a su hijo. Sí, no prestó atención a las reuniones secretas que Humberto organizaba en el sótano de la casa sin imaginar que ahí se incubaban asesinos fanáticos. Sí, se embarazó a los dieciséis años de un tipo del cual no recuerda ni su nombre ni su rostro. Sí, trató de abortar al hijo que fecundó esa sombra montada encima de ella en la bruma del alcohol. Pero no hizo mal. No. Fue la vida la que la llevó a dar tantos tumbos, la que provocó tanto desorden, la que la remolcó hacia tantos puntos cardinales, a tanto ir y venir, a tanto desnudarse, a tanta bebida, mariguana, sexo, hombres, golpes, semen, sudor, sangre. Pero nada de eso ameritaba tanta rabia en su contra. No ameritaba ni ese padre, ni ese hijo, ni ese cáncer. No justificaba que su padre la llamara puta, ni que su hijo la llamara puta, ni que las demás mujeres que sabían que no era puta la llamaran puta.

Ella redacta la carta final al hijo-juez-verdugo-asesino. Pretende ser reclamo, desagravio, revancha, desquite. Quiere restregarle la vergüenza de ser la madre de un homicida. Que no le quede duda de que se colgó por él, por su culpa, por su culpa, por su grande culpa.

(ten hijo las dagas de mis líneas finales que te corten que te sangre que se entierren en tu estómago que cada vez que respires te rajen el hígado los intestinos los riñones el páncreas te dejo hijo mis últimas palabras que te envenenen que te escalden la tráquea que hiervan tus entrañas que te vacíen la sangre te entrego mi suicidio que mi cuerpo desmadejado te aplaste que mis ojos vacíos y vidriosos se te queden incrustados en la memoria te dejo estas líneas te dejo mi cadáver Humberto ya llegará tu tiempo ya llegará.)

Chelo había preparado una comida romántica. Adornó la mesa con tulipanes y había cocinado dos filetes de res al tequila, una antigua receta de su abuela y un mousse de chocolate. Ni el Pato ni yo le comentamos sobre el ramalazo emocional que habíamos padecido al recuperar el auto donde se mataron mis padres.

Chelo se portó cariñosa, dulce, atenta. Me besó. Me abrazó. Bromeó. Nos hizo reír. Su alegría mitigó mi pesadumbre y la rabia de que el Pato la hubiese visto desnuda. Chelo poseía la virtud de darme paz y al mismo tiempo hacerme sentir en guerra permanente.

El Pato se fue a las siete. Lo acompañé a la puerta. "¿Te puedo decir algo y no te enojas?", preguntó. Asentí. "Qué bonita es Chelo." Estuve tentado a darle un puñetazo, pero el Pato sonrió, me estrechó con calidez y se alejó por el Retorno.

Cuando regresé hallé a Chelo lavando los platos. Se había vuelto a desnudar y tarareaba una melodía. El Pato tenía razón, de verdad era bonita. "Ven", me llamó. Me acerqué a ella y me enlazó con los brazos. "No me gusta separarme de ti", me dijo.

Subimos a medicar e inyectar al King. Era notoria su mejoría. Su estado era distante a la catástrofe dibujada por el veterinario de la clínica de la UNAM. Logró pararse con esfuerzos y dar unos pasos.

Fuimos al cuarto de mis padres. Empezó a chispear y por la ventana entraron volando Whisky y Vodka. A Chelo le entusiasmó verlos venir de la calle. "Míralos", dijo con emoción. No le había contado que los periquitos ya se aventuraban a salir. Por lo visto, los periquitos regresaban cuando llovía. Me alegró saberlos ir y venir del cedro a la casa.

Me pidió que también me desnudara. Los celos aún me escocían y desnudarme representaba aceptarla de nuevo. Pero deseaba sentirla cerca, lo más que se pudiera. Me quité la ropa y nos metimos a la cama. Se escurrió debajo de las sábanas y empezó a besarme el pecho. Brotaron las dudas. ¿Habría hecho lo mismo con los tipos con quienes se acostó? Le pedí detenerse. Ella asomó de entre las sábanas. "¿Qué hice mal?" "No quiero", le respondí con sequedad. "¿Quieres que me vaya?" "No." Chelo me besó en la mejilla, se acostó al otro lado del colchón y al poco tiempo nos quedamos dormidos.

Desperté en la madrugada. Ella no estaba en la cama. La llamé para ver si estaba en el baño, pero no contestó. Encendí la luz. Su ropa aún se hallaba doblada sobre la silla. Bajé desnudo y la hallé a oscuras contemplando a Colmillo por la ventana. "No merece estar ahí encerrado", dijo. Al oírla, Colmillo viró a vernos. "Sí, no lo merece", reiteré.

La tomé de la mano y la llevé al comedor. "Súbete a la mesa", le ordené. Ella me miró con extrañeza. "¿Para?", preguntó. "Lo voy a soltar", le contesté. "¿Y si me ataca?" Volteé hacia donde se hallaba Colmillo. "Lo mato." La noté indecisa. "Confía en mí", le dije. Chelo subió a la mesa y atemorizada se colocó al centro.

Fui por el cuchillo y le abrí la puerta al lobo. Entró y me olfateó de arriba abajo. Recorrió la cocina y cuando quiso orinar en una esquina, le grité "no". Colmillo me miró retador y de todos modos la orinó. Tomé una silla del desayunador y la levanté. Colmillo se retrajo. Había aprendido a respetarme silla en mano. Agachó la cabeza y continuó explorando. Pareció olisquear el olor de Chelo porque levantó la mirada y la descubrió sobre la mesa. Chelo se enconchó para protegerse. Con un salto Colmillo podía atacarla.

Con calma me interpuse entre ellos dos. Colmillo debía aprender a respetarla y necesitaba forzarlo a ello. Me monté sobre la mesa y abracé a Chelo. Colmillo comenzó a dar vueltas alrededor sin dejar de mirarnos. "Creerás que estoy excitada", me dijo Chelo. Me volví a mirarla. "Ya sé, suena estúpido, pero es la verdad." Abrió ligeramente las piernas y metí los dedos en su vagina. Estaba mojada y empezó a gemir. Colmillo se detuvo y nos observó, con la cabeza pegada al borde de la mesa. Saqué los dedos empapados y los estiré hacia él. Los olfateó. Sí, podía sonar estúpido y hasta peligroso, pero yo también me empecé a excitar.

Recosté a Chelo en la mesa y seguí metiéndole los dedos hasta que la hice venirse. Chelo contuvo los gemidos para no incitar al lobo. Me jaló hacia ella. La penetré y con rapidez llegamos a un orgasmo simultáneo. Chelo me estrechó y comenzó a llorar. "Por favor, dime qué hago para que me perdones." Quise decirle tantas cosas que ninguna pude articular. Besé las cicatrices de sus piernas. Besarlas era besar su pasado. Besar la última vez que hizo el amor con Carlos, besar el salto al vacío cuando erró el cálculo al brincar entre azoteas. Era besar su dolor, el hijo abortado, las piernas que envolvieron las piernas de otros hombres. Besar a la mujer penetrada, a la mujer que me hería, la mujer infiel y promiscua. Aceptarla, odiar su pasado, amar su presente.

Chelo se tranquilizó hasta que ya no lloró más. Descendí de la mesa. Colmillo, aburrido de nosotros, se había ido a dar una vuelta por la planta baja y luego se había echado debajo de la mesa. En cuanto me vio me fue a husmear. Me cubrí los genitales con una mano. No quise averiguar si la mezcla de semen y flujos vaginales despertaría en él su instinto depredador y me emasculara de un mordisco.

Saqué unas rebanadas de jamón y un pedazo de carne molida y los arrojé al patio. Colmillo salió a comerlos y cerré la puerta. Regresé con Chelo, le ayudé a bajar de la mesa y tomados de la mano subimos al cuarto de mis padres.

Viajaron con lentitud los primeros cien kilómetros sobre el camino paralelo al oleoducto. Era una brecha angosta, a menudo anegada o cubierta con nieve. A la orilla algunos trabajadores terminaban de soldar las juntas de las tuberías y otros de cubrirlas con tierra. Sus campamentos eran pequeños. Dos o tres tiendas y un toldo de lona para proteger la cocina y el comedor.

A Chuck y Robert les permitieron quedarse a dormir y comer con ellos. Se acostaban en catres en medio de cinco o seis trabajadores y se alimentaban de frijoles, huevos, carne de caza, frutas envasadas y miel. A Robert le costaba trabajo conciliar el sueño. Acostumbrado a dormir solo, no soportó los sonoros ronquidos de los demás.

Cada noche bajaban de la batea el cadáver de Amaruq y lo colocaban en el asiento delantero de la camioneta. No deseaban que llamara la atención de predadores o aves de rapiña. Por fortuna el clima no mejoraba y el cuerpo se mantuvo congelado.

Era difícil avanzar por las brechas lodosas. Constantemente se atascaban y era necesario usar el malacate para liberar la camioneta. Recorrer quince kilómetros les llevaba el día entero. Cuando no alcanzaban a llegar a los campamentos de los obreros, montaban una tienda y comían tasajo o asaban la carne de alce que uno de los obreros había cazado. A Nujuaqtutuq lo alimentaron con la papilla que Robert había mandado preparar para el viaje.

Al quinto día de viaje el lobo dio muestras de recuperarse. Por fin logró ponerse de pie y empezó a dar vueltas dentro de la jaula. Cuando Robert se acercó a darle de comer, el lobo le tiró una mordida. Chuck rio con ganas. "Un lobo siempre será un lobo", dijo.

Por las noches Nujuaqtutuq se mostraba más activo. Aún con la pata entablillada, iba y venía golpeando contra los barrotes. Una madrugada una jauría aulló y él le respondió. Robert los escuchó y cargó el rifle por si los lobos se acercaban.

Llegaron al Paso de los Vientos, un cruce entre montañas de acceso peligroso. La brecha serpenteaba por desfiladeros y no era raro encontrar el camino bloqueado por deslaves o avalanchas. Robert mismo había trazado esa brecha. Construirla llevó un año. Necesitaron dinamitar los inmensos paredones y utilizar los buldóceres más grandes. Uno de ellos se desplomó hacia el precipicio. Por suerte el operador logró brincar antes de que la enorme máquina se deslizara seiscientos metros hacia el fondo.

Ese trecho lo manejó Chuck. El miedo a las alturas de Robert lo paralizaba cuando la camioneta recorría la brecha a centímetros del borde. A veces, por el hielo, la camioneta patinaba hacia el abismo. Chuck metía el acelerador y el freno de mano a la vez para evitar que perdiera tracción.

Toparon con grandes rocas que obstruían el camino. Con una gruesa barra de hierro hacían palanca para levantarlas y luego las empujaban hasta rodarlas hacia el vacío. Se podía escuchar el estruendo de la roca reventando pinos en su caída.

La tienda la ensamblaban a mitad de la brecha. Buscaban los lugares más protegidos y menos propensos a una avalancha. Una noche Robert no encontró a Chuck dentro de la casa de campaña. Se levantó a buscarlo. Lo descubrió dentro de la camioneta con la cabeza de Amaruq sobre el regazo. Lloraba desconsolado con una botella de whisky en la mano. Robert escuchó cómo le hablaba a su hijo muerto, cómo le pedía perdón, cómo le explicaba los motivos por los cuales lo había abandonado y le contaba cómo había sido su vida y la de sus medios hermanos. A Robert lo conmovió su tío. Cuánta culpa y dolor debía guardar.

Después de cuatro días lograron franquear el Paso de los Vientos. Robert respiró aliviado cuando vio frente a sí la extensa llanura que les faltaba recorrer. Acamparon a la orilla de un ancho río. A Nujuaqtutuq le pusieron un balde con agua y un pedazo de carne. "Lo bueno de este frío", afirmó Robert "es que no tenemos que lidiar con las moscas". Era verdad. En verano los mosquitos y las moscas eran intolerables. No podía dejarse al exterior ningún alimento. En menos de dos horas las moscas depositaban sus huevecillos y los agusanaban. Hubiera sido imposible trasladar el cadáver de Amaruq sin que las moscas lo infestaran.

Se acostaron. Robert se durmió pronto. Chuck salió de la tienda y extendió una lona junto a la camioneta. Bajó el cadáver de Amaruq y lo tendió sobre esta. Destapó su rostro y lo contempló a la luz de las estrellas. Hacía apenas unos días ese cuerpo respiraba, hablaba, pensaba. Su hijo, ¿qué había hecho durante esos años en que no lo vio? Él nunca dejó de pensar en Amaruq ni en su madre. Cada noche, antes de dormir, invocaba en inuktitut "Buenas noches, mi amada mujer; buenas noches, mi amado hijo". Por no lastimar a su familia, lastimó a ellos dos y se lastimó a sí mismo.

Chuck tomó varios tragos de una botella de whisky. A media noche, borracho, se levantó y fue hacia la jaula. El lobo le gruñó en cuanto se aproximó. Sin enganchar la cadena al arnés de Nujuaqtutuq, Chuck le abrió la puerta. "Vete", le dijo. Si el lobo deseaba escapar, que escapara. El lobo salió con cautela. Olfateó el aire y percibió el olor del cadáver. Cojeando se dirigió hacia él. Acercó la nariz y lo olisqueó. El lobo pudo huir hacia la pradera, mordisquear los restos del hombre que lo había sojuzgado, atacar a Chuck. Dio dos vueltas alrededor del cuerpo y se echó a su lado. Chuck se llevó la mano al rostro y comenzó a llorar.

De acuerdo con Sigmund Freud en *Tótem y tabú*, en diversas culturas existe un reverencial temor al contacto con los muertos. En la Melanesia, cuando alguien ha tocado un cadáver, se le impide comer con sus propias manos. Un miembro de la tribu es quien lo alimenta para así evitar que la muerte entre a su cuerpo. Para los toaripí de Nueva Guinea "el hombre que ha matado a otro no puede acercarse a su mujer ni tocar los alimentos con sus dedos". Igual sucede con los shuswap al oeste de Canadá. "Los viudos y las viudas deben vivir aislados durante el periodo de luto, no deben tocar con sus manos ni su cabeza ni su cuerpo."

Para algunas tribus queda prohibido pronunciar el nombre de un muerto. Hacerlo invoca a la muerte y pone en peligro a los vivos. Esta prohibición, escribe Freud, se lleva a cabo entre pueblos tan distantes como "los samoyedos de Siberia y los todas de la India meridional, los mogoles de Tartaria y los tuaregs del Sahara". En otras tribus le cambian el nombre al difunto para poder hablar de él sin el riesgo de invocar a la muerte.

Freud menciona también varios ritos para apaciguar al enemigo muerto. "Los guerreros dayaks de la costa Sarawack traen consigo, al retornar de una expedición, la cabeza de un enemigo, la tratan durante meses con toda clase de amabilidades, dedicándole nombres dulces y cariñosos." Entre las tribus choctaw y los dakotas del norte americano se observa luto en honor de los enemigos tan riguroso como si fuera alguien de su comunidad.

Para todas estas culturas la muerte se transforma en un soplo que flota sobre hombres y mujeres y que aguarda el mínimo descuido para penetrar en el cuerpo de los que aún viven. Deshonrar a un enemigo matado en combate, llamar a un muerto por su nombre, comer con las manos después de tocar un cadáver, se convierte en una invitación a la muerte, se le abre la puerta.

La muerte. La gran sombra, la extensa luz. La muerte.

Cuerda

"Ese es Goyo Cárdenas", me dijo el Castor Furioso y señaló a un hombre que circulaba por el comedor de la prisión. Cárdenas era un asesino serial que había estrangulado a cuatro mujeres con una cuerda para luego sepultarlas en el jardín de su casa. La prensa lo llamaba "el Estrangulador dc Tacubaya" y se hizo tan popular que en la calle se vendían reproducciones de la cuerda con la cual había cometido los asesinatos. Llevaba varios años preso. Sentenciado a una larga condena, era el reo más célebre de la cárcel de Lecumberri. Difícil creer que ese tipo esmirriado y con facha de burócrata segundón fuese un criminal tan sanguinario.

"Debían fusilar a ese imbécil", dijo Diego mientras lo miraba con desdén. Cárdenas se paseaba tranquilo por el área común. Los custodios lo saludaban y bromeaban con él. Goyo apenas sonreía. Serio, circunspecto, respondía a los demás con propiedad. Y sí, daban ganas de ponerle una golpiza y encajarle los lentes redondos hasta la base del cráneo.

Me levanté ese domingo temprano para ir a ver a Diego a la cárcel. Era día de visita y la fila para entrar se formaba a partir de las seis de la mañana. Ya a las ocho daba vuelta a la manzana. Señoras con canastas de comida, adolescentes visitando a sus padres, esposas, hermanos, padres, amigos y por supuesto, compinches, chivatos y proveedores de cigarros, mariguana y alcohol de contrabando. Más de cuatrocientas personas en espera de entrar.

Había otra fila, solo de mujeres, formadas para la visita conyugal. No entendía por qué la llamaban así, si de conyugal tenía muy poco. Con excepción de dos o tres mujeres que sí parecían esposas de los reos, las demás delataban de inmediato su profesión. Por la forma en que mascaban el chicle, por decir una leperada tras otra, por sus faldas cortas, por su cabello teñido de rubio, por el exceso de maquillaje para ocultar arrugas o cicatrices de viruela. Las normas del presidio prohibían el comercio carnal, pero no por pruritos morales, sino por razones de higiene. Un preso con gonorrea, chancro o sífilis, podía disparar una epidemia entre la población carcelaria. Y aunque se impedía la entrada a prostitutas, un tallón de dinero en las manos apropiadas permitía el ingreso hasta de una elefanta si esa era la preferencia sexual de quien sobornaba.

Según me había contado Diego, pocos podían pagar por sexo y en el penal abundaban los "novios", convictos flacuchos y débiles, o gorditos fofos, que se prestaban a ser sodomizados, no porque tuvieran inclinaciones homosexuales, sino porque no les quedaba de otra. Si se oponían los golpeaban. Si seguían resistiéndose los emasculaban y si aun así continuaban negándose, los asesinaban.

Se podía apresurar el trámite de entrada de varias maneras. Pagarle a uno de los tantos "coyotes" que pululaban a las afueras del penal. Tipos vestidos con trajes baratos y sudados, quienes ofrecían sus servicios como "gestores" y cuyo único mérito era conocer al custodio a cargo de la entrada y quien facilitaba la entrada de quien pagara por una puerta adyacente. Otra opción era pagar a las "apartadoras", mujeres humildes que llegaban a las cinco de la mañana a formarse para más tarde vender su lugar al mejor postor. Las apartadoras se sentaban en huacales de madera y se envolvían en rebozos negros para protegerse del frío. Podían cobrar hasta treinta pesos, dependiendo de qué tan al frente de la fila se hallaba el puesto reservado. Una más era pagarle una compensación a quien estuviera adelante en la fila. "Si me da chance le doy cincuenta centavos." Por lo general, la gente aceptaba. Uno se podía ahorrar hasta dos horas compensando a varios en la fila.

Si se contaba con más dinero se podía ir directo a la puerta principal, deslizar un billete de cien en la mano del jefe de custodios y entrar de inmediato y sin revisión a una mesa reservada en la zona de visitas. Quienes optaban por esta vía —por lo general visitantes adinerados que iban a visitar presos políticos o delincuentes de cuello blanco— eran sujetos a mentadas de madre y una sonora silbatina por aquellos que aguardaban por horas a la intemperie.

Decidí hacer la cola, aunque pude haber pagado unos cuantos pesos para compensar a los que iban delante de mí. Mi reserva de dinero mermaba con rapidez. No solo por mis gastos. Darle de comer a Colmillo y al King representaba un desembolso severo, así que opté por aguardar en la fila.

Para matar el tiempo charlé con una familia. Venían a ver al abuelo. Purgaba cuarenta años de condena y, de acuerdo con la hija, ya había cumplido veintiocho años con nueve meses y dos semanas. Lo procesaron por asesinato, aunque el abuelo se declaró inocente. Despertó una mañana, después de una borrachera con pulque, con un cuchillo sobre el regazo y la ropa ensangrentada. Al lado suyo se hallaba tirado un desconocido con treinta puñaladas en el pecho. La policía lo detuvo y fue acusado de homicidio. El abuelo no recordaba nada de lo sucedido y fue a parar al bote sin saber con exactitud qué había pasado. Según la hija, años después un amigo suyo declaró haber sido quien acuchilló al tipo. No bastó la confesión para liberar al abuelo. "Abuelito es muy bueno", me dijo la más joven de las nietas de diez años de edad.

Entré empapado a la prisión después de estar tres horas bajo un chipichipi desesperante que no se serenó un solo minuto. En la puerta me sometieron a un interrogatorio minucioso. Recién habían cambiado las políticas para el ingreso de visitas y el Castor Furioso había sido fichado como Clase 3, categoría asignada a los reos considerados peligrosos o de alto perfil. Engorros que soportar por ahorrarme unos pesos.

En cuanto entré me ordenaron que esperara en el área del comedor. Unas mesas más allá descubrí al abuelo y a su familia. No, ese hombre no se veía bueno, nada bueno. Se le advertía en la cara —veintitantos años después— la sangre salpicada del hombre a quien asesinó a puñaladas.

El Castor Furioso tardó todavía quince minutos más en llegar. No esperaba visita y se había quedado a dormitar en su celda. Se alegró de verme. Me preguntó si traía dinero para comprar unas tortas de jamón y unas cervezas para almorzar juntos. Las pagué cinco veces más caras de lo que me hubieran costado afuera. Las vendía una mujer autorizada por el director del penal, lo que explicaba la quintuplicación de los precios: el ochenta por ciento de las ganancias iba a dar a manos del director.

Regresé con las cervezas, las tortas y un refresco para mí. Diego me preguntó si sabía dónde trabajaba Zurita y le respondí que continuaba en un alto puesto en la Policía Judicial. "Le voy a romper su madre cuando salga de aquí", afirmó.

El Castor Furioso se veía inquieto. Volteaba de un lado a otro, nervioso. "Voy a tener que decir que eres mi hermano, porque si no van a pensar que soy maricón y que tú eres mi novio, y si eso piensan esos culeros no me la voy a acabar", dijo y señaló un grupo de presos que observaban recargados en una pared. Tres de los nazis habían salido ya de la prisión y por tanto la protección de la cual gozaba por cuenta de ellos había disminuido.

Le pregunté sobre las cuentas bancarias de Carlos. El Castor Furioso me describió el modo en que manejaban sus finanzas. El setenta por ciento de las ganancias era para mi hermano y para Diego y para Sean, quince por ciento a cada uno. Carlos distribuía los dineros. Lo hacía con absoluta transparencia, comprobando cada ingreso y egreso. Aunque cada quien decidía qué hacer con su parte, crearon una cuenta mancomunada entre los tres donde depositaron cantidades exiguas. Era una cuenta señuelo. Si los apresaban, declararían esa como la única cuenta del negocio para así proteger las otras. Por supuesto, esa cuenta la confiscaron de inmediato.

El Castor Furioso no confiaba en los bancos y guardó su dinero en efectivo, excepto el que destinó a la cuenta señuelo y a la compra de un departamento en la colonia Juárez, el único bien que no perdió. Cuando lo detuvieron, Zurita cateó su casa y encontró fajos de billetes ocultos entre los pliegues de la ropa, envueltos en bolsas de plástico dentro del tanque del excusado, en sobres pegados bajo las mesas. Los lugares que Diego pensó seguros e indetectables eran escondrijos comunes que Zurita y sus hombres no tardaron en descubrir. El Castor Furioso perdió el total de sus ahorros. En cambio, Carlos abrió varias cuentas en diversas sucursales. Diego pensaba que debían ser entre nueve y diez. Recordó solo cuatro de esas sucursales: la del Banco de Londres y México sobre Insurgentes Sur, la del Banco de Industria y Comercio en la esquina de calzada de La Viga con Ermita, la del Banco Nacional de México en calzada de Tlalpan y la del Banco Industrial en avenida Taxqueña.

Le pregunté dónde podía encontrar algún registro de las cuentas, ya que a la casa jamás había llegado un estado financiero. Diego sonrió. "Carlos nunca hubiera puesto en riesgo a tu familia, por eso los estados de cuenta no llegaban a tu casa." Según él, una parte las había domiciliado con la dirección del establecimiento mercantil del peletero judío que le compraba las pieles de chinchilla.

Yo había acompañado a Carlos a verlo en una fábrica textil en el centro de la ciudad unos cinco o seis años atrás. Remembré un local enorme, con decenas de costureras con máquinas de coser zurciendo vestidos. Al fondo se hallaban gigantescos rollos de tela de varios colores y texturas. Era difícil escuchar por el traqueteo de las máquinas. Había que hablar casi a gritos. El comerciante era un hombre de estatura media, pelo largo y lentes que gustaba presumir la fuerza de sus bíceps. Decía ganarle en vencidas a cualquiera de los fortachones cargadores de su negocio. Ni Diego ni yo recordamos su nombre ni dónde se hallaba la fábrica.

Me despedí del Castor Furioso. Me pidió que lo visitara más a menudo y de ser posible que le llevara periódicos y revistas. "No he sabido lo que pasa en el mundo", dijo. Antes de irse me susurró "Préstame cien pesos". Lo dijo cauto, para que no lo oyera ninguno de las docenas de rateros ahí encerrados. "Solo traigo cincuenta", le respondí. "Con eso la hago para zafarme tres meses de esos móndrigos", dijo y con la barbilla apuntó a los custodios. Ya me había contado cómo debía untarlos semana a semana para salvarse de lavar letrinas. "Haz como que te amarras los zapatos. Deja el billete a un lado y te vas de volada." Eso hice. Me arrodillé para simular que me ataba las agujetas y puse el dinero junto a mi tenis. De inmediato Diego pisó el billete. Me fui con rapidez y alcancé a ver cómo se sentaba a un lado sin quitar el pie del billete y, después de unos segundos, se agachó y se lo guardó entre los calcetines.

Salí del reclusorio a la fría tarde de domingo. Había escampado y el Sol se colaba por entre las nubes. Menos de hora y media ahí dentro y la sensación de claustrofobia me asfixiaba. No sé cómo los presos no se vuelven locos a los tres días de estar recluidos.

Me alejé pronto de Lecumberri, como si irme de prisa me librara de una posible infección.

Quienes la vieron días antes de suicidarse dicen que deambulaba por la calle hablando sola. No decía incoherencias ni parecía loca. Solo murmuraba para sí misma. Había adelgazado varios kilos y se notaba demacrada. Me la encontré una tarde. La saludé. Ella musitó un "Hola, Juan Guillermo" y siguió su camino, abstraída. La mujer que me salvó la vida, pensando en quitarse la vida.

Nadie en el Retorno adivinó el desenlace. Nadie la vio comprar en la tlapalería los seis metros de cuerda que usó para colgarse. Nadie adivinó que un médico le había detectado, en radiografías, dos tumores en la matriz, uno pequeño en la vejiga y tres en el hígado. Nadie imaginó lo que pasaba por la cabeza de esa mujer extrovertida que con el tiempo se fue retrayendo. La mujer que se aisló día con día.

La madre del asesino salpicada por el odio del dios de su hijo. La mujer sucia de dios, por ese dios que apaga los deseos y sofoca las ganas de vivir.

El Jaibo dijo haberla visto entrar a su casa por última vez el jueves por la tarde. El cartero haberle entregado el correo en la mano el viernes al mediodía. El lechero aseguró que salió a pagarle el sábado. Varios pugnaron por erigirse como "la-última-persona-que-la-vio-con-vida".

La mujer tuvo la serenidad para lanzar la soga hacia la viga, afianzarla para que no resbalara, hacerle un nudo corredizo, subirse a una silla y colocársela alrededor del cuello. Los médicos forenses no pudieron determinar la hora exacta en que empujó la silla y pataleó sus últimos estertores, pero calcularon que llevaba más de tres días muerta. Quizás antes de hacerlo fue y vino durante horas, rumiando el mejor momento para ahorcarse. Quizás despertó, bajó con decisión las escaleras y en menos de un minuto logró suicidarse. Quizás estuvo en vela la noche entera, sentada en la silla, contemplando la cuerda en sus manos hasta la madrugada.

La mujer quedó balanceándose por el viento durante tres días. Dejó la ventana abierta y la lluvia empapó la alfombra. El cadáver lo descubrió una vecina. Al no saber de ella y no conseguir que respondiera al timbre, le pidió a un sobrino que saltara la barda y le abriera la puerta. La vecina entró sin sospechar que encontraría a la madre de Humberto ahorcada, con la lengua de fuera y vestida con un camisón blanco.

En uno de sus pies quedó un zapato. El otro cayó al piso. La vecina halló tres gatos que habían entrado por la ventana y merodeaban el cadáver. Un banquete a su alcance. Horrorizada, la mujer no gritó ni salió a pedir ayuda. Espantó los gatos, cogió el zapato tirado y se lo puso de nuevo a la muerta. Luego le acomodó el camisón, se sentó en un sofá y esperó a que el sobrino regresara con los oficiales de una patrulla que fue a encontrar hasta calzada de La Viga.

El par de policías bajó del vehículo y se dirigió a la casa con descuido, sin fijarse si había o no evidencias de un probable asesinato. El espectáculo de la mujer con la lengua de fuera los estremeció. Eran novatos, su primer muerto. Llamaron a la base y la base llamó a Zurita.

Zurita llegó rodeado de sus hombres. Se bajaron a revisar, estos sí cuidadosos de no estropear la escena. Inspeccionaron los alrededores y no hallaron indicios criminales. La casa se encontraba en orden. La ropa recién lavada y doblada sobre la cama. Los platos limpios y acomodados en las gavetas. Los pisos relucientes. El único desorden era esa mujer colgando de la viga, una ventana abierta y una alfombra húmeda por la lluvia.

Ninguno de los policías se atrevió a tocarla. Unos por supersticiosos: rozar el cuerpo de una suicida puede traer mala suerte. Otros asqueados por la piel violácea y la pestilencia del cadáver. Unos más por religiosos: el suicida atenta contra la voluntad de dios y no merece conmiseración alguna.

Zurita subió a la silla, sacó una navaja y cortó la cuerda. La mujer se desplomó sobre la alfombra mojada. Quedó en posición inconveniente, enseñando los calzones y la entrepierna frente a las miradas morbosas de algunos de los policías.

La madre dejó la carta en la sala a la vista, encima de una repisa. Al frente había escrito el nombre del destinatario: "Para Humberto". El sobrino de la vecina contó que Zurita leyó la carta un par de veces. Al terminar la volvió a guardar en el sobre, la regresó a su sitio y pálido se sentó en un sillón.

Humberto mandó comprar el ataúd más barato, casi una caja de embalaje. Madera de pino de tercera calidad. Sin barniz, sin adornos. ¿Gastar en ella? Por supuesto que no. Para Humberto, su madre era una mujer maldita y maldita lo fue hasta su muerte. Solo una mujer tan inestable, tan puta, tan insensata, pudo haberse colgado de una viga y sacarles la lengua a quienes la descubrieron ahorcada.

En la carta ella lo culpó de su suicidio. Se lo comentó Zurita a uno de los oficiales, el oficial se lo comentó al sobrino, el sobrino al Agüitas y el Agüitas a mí. Era una carta dura y seca para un hombre duro y seco.

Humberto llegó días después y se encerró a velarla. No permitió que nadie entrara: los suicidas deben resguardarse de la vista ajena. Son una vergüenza. Gente pusilánime. Ofensores de dios.

Se quedó solo. Con su muerta, con su carta, con su dios. Solo. Con la lluvia, con la peste a muerto, la peste a alfombra podrida. Solo. Con la rabia, con la culpa, con el dolor, con la confusión. Solo. Se quedó ahí encerrado. La mesa puesta para ir a matarlo. La venganza a unos pasos de mi casa.

Al amanecer, Robert despertó y salió de la tienda. No encontró a Chuck y al buscarlo se topó con Nujuaqtutuq echado junto al cadáver de Amaruq. El lobo se levantó, alerta. Robert se percató de que el arnés no estaba enganchado a la cadena. La tomó y trató de acercarse, pero el lobo le mostró los colmillos. Robert dio unos pasos hacia atrás. El lobo lo vigiló con la mirada y cuando Robert se alejó lo suficiente, volvió a acostarse al lado del cuerpo.

Robert despertó a su tío, quien dormía en la camioneta. Abrió los ojos y Robert le señaló al lobo. "¿Tú lo soltaste?", le preguntó en voz baja. Chuck asintió. "¿Por?", inquirió Robert. Chuck se alzó de hombros. Aún apestaba a whisky. "No lo sé." Robert estudió al lobo. Ignoraba si podía atacarlos. Tampoco quería que huyera. Débil y renco, si se topaba con otra manada de lobos lo destrozarían. Debían capturarlo de nuevo. Decidieron no precipitarse y esperar unos minutos a que Nujuaqtutuq se sosegara para intentar lazarlo.

Se alejaron para no llamar su atención. El lobo se mantuvo tranquilo al lado del cadáver y luego de un rato bajó la cabeza. Robert y Chuck aprovecharon la oportunidad. Robert se escurrió por detrás de la camioneta. Cuando estaba listo para arrojarle la cuerda, Nujuaqtutuq se incorporó y volteó hacia él. Se miraron por unos segundos. El lobo se percató de que Chuck se aproximaba por el otro costado. Giró hacia él, amenazante. Robert adelantó dos pasos y logró lazarlo. Enojado, Nujuaqtutuq soltó un par de dentelladas a la cuerda y al tratar de zafarse cayó al suelo. Chuck aprovechó para lazarlo de la pierna. Sometieron al lobo, con tirones lo condujeron de nuevo a la jaula y una vez dentro engancharon la cadena al arnés.

Partieron por la extensa llanura. Dos horas después llegaron a la carretera asfaltada, si se le podía llamar asfaltada a esa estrecha y desgastada senda llena de baches. Se dirigieron hacia el sur y un par de veces requirieron palear la nieve para poder continuar. Vieron pocos vehículos transitar por la vía. Cuando se encontraban con uno, bajaban la velocidad y se detenían a platicar con el conductor. En esos parajes solitarios era importante cruzar información sobre las condiciones de la carretera. Les dijeron que encontrarían pocos obstáculos. Algo de hielo, nieve y los restos de un alce atropellado que nadie se había molestado en quitar.

Recorrieron cincuenta kilómetros y llegaron a cargar gasolina en un pueblo. El dependiente le prestó el teléfono y Robert llamó a Linda, su esposa, sin intención de contarle de su viaje. En cuanto lo escuchó, la mujer se soltó a hablar. Le contó sobre los niños, del problema de alcoholismo de una de sus amigas, de las composturas que necesitaba la casa, del nuevo almacén que abrirían en Whitehorse. Cada vez que se comunicaban por teléfono, a Linda le gustaba hacer un meticuloso recuento de sus actividades semanales antes de preguntarle a su esposo cómo estaba. Su vida transcurría entre niños y mujeres igual de solas que ella, atorada en un mundo cotidiano banal y asfixiante y sin él para compartirlo. Con parquedad, Robert le dijo que estaba bien, que la empresa se había decidido por su trazo, que las condiciones meteorológicas mejoraban y permitían el avance de la obra. De los doce minutos que duró la llamada, once habló ella.

Colgó y regresó a la camioneta. El despachador de la gasolinera, un mestizo robusto, ojos rasgados y pelo abundante, vio con curiosidad al lobo dentro de la jaula. Le pareció de los más grandes que había visto. Dijo que era una pena que se hallara tan maltratado, que él era dueño de una loba y que le hubiera gustado cruzarlo con ella.

Al caer la tarde acamparon en un valle a la orilla de la carretera. Había entrado una onda fría y el asfalto se helaba con mayor frecuencia, poniéndose resbaloso. No llevaban prisa y no valía la pena correr riesgos. Faltaban aún setenta kilómetros para llegar a la estación del tren. El trayecto total debía comprender cuatrocientos kilómetros. Robert calculó que en línea recta debían ser ciento ochenta kilómetros desde el lugar donde hallaron a Amaruq hasta donde se encontraba su casa. ¿Qué hacía Amaruq tan lejos? ¿Cuál era su misterio?

Robert pensó en sus dos hijos y su hija. De alguna manera los había abandonado. Sí, su trabajo demandaba largas ausencias, pero eso era inentendible para los niños, quienes las resentían. En ocasiones pasaba hasta seis meses sin verlos. En el último invierno había pasado una larga temporada con ellos, cuando por el clima se postergó el tendido del oleoducto. Fue un invierno tan crudo que los niños casi no salieron de la casa. Él se sintió enclaustrado y harto. Los gritos y la algarabía de sus hijos, que al principio lo alegraron, terminaron por exasperarlo. Su mujer lo agotó. Su urgencia por hablar y hablar mientras él lo que deseaba era leer en paz o dormir una siesta. Su mujer era torpe para hacer el amor. Daba severos golpes con la pelvis para excitarse y lo lastimaba a menudo. Además era demasiado recatada. No le gustaba que la viera desnuda y nunca se descubría el torso. Le avergonzaba su cuerpo fofo y las largas estrías en su abdomen luego de engordar veinticinco kilos tras los embarazos. Y sí, Linda era una buena mujer, entregada a sus hijos, pero de personalidad chata y posesiva. Al mes de estar en su casa, a Robert ya le urgía regresar al trabajo, pero transcurrieron otras siete semanas de coexistencia forzada. Le cambió el humor. Comenzó a regañar a los niños por minucias, a callar a Linda con un sonoro ¡shhhh! cuando ella no cesaba su verborrea.

Recibió la llamada para presentarse a la obra y salió en cuanto pudo, empachado de convivencia familiar. Ahora los extrañaba. Añoraba el olor de su hija, a su hijo sentado en su regazo mientras coloreaba un dibujo, a su hijo mayor contar las aventuras de su día. Extrañaba también a Linda. Ella lo irritaba, cierto, pero la quería y ella soportaba sus largas ausencias.

Durante la mañana avanzaron a mayor velocidad. Mientras más al sur, mejor el estado de la carretera. Después de un par de horas llegaron al entronque con la brecha de quince kilómetros de largo que conducía a la estación del tren. Chuck le pidió detenerse un momento. Se enfrentaba de golpe a su pasado bajo dos posibilidades: ver de nuevo a la dulce mujer a quien dejó de ver hacía treinta años o recibir la noticia de que ella también estaba muerta. Ambas difíciles de digerir. Respiró hondo. "Vamos", dijo.

Arribaron. Chuck le pidió a Robert estacionarse detrás de la casa. Bajó y con la mirada abarcó el lugar para reconocerlo. El mismo buzón oxidado, el porche mirando hacia el bosque, las bancas de metal. Él había ayudado a construir esa casa. Colocó tronco por tronco junto con el abuelo de Amaruq. Aseguró las trabes para el techo. Armó y montó las ventanas. La casa se veía un poco más desvencijada, pero era exactamente la que había dejado hacía tantos años. Chuck caminó hacia la puerta y tocó con los nudillos. Robert se quedó atrás, respetuoso. Se escucharon unos pasos. Abrió una mujer inuit y cruzó una mirada con el hombre de ojos azules y cabello cano que la observaba desde el quicio de la puerta. Se mantuvieron en silencio un momento y ella se hizo a un lado para que pasara a la casa.

Animales

Regresé de Lecumberri a las dos y en cuanto entré a la casa escuché una voz masculina. Hallé a Avilés y Chelo sentados en la mesa del comedor. "Hola, mi amor", me saludó Chelo, "tenemos visita". Era la primera vez que me decía "mi amor". Me aproximé a ellos. "No sabía que tenías una novia tan guapa", me dijo Avilés. Señaló un platón sobre la mesa. "Te traje de comer." En el platón había gusanos de maguey, chapulines, escamoles, jumiles, carne de iguana, rata de campo asada y huevos de caguama. Avilés presumió haber conseguido esos manjares en un mercado del centro. Chelo jaló la silla a su lado. "Ven, siéntate conmigo. Te estábamos esperando."

Nos dimos un atascón. Cada platillo estaba delicioso. Chelo quiso probar el menú entero. Yo la creí remilgosa con la comida. Error. Era una gourmet todo terreno. Nada le dio asco y no tuvo ningún empacho en comerse un taco de jumiles vivos.

Chelo festejó cada uno de los pésimos chistes de Avilés, a quien le salió la vena de coqueto. Chacoteó, bromeó, contó historias. Aunque sabía que Sergio solo disfrutaba ser el centro de atención, me dieron, ridículamente, celos. Chelo debió adivinarlo porque estuvo cariñosa y no dejó de abrazarme un solo momento.

Chelo se mostró fascinada con los detalles del trabajo de domador de Avilés. Lo apabulló con preguntas: ¿dónde había conseguido las fieras?, ¿cuántas veces lo habían herido?, ¿por qué se había dedicado a ello? Avilés contestaba un poco con modestia y un poco con jactancia. Cuando le preguntó a Chelo cuál era su acto favorito, ella confesó que nunca había acudido a un circo. Avilés y yo nos sorprendimos. Cuando niños, mis padres nos llevaron a menudo. Aunque era caro, el espectáculo circense les parecía importante en nuestra formación. Para ellos era metáfora de riesgo y valentía, dos cualidades que consideraban fundamentales para enfrentar la vida. A los padres de Chelo, de raigambre bastante más conservadora que los míos, les parecía un entretenimiento banal y morboso. "Juegan con la vida, que es sagrada", argüían.

A Avilés no le asombró que le prohibieran asistir por pruritos morales. Contó las innumerables veces en que párrocos de pueblo instaban a los feligreses a no ir al circo. Los payasos se burlaban de la autoridad, las trapecistas enseñaban demasiada carne, los magos presentaban suertes oscuras y demoniacas y "a los domadores nos acusan de incitar instintos animales", dijo riendo.

Nos preguntó si deseábamos acompañarlo a la función de la tarde. "Muero por ir", respondió Chelo animada. Montamos en el auto y nos dirigimos al circo. Nos estacionamos detrás de unas carpas. Avilés nos dijo que necesitaba ir a cambiarse para la función, pero que mientras Paco, su ayudante, un tipo flacucho, nos atendería.

En la taquilla había largas filas. Por el número de gente formada era patente que el circo era exitoso. Paco nos llevó tras bambalinas. Chelo miraba con asombro. Un hombre adiestraba a una quinteta de french poodles. Con un chasquido de los dedos, los perros se paraban sobre sus patas traseras y con brinquitos se alineaban uno detrás del otro. Un muchacho alimentaba una elefanta con enormes cantidades de lechuga. Y un chimpancé bebé, protegido por un pañal, abrazaba a una mujer vestida con leotardo.

Luego del recorrido, Paco nos condujo a una casa rodante. Tocó a la puerta. Avilés contestó con un sonoro "Pásenle". Entramos. Avilés nos recibió, sonriente. A la usanza decimonónica, portaba una levita roja, pantalón negro, camisa blanca y botas negras de cuero hasta las rodillas. A decir verdad, el atuendo impresionaba.

En camino hacia la carpa acarició a los tigres y a los leones a través de los barrotes de las jaulas. Les hablaba con delicadeza y calma. Un león se restregó contra su mano para que le rascara detrás de las orejas. Un tigre ronroneó como un gato casero en cuanto Avilés lo llamó. Si a los brasileños las fieras los respetaban, a Avilés lo querían.

Avilés sugirió irnos a ocupar nuestros lugares, "los mejores en la arena", y en verdad lo eran. Primera fila, al centro de la pista. Se podían escuchar con claridad los barridos de los elefantes al dar vuelta por la arena, el choque de las manos de los trapecistas contra las muñecas de sus compañeros al concluir tres giros mortales, la nerviosa respiración del equilibrista al avanzar por la cuerda floja.

Chelo contempló absorta cada uno de los actos. El cierre de la función correspondió a Avilés. Los tigres y los leones entraron a la gran jaula. La rutina fue semejante a la de los brasileños, con una salvedad: Avilés no usó ni látigo ni silla. Bastaba un movimiento de las manos para que los felinos obedecieran. Me maravilló su pleno dominio. Los desplazamientos de Avilés rezumaban elegancia. Quién iba imaginar al gordito con melena de compositor alemán con tal control sobre animales tan fieros.

Remató su participación a la antigua manera: abrió las fauces de un león y metió la cabeza. La dejó ahí durante largos diez segundos. Con facilidad el león podía arrancársela de cuajo, pero se mantuvo quieto sin cerrarla. Avilés la sacó ante el arrebatado aplauso del público. Chelo no paró de decir: "¡Carajo! ¡Carajo!"

Al terminar, el asistente de Avilés nos llevó a la casa. Nos bajamos en medio de un aguacero. Corrimos a la puerta y entramos empapados y con frío. Subimos de prisa a meternos a la regadera. Estuvimos besándonos por un rato bajo el agua caliente.

Nos metimos desnudos entre las cobijas con la luz apagada. En un día repleto de animales, los que nos comimos y los que vimos en el circo, Chelo comenzó a armar frases que contenían la palabra "animal". Una frase ella, una yo. El juego acabó cuando ella se enderezó en la cama y me miró. "Te amo, animal", me dijo. Acarició mi rostro. "Te amo de verdad." Me abracé a ella. Su cuerpo se sentía cálido y suave. No había duda, ahí en su desnudez, en su abrazo, se hallaba mi casa.

¿Cuántos días antes de colgarse la madre de Humberto compró la cuerda? ¿Cuánto le costó? ¿Cómo supo cuál elegir? ¿Dónde la guardó? ¿Qué sintió la primera vez que la tuvo entre sus manos? ¿Tembló mientras anudaba la cuerda? ¿Se arrepintió en el justo momento en que pateó la silla? ¿Cuál habría sido su último pensamiento? ¿Pronunció alguna palabra en voz alta un segundo antes de morir?

La mujer escuchó a Chuck narrarle la muerte de su hijo. Al hombre parecían faltarle palabras. Hacía años no hablaba inuktitut. Lo había aprendido por ella y por su hijo. Sin ellos lo fue perdiendo. Ella no dominaba el inglés. Unas pocas palabras sueltas. Aun en su falta de comunicación, en ambos podía percibirse un hondo pesar.

Salieron hacia la camioneta. La mujer desenvolvió el cadáver. Lo contempló por unos minutos y con delicadeza le limpió una mancha de lodo en la frente. Pidió que lo llevaran a la casa. Chuck y Robert lo depositaron en el que había sido su catre. La casa poseía un solo cuarto donde habitaba la madre. Amaruq dormía en la estancia. La madre reveló que una mañana Amaruq había salido de cacería y no regresó. Lo esperó por meses. Chuck le contó de Nujuaqtutuq y cómo Amaruq lo había arrastrado vivo en un trineo hasta los picos de una montaña. La mujer repitió para sí misma "Nujuaqtutuq" y que esa había sido la última palabra dicha por su padre antes de morir, dos años atrás.

La mujer les dijo que les haría de comer. Chuck le tradujo y Robert intentó excusarse. Le pareció inapropiado sentarse a la mesa con ellos mientras a unos metros yacía su hijo muerto, pero Chuck le advirtió que sería una ofensa para ella no aceptar.

La mujer se dirigió a la estufa a calentar una olla con estofado de alce. Chuck se sentó a la mesa y cuando Robert se disponía a hacerlo, la mujer le indicó con la mano que en esa silla no. Chuck le explicó que ese era el lugar donde Amaruq acostumbraba sentarse.

La mujer sirvió el guiso en platos de peltre azul y el último lo colocó en el sitio vacío de Amaruq. Chuck le preguntó cómo había sobrevivido sin la ayuda de su hijo y ella respondió que había almacenado algunas pieles de lobo y oso cazadas por Amaruq y que las vendía a compradores que aún paraban por ahí.

El estofado le gustó a Robert. La mujer lo había preparado con grasa de oso y hierbas, una refinada combinación de sabores fuertes. Al terminar, la mujer recogió los platos y los sumergió en una bandeja con agua jabonosa.

Robert agradeció la comida y le dijo a Chuck que aguardaría afuera para que ellos pudieran hablar a solas. Salió y se recargó en el cofre de la camioneta a observar el paisaje. Las vías del tren se perdían en la planicie nevada. La estación no era más que una plataforma con un cuarto adyacente. Los ferrocarriles paraban ahí a cargar madera, recoger pieles y carne y a dejar abastecimientos como azúcar, sal, harina, baterías, cerillos, gasolina. Los habitantes de los caseríos aledaños se congregaban en la estación a aguardar el tren. La madre de Amaruq les vendía comida caliente y café, y él intercambiaba pieles por balas o cepos.

Robert rememoró haberse detenido en esa estación. Recordó la breve parada del tren y el incesante trajín de productos que subían y bajaban de los vagones. Quizás uno de esos rostros anónimos con los cuales se cruzó había sido el de Amaruq.

Chuck salió de la casa y llamó a Robert. "Kenojuac quiere velar esta noche a nuestro hijo y decidir mañana dónde depositar el cuerpo. Espero que no te importe." Robert le respondió que por él podían quedarse los días que fueran necesarios. Chuck retornó a la cabaña. A Robert le extrañó escuchar por primera vez el nombre de la mujer. Kenojuac.

Robert estacionó la camioneta dentro del cobertizo próximo a las vías del tren. Llenó un balde con agua y puso un poco de carne en el piso. Fue hacia la jaula y abrió el pestillo. Salió Nujuaqtutuq y Robert sujetó la cadena contra un poste. El lobo lo midió con la mirada y luego se dirigió a comer y beber. Robert se aseguró de que el lobo no pudiese zafarse. Cerró la puerta del cobertizo y se dirigió a la cabaña.

Habían colocado el cadáver en el centro de la estancia y lo habían cambiado de ropa. Ahora lucía unos pantalones de cuero de foca, un abrigo de piel de lobo y botas de piel de caribú. Sobre el pecho reposaba un viejo rifle de repetición Winchester 30-30. Kenojuac se hallaba sentada a su lado. Chuck de pie junto a ella, con la mano sobre su hombro.

Robert se quedó parado en el quicio de la puerta observando con respeto. La mujer lloraba con un llanto silencioso, contenido. Chuck la abrazó por la espalda. Kenojuac le contó que desde la muerte de su abuelo Amaruq hablaba poco y se mostraba huraño, pero ello no explicaba el largo recorrido hasta los territorios del norte, el lobo atado al trineo, el campamento en la cima.

Fueron a acostarse. Robert se quedó a dormir en un rincón de la estancia cercano a la chimenea. Chuck durmió con Kenojuac en la misma cama donde hacía treinta y siete años habían concebido a Amaruq. Los escuchó hablar sin entender una palabra de lo que decían. ¿Harían el amor después de tantos años de no saber el uno del otro? ¿Ella lo odiaría, lo habría perdonado, lo amaría aún?

En la noche empezó a calar el frío. Robert puso más leños en la chimenea. Al voltear se topó con Kenojuac. "Nujuaqtutuq", le dijo y le hizo señas de querer ir a verlo. Robert tomó una linterna y juntos fueron al cobertizo. Caminaron en silencio, sus pisadas hundiéndose en la nieve.

Entraron al cobertizo y Robert iluminó al lobo. Sus ojos brillaron, amarillos. Kenojuac se empezó a acercar hacia él. El lobo le clavó la mirada. La mujer le habló como si le hablara a una persona. Cuando ella se arrimó más de la cuenta, Robert la detuvo del brazo. Con gestos le indicó que el lobo podía atacarla. Ella se soltó y continuó aproximándose a Nujuaqtutuq sin dejar de hablarle. Llegó al límite donde el lobo podía alcanzarla. Robert volvió a tomarla del brazo, pero ella se zafó. Tomó la linterna e iluminó al lobo directo en la cara. Deslumbrado, se quedó inmóvil. Ella dio dos pasos más y extendió la mano hasta rozarle la cabeza. Nujuaqtutuq olfateó el brazo de la mujer y de súbito le tiró una tarascada. Robert apenas pudo jalarla para evitar que la mordiera. La mujer no se arredró. Se plantó de nuevo frente al lobo y lo reconvino en tono alto, molesta. El lobo le gruñó y tensó el cuerpo. Kenojuac dio unos pasos hacia atrás sin darle la espalda, le devolvió la linterna a Robert y salió del cobertizo.

A la mañana siguiente, Robert le contó a su tío lo sucedido. Chuck le explicó que ella estaba convencida de que su padre, el abuelo de Amaruq, se había trasmutado en Nujuaqtutuq y que por eso su hijo lo había seguido tan lejos. A Robert le pareció absurdo y hasta peligroso y le preguntó si él creía en esas historias. Chuck se limitó a contestarle que respetaba sus creencias.

Kenojuac pidió que le detallaran el sitio donde habían hallado a Amaruq. Robert describió la falda de la montaña, los bosques que la rodeaban, los enormes paredones, las cumbres nevadas. Kenojuac quiso saber qué tan lejos se hallaba. Chuck le explicó que se encontraba a días de distancia, en un territorio remoto. Kenojuac dispuso que viajaran a las montañas al oeste de la estación a elegir un sitio similar para la tumba de Amaruq. Su hijo había decidido morir al pie de una montaña y al pie de una montaña debía reposar su espíritu para siempre.

Preguntó qué habían hecho con el cuerpo de la cabra. Robert le respondió que la dejaron abandonada a que los coyotes terminaran de devorarla. Kenojuac lamentó que no hubieran guardado aunque fuera un pedazo de piel para colocarlo junto a Amaruq en su sepulcro. Esa cabra había sido su compañera de muerte y debía ir con él en su viaje a las otras vidas.

Envolvieron el cuerpo de Amaruq en una piel de oso y lo tendieron sobre la batea de la camioneta. Cargaron la tienda de campaña, bolsas de dormir, víveres, bidones de gasolina, agua y whisky. La mujer pidió que trajeran al lobo. Se veía bastante más recuperado y a Chuck y a Robert les costó meterlo de nuevo dentro de la jaula.

La mujer y Chuck decidieron viajar sentados en la caja de la camioneta. A pesar del intenso frío, deseaban hacer ese último viaje junto a su hijo. Arrancaron y enfilaron rumbo a la montaña con el Sol a sus espaldas.

"Comes como animal"
"Posee fuerza animal"
"Los tratan peor que animales"
"Tienes mirada animal"
"Nuestro amor es animal"
"Pelea como un animal"
"Cogen como animales"
"Haces ruido como un animal"
"Hueles como animal"
"La mató como un animal"
"Camina como animal"
"Vive como animal"
"No seas animal"
"Pareces un animal domesticado"
"¡Asesino! ¡Animal!"
"Me excita tu olor animal"
"Antes que seres humanos, somos animales"
"Te amo, animal"

El estrépito de dios, el resuello de sus mastines, las corruptas maniobras del omnipotente, las criaturas reblandecidas, **la** obscena furia, los insurrectos, los indómitos, las represalias invisibles, la gran rabieta, la memoria de los rebeldes, los caprichos de la guerra, la bandera izada a media asta, el luto interminable, los resquicios, la huida, la **tenacidad** de quienes resisten, los fugitivos del paraíso, las excusas para asesinar, el rapto de la voluntad, el clamor de las víctimas, los vapores envenenados, el sudor **de** dios, la aniquilación de los inocentes, la culpa sofocante, el crujir de los huesos, la piel rasgada, la lucha de **los** guerreros, el vahído de quienes nacen para morir, los vulnerables **hombres** contra el invulnerable dios, la guerrilla contra el ejército, el regocijo de los homicidas, el dios maligno, los pliegues de la muerte, la nostalgia de los neonatos, la nadería, la purificación de la luz, las galaxias extraviadas, la palabra subversiva, el verbo escarlata, el presuntuoso dios, los presuntos dioses, el fuego de Prometeo que **ilumina** el mundo, el azoro de la libertad, la trasgresión de los fornicadores, la condena, el dios que husmea, la armonía rota, el sacrificio de los emancipados, la virulenta venganza, el contagio de lo infecto, la redención de los parias, los fluidos del cuerpo, los flujos vaginales, el semen de dios, el llanto de los hombres, las mujeres penetradas, los fetos ahorcados, el cordón umbilical, las mujeres amadas, las mujeres-país, los hombres que las aman, los indiciados a juicio, **la** magnánima humanidad, la miserable humanidad, la explosión del universo, los irreconciliables dioses, la impugnación, lo inabordable, el absoluto relativo, la punición de los vencidos, los sedimentos de la sangre, el solemne entierro, los gritos, los intestinos, el excremento, el suicidio, el ardid de la traición, los odios coagulados, las hileras de cadáveres, el retorno a la **tierra**, las empolvadas batallas, los caminos vedados, el lodo, la lluvia, el fuego, el cielo, el solar en llamas, el lánguido lamento del herido, la fugaz lanza, el cráneo reventado, el tremolar de las camisas ensangrentadas, el hito del ahogado, la bocanada, la rebelión de los hombres, el triunfo de los sublevados. Los hombres.

Montañas

Después de varios intentos logré comunicarme por teléfono con Sean. "¿Qué pasó, cabrón?", preguntó con acento norteño desde la cárcel de Texas donde purgaba su condena. Brevemente le conté sobre mi vida. Le complació saber que había evitado que sacrificaran a Colmillo y que ahora cuidaba de él. En cuanto a mi relación con Chelo fue poco entusiasta. No pareció aprobarla. "Ten cuidado", me advirtió "ya sabes cómo es de puta". Me dolió que lo dijera. Ya bastante tenía con capotear mis celos para que encima se expresara así de ella. Se mostró preocupado por la salud del King. "Si muere incinéralo y esparce sus cenizas sobre la tumba de Carlos. Tu hermano lo adoraba."

Me contó que por su buena conducta era posible que lo preliberaran. Lo cual le urgía. La vida en la cárcel le parecía de una monotonía intolerable. Los mismos espacios, la misma gente, la misma comida. Se negaba a ver la televisión como los demás reos. "Lobotomía pura", afirmó. Prefería quedarse dentro de su celda y contemplar el paisaje desde la ventana.

Le pregunté sobre el peletero judío. Tampoco recordaba su nombre, pero sí el lugar adonde Carlos llevaba las pieles. Hizo una somera descripción: un edificio de fachada verde pistache de cuatro pisos, con un escaparate en la planta baja donde exhibían telas de varios materiales y estampados, vestidos para novia y uniformes escolares. No recordaba en qué calle se hallaba, "pero está en el centro", aseguró.

Le pregunté qué había hecho con su dinero. "Me compré una casa en Ciudad Acuña y un rancho en Del Río, y lo que me sobró lo tengo depositado en un banco en San Antonio." Me contó que era posible que perdiera el rancho, porque el gobierno americano pensaba decomisárselo por haberlo adquirido con dinero producto de una actividad criminal. Había acordado con la fiscalía americana entregar parte de lo que había ganado con las drogas para justificar su traslado a Estados Unidos. Aun con el decomiso, la economía posprisión de Sean le daba para vivir tranquilo el resto de su vida "y hasta la de mis nietos", agregó.

"¿Cómo hicieron tanto dinero?", le pregunté. "La red de clientes era inmensa", respondió. El negocio aún seguiría, explicó, si hubieran transado con Zurita, pero Carlos jamás quiso. "Una pena", continuó "porque la red no paraba de generar billetes". Me reveló lo que ganaban por semana. Una bestialidad.

Colgamos. "Te quiero, hermanito", me dijo al despedirse. Sonreí. Lo imaginé en la cárcel llena de televisores, rodeado de mexicanos y chicanos, soportando temperaturas de cuarenta grados en verano y menos diez en invierno, mirando desde su pequeña ventana las extensas llanuras texanas.

Conocer la dimensión de las propiedades y cuentas bancarias que poseía Sean me dejó frío. El negocio de Carlos había sido bastante más próspero de lo que había imaginado. Zurita debió quedarse con una fortuna cuando confiscó el dinero de Diego. Solo pensar en las cantidades me mareó. Los recursos de Carlos debían ser cuantiosos, inimaginables. No podía permitir que los bancos se los quedaran, así tuviera que pasarme el resto de mi vida peleando contra ellos.

Robert manejó cuatro horas rumbo a las montañas por un angosto camino que a menudo se perdía entre la nieve y la maleza. Al final de la brecha se estacionó en un claro justo frente a la cordillera. Bajaron de la camioneta. Kenojuac estudió las cumbres, le señaló un punto remoto a Chuck y le dijo que debían dirigirse hacia allá.

Kenojuac se arrancó hacia la montaña. Empeñada en encontrar el lugar ideal para la tumba, caminó decidida hora y media. Kenojuac oteó los altos paredones. Le preguntó a Robert si era parecido al lugar donde habían hallado a Amaruq y Robert asintió. Las mismas murallas graníticas, la cumbre nevada, el bosque circundante. La mujer avanzó unos pasos y señaló un hueco en la nieve. "Aquí", dijo en inuktitut y con ramas delimitó un área.

Regresaron al claro casi al anochecer. Mientras Robert montó la tienda, Chuck y Kenojuac apilaron leña y encendieron una fogata. La mujer puso a asar carne de alce sobre una laja en el fuego. Cenaron y Chuck y Kenojuac se metieron en la tienda. Robert se ciñó la bolsa de dormir y se recostó sobre el asiento delantero de la camioneta.

A la medianoche unos lobos aullaron en las cercanías. Robert se incorporó para escucharlos. Cargó el rifle y descendió de la camioneta. Si se acercaban podían atacar a Nujuaqtutuq o incluso a ellos. Con la linterna iluminó los alrededores. Unos copos de nieve cruzaron por el haz de luz. Exploró unos minutos, no vio nada y regresó a dormir.

Amaneció. Cuando Robert despertó, ya Kenojuac se hallaba acuclillada frente a la fogata, preparando el desayuno. El humo flotaba en espiral en el frío aire de la montaña. Robert saludó a la mujer en inglés y ella respondió en su lengua.

Chuck emergió de la tienda y los tres se sentaron alrededor de la lumbre a almorzar. Chuck le dijo a Robert que ella deseaba liberar a Nujuaqtutuq. Robert se negó. Una jauría merodeaba y soltarlo lo condenaría a morir despedazado por los otros lobos. "Entiendo", le dijo Chuck, "pero sigue convencida de que Nujuaqtutuq es la manifestación animal de su padre y quiere liberarlo". Robert, descreído incluso de la religión católica que profesaba su familia, lo consideró absurdo, pero aun así tuvo que aceptar el mandato de la mujer: el lobo le había pertenecido a su hijo y era ella quien decidiría sobre su suerte.

Kenojuac se dirigió hacia la jaula y la abrió. Nujuaqtutuq salió con cautela. Kenojuac le gritó en inuktitut "vete". El lobo levantó los belfos para mostrar los colmillos. La mujer no se intimidó. "Vete ya", repitió. El lobo la contempló unos segundos, dio vuelta y cojeando echó a andar hacia los bosques. Robert miró preocupado cómo se perdía entre los pinos hacia lo que él consideró una muerte segura. Con la pata entablillada y el arnés dificultando sus movimientos, no iba a poder cazar ni pelear.

Para transportar el cadáver, lo acomodaron sobre el viejo trineo de Amaruq. Chuck y Robert se enlazaron cuerdas en la cintura para jalarlo. Kenojuac delante de ellos para determinar la dirección. Les costó trabajo avanzar. A menudo topaban con piedras, bancos de nieve o arroyos. Varias veces requirieron bajar el cadáver del trineo para cargarlo entre ambos y franquear los obstáculos.

Tardaron cinco horas en llegar al sitio elegido. Kenojuac y Chuck construyeron un círculo con piedras y en el centro depositaron el cuerpo. Abrieron la piel del oso y el cadáver, semidescongelado por el calor de la envoltura, exhaló un tufo fétido. Robert se volvió para no respirarlo hasta que se disipó en el aire.

Amaruq quedó de cara al cielo. La piel había adquirido una textura de cartón color grisáceo. La sangre alrededor del cuello había formado una costra. Los párpados semiabiertos dejaban ver los ojos blancuzcos. La carne transformándose en la no-carne. En roca, raíz, lodo, nieve, gas. En muerte.

Kenojuac se hincó junto a él, cogió un puñado de nieve y lo restregó sobre el cuello de su hijo hasta limpiar todo rastro de sangre. Se puso de pie y empezó a cantar. Chuck oró en silencio, con la cabeza baja. Al terminar recogieron piedras y ramas y entre los tres taparon el cadáver para que los animales no lo devoraran. Pusieron el trineo y el viejo rifle a un lado como parte del monumento fúnebre.

Chuck y Kenojuac partieron y Robert se quedó de pie frente a la tumba en silencio como señal de respeto. Se dispuso a irse. Dio vuelta y al levantar la cabeza descubrió a Nujuaqtutuq, que los vigilaba a cincuenta metros.

Contaba con solo dos datos para localizar al peletero: la descripción de la fábrica-tienda de textiles en el centro de la ciudad y una vaga remembranza de su físico. Les pedí a mis amigos que me acompañaran a buscarlo. Tomamos el camión de la ruta Popo-Sur 73 hasta calzada de Tlalpan y de ahí en metro hasta la estación Pino Suárez. Al llegar al centro caminamos en busca de tiendas donde vendieran abrigos de piel. Preguntamos a unos policías y nos mandaron a la calle de Corregidora. Había varios negocios de ropa, pero en ninguno vendían abrigos de piel y nadie sabía realmente dónde se podían conseguir. El encargado de una de las tiendas nos sugirió que fuéramos al Palacio de Hierro, un gran almacén casi frente al Zócalo. Era el único lugar donde él los había visto en venta.

En el Palacio de Hierro no vendían más que chamarras de cuero y las dependientas no tenían idea de lo que era una chinchilla. Desalentados, salimos de ahí. Hallar al peletero iba a ser más complicado de lo que había pensado.

Durante tres días seguidos fuimos al centro. Mis amigos, leales a rabiar, dejaron de ir a clases para acompañarme. El Pato, metódico como siempre, revisó la sección amarilla del directorio telefónico. Llamó a varias tiendas, pero en ninguna vendían abrigos de chinchilla.

Recorrimos Cinco de Mayo, San Juan de Letrán, Madero. Nada. Tienda tras tienda solo recibimos negativas. Parecía que jamás íbamos a hallarlo hasta que llegó un golpe de suerte. En una de las tiendas alguien nos preguntó "¿Ya trataron en Izazaga?"

Izazaga era una calle repleta de establecimientos donde confeccionaban ropa y textiles, la mayoría propiedad de judíos. La recorrimos dos veces de lado a lado. Los edificios se parecían unos a los otros y al menos en quince de ellos el exterior estaba pintado de verde pistache. Una muchedumbre se arremolinaba en la entrada de las tiendas, atraída por las gangas. Cargadores entraban y salían con inmensos rollos de telas sobre sus espaldas. Camionetas con decenas de vestidos amontonados sobre las bateas. "No lo vamos a encontrar nunca entre este gentío", dijo el Jaibo.

Decidimos entrar a aquellas tiendas que tuvieran la fachada verde pistache. En cinco de ellas no tuvimos suerte, pero en la sexta le pregunté al hombre que se encontraba atendiendo detrás del mostrador si recordaba a Carlos Valdés, que años atrás vendía pieles de chinchilla. Negó conocerlo. Inquirí si conocía a un comerciante judío, de estatura media y que le gustaba retar a los cargadores en vencidas. El hombre sonrió. "¡Ja! Ese debe ser Simón Bross", dijo y me dio indicaciones de cómo llegar a su negocio.

En cuanto entramos a la tienda empecé a recordar. Unos maniquíes sin pelo en un aparador activaron mi memoria. Sí, ese era el lugar. Las losetas con flores, las muestras de tela colgando de las paredes, vestidos en los estantes. Fui hacia la caja. "¿Se encuentra el señor Simón Bross?", le pregunté a la malencarada mujer que atendía. Se bajó los lentes y escrutó mi cara. "¿Se puede saber para qué lo quiere?", preguntó con sequedad. "Es personal", le respondí. "Si es personal, búsquelo en su casa. Aquí solo trata asuntos de negocios", dijo con brusquedad. "No sé dónde vive", repliqué. "Entonces el señor Bross no lo conoce y no tiene que hablar con usted." Me sorprendió que una mujer cincuentona me hablara de usted a mí, de diecisiete años. "No me conoce", repuse, "pero a mi hermano que asesinaron, sí". Al oír "asesinaron", la expresión de la mujer cambió. "¿Quién era su hermano?", preguntó. "Carlos Valdés." Me revisó de arriba abajo. "¿El de las chinchillas?" Asentí. "Pues no se parecen nada", dijo parca. "Espéreme aquí."

La mujer le pidió a una joven empleada que la sustituyera en la caja en lo que volvía. Se dirigió a la parte posterior de la tienda y subió por unas escaleras. El Agüitas me codeó. La muchacha le había gustado. Era morena y muy bonita. El Agüitas se le acercó. "Hola", le dijo. Ella le respondió con un cortante "¿Qué deseas?", y tan cortante fue que el ligue murió en menos de cinco segundos. "Nada, gracias", respondió el Agüitas y volteó hacia los aparadores como si los vestidos de quinceañera le llamaran mucho la atención. El Jaibo se burló de él de inmediato. "Te la pelaste."

La cajera regresó. "Acompáñenme", ordenó. La seguimos. El Agüitas volteó de reojo a ver a la muchacha y ella le sonrió, coqueta. Confundido, el Agüitas no supo si ella se burlaba o si en verdad flirteaba con él. Subimos por las escaleras. En el camino pasamos por un piso donde se hallaban decenas de costureras. Regresaron los recuerdos, cada vez más nítidos. Los olores a sudor y cigarro, las voces de las mujeres, el traqueteo ensordecedor de las máquinas.

Llegamos a una bodega donde se hallaban gigantescos cilindros de telas. La mujer nos condujo a una oficina al fondo. Me pidió que entrara solo y que mis amigos aguardaran en unos raídos sillones.

Nervioso, entré a la oficina. Al verme, Simón Bross se levantó a saludarme, afectuoso. "Juan Guillermo, ¿cómo estás?" Me sorprendió que se supiera mi nombre. Yo no se lo había dicho a la mujer. Con el tiempo aprendí que Simón Bross poseía una memoria prodigiosa y era capaz de recordar el nombre de una persona con solo cruzarse una vez con ella.

Me invitó a sentarme. En las repisas detrás de su escritorio descubrí autores que a Carlos le apasionaba leer: Rulfo, Faulkner, Nietzsche, Sartre, Baroja, Stendhal, Balzac, Hemingway. Novelistas de la Revolución Mexicana como Ferretis, Azuela, Urquizo, Martín Luis Guzmán. Era extraño verlos en el contexto de una fábrica textil en el centro de la ciudad, entre máquinas de coser, vestidos para novias y uniformes de escuelas públicas. Bross me preguntó si leía con la voracidad de Carlos. "No tanto, pero esos", y señalé los libros a sus espaldas, "ya los leí casi todos". Sonrió con tristeza. "Tu hermano y yo hablábamos de literatura, filosofía, cine. Era brillante. No sabes cómo me pesó su muerte."

Bross había introducido a Carlos a la psicología y a la filosofía. Le había regalado libros de Kierkegaard, Wittgenstein, Freud, Hegel, Marx, Platón, Aristóteles. Yo ignoraba que entre ellos se había desarrollado una relación maestro-discípulo.

Simón se había cambiado el apellido. Originalmente era Abramovich, pero como era difícil pronunciarlo en español lo transformó en Bross. Su segundo apellido era Soriano. Padre askenazi, madre sefaradita, explicó. Había llegado a México de Polonia cuando él y sus hermanos eran niños. No sufrieron la pesadilla del nazismo, pero sus abuelos, tíos y primos fueron ejecutados en los campos de concentración.

Bross era divertido y amable. En diez minutos me hizo sentir que me conocía de años y que a pesar de la diferencia de edad podía ser uno de mis mejores amigos. Le pregunté si sabía sobre los estados de cuenta de Carlos. "Los tengo aquí guardados", respondió de inmediato. "Durante mucho tiempo esperé a que vinieran por ellos. Carlos me había dado el teléfono de tu casa y cuando me enteré de su muerte y traté de llamarlos, ya lo habían cambiado." Era cierto, mis padres cambiaron de número cuando empezamos a recibir llamadas anónimas donde con insultos nos aseguraban que pronto nos quemaríamos con Carlos en el infierno porque nos iban a matar.

Bross abrió un cajón de su escritorio y me entregó cinco carpetas con los estados de cuenta perfectamente organizados por banco y orden de antigüedad. Desde 1966, cuando Carlos empezó el negocio, hasta una semana antes de su muerte. Los ahorros eran considerables, una fortuna insólita. Y aún faltaban estados de cuenta de otros cuatro o cinco bancos más. "Necesitas un abogado para manejar esto, porque los bancos no te van a dar el dinero así porque sí. Lo van a defender hasta con las uñas." Le dije que pensaba que con el acta de defunción de mi hermano y mi acta de nacimiento bastaba para cobrar el dinero como beneficiario. Bross negó con la cabeza. "Esos tipos no van a soltar un centavo."

Bross sabía de la existencia de otras cuentas, pero ignoraba en cuáles sucursales bancarias y a qué domicilio enviaban los estados financieros. Se ofreció a ayudarme con los trámites y a negociar los honorarios con un abogado.

Antes de despedirme tomó tres libros de los estantes y los puso sobre mis manos: *La casa verde* de Mario Vargas Llosa, *Las palmeras salvajes* de William Faulkner y *El águila y la serpiente* de Martín Luis Guzmán. "¿Ya leíste estos?", inquirió. Negué con la cabeza. "Léelos y cuando acabes me vienes a ver para discutirlos." Salimos de su oficina y le presenté a mis amigos. Bross repitió sus nombres y apodos. Los memorizó al instante y les estrechó la mano con calidez.

Mis amigos me pidieron ver los libros. El Jaibo tomó el de Vargas Llosa. Leyó la primera página y me lo devolvió. "No se entiende ni madres", dijo.

Gusanos

Humberto, si hubieses leído a Freud sabrías que en las tribus honorables, cuando matan a un enemigo, lo reverencian, le prodigan atenciones. Saben que no hacerlo puede impregnarlos de la pegajosa baba de la muerte. ¿O tú eres de los ilusos que creen que quien mata puede salirse con la suya? Claro que no. Quien propaga la muerte queda infecto de muerte. ¿Conoces los gusanos barrenadores? Estoy seguro de que no tienes idea de qué hablo. Te explico. La mosca del gusano barrenador deposita sus huevecillos en la herida abierta de un toro. Una tras otra brotan las larvas. Se alimentan de la carne viva. La mastican con sus dientes minúsculos. Es un espectáculo repugnante. Uno ve a los toros caminar por las praderas. Fuertes, poderosos. Te acercas a ellos y en su costado notas un pulular blanco. Te acercas más y descubres el borboteo de los gusanos. Se retuercen dentro de la herida. Devoran músculos, nervios, grasa. Barrenan la vida. Excavan en la carne y profundizan la llaga para abrir paso a otros huevos, otras larvas. Dejan tras de sí un batidillo de sangre y coágulos. A las pocas semanas los toros se debilitan y terminan por desplomarse.

Cochliomyia hominivorax es su nombre científico. El puro nombre *hominivorax* suena aterrador. ¿Sabías que el olor a muerte impregnado en asesinos como tú atrae a las invisibles moscas de la muerte? Sobrevuelan por encima de tu cabeza. Se posan en tu hombro, se beben la humedad de tus ojos. Depositan un tropel de huevecillos en tu corazón, tu piel, tu cerebro, tu mirada. Con el tiempo esos pequeños gránulos blancos se convierten en las larvas que se deleitarán contigo. Humberto, podrás quedar impune de tus crímenes, pero nunca saldrás indemne. Ahí están esas larvas hambrientas para recordarte tus homicidios. Desde lejos se percibe esa masa de gusanos comiéndose tu alma. Voltea a un espejo, imbécil. Mírate bien. En todo tú hierven los gusanos. Taladran tu cuerpo, desgarran tu carne para que más moscas y más gusanos te invadan. Míralos bien. Mordisquean tu lengua, se revuelven en tus ojos, brotan en las comisuras de tus labios.

Has de saber, grandísimo imbécil, que la muerte reverbera. Crea olas que devastan a su paso. Al matar a uno matas a varios. Sí, Humbertito, a varios. Mataste a mi hermano y al hacerlo mataste a mi abuela y a mis padres. Mataste a mi hermano y al hacerlo mataste a tu madre. A tu madre, Humberto. A la mujer que se arrepiente de haberte dado la vida. Tan lindo hubiese sido que uno de esos médicos tenebrosos metiera una cucharilla en el útero de tu madre y te hubiese extraído en pedacitos. Eres el llamamiento vivo de que el aborto debe ser permitido. El lema de la campaña política debería decir: *NO más Humbertos. SÍ al aborto.*

A estas alturas debes ser consciente de que de esa suicida que ahora velas en tu casa, de esa mujer promiscua y ebria a quien le debes la vida, no podrás escapar. Son largos sus tentáculos. Pensaste que al huir a la tierra de los cristeros te protegerían tus sátrapas, que nadie te molestaría, que estabas al margen de la justicia. Te sentiste acorazado, inmune. Pero dime, ¿quién fue hasta tu guarida a hallarte? Fue la muerte, Humberto. La muerte, grandísimo imbécil, que olfateó tu alma agusanada. Ahí tienes a tu madre pudriéndose en un féretro barato. Ella fue por ti hasta tu escondrijo. Te encontró y te sacó de los pelos. Y tú, que pensabas que podías huir.

Humberto, criminal del crucifijo, asesino beato, gran defensor de la moral ensangrentada, así como caen los toros infestados de gusanos tú pronto caerás al suelo, exánime. Las larvas terminarán contigo. Serás un pedazo de carne pútrida, un alma pestilente. Ha llegado el tiempo de las larvas. Serás devorado. Y este, Humberto, será también el tiempo de mi venganza. Voy por ti. Te voy a matar de frente. Solos tú y yo.

No podrás huir. Se te acabaron las escapatorias. Voy por ti, Humberto. Mi venganza ha llegado.

Chelo arribó a la casa a punto de anochecer después de una larga jornada en la universidad. Se preparó de cenar y lavó los trastes. Subió al cuarto de mis padres. La ventana estaba abierta y empezó a chispear. Pronto cayó un aguacero. Chelo cerró la ventana y fue al lavabo a cepillarse los dientes.

Al precipitarse la lluvia, Whisky y Vodka volaron desde el cedro hacia la ventana sin notar que estaba cerrada. La luz encendida dentro del cuarto les impidió ver el vidrio. Whisky planeó para entrar y se estrelló contra el cristal. Murió de inmediato, desnucado. Vodka se detuvo justo a tiempo y apenas golpeó el vidrio. Whisky quedó inerte sobre la cornisa. Vodka a su lado, custodiándolo empapada en el frío de la noche.

Chelo me contó después que mientras se enjuagaba la boca escuchó un ruido sordo, pero que nunca imaginó que fuera el periquito estampándose contra el cristal.

Cuando llegué a la casa y subí al cuarto de mis padres lo primero que advertí fue la ventana cerrada. Le pregunté a Chelo si los periquitos habían entrado. En su cara noté preocupación. "Creo que no", respondió. Fui a abrir la ventana y descubrí el cuerpo azul de Whisky tendido sobre el borde y a Vodka temblorosa junto a él.

Los tomé con delicadeza y los metí al cuarto. Ya no había nada que hacer por Whisky. A Vodka la envolví en una toalla y la puse junto a un calentador, pero murió unas horas después. Me enfurecí con Chelo. Le reclamé que olvidara que los periquitos entraban y salían por la ventana. Ella trató de justificarse. Exhausta, llevaba madrugadas enteras sin dormir preparándose para sus exámenes semestrales. Consumida por la falta de sueño, no se percató de su error. Pidió perdón varias veces. Le grité que ya no podía con más muerte y menos por una estupidez. Ya solo me quedaba el King, que no tardaba en morir. Me quedaba vacío de vida, todo muerto alrededor mío.

Chelo se sentó en la cama, desconsolada. Al ver a los periquitos inmóviles sobre la toalla, no cesé de pensar en mi abuela. Recordé cómo ella les hablaba por las mañanas, cómo les restregaba la cabeza con su índice, cómo los acurrucaba entre sus manos. ¡Carajo! Cómo era posible que dos minúsculos pájaros fueran parte fundamental de la memoria de mi familia.

Me serené. Nada hubiera sucedido de no soltarse ese súbito chaparrón. Si hubiese sido una ligera llovizna, los periquitos se habrían resguardado entre las ramas del cedro. La mala suerte mezcló la lluvia con el cansancio de Chelo.

Chelo propuso meterlos en cajitas envueltas con papel de China y darles sepultura. Me negué. Ya no podía con una ceremonia fúnebre más. Bastaba de solemnidad y pompa. Eran periquitos, no seres humanos. Sí, los había querido. Durante años nos acompañaron en nuestra vida diaria. Pero enterrarlos significaba sobredimensionar la muerte. No más una herida brutal, no más un tajo en la vida.

Sin pensarlo, tomé los periquitos, la jaula y la bolsa de alpiste, y en medio del chubasco subí a la azotea. A oscuras acaricié sus cuerpos rígidos a manera de despedida y los coloqué en el piso. Que vinieran los gatos a comérselos. Qué mejor tumba que alimentar un ser vivo y no acabar como un menjunje de lodo, raíces, gusanos y bacterias, como mis padres, mi abuela y mis hermanos.

Puse la jaula de los periquitos arriba de las corroídas y oxidadas jaulas de las chinchillas. En unos meses el hogar que habitaron Vodka y Whisky se convertiría en un amasijo de alambres herrumbrosos, un pedazo más del ocre paisaje de la azotea, una vértebra más en el esqueleto prehistórico.

Volvieron del funeral a la mañana siguiente y los hombres decidieron ir a cazar para abastecerse de carne fresca.

Kenojuac les sugirió ir a unos meandros río arriba donde abundaban los alces. Montaron una vieja canoa en la batea de la camioneta. La había construido el abuelo de Amaruq décadas atrás, con madera de arce, huesos de ballena y piel de foca. Transitaron por una brecha hasta dar con el río. Bajaron la canoa y remaron despacio por la ribera. Unos castores cruzaron frente a ellos y luego se hundieron bajo la corriente. Al dar vuelta en un recodo avistaron a un joven alce que escarbaba entre la nieve con las patas delanteras. Chuck introdujo el remo en el agua para aminorar el avance de la canoa. Robert se arrodilló en el piso y mamposteó el rifle en la proa. La canoa flotó unos metros más hasta que se detuvo. Robert puso la mira telescópica en el codillo del animal. El alce debió olfatearlos porque levantó la cabeza, alarmado. "Dispárale ya", susurró Chuck. Robert oprimió con suavidad el gatillo. El alce se encogió al recibir el tiro. Corrió unos metros y se desplomó en la nieve.

A pesar de ser joven, el alce pesó cuatrocientos kilos. Lo destazaron y lo deshuesaron y les llevó varios viajes en canoa llevar la carne a la camioneta. Extendieron la piel sobre la batea para que se aireara en el trayecto y manejaron de vuelta a la casa.

Estacionaron la camioneta junto al cobertizo. La carne la limpiaron con nieve, la empacaron dentro de unos contenedores contra osos y la guardaron en una bodega a doscientos metros de la estación.

Kenojuac los llamó a almorzar. Se sentaron a la mesa. Robert masticó en silencio, reconcentrado. La insistencia de la mujer por liberar a Nujuaqtutuq le había provocado un dejo amargo. Por más que le advirtió que liberarlo era condenarlo a morir, ella se enterció y ahora la vida del lobo peligraba.

Al acabar de comer, Chuck le pidió a Robert hablar con él. Salieron de la casa y se alejaron unos pasos. Chuck miró al horizonte y suspiró. "Necesito quedarme aquí más tiempo", dijo "espero que comprendas". ";Cuánto más?", inquirió Robert. "No lo sé", respondió Chuck. "Puedes irte si quieres, yo hallaré la manera de regresar." Robert le dijo que podía esperarlo, que en realidad no le corría ninguna prisa. El oleoducto se iba a construir por el trazo que él había determinado y la continuación de la nueva ruta no podía definirse por lo menos en dos meses, así que le sobraba tiempo.

Robert se mudó al cobertizo. Pensaba tomar esos días como vacaciones, descansar un poco y meditar sobre sus siguientes pasos. Le prometió a su tío mantenerse alejado y no interferir con ellos. Quedaron en que él se encargaría de ir al pueblo a comprar provisiones y gasolina. Chuck intentó darle un billete de cien dólares para cooperar con los gastos, pero Robert lo rechazó.

Salió a Mayo, el poblado más cercano, a noventa kilómetros de distancia. Apenas un villorrio de doscientas personas, las casas desperdigadas en una pradera en la intersección de dos ríos. En la única tienda consiguió verduras y frutas a punto de echarse a perder. Era difícil encontrarlas frescas. La gente las compraba apenas las descargaban de los tráileres. Las que se quedaban en los estantes languidecían al borde de la putrefacción.

Adquirió también harina, azúcar, sal, cerillos, cervezas, whisky de barraca, arroz, cigarros, baterías y enlatados. En el Yukón las latas eran indispensables para sobrevivir los fríos extremos y la humedad y la plaga de moscas en épocas de calor. Se llevó tres cajas de balas calibre 30-06, capuchones para las lámparas de gas, cuatro litros de gasolina blanca, dos cañas de pescar, dos carretes, línea de cuarenta libras, señuelos, flotadores, plomos y anzuelos. También unos cepos. Atraparía lobos, zorros, coyotes, nutrias y castores y vendería o intercambiaría las pieles para ganar un dinero extra.

Rellenó con gasolina cinco bidones de sesenta litros. No podía ir y venir al pueblo a cargar el tanque. Cinco bidones debían ser suficientes para dos meses de viajes por la comarca.

Regresó al cobertizo y acomodó las compras en una polvosa alacena que Kenojuac le había prestado. Se sentó afuera a contemplar el atardecer mientras bebía una cerveza. De la

472

chimenea de la casa de Kenojuac surgía humo que ondulaba en el aire frío. Oyó la jauría de lobos aullar a lo lejos. Pensó en Nujuaqtutuq y su inevitable muerte. Si no lo mataban los lobos, lo mataría el hambre. Decidió ir a buscarlo. Había llegado a él por una razón y no debía abandonarlo a su suerte.

Subió la tienda de campaña a la camioneta, los bidones con gasolina, una bolsa de dormir, provisiones y el rifle con las cajas de balas. No sabía cuánto tiempo tardaría en hallar a Nujuaqtutuq y traerlo de vuelta. Se preparó para pasar por lo menos tres semanas en el bosque.

Subió a la camioneta y condujo hacia la montaña.

g
u
s
  a   **g**   s   s
  n   **g**   s   **o**
  o   **g** **u** **u**   o   **n**
    s **g** **usa**nos s   n   **a**
     s   s   a   **s**
  g **u**   s   a u **n u** g
  g   n   **g**   **u**   n   **g** o
  u   a   o u o s s
    s   g s   s   **a s**
   u **a**   u   a o **n**
   g   a **n** s a **n**o s
         o
   gus   a nos   **g u**   s
           u
        s
     a   **s**
    n   a
     o   n
    s

Bancos

El representante legal del banco repasó una y otra vez el documento. Al terminar lo colocó sobre el escritorio. "Esta cuenta no ha presentado movimientos en tres años", dijo "y para reactivarla es necesario que se presente el titular". Simón volteó a ver de reojo a Octavio García Allende, nuestro abogado, y sonrió burlón. "O es usted retrasado mental o un verdadero hijo de puta", le dijo. El representante se hizo el ofendido. "No tiene por qué insultarme", se quejó. "¿No le quedó claro que el titular de la cuenta murió hace tres años?", replicó Simón. El representante lo miró con desprecio. "No, no me quedó claro." Con el índice Simón señaló en el certificado de defunción. "Aquí viene especificado." El hombre tomó el documento para ojearlo de nuevo. "Esto no es suficiente, es obligatorio que un notario lo certifique." El abogado se inclinó hacia él. "Esto es un *certificado,* señor. Eso significa que una autoridad competente lo *certificó* y por lo tanto posee validez legal." "¿Y cómo sé que no es falso?", preguntó retador el representante del banco. "La defunción está registrada en actas oficiales", agregó el abogado, "puede usted mismo ir a constatarlo". El representante negó con la cabeza. "Ni tengo tiempo, ni es mi trabajo. Traiga un acta notariada donde se acredite el fallecimiento del señor Carlos Valdés, así como una copia del testamento, también notariada, y una vez que contemos con esos documentos daremos entrada a la solicitud de cambio de titular de la cuenta a nombre del beneficiario."

A Bross le sobraba razón. Los bancos harían hasta lo imposible por no devolver el dinero. Los representantes legales de cada una de las instituciones bancarias pidieron documentos y actas imposibles de conseguir. El absurdo.

Salí del banco desalentado. García Allende y Bross intentaron animarme. Iba a ser un proceso complejo, pero en definitiva había visos de solución. El abogado fue franco. No trabajaría gratis. Si lograba recuperar el dinero, le correspondería un quince por ciento del total. Aclaró que acostumbraba cobrar un cuarenta por ciento, pero por ser amigo de Simón Bross me hacía esa rebaja. Le pregunté si precisábamos firmar un contrato y García Allende respondió que con un apretón de manos bastaba.

Aunque a los abogados hay que manifestarles siempre la verdad, le aseguré que el dinero era producto del negocio de pieles. No me atreví a confesarle que el dinero provenía de la venta de drogas. Temía que si se filtraba la información a los bancos, la compartirían con las autoridades para incautar las cuentas.

Mi postura sobre ese dinero era ambivalente. Me quedaba claro que no podía permitir que se lo quedaran los bancos y menos el gobierno. No deseaba que se lo repartiera como botín una piara de políticos corruptos. ¿Pero de verdad me haría feliz recuperar ese capital salpicado de muerte y desolación?

Simón Bross me invitó a comer. Su espíritu era jovial. Contaba buenos chistes y se detenía a charlar con quien se cruzara en su camino, así fuera una cocinera, un barrendero o un empresario. Los seres humanos le interesaban genuinamente. A cualquier desconocido le preguntaba sobre su familia, su trabajo e incluso llegaba hasta la impertinencia absoluta. ¿Eres fiel? ¿Todavía te acuestas con tu mujer? ¿Has robado? ¿Tienes inclinaciones homosexuales? Lejos de ofenderse, la gente se sentía en confianza y le respondía con sinceridad. Bross no juzgaba. Pregunta a pregunta rascaba sobre los pozos más profundos hasta desvelar aquello que sus interlocutores escondían: industriales casados que destapaban romances clandestinos con obreros de sus fábricas; amas de casa cleptómanas capaces de robarles a sus familiares; tipos que fornicaban en la cocina con la esposa de su hermano mientras el resto de la familia celebraba la cena navideña; adolescentes que confesaron espolvorear veneno para ratas en el café que preparaban para sus madres. Las alcantarillas de la moral, las cloacas de los actos secretos.

Bross ignoraba cómo había muerto Carlos. Se enteró por azar cuatro meses después y para colmo le habían dicho que se había ahogado en una alberca. Con su habilidad para interrogar, me hizo revelarle la verdad. Terminé por contarle sobre los otros negocios de Carlos, de las funciones de cine psicodélicas, de la obsesiva persecución de Zurita, de la perturbada fe de los buenos muchachos y de cómo Carlos, por mi infidencia, fue asesinado.

A Simón le pesó saber la manera en que había muerto mi hermano. Era notorio que lo apreciaba y se mostró muy conmovido. Empujó su plato hacia un lado. "Se me quitó el hambre después de saber esto", dijo y se mantuvo pensativo un largo rato.

Regresamos a la fábrica y Simón me llevó a una bodega en el cuarto piso. Abrió unos contenedores. "Recién llegaron de Alaska", dijo. Eran pieles de lobo. Las desplegó sobre un tablón. Sedosas, gruesas. "Las mejores pieles provienen de los lobos cazados en invierno", aseveró. Las utilizaba para confeccionar abrigos para hombre que exportaba a Estados Unidos, España y Francia. Su marca se llamaba Pietro Castelli y los clientes se tragaban el cuento de que eran creaciones de maestros italianos, cuando en realidad eran dos costureras oaxaqueñas quienes los diseñaban y confeccionaban. Bross rio con ganas. "Pietro Castelli, imagínate."

Le dije que era dueño de un lobo y le conté cómo había rescatado a Colmillo. Bross me preguntó si me incomodaba ver las pieles y le respondí que no. Le pedí que me vendiera una para ver cómo reaccionaba Colmillo frente a ella. Me la regaló, no sin antes aclarar que eran pieles higienizadas, que no olían a nada y que era probable que Colmillo no tuviera idea de lo que era.

Por la noche volví a casa. La gente en el metro miró con extrañeza la piel de lobo que me había echado sobre los hombros. Al llegar a casa la recargué sobre el filo de la ventana que daba al patio. Colmillo se irguió y concentró su mirada en ella. Segundos después se lanzó a atacarla. Por más que jaloneé con él para quitársela, fue inútil. Me la arrebató y la despedazó con furia. Jirones de la piel quedaron regados por doquier.

Robert se dirigió hacia la montaña. Pese a manejar de noche, llegó en menos tiempo. Como ya conocía el camino, supo esquivar los baches lodosos y los bancos de nieve. Se estacionó en el mismo claro. Encendió una fogata, asó tasajo de alce y al terminar fue a dormirse en la camioneta.

Al amanecer extendió la lona de la tienda y en ella envolvió la bolsa de dormir, una lámpara de gas, provisiones, y enseres de cocina. La ató con una soga y se la amarró al pecho para poder jalarla entre la nieve y la maleza. Tomó el rifle y los binoculares y echó a andar hacia la tumba de Amaruq.

Zigzagueó entre los árboles. La mañana era helada y se le congelaron la barba y el bigote. Corrían ya tres semanas de primavera y el invierno no finalizaba. El viento y los nubarrones pronosticaban el arribo de una nueva masa polar.

El frío había congelado el suelo y Robert resbaló en varias ocasiones. Al cruzar un montículo rocoso patinó y se lastimó el tobillo derecho. No metió las manos para evitar que el rifle golpeara contra las piedras. Durante unos minutos quedó tumbado, incapaz de levantarse. Temió una fractura, lo cual le hubiese significado una probable muerte. Revisó el tobillo y concluyó que solo se había luxado. Le costó trabajo levantarse y renqueando retomó su camino.

A cuatrocientos metros de la tumba buscó a Nujuaqtutuq con los binoculares. Vio un bulto gris junto al cadáver. Era el lobo que estaba echado junto a la tumba. ¿Cuidaba el cuerpo? ¿Se lo comía? ¿Qué lo vinculaba a ese hombre muerto?

Robert decidió armar la tienda lejos del lobo para no inquietarlo. Una vez organizado el campamento tomó el rifle y una cuerda y se fue a apostar sobre la ladera de una colina. Desde ahí podía divisar mejor a Nujuaqtutuq y lo que sucedía en las cercanías.

Después de observarlo por una hora decidió ir por él. El lobo llevaba rato echado sin moverse de lugar. Se acercó con lentitud. Debía lazarlo e inmovilizarlo para llevárselo consigo. Solo bajo su cuidado evitaría que muriera. Pero el lobo había recuperado fuerzas. A pesar del fémur mal soldado, la herida purulenta y del estorboso arnés, había recorrido varios kilómetros hasta la tumba. No sería fácil atraparlo.

Agazapado, Robert avanzó hasta tenerlo a treinta pasos. Al sentirlo, Nujuaqtutuq se levantó. Hombre y lobo cruzaron una mirada. Robert preparó la cuerda y caminó hacia él con cautela. El lobo lo observó unos segundos, dio vuelta y trotó hacia el bosque. Robert lo miró partir entre los árboles. Supo que era inútil perseguirlo.

Caminó hacia el cadáver de Amaruq. Las piedras seguían encima del cuerpo. El lobo no había intentado comérselo. Por un inexplicable apego, Nujuaqtutuq lo velaba. Robert no podía comprenderlo. Por un momento llegó a pensar que quizás la vieja tenía razón: el lobo sí era una transfiguración del abuelo.

Se sentó unos metros más allá con la esperanza de que Nujuaqtutuq volviera. Transcurrieron dos horas. Una parvada de cuervos, sin importarle la cercanía de Robert, se posó sobre el cadáver. Comenzaron a picotearle el rostro a través de las piedras para arrancarle pequeños pedazos de carne. Robert se vio tentado a espantarlos, pero no halló sentido en hacerlo. Tarde o temprano regresarían a devorarlo.

Los cuervos estuvieron un rato alimentándose y de pronto emprendieron el vuelo, asustados. Un glotón se acercó veloz a la tumba. Empezó a hurgar el cuerpo. Con las patas delanteras quitó las piedras y comenzó a mordisquearle el pecho. El glotón haría pedazos el cadáver. Para que Nujuaqtutuq volviera, el cuerpo requería mantenerse íntegro. Una vez desmembrado era probable que el lobo perdiera interés en regresar.

Robert decidió intervenir. Se incorporó y le gritó para espantarlo, pero el glotón, que no se había percatado de su presencia, alzó la cabeza y le gruñó. Robert sabía que los glotones rara vez reculan y si le había gruñido era probable que lo atacara. Robert disparó al aire. El glotón no se inmutó y avanzó hacia él, amenazante. Robert le apuntó y le tiró en la cabeza. El glotón cayó fulminado.

Robert lo desolló. No era una piel fina, pero sí resistente y con ella podría elaborar un morral o unas polainas. Guardó un poco de carne y los restos los enterró lejos de la tumba para que no atrajeran otros predadores, como un puma o quizás la jauría de lobos que rondaba por el bosque.

El frío empezó a calar y Nujuaqtutuq no reapareció. Robert decidió irse y volver a la mañana siguiente. Echó a andar. A los doscientos metros volvió la vista atrás. Descubrió al lobo parado entre los pinos cercanos a la tumba, escrutándolo. Robert sonrió. Con seguridad Nujuaqtutuq había estado vigilándolo.

Robert se alejó y el lobo volvió a echarse junto al cadáver.

¿En qué día debe celebrarse a un muerto? ¿Debemos ir al panteón el día en que nacieron o en el que murieron nuestros muertos? Mis padres resolvieron conmemorar los cumpleaños. Cada año fuimos a conmemorar los de Carlos al cementerio. Mis padres ateos no creían en la vida después de la muerte. Ellos no iban a la tumba a hablar con Carlos-espíritu. Ni tampoco con Carlos-cadáver. Iban a comunicarse con los diversos Carlos que habitaban en su memoria. El Carlos que tuvieron en sus brazos al nacer. El Carlos que caminó sosteniéndose del dedo de mi madre a los once meses de edad. El Carlos que se rompió un diente al caer de su bicicleta a los diez años. El Carlos que acompañó a mi padre a un viaje de trabajo a Michoacán. Con ese Carlos se relacionaban. No con el que yacía sordo y mudo en su sepultura, apretujado con Juan José y mi abuela en su hogar de lodo y raíces.

Murieron mis padres y al pasar de los meses llegó el día del cumpleaños de mi padre. La noche anterior di vueltas y vueltas en la cama cavilando si debía ir o no al panteón. Chelo notó mi zozobra y me preguntó qué me sucedía. Le expliqué y le pregunté si quería ir conmigo. Me miró en silencio y me abrazó. Quise desprenderme de ella para que me respondiera un "sí" o un "no", pero me estrechó aún más y comenzó a llorar. No entendí su desolación. Era de mi padre de quien hablábamos. Era "mi" tristeza, no la suya. Entre lágrimas balbuceó. "Están todos ahí enterrados, ¿verdad?" Comprendí el porqué de su llanto. Carlos estaba sepultado junto a mis padres y mi abuela. Ir a la tumba de mi padre significaba ir a la de Carlos. Ella no había asistido ni al velorio ni al entierro. Sería la primera ocasión que enfrentaría a mi hermano muerto. Yo pensando en mi padre y ella en Carlos. De nuevo los celos. De nuevo mi hermano interponiéndose entre nosotros.

Cuando se calmó me pidió que no fuera al panteón. Arguyó que la muerte de mis padres era demasiado reciente y que ella creía que yo aún no estaba preparado para afrontarlo. En el fondo supe que era ella quien no estaba preparada.

Dormimos abrazados, desnudos. Yo con los celos palpitando con intensidad. Tuve una mala noche. Pesadillas, sobresaltos. Me desperté al amanecer. Fui al baño y me lavé la cara con agua fría. Me vestí sin hacer ruido para no despertar a Chelo. Bajé en silencio y salí a la calle. El Sol apenas despuntaba. Un panadero cruzó por la avenida con una canasta sobre la cabeza. Lo detuve y le compré cocoles y unas conchas. Me los entregó en una bolsa de papel. Los panes aún estaban calientes. Debieron hornearlos apenas unos minutos antes. Me comí un cocol mientras caminaba a la parada del camión en la colonia Sinatel, al otro lado de Churubusco. Llegué al cementerio a las nueve de la mañana. Empecé a caminar por los pasillos del abigarrado paisaje de tumbas. Amontonadas, pretenciosas, de mal gusto. Rotas, percudidas, resquebrajadas, saqueadas.

Un hombre regaba unas flores en el pórtico de un aparatoso mausoleo familiar. A lo lejos una joven madre llevaba de la mano a un niño pequeño. Ambos vestidos de negro. Ella con gafas oscuras y él con un ridículo trajecito de pantalón corto.

Llegué a las fosas donde estaba enterrada mi familia. Me detuve diez metros antes para tomar aire. El cumpleaños de mi padre. Él y mi madre planearon el viaje a Europa como la gran aventura de sus vidas y terminó por convertirse en la gran losa de sus culpas. Habían viajado para festejar los cuarenta y cinco años de mi padre y los cuarenta y dos de mi madre. Ahora en su tumba le celebraba las que hubieran sido sus cuarenta ocho y vueltas al Sol.

Me senté en la lápida del sepulcro contiguo. No pude pronunciar una palabra. Ni una palabra a mis muertos. Quizás Chelo tenía razón: no estaba preparado para afrontarlo.

Sentí una mano sobre mi hombro. Me volteé. Era ella. Me sonrió con tristeza y sin decir nada se sentó a mi lado. Acarició mi antebrazo. Notó la bolsa de pan. Sacó un cocol y lo puso sobre la tumba de mi padre. "Feliz cumpleaños", dijo. Su gesto me conmovió. La mujer amada departiendo con mi amado padre. Me cogió de la mano y se recargó en mi hombro.

Una hora después abandonamos el cementerio. Tomamos un taxi. Durante el trayecto fuimos en silencio. Abrí la ventana. El viento pegó en mi cara y despeinó a Chelo.

Llegamos a la casa. Le pagué al taxi y bajamos. Le acomodé a Chelo el cabello que caía sobre su rostro. Ella besó mis dedos. "Te amo más que a nadie, más que nunca", dijo. "Espero que lo sepas." Y sin más, se alejó por el Retorno.

Heridas

Por la noche el frío comenzó a arreciar. Por más que se arrebujó dentro de la bolsa, Robert no pudo soportarlo. Imposible dormir. Salió de la tienda y alimentó la fogata con leña. Se calentó bebiendo café azucarado. Se disponía a volver a la carpa cuando percibió un alboroto a lo lejos. Se levantó y contuvo la respiración para oír mejor. Se escucharon gruñidos y ladridos. Los lobos estaban matando a Nujuaqtutuq.

Tomó su rifle y corrió hacia donde se escuchaba el ataque. Llevó el rifle al frente, listo para disparar. Por culpa del tobillo lesionado tropezó un par de veces y cayó de bruces sobre la nieve. Se levantó de inmediato y siguió. Arriesgaba también su vida: la jauría encolerizada podía atacarlo.

Llegó al claro donde se hallaba la tumba. Vio sombras rondar en círculo. Alumbró con la linterna. Ocho lobos arremetían contra Nujuaqtutuq. Un lobo lo tenía prendido por el costado y otro por el cuello. Nujuaqtutuq, de alguna manera protegido por el arnés, se debatía con fiereza, pero era notoria su desventaja.

Robert se arrodilló, pegó la lámpara al cañón del rifle para iluminar al frente y con la mira telescópica buscó a los lobos que acosaban a Nujuaqtutuq. Era difícil centrar la mira en ellos: se revolvían en un remolino de tarascadas.

Apuntó al lobo que mordisqueaba el cuello de Nujuaqtutuq y disparó. No logró darle, pero el estruendo provocó que los lobos detuvieran su ataque. Robert recargó con rapidez y apuntó de nuevo. Le dio en el pecho a otro lobo y este brincó hacia atrás, aullando de dolor y revolcándose en la nieve.

Robert tiró de nuevo y un macho cayó. Ante el estruendo de la detonación, algunos lobos huyeron hacia el bosque, mientras otros se quedaron acorralando a Nujuaqtutuq. Robert temió que lo rodearan y lo agredieran por detrás. Se recargó contra un pino para protegerse las espaldas.

Las sombras oscuras corrieron de un lado a otro. Robert volvió a iluminar el paraje con una linterna. Un par de lobos prendieron de nuevo a Nujuaqtutuq. Robert jaló del gatillo. Le pegó a uno en las ancas y el lobo comenzó a dar vueltas en círculo mordisqueando el lugar de la herida.

Robert disparó tres veces más. Mató otro lobo y el resto se desperdigó. Con la luz de la linterna alcanzó a ver que Nujuaqtutuq se desplomaba sangrante. Robert decidió aguardar para ir por él. La pelea, la adrenalina, los disparos, con seguridad habían enardecido a la manada y debían merodear, prestos a atacarlo.

Robert esperó el resto de la noche apoyado contra el tronco, entumido por el frío y la inmovilidad, con el rifle sin seguro para disparar con rapidez en caso de ser necesario. Al amanecer pudo ver con claridad los cuerpos de los lobos que había matado y descubrió a parte de la jauría que acechaba entre el pinar. Robert se mamposteó contra el tronco y apuntó al que creyó era el lobo alfa. Oprimió con suavidad el gatillo. El tiro pegó entre los ojos del lobo, que se derrumbó en la nieve. Los demás lobos corrieron asustados unos metros y se detuvieron. Robert colocó la cruz de la mira en una loba y disparó. La loba cayó herida. Se arrastró unos metros con la columna rota y quedó inerte.

Nujuaqtutuq se veía malherido. Trató de incorporarse y no pudo. Robert caminó hacia él. Había sufrido mordeduras severas en el lomo, la paleta derecha y el cuello. El arnés había quedado destrozado. La sangre manaba abundante de las heridas. Robert lo lazó por la cabeza. Nujuaqtutuq se sacudió para tratar de soltarse, pero se hallaba demasiado débil y se quedó tendido hasta que se desvaneció. Robert le amarró las cuatro patas. Se inclinó sobre él, colocó las manos debajo de su cuerpo, con un movimiento lo cargó sobre sus espaldas y echó a andar.

Cruzaron a un lado de la tumba. Las piedras estaban removidas y el cadáver semidevorado. Los intestinos de fuera, las piernas y los brazos roídos. Al parecer Nujuaqtutuq había peleado por defenderlo y ahora era probable que no sobreviviera.

Robert llevó al lobo directo hacia la camioneta. Durante el trayecto tuvo que detenerse varias veces por la hinchazón del tobillo. Un moretón cubría gran parte del área. Con un encendedor Robert flameó el cuchillo para desinfectarlo. Se hizo una pequeña incisión para drenar la sangre coagulada. Se exprimió hasta extraerla casi toda. Luego se limpió con nieve. La inflamación disminuyó y Robert continuó su camino.

Arribaron a la camioneta. El lobo inconsciente, con la cabeza laxa y la lengua de fuera. Robert lo depositó sobre el asiento, le desprendió los restos del arnés y lo cubrió con una cobija. Su chamarra quedó empapada de sangre. El lobo no debía resistir mucho más.

Robert montó en la camioneta. Miró al lobo exangüe sobre el asiento y arrancó. Lo salvaría. Sin duda, lo salvaría.

El abogado García Allende me citó en sus oficinas. La denuncia contra los bancos se hallaba lista y era necesario cumplir ciertos requisitos para que el juzgado le diera curso. Debía elegir a un adulto como tutor aun cuando en unas semanas más cumpliría dieciocho años. Como menor de edad no podía emprender un procedimiento jurídico y tampoco administrar un fondo bancario. Era necesario establecer un fideicomiso en caso de recuperar el dinero.

Le pregunté si el tutor podría cometer fraude en mi contra. Le parecía difícil, ya que en cuanto cumpliera dieciocho años me hallaría facultado legalmente para manejar mis propios recursos y además propuso poner candados a los traspasos de dinero.

García Allende me sugirió que nombrara como tutor a alguien de mi familia, ya que eso facilitaría la gestión de la demanda. En caso de no contar con un familiar, él mismo o Simón Bross se ofrecían a fungir como mis tutores, pero debía elegir pronto.

Me fui a meditarlo en una banca en la Alameda Central, cerca de donde se hallaba el despacho del abogado. Barajé opciones de tutores que reduje a cinco: un tío hermano de mi madre, una tía hermana de mi padre, García Allende, Simón Bross y Sergio Avilés. Descarté a mis tíos. El único en quien confiaba vivía en Texas y no podía ir y venir a las diligencias judiciales. Mis tías eran propensas al drama y además poco les importó que me hubiera quedado completamente solo. Al abogado apenas lo conocía y si alguien podía saberse las artimañas para estafarme debía ser él. Simón era un buen tipo, había querido a Carlos y su honestidad no quedaba en duda. Sergio se había preocupado por mí más que cualquiera de mis familiares. Como huérfano sabía de la honda fragilidad, rabia y desesperanza que trae consigo la orfandad.

Un extraño sentimiento de culpa me hizo pensar que traicionaba a quien de ellos dos no eligiera como tutor. Simón era un hábil empresario y quién mejor podía aconsejarme para manejar el dinero. Avilés se había convertido en una figura paterna sin ningún otro interés que acompañarme y cuidarme.

Fui a dar una vuelta por el parque. Había vendedores de globos, merengueros, señoras que cocían gorditas en comales y burócratas apresurados de regreso a sus trabajos después del almuerzo. En una esquina un gitano hacía bailar a un oso negro ruso. El gitano tocaba la pandereta y el oso se erguía sobre sus dos patas y se contoneaba con poca gracia. Un monito vestido con una casaca roja y un diminuto sombrero de copa corría entre los curiosos con una taza para que le arrojaran monedas. El oso se veía dócil y ejecutaba su rutina sin el menor asomo de disgusto. En cambio el mono gesticulaba con una expresión de ansiedad. Si una persona depositaba una moneda en la taza, el monito se apresuraba a pararse frente a otra. Si no le echaban nada, su rostro se deformaba.

Angustiado veía de arriba abajo al tacaño y luego se volteaba hacia su domador. Era notorio que le temía. Con una señal de su mano, el gitano le ordenaba insistir. El monito jalaba el pantalón del espectador. Si eso no resultaba, de nuevo miraba a su dueño, que con otra seña le indicaba que no desistiera. El monito entonces daba golpes al tobillo del hombre hasta que, entre risas de los demás, se veía obligado a darle una moneda. El mono agitaba la taza de peltre y hacía tintinear la moneda y de nuevo buscaba la aprobación de su dueño, quien le aventaba un cacahuate como premio a su esfuerzo.

Terminó el espectáculo y la gente se dispersó. El monito corrió hacia su amo y con agilidad trepó a su hombro. Se alejaron por la Alameda hacia otra esquina para repetir ahí su acto. El oso caminó con pesadez, bamboleándose mientras los paseantes lo esquivaban.

Ver al oso, al mono y al domador me pareció un señal. Me incliné por Avilés. El gordito me había procurado, se interesaba en mis problemas, conocía a mi novia y era ya parte de mi vida.

Me sentí comprometido a visitar a Bross para agradecerle. Quizás no le molestaría en absoluto que me hubiese decidido por Avilés para que fuera mi tutor, pero por cortesía debía decírselo en persona.

Su tienda no quedaba lejos de la Alameda y me fui a pie. Llegué en menos de diez minutos. Pregunté por él a la cajera. Con una sonrisa me pidió que la esperara. Muy diferente su trato al de la vez anterior. Regresó rápido y me dijo que el señor Bross me esperaba en su oficina. Me condujo con él. Nos tropezamos con dos judíos ortodoxos vestidos de negro a la usanza tradicional que salían de la oficina de Bross. Uno con sombrero y el otro con kipá. Nunca había visto unos judíos ataviados así. La mujer me dejó en la puerta y me preguntó si deseaba tomar un refresco, agua o un café. Le pedí café.

Simón me recibió con una sonrisa. "Son mis tíos, ¿puedes creerlo?", dijo y señaló hacia los personajes que se alejaban rumbo a la escalera. "Dan miedo", dijo y soltó una carcajada.

Me contó que sus tíos llevaban años viviendo en México, pero que apenas hablaban español. Le pregunté en qué idioma se expresaban. "Yiddish", me respondió "una lengua antigua de los nuestros que desarrollamos en Europa Central. Somos un pueblo arraigado a nuestras tradiciones". Mientras me hablaba de la cultura y la historia judías empecé a sentirme mareado. Simón me preguntó si me hallaba bien. No, no estaba bien. Me había convertido en uno más de los eslabones de odio hacia los judíos. Me olvidé de las cuentas de bancos, de mi elección de tutor. Las únicas palabras que logré articular fueron: "¿Conoce a don Abraham Preciado?" El semblante de Bross mutó a sombrío. "Sí, lo conozco. Es el abarrotero al que agarraron a batazos y casi lo dejan paralítico", dijo. Tragué saliva. Me sentí más mareado aún. "Yo fui uno de los que lo atacaron."

Al cruzar unos arrozales con una carga en la espalda, un campesino en la India se topó con una cobra. Levantó su machete y de un golpe la decapitó. El cuerpo descabezado se retorció en el lodo y el hombre prosiguió su camino.

Media hora más tarde regresó por el mismo sendero, ya libre de su cargamento. Descubrió que el cuerpo de la cobra aún se movía. Se acuclilló a verlo. La cabeza se encontraba a un lado y decidió agarrarla. La levantó y cuando se hallaba examinándola, la cabeza —por acto reflejo— mordió su mano izquierda. El campesino trató de quitársela, pero solo logró que los colmillos penetraran más en los tejidos y vaciaran la reserva de veneno.

Asustado, el hombre supo que la única alternativa para no morir era amputarse la mano. Asestó un primer machetazo, pero lo hizo ya débil por los efectos del veneno. La muñeca comenzó a sangrarle. El hombre golpeó de nuevo con el machete, una y otra vez, hasta que por fin la mano quedó escindida del cuerpo con la cabeza de la cobra aún sujeta al dorso.

El campesino miró a su alrededor. Vio a la lejos la aldea donde vivía. Empezó a avanzar a trompicones hasta que cayó de bruces en el fango. Trató de incorporarse y no pudo. Con esfuerzos se volteó de cara al Sol. Unos abejorros volaron por encima de él. Sintió una opresión en los pulmones. Boqueó en busca de aire. El corazón le latió en sacudidas. Tuvo sed. Se mojó los labios. Vio el cielo, sintió el viento sobre su rostro. Giró la cabeza hacia la tierra y cerró los ojos para siempre.

Calles

Fue el Agüitas el primero que me lo informó: "Se suicidó la mamá de Humberto". Al principio pensé que se trataba de una de sus bromas de mal gusto. "Asómate", dijo. Abrí la puerta del zaguán y salí a ver. Tres patrullas se hallaban estacionadas frente a la casa de Humberto. Varios vecinos se aglomeraban en la puerta.

"Vamos a la azotea de los Barrera", me propuso. Me contó que allá estaban el Pato y el Jaibo y que desde ahí podía verse con claridad a la mujer columpiándose de la soga. "¿Qué ganan con verla?", cuestioné al Agüitas. Me miró como si le preguntara una obviedad. "Pero si es la mamá de Humberto", argumentó como si fuera justificación suficiente para animarme a ir con ellos. "¿Y eso qué? Ella me salvó la vida", le respondí. El Agüitas no supo qué contestarme. Enojado, lo insté a que la dejaran en paz. Prometió volver a la azotea y convencer a los otros dos de parar. Por supuesto que no lo hizo y los tres aguardaron hasta que un perito la descolgó.

La muerte de la mujer me pesó. La imagen de sus manos me vino una y otra vez a la mente. Alargadas, con pecas en el dorso, dedos finos manchados de nicotina. Evoqué la tarde en que me llevó a la clínica. Ella fumaba mientras manejaba de prisa. Desde el asiento de atrás, donde iba acostado, alcanzaba a ver las volutas de humo subir hacia el techo y esparcirse por el auto. Recordé el olor de mi sangre, el aroma de su perfume floral y de su cigarrillo mentolado. Recordé su mano acariciando mi frente para calmarme, su mano arrojando la colilla por la ventana, su mano apretando mi muslo mientras llegaban los médicos para detener la hemorragia.

Su carro quedó batido con mi sangre. Fue el mismo Humberto quien lavó el asiento trasero y los tapetes de plástico. Restregó con una jerga húmeda hasta desmancharlos. La exprimió en una cubeta y luego tiró la sanguaza por la coladera.

Robert manejó a gran velocidad por la brecha. Si quería salvar a Nujuaqtutuq debían atenderlo pronto. El lobo, desfallecido sobre el asiento, sangraba copiosamente del cuello. Robert tuvo que detenerse a oprimirle la herida con la mano. La sangre dejó de fluir, pero en cuanto cesaba de presionar, volvía a brotar abundante.

Robert se distrajo y en una curva la camioneta patinó y fue a embancarse contra la orilla. Bajó a revisarla. Las llantas se habían sumido, la nieve al ras de la carrocería. Sacarla de ahí llevaría horas. Cargar al lobo hasta la casa, una tarea imposible. Se hallaba al menos a diez kilómetros.

El lobo necesitaba cuidados inmediatos de un veterinario y ni siquiera sabía si uno atendía en los alrededores. Lo más probable era que Nujuaqtutuq muriera. Robert decidió actuar él mismo. Con cuidado bajó al lobo de la camioneta y lo tendió sobre la nieve. La lengua le colgaba y su pulso era casi inexistente. Examinó las heridas. Siete en total, de las cuales tres eran graves. La más, el cuello desgarrado que no paraba de sangrar.

Robert la restregó con nieve. Le vació un poco de whisky para desinfectarla y con el índice la abrió para que se infiltrara hasta los tejidos más profundos. Para que dejara de sangrar era necesario cauterizar la herida. De la caja de herramientas sacó una pinza y desprendió las ojivas de dos balas. Esparció la pólvora alrededor de la lesión y le prendió fuego con un fósforo. La pólvora soltó un flamazo y la sangre dejó de manar.

Con un anzuelo y línea de pescar suturó la herida. Cosió en zigzag, como le había enseñado a hacerlo un guía de cazadores de la tribu de los kajú. Al finalizar espolvoreó sal como antiséptico. Procedió igual con las demás heridas.

Robert se lavó con nieve los residuos de sangre de las manos. Volvió a meter a Nujuaqtutuq en la camioneta y lo envolvió con varias cobijas. La pérdida de sangre incapacitaba a su organismo para generar calor y era crucial mantenerle la temperatura del cuerpo. El lobo respiró con intensos resuellos que se espaciaban por varios segundos, signo de que se hallaba moribundo.

Robert recogió leña. Cercó la camioneta con hogueras, las roció con gasolina y las prendió con la intención de derretir la nieve y liberar las llantas. Empezó a soplar el viento. Las llamas crujieron y el humo ascendió, oscilante. Exhausto y con sueño, Robert se sentó junto al fuego. La estrategia resultaba. La nieve se fundía.

Dormitó un rato y al despertar el fuego ya estaba a punto de extinguirse. Robert se levantó y paleó la nieve sobrante alrededor de los neumáticos hasta que logró destrancar la camioneta. Montó al volante y arrancó. La camioneta dio un patinazo en el suelo lodoso y Nujuaqtutuq estuvo a punto de caer. Robert reaccionó rápido y pudo sostenerlo.

Pasó junto a la estación del tren y siguió de largo. Manejó hasta el pueblo sin detenerse. En la gasolinera preguntó por un veterinario. No había uno ahí, pero sí en un rancho ganadero a cien kilómetros al oeste. Le dieron instrucciones de cómo llegar y Robert condujo hacia allá.

Manejó por la carretera asfaltada hasta que topó con un camino rural que atravesaba una extensa planicie y dobló hacia la derecha. Unos becerros angus se apiñaban para darse calor alrededor de unas pacas de paja. Voltearon al verlo cruzar y avanzaron unos pasos en la creencia de que era la camioneta que les llevaba el alimento.

Unos kilómetros más adelante, Robert descubrió docenas de cadáveres desollados de lobos y coyotes que colgaban en la cerca alambrada. Uno cada diez metros. Solo les habían dejado intacta la cola, que se esponjaba al soplar el viento. Los cuervos les habían picoteado los ojos, dejando las cuencas vacías. Los cuerpos resecos daban al paisaje un grotesco aire de advertencia.

Robert ya había visto esto antes. Los rancheros solían colgar lobos y coyotes sobre las cercas para amedrentarlos y hacerles saber del destino que sufrirían si atacaban al ganado. Había conocido un cazador que se contrataba para matarlos. Los llamaba con un reclamo que imitaba el chillido de una liebre agonizante. Los predadores se acercaban presurosos a buscarla. El cazador, escondido entre los matorrales, les disparaba en la cabeza para asegurarse de no maltratar la piel. Los lobos se derrumbaban pataleando en medio de un borbotón de sangre. Los rancheros le pagaban por pieza y el cazador se quedaba con los cueros, que vendía a los compradores de pieles.

La casa del rancho, los graneros y las bodegas se hallaban en medio de la inmensa planicie. No se veían montañas a la redonda. Solo la extensa vastedad nevada, unos tupidos bosques al fondo y el pentagrama de lobos y coyotes enganchados en la alambrada.

Robert se estacionó junto a una cochera y se dirigió a la casa. Tocó a la puerta. Le abrió un hombre grande y rubicundo, de manos enormes y cara roja. Robert se presentó y el hombre masculló su nombre, pero Robert no lo escuchó bien y le avergonzó pedir que se lo repitiera. Lo llevó a la camioneta a mostrarle el lobo herido. El veterinario soltó una carcajada. "¿Quiere que cure a esta alimaña?" Robert asintió. El veterinario señaló hacia los cadáveres de lobos y coyotes enganchados a la cerca. "Yo he cazado todos esos, son una plaga." No entendía por qué Robert deseaba que lo salvara, ni para qué. Varios ganaderos amigos suyos se habían ido a la quiebra por culpa de los ataques de lobos a sus reses. Eran el enemigo y había que exterminarlos antes de que dejaran en ruinas a la región.

Robert le explicó dónde lo habían hallado y por qué había decidido rescatarlo. Le ofreció pagarle lo que le cobrara. El veterinario rio. No se trataba de dinero. Él era especialista en ganado vacuno y advirtió que no era un cirujano ducho. Lo confrontó de nuevo. ¿Para qué quería mantener con vida a ese bicho apestoso?

Trasladaron a Nujuaqtutuq a una mesa en la cochera, en medio de un tractor con el motor desarmado, implementos agrícolas, botes de aceite, herramientas tiradas y pacas de paja amontonadas contra la pared. El veterinario exploró al lobo. "¿Quién lo cosió así?", le preguntó a Robert. "Yo", le respondió. "Pues hizo buen trabajo, no sé para qué me vino a ver", dijo y rio. Reparó en la larga cicatriz en la pierna derecha. "A este lobo lo trampearon con un cepo grande", afirmó. El hombre sabía reconocer los cortes desiguales de las mandíbulas de hierro, de la profundidad del tajo y del daño que provocaban. Por lo general, los tramperos remataban a los lobos atrapados con un disparo de rifle 22 en la parte posterior del cráneo. A nadie se le ocurriría domesticar uno. No servían para nada.

El veterinario constató el deplorable estado del lobo. "No creo que dure mucho vivo, pero vamos a hacerle la lucha", dijo. Cortó las suturas de la línea de pescar, rasuró la piel, introdujo un tubo en el área afectada y bombeó una solución antiséptica. Luego removió los pedazos de tejido dañado, aplicó tintura de yodo en los bordes y cosió con hilo quirúrgico.

Robert preguntó si había algo más que hacer. "Está desangrado y eso es lo que lo está matando", respondió el médico. "¿Y cómo se soluciona?", inquirió Robert. El veterinario soltó otra carcajada. "¿Para qué? Mejor deja que ya se muera." Robert reiteró. "¿Cómo se puede curar?" "Con una trasfusión, pero a ver dónde consigues sangre de lobo", dijo retador. "Y si la consigo, ¿se la puede trasfundir?" El veterinario no supo si era admirable o absurda la terquedad de Robert. "Sí", respondió burlón.

Robert manejó de vuelta al pueblo. Pasó de nuevo frente a la hilera de cadáveres que a la luz del atardecer se veían aún más atroces. ¿De verdad ese cementerio colgante podía acobardar a los lobos para impedir que masacraran a los becerros?

Recorrió los quince kilómetros del camino rural y dobló en la carretera asfaltada. Llegó al pueblo casi por anochecer. Se dirigió a la gasolinera y preguntó al despachador a cargo por el mestizo que lo había atendido días antes. Se había retirado a su casa. Su turno finalizaba a las tres de la tarde. El despachador le dijo que se llamaba Parson, pero que era más conocido como "Toro" y le dio indicaciones de cómo encontrarlo.

Robert arribó a una casucha en los límites del pueblo, construida con tablones de madera y techo de lámina. Por una chimenea emergía un humo oscuro y denso. Tres perros flacos salieron a ladrarle en cuanto se apeó de la camioneta. Robert hizo el amague de levantar una piedra para aventárselas y los perros huyeron solo para continuar ladrando unos metros más allá.

Robert brincó unos charcos lodosos y tocó a la puerta. Adentro se escuchaba un radio encendido y los llantos de un bebé. Nadie atendió. Los perros siguieron ladrando. Fue a la camioneta y sonó el claxon varias veces. Después de unos minutos abrió una mujer indígena con un bebé en los brazos. "¿Se encuentra Toro?", preguntó Robert. La mujer lo escrutó de arriba abajo y pegó un grito al interior de la casa. "Te buscan acá afuera." Volvió adentro sin decir más.

Salió Toro, descalzo y un poco alcoholizado. Se paró en el quicio de la puerta. "¿Qué quieres?", preguntó brusco. Los perros no cesaban su escándalo y el mestizo calló a uno de ellos con una patada. El perro se alejó aullando y los otros dos se refugiaron detrás de un carro destartalado. "¿Te acuerdas de mí?", le preguntó Robert. El otro negó con la cabeza. "Traía un lobo en una jaula. Me dijiste que te hubiera gustado cruzarlo con una loba que tienes." El gordo sonrió. "Sí, ya me acuerdo." Caminó hacia él sin importarle mojarse los pies en los charcos helados. "¿Ahí traes al lobo?", preguntó señalando la batea de la camioneta. "No, pero quisiera ver tu loba."

El mestizo lo guio por un pasillo cercado con tablones y alambre de púas. Una muñeca de plástico sin ojos y sin un brazo se hallaba tirada en el lodazal. El gordo la recogió y la aventó al otro lado de la cerca hacia un baldío. Los perros al verlo venir metieron la cola y se escabulleron bajo el chasís del carro.

Entraron a un patio trasero delimitado por una rudimentaria barda de troncos. En un costado se hallaba una jaula construida con malla de gallinero. Atada a un poste se hallaba acurrucada la loba, con roña y una severa desnutrición. La oreja izquierda estaba mocha y la cola prácticamente pelada.

La loba los volteó a ver y se mantuvo inmóvil. Robert le preguntó si tenía nombre. El mestizo sonrió. "Pajamartuq", respondió. Levantó el brazo, se alzó la chamarra y mostró una cicatriz. "Significa animal que muerde", dijo "y me consta". En la cicatriz se podían ver claramente delineadas las marcas de los colmillos. "Te la compro", planteó Robert. El gordo movió la cabeza. "No la vendo." "¿Cuánto quieres?", inquirió Robert como si la respuesta del mestizo no importara. "No la vendo", repitió el hombre, "mi esposa le tiene mucho cariño". Robert pensó que no debía ser mucho el cariño para mantenerla en esas condiciones. "Te doy quince dólares", ofreció. El gordo rio de buena gana. "Si los ganaderos los pagan muertos a diez dólares", dijo. "Te doy el doble, veinte", regateó Robert. El mestizo se negó de inmediato. "Ya te dije que no la vendo." Robert prosiguió. "Veinticinco." El gordo se recargó en uno de los postes de la cerca. "Cien dólares si la quieres, menos de eso no acepto." Robert sacó su cartera y le extendió dos billetes de veinte. "Toma, es lo más que ofrezco." El hombre miró el dinero y luego hacia la jaula. "Esta es una loba purasangre. La capturó mi abuelo. Vale cien." Robert guardó los dólares de vuelta en su cartera. "Okéi, ni modo, no se hizo el trato. Buenas noches." Se giró y se dirigió por el pasillo rumbo a la camioneta. El hombre le gritó "Sesenta dólares y es suya". Robert no se detuvo y continuó avanzando. "Cincuenta", gritó ahora. Robert se volvió hacia él. "Cuarenta, ni un centavo más." El mestizo se quedó pensativo un momento. "Okéi, cuarenta. Llévatela."

Bross escuchó en silencio mi relato sobre la golpiza a don Abraham. "¿Cuántos años tenías cuando esto pasó?", preguntó. "Catorce", respondí. "Se cometen muchas estupideces a los catorce años", sentenció. Le pedí perdón por haberlo atacado. "Con quien tienes que disculparte es con él", indicó. "No podría ni mirarlo a los ojos", reconocí. "Te va a perdonar si lo haces de corazón", dijo y ofreció acompañarme a verlo.

Le conté que la madre de Humberto recién se había suicidado y era seguro que él regresaría al barrio. Estaba preparado para matarlo y nada iba a detener mi venganza. Debió ser tal el tono de mi voz que Simón no dudó que cumpliera con mis intenciones. Serio, me clavó la mirada. "La pregunta fundamental que debes hacerte es qué quieres: ¿venganza o justicia?" Respondí que para mí la única manera de hacer justicia era vengándome. Simón negó con la cabeza. Se levantó, buscó un título entre los libreros detrás de su escritorio y se sentó de nuevo. "Escucha", me dijo y comenzó a leer en voz alta: "La venganza significa causar en el otro el mismo o mayor daño que el que infligió. La venganza puede generar una espiral de violencia, ya que provoca nuevos agravios e incita al otro bando a atacar de nuevo. La justicia no solo trata de reparar el daño, sino de apaciguar la furia desencadenada por la ofensa. La justicia se realiza a través del veredicto —lo más objetivo posible— de una institución social que no está relacionada con las partes…"

Simón hizo una pausa y levantó el dedo para indicarme que pusiera atención. "El deseo de venganza envenena el alma, el deseo de justicia la alivia." Cerró el libro y volteó a verme. "¿Sabes quién escribió esto?", me preguntó. "No sé", respondí. "Albert Rosenthal, un cazador de nazis al que le mataron a sus padres, su esposa y sus cuatro hijos pequeños.

Él no mató a uno solo de los asesinos de su familia. Los capturó y los entregó vivos a las autoridades para que fueran juzgados." Sonreí con ironía. "Y aquí en México, ¿cuál autoridad va a juzgar a estos asesinos, si la policía fue la que los ayudó a matar a Carlos?", le dije. "Aquí todo está podrido." Simón se puso de pie, se dirigió hacia una ventana y se quedó contemplando los patios de la vecindad aledaña. "Te entiendo", dijo sin voltear a verme. "Es difícil no querer vengarte cuando vecinos tuyos, a quienes conoces desde niños, con quienes conviviste, jugaste, asesinan a uno de los tuyos. Esa es precisamente la historia de mi pueblo."

Se quedó otro rato mirando por la ventana. Regresó y se sentó en la silla junto a mí. "¿Me permites darte un consejo?" Asentí. "Si quieres vengarte, véngate de Humberto, pero no del policía." "¿Por?", le pregunté. "El comandante solo hizo su trabajo. No puedes tomártelo personal." No podía creer que Simón dijera algo así. ¿Que no lo tomara personal? Entonces, ¿cómo me lo debería tomar? "Es un pinche policía corrupto, una mierda", espeté. "Escúchame", dijo, "a gente como él siempre le llega su tiempo. Va a acabar mal, te lo puedo asegurar, pero no cometas la estupidez de meterte con él". Era cierto, atacar a Zurita era atacar al sistema, y el sistema me aplastaría sin piedad.

Me entregó el libro. "Léelo antes de que decidas lo que vas a hacer." Se titulaba *Del perdón*. Me despedí y partí. Al salir lamenté no haberle agradecido su oferta para ser mi tutor, pero estaba seguro de que él entendería que eligiera a Avilés.

Entré a un café de chinos. Ordené unos bísquets con mantequilla y un café con leche. Me senté a leer el libro. El relato inicial era nauseabundo. Los cuatro hijos de Rosenthal, el mayor de ocho años, habían sido ejecutados y cremados en los campos de concentración. Su familia había sufrido vejaciones y atrocidades, y él se sentía furiosamente culpable por no haberlas padecido junto a ellos. Salvó la vida porque un teniente nazi decidió separarlo de los suyos y mandarlo a otro de los campos de exterminio. Los rusos ganaron en ese frente de batalla y Rosenthal fue liberado. Al fin de la guerra trató de rescatar a su familia, solo para descubrir que había sido aniquilada.

Arrojado de golpe al Horror, Rosenthal descendió en una espiral de autodestrucción. Alcoholizado y deprimido, se esperanzó en que el vodka lo matara pronto porque él carecía de valor para suicidarse. Una mañana despertó embarrado de vómito después de haber bebido hasta la inconsciencia con un trío de prostitutas gordas y chimuelas. No reconoció el lugar donde se hallaba, un cuarto inmundo en una ciudad que apenas se recuperaba de los destrozos de la guerra. Miró por la ventana. Frente a él se hallaban edificios derruidos. Gente como él deambulaba por las calles sin saber exactamente hacia dónde dirigirse. Desnudo y maloliente se sentó sobre la cama. Si de casualidad uno de sus hijos hubiese sobrevivido y se reencontraran, ¿qué le diría?, ¿que se había convertido en un vagabundo, en un ser execrable? No, no podría verlo a la cara. Se avergonzaría. Significaba aceptar que el enemigo había vencido en todos los frentes. Rosenthal decidió que el enemigo no podía ganar.

Lo primero que hizo esa mañana fue tomar un baño y lavar su ropa. Entendía que para que el enemigo no venciera debía eliminar todo deseo de venganza. No podía vivir emponzoñado por el afán de causar daño y muerte. Supo que precisaba fijarse una meta y esa era capturar a los asesinos de su familia y conducirlos a la justicia. Entendió que para ser libre de verdad debía perdonar. Perdonar para limpiarse de la basura emocional que conlleva la venganza; perdonar para escapar de la ciénaga del resentimiento y la autoconmiseración. Perdonar.

Al leer esto cerré el libro de golpe. No, yo no pensaba perdonar. ¿Por qué sabiéndolo Bross había puesto este libro en mis manos? Leerlo me estaba haciendo más mal que bien. Yo no podía absolver a mis enemigos. Mi familia putrefacta bajo la tierra, mi vida rajada en canal, con las vísceras de fuera, sin futuro, sin esperanza, y Bross en la creencia ilusa de que este libro me podía ayudar. ¿Quién se creía para siquiera insinuarlo?

Pagué y salí del café de chinos, enardecido. Era ya de noche y pocos carros transitaban por el centro. Tomé el libro, le arranqué varias hojas y lo arrojé al arroyo. A la mierda Rosenthal y su perdón. También a la mierda la justicia. En este país corrupto e impune solo cabía la venganza, y yo me iba a vengar.

«Antes de emprender tu camino
a la venganza, cava dos tumbas.»
Confucio

Camino

Lejos de aliviarme, el libro de Rosenthal me enfermó. El antídoto destiló en veneno. Palabra a palabra, gota a gota, me fue intoxicando. Rosenthal, el Hamlet judío. Le han matado a la familia entera y al igual que el flancito danés se cuestiona si debe o no vengarse. A ambos les corre caramelo derretido por las venas. El apego a la justicia tan cacareado por Rosenthal es innatural. La venganza borbota en nuestra sangre. Es real, palpable, inherente a nuestra especie, está inserta en nuestra naturaleza. La justicia es un aparato inventado por las pirañas del dolor: policías, jueces, abogados, que aguardan bajo el cieno a que las víctimas caigan a la poza para nadar presurosos a engullirlas. Con sus dientecitos afilados arrancan su tajada de sufrimiento humano. La justicia alimenta carroñeros ávidos de más y más víctimas. La justicia es la fuente de la corrupción, un embuste. Bajo el manto anodino de la civilización y las buenas costumbres se acumula la podredumbre. Basta alzar la alfombra para descubrir el infecto basurero en el cual miles de homicidas gozan de libertad y cabal salud. Para eso existe la venganza. Para barrer con ellos. Para limpiar ese caldo maligno y pútrido. La venganza higieniza, purifica. Ojo por ojo, diente por diente. La ley del talión es sabiduría pura emanada de las tribus del desierto. La justicia es la opción de los blandengues y los enclenques incapaces de enfrentar a quienes los han destruido. Ceden a otros la purga del mal. La venganza es el arma de los fuertes y los arrojados. La venganza es la única salida. Mi única salida.

No llevaron el cuerpo de la madre de Humberto a la morgue ni efectuaron la autopsia contemplada por ley en caso de muerte violenta (sí, el suicidio es una forma violenta de morir). No fueron invocados los procedimientos legales y periciales para descartar un asesinato, ni obligaron a cumplir reglas básicas de salubridad para disponer del cadáver de manera expedita. Claro que no. El cuerpo nunca salió de la casa. Las huestes de Humberto pactaron una componenda con Zurita para que las autoridades dejaran el cadáver en paz. Un misterio las cláusulas de ese acuerdo secreto. La decisión de qué hacer con los restos quedó en manos de Humberto.

Era ineludible su regreso. Seguramente volvería el fin de semana, en la madrugada, escudado en el sigilo y la oscuridad. El cobarde debía temer. No arribaría sin precauciones, ni sin un contingente que lo protegiera. (¿Vas a reaparecer por estos lares tú solo, maricón? ¿Tendrás los huevos de plantarte frente a esa lengua de fuera, esa piel amoratada, esos ojos desorbitados, ese cuello magullado por la cuerda? ¿Soportarás la vergüenza de ser hijo de una madre-promiscua-medio-puta-cerca-de-abortarte-exitosa-suicida? O quizás la culpa te socave y llores arrepentido. Sabes que te espero, ¿verdad? No tardes, que aquí aguardo para matarte de frente.)

Chelo intentó apaciguar mis deseos de venganza. A ella también le había dolido el asesinato de Carlos y también odiaba a Humberto y a los buenos muchachos. Pero vengarme no le devolvería a Carlos y al contrario, sí podría arrebatarme de ella. "No quiero que acabes en la cárcel o que te maten", me dijo ansiosa. La consumía la angustia de perder a los dos Valdés. Amarnos y perdernos.

Chelo también se resistía a entender que en el corazón del hombre que amaba pulsara tanta ansia de sangre. "Asesinar a un asesino te convierte en asesino", me dijo. Cierto, me rebajaba a la vileza de Humberto, pero no podía permitir que esa lacra gozara un segundo más de libertad. Mi hermano ahogado clamaba venganza desde su tumba de agua y no habría nada ni nadie que me impidiera cumplirla.

Le aseguré que mi venganza sería silenciosa y discreta y que nadie se enteraría sino hasta que estuviera ejecutada. Cuando la policía lo supiera, ella y yo estaríamos lejos. "No entiendes. ¡Carajo!", exclamó. "No quiero que seas un asesino." Le pedí que se fuera a su casa. Se opuso, se rehusaba a dejarme a solas. Reñimos por horas hasta que, exhausta y desilusionada, aceptó irse. "Si te pasa algo te voy a odiar el resto de mi vida", advirtió. Salió enfurecida y cerré la puerta con candado para asegurarme de que no volviera a entrar.

Decidí espiar la casa de Humberto desde el cuarto de mis padres. Empujé hasta la ventana el sillón reclinable donde mi papá solía sentarse a leer. Lo coloqué en diagonal para poder abarcar la calle. Me preparé para aguantar noche y día. Agua, comida, mantas.

Había contado los pasos exactos para llegar a su casa. Ciento cuarenta en línea recta por la calle. Ciento cincuenta y dos si me iba por las azoteas. Maquiné la estrategia. Debía escurrirme hasta su casa sin que nadie se percatara. Entrar sigiloso por la azotea, traspasarlo a cuchilladas y escapar entre los techos sin dejar rastro. Debía ser preciso, picarlo en el pecho sin pensar. No permitirle gritar ni defenderse. Actuar sin contemplaciones y con decisión.

Humberto no apareció la noche del viernes. Todo en calma. Ningún movimiento. Me quité la camisa y me puse a hacer lagartijas. Me esforcé por llegar a doscientas seguidas, pero al llegar a cien ya no podía más. Los brazos me temblaban. Me aferré hasta terminar. Necesitaba estar fuerte, que mis manos pudieran encajar el cuchillo hasta el fondo de sus entrañas, cuatro, cinco, seis veces.

El sábado durante el día tampoco llegó. Dentro de la casa la muerta se pudría a solas en el barato féretro de pino que su hijo le había comprado. Las únicas personas que se acercaron fueron unas vecinas. Se pararon frente a la puerta, cuchichearon por un momento y luego se retiraron.

Transcurrió la noche. Me pesaban los ojos y cabeceé un par de ocasiones. Para despabilarme fui al baño, me eché agua fría en la cara y regresé a mi puesto a revisar la calle con binoculares. Nada. Ni un rastro de Humberto.

A la una de la mañana abrí la ventana para recibir aire fresco. A lo lejos escuché un baterista ensayar el solo de "In a gadda da vida". Los vecinos de las casas contiguas debían odiarlo. Imposible dormir con esos tamborazos. Si hubiesen retumbado junto a mi pared no me habría importado. Las percusiones de Ron Bushy me sonaron siempre a los latidos del corazón cuando enloquece por el súbito choque de un torrente de adrenalina. Casi una metáfora de lo que sucedía dentro de mí en ese momento.

El baterista se equivocaba a menudo, incapaz de ligar el bombo con el tambor bajo. A pesar de su interpretación atrabancada y amateur, me gustaba que sus errores acentuaran el carácter anárquico del solo. El tipo no cejaba. Una y otra vez repetía la secuencia desde el comienzo hasta al final.

A las dos y media de la mañana el baterista calló. Otra vez silencio y la calle vacía. El King asomó apenas la cabeza por la puerta del cuarto de Carlos, temeroso aún por la ubicua presencia de Colmillo. Lo llamé y se apresuró a venir conmigo. Lo sobé detrás de las orejas y no dejó de revolverse de felicidad. Aventurarse fuera del cuarto de Carlos debió serle un reto emocional y físico.

El King se echó a mi lado. Nervioso, no cesó de vigilar hacia la puerta. Mi perro, invariablemente oportuno. Aun con el músculo cardiaco deshecho y los nervios destruidos por el lobo, se atrevió a salir solo para expresarme cuánto me quería. Después de un rato no soportó la tensión, se levantó y con el rabo entre las patas, y asustadizo volvió al cuarto de Carlos.

Dormí un poco. Me despertó el ruido de un auto. Una patrulla judicial transitó por debajo de mi ventana y se detuvo frente a la casa de Humberto. Dos policías descendieron y se apostaron en las inmediaciones, vigilantes. Miré el reloj de pared: las cuatro con veintisiete de la mañana.

Un Dodge Dart con placas de Jalisco circuló lentamente por el Retorno y se estacionó detrás de la patrulla. Uno de los policías se acercó a hablar con quien iba en el asiento del pasajero. Pasaron un par de minutos. El corazón me latía acelerado. ¿Era Humberto quien estaba dentro del auto?

El Dodge Dart arrancó de nuevo y desapareció. Si en el auto iba Humberto, alguna señal debió percibir en el Retorno que le pareció sospechosa. Quizás no era él, solo una avanzada de su gente para cerciorarse de que no había peligro. Mi enemigo. Tan lejos y tan cerca. Me quedé pegado a la ventana, sin bajar un instante los binoculares, escrutando el más mínimo movimiento. El hormigueo de la venganza bullendo dentro de mis venas.

A la media hora arribó otro carro, un Rambler amarillo, también con placas de Jalisco. El Dodge Dart escoltándolo. Ambos autos se detuvieron junto a la patrulla. Del Rambler emergieron Josué y Antonio, ambos luciendo pistolas al cinto. Intercambiaron unas palabras con los policías y luego regresaron al Rambler. Después de unos minutos se abrió una puerta trasera y descendió Humberto. Suspicaz, revisó los alrededores. Luego volteó hacia mi ventana. Se quedó un largo rato observando en mi dirección. Me hice hacia atrás para apartarme del cristal, aunque no creí que desde donde se hallaba me pudiera distinguir. Humberto habló con Antonio y señaló hacia el final del Retorno. Otra vez escrutó la calle. Dio vuelta y entró solo a la casa. Antonio y Josué montaron en el Rambler. Partieron seguidos por la patrulla. El Dodge Dart se quedó estacionado frente al portón.

Humberto había llegado a las cuatro con treinta y ocho minutos de la madrugada del domingo. Su cuenta regresiva iniciaba.

Robert manejó de vuelta al rancho con la loba dentro del remolque. Extenuado, dormitó y tuvo que dar un volantazo para no salirse de la carretera. Llevaba varias horas despierto y le costaba mantenerse alerta. A la luz de la Luna los cadáveres de los lobos colgados en la cerca le parecieron aún más fantasmales. Se orilló a inspeccionarlos. Caminó entre la nieve y se detuvo frente a ellos. La noche era fría y una delgada capa de hielo cubría las carnes resecas. El cráneo pelado. Los colmillos expuestos. La mueca de la muerte sonriendo en la planicie nevada.

Robert quiso probar la reacción de la loba frente a las momias heladas. Si se sobrecogía al verlas o, al menos, se turbaba. Robert maniobró la camioneta para dejar el remolque frente a la cerca. Bajó y alumbró los cadáveres, el haz de luz proyectando sombras macabras. Enroscada, la loba no les prestó la menor atención.

Robert llegó al rancho, las ventanas de la casa iluminadas por mecheros. Un asomo de civilización en medio de la nada. Se estacionó en el patio. El viento hacía girar un ocre gallo de metal en el techo. La Luna platinaba la silenciosa llanura. Entró a la cochera a revisar a Nujuaqtutuq y lo halló tendido inconsciente entre costales de alimento para ganado. Por un momento lo pensó muerto, pero se tranquilizó al verlo respirar. Fue por unas cobijas a la camioneta y lo envolvió para protegerlo del suelo congelado.

Tocó a la puerta de la casa. Le abrió una muchacha de doce años, demacrada y larguirucha, vestida con un raído camisón estampado con flores rosas y una bata de pana. Casi un espectro. Robert le preguntó si se encontraba su padre. La muchacha lo analizó de arriba abajo y entró de nuevo a la casa.

Apareció el veterinario. Burlón, le preguntó si había conseguido sangre de lobo. En respuesta Robert lo llevó a ver a la loba dentro de la jaula y la iluminó con una linterna. La loba alzó la mirada y volvió a enroscarse. "Esta loba está igual de jodida que el otro", dijo, "si le extraigo sangre la seco". Explicó que era evidente que ambos lobos padecían anemia aguda y que si lo deseaba podía sacarle medio litro de sangre y trasfundírsela al macho, pero lo más probable era que ella no resistiera. Robert se negó. No garantizaba la supervivencia de Nujuaqtutuq y sí arriesgaba la vida de la loba.

El hombre fue a la casa y retornó con unos bisteces. Abrió la jaula del remolque y se los arrojó. Parsimoniosa, la loba olfateó la comida y comenzó a devorarla. "¿De dónde sacaste esa loba roñosa?", le preguntó el veterinario. "La compré", respondió Robert. "Se llama Pajamartuq." El veterinario sonrió con sorna. "¿Le pusieron nombre a esa rata?" Le parecía inconcebible que algunos trataran como mascotas a esos animales ruines.

Robert le pidió permiso para montar la tienda frente a la casa. El veterinario le ofreció alojarlo con ellos. "Tengo una recámara libre", le dijo "y mi hija ya preparó la cena". El hombre tenía tres hijos. Dos niñas y un varón. Los tres pálidos, callados, flacos. Parecían engendrados por otro y no por el rubicundo veterinario. Su conversación se limitaba a los "sí", "no" y "gracias". Apocados, eran muy diferentes a su estentóreo padre. A Robert le pareció que algo había de autistas en ellos o quizás una degeneración genética. La mirada gacha, el caminar arrastrando los pies, los monosílabos, el cabello sobre los ojos, la piel blanquecina.

La casa era grande y austera. Tres habitaciones y un rudimentario baño. A Robert lo acomodaron en el cuarto del niño, que se fue a dormir con su padre. Patricia, la hija mayor, le llenó una tina con baldes de agua calentada en un perol de cobre.

Robert llevaba días sin bañarse. Se enjabonó tres veces y después de enjuagarse se quedó un rato reposando en el agua hasta que se entibió. Se rasuró, se acomodó el pelo con las manos y bajó al comedor. Los tres niños esperaban de pie detrás de sus sillas a que Robert arribara para poder sentarse. El veterinario extendió su mano para que Robert se acomodara en la cabecera contraria. Robert se sentó y los niños tomaron su lugar.

En el centro de la mesa humeaba una pierna al horno. La había preparado Patricia, quien se encargaba de cocinar a diario la cena, mientras la menor era responsable del almuerzo. Patricia le sirvió a cada uno y roció la carne con el jugo. Luego se tomaron de las manos para orar. Los niños impresionaron a Robert. No chachareaban entre ellos y no podían hablar si su padre no les cedía la palabra. No brincaban encima de la mesa para tomar las cosas. Opuestos al comportamiento excitado de sus hijos, que para sentarlos a cenar era una tarea engorrosa. Supo que los prefería así, un poco rebeldes, a sumisos como los del veterinario.

Los niños comían reconcentrados en sus pensamientos. Rara vez levantaban la mirada para interactuar y cuando el padre los llamaba respondían en voz baja, medrosa. Como si no se hallaran presentes en la mesa, el hombre comenzó a hablar de ellos. Le contó a Robert que su mujer había muerto en el parto de su último hijo y que había sido arduo y extenuante cuidarlos. Brindarles instrucción había sido una tarea complicada. La escuela quedaba lejos, hasta el pueblo, y había preferido enseñarles a leer y escribir él mismo. Cuando en el pueblo consiguieron un destartalado autobús escolar para recoger a los niños en puntos remotos, él se rehusó. No iba a permitir que sus hijos viajaran en ese armatoste, y además al profesor, conocido suyo de la infancia, lo consideraba un idiota. Los niños se hallaban mejor con él. Los tres trabajaban en el rancho una vez terminadas las lecciones impartidas por su padre. Patricia ordeñando las vacas. Los otros dos limpiando los establos y alimentando a los becerros. Por las noches llegaban reventados. El hombre le dijo a Robert que era más fácil educarlos agotados. En cuanto cumplían los cuatro años de edad, debían desempeñar tres horas diarias de labores en el campo, incluidos los sábados. No importaba si el clima era despiadado, si había tormentas o nevadas. Su obligación era cumplir.

Los métodos formativos del veterinario desconcertaron a Robert. Nunca se le ocurrió poner a trabajar a sus pequeños hijos. Su deber era estudiar y su recompensa jugar. La disyuntiva del veterinario al parecer era otra. No tenía quien le ayudara a cuidarlos y su única opción era mantenerlos ocupados. En el pueblo no había mujeres dispuestas a ir hasta la propiedad a laborar como niñeras. Además, el hombre no quería que una presencia femenina sustituyera a la de su esposa ausente, por lo que casarse de nuevo lo había descartado. "Míralos", dijo el veterinario orgulloso, "se ven sanos. Son educados y corteses, pueden leer y escribir y saben ganarse la vida". Patricia intercambió una mirada con su hermana. Robert la percibió y ella, avergonzada, bajó los ojos.

Al terminar la cena el veterinario le preguntó a Robert si le había parecido sabroso el guiso. Robert respondió que la carne estaba un poco dura, pero bien sazonada. El hombre soltó una carcajada. "Era carne de lobo", dijo burlón. A Robert le molestó, no porque fuera lobo, de hecho lo había comido antes, sino por el alarde provocador del veterinario. "Mientras no sea carne del mío", dijo Robert, sorprendido él mismo de considerar a Nujuaqtutuq como suyo. El hombre sonrió. "Está muy flaco y apestoso para asarlo."

Robert se despidió y subió a la recámara. Alimentó con leña la estufa de hierro dentro del cuarto y sin desvestirse se acostó en la cama. Hacía semanas que no lo había hecho sobre un colchón y pronto cayó rendido.

A media noche lo despertó un ruido. Abrió los ojos y vio a Patricia iluminada tenuemente por el resplandor de la lumbre. Ella lo observaba en silencio. A Robert lo vencía el sueño y apenas logró musitar un "¿necesitas algo?" Ella no respondió. Se quedó mirándolo unos segundos más y salió. Robert pensó que ella había ido a dejarle más leña y volvió a dormirse.

Despertó tarde. Se asomó por la ventana y vio que el Sol se hallaba casi en su cenit. A lo lejos vio la camioneta del veterinario circulando por una de las brechas del rancho. Varios hatos de ganado se diseminaban por la pradera. Era un día soleado y claro.

Se lavó la cara en una jofaina. Le dolían los músculos y las manos ampolladas. El tobillo aún hinchado. Se sentó sobre la cama y se lo masajeó unos minutos. Se dio vuelta para ponerse las botas y encima de ellas descubrió una nota escrita con burdas faltas de ortografía: "alludenos por fabor".

Maharatha reinaba en un próspero reino en la India. Era afamado por su buen gobierno y por preocuparse por el bienestar de sus súbditos. Tenía tres hijos. Los dos mayores lo auxiliaban en sus tareas reales, en tanto Mahasattva, el menor, se caracterizaba por preocuparse por los pobres.

Un día, los reyes y sus hijos decidieron ir de excursión al campo. Viajaron en elefantes y recorrieron varios kilómetros hasta llegar a la vera de un río. El rey ordenó armar ahí el campamento.

Al día siguiente, los muchachos se alistaron para ir a cazar. Tomaron sus arcos y flechas y se enfilaron rumbo a las montañas. Las escalaron hasta topar con unas cuevas. Al asomarse descubrieron una tigresa tumbada sobre su costado alimentando dos cachorros. Débil por la lactancia y famélica por negarse a salir de caza para no abandonar a sus hijos, apenas levantó la cabeza.

Los hermanos apuntaron al corazón de la madre. Mahasattva los detuvo. Si la mataban los cachorros fallecerían desprotegidos y la de ellos sería una mala acción que sería castigada en esa o en subsecuentes vidas.

Los hermanos supieron que los cachorros le succionarían a la tigresa lo que le quedaba de vida y que su muerte sería irremediable. Como no podían ayudarla, resolvieron irse. Mahasattva les pidió que se adelantaran y les aseguró que pronto los alcanzaría. Partieron y se arrodilló frente a la madre exangüe. Su existencia había transcurrido con felicidad y sin privaciones, y aun cuando se había esforzado por ser bondadoso, no había sido lo suficiente. Este era el momento ideal para hacer un sacrificio. Ofrendaría su cuerpo para alimentar a la tigresa a fin de que ella pudiera sobrevivir para velar por sus cachorros.

Con una afilada vara de bambú rasgó las venas de su muñeca. Acercó su sangre al hocico de la tigresa y ella comenzó a lamerla. Poco a poco la madre se fortaleció y logró ponerse de pie. Miró al hombre y sin mayor misericordia lo atacó. El príncipe escuchó sus huesos tronar entre los colmillos de la fiera y sonrió mientras era devorado vivo.

Los hermanos, al ver que Mahasattva tardaba, regresaron a la guarida de los tigres a buscarlo, solo para hallar con horror retazos de sus ropas, huesos y un enorme charco de sangre. Lamentándose por haberlo dejado solo, recogieron lo poco que había quedado de él y volvieron al campamento. Entre llantos les contaron a sus padres el cruel suceso. Los reyes cayeron de hinojos. Tan solo imaginar el inmenso dolor experimentado por su hijo mientras la tigresa lo devoraba los hizo desmayarse.

Gracias a su buena obra, Mahasattva renació en el reino celestial de Tushita. Desde su etérea condición vio a su familia sufrir. Les explicó que él mismo se había ofrecido a la tigresa y que había muerto con gran gozo. La familia comprendió el sacrificio de Mahasattva y procedieron a actuar con caridad y desprendimiento para alcanzarlo en el reino celestial.

Los padres colocaron los fragmentos de hueso y pelo de Mahasattva en un cofre incrustado con siete piedras preciosas y edificaron una stupa para honrar su memoria. Se cree que siglos más tarde Mahasattva reencarnó en Buda.

Su tumba, ubicada en las montañas nepalesas, es reverenciada como uno de los monumentos más sagrados para los fieles budistas. Miles peregrinan a venerar las reliquias de Mahasattva en el lugar exacto donde se dice que se sacrificó para alimentar a la tigresa.

Cielos

Humberto lleva tres días encerrado en la casa. ¿Qué tanto trama que no entierra a su madre? ¿Dialoga con ella? ¿Le pide explicaciones a ese cadáver mudo y pestilente? ¿Se asfixia ahí adentro con los gases de la muerta? ¿O la tiroteó con inyecciones de formol para evitar su putrefacción? ¿Qué tanto rumia Humberto?

El Dodge Dart se estaciona durante el día frente a la puerta. Por las noches lo reemplaza el Rambler. Desconocidos custodian la casa de Humberto las veinticuatro horas. Son jóvenes y llevan colgado un crucifijo. Cabello corto, zapatos lustrados, pantalón de casimir, camisa blanca. Buenos muchachos provenientes de fuera de la ciudad. Mal esconden pistolas entre las ropas. Piden a los vecinos que les permitan usar sus baños. Solicitan vasos con agua. Estoicos, se mantienen de pie la mayor parte del tiempo. En ocasiones dormitan dentro del auto. No se atreven a tocar el timbre de la casa de Humberto. Al parecer les han prohibido perturbarlo. Están ahí para cuidar, no para causarle molestias.

Un par de veces se han presentado Antonio y Josué. Conversan con los vigías por unos minutos, les entregan bolsas con comida y refrescos y vuelven a partir. También los hombres de Zurita se dan sus vueltas. Transitan lentos en la patrulla por el Retorno, dan un vistazo y continúan su camino.

Mi venganza no puede retrasarse más. Humberto puede huir y refugiarse de nuevo bajo las sotanas de sus protectores, esos curitas tan proclives a situarse del de los infames. Una vez que se fugue no sabré dónde encontrarlo. Necesito actuar rápido y sin errores.

Oculto detrás del tinaco de los Barrera, acecho la casa de Humberto. El féretro se halla a mitad de la sala, justo debajo de donde la mujer se colgó. Cuatro cirios prendidos, uno en cada esquina del ataúd. Mi enemigo camina de un lado a otro. Se sienta, se levanta. Va y viene. Es la picazón provocada por los gusanos de la muerte que comienzan a devorarlo.

Humberto cierra las cortinas. No puedo verlo más. No sé si se come, si duerme o no, si en algún instante cesa su ir y venir. Vuelvo a contar los pasos hasta su casa. Memorizo la ruta. Soy capaz de cruzar por las azoteas con los ojos vendados. Sé dónde se encuentra cada alambre, cada antena de televisión, cada espacio entre casas. Podría quedar ciego y aun así dirigirme sin titubeos a cumplir mi venganza.

Decido que ha llegado el momento. Me preparo para matarlo por la noche. Me amarro el cuchillo en la muñeca y practico para sacarlo con rapidez y embestir en un solo movimiento. Perfecciono la técnica. El cuchillo fluye hacia mi mano en milésimas de segundo. Humberto no sabrá qué relámpago penetró su abdomen. Lo clavaré y lo removeré para rasgarle las vísceras. Visualizo su rostro estupefacto, su camisa blanca chorreando sangre, sus manos tratando de contener los intestinos que vuelcan hacia el piso.

Estudio a los custodios de Humberto. Cambian de turno a las seis de la tarde y a las seis de la mañana. Para las doce de la noche ya están cansados y cabecean de pie, más dormidos que despiertos. Resuelvo atacar a la una de la madrugada. A esa hora no hay nadie en las calles y sus protectores deben estar babeando de sueño.

Chelo sabe que el tiempo de la venganza ha llegado. Me llama por teléfono y entre sollozos me pide que no lo haga. "Por favor, no", suplica. Le cuelgo. Vuelve a marcar. No le contesto. Además del candado en la puerta principal cerré con pestillo la que da a la azotea. Me aseguro de que no encuentre la manera de entrar a la casa.

Duermo una siesta. Descuelgo el teléfono y bajo el interruptor de la corriente eléctrica. Que nadie me perturbe.

Que mis amigos no me busquen. Que Avilés no se aparezca de improviso. Voy a matar a Humberto y en eso, solo en eso, debo concentrarme.

Despierto luego de cuatro horas. Me duelen los dientes y la quijada. Debí apretarlos al dormir. Me estiro. Quiero alargar mis músculos, hacerlos flexibles, prepararlos para el ataque. Miro el reloj. Faltan aún cinco horas para la venganza. Oteo la calle. Los dos vigías se mantienen firmes en sus puestos. Humberto debió prepararlos para ello. "El frío no existe, el hambre no existe, el sueño no existe." Son forasteros, no conocen la colonia. Deben ignorar que puedo colarme a casa de Humberto por los techos. En todo el tiempo en que los he estudiado no han volteado hacia arriba una sola vez. Seré el fantasma que mató a su líder.

No enciendo las luces de la casa. Que no haya una sola traza de mi presencia. Voy a ver al King. Está echado en la oscuridad. Ronca. Me siento a su lado y lo acaricio. No se despierta. Las orejas le tiemblan. Se estremece dormido. Debe soñar.

Bajo con Colmillo. Él debería ser mi aliado en esta venganza. Meterlo a casa de Humberto para que lo despedace en cuanto lo vea. Que lo devore vivo. Que mastique sus entrañas. Colmillo se nota hambriento. Le arrojo unos huesos de chambarete y los tritura como si fueran galletitas.

Las horas transcurren con lentitud. Doy vueltas alrededor de la sala. Una y otra vez deslizo el cuchillo hacia mi muñeca. Con la práctica se ha convertido en una extensión de mi brazo. Mi mano parte del acero, el acero parte de mi mano. Ensayo en mi mente el punto exacto donde debo hundirlo. A mitad del plexo solar. Y una vez adentro hacer un batidillo de hígado, corazón, pulmones.

Pienso usar uno de los viejos pasamontañas de lana que mi padre nos compró en La Marquesa cuando nos llevaba a jugar a la nieve. Me lo pruebo. Me queda chico y me aprieta, pero me cubre el rostro por completo. Me veo en el espejo. Solo se miran mis ojos. Me lo quito. Resuelvo no taparme. Que Humberto me vea de frente, que sepa quién fue su ejecutor. Voy a ajusticiarlo, no a asesinarlo. Ajusticiar: hacer justicia matando al victimario.

Se aproxima la hora. Reviso con los binoculares. Uno de los buenos muchachos se ha metido en el auto. Los vidrios se encuentran empañados, señal de que lleva rato dormido. El otro se encuentra recargado junto a la puerta. Se nota somnoliento. Los ojos cerrados. La boca abierta.

Dan las doce. Voy a mi cuarto y tomo la camisa de lino que mis padres le trajeron a Carlos de Italia. Me pongo la camisa que él nunca vistió. La camisa que mis padres eligieron con cuidado en un almacén florentino. Lino egipcio, les aclaró el vendedor a mis padres para convencerlos de la calidad de la prenda. Vestido de Carlos me alisto para vengarlo. Encima me pongo un suéter marrón. Necesito algo oscuro para cruzar las azoteas sin ser detectado.

Me amarro el cuchillo y lo oculto bajo la manga. Guardo un bóxer en una bolsa del pantalón y una navaja de resorte en la otra. Me palpitan las sienes. La respiración se me entrecorta. No aguanto ya. A las doce con veintiocho minutos subo la escalera de caracol hacia la azotea. La noche es clara y estrellada. Hace frío y sopla un ligero viento. El cedro en la avenida se contonea levemente.

Me dirijo hacia la azotea de los Garza, bajo por su escalera, brinco hacia la acera y salgo al Retorno 202. Doy vuelta, paso por detrás de mi calle y llego a Río Churubusco. No hay una sola persona afuera, solo un par de perros callejeros que trotan por la banqueta. Camino a casa de los Martínez, salto la barda y subo hacia la azotea. Del tinaco de los Martínez a casa de Humberto median solo ochenta y seis pasos. Respiro hondo y marcho hacia allá. Avanzo por la casa de la señora Carbajal, sesenta y dos pasos, cincuenta, cruzo por casa de los Montes de Oca, treinta y siete, veintiuno, atravieso la azotea de los Rovelo, dieciocho, quince, seis pasos. Llego a la escalera de caracol de la casa de Humberto. Bajo los escalones sin hacer ruido. No hay luces encendidas. La puerta de la cocina está cerrada con llave. Trato de descorrer una ventana.

No puedo. Está trancada. Veo que la ventana de uno de los cuartos del segundo piso está semiabierta. Subo de nuevo la escalera. Recorro las cornisas pegado a la pared hasta llegar a la ventana. La jalo para abrirla. Me asomo. No hay nadie a la vista. Entro a la casa.

Robert se quedó sentado sobre la cama con la nota entre las manos. ¿Por qué Patricia le pedía ayuda? ¿Era el padre un monstruo aberrante que los obligaba a actos intolerables? ¿Les pegaba? ¿Abusaba sexualmente de ellos? ¿Los esclavizaba? Se sintió confundido. Los niños eran raros y se comportaban con una timidez extrema, y el veterinario excéntrico y estridente, pero no parecía un tipo truculento. ¿En qué debía ayudarlos? ¿A quién? ¿A la familia entera? ¿Solo a los hijos?

Abrió la puerta y se encontró un plato con un pan y unas lonjas de jamón. La atención de que le dejaran el desayuno al pie del cuarto lo intrigó aún más. ¿Por qué razón el hombre se comportaba tan hospitalario? Cierto era que en esas regiones tan inclementes, las personas tendían a ayudarse unas a las otras y la supervivencia muchas veces dependía de una mano oportuna. Pero no parecía su caso. ¿Esperaba el veterinario un pago más generoso por sus servicios o era una manera de ocultar una conducta tenebrosa?

Se sentó en la cama a comer y al terminar bajó las escaleras. No había nadie en la casa. Lavó el plato, lo secó con un trapo y lo colocó junto al resto de la vajilla apilada a un lado del fregadero.

Salió a revisar a los lobos. La hembra seguía postrada dentro de la jaula y apenas alzó la mirada cuando él se acercó. Robert metió unas rebanadas de jamón por entre los barrotes, pero la loba no hizo el menor intento por comerlas.

Fue hacia el cobertizo y no halló a Nujuaqtutuq. Temió que el veterinario lo hubiese matado y que su cadáver colgara ahora en la alambrada estremeciéndose con el viento. Preocupado, trepó en la camioneta y condujo por las interminables brechas en busca del hombre. Tardó en dar con él. Lo halló en una remota sección del rancho. Descargaba unas pacas para alimentar un hato de becerros que aguardaba impaciente.

Robert descendió de la camioneta dispuesto a confrontarlo, pero la afabilidad con la cual lo recibió el veterinario atemperó su agitación. "Buenos días", le dijo el hombre, sonriente. "¿Durmió bien?" Robert asintió y el veterinario le dio una palmada en el hombro. "Me da gusto." Más allá Robert descubrió a Patricia, que con un tridente esparcía la paja sobre la nieve. Intercambiaron una mirada y ella bajó los ojos.

Robert le preguntó sobre Nujuaqtutuq. El veterinario le dijo que había ido a examinarlo en la madrugada y que lo había encontrado cerca de un shock hipotérmico debido al intenso frío y que para evitarlo lo había acostado junto al ahumadero detrás del cobertizo para que se calentara con los rescoldos.

Patricia se acercó. Por más que Robert buscó en su mirada un indicio que le señalara el porqué de la nota, ella nunca levantó la cabeza. El veterinario le dijo que pensaban volver para la merienda alrededor de las cinco y que si le daba hambre podía hallar pan y embutidos en la alacena.

Robert montó de nuevo en la camioneta. Con un rápido atisbo Patricia lo miró partir y en cuanto se alejó ayudó a su padre a esparcir las pacas. Por el espejo retrovisor Robert la observó. Ya hallaría el momento adecuado para preguntarle por qué había osado pedirle ayuda a la mitad de la noche.

Robert manejó directo al ahumadero. Halló a Nujuaqtutuq aún inconsciente. Puso la mano sobre su lomo. Se sentía frío y bajo la piel se percibía un tremor continuo. Fue pesimista. Era difícil que el lobo sobreviviera.

Lo cargó, lo llevó hasta la casa, lo depositó al lado de la chimenea y prendió un fuego. Necesitaba elevarle la temperatura a como diera lugar. Con seguridad al veterinario le iba a molestar que lo hubiese metido, pero era una medida desesperada.

Se sentó a contemplarlo. ¿Qué iba a hacer con él si llegaba a recuperarse? En definitiva no podía soltarlo, era obvio que otros lobos lo atacarían de inmediato. ¿Debía llevarlo a su casa y mantenerlo en una jaula en el patio trasero? Tampoco. Arriesgaba a su mujer y sus hijos, y a nadie en Whitehorse le parecería gracioso que el lobo escapara y deambulara por las calles dispuesto a atacar a quien se topara en su camino.

Si algún animal representaba la maldad en el folklore de los colonizadores del Yukón, ese era el lobo. Siempre descrito como un animal avieso y traicionero, al que incluso algunos le achacaban rasgos demoniacos. Solo en unas cuantas leyendas nativas era considerado como un ser superior y sabio, un cazador admirado por su resistencia y tenacidad. Pero para el resto, al igual que para el veterinario, era un animal repugnante digno de ser aniquilado. A decir verdad, Robert no había reparado lo suficiente en ellos. No eran, como los wapitíes o caribúes, animales que podían interferir con el funcionamiento de los oleoductos. Los lobos le llamaron la atención por primera vez cuando vio a una jauría comerse viva a una wapití. La atacaron a mitad del parto. La cría aún no terminaba de emerger y ya la habían desgarrado a la mitad. Los lobos le mordisquearon las patas a la madre, que se desplomó entre los pastizales. Despatarrada, con la mirada laxa, la wapití parecía solo esperar a que la jauría acabara de devorarla. De vez en cuando volteaba hacia atrás para ver cómo le arrancaban las tripas. Los lobos la engullían, indiferentes al sufrimiento de la cierva. A pesar de que la naturaleza se mostraba en toda su crueldad, la escena no perturbó a Robert. Halló cierta belleza en la calma de la hembra en contraste con el frenesí de los lobos que peleaban entre ellos por llevarse un pedazo de carne.

En cuanto sanara Nujuaqtutuq se desprendería de él. Pensó llevarlo al zoológico de Vancouver o buscar una reserva animal. Igual haría con Pajamartuq, la loba decaída y maltratada que desde su engañosa mansedumbre aguardaba el momento oportuno para soltar la tarascada.

Se levantó a buscar de beber. En la despensa encontró una botella de whisky canadiense destilado de manera artesanal. Una rústica etiqueta señalaba que había sido elaborado en Saskatoon. Robert lo abrió y una penetrante emanación a alcohol le hizo voltear la cara. Parecía más propicio para desinfectar que para beber. Aun así se sirvió un vaso. Necesitaba relajarse. El primer trago le dejó un marcado sabor en la boca y la intensidad del alcohol le quemó el esófago. Una vez que su paladar se acostumbró, apreció el dejo dulzón del maíz combinado con los tonos amargos del centeno.

Botella en mano regresó a sentarse frente a la chimenea. La respiración del lobo era espaciada. Varios segundos mediaban entre una inhalación y otra. Daba la impresión de que en cualquier instante sus pulmones podían colapsarse. Robert notó que una de las heridas supuraba y le vació un poco de whisky. Bebió el resto del contenido y volvió a servirse. Descansó la cabeza en el respaldo de la silla y cerró los ojos.

En Bucovina, región al oriente de Rumania, se hallan diversos monasterios cristiano ortodoxos, la mayoría fundados en el siglo XV por iniciativa de Stefan chel Mare (Esteban el Grande), quien encabezó la resistencia cristiana frente a los embates del nutrido ejército turco y al que sus tropas derrotaron pese a una severa desventaja numérica. Por su exitosa defensa del cristianismo, Stefan fue santificado siglos más tarde.

Los muros del monasterio de Voronet, construido por órdenes suyas, se hallan cubiertos de frescos bizantinos. En la cara oeste destacan símbolos del Cielo y el Infierno, del bien y del mal. Para plasmar la resurrección de las almas, los antiguos pintores rumanos eligieron imágenes de fieras de cuyos hocicos emergen partes humanas. De un lobo brota una mano, de un oso una cabeza, de un león un hombre.

Los hombres devorados por las fieras —y que por ende padecieron una de las muertes más temibles— resurgen de entre los jugos gástricos y el bolo alimenticio del animal, para continuar su jornada hacia la vida eterna.

Cazadores

La casa está a oscuras. No hay una sola luz prendida en la planta alta. Desconozco la distribución de los cuartos y en dónde puede hallarse Humberto. Empuño el cuchillo y a tientas recorro la recámara. Mido cada uno de mis pasos. La venganza está cerca. Muy cerca. Esquivo un mueble y lo palpo para saber qué es. Una máquina de coser. Es la habitación donde la madre zurcía ropa ajena, desesperada por agenciarse unos pesos más para pagar su tratamiento oncológico. En la oscuridad noto una silla. La rodeo y me aproximo a la puerta. En cuanto la entreabro me llega el nauseabundo tufo del cadáver. Me dan ganas de volver el estómago. Me tapo nariz y boca. Estoy a punto de vomitar. Lucho por controlar mis arcadas y me quedo quieto en espera de que mi olfato se habitúe a la peste.

Transcurren varios minutos antes de que me pueda recomponer. Jamás imaginé un hedor tan potente. Impregna mi saliva, mi paladar. Ansío escupir esa masa repulsiva que sabe a muerte. Salgo del cuarto. Avanzo por un pasillo. La luz de un farol en la calle ilumina escasamente las paredes sobre las cuales cuelgan unas fotografías. No logro distinguir quiénes salen retratados. Continúo hacia la que creo es la recámara principal. Tomo la perilla de la puerta con la mano izquierda y giro despacio. Empujo, pero no abre. Está cerrada con llave. Quizás Humberto está dentro esperándome pistola en mano. Pego la oreja para escuchar. No oigo nada, solo el lejano alboroto de gatos peleando en una de las azoteas. Muy lento me retiro. Me encamino hacia las escaleras. La fetidez se torna más pronunciada. Los gases de la muerta bullen por toda la casa.

Bajo un escalón y aguardo unos segundos. Luego otro y vuelvo a aguardar. Así cazaban los sioux. Cada paso, inmovilidad total. "El acto de ser invisible a tu presa", instruían a sus hijos. "Que crea que eres tierra, hierba, un arbusto más, un poco de viento soplando desde el norte. Debes convertirte en nada y ser todo. Que el venado no adivine qué lo mató sino hasta ver clavada entre las costillas una de tus flechas." Eso quiero ser ahora: invisible para Humberto, que no me vea venir, que solo sepa quién lo mató cuando esté tumbado agonizante sobre el piso y yo me acerque y le diga "Fui yo".

Llevo recorridos cinco escalones y al dar la vuelta a la escalera descubro una luz oscilante en la pared. La proyectan los cirios encendidos en las esquinas del ataúd. Me dispongo a descender otro escalón cuando escucho un ruido. Me paralizo a medio paso con el pie derecho en el aire. Aprieto el puñal y contengo la respiración, listo para matar. Espero toparme con Humberto de frente y lanzarme hacia él en cuanto aparezca por la escalera. Pasan dos minutos y no oigo nada más. Bajo el pie derecho y lo planto en el siguiente escalón. "Debo ser invisible", repito en mi mente. Desciendo con la lentitud de una mantis. Otro ruido. Me detengo. Quiero oír con más claridad, pero las palpitaciones de mi corazón son lo único que resuena en mis tímpanos. Quiero preguntarle al viejo sioux cómo se controla esta batahola de latidos. Es tan atronador el golpeteo que temo que Humberto lo detecte a metros de distancia. Trago saliva con la ilusión de contrarrestar el brutal efecto de la adrenalina. Imposible. Nada contiene las pulsaciones, ni el temblor, ni el aliento entrecortado.

Bajo otro peldaño. En el siglo XVII los monjes zen aleccionaban a los guerreros: "No te concentres en tu espada ni en la espada de tu enemigo, ni en su mano ni en la tuya, ni en sus movimientos ni en los tuyos. Suspende tus pensamientos, deja tu mente en blanco y que tu cuerpo fluya durante la batalla". Sí, fácil decirlo para un monje budista que entrena al combatiente en la placidez de su monasterio.

La ambarina luz de los cirios se agita. Algo o alguien ha provocado que la flama ondee. Me congelo. "No pienses, fluye con el todo, no pienses, fluye", repito. Desciendo un escalón más. Me encuentro a tres de llegar a la planta baja. Mis músculos, mis tendones, mis huesos, no resisten más. Mi cuerpo tenso, un alambre. Y el olor, el maldito olor de la muerta. La náusea, las venas a punto de reventar, el cuchillo en mi mano. Debo ser invisible, fluir con el todo. Debo rebanarle las entrañas a Humberto, convertirlo en una nebulosa de gases, en un pedazo de carne fétida. Debo mandarlo al oscuro pozo de la nada, donde todo es negro y sin luz y sin dios.

Bajo el penúltimo escalón. Desde ahí veo ahora parte de la sala. Alcanzo a avistar el ataúd, tres de los cirios prendidos y el otro apagado. No diviso a Humberto, pero sé que debe estar por ahí agazapado, en espera de morir o matar. Exploro con detenimiento. Nada. Debo ser invisible. El último peldaño lo bajo pegado al muro. Me asomo. Recorro la sala con la mirada. Descubro un pie descalzo. Ahí está el hijo de su reputísima madre. Me oculto en el quicio. No me ha notado, soy invisible. No sabe que estoy tan solo a unos pasos de él. Puedo acercarme sigiloso y atizarle diez puñaladas entre los omóplatos. Puedo esperar a que se voltee y entonces clavarle el acero en el pecho y decirle: "Aquí estoy, pendejo, bienvenido a tu infierno".

Vuelvo a asomarme. Esta vez descubro completo a Humberto. Está arrodillado de espaldas al féretro, con los brazos abiertos, el torso desnudo, lacerado, chorreando sangre. En el piso el látigo con el cual se ha flagelado. Las heridas son profundas. Se ve que se ha fustigado por horas. Las paredes y la alfombra salpicadas de rojo. En sus manos sostiene la soga con la que se colgó su madre. Oigo un leve rumor. Humberto reza. El imbécil todavía osa rezar.

Avanzo cauteloso hacia él. La alfombra amortigua mis pasos. La pestilencia es insoportable. De reojo miro hacia la caja. La tapa se halla semiabierta y atisbo el rostro tumefacto e inflado de la muerta. Me acerco aún más. Humberto sigue concentrado en sus oraciones. No me siente. Soy invisible. Me paro justo detrás de él. Alzo el cuchillo, listo para asestarle la puñalada final. Le hablo para que voltee y así matarlo de frente. "Humberto."

Robert dormitó un rato en la silla, atolondrado por el whisky y el cansancio. Lo despertaron ruidos de puertas y voces. Se levantó y se asomó por la ventana. Las nubes enrojecían con los últimos rayos del Sol. Una bandada de tordos cruzaba el horizonte hacia un pinar distante. Vio al veterinario dirigirse hacia la casa junto con sus dos hijos menores. Le sorprendió que fuera Patricia quien estacionara la camioneta en la cochera.

Supuso que el veterinario se molestaría en cuanto viera a Nujuaqtutuq dentro de la casa y había preparado un discurso para justificarlo. El hombre cruzó la puerta, se quitó la gruesa chamarra y la colgó sobre un perchero en la pared contigua a la entrada. Avistó a Robert parado junto a la chimenea y lo saludó con un resonante "¿Todo bien?" Robert asintió. El hombre observó al lobo exangüe. "¿Ya se murió?" Robert negó con la cabeza. El veterinario caminó hasta Nujuaqtutuq. Se acuclilló a revisar las heridas y presionó su índice contra la carótida para medirle el pulso. "Sigue muy débil", determinó "pero las heridas comienzan a cicatrizar". Luego acercó su nariz al lomo del animal y volvió su mirada hacia Robert. "Ese whisky es difícil de conseguir. Es mejor desinfectarlo con alcohol." Robert quiso excusarse, pero el hombre ya se servía un trago.

Robert le preguntó si había algún problema con mantener al lobo dentro de la casa. El veterinario sonrió. "Es un pésimo ejemplo para mis hijos y la verdad es como invitar al diablo a quedarse. Pero bueno, ya lo metió y ni modo de sacarlo." Patricia entró y le entregó a su padre las llaves de la camioneta. El hombre las guardó en la bolsa de su overol y se arrellanó en un sofá pegado al ventanal. A Robert le pareció impropio que el hombre se sentara con la ropa aún sucia de tierra, paja y estiércol. Él nunca haría una cosa así. Era una regla decretada desde sus bisabuelos y que se heredó de generación en generación: no sentarse ni en los muebles de la sala, ni en el comedor, y mucho menos acostarse sobre la cama llevando aún puesta la ropa de trabajo, y por supuesto, quitarse las botas enlodadas antes de entrar a la casa.

El veterinario miró hacia la pradera mientras sorbía el whisky. Robert buscó de reojo a Patricia, pero ella y sus hermanos habían subido a los cuartos. El veterinario permaneció contemplando hacia afuera, ensimismado. Robert quiso decirle algo, pero cayó en cuenta de que no recordaba su nombre. Parecía de origen escocés, como él. Para poseer esa enorme cantidad de terreno, sus antecesores debieron haber llegado siglos atrás. El rancho debía lindar las cien mil hectáreas. ¿Cuántas de esas habrían sido arrebatadas a las tribus nativas? ¿Cuánta sangre había derramada en esa tierra?

Robert trató de adivinar si había algo anormal en el hombre, pormenores que evidenciaran el urgente pedido de auxilio de Patricia. Fuera de su indudable falta de pulcritud y modales, y de sus risotadas estridentes, no apreció nada fuera de lo común. Un ranchero como cualquier otro.

El hombre lo invitó a sentarse junto a él. Robert se acomodó en el sillón contiguo. La tela se hallaba manchada de barro seco y restos de paja. Por lo visto, el veterinario acostumbraba sentarse ahí al regresar del trabajo.

El hombre se acabó su whisky, se levantó por la botella y rellenó su vaso y el de Robert. "Un amigo mío les da de beber este whisky a los gansos quince días antes de sacrificarlos. No puede imaginar el sabor que adquiere su carne", le contó. "Al cuarto día los gansos corren hacia mi amigo en cuanto ven la botella. Después de tomarlo se alejan tambaleantes para acabar patas para arriba en una esquina de los corrales", dijo con otra risotada.

El hombre bebió de golpe lo que quedaba en el vaso, volvió a servirse y de nuevo se acabó. No había trazas en él de una posible embriaguez. Parecía beber limonada. Por el ventanal señaló al ganado que caminaba junto a la cerca entre las sombras del crepúsculo. "Un día voy a comprar una barrica de whisky y los voy a emborrachar para ver a qué sabe su carne", dijo carcajeándose. Robert le preguntó si procuraba alguna vida social con sus vecinos. "¿Cuáles vecinos?", respondió entre risas. Daba la sensación de que la vida era divertida para ese viudo aislado, que la existencia solitaria junto a sus tres hijos deprimidos no le afectaba en lo absoluto.

Bajó Patricia junto con su hermana y sin voltear a verlos ingresaron a la cocina. Robert se excusó con el veterinario y se levantó con el pretexto de buscar un vaso con agua. Entró, tomó un vaso y se sirvió de una jarra. Se acercó a Patricia. Ella volteó a verlo, nerviosa. "¿Por qué me dejaste esa nota?", inquirió Robert. Ella miró hacia su padre en la sala y luego a su hermana que rebanaba una cebolla. "Voy por leña", le dijo Patricia. La hermana asintió y reanudó su tarea. Patricia tomó su abrigo, una linterna y abrió la puerta. Antes de salir miró a Robert y con un casi imperceptible movimiento de cabeza, le indicó que lo siguiera.

Patricia caminó hacia un granero. Robert aguardó un par de minutos antes de alcanzarla. Se cercioró de que el veterinario no lo viera salir. El hombre seguía absorto mirando por el ventanal. Robert salió sin arroparse y en cuanto puso un pie afuera, el frío lo caló. Se subió el cuello de la camisa para protegerse.

Llegó al granero. Patricia simulaba juntar leña. En cuanto lo oyó llegar iluminó a Robert en el rostro. El haz de luz sobre los ojos le molestó y se cubrió con la mano. "¿Estás bien?", le preguntó. Ella bajó la linterna y Robert se acercó. "¿Por qué necesitas que los ayude?" Ella respiró agitada. Era evidente que le faltaba valor para hablar. "Dime", insistió Robert. "Mi papá", respondió la niña y se quedó callada. "Tu papá, ¿qué?" Ella pareció pensar su respuesta. "Mi papá está mal", dijo y miró hacia la puerta del granero para asegurarse de que nadie más la escuchara. "¿Por?", inquirió Robert.

Patricia tomó aire para proseguir. "Porque a veces habla solo y deja de comer y nos deja de prestar atención y se va de la casa y no regresa en días y cuando vuelve se encierra en su cuarto y no sale y luego toma el rifle y dispara contra las paredes y se pega de puñetazos en la cabeza y rompe las puertas y nos grita y nos amenaza y luego llora y nos pide perdón y vuelve a hablar solo y cambia la voz y gesticula y nos da miedo, mucho miedo", dijo con premura, como si detenerse un solo segundo le impidiera continuar.

Robert se dio cuenta de que la niña temblaba. No supo si acercarse a consolarla o mantener la distancia. "¿Le pasa seguido?", inquirió. Patricia relató que apenas unos días atrás su padre había experimentado una crisis. Robert preguntó si los había golpeado o había abusado sexualmente de ellas. Patricia negó en un principio, pero luego aceptó que sí llegaba a pegarles, que varias veces los había dejado con la nariz sangrante y llenos de moretones. Le pidió a Robert que llevara a su padre con un médico o que se quedara a protegerlos, porque no soportaban más vivir con el pánico de verlo fuera de control. Robert le preguntó cuál era su nombre. "No sé", dijo la niña. "¿Cómo que no sabes, si es tu papá?", preguntó Robert incrédulo. "No sé", dijo Patricia. "A veces se llama John, otras Joe o Mark. Se cambia de nombre a menudo." Robert le preguntó cuál era su apellido. "Sycamore, creo. No estoy segura", respondió.

Patricia tomó unos troncos y salió apresurada del granero. Robert miró la luz perderse en la negrura de la noche. Se quedó un rato a solas, digiriendo lo que le había dicho la niña.

Se dispuso a regresar hacia la casa cuando escuchó la voz del veterinario en la oscuridad. "¿Piensa creerle todo lo que le dijo?"

Martín Luis Guzmán fue un brillante intelectual y escritor mexicano, considerado como uno de los mejores prosistas en castellano del siglo XX. Fue también un hombre de acción. Durante la Revolución Mexicana se unió a las fuerzas de Pancho Villa, el deslumbrante y sanguinario general.

Guzmán mantuvo un estrecho vínculo con él, al grado de fungir prácticamente como su secretario particular. Gracias a esta cercanía, fue testigo privilegiado de las decisiones del general y de su proceder. Ello lo plasmó en dos obras maestras: *Memorias de Pancho Villa* y *El águila y la serpiente*. La segunda es un conjunto de relatos sobre la Revolución desde la perspectiva villista. En este libro, Guzmán narra un pasaje al cual tituló "Pancho Villa en la Cruz". Él y Llorente, amigo y compañero, van a visitar a Villa en el vagón de tren donde despachaba. El general se encuentra agitado. Maclovio Herrera, uno de sus hombres más próximos, se ha rebelado contra él. Villa no lo puede creer. "¡Pero si es mi hijo en las armas!", exclama dolido. Guzmán queda impresionado por su estado de ánimo: "Lo encontramos tan sombrío que de solo mirarlo sentimos pavor. A mí los fulgores de sus ojos me revelaron de súbito que los hombres no pertenecemos a una sola especie, sino a muchas, y que de especie a especie hay, dentro del género humano, distancias infranqueables, mundos irreductibles a común término capaces de producir, si desde uno de ellos se mira al fondo del que se le opone, el vértigo de lo *otro*".

Villa se pasea colérico por el vagón. El jefe de la columna que ha enfrentado a las huestes de Herrera indaga en un telegrama qué hacer con ciento sesenta prisioneros que se han rendido. A Villa la mera formulación de la pregunta lo indigna. Son traidores y deben ser ejecutados de manera expedita. Villa ordena al telegrafista que mande sin dilación la orden de ajusticiarlos. El telegrafista pulsa nervioso: "Fusile usted inmediatamente". La suerte de ciento sesenta hombres transcrita en el tiqui-tiqui del aparato.

Una vez que la orden viaja, Villa se sienta en un sillón. Se le nota intranquilo. "Se rascó el cráneo, como con ansia de querer matar una comezón interna, cerebral —comezón del alma…" Les pregunta a Llorente y Guzmán qué piensan sobre lo sucedido. Llorente se arma de valor y asevera que cree que ha procedido de manera incorrecta. Villa lo confronta: "Dígame por qué no le parece mi orden". Llorente argumenta: "Porque el parte dice, general, que los ciento sesenta hombres se rindieron". Villa no entiende. En su lógica cerril y ramplona, soldado capturado equivale a soldado fusilado. Guzmán, pávido, tercia a favor de Llorente. Villa lo fulmina con la mirada. Conocido por su escasa tolerancia a ser cuestionado, el general puede mandarlos ejecutar. Villa exige una explicación. Guzmán trata de articularla lo mejor posible: "El que se rinde, general, perdona por ese hecho la vida de otro, o de otros, puesto que renuncia a morir matando. Y siendo ello así, el que acepta la rendición queda obligado a no condenar a muerte".

Algo en la explicación dispara en Villa un resorte moral. Se planta junto al telegrafista y dicta: "Suspenda fusilamiento prisioneros hasta nueva orden". El telegrafista oprime con urgencia el aparato. Otra vez la suerte de ciento sesenta hombres cuelga en los tiqui-tiqui transmitidos por los alambres del telégrafo. No hay respuesta pronta. No se sabe si en la distante oficina han recibido la revocación. Pasa el tiempo, crece la angustia. La tardanza puede significar la muerte de decenas. La ansiedad domina a Villa. Si hacía unos minutos su deseo era ajusticiar a los "traidores", ahora intenta salvarlos. Llegan otros mensajes pero no aquel que indica que la contraorden ha sido recibida. Transcurre media hora. La tensión se acrecienta hasta que por fin el telegrafista anuncia que el jefe de la columna ha suspendido la ejecución masiva. Villa respira aliviado.

Llorente y Guzmán pasan la tarde con él. El incidente no se menciona más sino hasta el anochecer, cuando Villa los despide: "Y muchas gracias, amigos; muchas gracias por lo del telegrama, por lo de los prisioneros".

¿Venganza?

Lo llamo dos veces y no voltea. Permanece rezando de espaldas a mí con los brazos abiertos. Al tercer "Humberto" se vuelve y me observa con una expresión extraviada. No es lo que espero. Tomo impulso para clavarle el puñal en plena cara y él me mira sin siquiera levantar las manos para evitarlo. "Párate", le ordeno. Humberto se mantiene postrado. Le doy una patada en el abdomen y él no reacciona. Su estupor me desconcierta. "Te voy a matar, hijo de la chingada", le grito. En respuesta, Humberto solo me mira. Suponía resistencia, no su actitud blanda y bovina. Vuelvo a patearlo, esta vez en la mandíbula. Cae hacia atrás. "Defiéndete, ¡carajo!", lo incito. Un recóndito instinto de pelea asoma en él y se abraza a mis piernas para tratar de derribarme. Es un intento débil y me zafo con facilidad. Arrojo el cuchillo a un lado y me lanzo sobre él. Lo golpeo en el rostro con toda mi fuerza. Su nariz cruje. Reviento sus labios. Apenas se defiende. Manotea como un niño. Lo tundo con furia. Su rostro es un mazacote de sangre y huesos rotos. No hace el menor esfuerzo por escudarse. Recibe un puñetazo tras otro. Mis nudillos se parten. A pesar de que me duelen, no me detengo. Sigo y sigo hasta que Humberto queda noqueado.

Me incorporo salpicado de sangre. Me horrorizo de mí mismo. Mi respiración es un rugido. Tengo los puños hinchados, rotos. Tiemblo de rabia. Mi enemigo yace inerte. Puedo asesinarlo ahora mismo. A golpes, ahorcado, acuchillado. Bañarlo en gasolina y prenderle fuego. Torturarlo hasta que muera de dolor. Pero sé que no voy a matarlo. No puedo, simplemente no puedo.

Es claro que Humberto se desintegró emocionalmente. Inoculado por las toxinas del suicidio de su madre y por las de sus propios crímenes, se precipitó hacia a locura. Puedo verlo en sus ojos. Carecen de fondo, de vida. Nada ni nadie lo contuvo.

Humberto ronca atragantándose con la sangre que mana de su nariz. Tose escupitajos rojos. Lo pongo de costado para que no se asfixie. Respira un poco mejor. Me llega una oleada del tufo del cadáver. Imposible acostumbrarse a la pestilencia. De nuevo la náusea, el estómago revuelto. No entiendo cómo Humberto toleró este olor durante tantos días. Las ventanas están cerradas. Las abro y saco la cabeza. El frío de la noche alivia un poco mis ganas de vomitar. Trato de no hacer ruido. A unos metros, en la calle, se hallan dos tipos armados prestos a matar.

Voy en busca de hielo, necesito desinflamar mis nudillos. Entro a la cocina. Es una pocilga. La llave del fregadero gotea. Platos sucios encima de más platos sucios. Restos de comida descomponiéndose. Más peste, más aire fermentado y pútrido. Abro las ventanas de la cocina. Que el viento se lleve la muerte que anega la casa.

Del congelador extraigo una charola con hielos. Los coloco en un trapo y envuelvo mis puños. Me arden. Los ligamentos se hallan hinchados. Sospecho que me he fracturado el metacarpo derecho. Mi mano es un bolillo amoratado que casi no puedo mover.

Regreso con Humberto. Jadea ruidosamente mientras abre los ojos entre parpadeos. Lo volteo boca abajo. Su espalda flagelada es un amasijo de llagas y sangre. Se ha dado duro con el látigo. Las heridas comienzan a supurar. Espeluzna pensar que él mismo se las provocó.

Le hablo, pero me mira atarantado aún bajo la niebla de la semiinconsciencia. Tomo la soga con la cual se ahorcó su madre y lo ato. Por la torpeza de mis manos tumefactas, me lleva tiempo hacerlo. Le amarro las muñecas y los tobillos y me cercioro de apretar los nudos alrededor de los brazos.

Queda inmovilizado. Para evitar que grite lo amordazo con el mismo trapo con el que envolví mis nudillos. Aún escurre agua helada y sanguaza. Humberto saboreará mi sangre.

Ignoro en qué momento Humberto se quebró, si regresó a su casa ya afectado o si el cadáver de su madre se le infiltró gradualmente hasta desgajarlo. Lo que pensé iba a ser una pelea épica se transformó en una grotesca golpiza. Esperé un contendiente feroz, no ese monigote petrificado por el remordimiento y el miedo. Pero no debo confiarme. Puede volver el Humberto ruin, manipulador, oportunista; el de la mueca siniestra, el asesino, el enfermo de dios.

No sé qué hacer con él. Durante tres años mi fantasía fue masacrarlo a puñaladas. Me ejercité para poder atravesarlo una y otra vez. Pero descubro que dentro de mí no hay una sola fibra de asesino. Ni por un segundo se me ocurre ahora matarlo. Y aunque mis ansias de venganza se han diluido, siguen vivas. Humberto no puede quedar impune. Debo evitar que recobre la cordura y salga de nuevo a predicar su dogma homicida. No más su ímpetu moralizador y su torcida idea de dios.

Me siento exhausto. El deseo de revancha acumulado terminó por aplastarme. Tanta adrenalina, tantas noches en vela bosquejando la venganza perfecta, de concebir la evisceración de mi enemigo, se tornaron en una mole maciza imposible de soportar. Me percato de que yo mismo estoy a nada de traspasar la frágil línea que conduce a la locura. Necesito calmarme. Pensar con claridad.

Salgo a airearme al diminuto jardín frente a la casa. La luz de un farol ilumina un rosal marchito y el pasto amarillento y seco. Aun afuera la peste avasalla. Respiro hondo para intentar tranquilizarme, pero el corazón no deja de pulsar acelerado. Veo el corredor por donde me dirigía a las reuniones con los buenos muchachos. Maldigo la hora en que acepté asistir.

Carezco de plan B. En la venganza no hay matices, no hay puntos medios. Conciliar no es la opción. Es la venganza o nada. O la destrucción total del otro o la perene amargura de verlo deambular sin castigo. Ahora me encuentro varado en la casa de mi enemigo. Sin venganza y sin plan alterno.

Escucho el ulular de uno de los búhos que anidan en el árbol de la casa de los Quiroz. Durante el día se quedan inmóviles, mimetizados entre las ramas. Al anochecer cazan ratones o pájaros. Su aleteo silencioso corta el aire. No importa qué tan negra sea la noche, vuelan con precisión hacia su presa. Quisiera ser búho y poder discernir en la penumbra hacia dónde ir. Carajo. ¿Qué chingados voy a hacer?

Robert apenas pudo distinguir al veterinario en la oscuridad, una silueta informe en el marco de la puerta. El hombre se acercó con lentitud hacia él. "No me parece que esté hablando a solas con mi hija", advirtió. Por un momento, Robert temió que el hombre viniera armado. "Ella me pidió ayuda", se excusó Robert. A tientas buscó una herramienta o un tridente con que defenderse. "¿Ayuda de qué?", le preguntó el hombre. "Es lo que quería saber. Por eso vine a hablar con ella", respondió Robert. "¿Y qué tal si le está mintiendo?" Robert encontró una pala recargada sobre los costales de alimento y la empuñó. "Me dijo que usted tiene problemas." El veterinario resopló una risa burlona. "¿Tengo cara de tener problemas?", inquirió. "Yo no soy el que lo piensa", aclaró Robert.

El hombre se aproximó a él. Robert se alistó por si se le iba encima o si en la oscuridad percibía que llevaba un arma. Olió su aliento a alcohol. Era notorio que había tomado varios vasos más de whisky. "¿Exactamente qué le dijo?", preguntó el hombre. "Que cambia de personalidad, que nunca usa el mismo nombre." El veterinario suspiró. "Me llamo John Sycamore. Puedo traerle mi acta de nacimiento. Yo no me cambio los nombres como asegura ella." "Le creo, John", dijo Robert enfatizando el "John".

Se quedaron callados. Podía escucharse claramente la respiración entrecortada del hombre. En la profundidad de sus exhalaciones, Robert pudo advertir cuán dolido se hallaba. "¿Qué más le contó?", preguntó el veterinario. Robert no supo si debía revelarle más de lo que Patricia le había confesado. Podía ponerla en riesgo. "¿Por qué mejor no habla con su hija?", sugirió. "Le ofrecí mi casa, mi comida y mi amistad", reclamó el hombre. "¿No cree que merezco saberlo?"

Robert meditó la manera de responder sin ofenderlo. "Al parecer usted hace cosas extrañas." El veterinario prendió una linterna y, al igual que lo había hecho Patricia antes, lo encandiló. Robert se tapó los ojos con la mano izquierda y con la derecha se preparó para recibirlo con un palazo por si decidía atacarlo. "¿Qué cosas extrañas?", inquirió John. Robert desvió la cabeza para evadir la luz. "Por favor, ¿podría quitármela? No puedo ver." El veterinario bajó la linterna y con el refilón de luz Robert pudo percatarse de que no llevaba ningún arma, pero no soltó la pala.

"Yo no quise molestarlo hablando con su hija", explicó Robert. El hombre pareció tranquilizarse. "Solo quiero saber qué tanto le dijo." Se escuchó un leve ruido. El hombre iluminó el granero y se dirigió a explorar hacia la dirección de donde provenía. Removió la paja y una rata de campo corrió a esconderse. El hombre la siguió con la luz y se fijó dónde se había metido. Se acercó con sigilo y pisoteó la paja con fuerza hasta que se oyó un chillido. El hombre estrujó la bota contra el suelo y luego se agachó a sacar la rata aplastada, que aún se sacudía con estertores.

"Llévesela a la loba para que coma carne fresca", dijo y se la entregó. Robert la tomó de las patas. Las sintió frías y suaves. El veterinario revisó de nuevo con la lámpara en busca de más roedores. "Mis hijos no comprenden las cosas que veo y que oigo", dijo. Robert se volvió a verlo. La luz rebotada contra el piso creó un juego de sombras en su rostro. "¿Como cuáles?", inquirió Robert. "Usted tampoco las va a entender." El hombre clavó la mirada en un punto fijo y se quedó absorto. "Estoy cansado de que la gente me juzgue, incluso mis hijos. La única que captó lo que puedo oír y ver fue mi esposa, pero solo después de muerta." Robert se sorprendió. "¿Después de muerta?" El veterinario levantó la linterna y de nuevo arrojó la luz sobre el rostro de Robert. "Le dije que no iba a entender." Esta vez Robert aguantó el aguijoneo de la luz sobre los ojos sin cubrirse. "Quizás entienda si me explica." El veterinario negó con la cabeza y apuntó la lámpara hacia la rata que colgaba de cabeza en la mano de Robert. "Vamos a dársela a la loba."

Salieron del granero. La noche comenzó a enfriar. Caminaron en silencio. El veterinario iba adelante, el haz de luz brincando de un lado a otro del sendero. En el centro se había formado hielo. Robert marchó por la orilla nevada para evitar resbalarse. Prevenido, llevó consigo la pala. Lamentó no haber llevado abrigo ni guantes. El frío de la empuñadura de metal le abrasaba la mano y el viento helado le golpeaba la espalda y la nuca.

Se aproximaron a la jaula y John dirigió la linterna hacia la loba. Estaba erguida y agachó la cabeza en cuanto sintió la luz. Robert metió la rata por entre los barrotes. Pajamartuq la jaló con los colmillos y la devoró. El veterinario rio. "Esta loba es ratívora. Debería dejarla en el granero para que acabe con las ratas." Pajamartuq se veía bastante mal. Su recuperación llevaría tiempo. Ayudaría alimentarla con carne fresca y abundante, y hallarle un lugar amplio donde pudiera ejercitarse con libertad. Al igual que con Nujuaqtutuq, soltarla no era una opción. No se veía en condiciones físicas para cazar o enfrentar a una jauría. Era patente que desde cachorra había permanecido en el diminuto alambrado en el cual Toro la mantuvo encerrada.

El veterinario apagó la luz y señaló la pradera nevada. "Cierre los ojos y escuche", ordenó John. Robert obedeció. Una vaca mugió a lo lejos. El gallo oxidado sobre el techo de la casa chirriaba al girar con el viento. Una lámina suelta traqueteaba contra uno de los postes de la estructura metálica que fungía como cochera. "¿Oyó?", inquirió ansioso John. "Sí, a una vaca mugir, al gallo dar vuelta allá arriba y una lámina chocando contra otra", respondió Robert. El veterinario se mostró desilusionado. "No, eso no era lo que debía escuchar. Pero no puedo decirle qué. Pensaría que estoy loco, como lo piensan los demás."

Solo una vez en su vida Robert se había topado con la locura. Un obrero esquizofrénico que durante semanas mutó personalidades y que cambiaba de voz abruptamente. El veterinario era algo excéntrico, pero no había nada en él que revelara el cuadro catastrófico pintado por Patricia. Quizás los suyos habían sido exabruptos alcohólicos o coletazos de depresión por la muerte de su mujer. ¿Pero tanto como para justificar el ruego de auxilio?

"¿Qué debí escuchar?", inquirió Robert. "Nada", respondió el veterinario. Se quedaron en silencio. Luego del tenso encuentro en el granero, Robert consideró poco sensato quedarse otra noche con ellos. "Creo que dormiré en la tienda de campaña hasta que se recupere el lobo", dijo, "no volveré a interferir en sus asuntos".

Robert se dispuso a volver a la casa a recoger sus pertenencias, pero John lo detuvo del brazo. "¿Sabe por qué la gente piensa que estoy loco?", le preguntó sin esperar respuesta. "Porque veo y oigo a los muertos." Robert esbozó una sonrisa. "Estoy hablando en serio", dijo John. "Le creo", respondió Robert. El hombre lo impelió a adentrarse con él en la pradera. Pararon después de caminar varios metros en la negrura. "Aquí es donde los escucho", dijo John. Robert no percibió más que el rugir del viento. Quizás el hombre sí estaba loco o el whisky le provocaba alucinaciones. John se percató de su recelo. "Soy un chamán", afirmó sin titubear. "Patricia asegura que usted a veces pierde el control", le dijo Robert. El hombre se giró a mirarlo. "Sí, cuando el espíritu de un muerto entra en mí y lucho por expulsarlo." Las palabras de John pusieron en guardia a Robert. Definitivamente, la locura asomaba. "Sigue sin creerme, ¿verdad?", preguntó John. El antecedente del obrero esquizofrénico le había enseñado a Robert a no contradecir a quienes sufren trastornos psiquiátricos. "Le creo." El hombre sonrió. A pesar de su extraño comportamiento, se mantenía de buen humor. "¿Sabe por qué decidí atender a su lobo?", inquirió John. "No, no lo sé." El veterinario apuntó hacia la pradera. "Porque él me lo pidió." Robert volteó hacia la planicie. "¿Quién?" "Amaruq", respondió John con seguridad. "Ahí está. ¿No lo escucha?" Robert volteó de nuevo hacia la oscuridad y un estremecimiento recorrió su espina dorsal.

Doy vueltas por el pequeño jardín. Necesito decidir. Me asomo por una rendija del portón. Los dos buenos muchachos conversan recargados en el auto. No puedo cometer errores. Vuelvo a la sala. Humberto gime con los ojos abiertos. Aún no recupera del todo el conocimiento. Le deshice el rostro. Los pómulos abultados. La nariz fracturada. La ceja izquierda rota. El ojo entrecerrado y violáceo. Un moretón en la frente.

Cierro las ventanas. Rápido se concentra el tufo. El ambiente se torna irrespirable. El cadáver bombea los efluvios de su pudrición. No hay un solo resquicio que no invada con su pestilencia. Me acuclillo junto a Humberto. "¿Me escuchas?" No responde, solo me mira. Temo que la paliza le haya dañado el cerebro y quede idiota de por vida. "¿Sabes dónde estás?" Humberto me observa, ofuscado. Vuelvo a preguntarle. Mira a su alrededor y asiente. Respiro aliviado. Al menos comprende dónde se halla.

En su rostro tumefacto brillan sus ojillos de roedor. Una rata atrapada y medrosa. Ni un vestigio del soldado de dios que daba órdenes, que soportaba dolor y temperatura extremos, que sonreía con una sonrisa maligna. Pareciera suplantado por otro que posee su exacta fisionomía.

Me duele la mano. Intento abrirla y cerrarla para que la sangre circule y así se desinflame, pero el dolor me impide moverla. Me la palpo en un intento de detectar una factura, pero está tan hinchada que no llego hasta los huesos.

El olor a muerte penetra mis papilas gustativas, me produce picazón en los ojos. Es tan denso que parece gotear. Lo siento escurrir en mí. El sudor de la muerte. No aguanto más. Me levanto y me apresuro a abrir las ventanas. El viento agita las cortinas y el hedor se dispersa un poco. Logro respirar. Sobre una mesa descubro un tocadiscos y algunos LP al lado. Son de música francesa: Serge Gainsbourg, Charles Aznavour, Yves Montand, Edith Piaf, Jacques Brel. Extraña selección musical para una mujer de clase media baja mexicana. En el plato del tocadiscos se encuentra un disco de 45 rpm de Jacques Brel. Cuatro versiones distintas de "Ne me quitte pas".

Dejo que la habitación se airee un poco más. Cierro las ventanas y enciendo el tocadiscos. La aguja desciende sobre los surcos de vinil. Le bajo al volumen, pero se escucha clara la lastimera voz de Brel. El disco debió estar expuesto al Sol, ya que ondula en cada vuelta y provoca saltos en la aguja. ¿Cuántas veces la madre de Humberto oyó la canción de Brel mientras decidía colgarse?

No resisto más la peste. Salgo de la estancia y subo la escalera. Arriba el aire es más respirable. Percibo lejana la música de Brel. Me recargo en la pared. Tanto ansié esta venganza y ahora no tengo idea de qué hacer. Quizás, como afirmaba Confucio, debí cavar dos tumbas. La canción de Brel termina y en unos cuantos segundos más vuelve a sonar. El tocadiscos queda en modo de repetición. La aguja va a reproducirlo una y otra y otra vez.

Voy al cuarto de la madre. Doy tres empellones sobre la puerta hasta que logro abrirla. La cierro y me tumbo sobre la cama. Sobre una mesa se encuentran, impecablemente doblados, varias blusas y vestidos. La alfombra inmaculada. Los adornos acomodados en perfecta simetría. No hay una mancha, una mota. Hay una pulcritud y un cuidado que contrastan con el caos y la ofuscación en la vida de la mujer y con el tiradero de trastos sucios y restos de comida que Humberto ha dejado en la cocina. Zurita y sus hombres irrumpieron en la recámara, pero, lo supe por el Agüitas, no tocaron nada. No tenía sentido. Para qué revolver, ensuciar, romper, si los motivos del suicidio venían explicados en la carta final.

Supongo que Humberto no se atrevió a entrar a este cuarto. El avispero de la culpa debió impedírselo. Lo imagino pasmado en el quicio sin atreverse a cruzar el umbral. Debió recordar a los hombres que miraba salir de esa recámara cuando era niño. Debió recordar el olor a sexo y alcohol y sudor y semen y flujos vaginales que de ahí emanaba. Recordar los gemidos de placer de su madre, los ronquidos del amante en turno, las voces, los gritos, los golpes. Recordar las mañanas de domingo en que su madre se sentaba solitaria sobre la cama, vestida con su camisón gastado, sin tipos que llegaran a abrirle las piernas para montarla y venirse de prisa dentro de ella. Debió imaginarla revisando una y otra vez las sombras blanquecinas en las placas radiográficas, los tumores que carcomían sus tejidos. Imaginarla escribiéndole la carta final, la mano temblorosa, la mirada perdida. Imaginarla cruzar ese mismo umbral para bajar los escalones rumbo a la silla y la soga.

Exhausto cierro los ojos y me quedo dormido. Despierto agitado. No hay un reloj que indique cuánto tiempo ha transcurrido. Apago la luz y me levanto de la cama. Bajo las escaleras. El tocadiscos toca obsesivamente "Ne me quitte pas". Veo a Humberto tirado unos metros más allá de donde lo dejé. Se ha arrastrado rumbo a la puerta de entrada y ahora yace a medio camino, roncando.

El olor, la música, el asesino. La náusea. Me doy vuelta y decidido subo a la planta alta, salgo por la ventana del cuarto de costura hacia la escalera de caracol y parto por entre las azoteas.

El Sol empieza a despuntar por entre los árboles. Respiro profundo.

Karl von Clausewitz se sentó en el borde de la cama. Sintió una vez más la garganta y los labios resecos. La frente sudorosa. El cuerpo macilento. Un agudo dolor en el vientre. Cólicos. Había sobrevivido infinidad de batallas, de refriegas cuerpo a cuerpo, bombardeos, cargas de caballería. Desde los doce años, en que su padre lo enlistó como cabo en el ejército prusiano, había soportado los rigores más extremos de la guerra: hambre, frío, falta de sueño, heridas, prisión. Ahora Von Clausewitz, el valeroso combatiente, languidecía en su habitación presa de una enfermedad indignante: el cólera. Morir en medio de diarreas y retortijones le pareció una vejación para un militar de su calibre. Deseó recobrar las fuerzas para al menos salir una vez más al campo de batalla y morir con un balazo en el pecho.

Von Clausewitz llamó a Marie, su mujer. A gritos le pidió que le trajera más agua. La mujer llegó presurosa a darle de beber, enjugó su frente con un pañuelo y se llevó las bacinicas rebosantes de excrementos líquidos para vaciarlas, lavarlas y regresarlas en espera de que su marido las llenase de nuevo. Ni con cuatro bacinicas el general se daba abasto.

Von Clausewitz la miró salir. Cuánto amor debía prodigarle su mujer para soportar tantas asquerosidades y sobre todo, tanto mal humor. Durante largas temporadas la había abandonado para irse a combatir. A pesar de las ausencias, Marie von Brühl, hija de una prominente familia de Turingia, mostraba un enorme orgullo por su esposo. No solo había sido un arrojado militar que peleó en las Campañas del Rin y las Guerras Napoleónicas, sino también un pensador y teórico militar que durante las mañanas dirigía la Escuela de Guerra de Prusia y por las noches escribía un largo tratado llamado *De la guerra*.

Von Clausewitz bebió por completo el vaso de agua a pesar de la indicación del médico de que solo tomara pequeños sorbos para no recargar sus lastimados intestinos. La sed era intolerable y los traguitos no la aliviaban en lo absoluto. Intentó recostarse, pero un urgente deseo de vomitar lo hizo arrodillarse sobre la única bacinica sobreviviente. Arrojó el agua que recién había bebido. La mayor parte del contenido cayó afuera. Carajo, le sucedía de nuevo. Debía obedecer al médico y limitar la ingesta de líquidos. Molesto por su tontería se golpeó la cabeza. "Aprende, aprende", se dijo. Trató de incorporarse. Él había visto morir de cólera a varios de sus soldados en los fértiles campos de la frontera con Polonia. Muchos de ellos fallecían de hinojos después de volver el estómago, sin fuerzas para levantarse. Una postura humillante, sin duda alguna. Y no, él no agonizaría así, de rodillas frente a una bacinica como pudo logró trepar a la cama. Contuvo nuevas arcadas para no manchar las sábanas. Le costó respirar. Si al menos pudiera dormir un poco.

Marie volvió a la recámara. Vio el piso regado de vómito. Dejó las bacinicas limpias sobre el piso y se apresuró a revisar a su marido. Se hallaba tendido sobre la cama con los ojos abiertos mirando a un punto fijo. La mujer corrió en busca de los sirvientes. Uno de ellos trató de reanimarlo, pero ya no hubo nada que hacer. Von Clausewitz había sucumbido al cólera.

Murió el dieciséis de noviembre de mil ochocientos treinta y uno a los cincuenta y un años de edad. Von Clausewitz dejó una sólida obra escrita que Marie publicó post mortem. Su tratado *De la guerra* aún ejerce enorme influencia en el pensamiento y la acción bélica contemporáneos.

Fragmentos del primer tomo de *De la guerra:*

"Hay muchos caminos para alcanzar nuestros objetivos en la guerra; que no necesariamente involucran la derrota del enemigo."

"La guerra, es decir, la tensión hostil y la actividad de las fuerzas adversarias, no pueden considerarse como terminadas hasta que la voluntad del enemigo haya sido también sometida."

"El resultado de la guerra nunca es absoluto."

"Si queremos derrotar a nuestro adversario, debemos regular nuestro esfuerzo de acuerdo con su capacidad de resistencia. Esta se manifiesta como la suma de dos factores inseparables: la magnitud de los medios a su disposición y la fuerza de su voluntad."

"La guerra implica peligro, y en consecuencia, la valentía es, por encima de todo, la primera cualidad de un combatiente."

"La guerra involucra desgaste físico, dolor y sufrimiento. Para no vencerse por ello, se necesita fortaleza de cuerpo y espíritu, la cual, ya sea natural o adquirida, nos permite remontarlo."

"Tres cuartas partes de las cosas sobre las cuales se basa la acción en la guerra yacen en la bruma de la incertidumbre. En consecuencia, es necesaria una inteligencia fina y penetrante, que perciba la verdad por instinto."

"… dos cualidades: en primer lugar, una inteligencia que aun en medio de la oscuridad más intensa no deje de tener algunos visos de luz interior que conduzcan a la verdad y, en segundo lugar, la valentía para seguir esta tenue luz."

Guerra

Aunque el veterinario insistió en que pernoctara de nuevo en el cuarto de su hijo, Robert prefirió hacerlo en la tienda de campaña. La montó al otro lado del camino, a cien metros de la casa. Consideró prudente mantenerse alejado de John Sycamore o como se llamara. Sobre todo después de la letanía de premoniciones que le recitó frente a la pradera. Hubo una que le pareció de una precisión escalofriante: le advirtió que no viajara en helicóptero. "Morirás quemado. La nave se desplomará y explotará en medio de tubos y de cientos de obreros. Habrá muchos muertos." Era evidente que John sabía el nombre de Amaruq y que él volaba en helicóptero, ya le había contado sobre cómo y en dónde había encontrado a Nujuaqtutuq. Pero no recordó haberle mencionado dónde trabajaba ni haberle descrito los campamentos de la construcción del oleoducto. El hombre continuó: "Pronto dejarás huérfanos a tus tres hijos". Tampoco le había hablado de sus hijos. ¿De dónde y cómo había deducido que era padre de tres? Robert se sobrecogió con esos presentimientos mezcla de alcohol, locura y delirios.

Adueñado de su papel de chamán y sin importarle el frío cada vez más intenso, John no detuvo su retahíla. Insistió en que eran espíritus quienes formulaban las advertencias. "Solo soy un emisario", dijo con una gravedad que a Robert le pareció rayana en lo ridículo o, peor aún, en lo psicótico.

Volvieron a la casa. John sacó otra botella de whisky e instó a Robert bebérsela juntos en el porche a pesar del helado viento que soplaba del norte. Robert se negó —ya no soportaba un minuto más a la intemperie—, pero el hombre insistió tanto que prefirió no contrariarlo. El veterinario se aplastó en un sillón en el porche. Robert apenas bebió un vaso para darse calor, pero John se empinó media botella hasta que se quedó dormido sobre el sillón. Robert supo que si lo dejaba afuera podía sufrir de hipotermia. Pero cargarlo adentro de la casa era imposible. El hombre debía pesar ciento cuarenta kilos o hasta más. Robert entró a la casa, buscó unas mantas y lo arropó.

Robert se abrigó, montó la tienda, regresó por Nujuaqtutuq y se lo llevó consigo. No fuera a despertar John y en uno de sus dislates resolviera matarlo. Lo cargó hasta la camioneta y lo colocó en la batea. Luego enganchó el remolque. Iluminó dentro de la jaula. La loba, enroscada, lo miró con insistencia. En sus ojos se notaba rabia, hartazgo por haber pasado años encerrada en minúsculos espacios. Robert supo que si acercaba la mano con seguridad lo mordería.

Estacionó la camioneta a un lado del campamento. Le aventó un pedazo de carne a la loba, le llenó su bandeja con agua y tapó la jaula con una lona para atajar el viento. A Nujuaqtutuq lo acostó en una esquina de la tienda y, agotado y nervioso, Robert se envolvió en la bolsa y se durmió.

Soñó con fuego, accidentes, muertes. Imágenes vívidas, prístinas. Despertó varias veces, inquieto, sofocado por la ansiedad. Aun absurdas, las palabras de John lo habían turbado. Se sentó para tranquilizarse. Nada de lo que había dicho ese hombre podía ser cierto. Nadie podía adivinar el futuro. A menudo su abuelo, hombre de severa religiosidad, recalcó que a los adivinadores y a los hechiceros se les condenaba a muerte en la Biblia. Cuando Robert le preguntó por qué, su abuelo respondió: "Porque provocan desasosiego". Ese aluvión de malos sueños lo confirmaba.

Se sentó, aún turbado por la última pesadilla. Respiró hondo para calmarse. Él, un hombre descreído, apegado a la ciencia, no debía alarmarse por los desvaríos de un esquizofrénico borracho. Pero ¿qué tal si existía una mínima posibilidad de que sus presagios se cumplieran? Luego de un rato se tranquilizó y se volvió a dormir.

En la madrugada escuchó pasos presurosos que crujían sobre la nieve. Adormilado, se incorporó y por precaución tomó el rifle. Una silueta se proyectó contra la lona. Robert aguardó unos segundos hasta que oyó la voz de Patricia. "Señor, ¿puede venir por favor?" Robert abrió la puerta. Patricia estaba parada frente a él, vestida apenas con un camisón, una bata y unas pantuflas. Respiraba agitada y su vaho se distinguía en la helada llanura iluminada por la Luna. "¿Qué pasó?", le preguntó Robert. La niña solo estiró su brazo para señalar hacia la casa. "Dame un minuto", le pidió Robert. Se calzó unas botas y se puso una chamarra. Apenas salió de la tienda y sin mediar palabra, Patricia arrancó. Robert la alcanzó y la detuvo por los hombros. "Dime qué pasó." Ella lo miró, afligida. "Mi papá", dijo y de nuevo emprendió la carrera.

Entro a mi casa al amanecer. Las sienes aún pulsando. La boca seca. Las manos adoloridas. Un malestar en la boca del estómago. Mi ropa se halla impregnada del olor a cadáver. Me la quito y la echo a la lavadora. Agrego detergente y medio frasco de una de las lociones de mi padre: English Leather.

Salgo desnudo del cuarto de lavado y voy a darle de comer al King. Mi perro me olfatea y se aleja, temeroso. Le dejo el platón servido y bajo con Colmillo. Actúa igual. Mete la cola entre las patas y se esconde bajo el fregadero. Algo en su instinto los ha impelido a apartarse de mí. Mi piel apesta a muerte.

Suena el timbre. Discreto me asomo tras las cortinas. Es Chelo. Se nota preocupada. Estoy tentado a abrirle. Necesito abrazarla, besarla, escucharla. Recargar mi cara sobre su falda y dejar que me acaricie. Dormir entrelazados lo más juntos posible. Pero no, ella no debe interferir. Esta es mi venganza y solo mía.

No cesa de tocar. Decido ducharme para no oírla más. Cierro los ojos y dejo que el agua corra por mi cuerpo. Me restriego con jabón varias veces para quitarme la peste. Aun bajo la regadera detecto lejanos los timbrazos. Cuando salgo ya han parado.

Envuelto en una toalla bajo a la cochera. Encuentro una docena de notas que Chelo ha deslizado bajo la puerta del zaguán. Se ve que ha venido varias veces. En algunas de las notas ruega que no intente vengarme. En otras reclama mi desaparición. En todas expresa un amor profundo. "Te amo, te amo, te amo." ¿Creerle o no creerle?

Me visto y me pongo un poco de la English Leather sobrante. Oler a mi padre me tranquiliza. Hojeo el tomo primero de *De la guerra*. Me urge encontrar una clave que me permita tomar la decisión correcta. Trato de hallarla en Von Clausewitz, que supo lo que es matar y que otro quisiera matarlo. No preciso una solución infalible. Solo un atisbo de salida, el que sea. Leo:

"Hay muchos caminos para alcanzar nuestros objetivos en la guerra, que no necesariamente involucran la derrota del enemigo."

E inmediatamente después:

"En la guerra, la tensión hostil y la acción de las fuerzas adversarias no pueden considerarse terminadas hasta que la voluntad del enemigo haya sido sometida".

Von Clausewitz me confunde. Por un lado, dice que no debo necesariamente derrotar a mi enemigo; por el otro, que no terminaré mi guerra hasta verlo sometido. Más sometido no puedo mantener a Humberto. Ahora debe tener los pantalones embadurnados de caca y orines, estará deshidratado, hambriento, molido por la golpiza. ¿Cómo más puedo someterlo?

La tercera cita desploma mi ilusión de encontrar una respuesta:

"El resultado de la guerra nunca es absoluto".

¡Carajo! ¿Nunca es absoluto? ¿Entonces cuál es el sentido de tanto esfuerzo, tanto riesgo? ¿Esto significa que si dejo vivo a Humberto puede matarme? ¿No tengo más alternativa que destruirlo, o sea: asesinarlo? Desanimado me levanto y empiezo a recitar las citas en voz alta. Quizás así se revele un mensaje oculto entre los intestinos de las frases. Nada. Salto al tomo tercero de *De la guerra*. Von Clausewitz se explaya en disquisiciones sobre cómo atacar y defender ríos, montañas, pantanos, pero sigue sin brindarme una señal esclarecedora.

Hurgo entre la biblioteca de Carlos. Encuentro *El arte de la guerra*, de Sun Tzu. Lo abro esperanzado en que un militar chino de hace dos mil cuatrocientos años me brinde una pauta para actuar.

Lo hojeo y en el capítulo XI, "Las nueve situaciones", versículo 65, encuentro:

"Si el enemigo deja una puerta abierta, apresúrate a entrar".

Sigo leyendo, e inmediatamente, en el versículo 66, dice:

"Anticípate a tu enemigo, apoderándote de lo que más aprecia y sutilmente precipitarás su derrota".

Salto al capítulo XII, "El ataque por medio del fuego" y leo en el versículo 19:

"Si estás en ventaja da un paso adelante, caso contrario, quédate donde estás".

Y por último, el versículo 57 del capítulo XI me levanta el ánimo:

"Coloca a tu ejército en peligro mortal y sobrevivirá. Enfráscalo en situaciones desesperadas, y saldrá avante".

Sun Tzu despeja el panorama. No sé aún qué hacer, pero me queda claro que no puedo paralizarme. Mi enemigo abrió una puerta, la de su real o aparente locura, y debo aprovecharla. Estoy en ventaja y debo dominarlo física y, sobre todo, emocionalmente. No te mataré, Humberto, pero lamentarás haber asesinado a Carlos.

Debo prepararme. Necesito cloroformo, gasas, tapabocas, alcohol y desodorizantes de ambiente en aerosol. Salgo por la azotea. Me escurro por entre los tinacos hasta llegar al final del Retorno 201. Bajo por casa de los Ruiz, camino hacia la esquina, entro por la casa del Chorizo y me voy por los techos de la hilera de casas del Retorno 207. Desde ahí contemplo la casa de Chelo. No sé si a los diecisiete años uno

550

puede afirmar que ha encontrado a la mujer de su vida, pero ahora lo creo, absolutamente convencido.

Desciendo hacia los callejones que dan a la parte trasera de la escuela Centenario y cruzo por el pasaje que conduce al Retorno 204. Camino hacia avenida Emiliano Zapata, paso por la iglesia y continúo hacia La Viga. Doy vuelta y llegó a Gigante. Decenas de personas se agolpan en el cnorme supermercado. Me escabullo para no toparme con conocidos y rápido compro lo que requiero.

Vuelvo a la casa por los callejones de la Modelito. Desde la esquina diviso a los dos buenos muchachos que custodian la casa de Humberto. No deben sospechar que adentro mantengo atado a mi enemigo. Un bulto que se orina, caga, ronca. Subrepticio abro la puerta y entro.

Aso una pechuga y me preparo una ensalada. Faltan horas para que sea el momento de regresar con Humberto. Almuerzo y para matar el tiempo me siento en el comedor a leer viejas revistas de *Mecánica popular* que mi padre coleccionaba. No me puedo concentrar. La presión se acumula minuto a minuto. Hago lagartijas y sentadillas. Subo y bajo las escaleras. Procuro mantenerme activo. Si me detengo corro el riesgo de reventar.

No paro hasta quedar exhausto. Librarme del exceso de energía me tranquiliza. Agotado, me siento a ver la televisión en el cuarto de mis padres. Aún es en blanco y negro, no a colores como la de los Tena. Veo *Bonanza* doblada por puertorriqueños. Suena chistoso oír a vaqueros del oeste americano hablar como gente del Caribe.

Me quedo dormido. Me despierta el King, que lame mi mano. Me sobresalto y reacciono pateándole el hocico. El perro chilla y tambaleante huye hacia el cuarto de Carlos. Paranoico reviso la habitación. Descubro que no hay nada ni nadie que me amenace.

Apago la televisión. Me duele la quijada. Debí apretar los dientes mientras dormía. Me asomo por la ventana. Dos nuevos vigías resguardan la casa. Ambos rubios, el pelo al ras.

Pinta de los Altos de Jalisco. "Güeros de rancho", como les decía mi abuela. No deben rebasar los veintiún años. Vigilan atentos sin disimular las armas que llevan al cinto.

Son las ocho. Debo esperar hasta la madrugada para irme. Necesito entretenerme con algo, o si no mi cerebro va a acabar licuado por la tensión, la materia gris escurriendo por mi boca y mis fosas nasales, goteando desesperación y ansiedad.

Transcurre solo media hora. Me veo tentado a prender de nuevo la televisión y tumbarme a mirar programas gringos. Pero ya no puedo más. Sun Tzu ordena: "Si estás en ventaja da un paso adelante, caso contrario, quédate donde estás". A las nueve de la noche me levanto y me alisto. Es hora de regresar a casa de Humberto.

Quem deus vult perdere, dementat prius.
«A quien dios quiere destruir, antes lo enloquece.»

Locura

A pesar de que solo calzaba pantuflas, Patricia corrió con rapidez. A Robert le costó mantenerle el paso. La frágil niña avanzaba sin tropezar en la espesa nieve, mientras a él los pies se le hundían. Ella se detuvo varias veces a esperarlo. Llegaron a la casa. Patricia abrió la puerta y se quedó pasmada en el quicio. Robert la alcanzó y se paró junto a ella. Bajo la luz de los quinqués, John deambulaba por la estancia sin camisa mientras barbotaba frases incoherentes. Las ventanas estaban rotas y algunos muebles despedazados. El aire helado agitaba las cortinas. Los dos hijos menores contemplaban la escena desde el tope de la escalera, aterrados.

Patricia comenzó a hiperventilar. Robert no supo si calmarla o controlar al hombre que jadeante iba de un lugar a otro. Robert dio un paso hacia él. "John", lo llamó. El hombre volteó a verlo como quien mira a la nada. "John, siéntese ahí, por favor", le pidió Robert y señaló el sillón junto a la ventana. La expresión de John cambió y amenazante avanzó hacia ellos. Robert se interpuso entre él y su hija. "Todo está bien", le dijo. El hombre soltó un resoplido profundo. En su torso blanquecino aparecían algunas cortadas, hilos de sangre resbalaban por su pecho, su espalda y su abdomen. "Por favor, siéntese", rogó Robert de nuevo. Con un movimiento de su cabeza, le indicó a Patricia que entrara a la cocina. La niña obedeció y se refugió detrás de la mesa. John clavó su mirada en ella y balbuceó algo inentendible. Robert miró a los niños en la escalera. "Vayan a sus cuartos", ordenó y ellos se apresuraron a obedecer.

Robert insistió. "John, necesita sentarse." El hombre dio vuelta y con la mirada recorrió los destrozos. Parecía desorientado. Su expresión se tornó blanda y trastabillando caminó hacia una de las ventanas rotas. Estiró su brazo para tocar uno de los cristales quebrados que aún pendían del marco. Oprimió con el dedo una de las aristas. "Cuidado, se lo puede rebanar", le advirtió Robert. El hombre alejó el dedo, farfulló otra vez frases incoherentes y se dirigió al sillón al que apuntaba Robert. Se sentó y absorto se rascó una de las heridas en el pecho.

Con calma, Robert se giró hacia la cocina y llamó a Patricia. Ella se acercó con sigilo. "Tú y tus hermanos vístanse bien abrigados y bajen sin hacer ruido", le susurró. Obediente, Patricia se escurrió detrás de él y subió los escalones despacio para evitar que rechinaran y llamaran la atención de su padre.

Robert caminó hacia John. "¿Está bien?", le preguntó. El otro no respondió, ocupado en taladrar su carne con las uñas. Robert hizo el amago de sentarse en el sillón contiguo, pero John puso su mano sobre el asiento para evitarlo. Robert dio un paso hacia atrás. John lo contempló con ojos aviesos y luego volvió a mirar hacia fuera.

Los niños descendieron la escalera, silenciosos. Con la cabeza Robert les indicó que salieran. Se encaminaron hacia la puerta y se abrigaron con las chamarras que colgaban en la percha de la entrada. John se percató de ello y los observó con dureza. El menor se quedó petrificado ante la intensa mirada de su padre. "¿Adónde van?", rugió John. Robert se apresuró a intervenir. "Vienen conmigo." El veterinario negó con la cabeza. "Regresen", ordenó tajante. Los niños se aprestaron a volver, pero Robert los detuvo con una seña de la mano. "Van a venir conmigo", reiteró con firmeza. John comenzó a levantarse. Robert se giró hacia los niños. "Salgan ya y espérenme en la tienda." Los niños se quedaron estupefactos, pendientes de lo que su padre hacía. "Ya váyanse", presionó Robert. Patricia los impelió a salir y corrieron en cuanto cruzaron la puerta. John los miró avanzar por la ventana y sonrió. "Mira a las pequeñas bestias. No saben correr en la nieve." Robert se asomó. Los dos más pequeños tropezaban y caían de bruces, para levantarse y caer de nuevo unos cuantos metros más adelante. "Debería abandonarlos en el monte", le dijo a Robert, "son unos inútiles. No sirven para nada". Se sentó y comenzó a mascullar de nuevo.

Robert alcanzó a los niños en la tienda. Se habían refugiado en la esquina contraria a donde se encontraba tumbado Nujuaqtutuq. Los alumbró con la linterna. Lo contemplaron, sobrecogidos. El niño se había golpeado la cabeza y una pequeña excoriación cubría su frente. Robert se acercó a examinarlo, pero el niño retrocedió. "¿Estás bien?", le preguntó. El niño se mantuvo en silencio. Robert fue a la camioneta y trajo una bolsa de dormir y unas cobijas. Extendió la bolsa. "Métanse ustedes dos aquí", les dijo a los dos pequeños y señaló la suya a Patricia. "Tú duerme en esa."

Robert apagó la lámpara. Con la luz de la Luna que se trasminaba por la lona, alcanzó a verlos con los ojos abiertos, asustados. "Todo va a salir bien", les dijo poco convencido. ¿Qué iba a hacer ahora? El pedido de ayuda de Patricia estaba más que justificado. John era un energúmeno fuera de control que detonaba con celeridad. Robert no supo qué hacer con los niños. Si llevarlos a la policía y levantar una denuncia o dejar a la familia en paz.

Robert se envolvió en las cobijas y trató de dormir. Los niños cuchichearon entre ellos. Estuvo tentado a mandarlos callar, pero se detuvo. Necesitaban ventilar su miedo, apoyarse. Los escuchó por unos minutos hasta que cayó súpito.

Despertó entrada la mañana, cuando escuchó un ruido de motor que se aproximaba. Se despabiló y se incorporó. Abrió la puerta y vio venir la camioneta de John. La luz del Sol sobre la nieve lo deslumbró. Escuchó al vehículo detenerse y una puerta abrirse. Buscó rápido su cuchillo y lo escondió en la parte trasera de su pantalón. "Robert", lo llamó el hombre "¿Puede venir?" "Voy, deme un momento", le respondió. Mientras se calzaba las botas se volvió a ver a los niños. Los pequeños dormían, pero Patricia lo vigilaba, atenta. Intentó calmarla con una mirada y se dispuso a salir.

John lo esperaba parado frente a su camioneta con unas carpetas en las manos, vestido con una chamarra de borrega y pantalones vaqueros. "Buenos días", saludó Robert. John no respondió. Se notaba reconcentrado, con la mirada fija en el suelo. Después de unos segundos atinó a articular unas palabras. "Necesito hablar con usted", dijo sin levantar la cabeza. "¿Sobre?", inquirió Robert. John se irguió, adelantó dos pasos y le extendió las carpetas. "Tome", le dijo. Robert no hizo intento por recibirlas. John insistió. "Por favor" y mantuvo la mano hacia él. "¿Qué son?" El hombre perdió la mirada hacia el horizonte. "No puedo seguir", dijo, "simplemente no puedo". Se quedó rumiando un momento. "No soy un buen padre", afirmó y de nuevo le extendió las carpetas. "Le ruego las reciba." Robert las cogió y cuando se disponía a abrirlas, John lo detuvo. "Son las escrituras del rancho. Ahí viene un documento donde le cedo la tercera parte del terreno y del ganado y otro donde le entrego la patria potestad de mis hijos." "¿De qué está hablando?", inquirió Robert. "Mis hijos van a estar mejor con usted", sentenció. "Ahí viene todo arreglado." Robert negó con la cabeza. "Esto no lo voy a permitir. Usted no me conoce, no sabe nada de mí." El veterinario se le quedó mirando. "Cuídelos, por favor", se dio media vuelta y se dirigió hacia la camioneta. Robert se apresuró a interceptarlo. "No pienso aceptar", dijo y le devolvió las carpetas. John las rechazó empujándolas con la mano y abrió la puerta para montarse en el vehículo. Robert lo increpó. "Esos niños son su responsabilidad, no mía. Son sus hijos, ¡carajo!" John no se inmutó y sin cerrar la portezuela arrancó el motor del auto. "Cuídelos", repitió. Apretó el acelerador y patinando en la nieve se alejó con rapidez. Robert miró cómo se perdía en la pradera hasta que la camioneta se convirtió en un diminuto punto. Luego se volvió hacia la tienda. Patricia lo observaba, impávida.

Tal y como lo supuse, Humberto huele a orines y mierda. La casa hiede aún más. La muerta no deja de expeler torrentes de pestilencia. La música de Brel no cesa de repetirse. Lindo fondo musical para el cuadro: naturaleza muerta con hijo.

Apago el tocadiscos. Rocío el desodorante en aerosol por cada rincón de la estancia y me cubro con el tapabocas. El aroma lima-limón lo único que hace es avivar las propiedades hediondas de la cadaverina y la putresceína. Abro las ventanas. No sopla viento y el hedor se queda estacionado en la sala. Inexplicable cómo Humberto no ha vomitado antes.

No tolero más y salgo al jardín. La náusea regurgita. Me arranco el tapabocas y lo guardo en la bolsa de mi pantalón. Nada de dejar evidencias. Volteo a ver la Luna. Cuando mataron a Carlos dos hombres daban brinquitos sobre su superficie. Ensuciamos la Luna. ¿Para qué? ¿De qué sirvió ese viaje descomunal al baldío de cráteres del Mar de la Tranquilidad? Miro la Luna y renace en mí la furia contra Humberto.

Regreso a la casa. Humberto se ha arrastrado contra una pared. Me mira y masculla algo por entre la mordaza. No entiendo lo que quiere decirme. Me acuclillo frente a él. "¿Qué quieres?", lo interrogo. Abre la boca. La atadura lo ha llagado. "Si te la quito, ¿no gritas?" Humberto asiente, dócil.

Por precaución, cierro las ventanas. No puedo arriesgarme a que se suelte a pegar de alaridos. Lo tomo de los pies y lo jalo hacia la cocina. Las heridas en la espalda deben quemarle con el roce de la alfombra, porque se revuelca y gime. Lo acomodo pegado al refrigerador y atranco la puerta con una silla. "Cuidado y gritas", le advierto. Voy detrás de él y le desamarro el trapo. En cuanto lo libero pasa su lengua por las úlceras que la mordaza ha provocado sobre la comisura de sus labios.

Lo recargo sobre uno de los estantes y sirvo agua en un vaso. Me inclino a darle de beber, pero voltea la cara. Intento de nuevo. Se niega. Sigue en mal estado. Apenas puede abrir el ojo derecho, aún hinchado. El aire no entra por su nariz fracturada. Resopla con la boca abierta. Contribuye a la peste con sus meados, su caca, su sangre, pus. Qué variedad de olores emanan los cuerpos desde el fondo de sus entrañas. "¿No vas a tomar agua?", indago. Humberto gira su rostro. Debe estar deshidratándose y aun así se muestra obcecado. Quizás lo que desea es morir.

Arrastro una silla y me siento frente a él. Una cucaracha sale de debajo de la estufa y corre por los bordes de las paredes hasta hallar un resquicio por donde huir. Por mi mente cruza la absurda idea de que he convertido a Humberto en mi propio Gregorio Samsa. Una cucaracha, un insecto digno de ser aplastado.

Empiezo a avergonzarme de mí mismo. En mi descargo se puede alegar que soy verdugo del verdugo. Quizás lo que Humberto necesite, en términos de los buenos muchachos, es una lección. Un castigo por su soberbia. Solo un soberbio cree que puede actuar en nombre de dios, un ser inventado. Si dios es todopoderoso como alegan sus fieles, ¿por qué no se defiende solo? ¿No es capaz de calcinar con un rayo o barrer con una ola gigante a quien lo ofende? ¿Tan enano e insignificante es dios que precisa de la protección de sus diminutos y enfebrecidos súbditos? Demasiadas interrogantes, demasiadas elucubraciones. Las sanguijuelas de la venganza empiezan a succionar mi cordura.

Pateo la planta del pie de Humberto. "¿Vas a tomar o no agua?" No me hace caso. Vuelvo a patearlo. "Voltea", le ordeno. Se mantiene mirando al piso. Un pensamiento parece cruzar por su mente, porque comienza a sonreír. "¿Qué te parece tan gracioso?", le pregunto. Se vuelve hacia mí. "¿Me vas a matar como tu hermano y sus amigos mataron al oaxaqueño maricón?" Su pregunta me desconcierta. "¿Qué?" Humberto sonríe. "¿No sabes o te estás haciendo pendejo?" Es la primera vez que lo oigo decir una grosería. "Chinga tu madre", le digo. "Ellos mataron a batazos al indito. ¿No te contó tu hermano?" Sé que miente para provocarme. "Chinga tu madre", repito. "El gordo era tu noviecita y la de tus amigos,

¿no? Eso no le gustó a Carlos y por eso lo mató." Estoy al borde de reventarlo a madrazos. "Cállate, imbécil", le grito. "Tu hermano mató a una basura y nosotros matamos a la basura que mató a la basura", dice y sonríe con su sonrisa estúpida y maligna. Tomo el trapo e intento sumírselo en el hocico. Se lanza al suelo para evitarlo. Pisoteo su cara. Una, dos, tres veces. Le parto los labios, cruje de nuevo su nariz. Me agacho sobre él. "Mi hermano no fue un asesino como tú", le digo. "Eso es lo que tú crees", responde. A pesar de la sangre que le escurre, mantiene su puta sonrisa. No la resisto más. Tomo el frasco de cloroformo, vacío la mitad sobre una gasa y se la coloco sobre nariz y boca. Humberto se remolinea. Por más que presiono con fuerza, el cloroformo no surte el mismo efecto de cuando anestesiamos un conejo en la clase de Biología para diseccionarlo. Empapo aún más la gasa. Se la restriego en la cara. Me embarro de su sangre. Humberto tose incontrolable, pero no se desvanece. Solo he añadido un ingrediente más a la parafernalia de hedores, como si el aroma lima-limón no bastara.

El cloroformo me marea. No logro desmayarlo, pero al menos queda tan atolondrado como yo. Le levanto la cabeza, con la mano izquierda aprieto su cuello para inmovilizarlo y con la derecha le zambuto el trapo hasta el fondo. Se atraganta y se sofoca. No me importa. Sigo empujando hasta que logro hacerlo callar.

Lo dejo tirado en el piso y me siento en la silla. Sé que lo de Humberto son puros juegos mentales para desquiciarme. No entiendo el péndulo de su mente. Por instantes parece sumergido en la locura para en otros transfigurarse en el frío y cerebral manipulador de siempre.

Apago las luces. La cocina queda a oscuras. Solo se escucha la respiración irregular de Humberto y el goteo del grifo del fregadero. Resuelvo ir a explorar el sótano. Desde la muerte de Carlos se convirtió en un espacio recurrente en mis pesadillas. Una y otra vez volvían a mí las imágenes de las reuniones de los sábados, las capuchas, los hábitos, el siseo de los rezos, el pizarrón donde Humberto escribía los nombres de quienes había sentenciado.

Desciendo los escalones dispuesto a confrontar el sitio. Necesito purgar lo que significó, erradicarlo de mis sueños. Enciendo la luz. Nada permanece igual. Han desaparecido los cartelones con las frases bíblicas, las sillas plegadizas, la mesa. En su lugar hay muebles arrumbados, cajas polvosas amarradas con mecates, flores artificiales sin pétalos, periódicos y revistas viejos. Como único remanente del pasado sombrío del lugar, hallo una parte del crucifijo roto con los pies sangrantes de Cristo resquebrajados. Lo tomo para examinarlo. La madera astillada deviene en una punta. Al parecer la madre lo estrelló contra la pared hasta despedazarla.

Decido llevarme el pedazo de crucifijo para arrojarlo a los pies de Humberto, que vea en lo que acabó su cruzada de templario anacrónico y ridículo. Subo hacia la sala y cuando me dirijo hacia la cocina escucho un ruido. Volteo y descubro una sombra que lentamente baja por las escaleras. Busco el cuchillo con la mirada. Lo había arrojado lejos del alcance de Humberto. En la oscuridad no lo distingo. Me aferro al pedazo de crucifijo, listo a empuñarlo como arma, y me escondo en el rincón más lejano de la estancia.

La sombra sigue bajando. Me preparo para atacar.

La Parguera es un poblado de pescadores que se localiza en la costa caribeña de Puerto Rico. Es célebre por las coloridas casas flotantes construidas sobre los manglares y porque en dos de sus bahías se presentan fenómenos bioluminiscentes.

Durante las noches, al agitarse las aguas, los dinoflagelados, diminutos organismos unicelulares, emiten luz fosforescente. El espectáculo atrae a cientos de turistas que en botes con fondos de cristal navegan a las bahías para ver cómo buzos remueven el mar y provocan que un azulado haz fulgure en la oscuridad.

Además de los dinoflagelados, varias especies producen bioluminiscencias, entre ellas luciérnagas, y algunas bacterias, peces, gusanos y caracoles. Es provocada por la interacción de dos elementos químicos: la luciferina y la luciferasa. La primera es una sustancia cuyo efecto luminiscente es catalizado por la oxidación que suscita la segunda, una encima.

Ambas sustancias deben su nombre a Lucifer, que para los romanos era la "estrella de la mañana", una forma de nombrar a Venus, el astro que brilla en el firmamento al amanecer. En la antigüedad también se empleaba para denominar a aquellos seres humanos que irradiaban luz y bondad. No fue sino hasta siglos más tarde que se denominó Lucifer al diablo, como metáfora del ser luminoso que cayó del cielo y, por lo tanto, de la gracia divina.

Los científicos nombraron luciferina y luciferasa a estos componentes químicos para honrar el significado original de la palabra Lucifer: creador de luz.

Lucifer

Después de que el hombre partió en su camioneta, Robert volvió con los niños a la casa. Se rehusaron a entrar. Se quedaron en la puerta, observando los destrozos. Los sofás desgarrados, la mesa del comedor astillada. Gotas de sangre esparcidas por el piso. El más chico empezó a llorar, asustado. Para tranquilizarlo, Robert le aseguró que él los cuidaría y no permitiría que algo malo les pasara.

Robert les pidió que subieran y que hicieran un bulto con sus pertenencias. En silencio entraron y se dirigieron hacia sus habitaciones. Robert abrió un escritorio y encontró varios papeles con la firma y nombre de John Sycamore. Coincidían con los de los documentos que le había entregado el hombre.

Salió a empacar sus cosas. Entró a la tienda de campaña y se arrodilló a examinar a Nujuaqtutuq. Aún inconsciente, respiraba con más regularidad. Las heridas cerraban y no había señas de infección. Robert lo envolvió con unas cobijas, y lo llevó hasta la caja de la camioneta. Luego enganchó a la camioneta el remolque con Pajamartuq y volvió a la casa.

A falta de maletas, los niños guardaron su escasa ropa y juguetes en cajas de cartón. Robert les preparó unos sándwiches, llenó cantimploras con agua y en una canasta guardó galletas, pan y embutidos. Montó a los niños en la camioneta y salieron rumbo a casa de Kenojuac.

Avanzaron por la cerca donde colgaban las decenas de cadáveres de lobos hasta doblar hacia la carretera asfaltada. Los niños voltearon para mirar el rancho desaparecer en la distancia.

Kenojuac y Chuck se asombraron de ver llegar a Robert con tres niños y los dos lobos. Se acercaron a la camioneta, sorprendidos. Robert le explicó a Chuck quiénes eran los niños, la razón por la que viajaban con él, las dificultades que había pasado para salvar a Nujuaqtutuq y de dónde había sacado a la loba. Chuck le tradujo a la mujer. Kenojuac se acercó a los niños y con ternura les acarició la cabeza. "Bienvenidos", les dijo en su pésimo inglés.

Kenojuac hospedó a los niños en la sala de su casa. Trajo varias pieles de oso para que durmieran en el piso. Les horneó unos panecillos de trigo con nuez y calentó leche y la endulzó con jarabe de maple que le había regalado uno de los compradores de pieles.

Al terminar de cenar los niños se fueron a dormir. Kenojuac encendió la chimenea y los tapó con abrigos de piel de caribú. En cuanto la mujer se alejó, el más pequeño empezó a llorar. Pidió ver a su papá. Patricia se recostó a su lado y lo abrazó para consolarlo. Robert se levantó para ir a tranquilizarlos, pero su tío lo detuvo. Era importante que los niños se desahogaran y se confortaran uno al otro. Luego de un rato, los tres se quedaron dormidos.

A la luz de las velas, Chuck y Robert revisaron los documentos de John Sycamore. Repasaron línea por línea. Todo indicaba que la cesión de la tercera parte del rancho y de la patria potestad poseían validez legal. Cotejaron las firmas tanto en los documentos como en los papeles que Robert había encontrado en el escritorio de John. Ambas coincidían. Las escrituras parecían encontrarse en orden. La propiedad se hallaba perfectamente delimitada y el número de cabezas de ganado, las construcciones y los implementos agrícolas inventariados al detalle.

La intachable redacción de los documentos demostraba que John los había preparado con antelación, redactados bajo la guía de alguien experto en cuestiones legales. Aun en su esquizofrenia o en su delirium tremens, tuvo la suficiente claridad para saber del profundo daño que ocasionaba en sus hijos y debió esperar por años la oportunidad para dejarlos con la primera persona que suscitara su confianza.

A Robert lo perturbó la radical resolución del hombre. Sin más, había abandonado a sus hijos a un desconocido. ¿Y ahora él qué le diría a su familia? "Hola, ellos van a vivir con nosotros." Significaba un viraje drástico para su mujer y sus niños y, por supuesto, para él. Cómo convencer a su mujer de que soportaría esa nueva vida familiar cuando él se quejaba de pasar apenas unas semanas en la casa. Además, los hijos del veterinario habían sido objeto de una educación deficiente y su aislamiento durante tantos años era probable que impidiera que se integraran, no solo a su familia, sino a la vida social en su conjunto. Por otra parte, estaba convencido de que no debía eludir su nueva responsabilidad. Debía encargarse de esos niños, atenderlos, educarlos y protegerlos.

En las urbes del sur del país, el proceso legal para adoptar niños era largo y engorroso. No así en el Yukón y los Territorios del Norte. Las inhóspitas condiciones en las que sobrevivían sus habitantes —brutales tormentas de nieve, carencia de hospitales y médicos, falta de víveres, climas extremos— provocaban muertes tempranas y súbitas. Niños pequeños de pronto quedaban huérfanos, y su supervivencia dependía de la buena voluntad de vecinos o parientes para acogerlos y criarlos. Alargar los trámites de adopción podía dejar a los niños en el desamparo. Por eso en el Yukón bastaba una carta como la que había firmado el veterinario.

Robert contempló a los niños dormir envueltos en las pieles. No sabía ni siquiera el nombre de los dos más pequeños. Dio un último trago a su café y se despidió de Kenojuac y de su tío para ir a dormir al cobertizo. Salió y se quedó un momento contemplando las vías del tren que atravesaban la pradera. Mirar el vasto horizonte nevado lo hizo estar seguro de su decisión. Ya no viviría más en Whitehorse ni continuaría en la empresa. Se mudaría al rancho tan pronto fuera posible. Haría que sus hijos trabajaran, no como un deber, sino como un juego. Que disfrutaran del campo, que salieran del entorno protegido en el cual su madre los criaba. Que arrearan al ganado entre la nieve, que durmieran a la intemperie. Que crecieran respirando aire frío, que salieran a correr a sus anchas. Que cazaran y pescaran su comida, supieran los nombres de cada animal, cada planta, cada insecto, cada estrella, cada constelación. Que en verano fueran picoteados por mosquitos y mordidos por las moscas negras. Que supieran desollar y destazar a un animal. Que supieran prender un fuego sin cerillos, cocinar lo que hallaran en el monte. Que supieran buscar bayas y moras silvestres. No quería hijos aislados y silenciosos como los del veterinario, pero ya era suficiente de esa vida asfixiante de pequeña ciudad a la que estaban sometidos, encerrados en invierno por miedo de la madre a que se resfriaran. Que se enfermaran, tosieran, sufrieran fiebre, crearan anticuerpos. Que se hicieran fuertes en el clima y los bosques, las praderas y las montañas, que no le tuvieran miedo a nada ni a nadie.

Ya no le daría más vueltas. La decisión estaba tomada. Caminó hacia el granero y con la luz de la Luna descubrió a Nujuaqtutuq parado frente a la puerta, mirándolo fijamente.

La sombra se ha detenido en la escalera. Me aferro al pedazo de crucifijo. La madera rota es lo suficientemente puntiaguda para poder encajarla como una daga. Si son Zurita y sus hombres, no permitiré que me arresten. No pienso pisar la cárcel un solo minuto. Si son los buenos muchachos, así sean varios y vengan armados, voy a pelear a muerte. Estoy dispuesto a todo.

La sombra se aproxima. Me quedo inmóvil para no develar mi presencia. No sé si se trate de uno solo o si otros vienen detrás. Me agazapo lo más posible y clavo la mirada en el cuadro de la escalera. Quien baja se detiene justo antes de llegar al último escalón. El olor a cadáver debe haberlo sacudido. Quizás se encuentre a punto de volver el estómago. La sombra continúa su descenso y por fin entra a la sala. Me dispongo a embestir. Me levanto y empuño el crucifijo. Adelanto un paso y, cuando estoy a punto de lanzarme sobre la sombra, distingo a Avilés entre la luz de los cirios. La última persona a quien esperaba. Me bulle la rabia por dentro. ¿Qué hace aquí?

Avilés mira a su alrededor, desconcertado. No sé si quedarme quieto y esperar a que se vaya. Camina unos pasos y observa el féretro. Se nota que apenas puede contener las arcadas. Descubro que blande una pistola. La lleva adelante, presto para usarla. Temo que me meta un balazo si no me reconoce en la oscuridad. Lo llamo. "Sergio, aquí estoy." Escruta el rincón para buscarme. Camino hacia él y le señalo la pistola. "Soy yo, no me vaya a disparar." Avilés la mantiene en alto. "¿Estás bien?" Salgo a la luz. "Sí." Avilés se cerciora de que todo esté en orden y guarda el arma en la cintura. "No aguanto más esta peste", me dice. Se cubre la boca con la mano, abre la puerta del jardín y sale.

Avilés recarga la frente en la pared. Respira hondo en un intento por contener el vómito. Me acerco a la ventana y la abro. Escucha el rechinido de las bisagras y se vuelve a verme. Se endereza y va a asomarse por una rendija del portón. Escudriña a los buenos muchachos, que platican entre sí. Silencioso, se aleja del portón y regresa a la sala. "¿Mataste al tipo?", me pregunta en voz baja. "No", le contesto. "Entonces, ¿qué hiciste con él?" En respuesta doy vuelta y entro a la cocina. Avilés me sigue.

Enciendo la luz. Humberto está tumbado en el piso con la mirada perdida. Iluminado por el foco del techo, son más evidentes las huellas de la golpiza. Avilés contempla el bulto que yace a sus pies, orinado, cagado, con el trapo zambutido en la boca y apestando a cloroformo. Se agacha y examina las heridas en su rostro. Se vuelve hacia mí. "Pues no lo mataste, pero estuviste a nada de hacerlo."

Le explico que Humberto no quiere beber agua ni comer. Avilés acerca su cara a la de él. "¿Es cierto eso?" Humberto no responde. Avilés lo toma de la barbilla y lo vira. "¿No piensas tomar agua, Lucifer?" La palabra Lucifer detona un chispazo en el subconsciente fanático de Humberto. Furioso, comienza a soltar patadas, pero Avilés y yo las eludimos. Se arrastra para intentar alcanzarnos, pero damos vueltas a su alrededor hasta que se cansa. Bufa agitado por su nariz fracturada. Se ahoga. Parece al borde de un colapso pulmonar.

Avilés lo provoca de nuevo. "Anda, Lucifer, toma agua." Humberto yergue medio cuerpo y trata de darle un cabezazo. Avilés lo esquiva. Humberto se va de espaldas y su cráneo se estrella contra el piso. Le duele, porque se queja. Avilés vuelve a inclinarse hacia él. "Te estás deshidratando", le advierte. "Tú decide si quieres morirte o no." Humberto ni siquiera voltea a verlo. Con una seña, Sergio me indica que vaya con él y sale de la cocina. Apago la luz y dejo a Humberto otra vez a oscuras. Avilés sube las escaleras y echa un vistazo a los cuartos. "¿Dónde podemos hablar sin esta peste?" Le señalo la habitación de la madre, al fondo del corredor.

Cierro la puerta y nos sentamos sobre la cama. En la recámara el hedor no es tan intenso y el ligero aroma a perfume floral que aún permea lo diluye. "Lo que me llevas a hacer, cabrón", me dice Avilés. No le agrada en lo absoluto estar ahí. Toma una foto de la madre sobre el buró y la examina. "Debió ser muy guapa esta mujer. Mira qué lindas pantorrillas." Me fijo en la imagen. Jamás se me hubiera ocurrido reparar en las pantorrillas de una mujer, y menos cuando la dueña de esas pantorrillas se fermenta en gases allá abajo. Avilés coloca de nuevo la fotografía sobre el buró y se vuelve hacia mí. "¿Qué piensas hacer?", cuestiona. "No sé", le respondo. Avilés me mira, incrédulo. "Tienes en la cocina a un tipo hecho mierda… ¿y no sabes qué hacer con él?" Niego con la cabeza. "¿Cuál es tu plan?", inquiere. Su pregunta punza. "No tengo", le confieso. Avilés se soba la cabeza. La estruja como si hacerlo le permitiera sacar una buena idea. "No podemos dejarlo ahí nomás. En cuanto la policía sepa, nos mete al bote." Habla en plural. Quisiera decirle "Esta es mi bronca y yo solo la voy a arreglar", pero la verdad es que su solidaridad me alivia.

Avilés concluye que no me va a quedar de otra que irme de la ciudad y esconderme por un largo rato, en lo que se enfrían las cosas. "Te vas lejos y cuando ya estés en un lugar seguro, con una llamada anónima avisamos a la policía sobre Humberto." La noción de abandonar mi casa y dejar todo atrás me consterna, pero no hay más opciones. Me perturba huir como rata, tal y como lo hicieron Humberto y los demás buenos muchachos después de matar a Carlos. Me parece un acto cobarde, pero si quiero que se haga justicia para mi hermano, no puedo lograrlo encerrado en una celda.

Avilés indaga si poseo ahorros suficientes para poder sobrevivir por lo menos unos meses fuera. Le manifiesto que me queda poco. "Yo te puedo ayudar mientras encuentras un trabajo", propone. Su generosidad me conmueve. Avilés nunca deja de sorprenderme.

Nos quedamos en silencio. Se escucha un radio en la lejanía. Reconozco la voz del locutor de *Vibraciones* de Radio Capital. Habla de Hendrix: "Las ondas sonoras de su guitarra reverberan en nuestra corteza cerebral, expanden el universo de la especie humana". Mi programa de radio favorito, pese a las enredadas y barrocas frases del conductor. Avilés me apremia a empacar mi ropa y partir lo antes posible. Propone que viaje a Zaragoza, Coahuila, al rancho de Jorge Jiménez, un actor amigo suyo originario de allá con el que suele cazar. Queda en llamarle y está seguro de que va a acogerme el tiempo necesario. "Él y su madre Luz Divina son muy buenas personas. Te van a tratar bien y ahí puedes estar confiado en que nadie te va a encontrar."

Me asedia una honda desazón. La idea de una vida de fugitivo me provoca náusea. Le comparto a Avilés mi inquietud por el King y Colmillo. "Yo me hago cargo de Colmillo y Chelo ya quedó en cuidar al King", explica. Le pregunto si Chelo sabe sobre mi posible huída. "Claro", responde. "Ella está dispuesta a alcanzarte adonde vayas. Te está esperando en la azotea de tu casa. Se está muriendo de la angustia."

En el distante radio se escuchan los acordes de "Hey Joe". Hendrix. No puedo olvidar llevarme sus discos. Mi vida expresada en treinta y tres revoluciones por minuto. Necesito escucharlos por siempre. Son un resabio de la identidad que estoy a horas de perder.

Avilés me pregunta si antes de partir de la ciudad me queda algún pendiente por resolver. Le revelo sobre las cuentas bancarias de Carlos y de la estrategia del abogado para cobrarlas. Le confieso que había pensado en él como tutor y garante de mi fideicomiso, pero que no le había dicho porque aún faltaba avanzar los trámites legales.

Me pregunta si se trata de mucho dinero. Le doy un aproximado. Me pide que le repita la cifra. Se la digo número por número. Me mira, atónito. "Es una cantidad bestial de dinero. Con eso pueden vivir hasta tus bisnietos." Las tácticas legales con las que el abogado pretende recuperar el dinero Avilés las considera imprácticas y poco efectivas. "Eso va a llevar años", afirma. Indaga si ya cursó alguna demanda contra los bancos. Le respondo que no. "Se agotó el tiempo", asevera Sergio, "necesitamos resolver esto pronto". Le pregunto si se le ocurre otra manera de recobrar el dinero. "No, pero ya la encontraremos."

Decide irse. Lo acompaño para ayudarle a salir por la ventana, pero, para mi asombro, resulta mucho más ágil de lo que pensé. Se escurre por el marco, trepa por la escalera y se pierde en la oscuridad rumbo al techo. Se supone que debo esperar unos minutos antes de continuar tras él, pero decido bajar de nuevo a la cocina. Es la última oportunidad de ver cara a cara a mi enemigo.

Entro a la cocina y prendo la luz. Humberto está despierto y me observa con temor. Lo he maltratado, sojuzgado, está irreconocible detrás de esa máscara hinchada y violácea. Me arrodillo junto a él. Me gustaría saber exactamente qué cruza por su mente. Saber en cuál de los lóbulos de su cerebro se aloja su frialdad, su patológica tendencia a manipular y asesinar, en qué parte habita ese dios delirante y vengativo.

Le advierto que me voy a ir de la ciudad, que pienso dejarlo atado y amordazado, que quizás pasen días para que vengan a buscarlo y que es necesario que beba agua y se alimente. Me mira con una mirada vidriosa y seca, como la de los pescados que descansan sobre camas de hielo en los supermercados. Francos síntomas de deshidratación. No puedo dejarlo en ese estado. En menos de un día estaría muerto.

Me inclino hacia él. "Vas a tomar agua. Quieras o no quieras, ¿entiendes?" De nuevo solo me mira, ausente. Un hueco inexpresivo. Le quito el trapo. Se queda inerte. "Lucifer", lo llamo para ver si así se aviva. Esta vez no reacciona. Se mantiene impasible. Lo levanto y lo recargo sobre el mueble del fregadero. Sirvo un vaso con agua y se lo acerco a los labios. No hace ningún esfuerzo por beberla. Lo tomo de la barbilla, le alzo la cara y empiezo a vaciarle el agua sobre la boca. No la rechaza. La pasa trago por trago hasta que termina el contenido.

Saco una rebanada de pan Bimbo del refrigerador. Le pongo encima una tajada de queso y la doblo. Se la meto entre los dientes y casi por inercia comienza a masticarla. El energúmeno de hace un rato ha dado pie a un tipo flácido y carente de voluntad. Deglute y vuelve a morder el pan. Mastica con la boca abierta, el bolo da vueltas entre su lengua y su paladar. Es un animalito domesticado. Una cucaracha dócil. Tantos deseos de matarlo y ahora lo alimento para que no se vaya a morir. Paradojas de la venganza.

Humberto se termina el pan. Preparo otro que igual devora. Lo hago beber dos vasos más de agua. Lo amordazo de nuevo. No opone la menor resistencia.

Con cuidado de que no azote la cabeza, lo jalo despacio de los pies y lo arrastro a la sala para que no se quede en el frío piso de la cocina. Lo dejo tumbado sobre la alfombra, a un lado del féretro. La peste no se detiene ni por un segundo. Es omnipresente. Prendo el tocadiscos. La aguja se desliza sobre los surcos de vinil. Quien encuentre a Humberto, lo hará bajo los acordes de la música de Brel.

Me acuclillo frente a él. "Nos vemos en el infierno, Lucifer." Ignoro si me ha escuchado o si me entendió. No muestra ninguna emoción. Observo su rostro. Lo grabaré en mi memoria. Lo recordaré no como el Humberto triunfador y perverso que sonreía mientras mi hermano se ahogaba, sino como la marioneta a la que subyugué y le arrebaté la voluntad.

Apago los cirios. No quiero que, al arrastrarse, Humberto tire uno de los candelabros, se incendie la casa y termine carbonizado. Asciendo a la planta alta, salgo por la ventana rumbo a la escalera de caracol y subo a la azotea. Hace frío en la madrugada y allá arriba por fin respiro aire limpio de muerte y pestilencia.

Partida

Robert se sentó a la mesa con los niños y con la mayor paciencia trató de explicarles cuál sería en adelante su situación. Les comentó sobre la encomienda de su padre para que él se hiciera responsable de ellos. Les contó sobre su familia, de los tres hijos que tenía de su esposa. De que la idea era vivir todos juntos en el rancho y que solo faltaba llevar a las autoridades locales los documentos que había dejado su padre para oficializar la adopción.

Los tres lo observaron en silencio. Robert les pidió que le dijeran sus nombres y la forma en que preferían que los llamaran. El más pequeño se llamaba también John, pero le gustaba que le dijeran Johnny. La de en medio, María, eligió Mary. Patricia pidió que la llamaran por su nombre, tal cual.

Johnny preguntó si volvería a ver a su padre. Robert empezó a esbozar una respuesta, pero Patricia lo interrumpió. "No, no va a volver nunca", aseveró. Anonadado por la seguridad de su respuesta, Robert la cuestionó. "Me dijo varias veces que se iría para no regresar jamás", respondió ella.

A Johnny y a Mary se les empezaron a escurrir las lágrimas. Patricia estiró la manga de su suéter y con ella se las enjugó. "Es lo que quería papá", les dijo. "¿Se murió?", preguntó Mary. Patricia negó con la cabeza. "No, solo se fue. Lejos." La respuesta acongojó más a los niños y lloraron sin aspavientos.

A Robert lo conmovieron. Los tres debían estar aterrados. Aun cuando John era un esquizofrénico alcohólico que los hizo pasar por momentos de horror, era su padre. El único que conocían. Ahora se hallaban en el vértigo de la incertidumbre. Lanzados de golpe al mundo exterior al cual su padre jamás les dio acceso.

Robert les avisó que saldrían hacia Whitehorse en un par de días. Por lo pronto, podían hacer lo que les placiera. Jugar, dormir, comer. Patricia respondió que querían ver a los lobos. Robert accedió y eso pareció animar a Johnny y Mary.

Cuando Robert se topó con Nujuaqtutuq la noche anterior en la puerta del granero, el lobo no intentó huir. Dócil y alicaído, permitió que Robert lo lazara con una cuerda y no hizo intentos por mordisquearla o zafarse. Robert lo amarró a una tranca del cobertizo y llamó a Chuck para mostrárselo. "Resucitó", le dijo. Inexplicable que ese lobo se recuperara y, más aún, que pudiese sostenerse de pie.

Robert y Chuck reconstruyeron un antiguo corral para guardar a los lobos. Lo reforzaron con tablas para que no hubiera huecos por donde pudieran escabullirse y levantaron la altura de la cerca para que no pudieran saltarla. Empotraron unas cajas de madera con retazos y pieles para que los lobos pudieran cobijarse. Ninguno de los dos lobos se veía en condiciones de soportar el frío y era necesario protegerlos.

Metieron primero al macho. Nujuaqtutuq husmeó los postes y, sosteniéndose con dificultad, los orinó. Aun herido, no dejó de marcar su territorio. Robert aproximó el remolque con la loba y le abrió la puerta dentro del corral. Sospechó que ella, más rejega y taimada, se refugiaría en un rincón, temerosa del macho. No sucedió así. La loba entró y cruzó una mirada con Nujuaqtutuq. Muy probablemente era el primer lobo que veía desde cachorra. Curiosa, se acercó a él. El macho le mostró los colmillos. Acostumbrado a mandar a su jauría, la intromisión de la hembra en su nuevo territorio debió inquietarlo. Pero, aun sin haber convivido jamás con otros lobos, Pajamartuq agachó la cabeza, sumisa, y dio por sentado que el lobo era quien regía en ese corral.

Robert llevó a los niños a verlos. Los hallaron acostados uno junto al otro dentro de las cajas de madera. Los niños los observaron por entre el cercado. "Son bonitos", dijo Johnny, acostumbrado a verlos colgando sin piel en la senda al rancho. Patricia intentó acariciarlo a través de las tablas, pero

Robert se lo impidió. "Parecen mansos, pero no lo son. Te pueden arrancar la mano. No lo vuelvas a hacer."

Robert y Chuck decidieron ir al pueblo a entrevistarse con las autoridades locales y le pidieron a Kenojuac que se hiciera cargo de los niños. Los dos hombres montaron en la camioneta y partieron.

Kenojuac entró a la casa, tomó un rifle Winchester 94 calibre 30-30 y con señas les pidió a los niños que la siguieran rumbo al río. A pesar de ser una vieja, les costó mantenerle el paso. La mujer avanzó decidida entre la nieve, esquivando los montículos y saltando con agilidad los arroyos.

Cerca del río, la mujer distinguió unas huellas. Caminó con lentitud y llevándose el índice derecho a los labios les indicó a los niños que se mantuvieran en silencio. Rastreó entre la nieve y a unos cien metros un lince corrió frente a ellos. La mujer disparó sin acertar.

Continuaron. Al llegar a las márgenes del río, Kenojuac se aproximó al agua donde aún flotaban grandes costras de hielo y jaló una cadena. Algo pesado se hallaba al otro lado, porque le costó trabajo atraerla hacia sí. Patricia se apresuró a auxiliarla. Entre las dos tiraron y de pronto en el agua comenzó un chapaleteo furioso. El tirón de la cadena lastimó la mano de la niña, quien se hizo hacia atrás, asustada. Lo que remolineaba en el agua poseía enorme fuerza.

Patricia logró ver un lomo castaño salir y entrar al agua. Después de un estire y afloje, lograron acercar al animal a la orilla. Era un castor atrapado en un cepo. En cuanto pisó tierra firme y aun herido, el castor las atacó. Kenojuac se hizo hacia atrás y cayó de espaldas sobre el lodo helado. El castor se lanzó hacia ella, pero Patricia alcanzó a darle con una rama en el hocico y lo contuvo. Kenojuac se levantó. El castor intentó volver al agua, pero la mujer se aferró de la cadena. Les pidió a los tres niños que la ayudaran. Lo hicieron temerosos de que el castor se revolviera y les encajara sus filosos dientes delanteros.

El castor no pudo sumergirse. Kenojuac tomó la rama y le atizó un fuerte golpe en la cabeza. El castor quedó atolondrado, lo que la mujer aprovechó para surtirle varios garrotazos en sucesión. El castor se dio vuelta y quedó flotando panza arriba.

Entre los cuatro lo jalaron a la orilla. El castor quedó inerte sobre la nieve. Kenojuac lo tomó de la cola y lo levantó. Era enorme, un viejo macho con una gruesa piel. Con cuatro más de ese tamaño podría confeccionarse un buen abrigo.

Recorrieron el río. Los niños se turnaron para cargar al castor. Johnny y Mary apenas podían con él. Kenojuac había colocado varios cepos a lo largo de la ribera, uno cada doscientos metros. En los siguientes cuatro no hallaron ningún castor, pero al quinto hallaron uno pequeño, que había muerto ahogado. Kenojuac lo sacó, lo amarró de las patas y se lo echó sobre las espaldas.

Las trampas las había dispuesto Kenojuac cerca de las represas que construían los castores. Fijaba las cadenas a troncos o rocas y tendía los cepos semienterrados en la nieve o en el lodo. Como los castores son herbívoros, era inútil el uso de carnadas, por lo que la mujer estudiaba cuáles eran los pasaderos entre sus guaridas y los árboles que roían.

Lograron recobrar un castor más y emprendieron el regreso. A pesar del frío, de agotarse con el peso de los castores, de la larga caminata entre la nieve, los niños regresaron felices. Muy pocas veces se habían aventurado más allá de los confines del rancho. El nuevo paisaje, el río semicongelado, el olor del pelaje húmedo de los castores, el extraño idioma de la mujer, los emocionó.

La mujer destazó los castores. Guardó la grasa en un recipiente y separó los lomos y los cuartos delanteros y traseros. Los costillares, el cuello y la cabeza los introdujo en una olla con agua y los puso sobre el fogón para hacer sopa. Les entregó a los niños las vísceras y apuntó hacia el corral donde se encontraban los lobos para que se los dieran de comer.

Los niños corrieron presurosos a llevárselas. Mary y Johnny arrojaron las suyas, pero Patricia acercó su mano a Nujuaqtutuq con un pedazo de hígado. El lobo se aproximó y, cuando lo tuvo a unos centímetros, Patricia abrió la mano y lo dejó caer. Nujuaqtutuq cruzó una mirada con la niña. Ella no tuvo miedo. "Nujuaqtutuq", susurró. El lobo la miró unos segundos más, bajó la cabeza, tomó el hígado y fue a comérselo unos metros más allá.

Chelo me esperaba en la azotea junto con Avilés. Me recibió seria y molesta. En cuanto me vio me espetó un "eres un imbécil". Me reclamó la angustia provocada por creer que algo grave me había sucedido. Intenté abrazarla, pero ella se quitó y volvió a decirme que era un imbécil. Se mostró indignada. Avilés intentó apaciguarla. "Nada ganas con insultarlo, debemos tomar decisiones ya. ¿Entiendes?" Las palabras de Sergio surtieron efecto. Chelo se acercó a mí y me abrazó. Comenzó a sollozar sobre mi hombro. "Creí que te habían matado", dijo. La estreché con fuerza. Avilés nos dejó a solas en la azotea. Chelo no podía contenerse. Besé sus lágrimas y le acaricié el rostro hasta que se calmó.

Entramos a la casa. Avilés propuso que hiciera mi maleta y saliéramos de inmediato. Él nos alojaría mientras se arreglaba el recobro del dinero con los bancos. Chelo decidió que iría conmigo a Coahuila. Traté de convencerla de que lo mejor era que partiera solo, me estabilizara y luego, cuando ella acabara la carrera de Medicina, veríamos. Se negó. Me acompañaría adonde fuera. Aseguró que yo le importaba más que sus estudios. Pensé en desaparecer sin ella. Para qué condenarla a una vida de fugitivos. Para qué embarrarla con mi frustrada venganza y las consecuencias que vendrían.

Persuadí a Avilés de quedarnos esa última noche en mi casa. Avilés accedió y se acostó en la cama de mis padres, con la pistola al lado por si llegara a necesitarse. Chelo me ayudó a hacer mi maleta. Empaqué ropa para un mes, los discos de

577

Hendrix, la camisa de leñador de Carlos, la carpeta con los papeles de Colmillo y los regalos que mis padres nos trajeron de Europa.

Subimos al cuarto de Carlos. Al verme, el King agitó la cola, presuroso se abalanzó sobre nosotros y como siempre nos llenó de baba. Chelo se alegró. "Va muy bien", dijo. Comencé a seleccionar libros de mi hermano para llevarme. Si hubiera pedido me los habría llevado todos, pero habría necesitado una camioneta para transportarlos.

Mientras los acomodaba dentro de la maleta miré a mi alrededor. El espejo donde Carlos se veía, la ropa que vestía, los discos que escuchaba, los pósters que adornaban su cuarto. Me volteé hacia Chelo. "¿Y si me transformo en Carlos?" Chelo se volvió a mirarme, extrañada. "¿De qué hablas?"

Sin responderle me levanté y fui a tocarle a Avilés. Me abrió la puerta en calzones y con la pistola en la mano. Sus piernas regordetas eran de una blancura extrema. Una cicatriz profunda cruzaba uno de sus muslos. "¿Qué pasaría si me presento en los bancos como Carlos?", le pregunté. "¿De qué estás hablando?", cuestionó adormilado. "Si voy al banco y les digo que soy Juan Carlos Valdés, ¿podré cobrar las cuentas?" Avilés caviló un momento. "¿Te pareces a él?" "Bastante", respondí. "Necesitamos dos identificaciones oficiales con tu foto", dijo. "En la cartilla militar nos parecemos", le dije.

Regresé al cuarto de Carlos. Chelo me esperaba en la puerta. "¿Qué pasó?" "Voy a suplantar a Carlos", le respondí y atrabancado le expliqué lo que pensaba intentar. Ella no entendió de qué hablaba. Pasé a su lado y comencé a escudriñar los cajones de Carlos. Encontré la cartilla militar liberada y se la llevé a Sergio. La examinó. "Pues no te pareces mucho, pero sí lo suficiente", dijo.

Avilés me dijo que tenía un contacto en la Secretaría de Relaciones Exteriores que le ayudaba a sacar pasaportes al vapor cuando contrataban nuevos trabajadores del circo y necesitaban viajar de gira al extranjero. Creía que con aceitar bien al funcionario podríamos obtener rápido un pasaporte falso con mi fotografía.

Avilés insistió en que debíamos irnos antes del amanecer y mandó alistarnos. Chelo y yo nos metimos a la ducha y a pesar de la prisa hicimos el amor bajo el agua. Nos apresuramos a vestirnos y bajamos mi equipaje. Acordé con Chelo que se quedara con el King mientras hacíamos los trámites del pasaporte y que después me alcanzara en casa de Avilés.

Avilés metió el Maverick en la cochera. Guardamos mis maletas en la cajuela y luego entre él y yo cargamos al King para llevarlo a la calle. Tuvimos que lidiar con el aterrado perro. Solo pasar por la planta baja lo hizo remolinearse de miedo. Una vez afuera se sintió más tranquilo. Chelo le ató una correa y dio unos pasos con él. Olfateó una barda, una alcantarilla, un zaguán. Me agaché para despedirme de él. Lo abracé, me dio dos lengüetazos y me incorporé.

Chelo me estrechó con fuerza. "Cuídate", me dijo. Me dio un largo beso. Se separó de mí, dio vuelta para partir. La miré alejarse con el King. Avilés me sacó de mi ensimismamiento. "Apúrate", me dijo.

Fui por Colmillo. Lo hallé acurrucado bajo el fregadero. Se levantó y se acercó, taimado. Nunca dejé de temerle. No debía olvidar que era capaz de matarme en menos de un minuto. Me agaché para colocarle el bozal. Dio un cabezazo para impedirlo. Lo aplaqué restregándole el cuello. Cedió y pude abrocharlo. Le sujeté una cadena y salí con él.

Lo subí al asiento trasero del Maverick. Avilés me pidió que orientara su cabeza del lado contrario al suyo para que no fuera a atacarlo. Lo dejé un rato en el carro para que se adaptara al estrecho espacio del asiento trasero. Trató de dar vueltas sobre su eje, pero los respaldos delanteros se lo impidieron. Luego de unos minutos decidió echarse. Montó Avilés y Colmillo se inquietó. Los pelos del lomo se le erizaron. Lo acaricié hasta que se sosegó y se recostó de nuevo. "Vámonos", ordenó Avilés.

Abrí el portón. Empezaba a clarear. Un barrendero con uniforme naranja juntaba basura y hojas secas con una escoba de ramas. Una bandada de gorriones despertaba sobre las ramas de un cedro. El camión de la leche pasó por el Retorno. El lechero se detenía frente a algunas casas para intercambiar las botellas de cristal que los vecinos habían dejado frente a su puerta por unas rellenas. El señor Belmont pasó en su Opel azul rumbo a su trabajo. Me saludó con un movimiento de cabeza y continuó de largo. El mundo de las pequeñas cosas de mi calle.

Avilés arrancó, sacó el Maverick y se detuvo unos metros más adelante. Cerré la puerta de mi casa. Di unos pasos hacia atrás y la contemplé. Quizás nunca más volvería a verla. Por unos segundos estuve a punto de arrepentirme y regresar adentro. Que Zurita y sus policías fueran por mí. Me armaría y resistiría hasta el final.

"Vámonos", ordenó Avilés. Volteé hacia casa de Humberto. Sus centinelas custodiaban la puerta. Monté en el auto y partimos. Amanecía.

Lejanía

El encargado de gobierno en Mayo, el poblado más cercano, no necesitó revisar los documentos. Sabía que John Sycamore era un hombre enfermo, que debajo de su carácter afable anidaba la locura. Alguna vez lo halló en la carretera bajo una tormenta de nieve mientras le manoteaba a un interlocutor imaginario. Intentó ayudarlo, pero fue tan iracunda su respuesta que prefirió dejarlo a solas en medio de la intensa nevada.

Una tarde el veterinario se apersonó en el pueblo a buscarlo. Preguntó si era viable que una institución pública o religiosa se encargase de sus hijos. John sabía cuánto los afectaba su estado mental. El encargado le explicó que sí, pero que precisaba llevar a los niños a Whitewater, donde operaba un pequeño orfanato dedicado a cuidar a los hijos de leñadores muertos en los aserraderos o de padres nativos que habían sucumbido a epidemias virales. Debía someterse a un examen médico y demostrar que por cuestiones de salud se hallaba imposibilitado para criarlos. El encargado le hizo ver que un padecimiento emocional difícilmente calificaría como motivo de incapacidad.

El veterinario preguntó si podía darlos en adopción. El encargado le dijo que eso era más factible y le ayudó a redactar los documentos necesarios, los mismos que ahora le presentaba Robert.

"Puede negarse", le dijo el oficial "y aun negándose puede quedarse con la tercera parte del rancho. Son dos gestiones separadas". Imposible. Robert sería incapaz de quitarles a los niños un solo pedazo de su patrimonio. Respondió que estaba dispuesto a adoptarlos bajo dos condiciones: que los niños consintieran en ello y que si el padre retornaba, no pudiese solicitar una revocación. El funcionario explicó que ninguna de las dos procedía. En primer lugar, por ser menores de edad, los niños no podían tomar esa decisión. Y en segunda, si el padre regresaba, sí podía reclamar la restitución de la patria potestad, pero dado que la había cedido debería entablar un juicio que, según él, llevaba las de perder por haberlos abandonado. Estaba en manos de Robert aceptar o no.

"Sí acepto", respondió categórico. En nombre del comisionado federal para el Territorio del Yukón, el encargado de gobierno selló las actas donde se cedía la patria potestad de los niños Patricia, María y John Sycamore a Robert Mackenzie. Asimismo, se escrituró la tercera parte del rancho High Plains a su nombre y se denominó a esta propiedad Mackenzie Plains Ranch. Se determinó que Robert sería el administrador de ambos ranchos hasta que Patricia cumpliera la mayoría de edad.

Robert salió del despacho, una cabaña de troncos, con una sensación agridulce. Se sintió mezquino al aceptar el extenso terreno, pero el documento de Sycamore no admitía una declinación de derechos de propiedad ni del rancho, ni de las edificaciones, ni del ganado. John había blindado legalmente la transferencia a Robert para así obligarlo a un compromiso moral con los niños.

Por otra parte, haberse resuelto a adoptarlos le brindó un hondo bienestar. Consciente de que se vería forzado a cohabitar a diario con su mujer, supo que se desesperaría con ella y con los seis niños que pulularían en la casa. Añoraría los inmensos e impolutos paisajes que exploraba para determinar las rutas de los oleoductos y con seguridad pronto se aburriría de la rutina de ganadero. Pero intuyó que su vida necesitaba esta dirección, que una veta desconocida y valiosa se abriría en la obligada cotidianidad con su mujer y sus ahora seis hijos. El reto de educar tres niños ajenos, por años presas de un ambiente enrarecido y aislado, lo estimulaba. Carecía del fatalismo religioso de sus padres, que achacaban a dios toda carambola existencial, pero estaba convencido de que la vida lo había conducido hasta ahí por razones que el tiempo terminaría por aclarar.

Caminó hasta el río. Una barcaza cruzaba lenta, remontando corriente arriba. Por ese río, ochenta años antes, habían arribado centenas de buscadores de plata y oro, que desesperados recorrieron las montañas adyacentes para solicitar una concesión, solo para terminar varados en esa tierra agreste, sin recursos y en la más absoluta miseria. Rendidos, los gambusinos emigraron y dejaron en paz a los colonos y a la tribu de los na-cho nyak dun. Ahora Mayo era un diminuto villorrio de apenas trescientos habitantes. Una mitad blancos, la otra nativos y mestizos.

Chuck lo alcanzó y ambos contemplaron en silencio la corriente. Chuck había remado varias veces ese río. Atracaba su canoa en las orillas, erigía un mástil tallando un delgado y alto tronco de arce e izaba una bandera amarilla, señal para que los indios supieran que ahí había un comprador de pieles. Grupos de nativos llegaban en canoas, repletos de cueros de castor, de nutrias, de lobos, de osos. Las negociaciones tomaban horas. Un regateo interminable hasta que ambas partes cerraban el trato. Chuck les entregaba balas, harina, sal, azúcar. Lotes grandes de pieles de primera calidad llegaba a pagarlos con carabinas Winchester calibre 30-30, el objeto más valioso para los nativos. Después de una semana, recogía el campamento y navegaba unas millas más río arriba. Ahí en Mayo descargaba la mercancía y la embarcaba hacia Dawson, donde su mujer se encargaba de venderla.

"Te envidio", le dijo Chuck a Robert, "al menos tú ya sabes qué vas a hacer". Robert sonrió. "¿Y tú? ¿Qué decidiste?" Chuck apuntó a donde confluían los ríos Mayo y Stewart. "Voy a intentar unir dos ríos", dijo y soltó una carcajada.

Llegaron a la estación de tren más tarde. Kenojuac les había preparado un guiso con la carne de los castores y unas lonjas de salmón que había ahumado con los niños.

Era una tarde soleada y fresca, y decidieron sacar la mesa para comer afuera. Los niños se notaban animados. Johnny contó la cacería de esa mañana. Mary lo interrumpía a menudo para agregar pormenores, como el olor a almizcle de los castores, o el agua calma en las represas.

Robert respiró aliviado. Los niños se alejaban gradualmente de su mutismo y cerrazón. Si continuaban así no sería difícil que se integraran a su familia, o al menos esa era su esperanza. Robert les explicó que la adopción era oficial. Que en adelante él y su esposa serían sus padres y que convivirían con sus tres hijos como hermanos. Construirían una casa más grande en el rancho para que todos cupieran, pero de momento se acomodarían en la actual. Robert les avisó que partirían al día siguiente hacia Whitehorse.

Robert y Chuck recogieron los trastos sucios y los enjuagaron en una cubeta. Al terminar, salieron de la casa. El Sol menguaba detrás de las montañas. Chuck limpió de nieve un ancho tronco aserrado que servía como banco y se sentó. Contempló las vías y la desvencijada estación de madera. "Es una tristeza que el tren haya dejado de parar aquí", sentenció. "No imaginas la cantidad de gente que bullía alrededor de los vagones. Cargadores, compradores de pieles, ganaderos, gambusinos. Subían y bajaban bultos, cajas, sacos rellenos de maíz o trigo, tambos de gasolina, fardos de cueros de oso. Aquí se abastecía toda la región. Ahora mira." Señaló las paredes de madera carcomidas, los vidrios rotos, las bancas herrumbrosas. El ferrocarril ya sólo pasa las noches de los martes y los sábados, cuando en los buenos tiempos se detenía ahí seis veces cada semana. Se acabó la fiebre del oro y la bonanza se desvaneció. Las villas fundadas por los gambusinos se despoblaron lentamente hasta que solo quedaron ruinas. En su partida, dejaron una estela de alcohol barato y enfermedades venéreas que diezmaron a las tribus nativas. Los extensos bosques tardaron años en recuperarse de las heridas provocadas por decenas de excavaciones delirantes.

Chuck sacó una bolsa de tabaco, vació un poco sobre una hoja de papel de arroz, lio un cigarro y lo prendió con un encendedor de gasolina. Dio una chupada y exhaló el humo. Una pequeña nube blanca subió en espiral y se disipó con el viento. Robert aspiró el acre olor del tabaco. Le recordó su infancia. Su abuelo gustaba de fumar el tabaco más fuerte posible. "Limpia la sangre", decía al aspirar el humo. Robert imaginaba el humo recorrer las arterias, barriendo a su paso las impurezas para después expelerlas por la boca. "El cigarro te acompaña cuando estás solo", afirmaba el abuelo. A los diez años Robert intentó darle el golpe a un cigarrillo. Le irritó tanto la garganta que no entendió cuál era el placer que hallaba su abuelo en inhalar ese humo quemante. No volvió a tratar sino mucho tiempo después, cuando una noche helada en la montaña uno de los guías le ofreció un cigarro para que entrara en calor. No se le formó hábito y solo fumaba cuando el frío era extremo y la cercanía de la lumbre al rostro le brindaba una sensación de calidez y tranquilidad.

Le apeteció fumar. Le pidió a su tío tabaco y una hoja. Enrolló el cigarro, le prendió fuego y aspiró profundo. Miró la Luna que asomaba por entre los pinares. "Nos vamos mañana temprano", le notificó a su tío. "¿Vas a venir con nosotros?" Chuck se encogió de hombros. "No sé."

Cuando regresaron a la casa, ya los niños se habían bañado y se disponían a dormir. Robert los contempló envueltos en pieles, asustados. Se prometió tratarlos con amor y cariño. Ser paciente y comprensivo. Los arropó y con una ligera caricia en la cabeza les dio las buenas noches. Fue a sentarse a la mesa con Chuck y Kenojuac. No hablaban. Ella, con la mirada gacha. Su tío, pensativo. Robert se percató de que los incomodaba con su presencia y salió rumbo al cobertizo.

Robert se acostó, aprehensivo. Debía convencer a su mujer y a sus hijos de aceptar a los niños. Sabía que Linda los acogería. Era una buena mujer y una buena madre. Y sus hijos terminarían por adaptarse. Apagó el quinqué y cerró los ojos. En la madrugada, Nujuaqtutuq comenzó a aullar.

Su aullido lo amplificó la ausencia de viento. Robert se enderezó sobre su catre. En la lejanía otros lobos respondieron. Quizás era la misma jauría que lo había atacado unas semanas antes.

Robert se quedó escuchándolo. La Luna comenzaba a descender sobre el horizonte y no tardaba en salir el Sol. Decidió no volver a dormirse. Preparó la jaula para los lobos. Montó el remolque sobre la bola de arrastre y la aseguró con una cadena. Luego regresó al cobertizo a empacar sus pertenencias. Viajarían de corrido hasta Whitewater. Llevaría a los niños directo a su casa. Los dejaría jugar con sus hijos en lo que le explicaba a su esposa lo que había sucedido. Después iría a las oficinas generales de la constructora a presentar su dimisión. Confiaba en que, aun cuando era él quien renunciaba, la empresa lo reconociera por tantos años de trabajo y lo liquidaran con una considerable cantidad.

En cuanto salió el Sol se dirigió a la casa. Ya los niños desayunaban, charlando vivaces. Taciturna, Kenojuac calentaba una olla sobre el fogón. Robert espetó un sonoro "buenos días" y se sentó en medio de Patricia y Johnny. Bromeó con ellos y luego les preguntó si estaban listos para partir. Antes de responder, los tres hermanos se miraron entre sí y luego Patricia asintió.

Cargaron la camioneta. Entre Chuck y Robert lazaron a los lobos y con aprietos lograron meterlos a la jaula. Apenas cupieron. Quizás en Mayo Robert podría conseguir un remolque más grande, de los usados para transportar jaurías de trineo.

Chuck salió con sus bultos y los echó en la caja de la camioneta. Robert y él cruzaron una mirada. Chuck tragó saliva y volvió hacia la casa. Abrazó a Kenojuac, la besó y luego, sin demora, se montó en el vehículo y cerró la portezuela.

Robert y los niños se despidieron de la mujer. Ella esbozó una sonrisa que solo hizo notar más su tristeza. Dieron vuelta y se dirigieron a la camioneta. Se apretujaron en el asiento entre Chuck y Robert. Johnny tuvo que ir sentado en las piernas de Patricia y Mary, con las rodillas dobladas para que Robert pudiese hacer el cambio de velocidades.

Arrancaron y tomaron la brecha hacia la carretera. Chuck volteó hacia atrás para ver a la mujer que, parada en la puerta de la casa, se perdía a lo lejos.

"Trae cuatro fotos tamaño pasaporte y tres centenarios", dijo el tipo detrás de la ventanilla. Avilés sonrió y le dijo que la vez pasada se habían arreglado con mucho menos de eso. "Que sea uno", propuso Sergio. El funcionario de pasaportes negó con la cabeza. "Si lo quieren para hoy, prefechado y con sellos, tienen que ser cinco." Después de un regateo de diez minutos quedamos en que le llevaríamos un centenario de oro y tres onzas Libertad de plata. El tipo fijó la una de la tarde como hora límite para llevarle las actas de nacimiento y las monedas si queríamos el pasaporte para esa tarde.

Para las fotografías me peiné lo más similar a Carlos. Estudié mis expresiones en el espejo para reproducir las suyas: una leve sonrisa, la mirada casi un guiño. Carlos, seductor hasta en las fotos para documentos oficiales. Fuimos a un pequeño estudio fotográfico a la vuelta de Relaciones Exteriores, en la planta baja de un edificio de Tlatelolco. Mis fotografías resultaron casi idénticas a la de la cartilla militar de Carlos. Avilés las aprobó. Luego pasamos a una joyería del centro, propiedad de un conocido suyo, que nos vendió el centenario de oro y las onzas de plata.

Llegamos a la oficina de pasaportes un poco antes de la una. Con la barbilla el tipo nos señaló que lo esperáramos afuera. Lo aguardamos en un pasillo contiguo. El hombrecito salió, pasó junto a nosotros sin hacernos caso y se metió a los baños. Lo alcanzamos. "¿Traen eso?", inquirió en cuanto entramos. Avilés asintió y le extendió dos monedas de plata. "¿Y el resto?", preguntó el burócrata. "Dando y dando, palomita volando", respondió Avilés.

El hombrecillo nos entregó el pasaporte un par de horas después. Para no levantar sospechas entre los bancos por ser un documento recién expedido, estaba fechado nueve meses atrás y le habían estampado un par de sellos de entrada al país para que pareciera que Carlos había salido de viaje durante ese periodo.

Esa mañana habíamos llegado muy temprano a la casa de Avilés. La suya era una casona de una sola planta y con un extenso jardín en el centro de San Ángel. Nunca imaginé que el sueldo de un domador alcanzara para adquirir una propiedad de ese tamaño. Avilés notó mi sorpresa. "También soy uno de los dueños del circo", reveló.

Guardamos a Colmillo en una gran jaula donde Avilés solía guarecer a los cachorros de león y tigre, y entramos a la casa. Una mujer somnolienta nos recibió. "Doña Natalia, le presento a Juan Guillermo", dijo Avilés. Ella extendió su mano de pajarito y estrechó la mía. "Mucho gusto, joven." Avilés le pidió que me condujera al cuarto de visitas. La seguí maletas en mano hasta una habitación al fondo. En los pasillos había un sinnúmero de fotos. Avilés con Julissa y César Costa, con el Santo, con Charlton Heston, Jean-Paul Belmondo, Lyndon B. Johnson. Avilés en Nueva York, Roma, Londres, Río de Janeiro.

Temprano fuimos a abrir una cuenta a mi nombre en un banco distinto de aquellos en los que Carlos mantuvo las suyas. El plan era retirar los ahorros de todas las cuentas en cheques certificados y transferirlos a la nueva. Nos dirigimos a la única sucursal en la ciudad del Banco Mercantil de Monterrey, un banco regional que atendía la zona noreste del país, lo que dificultaba a los bancos capitalinos reclamar el dinero que depositáramos ahí. Solicité la apertura de cuenta. Aunque estaba a dos meses de cumplir los dieciocho años, el banco no me permitió hacerlo. La única opción para un menor de edad era lo que llamaban una libreta de ahorros, ideada para que niños y adolescentes invirtieran una pequeña suma semanal. Al cumplir la mayoría de edad entregaba el total junto con los nimios intereses generados. El gerente me aleccionó sobre las virtudes del ahorro y me exhortó a destinar al menos diez pesos a la semana. Sonreí solo de imaginar cuál sería su reacción cuando llegara a guardar millones en mi libretita.

Avilés abrió también una cuenta. Si por alguna razón yo no podía guardar cuantiosos montos de dinero en mi libreta de ahorros, lo haríamos en la suya. Aclaró que me devolvería cada centavo. Le aseguré que confiaba por completo en él.

Al salir de la oficina de pasaportes llamé al Pato de un teléfono público. Le había pedido que vigilara la casa de Humberto. Me contó que no había sucedido nada inusual. Le advertí que pronto iban a suceder cosas, que estuviera pendiente. Le dicté el número telefónico de Avilés y le pedí que me marcara en cuanto supiera algo.

Colgué y le entregué la bocina a Sergio. Metió una moneda de veinte centavos y discó el 06. Contestó una mujer: "Emergencias, ¿en qué puedo servirle?" Avilés reportó un fuerte olor a cadáver en el número 45 del Retorno 201 de la colonia Unidad Modelo. Cuando la mujer le pidió sus datos, Avilés colgó.

En unas horas, quizás en minutos, descubrirían a Humberto atado y amordazado. En ese momento, Zurita daría la orden de cazarme y soltaría sus sabuesos. Conociéndolo, no cejaría hasta dar conmigo y encarcelarme. Me arriesgaba quedándome en la ciudad tratando de engatusar a los bancos. Pero no pensaba huir al desierto coahuilense sin dinero.

Avilés me dejó en la casa y partió a dar una función en el circo. Me tumbé en la cama de mi cuarto. Las paredes eran gruesas y silenciaban el ruido exterior. Cerré los ojos y me quedé dormido. Horas después tocaron a la puerta. Me desperté amodorrado, sin saber dónde me hallaba, con una sensación arenosa en los párpados. "Joven, joven", dijo Natalia. Me levanté y abrí. La diminuta mujer señaló un teléfono en el extremo del pasillo. "Le llaman." Caminé hasta el aparato. "Bueno", contesté. "Se armó un megabroncón", dijo el Pato, "hace como dos horas llegó Zurita con varias patrullas". Tapé la bocina y respiré hondo. La ruleta había empezado a girar. Tarde o temprano la bola caería en mi número. "¿Estás ahí?", preguntó el Pato. "Sí", contesté "aquí estoy." "Los judiciales están yendo casa por casa a interrogar a los vecinos", continuó. Inquirí si había salido a relucir mi nombre. "No, que yo sepa", respondió y añadió "hasta ahora". ¡Carajo! ¿Por qué tuvo que agregar el "hasta ahora"? "Si sé de cualquier otra cosa te vuelvo a llamar", dijo y colgó. Detesté el sentido de indefensión que su llamada me provocó. Sentirme presa. Perseguido. Cazado.

Me quedé de pie frente al teléfono. Natalia se asomó por la puerta de la cocina y me dijo que había preparado unas quesadillas para que cenara. Le respondí que iba en un momento. Miré las fotos en la pared. En una de ellas se hallaba un jovencísimo Avilés con un enorme león macho muerto a sus pies. Lo rodeaba un grupo de masáis vestidos con sus trajes tradicionales. Una lanza descansaba sobre el costado del felino. De una herida en la paleta chorreaba sangre. La imagen daba a entender que había sido él quien lo cazó.

Mientras cenaba arribó Avilés, aún vestido con su traje de domador. Se desplomó sobre una silla. "Cada vez me cansa más este trabajo, el cuerpo ya no me da", dijo. Le conté sobre la llamada del Pato. Me tranquilizó aseverando que Zurita no se iba a esforzar en encontrarme, que yo no era un delincuente que pudiera ordeñar y que no gastaría ni dinero ni esfuerzos en perseguirme. Lo rebatí. Zurita iría tras de mí por una sencilla razón: evitar que me vengara de él. "Eso es cierto. A la gente como él no le gustan las balas perdidas", dijo.

No, ni Zurita ni los buenos muchachos me la perdonarían. No por Humberto, él era lo de menos, sino porque había vulnerado una regla tácita: las víctimas no pueden convertirse en victimarios, y si lo hacen, firman una declaración de guerra.

Señales

No dormí, ansioso por lo que venía. Huérfano, fugitivo, desterrado. Colmillo empezó a aullar, de nuevo convocando a jaurías invisibles. Varios perros respondieron. Pese a los chalequitos tejidos por sus dueñas, los collares con campanita, los ridículos cortes de pelo, los genes de esos aburguesados y reblandecidos perros de pedigrí reconocieron la llamada del aullido primigenio. El coro de ladridos se extendió casi una hora. Desde los insoportables chillidos de los schnauzer miniatura hasta los graves de los sanbernardo.

Salí a revisar a Colmillo al jardín. El viento agitaba las hojas de los gigantescos fresnos. Las ramas crujían. Un ocote se balanceaba de un lado a otro. Por una canaleta corría un hilo de agua proveniente de las ruinas de unos establos. La casa debió ser la propiedad rural de una familia adinerada de finales del siglo XIX donde criaban ganado, gallinas, puercos. El espacio en el que se hallaba encerrado Colmillo daba la impresión de haber sido una caballeriza.

Me agaché al llegar a la jaula y Colmillo se me acercó. Nos quedamos mirando por unos minutos. Una vez que huyera a Zaragoza sería probable que no volviera a verlo. Inmerso en tanta muerte, quedé marcado por la impresión de que las presencias en la vida pueden perderse de un segundo a otro, que no hay garantía de permanencia de nada ni de nadie.

Volví a la cama y dormité un par de horas. A las seis me despertó Avilés con sonoros golpes en la puerta. "Levántate que tenemos que estar en el primer banco a las ocho y media. Vente a desayunar", gritó al otro lado de la puerta y escuché sus pasos alejarse.

Avilés me aguardaba en la cocina con una taza en la mano. "Es atole de chocolate, receta coahuilense", dijo y me la entregó. Había encendido el fogón. La cocina era antigua, decorada con azulejos de Talavera y cazuelas de barro y cobre. Me senté a la mesa mientras él cocinaba unos huevos con machaca. Decidimos que el primer banco al cual iríamos sería la sucursal del Banco de Londres y México en Insurgentes, donde se hallaba depositado el segundo monto más alto de las cuentas de Carlos. Con solo recuperar esa suma podría vivir sin problemas durante años. Quedamos en que Avilés se ostentaría como un supuesto representante legal y yo me mantendría firme en mi personificación de Carlos.

Llegamos al banco a las siete cuarenta y cinco. "Siempre es bueno ser puntuales", aseveró Avilés. ¿Puntuales cuarenta y cinco minutos antes? Nos recargamos sobre el cofre de un Mercury 1952, idéntico al que mi padre había vendido para poder pagar nuestras colegiaturas. Lejos de entristecerme, ver el carro espoleó dentro de mí un ardiente deseo de pelea. Era el momento justo para romper con el círculo vicioso de auto-conmiseración que terminó por asfixiar y destruir a mi familia. No me derrotaría más. Ni un centímetro más de derrota.

Los empleados del banco llegaron uno por uno pasadas las ocho. Un policía bancario les abría y en cuanto pasaban, cerraba de nuevo la puerta. A la hora exacta Avilés se aproximó a la entrada, pero el policía le impidió el paso. Avilés le mostró su reloj. "Ya es hora", dijo. Confundido, el policía volteó a ver hacia el interior y uno de los cajeros le hizo la seña de que nos permitiera el ingreso.

A una secretaria le pedimos hablar con el gerente. Nos miró como si hubiésemos pedido hablar con el presidente de la República. "Está ocupado; ¿qué se le ofrece?", inquirió con desdén. "Vengo a cancelar mi cuenta, señorita", le contesté. "Para eso no necesitan molestar al gerente", dijo "toma una ficha, llénala y fórmate en cualquier ventanilla. Ahí te atenderán". Bajó la mirada hacia unos papeles sobre la mesa y puse mi mano encima de ellos. Se volvió a verme, molesta.

"Señorita, dígale al gerente que está aquí Juan Carlos Valdés."
"¿Y?", preguntó altanera. "Y que pienso retirar los tres millones cuatrocientos treinta mil pesos que tengo depositados en esta sucursal." La mujer me observó por unos segundos y luego se volvió hacia Avilés en espera de que le confirmara lo que acababa de escuchar. "¿Es en serio?", le preguntó. Avilés le respondió. "Sí, muy en serio, y le ruego que le hable de usted a mi cliente." Ella me miró de arriba abajo, aún incrédula. Se levantó y se fue a consultar a un tipo regordete sobre cuya cabeza se ceñía un bisoñé mal alineado. Él le señaló unos cajones. La mujer hurgó entre unos fólderes y sacó una carpeta. Entre ambos la revisaron y, mientras lo hacían, el hombre volteó a verme de reojo varias veces.

El gordito salió de su oficina y fue a saludarme. "Señor Valdés, pero qué mala cara vio en este banco que quiere cerrar su cuenta. Pase por favor a mi oficina. Le voy a proponer el mejor plan de rendimientos para su dinero." El tipo se veía demudado. La cuenta de Carlos debía estar entre las más considerables de las que manejaba. Perderla marcaría un tache en su desempeño como gerente y un revés en la salud financiera de la sucursal.

Nos sentó en su oficina. Me prometió una "inmejorable tasa de interés para su dinero y atención personalizada". Pidió disculpas por las "leperadas de la secretaria" y juró que no se repetiría un trato así. Le expliqué que necesitaba retirar el total de mi inversión porque me iba a vivir al extranjero. Para convencerme de no abandonar el país y su banco, el gerente se soltó a proclamar clichés nacionalistas. "No se vaya, si como México no hay dos", "Lo hecho en México está bien hecho", "No le vaya a pasar como al Jamaicón Villegas, que no se halló", etcétera. Sonreí y negué con la cabeza. Era una decisión tomada, un trabajo en una empresa americana. Saqué la cartilla y el pasaporte falso y los coloqué encima de su escritorio. "Aquí tiene mis identificaciones." Avilés se inclinó hacia él. "Nos gustaría un cheque certificado por el total de los ahorros, por favor." El gerente hizo un último intento por conservarme como cliente. "Si se queda con nosotros le regalamos una estufa." Avilés soltó una carcajada. "¿Y para qué va a querer una estufa?" El gerente alegó que expedir un cheque certificado tomaba de dos a cinco días hábiles. Debió pensar que en ese lapso podría reconsiderar la estufa. Avilés lo refutó. "Mentira, cuando he cancelado una cuenta me lo han entregado de inmediato." El gerente supo que no le quedaba más que expedirlo. Tomó un teléfono, marcó una extensión y cuando empezó a girar instrucciones lo interrumpí. "Prefiero que me lo dé en efectivo." Avilés y el gerente se volvieron a verme al unísono, desconcertados. "No creo que tengamos esa cantidad de dinero en la bóveda", se excusó el gordito; "además, ¿piensan andar por ahí con esa fortuna? ¿No teme que lo asalten?" Respondí con aplomo que no. El gerente se incorporó. "Déjeme ver cuánto tenemos, no puedo dejar la sucursal sin efectivo." Se disponía a salir cuando lo detuve del brazo. "También puede darme dólares o centenarios", le dije. El gerente me miró, extrañado. "Si el banco cobra una comisión", le dije "estoy dispuesto a pagarla. O una comisión para usted, por supuesto, si nos ayuda". El hombrecillo me palmeó la espalda y se dirigió hacia la caja fuerte.

En cuanto salió, Avilés me reconvino. "¿Estás loco? Nos van a descubrir con tus peticiones ridículas. Te portas como asaltante de bancos." Sonreí. "Prefiero algo sólido", alegué, "un pitazo y por más certificado que esté ese cheque, jamás podré cobrarlo".

Salimos del banco con dos sacos. Uno con cuarenta mil dólares y el otro con un millón doscientos mil pesos en billetes de cien. En las bolsas del pantalón, Avilés y yo logramos guardar cada uno diez centenarios. El resto del dinero, ese sí, en un cheque certificado. Al total hubo que restarle la comisión del gerente: tres mil dólares por haber facilitado la transacción en efectivo.

Avilés no dejó de refunfuñar. "Estás loco, pero bien loco." Llegamos al Maverick estacionado a tres cuadras. Arrojamos las bolsas en la cajuela y Avilés arrancó a toda velocidad.

594

Paranoico, no dejó de revisar por el espejo retrovisor. Yo iba eufórico. Sin abogados, sin demandas, sin perdedera de tiempo, había recuperado una considerable rebanada del dinero de Carlos. Y sí, sí me sentía como un asaltante de bancos.

Avilés se negó a ir a otro banco sin antes esconder los sacos en su casa. Los ocultamos dentro de una covacha con triques en un rincón del jardín y los centenarios los enterramos junto a una verja de madera. Luego fuimos a depositar el cheque en la cuenta de Avilés. Desconfiada, la cajera del banco rectificó una y otra vez la cantidad. Verificó el cheque a contraluz para comprobar que no fuera falso y lo cotejó con otros cajeros. Después de ir y venir, nos entregó el recibo correspondiente. Otro millón setecientos mil pesos asegurados.

Al salir del banco ambos respiramos hondo, temerosos de que alguien en el eslabón bancario descubriera el engaño y llamara a la policía. Técnicamente no estaba cometiendo una estafa, el dinero me pertenecía. Pero en realidad estaba recobrándolo de manera fraudulenta. No importaba, los bancos también jugaban sucio.

En el Banco de Comercio, Carlos había ahorrado setecientos dieciocho mil pesos. Pensé que el gerente del banco, al igual que el anterior, intentaría retenerme como cliente, pero no tuvo el menor empacho en darnos una parte en efectivo, otra en cheque certificado y el resto en dólares. Lamentó que ya no quisiera continuar con el banco y me deseó suerte en mi trabajo fuera del país. No aceptó una comisión, pidió al policía de la entrada que nos escoltara hasta el auto y nos dio su tarjeta por si en adelante requería de sus servicios.

Avilés y yo pensamos que el gerente nos estaba tendiendo una trampa para robarnos, que nos había descubierto y que había ordenado al policía apuntarnos con su arma para que le entregáramos el dinero. Pero no, el policía nos acompañó, vigiló que nadie sospechoso rondara y se despidió con amabilidad.

Montamos en el Maverick, anonadados. La prontitud y facilidad con que nos habían dado el dinero significaba que las oficinas sede de los bancos ni siquiera habían avisado a las sucursales sobre las solicitudes que presentó el abogado García Allende para que me devolvieran el dinero de Carlos. Simplemente no las habían tomado en serio. Me sorprendió que bastaran un par de identificaciones falsas para recuperar en unas horas lo que por la vía legal y correcta podía llevar años.

Escondimos el dinero en efectivo y los dólares en casa de Avilés y depositamos el nuevo cheque. Eran las once de la mañana y prácticamente ya había asegurado de por vida mi futuro financiero. Avilés propuso descansar un rato, pero yo traía la adrenalina al tope. No quería parar. Lo convencí de ir a un banco más. A regañadientes, aceptó. Nos dirigimos al Banco Industrial, en donde Carlos había ahorrado dos millones dieciocho mil pesos.

La sucursal se hallaba a la vuelta de los cines Galaxia y Géminis. Estacionamos el carro frente a la taquilla, cerrada a esa hora, y caminamos hacia el banco. Ingresamos y pedimos hablar con el gerente. "¿Quién lo busca?", interrogó la recepcionista. "Juan Carlos Valdés." La mujer marcó un número y nos pidió que aguardáramos unos minutos, que en cuanto el gerente terminara de atender a unos clientes nos recibía.

Transcurrió media hora y la señorita nos indicó que pasáramos al escritorio al fondo del banco. Una pareja de ancianos, los clientes que el gerente atendía, cruzaron a nuestro lado. Al vernos venir, el gerente, un hombre de cabello ensortijado y estatura media, que no debía rebasar los treinta y cinco años, se levantó a recibirnos. "Tomen asiento, por favor", nos dijo. Nos acomodamos en unas sillas de plástico. "¿En qué puedo servirles?", inquirió. Le extendí el estado de cuenta. "Quiero retirar el total de mi dinero", le dije. Él lo tomó y lo revisó con cuidado. Me lo devolvió. "Claro, con mucho gusto. ¿Me permites tu identificación?" Coloqué la cartilla militar y el pasaporte falso sobre su escritorio. "¿El señor es tu papá?", preguntó. "Soy su representante legal", intervino Avilés. El gerente abrió el pasaporte, lo examinó y luego guardó ambos documentos en un cajón de su escritorio. Levantó su mirada y escrutó mi rostro. "Tú no eres Carlos", dijo. "Por supuesto que sí", replicó Sergio. El gerente esbozó una sonrisa irónica. "No, no es. A menos, claro, que los muertos resuciten."

En Abisinia se les llamaba kabbazah, o "apretadoras". Eran mujeres de la raza "galla" que habían fortalecido los músculos de la vagina a tal grado que a horcajadas sobre un hombre eran capaces de provocarle un orgasmo sin moverse. Los mercaderes de esclavos pagaban fortunas por una kabbazah.

Lo relata Richard Burton, explorador inglés y el primer europeo en entrar a la sagrada ciudad de Harar a mediados del siglo XIX. A los blancos y los cristianos que lo intentaron antes que él se les había torturado hasta la muerte por su osadía.

Nacido en Inglaterra en 1821, Burton llegó a dominar veintinueve lenguas y cerca de cuarenta dialectos. Estudió a fondo las religiones y era capaz de discutir el Corán con autoridad. Escribió numerosos libros donde relató sus viajes. Tradujo al inglés *Las mil y una noches* y cotradujo el *Kama Sutra*. Junto con el teniente John Hanning Speke emprendió una expedición en busca de las fuentes del Nilo. Al inicio del viaje instalaron su campamento en la costa de Somalia. Una noche, mientras dormían, fueron atacados por bandoleros beduinos. Uno de los ladrones le clavó a Burton una lanza en el lado izquierdo del rostro que lo cruzó de lado a lado por las mejillas, rompiéndole cuatro dientes y los huesos del paladar.

Speke quedó malherido, con varias heridas de cuchillo. Al acabar la batalla, y aún con la lanza atravesada, Burton caminó un largo trecho para buscar ayuda. Ambos sobrevivieron a la masacre y fueron enviados a Inglaterra para su recuperación.

Speke y Burton retornaron a África a cumplir con su misión de encontrar el origen del Nilo. Sus personalidades divergentes los hicieron chocar a menudo. Burton gustaba de integrarse a los pueblos con los que se cruzaban. Vestía a su usanza, aprendía su lengua, se acostaba con sus mujeres y estudiaba sus mitos y costumbres. Por el contrario, Speke era arrogante y despreciaba a los nativos.

Por diversas razones se separaron a mitad del viaje. Guiándose por la información que Burton había obtenido de lugareños, Speke llegó a la orilla de un gran lago y concluyó que ese era el origen del Nilo. Cuando se reencontró con Burton, Speke le compartió la noticia y ambos celebraron.

Speke regresó a Inglaterra. Por motivos de salud, Burton no pudo acompañarlo, pero acordaron que Speke lo esperaría para juntos dar a conocer el hallazgo frente a la Royal Geographical Society.

Al llegar a Inglaterra, Speke se anunció como el único descubridor de las fuentes del Nilo. Logró gran fama por ello y publicó un par de textos al respecto. Al volver, Burton se sorprendió por la egolatría de su compañero y furioso montó una campaña para rebatirlo. La Sociedad Geográfica planteó un debate público para que dirimieran sus posiciones. Ese mismo día por la mañana Speke murió de una herida autoinfligida en una batida de caza: un balazo en el pecho. No se pudo determinar si el arma se le había disparado por accidente al cruzar una cerca o si había sido un suicidio.

Burton dejó tras de sí una vasta obra compuesta de relatos de viajes, traducciones, diarios y hasta tratados sobre esgrima. Al morir, Isabel su esposa, tutelada por su confesor católico, decidió quemar todos aquellos documentos que consideró "indecentes": minuciosas descripciones de órganos sexuales de varias razas; recuentos de mutilaciones sexuales, como la clitoridectomía o la emasculación de los eunucos; narraciones detalladas de las prácticas sexuales en las que Burton tuvo parte, así como las diatribas que profirió contra las autoridades civiles y militares inglesas.

A pesar de la destrucción, fueron publicadas más de sesenta de sus obras. Su trabajo fue clave para entender una diversidad de culturas y temas, y a la vez sirvió para abrir regiones inexploradas al voraz expansionismo británico. Burton representó la rara mezcla de académico erudito y hombre de acción. Sumergiéndose en la insondable y sudorosa experiencia humana, Burton construyó su leyenda como uno de los grandes aventureros de la historia.

Infierno

Se llamaba Eduardo Martínez Solares. Había sido cliente de Carlos. Se enganchó a la morfina. Pasó días aletargado por los efectos. Debido a ello tuvo problemas laborales y su novia lo abandonó. Varias veces sufrió el síndrome de abstinencia y hasta robó para poder comprar más dosis. Detestó su adicción y responsabilizó a Carlos por ella. Mi hermano recusó. "Yo solo abro puertas, tú eres quien decide si entras o no." A pesar de que Carlos le ayudó a superar la adicción suministrándole un tratamiento de viales de metadona que fue diseñado por médicos militares americanos para auxiliar a los veteranos adictos y que Sean consiguió en una base aérea, Eduardo no lo perdonó, ni lo perdonaría. "Fue una maldición toparme con él, por su culpa descendí a los infiernos."

Durante algún tiempo, Carlos y él se frecuentaron. "Hasta lo consideré mi amigo", dijo. Eduardo lo había convencido de guardar su dinero en esa sucursal, incluso lo asesoró para que la policía no pudiera rastrear las cuentas. De él fue la idea de depositar en diferentes bancos.

Eduardo nos lo contaba en voz alta, sin importarle que alguien escuchara. Avilés y yo miramos a nuestro alrededor. Con que alguien lo oyera y rajara a la policía, estábamos fritos. Me preguntó si yo era el hermano menor de Carlos. Asentí. "Pues te toca pagar los platos rotos", amenazó. "Él no tiene nada que ver", terció Avilés. "Tuvo que ver en el instante en que vino aquí por el puto dinero." Se volvió hacia mí. "Te voy a joder." A pesar de su tono amenazante, no creí que fuera tan rudo como quería hacerse ver, que solo alardeaba para sacar algo más.

Le pedí que me devolviera mis documentos. "No", respondió cortante. Avilés de nuevo intentó mediar. "¿Qué ganas con joderlo?" Eduardo me miró de arriba abajo. "Joderlo como el pendejo de su hermano me jodió a mí."

Me prendí. "Chinga tu madre", lo increpé. "¿Perdón?", preguntó Eduardo. "Que chingues a tu madre, y en tu vida le vuelves a decir pendejo a Carlos." Avilés puso una mano sobre mi pecho para intentar calmarme, pero se la empujé. "Ten cuidado con lo que dices", advirtió Eduardo y con la mirada señaló a los dos policías que custodiaban la entrada. Descubrí un abrecartas sobre el escritorio y lo empuñé. "En lo que llegan aquí, tú ya te moriste", amenacé. Eduardo levantó su saco y dejó relucir la cacha de una pistola escuadra. "Lo dudo", dijo "antes se mueren tú y tu amigo". Avilés le clavó la mirada y abrió su chamarra. También asomó una pistola. "No lo creo", sentenció "y creo que mejor nos calmamos".

Avilés me pidió que lo dejara a solas con Eduardo. Intenté negarme, pero con los ojos ordenó que me fuera. Su mirada intensa y dura no dio pie a objetar. Me levanté y me paré unos metros atrás del escritorio de Eduardo. El abrecartas lo escondí dentro de la manga de mi camisa, justo como acostumbraba ocultar el cuchillo. Conté los pasos: doce. Si la situación se salía de control y Eduardo intentaba algo contra Avilés, estaba a tres segundos de encajarle la punta en la nuca.

Avilés y Eduardo conversaron por unos minutos. Al hablar, Avilés movía las manos con suavidad. Me recordó la manera en que conducía a los tigres dentro de la jaula. Se veía tranquilo. Algo le dijo Avilés a Eduardo que este rio de buena gana. Con la cabeza, Sergio me hizo la seña de que volviera. En cuanto me senté, Eduardo se disculpó. "Perdona, no sabía que habías quedado huérfano." Lejos de confortarme, me dieron ganas de efectivamente clavarle el abrecartas en medio de las vértebras C2 y C3. ¿Qué carajos importaba si era o no huérfano? Yo luchando por emanciparme del ancla de la orfandad y Avilés la usaba como sentimentalismo barato para apaciguar al imbécil de Eduardo.

"La verdad no importa si soy huérfano o no", repliqué. Avilés atajó el riesgo de que de nuevo escalara la tensión. "Eduardo y yo llegamos a un acuerdo", sentenció.

No acepté los términos de Eduardo. Ninguno de ellos. A cambio de no acusarnos de fraude y de entregarnos el dinero en efectivo, pedía la mitad del dinero de la cuenta. Avilés quiso convencerme, pero me rehusé. No había trato. Eduardo se volvió a mirarme. "Te tengo agarrado de los huevos", dijo con seguridad. "Ni de chiste me tienes agarrado de nada. No te has dado cuenta que no tengo nada que perder", le respondí. Eduardo trató de rectificar sus amenazas. "Te puedo ayudar a que saques el dinero de otras cuentas" propuso. "Ya saqué suficiente", le dije "y quédate con el pasaporte si quieres".

Me levanté dispuesto a irme. Avilés me contempló, estupefacto. "¿Nos vamos?", le dije. Avilés intercambió una mirada con él, se encogió de hombros y se puso de pie también. "Espérate", me detuvo Eduardo. "¿De cuántos bancos has retirado el dinero?" Estuve a punto de decirle que no le importaba, pero quizás él sabía sobre las demás cuentas de Carlos. "¿De cuántos tengo que retirar?"

Eduardo develó cuatro cuentas que yo desconocía. Me dijo que en su casa guardaba el registro, con número y cantidades depositadas. Que Carlos se lo había confiado cuando la relación entre ellos aún era buena. Eduardo aseguró que mantenía amistad con tres de los gerentes de esas sucursales y que podía conseguir que me entregaran el dinero, sin preguntas, y en los términos que yo deseara: efectivo, centenarios, dólares, cheques de viajero o cheque certificado. Por sus servicios "y por el grave daño que tu hermano me ocasionó a mí y a cientos más" pidió una compensación del treinta por ciento del total. Le ofrecí el porcentaje que había decidido darle a García Allende: un quince por ciento. Quiso regatearlo, pero no cedí. Al final accedió. No era una cantidad menor la que se embolsaría. Quedamos en ir juntos a cada banco y aseguró que no habría ningún contratiempo para cobrar el dinero. Me devolvió mis documentos y cerramos el trato con un apretón de manos.

A pesar de la negociación con Martínez Solares y que por fin sabía en qué bancos se hallaban las cuentas faltantes, me invadió una honda desazón. Eduardo me había expuesto otra más de las oscuras facetas de mi hermano. Así como él, cuántos más se habrían entrampado en el LSD o la morfina y lo detestaban por ello.

Avilés notó mi pesadumbre. "¿Qué te pasa?", inquirió. "No sé si quiero ese dinero", contesté "mi hermano envenenó a demasiada gente". Enseguida me percaté de que había usado el mismo término con el cual los buenos muchachos lo habían condenado a muerte. El lavado de cerebro cobrando efectos tardíos.

Avilés me pidió sentarnos en la escalinata del cine Galaxia. "En la universidad", me empezó a contar de la nada, como era su costumbre "nos daba clase de Química un gordo inmenso a quien apodábamos el Átomo y que creía que para aprender química debíamos recitar a Shakespeare en voz alta: *Hamlet, Macbeth, El rey Lear.* De todo lo que leímos, un pasaje de *Antonio y Cleopatra* fue el que más me impresionó: un mensajero va a darle la noticia a Cleopatra de que Antonio, el hombre que ella ama con locura, se ha casado con otra mujer. Cleopatra enfurece de celos y encolerizada le reclama al mensajero: "¿Qué dijiste? Mira, horrible villano, voy a patear tus ojos como si fueran pelotas, te arrancaré el pelo de la cabeza, te darán latigazos con alambre y te escocerán en salmuera." Desencajado, el mensajero solo atinó a responderle: "Querida señora, yo solo traje el mensaje, no fui yo quien los juntó." ¿Entiendes lo que te quiero decir?" No supe qué responderle y me quedé callado. Avilés continuó. "Tu hermano no forzó ni engañó a nadie para meterse morfina o LSD. Él solo llevó el mensaje, no fue quien los juntó."

El argumento de Avilés era idéntico al que Carlos usaba para paliar su responsabilidad. "Pero él les facilitó las drogas", argüí. "Por fortuna", prorrumpió Avilés. "¿Por?", pregunté con asombro. Avilés meditó su respuesta un momento y luego se volvió hacia mí. "La mayoría de la gente va a verme al circo con la expectativa de que un león me descuartice. Buscan que suceda un momento trágico, lo que sea que los saque de su aburridísima vida. Mueren por verme destripado, con la cabeza triturada entre las fauces del león. Anhelan tener algo que contarle a sus aburridísimos nietos." Hizo una pausa, se mojó los labios y prosiguió. "Los burguesitos que le compraban droga a Carlos estaban hartos de vivir entre tanta espesa, coagulada aburrición. Y sí, el pendejito gerente te echó el rollo del infierno y todo lo que lo fregó su adicción a la morfina, pero su verdadero infierno va a ser pasarse los próximos treinta años de su vida sentado cada día en esa aburridísima oficina hasta convertirse en un aburridísimo jubilado. Así que déjate de tonterías y vamos a sacarle hasta el último centavo a cada uno de esos bancos, porque no tienes por qué enriquecer aún más a sus aburridos y millonarios dueños."

África

El 18 de septiembre de 1970, a las once de la mañana, Jimi Hendrix fue hallado inconsciente por su amiga Monika Dannemann en el apartamento que ella rentaba en Kensington, Londres. Fue llevado de emergencia al hospital Saint Mary Abbott, donde se confirmó su deceso. El certificado de muerte manifestó dos causas probables de su fallecimiento: inhalación de vómito e intoxicación de barbitúricos, aunque existía una "insuficiente evidencia de circunstancias".

A la muerte de Jimi siguieron la de Janis Joplin y Jim Morrison, la gran trilogía del rock. En las tres hubo coincidencias: mezcla de sustancias, cuerpos jóvenes erosionados por drogas, alcohol, desvelo, excesos. Los tres con veintisiete años de edad. Sí, su vida fue un dique contra la aburrición de la cual habló Avilés. Catalizadores, túneles, ríos, avenidas, brechas, caminos. Pero ¿no fueron quienes les suministraron las sustancias los que propiciaron su muerte?

Carlos nunca consideró ni a la morfina ni al LSD como drogas letales. Al contrario, para él eran benéficas. La morfina permitía a veteranos de guerra como Sean soportar los mordiscos del dolor crónico. El LSD incitaba estados de contemplación profundos, el pórtico a realidades subyacentes dentro del cerebro. ¿Por qué unos habían hallado en la morfina una paz serena y Eduardo un infierno?

El rencor de Martínez Solares me hizo entender que con el dinero de Carlos venía agregada una legión de enemigos. En cuanto supieran de la estafa y del origen criminal de la fortuna, los bancos dirigirían sus cuadrillas de abogados a acosarme para recuperarla y darme la lección más brutal posible, la que con seguridad incluiría una larga temporada en prisión. Varios de los antiguos clientes de Carlos le achacarían su adicción, prestos a cobrársela contra mí. Zurita me buscaría para extorsionarme y los buenos muchachos me rastrearían hasta dar conmigo, y probablemente, como en el caso de Carlos, matarme.

Debía protegerme. García Allende, el abogado propuesto por Bross, era competente, pero demasiado limpio. Quizás porque le había escamoteado información completa y fidedigna no había sido capaz de elucubrar una estrategia más sólida. Aunque a estas alturas reaparecer y revelarle la verdad sobre el origen de los ahorros de Carlos y los motivos de su asesinato ya no era opción. Y menos después de haber timado a dos bancos. García Allende ya no confiaría en mí. Necesitaba encontrar a alguien poderoso que enfrentara a cada uno de mis nuevos enemigos.

Por la tarde tomé un fajo de billetes, lo guardé en cuatro partes iguales entre los bolsillos de mi pantalón y los de mi chamarra y le pedí a Avilés que me acompañara al despacho Ortiz, Arellano, Portillo y Asociados. Si algún abogado podía cubrirme las espaldas, ese sería Alberto Ortiz. Avilés sabía de quién se trataba. Lo describió a la perfección: "Ortiz sería medalla de oro en los mil quinientos metros libres en una alberca de aguas negras". El rey de las cañerías y los desagües. El híbrido de león y de hiena, de águila y de serpiente.

Al llegar, la recepcionista del despacho nos preguntó si habíamos concertado cita con él. "No", le respondí "pero necesito verlo". Ella dijo que era imposible que me recibiera sin cita previa. Le dije que estaba seguro de que el caso le iba a interesar. Ella marcó un teléfono y unos minutos después apareció otra mujer y se dirigió a Avilés. "Buenas tardes, soy Clara, la asistente personal del licenciado Ortiz, ¿en qué puedo servirle?" Avilés sonrió y me señaló. "Es con él con quien tiene que hablar." Ella inquirió mi nombre y el motivo de mi visita. Le respondí que solo hablaría con él sobre el asunto y que mi familia había sido cliente suya hacía unos años. Clara insistió en que le explicara el motivo para verlo. "Se trata de un asesinato, de la muerte de mis padres y de mucho dinero involucrado." Ella se me quedó mirando. "Veré si el licenciado puede recibirte."

Sobre las paredes había colgados decenas de pergaminos que atestiguaban la preparación profesional de los socios del despacho. Fotos con presidentes, gobernadores, líderes sindicales, senadores, confirmaban el hálito de poder que flotaba entre los sillones de cuero tachonado, los escritorios de raíz de nogal y los libreros con cristal esmerilado dentro de los cuales se adivinaban libros antiguos de derecho, historia y política. Un óleo original de José María Velasco que reproducía la Ciudad de México a finales del siglo XIX y un autorretrato de Hermenegildo Bustos ornamentaban la escalera con el doble propósito de mostrar poder adquisitivo y buen gusto.

Luego de media hora regresó Clara. "El licenciado está dispuesto a recibirte diez minutos entre las nueve y las once de la noche", dijo. Eran las cinco. Debíamos esperarlo al menos cuatro horas. Le propuse a Avilés salir a distraernos y regresar a las ocho. "No, es mejor quedarnos, qué tal si termina antes y se va." Le propuse que se fuera y que volviera después. Se negó. "No hay función hoy en el circo, así que tengo la noche libre." Tomó el *Excélsior* que se hallaba sobre la mesa y se puso a hojearlo. Al poco tiempo se arrellanó en el sillón y se quedó dormido. Roncó con fuerza. La recepcionista y yo no dejamos de reír con sus ronquidos.

Me levanté a revisar los libros en la vitrina. Entre ellos se encontraban los de un autor del cual Carlos y yo habíamos escuchado, pero de quien nunca pudimos conseguir uno: Richard Burton. Frente a mí se hallaban los dos tomos de *Wanderings in West Africa.* Le pregunté a la recepcionista si podía abrir la vitrina. Ella sacó una llave, abrió y regresó a contestar una llamada. Hojeé ambos tomos. Eran la primera edición, con pastas originales, publicada en 1863 por Tinsley Brothers. A un lado se hallaba *First Footsteps in East Africa or an Exploration of Harar,* publicado por Longman, Brown,

Green and Longmans. Olían a libro de verdad. La textura del papel era rugosa. Se palpaba la vida del árbol del cual provenía. Su valor debía ser inmenso.

Miré a la recepcionista. Se hallaba distraída tomando notas mientras hablaba por teléfono. Pensé en meter los libros entre mis pantalones, despertar a Avilés y huir con dos joyas bibliográficas. Era una acción tentadora, pero no valía la pena ganarme un enemigo más, y menos del tamaño y poder de Ortiz.

Los examiné un rato y volví a colocarlos en su lugar. Dos tipos con facha de políticos entraron a la oficina. La recepcionista miró a Avilés con cierta vergüenza. Ella les pidió que la siguieran y los hizo esperar en una sala de juntas. Al volver me llamó. "¿No lo puedes despertar? No creo que dé buena imagen al despacho." No le faltaba razón. Encontrarse a un tipo resoplando con la boca abierta no debía ser la mejor publicidad para los notables abogados.

Sacudí a Avilés. Despertó atolondrado y lo primero que dijo fue: "¿No tienes hambre?" La recepcionista soltó una risilla. Avilés se estiró y se puso de pie. "Voy a buscar algo de comer, no tardo", dijo y salió.

En cuanto Avilés cruzó la puerta, la recepcionista marcó un número. A los dos minutos bajó Clara. "El licenciado Ortiz te puede recibir ahora." Le pregunté si podía esperar a que regresara Avilés, que apenas iban a dar las siete. "No creo, el licenciado recién se desocupó", dijo. "¿Vienes o no vienes?"

La seguí por las escaleras hacia el segundo piso. Arriba había varias salas de juntas y oficinas. Me pasó a un enorme despacho. Contaba con una sala con un par de sofás, una mesa de encino labrado con ocho sillas, y al fondo, un escritorio del tamaño de mi recámara. Más fotos y más libros antiguos. Cuadros originales de Ernesto Icaza adornaban las paredes. Los reconocí porque en la cocina de la casa colgaba el calendario promocional de una carnicería que se valía de sus pinturas de charros y caballos para recordar a sus clientes que vendían lomo, cuete, costilla, lengua y pollo de granja.

Me encontraba admirándolos cuando escuché una voz a mis espaldas. "¿Te gusta la charrería?", preguntó. Volteé y me topé con Ortiz. "Me gusta Icaza", respondí. "¡Ah! Icaza, un grande", expresó. "He dedicado años a adquirir sus obras. No son fáciles de conseguir, hay que rascarle para hallarlas." Con una seña me invitó a sentarme en uno de los sillones de la pequeña sala. "Me dijo Clara que tus padres murieron, lo siento mucho. Tu padre era muy agradable. Lo recuerdo bien." No supe si en verdad lo recordaba o lo suyo eran burdas relaciones públicas.

Se sentó en el sillón de enfrente, relajado. Clara le trajo un café y una nota que Ortiz leyó con rapidez y que dejó sobre la mesa de centro. Con el dedo hizo la señal de "no" y Clara salió. No quise desperdiciar los diez minutos que me había otorgado. Muy breve y sin parar, le conté sobre las actividades ilegales de Carlos, sobre su asesinato y la muerte de mi abuela y mis padres. Le dije que deseaba que se hiciera justicia, que quería que Zurita, algunos de sus hombres, Humberto y los buenos muchachos implicados en el crimen de mi hermano fueran a juicio y que temía por mi vida. Le pregunté cuáles eran sus honorarios y las posibilidades reales de que prosperaran mis peticiones.

Ortiz me escuchó con atención, sin interrumpirme hasta que terminé mi relato. Se mesó el cabello. Un reloj de oro relució en su muñeca. "Mira, Juan Guillermo", dijo en un tono pausado "mis honorarios son muy altos y las probabilidades de que se haga justicia son muy bajas". "No me importa", le dije "¿Cuánto me puede costar?" Ortiz hizo un cálculo mental y soltó una cantidad muy alta, que era menos de la mitad de lo que llevaba en los bolsillos. "¿Este es el costo total o un adelanto?", le pregunté. "Un aproximado de mis honorarios y los de mi gente por llevar el caso. Faltarían otros gastos, impredecibles, por así decirlo." Supe que por esos gastos se refería a mordidas y demás corruptelas.

"Usted siempre gana sus casos", le dije. Sonrió halagado. "¿Qué edad tienes?", preguntó. "Diecisiete." Me examinó de arriba abajo. "Pensé que tenías veinticuatro." Hizo una pausa y revisó la hora en su reloj. "Mira, te voy a dar un consejo. Olvida todo y trata de rehacer tu vida", planteó. "No puedo." Le relaté mi venganza fallida y lo implacables que eran tanto los buenos muchachos como los judiciales. Bebió un trago de su café y de nuevo miró su reloj. En su cara pude notar que ya no estaba concentrado en lo que le decía. Otros clientes, supuse que los dos tipos con facha de políticos, debían esperarlo. Se dispuso a ponerse de pie. "Espere", le pedí. Saqué el fajo de billetes que llevaba en el bolsillo derecho de mi chamarra y lo puse sobre la mesa de centro. Ortiz me observó con sorpresa. "Aquí está un adelanto del cincuenta por ciento de lo que me pidió", le dije. "¿Te lo robaste?", preguntó. "No, es mío. Me lo heredaron mis padres." Se acomodó de nuevo en el sillón. "Vuélveme a comentar cómo está tu asunto."

Quedó en averiguar el caso y revisar los expedientes. Veía factible encerrar a Humberto y a varios de los buenos muchachos, imposible proceder contra Zurita. No solo era un alto mando de la Policía Judicial, sino un favorecido de la familia del presidente. Ortiz lo conocía y le auguró un mal fin. "Ha jodido a mucha gente y es de lo más corrupto, pero créeme, tarde o temprano la suerte se le va a acabar." En un gesto benevolente, accedió a cobrarme solo lo que había puesto sobre la mesa. "Con esto basta", dijo. Le pregunté si era necesario firmar un contrato. "Soy hombre de honor", afirmó.

Pidió que le dejara con Clara un número telefónico donde localizarme. Se levantó para despedirse y puso una mano sobre mi hombro. "Vamos a arreglar esto", aseguró. "Ven mañana a las cinco." Le pregunté si podía venderme los libros de Richard Burton. "No sé cuáles son, ¿dónde están?", preguntó. "En el librero de la recepción." Sonrió. "Los libros de allá abajo no deben ser muy buenos, los compré por kilo a un vendedor de la Lagunilla para llenar ese estante, agarra los que quieras. Te los regalo."

Antes de salir de su despacho leí de reojo la nota que le había llevado Clara: "El gordo que vino con él quiere entrar,

¿lo dejo?" Por alguna razón, Ortiz se negó a hacerlo pasar. Debió esperar el momento en que Avilés salió para recibirme a solas.

Le di a Clara el número de la casa de Avilés. Ella lo apuntó en una libreta. "Si surge algo te buscamos", señaló. Bajé las escaleras. Avilés me esperaba ansioso. "No me dejaron entrar", se excusó. "Lo sé", le dije. Se advertía molesto por no haber podido acompañarme. "Todavía eres menor de edad", aseveró, "y necesitas a un adulto que te aconseje". Le pedí que no se preocupara. "Si vuelves aquí, no entras solo", me dijo. De la mesa de centro recogió una bolsa de papel de estraza. "Toma, para que te nutras", dijo y me la entregó. Dentro venía una torta de pierna con aguacate, cuatro sobres de sal, un Jarritos de naranja y de postre un chocolate Carlos V.

Preferí comer cuando saliéramos del despacho. No quería dejar una estela de olor a torta en la recepción. Ya bastaba con la contaminación auditiva que habían provocado los ronquidos de Sergio. La recepcionista me abrió el librero y dijo que Clara había autorizado que tomara los libros que quisiera. Me llevé los tres libros de Richard Burton, primeras ediciones. Un tesoro. Debían valer mucho más de lo que me había cobrado Ortiz. Mucho más.

El 9 de diciembre de 1977, un incidente —conocido como The Punch (El Golpe)— cambió la vida de dos hombres. Esa noche se jugó un partido de baloncesto entre Los Ángeles Lakers y los Houston Rockets. El juego era disputado y ríspido. Después dc un rebote recuperado por el poste Kevin Kunnert, Rudy Tomjanovich, de los Rockets, arrancó hacia el área contraria en espera de un pase para poder anotar. La bola no llegó. A media duela, Kunnert se había enfrascado en una reyerta con Kermit Washington, de los Lakers.

Tomjanovich corrió hacia la melé para calmar los ánimos. De pronto, un golpe en pleno rostro lo tumbó al piso. La pelea se detuvo. Los jugadores de ambos equipos miraron con horror a Tomjanovich con la cara destrozada en medio de un charco de sangre. Aturdido, Tomjanovich pensó que el marcador se había desplomado desde lo alto de la arena y había caído sobre él.

Supo después que Washington, de más de dos metros de estatura, había creído que él llegaba a agredirlo, y girando sobre su eje y con toda su fuerza le había pegado un puñetazo en plena carrera. El impacto fue tan brutal que la parte superior del cráneo de Tomjanovich se desplazó tres centímetros con respecto a la base. Además de la sangre, Tomjanovich notó en la boca un sabor amargo: era el líquido cefalorraquídeo que con el golpe había salido expulsado del cerebro.

Tomjanovich fue operado para reconstruir su rostro y corregir las fracturas. Washington fue suspendido por dos meses, la sanción deportiva más severa en su tiempo.

Tomjanovich se recuperó y al fin de su carrera como jugador se dedicó a entrenar. Como entrenador ganó el título justamente con los Houston Rockets. Washington cayó en desgracia, y aunque continuó jugando, siempre lo hizo bajo la sombra del puñetazo que propinó. Arrepentido, confesó que si pudiera volver el tiempo atrás, simplemente se hubiera quitado para dejar pasar de largo a Tomjanovich.

Vueltas

En casa de Avilés llamé al Pato. Confirmó lo inevitable: ya sabían quién había golpeado a Humberto. Al identificarme, los hombres de Zurita se encaminaron a mi casa, rompieron la cerradura del portón y, sin un acta expedida por un juez, la allanaron para catearla. Dejaron tras de sí colchones volteados, cajones en el piso, ropa tirada, igual como hicieron después de la muerte de Carlos en busca de dinero y drogas. Dos vehículos encubiertos vigilaban la calle para aprehenderme y los buenos muchachos se paseaban orondos por el Retorno en espera de mi regreso sin importarles que pudiera incriminarlos en la muerte de Carlos.

La golpiza a Humberto azuzó a judiciales y mochos por igual. La cacería había iniciado. A pesar de la amenaza, dormí profundo. No sé si por cansancio o tranquilizado por haber leído el pasaje del libro de Burton en el que narra cuando, a sabiendas de que es altamente probable que lo ejecuten, decide entrar a Harar, la ciudad prohibida.

Me levanté cerca de las diez de la mañana. Abrí las cortinas. La ventana daba hacia el jardín. Me entretuve mirando a dos ardillas que se correteaban entre las ramas de un fresno. Salí del cuarto y no encontré a nadie. En la cocina hallé un plato con papaya, pan dulce y un vaso con nata. Al lado una nota: "Para que desayunes, flojo".

Me senté a comer. Sonó el teléfono. No lo contesté. Mi madre me había enseñado que en casa ajena no se atiende ni el timbre ni el teléfono. Repiqueteó varias veces, hasta que escuché a Natalia descolgar la bocina. Después de unos segundos, entró a la cocina. "Joven, lo llaman."

Tomé el auricular y contesté. "Hola, Juan Guillermo, soy Clara Méndez, la asistente del licenciado Ortiz. Quiere verte lo más pronto que puedas." Le dije que tardaría más o menos una hora en llegar. Ella me instó a apresurarme y colgó. Le pregunté a Natalia si sabía dónde se hallaba Sergio y me respondió que había salido a comprar el periódico en un expendio en la esquina del mercado.

Me vestí de prisa y corrí a buscarlo. Lo hallé paseando por la plaza San Jacinto. Sonrió al verme. "¿Qué mosca te picó?" Le conté de la llamada de Clara y de la urgencia con la cual me había citado. "Nada en la vida es urgente", dijo. Con calma volvimos a la casa. Parsimonioso, fue a lavarse los dientes. Lo apuré. "Despacio que voy de prisa", sentenció.

Aun con su pachorra arribamos justo una hora después. La recepcionista nos guio directo hacia la oficina de Ortiz, quien revisaba unos documentos en su escritorio. Con la mano hizo el gesto de que pasáramos. Nos sentamos frente a él. "¿El señor es de confianza?", preguntó y con la cabeza señaló a Avilés. "Es como mi padre", le respondí. Avilés se volvió a verme, asombrado, aunque se adivinaba un dejo de orgullo.

Ortiz se recargó en su sillón giratorio y me miró. "Eres más cabrón que bonito", me dijo. Le pregunté por qué. Ortiz sonrió. "El tipo que te madreaste está internado en un hospital. Le fracturaste los dos pómulos, la nariz y la órbita ocular derecha. Perdió tres dientes y muestra varios hematomas. Además, quedó loco. No se sabe si por los golpes o si ya estaba así desde antes." Lo corregí de inmediato. "Ya estaba loco." Ortiz volvió a sonreír. "Puede ser que sí, puede ser que no. El caso es que se giró una orden de aprehensión en contra tuya por lesiones graves. Pero…" y Ortiz puso un papel frente a mí, "tramité un amparo que de momento impide que te arresten. Como no hubo testigos y el único que ha declarado en tu contra ha perdido la razón, no creo que vayas a tener problemas".

Al menos, Ortiz se movía rápido. Le pregunté qué sucedería con Humberto. "Como dicen que quedó, creo que nunca va a salir del psiquiátrico. Y si sale y no queda idiota, ya estoy armando un caso en contra suya por el asesinato de tu hermano." En la misma demanda pensaba proceder contra varios de los buenos muchachos. Para ello, me dijo, era necesario comprar los testimonios de personas clave e iba a requerir que le consiguiera más dinero. "¿Comprar?", cuestionó Avilés. "Cada quien tiene su precio", respondió Ortiz con ambigüedad "ya hablaremos de eso". Hizo una pausa, se acodó sobre el escritorio y se inclinó hacia mí. "Pero eso no es todo, Juan Guillermo. Hoy por la mañana, un tipo llamado Eduardo Martínez Solares se presentó a declarar a la Agencia Investigadora Número 20 para acusarte de intento de fraude, amenazas, tentativa de soborno y usurpación de identidad." Me quedé frío, sin saber qué decir. Ortiz me extendió un nuevo documento. "Te tramité un amparo más para zafarte de esta." No entendí por qué Eduardo había procedido así. Pensé que habíamos quedado en buenos términos.

"¿Sabes?", continuó Ortiz. "Entre cliente y abogado debe haber la mayor transparencia posible. Si no la hay, empiezan las broncas. ¿Por qué no me dijiste sobre las cuentas de banco de tu hermano que pensabas cobrar y de lo cual otro abogado se estaba haciendo cargo? En otras palabras, chamaco: ¿a quién piensas hacer pendejo?" Avilés intervino en mi defensa. "Debí entrar con Juan Guillermo ayer por la noche para aconsejarlo. No supo cuál información dar y cuál no." "Ni madres", dijo Ortiz, "el niño vino aquí actuando como Anita la Huerfanita, pero la verdad es que es un pasado de lanza". Ortiz se reclinó sobre el respaldo del sillón y se volvió a verme. "Ahora que sé que hay un dineral en juego, mis honorarios te van a salir diez veces más caros, ¿entendido?" Estaba por mandarlo a la chingada, pero Avilés me apretó el brazo para calmarme, a sabiendas de que podía echarlo todo a perder con una de mis inmaduras valentonadas. "Entendido", confirmó Avilés.

Ortiz consideraba a Martínez Solares un estorbo menor y aseveró que en menos de tres días rescataríamos el total de las cuentas de mi hermano. "Ceno a menudo con el presidente de la Asociación de Banqueros", afirmó petulante, "lo voy a arreglar con él en dos patadas". Del dinero recuperado, además de sus honorarios, debía entregarle el treinta por ciento. En cuanto intenté protestar, me atajó: "No te estoy preguntando qué opinas. Es lo que es". Además, advirtió, era la última vez que le reservaba información.

Por su estupidez, Eduardo ni logró vengarse de Carlos jodiéndome, ni pudo concretar el negocio de su vida. Iba a ganar una cantidad obscena de dinero con solo ayudarme a negociar con los gerentes de las otras sucursales. Ahora, quien se iba a embolsar un dineral era Ortiz. Entró Clara y le entregó una nota. Ortiz la leyó y se volvió hacia ella. "Dile que lo vemos en unos minutos, que me espere." Clara se encaminó hacia la puerta. Descubrí a Avilés mirándole las pantorrillas, su obsesión.

Ortiz se giró hacia mí. "Te voy a dar resultados. Tú lo dijiste, siempre gano. Ten por seguro que vamos a hacerle justicia a tu hermano y me comprometo a recuperar hasta el último centavo de esas cuentas. Pero para ello, y esto es importante que lo entiendas, necesitamos pactar con Zurita."

Sentí un golpe en el estómago. Zurita era tan culpable de la muerte de Carlos como Humberto. "Imposible, es mi enemigo", le dije a Ortiz. "Mira, muchacho", me dijo Ortiz, "te voy a dar gratis una lección: la vida da muchos vuelcos y el que en un tiempo fue tu enemigo, en otro puede convertirse en tu aliado, y viceversa. Y en este momento, y quizás solo en este momento, Zurita quiere y puede ser nuestro aliado y no debemos perder esta oportunidad".

Me sentí asqueado. Zurita era un tipo deplorable. Un asesino escudado detrás de una placa policial. ¿Aliarme con él? Me avergonzaría de mí mismo. Ortiz señaló una puerta al fondo de su oficina. "Zurita está ahí esperando, por si quieres que negociemos con él."

Yo huyendo de sus hombres y ahora Zurita se encontraba a menos de quince metros de mí. También a quince metros se abría la posibilidad de encajarle un abrecartas en pleno corazón. "Yo no voy a hablar con ese hijo de puta", decreté. Avilés, que se había mantenido al margen de la conversación, intervino. "Eso depende de qué quieras", dijo. "Pensé que estaba de mi lado", le reproché. Mis palabras parecieron dolerle. Avilés se volvió hacia Ortiz. "¿Hay algún lugar donde pueda hablar con Juan Guillermo a solas?"

Clara nos condujo a un pequeño privado. En cuanto cerró la puerta, Avilés me encaró. "Siempre he estado de tu lado. ¡Carajo! Por si no te has dado cuenta." Me disculpé con él, pero eso no pareció atenuar su molestia. Se puso a dar vueltas alrededor del despacho hasta calmarse. "Debes entender esto: tu hermano se quiso pasar de listo y mandaron a Zurita a aplacarlo. Pero, por más mierda que sea Zurita, él no lo mató", dijo. "Él permitió que ellos lo mataran", repliqué. "Ya lo dijiste tú: fueron ellos, no él."

La mera idea de sentarme en la misma oficina con Zurita me provocó náuseas. Avilés se talló la cara. Se veía agobiado. "Si tuviera un consejo que darte sería: manda todo al carajo y vámonos de aquí. Pero no me vas a hacer caso. Así que decide, o negocias con este tipo y metes a la cárcel a los que mataron a Carlos o te vas por la libre y sigues buscando la mejor manera de vengarte."

Empecé a temblar sin control. Los dientes me castañearon. Años de muerte, venganza, culpabilidad, tristeza, se sintetizaban en esa decisión. En lugar de preguntarme el estúpido "¿estás bien?" o tratar de confortarme, Avilés hizo lo más inteligente. Se levantó, me dio un apretón en el cuello y se dirigió a la puerta. "Toma tu tiempo. Te espero aquí afuera."

En cuanto cerró la puerta sentí un gran alivio. A solas podía vomitar, pegarle a la pared, llorar, gemir, gritar, maldecir o simplemente pensar. Me llevé la mano a la comisura de los ojos y los cerré. No vino a mi mente ni una sola imagen. Solo oscuridad en tonos de rojo. Pude escuchar mi respiración, el aire expeliéndose por mi nariz. Sentí el tráfago de la adrenalina por mis arterias. Los músculos tensos, preparados para huir o pelear. Huir significaba irme del despacho sin avisar a Ortiz, recoger el dinero en casa de Avilés, tomar el autobús a Zaragoza y reconstruir mi vida con la pedacería de lo que quedara de mí. Pelear representaba plantármele a Zurita, transar con él y usarlo para demoler a los buenos muchachos. Encarcelarlos, exterminarlos, hundirlos. Aniquilar a los esbirros de ese dios perverso y demente.

Abrí la puerta. Avilés me esperaba en el pasillo recargado en la pared. "Vamos con Zurita", le dije. "¿Estás seguro?", cuestionó. Asentí. "Puedo hablar yo con él, no necesitas venir", me dijo. "No, quiero verlo", le respondí "necesito verlo".

PHILOSOPHIÆ NATURALIS
PRINCIPIA MATHEMATICA
AUCTORE ISAACO NEWTONO

Lex I
Corpus omne perseverare in statu suo quiescendi vel mo-
vendi uniformiter in directum, nisi quatenus illud a viribus im-
pressis cogitur statum suum mutare.

Todo objeto se mantiene en estado de reposo y su movimiento uniforme y recto, a menos que una fuerza actúe
sobre él.

Lex II
Mutationem motus proportionalem esse vi motrici impressæ,
& fieri secundum lineam rectam qua vis illa imprimitur.

La alteración del movimiento es siempre proporcional a
la fuerza motriz impresa y se hace en dirección a la línea recta
de aquella fuerza motriz que se imprime.

Lex III
Actioni contrariam semper & æqualem esse reactionem: sive
corporum duorum actiones in se mutuo semper esse æquales & in
partes contrarias dirigi.

Para cada acción existe siempre una reacción equivalente.
Las acciones mutuas de dos cuerpos siempre son iguales y dirigidas en sentidos opuestos.

Newton

Mi padre fue un punto de quiebre en su familia. En su genealogía abundaban miembros de la clase trabajadora: obreros, burócratas de baja monta, choferes de transporte público, vendedores de helados, campesinos. Gente que trabajaba hasta quince horas seguidas con tal de sostener un mínimo decoro en su economía familiar. Mi padre creció en la frugalidad. Cuando niño en su casa solo se comía tres veces los domingos. El resto de la semana solamente dos. Y en meses flacos solo alcanzaba para el desayuno: un pan dulce y café con piloncillo para resistir hasta el anochecer.

Al cumplir quince años mi padre decidió no repetir el patrón. La educación y la cultura, no el trabajo arduo y ciego, serían su vía de escape de ese mundo monótono y pobre. Se dedicó a estudiar. Por las mañanas atendía la escuela y por las tardes trabajaba como ayudante de herrero. Al terminar su jornada laboral, sudoroso y pringado de óxido y rebaba de metal, tomaba el camión hasta la biblioteca de la UNAM. Se instalaba en un rincón y leía un libro tras otro. Biografías, literatura, física, ensayos, filosofía. Se hizo amigo de los vigilantes y consiguió que lo dejaran quedarse hasta la medianoche, varias horas después del cierre. Como al salir ya no había transporte público, volvía a pie a su casa.

Fue el primero en generaciones de su familia en estudiar una carrera universitaria, aunque después tuvo que abandonarla. Se casó con mi madre, una mujer de clase media, también empeñada en cultivarse pese a que mis abuelos le impidieron cursar la universidad.

Cuando Carlos y yo éramos niños, mis padres distribuyeron estratégicamente libros por toda la casa. En el baño, los pasillos, sobre las mesas, junto a la cama. No importaba si los libros se ensuciaban, mojaban, rompían. Si los subrayábamos o doblábamos. Mis padres los consideraban pertrechos de guerra, no inanes artículos de lujo. Mi hermano y yo quedamos contagiados por la glotonería cultural de mis padres. Leer, leer, leer.

En una de esas noches de joven en la biblioteca universitaria, mi padre se topó con Newton. Se deslumbró con sus teorías. A menudo lo citaba cuando quería enfatizar un punto. Aseguraba que sus tres leyes eran más que una explicación de Física. Valían también para comprender la naturaleza y la psicología humanas. La vida como correlación de acciones y de reacciones, de fuerzas que se oponen, de variaciones y cambios. Mi padre se encargó de que de niños Carlos y yo leyéramos, discutiéramos y analizáramos a Newton, hasta aprendernos de memoria sus principios matemáticos.

En camino a encontrarme con Zurita, la Lex II empezó a resonar en mi mente una y otra vez: "La alteración del movimiento es siempre proporcional a la fuerza motriz impresa". Mi cerebro borbotando a Newton desde las catacumbas del inconsciente justo a unos minutos de sentarme con uno de los asesinos de Carlos.

Entramos a la sala de juntas. Zurita se hallaba sentado en una cabecera de la mesa con una cerveza frente a él. Se puso de pie para recibirnos. Saludó efusivo a Ortiz y con propiedad a Avilés. Luego me extendió la mano. Vacilé en estrechársela, pero él la mantuvo estirada y terminé por hacerlo. Su mano era pequeña y delicada, casi femenina. Olía a Old Spice. Había esperado que se comportara cínico y burlón, pero para mi sorpresa, se mostró respetuoso y gentil. "Gusto en saludarte de nuevo", dijo. ¿Gusto en saludarme cuando apenas unas horas antes sus hombres habían destrozado mi casa con la consigna de capturarme?

Ortiz nos invitó a sentarnos junto a ellos, pero Avilés me tomó del brazo y me llevó hacia la cabecera contraria. "Nosotros preferimos acá", dijo. Otra vez la inteligencia de

Avilés. Cuatro metros mediaban entre mi enemigo-futuro-aliado y yo.

Lo primero que hizo Zurita fue excusarse. "Lo de tu hermano nunca fue personal, solo parte del trabajo", dijo sin emoción. Recordé con viveza las palabras de Bross: "No lo tomes personal". Zurita continuó. "Reconozco que el asunto se salió de control y que su muerte fue innecesaria." Mientras hablaba no pude quitar la vista de sus manos diminutas y mujeriles. Las uñas intachables. Manicure. Piel suave. Las manos de un homicida.

Confesó que los buenos muchachos se habían convertido en un "pequeñito dolor de cabeza". Las autoridades del gobierno de Jalisco sospechaban que también allá habían perpetrado varios crímenes y se lo habían hecho saber a la policía capitalina. Zurita manifestó que era momento de repensar la relación con ellos ahora que habían vuelto a la Ciudad de México. "Ya sobrepasaron los límites." Hablaba de ellos como si fuesen un equipo de futbol amateur al cual ya no deseaba entrenar por sus malos resultados y no de un grupo paramilitar de ultraderecha que asesinaba sin contemplación.

Empezó a enardecerme el modo pausado y manso con el que se expresaba, como si detrás de sus modales cuasi femeninos pudiese esconder su aura de policía duro e implacable responsable de decenas de muertes. Todo él era una culebra repugnante. No había duda: lo detestaba.

Zurita advirtió que yo había cometido un grave error al atacar a Humberto y me reprendió por vengarme por mano propia. "Aunque", dijo "entiendo tus motivos". Manifestó que aunque era su obligación arrestarme por "mis actos equivocados", venía a hablar conmigo con el ánimo de llegar a un acuerdo "favorable para todos". Era obvio que lo favorable radicaba en ofrecerle mucho dinero para reventar a Humberto y a los "buenos muchachos".

"¿Qué tipo de acuerdo?", cuestionó Avilés. Zurita se acomodó en su silla y suspiró hondo, como si así pudiese darle gravedad a sus palabras. "Como lo dije antes, estos chamacos ya se brincaron las trancas y el licenciado Ortiz me ha dicho que Juan Guillermo busca que se lleve a la justicia a los que liquidaron a su hermano. Así que podemos matar dos pájaros de un tiro y todos salir beneficiados, pero mis muchachos necesitan una motivación."

Tanta pomposidad y regodeo para pedir una mocha. "¿De cuánto debe ser la motivación?", inquirió Sergio. Ortiz terció. "Ya lo hablamos el comandante y yo, pensamos que con cien mil pesos se puede echar a andar la maquinaria. Los policías que estuvieron esa noche ahí pueden testificar en contra de Humberto y los demás implicados. Y por supuesto, podemos ofrecer algún incentivo a los vecinos para que den su testimonio."

"La alteración del movimiento es siempre proporcional a la fuerza motriz impresa", dije en voz alta. Ortiz y Zurita se volvieron a verme. "¿Perdón?", dijo Ortiz. "Es la segunda ley de Newton", aclaré. "Solo quiero saber cuánta fuerza se va a aplicar contra ellos." Zurita se me quedó mirando, aún confundido por mi referencia newtoniana. "Haremos nuestro mejor esfuerzo", dijo. Negué con la cabeza. "No, no quiero mejores esfuerzos. Si voy a pagar cien mil pesos, quiero una garantía de que se va a aplicar la mayor fuerza contra ellos." "Hay muchos factores que el comandante Zurita no puede controlar", dijo Ortiz. "Con todo respeto, licenciado, pero el comandante sabe cómo aprehender culpables y si no, le sobran maneras para fabricarlos", reviré. Zurita exhaló un largo suspiro. "Danos treinta mil pesos más y con eso nos aseguramos de que todo salga a la perfección." Acepté y la maquinaria se echó a andar.

Zurita y Ortiz cumplieron. Con celeridad armaron los expedientes judiciales y uno tras otro fueron cayendo los "buenos muchachos". Antonio, Josué, Felipe, Saúl, Martín, fueron capturados en operativos sorpresa. Nunca imaginaron que irían tras ellos. Convencidos de que los acuerdos subrepticios entre Humberto y Zurita los amparaban, se pensaron inmunes. Se les acusó de la golpiza a don Abraham y su mujer, del asesinato de Carlos y de otros crímenes que yo ignoraba. Incluso se les achacó el homicidio de la Quica. Se les agregaron cargos como amenazas cumplidas, lesiones, conspiración criminal, organización delictuosa y hasta violaciones a la ley de cultos religiosos. En juicios apresurados, casi sumarios, se les sentenció de manera severa: quince, veinte y hasta treinta años de cárcel, como la condena impuesta a Antonio, a quien identificaron como lugarteniente de la organización.

A pesar de su locura y de lo lastimado que había quedado después de la golpiza, Humberto fue sometido a juicio. Se le declaró culpable de homicidio en primer grado, de amenazas cumplidas y se le envió a la cárcel a purgar la pena máxima: cuarenta años. La Iglesia intervino a su favor, pero funcionarios del gobierno les explicaron a los jerarcas que el grupo Jóvenes Comprometidos con Cristo se había salido de control y que por el bien de la Iglesia misma más les valía desmarcarse de sus actos criminales. Los jerarcas concedieron a regañadientes, aunque pagaron abogados para ayudar a disminuirles los años de cárcel. Javier Arturo Magaña Pérez, mejor conocido como el padre Arturo, principal instigador del extremismo y violencia de los buenos muchachos, ni siquiera fue amonestado. Se le dispensaron las acusaciones judiciales gracias al fuero del que gozaba como sacerdote de cierto rango.

A Ortiz lo consulté sobre la posibilidad de sacar de la cárcel al Castor Furioso. Me respondió que le parecía difícil, pero no imposible. Hablaría con el juez que lo había sentenciado —amigo suyo— y pediría una revisión del caso para rebajarle la condena o, mejor aún, preliberarlo. Claro, serían necesarios unos cuantos miles de pesos para aceitar al juez y facilitar la exoneración de Diego.

Era claro que Zurita no había procedido contra Humberto y los buenos muchachos en un afán de justicia, sino porque dejaron de serle útiles. Habían adquirido más y más poder y lo ejercían con creciente crueldad. La alianza con ellos había sido provechosa para Zurita y por ende para el sistema político, pero el reclutamiento progresivo de nuevos miembros más violentos y fanáticos, su capacidad de organización, su ideología cada vez más extrema, sus desfachatados asesinatos en Jalisco y Guanajuato y su retorno a la capital, donde advirtieron a Zurita que continuarían su tarea de depuración de pecadores, prendieron las alarmas tanto en la Policía Judicial como en la Secretaría de Gobernación.

Los movimientos juveniles de izquierda, reprimidos con fiereza en 1968 y 1971, habían ciscado al gobierno. Al principio permitieron e incluso alentaron el crecimiento de grupos subversivos de ultraderecha para contener y luchar contra los jóvenes "comunistas y anarquistas" que atentaban contra la estabilidad política. Cuando la fuerza y rango de acción de estos grupúsculos rebasaron los límites, el gobierno decidió actuar contra ellos. La experiencia de la Guerra Cristera indicaba que un sector de la población se hallaba inclinado hacia el catolicismo radical y que no se requería mucho para encender la mecha de una nueva conflagración. Mejor apagarla antes de que fuera demasiado tarde. En términos de Newton: "Para cada acción existe siempre una reacción equivalente".

Cuando Ortiz dijo que era el momento propicio para aliarnos con Zurita, debió saber que tarde o temprano los buenos muchachos y otros grupos ultracatólicos serían desarticulados. Aunque el tiempo demostró que estaban lejos de suprimir su capacidad de organización y su poder.

Incendio

Las redadas fueron relampagueantes y brutales. Uno tras otro fueron aprehendidos los buenos muchachos. A varios los sacaron de su casa de madrugada y los montaron en las patrullas aún vestidos con piyama. Indignados, los padres reclamaron a los agentes. Sus hijos eran buenos muchachos, buenos estudiantes que creían en dios, rectos, limpios, no como la plebe inmoral y corrupta que impedía que el país saliera adelante. "Llévense a los impíos, a los ateos y a los comunistas, dejen en paz a los creyentes y a los piadosos." No hubo tregua. Zurita y sus hombres se dedicaron a perseguirlos, torturarlos y encarcelarlos.

Recuperar el dinero fue más complicado de lo que Ortiz pensó. Una cosa era que el presidente de la Asociación de Bancos fuera amigo suyo y otra que los directores de los bancos dejaran ir de golpe esas cantidades de dinero. Con su arsenal de tretas legaloides y corruptelas quirúrgicas, Ortiz aseguró que podría recuperarlo en menos de dos semanas.

Durante ese lapso me quedé a dormir en casa de Avilés. Ortiz había sugerido que me mantuviera lejos de la colonia en lo que la saneaban. Chelo me iba a visitar a diario y llevaba consigo al King. Aunque mi perro había mejorado, aún se notaba disminuido. Le costaba trabajo caminar y dormitaba la mayor parte del tiempo. Chelo se encargaba de bañarlo, cepillarlo, atender su estado de salud y administrarle sus medicinas.

Una mañana lo paseé en el jardín de casa de Avilés. Deambuló alegre pero en cuanto olfateó a Colmillo huyó a resguardarse debajo del Maverick. Tembloroso, se arrastró bajo los ejes. Nos costó trabajo sacarlo y cuando por fin lo logramos, se acomodó entre mis brazos sin dejar de estremecerse.

Sabía que al King le restaba poco tiempo de vida y ya no quise exponerlo a que se estresara más. Deseé que pasara confortable sus últimos días. Los padres de Chelo no le permitían meterlo a la casa y por las noches lo encerraban en el diminuto cuarto de lavado en el patio trasero. Según Chelo, no dejaba de gimotear hasta que lo sacaban.

Le pedí a Chelo que lo llevara a mi casa y lo dejara ahí solo por las noches. Que pudiera echarse en la cama de Carlos, que recorriera la casa a su antojo, que meara y cagara donde le placiera. Era su casa tanto como la mía y en ella debía sentirse tranquilo.

Aunque ya no pendían sobre mí órdenes de aprehensión —Ortiz logró anular cada una de ellas—, Chelo y yo deseábamos cumplir con el plan de irnos a Coahuila, al menos por una larga temporada. Quizás a un pueblo bucólico como Zaragoza o al extenso rancho de Jorge Jiménez, donde podíamos sentirnos más libres y gozar de nuestro amor.

Un domingo muy temprano, Avilés tocó a la puerta. Chelo había dormido esa noche conmigo y desnuda se apresuró a meterse al baño. Abrí envuelto en una toalla. Avilés se notaba demudado. "¿Está bien?", le pregunté. "Acaba de llamar tu amigo el Jaibo. Incendiaron tu casa", respondió. Me senté sobre la cama. No podía ser cierto. De verdad no podía serlo. "¿Está seguro?" Avilés me pasó el brazo por los hombros para consolarme. "Sí. Lo siento mucho." Desde el baño, Chelo presintió que algo malo había sucedido. "¿Qué pasó?", vociferó. No le contesté. Volvió a preguntar a gritos. Me levanté de la cama, tomé su ropa, entré al baño y se la di. Ella me miró ansiosa. "Pero ¿qué pasó?", preguntó. "Vístete. Te explico afuera."

Llamé al Jaibo. Me contó que el incendio se había iniciado alrededor de las tres de la mañana. Su hermano escuchó ruidos en la calle y se asomó por la ventana. Vio a cuatro tipos vestidos con capucha que, con bidones de gasolina, entraban en mi casa. Tres minutos más tarde los vio salir, montar en un Rambler amarillo con placas de Jalisco y doblar a toda velocidad rumbo a Churubusco. Poco después empezó a notar que salía humo por las ventanas.

Las flamas pronto se extendieron por la casa. Los muebles, las cortinas, empezaron a crepitar. Los cristales explotaron. Las llamaradas se alzaron muchos metros por encima de la azotea. El humo brotaba espeso.

El hermano del Jaibo despertó a su familia. Con cubetas trataron de apagar el incendio. Otros vecinos salieron en su ayuda. Desesperados, arrojaron agua lo más próximos al fuego, el calor ardiéndoles los brazos, la cara. Sacaron mangueras, aventaron arena. Sus esfuerzos fueron en vano y la casa se quemó con rapidez.

Los bomberos llegaron media hora más tarde y solo consiguieron evitar que el fuego se propagara a las casas aledañas. La mía había quedado calcinada por completo, un amasijo de escombros y hollín a punto de derrumbarse.

En cuanto Chelo salió del baño y le describí lo sucedido, palideció. "¡El King!", exclamó angustiada. Lo había dejado la tarde anterior en el cuarto de Carlos, con el platón lleno de comida y una bandeja con agua. Dado el cuadro de desastre pintado por el Jaibo, era improbable que hubiese sobrevivido.

Subimos al Maverick y nos dirigimos a la casa. Al acercarnos al Retorno encontramos un tumulto. Varias patrullas impedían el paso a los autos. Desde un camión cisterna los bomberos continuaban lanzando chorros de agua sobre las ruinas ardientes. Decenas de curiosos se agolpaban en la acera contraria. Un policía nos indicó que siguiéramos adelante.

Nos estacionamos a dos cuadras y caminamos hacia la casa. Un penetrante olor a quemado flotaba en la calle. La bomba del camión cisterna traqueteaba con fuerza. Uno de los policías judiciales me reconoció y nos condujo a una patrulla. Tomó el radio. "Unidad uno llamando a Zodiaco, cambio."

"Zodiaco, cambio", respondió Zurita. "Aquí está el damnificado", dijo el judicial. "Damnificado", solo eso me faltaba. El oficial me pasó el aparato y me señaló un botón. "Oprime aquí cuando quieras hablar. No le apachurres hasta que el comandante te diga cambio, ¿ok?" Zurita habló primero. "Juan Guillermo. Se alborotó el avispero y la cosa se puede poner aún más brava", dijo. ¿Cuánto más, si ya habían destruido el único bien material que me quedaba? Me advirtió que los buenos muchachos me tenían en la mira y que los arrestos habían provocado que se radicalizaran aún más, reforzados por gente de los Altos de Jalisco, Guanajuato y Zacatecas. "Gente muy sanguinaria", dijo. También anunció probables represalias contra mis amigos. "Pero ellos no hicieron nada", alegué. "Por si las moscas, que se aseguren de cerrar con llave las puertas que dan a las azoteas, que no repitan nunca una misma ruta ni un mismo horario y que si pueden vayan armados. Cambio y fuera."

Le devolví el radio al policía. ¿Cómo podría ir con mis amigos y explicarles que por mi culpa sus vidas corrían peligro? ¿En qué estúpido giro de la tierra todo se volvió tan absurdo? Ignoraba quiénes eran ahora mis enemigos. Encarcelados aquellos que conocía, sus relevos anónimos se habían tornado más impulsivos y amenazantes.

Los bomberos terminaron de extinguir los rescoldos. Salieron con el rostro y las manos tiznados. Los trajes de hule empapados. Me acerqué a la puerta. Uno de ellos me detuvo. "No puedes pasar", me dijo. El policía le explicó que yo era el dueño de la casa. El bombero advirtió que ingresara con precaución, que me cuidara de no pisar una brasa y que no subiera a la segunda planta por el riesgo de derrumbe.

Quise entrar a solas para no exponer a Avilés y Chelo, pero insistieron en acompañarme. Caminamos sobre charcos oscuros mezcla de cenizas y agua. La puerta de metal de la entrada estaba retorcida por el calor. Los muebles de la sala y el comedor, por completo chamuscados. Los techos ennegrecidos. De mi cuarto no subsistió nada. El horno y el fregadero fundidos en una sola pieza. Solo el refrigerador se mantuvo más o menos reconocible.

Mantuve la esperanza de que el King se hubiese refugiado en el patio. Salimos a buscarlo y no lo hallamos. Decidí subir a la planta alta. Convencí a Chelo y Avilés de que aguardaran abajo. No sabíamos cuánto peso podía resistir la losa debilitada por el fuego, ni si los pilares de las escaleras aún tenían suficiente sostén.

Subí despacio. Pisé cada escalón atento a vidrios rotos o brasas. Entré al cuarto de Carlos. La cama yacía entre escombros. Me acerqué. En medio de las cenizas hallé el cuerpo carbonizado del King. Me acuclillé junto al cadáver. El último miembro de mi familia descansaba a mis pies. Rogué porque su muerte no hubiese sido dolorosa. Acaricié la que había sido su cabeza. El collar con la placa metálica con su nombre persistió intacto. Se lo quité y lo guardé en la bolsa del pantalón. Resolví no llevarme su cuerpo. Que se quedara ahí, en la que había sido su casa. En el cubil que fue la recámara de mi hermano.

Recorrí el cuarto. Quemado en su totalidad. Los libros reducidos a un polvo grisáceo diseminado por el piso. Los discos de vinil derretidos. La alfombra, los espejos, los clósets achicharrados. En la habitación de mis padres tampoco subsistió nada. Su ropa, sus cepillos de dientes, sus peines, cremas, zapatos, cajones, burós, desaparecidos para siempre.

Bajé las escaleras. Chelo me preguntó sobre el King. Le dije que estaba muerto. Me estrechó y lloró desconsolada. Avilés se limitó a apretarme cariñosamente la nuca. Salimos de la casa. Los vecinos nos observaron, en silencio. Mis tres amigos se hicieron presentes, solidarios. El Pato ofreció que me fuera a vivir con su familia. El Jaibo, que se sentía culpable por no haber podido sofocar el fuego, prometió hacer rifas y colectas para juntar dinero y recuperar algo. El Agüitas, sorprendentemente sin llorar, propuso ayudarme a reconstruir la casa. A los tres les di las gracias y les pedí que fueran a desayunar a casa de Avilés a la mañana siguiente, porque necesitaba hablar con ellos. No quise permanecer un segundo más contemplando el desastre. Me despedí rápido de mis amigos y sin mirar hacia atrás, nos fuimos.

En el trayecto ninguno de los tres habló. ¿Qué decir? ¿Lamentarnos? ¿Que intentaran consolarme? Chelo, exhausta por el llanto, dormitó en el asiento trasero. Avilés reprodujo el casete de música cardenche. Los lamentos de los pizcadores de algodón expresaron más de lo que nosotros podíamos decir en ese momento.

Abrí la ventana del auto. Cerré los ojos y dejé que el viento golpeara mi cara. Experimenté una profunda sensación de libertad. Ya nada había que me amarrara a la sombría barca de mis muertos. Los únicos objetos de mi vida anterior habían permanecido a salvo en las maletas que me llevé a casa de Sergio. El resto se desvaneció en el fuego. Fuego purificador que me rescató del peso del pasado. Ninguna cadena ya. Libre.

Lejos de destruirme, los buenos muchachos me otorgaron una vía de escape. Habían derruido lo único que me ataba a la ciudad, y más que nunca tuve la certeza de que debía irme lejos con Chelo. Lejos de ese páramo de cenizas y muerte. Lejos de ese dios pequeño y grotesco en el que creían esos seres pequeños y grotescos.

Pasamos la tarde en casa de Avilés. Ortiz llamó para ver si me hallaba bien y aseguró que pronto detendrían a los culpables. "Una vez que recuperemos el dinero de las cuentas, vas a tener de sobra para arreglar tu casa y comprarte otras veinte como esa", me dijo para animarme, aunque tuvo un efecto contraproducente. ¿Para qué quería veinte casas, si la que realmente me importaba estaba destruida para siempre?

Me dio también una buena noticia. El juez —previo donativo de diez mil pesos— había obsequiado la orden de liberación del Castor Furioso por sobreseimiento de cargos. La justicia podrá ser ciega, pero posee un olfato muy aguzado para el dinero.

Me sobrecogió pensar en la muerte del King. Durante horas no pude quitarme la imagen de su cuerpo abrasado.

631

Deseé que se hubiese colapsado inconsciente antes de que el fuego lo quemara. Pero terminé aceptando su muerte. Preferible morir en tres minutos de horror que languidecer agonizante por semanas, incapaz de moverse, o peor aún, "dormirlo". Quiero suponer que el King murió como un valiente, ladrándoles a los idiotas pirómanos que incendiaron mi casa, y que se mantuvo firme sobre la cama para proteger el cuarto de Carlos.

Nos fuimos a acostar. Para arrullarme, Chelo tarareó una melodía recostada sobre mi pecho. Una tonada dulce, dulcísima. Me quedé dormido abrazado a ella y no nos separamos sino hasta que amaneció. Me desperté y besé sus labios. Profunda, no se movió. Me levanté y descorrí las persianas. El cuarto estaba orientado al este y los rayos del Sol pegaron sobre la cama. Contemplé a Chelo. Su cuerpo desnudo, largo y estilizado. Las cicatrices de sus piernas se habían difuminado con el tiempo. Ya no rayas rojizas y profundas, sino delgadas y sin bordes. Lejos de afearla, le daban carácter.

Despertó e irguió la cabeza. La luz pegándole de frente hizo que sus ojos se vieran aún más verdes. "Buenos días", saludó. Se arrodilló sobre el colchón y me abrazó. "¿Cuándo nos vamos al rancho?", preguntó. "Muy pronto", le respondí.

A las nueve de la mañana llegaron mis amigos a desayunar. Natalia preparó huevos con machaca y aguacate, dobladas de queso manchego y jamón y chocolate de molinillo. El día era soleado y fresco y Avilés dispuso una mesa en el jardín. Mis amigos se impresionaron por el tamaño de la casa. Estoy seguro de que ninguno de ellos había conocido jamás una casa tan grande y con un jardín tan amplio. El puro vestíbulo debía contar con más metros cuadrados que la casa más grande en el Retorno.

Les conté sobre la advertencia de Zurita. A mis amigos no les preocupó. Estaban convencidos de que los buenos muchachos no regresarían a la colonia en un buen rato. Sabían que los judiciales andaban tras ellos y no se arriesgarían a merodear por un rumbo que desconocían. Incluso pensaron que muchos de ellos ya estarían de vuelta en sus pueblos en los Altos de Jalisco.

Al terminar el desayuno les pedí que me esperaran un momento. Regresé con tres bolsas de tela y le entregué una a cada uno. "¿Qué es?", preguntó el Pato con curiosidad. "Ábranlas", les dije. Desamarraron el cordón y se asomaron al interior. El Agüitas se volvió a verme, desconcertado. "¿Y csto?", preguntó. "Es un regalo", respondí. El Jaibo sacó de la bolsa un fajo de billetes. "Esto es como muchisisisísimo dinero", dijo. Sonreí. Se veían pálidos, estupefactos. Pareciera que les hubiese regalado un costal con víboras de cascabel. La miraron con terror. "Cien mil pesos a cada uno", les dije. El Pato empujó la bolsa hacia el centro de la mesa. "No puedo aceptarlo", dijo respirando agitado. El Agüitas hizo lo mismo. "Yo tampoco." Avilés intermedió. "Juan Guillermo se los quiere regalar." El Pato negó con la cabeza. "Es demasiado dinero, no sabríamos qué hacer con tanto." Chelo les hizo ver que era una muestra de cariño y amistad. "Ustedes son sus hermanos."

Terminaron por aceptarlo. El Jaibo me dio un abrazo y —obviamente— el Agüitas lloró. El Pato, más seco, me pegó con fuerza en la cabeza. "Idiota", dijo con una sonrisa.

Quedaron en ir con Avilés a abrir una cuenta de banco para depositar el dinero. Temieron ser robados en el camino. Sergio les mostró la pistola oculta bajo la chamarra. "Yo los cuido", les dijo.

Libertad

Ortiz y yo aguardamos durante dos horas, sentados en unos incómodos bancos de plástico color crema. Ortiz, vestido con un impecable traje que presumía le habían confeccionado a la medida en Inglaterra, se levantaba a menudo a "estirar las piernas". Extraño que hubiera venido conmigo a la cárcel y no uno de sus múltiples asistentes o socios junior del despacho. Cuando le pregunté por qué no había encargado a otros el asunto, su respuesta no pudo ser más franca: "Porque eres mi mejor cliente en años".

Por fin nos llamaron. Un custodio nos llevó por un largo pasillo. Diego, vestido de civil, apareció detrás de una pesada reja. El custodio llamó a Ortiz. "Tengo que revisar que la sentencia absolutoria y el acta de liberación estén en orden", me explicó antes de partir. Le abrieron la reja y entró.

Ortiz y el Castor Furioso se dirigieron a una ventanilla. Ortiz revisó línea por línea los documentos que les entregaron. Luego se volvió hacia Diego y le indicó dónde firmar. Después de quince minutos, abrieron la reja y ambos salieron. El Castor Furioso me abrazó en cuanto me vio. "Gracias, hermanito, gracias."

Fuera de la prisión, Ortiz se despidió y subió a un Cadillac blanco que lo esperaba frente a la puerta. El Castor Furioso se detuvo a mirar a sus alrededores. Señaló el gris edificio de la cárcel. "Creí que nunca más iba a salir de ahí", dijo sin ocultar su felicidad. Miró a su alrededor, se volvió hacia mí y me dio un beso en la frente. "Gracias, gracias, gracias", me dijo, "me iba a volver loco allá adentro". Se veía bastante más flaco y, por alguna razón que no me quiso revelar, había perdido tres dientes.

Lo invité a comer chamorros de cerdo en una fonda en avenida Ermita, su platillo favorito. Al igual que a mis amigos, le regalé cien mil pesos. Los había depositado el día anterior en una cuenta a nombre de su madre. Lo agradeció conteniendo apenas las lágrimas. Él y su familia estaban en cero. Sobrevivían a duras penas con la exigua pensión de trabajador petrolero de su padre, quien había muerto hacía varios años. El departamento que había comprado en la colonia Juárez resultó un desastre. Intestado, con un pleito inacabable entre primos hermanos por la herencia de una tía, no había podido rentarlo porque una de las partes había desconocido el contrato de compraventa. Ortiz prometió destrabar los trámites de las escrituras y ponerlo pronto a su nombre.

El Castor Furioso se deleitó con los chamorros. Los comía con ganas. Debían ser una exquisitez comparados con las raciones raquíticas y desabridas de la prisión. Roía con gusto la carne pegada al hueso y las manos y la boca le quedaron embarradas de grasa. Al terminar se limpió con una servilleta y pidió la carta de postres. Mientras la leía, directo le pregunté si era cierto que Carlos y ellos habían asesinado a la Quica. Diego dejó el menú a un lado y me miró a los ojos. "¿Quién te dijo?", preguntó. "Humberto", le respondí. Se quedó pensativo un momento antes de contestarme. "¿Y tú le vas a creer a ese imbécil?" Tomó el menú dispuesto a elegir postre, pero lo detuve. "¿Es cierto o no?" De nuevo volvió a meditar su respuesta. "Hay cosas que es mejor dejarlas como están." Sus palabras me inquietaron. ¿Qué había sucedido que no debía saber? Pedí que me dijera la verdad, no importaba cuán dolorosa fuera. "Carlos pensó que la Quica había abusado de ti", dijo. "¿Y qué hizo?", inquirí con la esperanza de que me dijera que Carlos no estuvo involucrado en su muerte. "No quiero hablar más de esto", sentenció. Por más que insistí, se negó a continuar. Le expliqué que la duda erosionaría por siempre la imagen que me había forjado de mi hermano. Diego se molestó. "Tu hermano hubiera hecho lo que fuera por ti, así que respeta su memoria." "¿Como matar a alguien?", lo cuestioné. "Sí, como matar a alguien."

Solo sospechar que Carlos hubiese asesinado a la Quica me provocó un malestar palpable. Comenzó a faltarme el aire. El mundo pareció avanzar en cámara lenta. Otra vez los diecisiete segundos de retraso. Las palabras llegaban tarde. Los autos transitaban a otra velocidad. Diecisiete segundos que descompasan la vida, que conducen a un estado de profundo abatimiento. "Hay cosas que es mejor dejarlas como están." ¿Dejarlas cómo? ¿Dónde?

Convencí a Diego de que no volviera a casa de su madre en la Unidad Modelo. Los buenos muchachos podrían estarlo cazando, listos para matarlo a la primera oportunidad. Le ofrecí quedarse en casa de Avilés, pero prefirió hospedarse en un rascuache motel de paso en calzada de Tlalpan para estar cerca de la colonia y de su madre.

Después de dejarlo en el motel merodeé por los alrededores. Aunque era temprano, diez o doce prostitutas esperaban clientes para acostarse con ellos en los hoteles cercanos. La luz de las cuatro de la tarde exhibía sin piedad sus imperfecciones. Celulitis en los brazos, pantorrillas y axilas sin rasurar, surcos en la frente, barrigas prominentes, cicatrices de acné. El maquillaje tampoco ayudaba. Plastas de base grasienta, rímel exagerado, vulgar lápiz labial rojo. Al pasar junto a ellas me abordaron. Yo aún sufría los diecisiete segundos de retraso y no les contesté de inmediato. "¿Estás lelo?", me preguntó una gorda. Mi reacción fue sonreírle. "Sí, estás bien pinche lelo", dijo y soltó una risotada. Varias me empezaron a alburear. "¿Eres de Metepec, metepequeño?", me dijo una flaca esmirriada. Necesitaba escapar de los diecisiete segundos, responderle rápido para regresar al tiempo de la vida. Me volteé hacia ella. "No, soy de Celaya, celayeno." Las demás celebraron mi respuesta. "Te chingó el güerito, pinche Daisy", le gritó una.

Seguí de frente mientras las mujeres continuaban con su chunga. Subí al metro en la estación Portales y me dirigí a Izazaga a visitar a Simón Bross. Quería despedirme de él y agradecerle lo que había hecho por mí. Además, llevaba un cheque para compensar los honorarios de García Allende.

Me bajé en la estación Pino Suárez. Por los pasillos un gentío se apresuraba para llegar a su transbordo. Yo avanzaba en contrasentido a las decenas que corrían para alcanzar el próximo tren. Apretujones, prisa. Mucha prisa. Salí a la calle. En el camino me detuve en una librería de viejo para buscar *Del perdón* de Rosenthal y restituirle su libro a Bross. El dependiente buscó en los estantes trepado en una escalera, halló un ejemplar, le sacudió el polvo y me lo entregó. Era una versión de bolsillo, bastante deteriorada. Las pastas rotas, subrayado con tinta, líneas tachonadas. Notas al margen indicaban que el antiguo propietario debió ser un estudiante de Ciencias Políticas. Decidí no comprarlo. Era una grosería entregar un libro tan maltratado. En cambio, me llevé las obras completas de Pío Baroja encuadernadas en cuero. Bross no conocía a Baroja y estaba seguro de que *La busca, El árbol de la ciencia* o *Memorias de un hombre de acción,* le iban a parecer literatura en serio.

En la banca de una plaza me senté a escribirles una carta a don Abraham. Me llevó un largo rato redactarla. Le expliqué lo sucedido, le conté que los organizadores del ataque se hallaban encarcelados y le rogaba que me perdonara. Que algún día, cuando tuviera valor, iría a verlo y pedirle disculpas en persona.

Llegué a la fábrica. La cajera me saludó afectuosa y me condujo a la oficina de Bross. En cuanto me vio, Bross se levantó, me dio un abrazo. Le entregué los libros de Baroja. "Un regalo", le dije. "¡Uy, gracias! Me han hablado tanto de este señor", dijo. Hojeó los libros y los puso sobre su escritorio. "Estos me los llevo a mi casa para empezar a leerlos esta misma noche."

Lo puse al tanto de lo que había sucedido. Me preguntó si de algo me había servido *Del perdón*. Avergonzado, confesé que leerlo me había enfurecido y que en un ataque de rabia lo destruí. "Entonces te sirvió más de lo que imaginé", dijo con satisfacción. Saqué el cheque y me dispuse a llenarlo. Le pregunté cuánto le debía al abogado. Bross sonrió. "Nada." Lo apremié a que recibiera el cheque. García Allende era un profesional y su tiempo y trabajo eran valiosos. "Nada", repitió Bross, "y si llega a cobrar yo me encargo". No me permitió insistir. "Te perdono que rompas libros, no amistades", sentenció, "y si sigues vas a romper nuestra amistad".

Le pedí que le entregara la carta a don Abraham. La tomó y la guardó en su bolsillo. "Cuando puedas", me dijo "vamos a hablar con él. Ten la seguridad de que te va a perdonar".

Hablamos un poco de todo. Me prometió que para la próxima me regalaría las obras de un escritor colombiano desconocido en México: Hernando Téllez. "Te va a fascinar", me dijo. Nos despedimos. Cariñoso, alborotó mi pelo. "Melena de león", dijo. Me dio un abrazo y salí de la fábrica.

Cuando llegué a la casa, Avilés, Chelo y Ortiz me esperaban en la sala. Me sorprendió ver al abogado. "Buenas noches", saludé. "Te tardaste en llegar", dijo sonriente Ortiz y con la mano me indicó que me sentara junto a Chelo. Ella me tomó la mano y me la apretó. Se veía lívida. Avilés me observó con una ligera sonrisa. "¿Qué pasa?", le susurré a Chelo. Con la barbilla señaló la mesa de centro. Había una botella de vino sin abrir, cuatro copas y un fólder. Ortiz empujó el fólder hacia mí. "Ábrelo." Lo tomé y lo abrí. Dentro venían varios cheques certificados a mi nombre. Una fortuna. Una grosera y exorbitante fortuna.

"Ahora eres muy, pero muy rico", dijo Ortiz mientras con un sacacorchos destapaba la botella de vino. "Vamos a celebrar", dijo. Comenzó a servir el vino en una copa. "No hay nada que celebrar", aseguré. Ortiz se volvió a mirarme. "¿Por?", preguntó. "Diecisiete segundos", le respondí. Ortiz no hizo ningún esfuerzo por entender de qué hablaba. Terminó de escanciar el vino y levantó la copa. "Entonces festejo yo solito."

Ortiz planteó que era tanto dinero el que se había recuperado que se conformaba con una comisión del doce por ciento. Aun así, ganó una enorme cantidad. Me preguntó qué día cumplía los dieciocho años. Le respondí que el cinco de mayo. "Qué patriota", dijo Ortiz. "Ignacio Zaragoza debe sentirse orgulloso." Chelo sonrió y repitió divertida: "Zaragoza". Ortiz no halló el motivo de la gracia. "Zaragoza es un pueblito en Coahuila adonde estos dos piensan irse a vivir", aclaró Avilés. "¿Y qué demonios hay en Zaragoza para ir a refundirse allá?", cuestionó Ortiz. "Ranchos", contestó Chelo.

Faltaban solo doce días para que cumpliera la mayoría de edad. Ortiz sugirió que esperáramos a llegar la fecha y que ese día abriera un par de cuentas a mi nombre para depositar los cheques. Doce días me parecían demasiados. No quería permanecer un minuto más en la Ciudad de México. Con los buenos muchachos más agresivos que nunca, ello significaba un riesgo. Tanto para mí como para Chelo y Avilés. En cuanto depositara el dinero, esa misma tarde partiríamos para Zaragoza.

Hablamos con Jorge Jiménez. Su acento era marcadamente norteño. Generoso, nos ofreció quedarnos tanto en su casa como en el rancho. Advirtió que en el rancho no había luz eléctrica y por lo tanto carecía de aire acondicionado. "Hace tanto calor", dijo "que uno puede freír huevos en las piedras". No importaba, ahí era donde queríamos estar Chelo y yo. En medio del desierto, escurriendo sudor, oliendo a vaca y estiércol, a cenizo, a mezquite, a polvo.

Reverberaciones

Ortiz no se equivocó: tarde o temprano a Zurita se le acabaría la suerte. Y se le acabó. Debió creerse invulnerable, porque rechazó la oferta de sus superiores de proporcionarle escoltas. Sin precaución, una noche llegó a su casa. Detuvo el auto y bajó a abrir la cochera. Dos encapuchados lo emboscaron y le dispararon a quemarropa tres balazos en el pecho y tres en el abdomen. Uno de los esbirros se acercó a rematarlo en la cabeza. Fue su error. Aun malherido, Zurita sacó la pistola y le sorrajó dos balas en el cuello. El tipo se fue de espaldas y quedó regurgitando sangre sobre el pavimento mientras el otro huía en un carro en el que un cómplice aguardaba.

Un vecino llamó a la Cruz Roja. Zurita fue llevado de emergencia al hospital de Xoco, donde lo operaron. Dos balas había interesado el pulmón izquierdo, una le había partido la clavícula y las otras se alojaron en los intestinos. Sobrevivió a la cirugía, y aunque su estado se registró como muy grave, los médicos consideraron que había altas posibilidades de que se recuperara.

El sicario murió en la calle. Los primos de Zurita, que vivían en la misma cuadra que él, le quitaron la capucha e impidieron que le cubrieran el rostro con una sábana. "Que la gente le vea la jeta a ese asesino", dijeron. Fue identificado como Alfredo de Jesús Sánchez Alba, de veintiún años, originario de la Ciudad de México, con domicilio en Avenida Oriente 160 #56, colonia Unidad Modelo. Alfredo era primo hermano de Antonio. Testigos de la balacera describieron el vehículo en el que habían huido sus cómplices: un Rambler amarillo con placas de Jalisco.

Los buenos muchachos cometieron una grave equivocación: declararle la guerra a la policía. Una cosa era ir a matar ateos, comunistas y judíos, y otra muy distinta ir a balear a un comandante de alto nivel. Aparte, lo hicieron con tal torpeza que uno de ellos terminó muerto y el automóvil plenamente identificado.

Torturaron a Antonio, Josué y Felipe dentro de la prisión para que identificaran a quienes habían ordenado y ejecutado el tiroteo contra Zurita. Resistieron hasta que los judiciales les aplicaron la picana eléctrica. Introducida en el recto, con descargas de alto voltaje que les quemaron las entrañas, terminaron por doblegarse. Felipe confesó nombres, direcciones, finanzas, logística, espías, traidores. La organización distaba de ser un grupo juvenil de fanáticos. Se había convertido en una estructura político-subversiva con ligas directas al alto clero y la clase empresarial, con apoyo suministrado por funcionarios derechistas del mismo gobierno que resentían el izquierdismo del presidente.

Humberto fue torturado también para que soltara información. Fue un esfuerzo inútil. Perdido en los marasmos de la locura, desvarió en sus respuestas. Por momentos creía hablar con Cristo cuando a quien tenía enfrente era al judicial que lo aporreaba. La electrocución en el recto la confundió con el infierno y pedía al diablo que perdonara a su madre. Aún fuerte y con reminiscencias de sus conocimientos de artes marciales, rompió la tráquea de uno de sus torturadores con un golpe de karate cuando este se descuidó. Calificado como reo peligroso, lo confinaron a encierro solitario en el pabellón de enfermos mentales.

El boletín oficial de prensa resumió el atentado contra Zurita como "un cobarde ataque por parte de grupos sediciosos interesados en desestabilizar las instituciones políticas nacionales". Zurita fue descrito como un "paladín contra la delincuencia". Al más puro estilo del autoritarismo gubernamental, se ensalzó de modo ridículo al corrupto de Zurita y luego ya no se volvió a publicar nada sobre el caso. Sigilo absoluto. Ortiz me confesó que a varios de los buenos muchachos los habían arrestado y, sin juicio de por medio, los habían enviado a prisiones en ciudades distantes, como Tapachula o Ciudad Delicias, donde se les dictaron condenas severísimas. A un buen número de cabecillas, sobre todo a los más violentos, se les "desapareció", lo cual en el argot policial no significaba otra cosa que se les asesinó.

Antonio amaneció muerto en los baños de la prisión con la yugular rebanada con un pedazo de vidrio. Las autoridades penitenciarias catalogaron su muerte como producto de "una rencilla entre reos" y se archivó el asunto. Por más que presionaron sus padres, la policía no hizo una investigación posterior. A los familiares de los buenos muchachos a quienes habían encarcelado o desaparecido el gobierno los amenazó con represalias brutales si "hacían olas". Al clero le advirtieron que pararan por completo cualquier apoyo moral o económico a los "alborotadores de ultraderecha" o se atuvieran a las consecuencias.

Ortiz coincidió conmigo en que en medio de esta guerra lo mejor era que saliéramos pronto de la ciudad. Yo era considerado un blanco prioritario por los buenos muchachos. No solo por el ataque a Humberto, sino porque también me asociaban con la persecución desatada en su contra. "Vete ya", me dijo Ortiz, "no te arriesgues".

Ortiz llegó a un acuerdo con el presidente de la Asociación de Banqueros para que me permitieran abrir una cuenta en el Banco de Comercio y otra en el Banco Nacional de México cuatro días antes de cumplir los dieciocho años. Depositamos una parte de los cheques en ambas cuentas y otra en mi cuenta del Banco Mercantil de Monterrey. Desconfiado de los bancos, me quedé con el efectivo, los dólares y los centenarios.

Programamos nuestra partida para el día siguiente. En lugar de viajar por autobús hasta Zaragoza, volaría a San Antonio, donde me recogería Jorge Jiménez para llevarme al rancho. Chelo me alcanzaría dos meses después, luego de que hubiese finalizado el semestre. No revelaría el plan a sus padres sino hasta unos días antes. Para su índole conservadora, una hija que se iba a vivir con un hombre sin casarse era catalogada como una mujer fácil o, en términos más claros, una puta. Era ridícula su postura, cuando de facto Chelo pasaba casi todas las noches conmigo.

Avilés quedó en acompañarme a Coahuila. Dijo que aprovechaba para tomarse unas vacaciones, ya que estaba exhausto de dar funciones seis días a la semana por los últimos diez años. Mentira. Viajaba conmigo para cuidarme.

Por la tarde nos sentamos los tres en el jardín. Avilés había comprado un cabrito a la leña, con guacamole y tortillas de harina. "Para que se vayan acostumbrando a la comida del norte." Dispuso la mesa bajo un fresno. La tarde era fresca y soleada. A pesar de que Avilés empezó a contar chistes bobos que Chelo le festejaba con risas sonoras, se trasminó en los tres una nostalgia profunda.

Al final de la comida quedamos en silencio, cada quien ensimismado en sus pensamientos. La luz de las cinco penetró por entre las ramas de los árboles. La tarde adquirió un tamiz ambarino. Chelo, sentada frente a mí, estiró la mano y tomó la mía. Sergio, medio en broma y medio en serio, enlazó la suya con las nuestras. "Los declaro oficialmente marido y mujer", dijo y sonrió. Chelo me besó en la boca. "Buenas tardes, esposo mío."

Llevamos los huesos y la carne sobrante del cabrito a Colmillo. Últimamente solo lo habíamos alimentado con croquetas y debía anhelar alimentarse con comida de verdad. Comida para lobo, no para perro. En cuanto le arrojamos los restos, los devoró.

El plan era dejar a Colmillo en casa de Avilés. Natalia le daría de comer. Para limpiar y lavar la jaula se necesitaba un especialista en animales peligrosos, así que Paco, el asistente de Avilés, iría dos veces por semana para hacerlo. Una vez que me estableciera en Zaragoza y construyéramos un espacio adecuado donde Colmillo pudiera vivir, correr e incluso cazar, Avilés y yo volveríamos por él.

Nos fuimos a acostar a las nueve. El vuelo despegaba a las ocho de la mañana y había que estar temprano en el aeropuerto. Chelo llenó la tina y vació un frasco de sales. Relajados por el efecto de las sales, nos quedamos dormitando en el agua hasta que se enfrió. Nos metimos desnudos en la cama. Apagamos la luz y comenzamos a hablar sobre planes futuros, sobre nuestra vida en el rancho, sobre lo mucho que nos extrañaríamos esos dos meses separados. Me abrazó y en la oscuridad se me quedó mirando. "¿Sí te casarías conmigo?", preguntó. "Eso es mucho más cursi que preguntar ¿quieres ser mi novia?", le dije. Ella se rio. "Sí, soy una cursi", dijo. Tomé su cabeza entre mis manos. "Sí, sí me casaría contigo", le susurré al oído.

Despertamos muy temprano para prepararnos. Paco pasaría a las cinco para llevarnos al aeropuerto. Nos sentamos a desayunar. Chelo se había vestido con uniforme blanco y bata para ir a tomar clases a un hospital. Por la mañana operarían a un hombre a corazón abierto, y por sus buenas calificaciones el profesor la había invitado a presenciar la cirugía. Ella dudaba en ir. No se sentía preparada para ver latir el corazón de una persona.

Me acompañó al cuarto a ayudarme a doblar mi ropa y acomodarla dentro de las maletas. Mientras lo hacía sentada en la cama, me detuve a mirar por la ventana. Colmillo rondaba de un lado a otro dentro de la jaula. Me empecé a sentir intranquilo. No era justo lo que le habíamos hecho a Colmillo, ni tampoco lo que estábamos por hacer. No debía llevarlo al desierto coahuilense a meterlo en otro enrejado, por más grande que fuera, a que el calor lo matara lentamente, lejos una vez más de su hábitat natural. "Tenemos que soltarlo", le dije a Chelo. Ella levantó la mirada. "¿De qué hablas?" Apunté hacia Colmillo en la jaula. "A Colmillo, debemos dejarlo libre", le respondí. "¿En Coahuila?", inquirió. Negué con la cabeza. "No, en Canadá."

A Avilés le pareció muy mala idea. "Nunca ha vivido en los bosques, nunca se ha relacionado con otros lobos. No va a saber cazar, no podrá sobrevivir el frío." Según Avilés, liberarlo significaba condenarlo a muerte. "Es lo peor que puedes hacerle a ese lobo."

Propuse llevarlo de vuelta al criadero donde había nacido. Quizás ahí podrían decirnos qué hacer con él. Que al menos conviviera con otros lobos y estuviera en el lugar donde debió crecer. Volver a su clima, a su territorio y a su especie.

A Avilés la opción de regresar a Colmillo al criadero no le pareció descabellada en teoría, pero en la práctica era complicada. Basado en su experiencia como empresario circense, me explicó los requisitos legales para transportar un animal a otro país. Era necesario un certificado de salud expedido por un veterinario y llenar las formas de importación. En algunos casos las autoridades imponían al animal un periodo de cuarentena. "Son trámites que llevan tiempo y no siempre resultan", aclaró. La paradoja: importábamos a Canadá lo que de allá se había exportado.

Me cuestionó sobre el viaje a San Antonio y los planes de vivir en Zaragoza. Lo di por cancelado y le dije que ya habría tiempo para retomarlos. Hice énfasis en que mi prioridad era Colmillo y que debíamos concentrarnos en llevarlo a Canadá. Chelo de inmediato apoyó mi decisión y le entusiasmó la idea de ir conmigo. Intenté convencerla de que terminara el semestre. Se negó. Le propuse que siguiéramos con el plan de que ella me alcanzara más tarde. Se aferró a ir conmigo. "Esto cambia todo", dijo y "voy a ir a donde vayas".

Muy temprano, Avilés le llamó a Jorge Jiménez para explicarle el cambio de planes. Jorge lamentó nuestra decisión, pero se ofreció a recibirnos en su casa o el rancho si resolvíamos visitarlos. El resto de la mañana Avilés se dedicó a realizar los trámites del viaje de Colmillo e indagó con los agentes aduanales que operaban los traslados internacionales del circo cuál sería la mejor ruta para llevarlo al Yukón. Recomendaron cruzarlo por vía terrestre a Estados Unidos. Aconsejaron no llevarlo en un remolque, sino en el compartimento de equipaje de una camioneta, como si fuera un perro pastor alemán y esperar a que se portara tranquilo cuando los vistas en la aduana nos revisaran. Sugirieron que llevara el registro de vacunas y dos certificados expedidos por distintos veterinarios y presentarlo en todo momento como una mascota. "En ningún momento digan que es un lobo", indicaron, porque eso de inmediato activaría la alerta y de seguro seríamos sometidos a docenas de interrogatorios. Además, no habría manera de eludir la cuarentena.

De acuerdo con los agentes aduanales, lo más conveniente era llevarlo hasta Dallas en auto y de ahí volar a Seattle. Rentar allá un carro y trasponer la frontera con Canadá por el cruce fronterizo de Lynden-Aldergrove, donde la vigilancia sería más relajada.

Un día después, dos de los veterinarios que atendían el circo pasaron a casa de Avilés a revisar a Colmillo. Ambos lo notaron en buen estado de salud, aunque remarcaron las cicatrices sobre su nariz y cabeza. Imposible revelarles que habían sido producto de sillazos para controlarlo. Avilés lo redujo a la "personalidad activa" del "perro". Ambos veterinarios expidieron sendos certificados de salud.

Decidimos ir en auto hasta Canadá. No queríamos complicar más el traslado de Colmillo. Para el viaje decidimos adquirir una Suburban, una camioneta grande donde Colmillo podía viajar con comodidad. Además, si durante el trayecto no encontrábamos hotel, podíamos dormir dentro del vehículo. Avilés consiguió que un amigo suyo le vendiera una usada. Se la pagué al contado y esa misma mañana fuimos a efectuar el cambio de propietario.

Quedamos en partir temprano al día siguiente. Avilés calculó que nos llevaría al menos un par de semanas llegar hasta la frontera con Canadá. "Una locura", sentenció, "una más de tus pinches locuras".

Etimología de los sucesos (cuarta parte):

Frases derivadas del latín:

Terra incognita: tierra desconocida.

In loco parentis: padres sustitutos.

A posse ad esse: de lo posible a lo real.

Causa mortis: cuando alguien próximo a morir otorga un regalo a quien le sobrevive. También: causa de muerte.

Nunc scio quid sit amor: Ahora sé lo que el amor significa.

Fortes fortuna adiuvat: La fortuna favorece a los temerarios.

De novo: quien comienza de nuevo.

Abyssus abyssum invocat: El abismo convoca al abismo.

Graviora manent: gran peligro aguarda. La situación grave permanece.

Res ipsa loquitur: Los actos hablan por sí mismos.

Gesta non verba: Actos, no palabras.

Bella horrida bella: Guerras, las horribles guerras.

Nosce te ipsum: Conócete a ti mismo.

Quis custodiet ipsos custodes: ¿Quién custodia a los custodios?

Ex post facto: después de los hechos.

Casus belli: la causa de la guerra.

Antebellum: antes de la guerra.

Aut viam inveniam aut faciam: O encuentro un camino o invento uno.

Fortitidune vinciumus: Si resistimos, vencemos.

Inter spem et metum: entre la esperanza y el miedo.

Soles

Escucho el burbujeo con claridad. Los sonidos exteriores distantes. La oscuridad. El agua mece mi cuerpo. Falta de aire. Golpes contra el asbesto. El grito en silencio. El sopor de la muerte. Manoteo. Oxígeno. Necesito oxígeno. Abro los ojos. Chelo duerme a mi lado. Respiro hondo. Siento la garganta irritada. Los dientes a punto de romperse. Me siento al borde de la cama, exhausto. Mi hermano muere en agua. Mis padres en el aire. Mi perro en fuego. Mi abuela en tierra. ¿Qué quiere decirme la muerte en mis sueños?

Chelo quemó sus naves. No quiso irse de viaje a Canadá sin avisar a sus padres. Le pareció desleal con ellos. No previó las consecuencias. El padre montó en cólera. Le recriminó que dejara la universidad para irse de "concubina" con un "mocoso" de dieciocho años. "Estás renca", le dijo "por andar de puta en las azoteas". No le permitió llevarse ninguna de sus pertenencias. Ni ropa, ni zapatos, ni maleta. Nada. "Te vas con lo que traes puesto", determinó el padre. La reprimenda duró horas. Chelo trató de conciliar. Le aseguró que yo era el hombre con quien pensaba hacer su vida, que era una relación seria. El padre se burló de ella. "Por favor, Consuelo, deja de decir estupideces. Que te acuestes con este muchachito no lo convierte en una relación seria. Cuando se le pase la calentura te va a botar." Los insultos paternos le calaron. Y más le caló que la madre no hiciera nada por defenderla. Cuando el padre se encerró en su cuarto y le advirtió que si se iba se olvidara de volver a poner pie en esa casa, su madre le dijo: "Deberías escuchar a tu padre, ni tú ni él están en edad de hacer esa locura". Chelo llegó a casa de Avilés seria y taciturna, pero no lloró en ningún momento. "Ya te jodiste", me dijo, "porque de mí no te vas a librar nunca".

Partimos temprano. Avilés al volante, yo en el asiento del copiloto y Chelo atrás, sentada en medio. Colmillo en el compartimento trasero atado con una cadena y con bozal. Al principio no dejó de dar vueltas en círculo. Parecía no hallar el modo de acomodarse, hasta que encontró un hueco entre las maletas y ahí se echó.

Luego de diez horas de carretera llegamos a Saltillo, la ciudad natal de Sergio. Dejamos a Colmillo en el jardín de la casa de uno de los hermanos de Avilés y fuimos a comprarle lo necesario a Chelo: cepillo de dientes, ropa interior, pantalones, blusas, zapatos, chamarras. Pasamos el resto del día en las tiendas del centro. A Avilés a menudo lo saludaban conocidos suyos. "Ese estudió conmigo en la secundaria", "con aquel me iba de cacería", "ese flaco tenía una hermana que estaba bien buena", "este es primo hermano de mi ex mujer". Si se dedicara a la política, no hay duda de que Avilés bien podría ser alcalde de Saltillo.

Por la noche Avilés fue a visitar a su madre y sus hermanos. Insistió en que lo acompañáramos, pero dejamos que hiciera su vida familiar en paz. No quisimos estorbar su intimidad. Frágil de salud, la madre apenas oía y veía. ¿Para qué meter en su casa a dos extraños? ¿Para qué obligarla a quitarse la piyama y vestirse y arreglarse solo para recibirnos? ¿Qué caso tenía forzar a los hermanos a hablar nimiedades con nosotros? Que Avilés gozara a los suyos sin necesidad de abrumarse por atendernos.

Sergio resolvió quedarse a dormir en casa de su madre. Chelo y yo nos fuimos a dormir a un motel de paso en las afueras de la ciudad, en la carretera a Piedras Negras. El cuarto era espacioso y limpio. Varios tráileres se hallaban estacionados frente a las habitaciones. Del otro lado de la pared se filtraron risas de una pareja y luego gemidos. Chelo se excitó. Hicimos el amor callados mientras oíamos a nuestros vecinos. El tipo debía ser bueno para el sexo, porque la mujer gritó varias veces. Luego los escuchamos platicar. Ella se mostraba preocupada porque iba a llegar muy tarde a su casa y con seguridad su esposo no cesaría de interrogarla. El hombre rio. "Hazle como yo. Tú llega como si estuvieras reencabronada, y si te reclama algo, te reencabronas más."

Los oímos salir. Curiosos, nos asomamos por una rendija de la cortina. Eran un hombre correoso y alto y una mujer gorda y chaparrita. Caminaron hacia uno de los tráileres. Él la abrazó de la cintura y ella le metió la mano entre las nalgas. Pasión pura.

El día siguiente fue mi cumpleaños. Desnuda, Chelo me cantó las mañanitas y puso sobre la cama un gansito Marinela con una vela. En cuanto la apagué, hizo un bailecito según ella muy sensual. No paré de reír mientras agitaba sus nalgas al aire.

Recogimos a Avilés en casa de su madre. "Feliz cumpleaños", me dijo y me entregó una caja con un moño. Era un cuchillo de caza de veinticinco centímetros de largo con mango de madera y funda de piel hecho en Noruega. Una belleza artesanal. Explicó que era el cuchillo con el que su padre cazaba. "Se lo regaló mi abuelo cuando era niño." Intenté devolvérselo. Era un objeto de gran valor sentimental. Sergio se negó. "Lo vas a necesitar en el Yukón", dijo con parquedad.

Salimos hacia la frontera. En la carretera ondulaba el calor sobre el pavimento. La temperatura rozaba los cuarenta y dos grados. En cuanto abríamos la ventana del auto entraba el aire ardiente. Varias veces nos detuvimos a que Colmillo bebiera agua y compramos bolsas de hielo para tallarlo y enfriarlo. Colmillo no permitía que Avilés y Chelo se le acercaran. En cuanto rebasaban cierto perímetro se le erizaban los pelos del lomo. Si se mantenían cerca gruñía hasta que se alejaban.

En el camino nos desviamos a Zaragoza para por fin conocer a Jorge Jiménez y a su madre Luz Divina. La suya era una casa amplia, fresca y luminosa. A la entrada del jardín se hallaba una gran jaula con cardenales, cenzontles, canarios y hasta codornices silvestres. Por el medio corría una acequia de agua transparente en la cual nadaban infinidad de charales.

Jorge me permitió soltar a Colmillo en un extenso baldío contiguo a la casa por el cual también pasaba el arroyo. Era usado como jardín, bodega y taller. Lo dejé libre y Colmillo olfateó los alrededores. Debían ser variados los olores que descubría, muy diferentes a los de la ciudad en donde creció. Fue a beber a la acequia y se metió al agua a refrescarse.

Jorge y su madre se enteraron de que era mi cumpleaños. Hospitalarios y desprendidos, organizaron una gran comilona de carne asada. Invitaron a amigos de la región: Marco Aguirre, coleccionista de antigüedades y piezas arqueológicas y gran conocedor de la historia de México. Gudelio Garza y su hijo Bernardo, dueños de El Olmo, un enorme rancho a las orillas de la presa de La Amistad, y fanáticos rabiosos del futbol americano. Carlos Hyslop, ganadero exitoso que mensualmente vendía cientos de reses a Estados Unidos. Humberto Enríquez, médico homeópata que daba consultas gratuitas en las rancherías y propietario del rancho Santa Cruz por el que atravesaba el río San Rodrigo y su vaquero Raymundo Agüero, experto en la crianza de gallos de pelea. Javier Navarro, mueblero con una cadena de tiendas distribuidas por todo el país. Martín Sánchez, guía profesional de caza y afamado panadero cuyas piezas se vendían en todos los pueblos y ciudades de la zona. Carlos Lozano y su hijo Aarón, dueños de una gigantesca tienda de vestidos para novia y uniformes escolares en Ciudad Acuña y promotores del turismo regional. Patricia Riddle, dueña del rancho El Faisán y el Vaquero Toño Escalante, con su esposa Blanca y su hija Katy. Marco Ramos Frayjo, legendario cazador, jefe de policía de Acuña y versado en literatura y poesía universales. Al igual que Bross, Frayjo era capaz de hablar de cualquier autor y cualquier tema. Todos eran amables y de buen trato, gente interesante con anécdotas divertidas y charla amena. Generosos, cada uno nos invitó a hospedarnos en sus casas o ranchos y sobraron las ofertas para ir a cazar a sus tierras.

Luz Divina se mostró comedida y cariñosa. Pendiente de que no nos faltara nada, de que estuviéramos bien atendidos. Bastó que Avilés dijera que le gustaba el cabrito para que ella mandara comprar uno y prepararlo de inmediato. Nos sentimos en casa, rodeados de amistades de toda la vida. Como apuntó Avilés: "con mis nuevos amigos de la infancia".

Salimos a dar la vuelta. Zaragoza era un pueblo apacible. Una docena de urracas cantaba sobre los árboles. Sus gorjeos se quebraban en maravillosos tonos agudos y por momentos parecían gotas de agua cayendo. En la plaza principal la gente se sentaba en bancas bajo la sombra de grandes mezquites. Para resistir el calor compraban nieves y paletas en una heladería de la esquina. Un par de perros callejeros esperaban pacientes a que alguien dejara restos de helado en los vasos de cartón para de inmediato ir a lamerlos.

Caminamos por las calles hacia la orilla del pueblo. Lo cruzaban un río y varias acequias de agua azul muy transparente. Podían verse los peces con claridad y las algas mecerse con la corriente. Entre los juncos brincaban ranas que nadaban para esconderse. Un correcaminos brotó entre la maleza y corrió unos metros para detenerse a observarnos. Tres arrieros conducían un hato de cabras hacia unos corrales en los linderos del pueblo levantando una polvareda que tardaba en asentarse.

Al caer la tarde fuimos al rancho de Jorge. La carretera atravesaba el inmenso desierto. La luz declinante proyectaba las sombras sobre la larga recta. A lo lejos azulaba la sierra de Múzquiz. Un coyote atropellado yacía exangüe a mitad del pavimento. Nos detuvimos a examinarlo. Era un bello animal. Su cola se esponjaba con el viento caliente. Chelo se arrodilló junto a él y pasó su mano por su lomo. "Se siente suave su piel", dijo.

Llegamos a Don Abelardo, el rancho de Jorge. Era más hermoso de lo que pensaba. Caballos, vacas, puercos, gallinas rondaban alrededor de la casa principal. Un papalote giraba con lentitud provocando rechinidos armónicos, el chorro de agua derramándose sobre la pila.

Para animarnos a vivir en el rancho, Jorge comentó que estaban a punto de conectarse a la red eléctrica, lo cual permitiría instalar aire acondicionado y un refrigerador. Además, contaba ya con calentador de gas para ducharse con agua caliente en el invierno.

Guardamos a Colmillo en una bodega y Jorge nos llevó a mostrarnos el rancho. Tomamos una brecha. Las vacas nos miraban pasar, indolentes. El calor debía aturdirlas, porque se rehusaban a quitarse del camino. Era necesario aventarles la camioneta y tocarles la bocina para que se hicieran a un lado. Infinidad de pequeñas mariposas amarillas se posaban sobre las bostas de estiércol. Chelo pasó su mano por arriba de ellas. Volaron entre sus dedos y luego revolotearon encima de nosotros para volver sobre las bostas.

Una parvada de guajolotes silvestres cruzó frente a nosotros. "Hembras", dijo con seguridad Avilés. Espantadas, corrieron a ocultarse entre los matorrales de cenizo. Al fondo del rancho llegamos a un arroyo seco. Una tupida arboleda recorría las márgenes. "Aquí es donde viven los venados y los jabalines", señaló Jorge y apuntó a unos mezquites, "y arriba de esas ramas es adonde esas pípilas venían a dormir".

Sin duda Zaragoza y el rancho eran buenos lugares para vivir. Con Luz Divina y Jorge dispuestos a acogernos y nuevos amigos con intereses diversos, plática entretenida, afables, francos, la posibilidad de quedarnos era muy tentadora. Pero me había comprometido a devolver a Colmillo a Canadá y por nada dejaría de cumplir la promesa que me había hecho.

Nos despedimos de Jorge y continuamos hacia Piedras Negras. Cruzamos el puente a las diez de la noche. Un agente de migración nos interrogó en la caseta. Pidió nuestros pasaportes y visas y las revisó con detenimiento. Preguntó a dónde íbamos. Avilés respondió en perfecto inglés que a Dallas. El agente preguntó por los papeles de Colmillo. Avilés le entregó los certificados expedidos por los veterinarios. "¿Es pastor alemán?", inquirió el oficial. "Sí", respondió Sergio con seguridad.

Tuvimos que pasar a las oficinas a sacar los permisos de internación más allá de las veinticinco millas, un requisito legal exigido para todo aquel extranjero que viaja hacia el interior de los Estados Unidos. De nuevo nos preguntaron a dónde íbamos y examinaron nuestros documentos. Un agente del Departamento de Agricultura nos hizo una serie de preguntas sobre Colmillo. Escrutó los certificados médicos y revisó la lista de vacunas. Preguntó la razón por la cual llevaba bozal. Avilés le contestó que había sido entrenado para guardia. Fue una suerte que no nos pidiera bajarlo de la camioneta, porque en menos de un segundo el agente se habría percatado de cuán falaz era la palabra "entrenado".

Luego de una hora nos entregaron los permisos que autorizaban la entrada al país. Una vez lejos de la garita festejamos que no hubiesen puesto en cuarentena a Colmillo.

Manejamos hasta llegar a un motel en la carretera entre Eagle Pass y Uvalde a las dos de la mañana. Al dirigirnos a nuestros cuartos las luces de la camioneta iluminaron decenas de ojos verdiazules que brillaban en el estacionamiento. Eran venados cola blanca que pacían la hierba de las jardineras. Colmillo los olfateó y se puso a dar vueltas dentro de la camioneta, ladrando y estrellándose contra los vidrios. Los venados al sentirlo se asustaron y huyeron a toda velocidad, saltando gráciles entre los matorrales del desierto. Colmillo clavó la mirada en ellos. Al menos, su instinto cazador no se había perdido del todo.

A la mañana siguiente pasé a ver a Sean a la prisión de baja seguridad en la cual se hallaba recluido en Hondo. Otra vez crucé los pasillos repletos de televisores. Los reos las miraban, sudorosos, acuclillados en el piso con pantaloncillos cortos, descalzos y sin camisa. El calor se adosaba a las paredes, a los techos. Calor sobre calor sobre calor.

Nos vimos en el patio de tierra sentados en una mesa bajo la sombra de un huizache. Un par de reos levantaban pesas en la orilla del cercado. Preferí ver a Sean a solas. Él nunca aprobaría mi relación con Chelo. Coincidía con su padre.

Ambos condenaban nuestro amor al fracaso. Para Sean yo era un imberbe muchachito herido por la orfandad aferrado a un amor adolescente como tabla de salvación y ella una promiscua compulsiva sin visos de cambiar.

Le conté a Sean sobre lo vertiginosas que habían sido mis últimas semanas: la frustrada venganza sobre Humberto y su rampante locura, el fallido atentado a Zurita y la guerra entre la Policía Judicial y los buenos muchachos que había derivado en prisión para varios de ellos y en la muerte de Antonio. "Zurita y Antonio se lo ganaron a pulso", dijo con seriedad y sin el menor asomo de contento.

Le conté también sobre el recobro del total del dinero de Carlos, sobre la libertad de Diego, sobre mi relación con Chelo, mi amistad con Avilés y del viaje emprendido para llevar a Colmillo de vuelta a Canadá. Sean me apretó el brazo. "Eres mi hermano y te apoyaré siempre en lo que decidas", dijo. Supe que esto último lo decía por Chelo. No entendía por qué me había enamorado de la mujer con la que mi hermano y muchos otros se acostaban.

Le pregunté si necesitaba dinero. "No, estoy bien. Por ahora", respondió con una sonrisa. Había manejado con acierto su patrimonio y según él sus requerimientos económicos estaban sufragados por varios años. "Hicimos el negocio del siglo", dijo, "disfruta lo que Carlos no pudo disfrutar".

Sean esperaba salir de la cárcel en menos de un año, dedicarse a la ganadería y vivir con tranquilidad el tiempo que aguantara quedarse quieto en un solo lugar. "Ya sabes que se me da lo de andar de nómada", dijo. Le pregunté sobre la muerte de la Quica. Sean me miró, desconcertado. "¿Qué con eso?" Le conté sobre lo que me había dicho Humberto y de las evasivas de Diego sobre el tema. "No fue tu hermano, eso te lo aseguro", dijo. "Sí, le puso unos cuantos madrazos porque estaba convencido de que Enrique te había obligado a tener sexo con él. Pero de ahí no pasó." Me indignó que Carlos llegara a especular que yo hubiese sido capaz de cogerme o dejarme coger por un tipo. Se lo dije a Sean. "Solo quería protegerte, era todo." "A la chingada con su protección", reviré. Sean sonrió. "Ya están muertos los dos, ¿de qué sirve que te enojes?" Cierto, no había vuelta atrás. Los muertos no nos escuchan. "¿Entonces quién mató a Quica?", lo cuestioné. Necesitaba una respuesta precisa, definitiva. "Estoy seguro de que fueron ellos, pero la verdad no sé. Lo que sí, es que Carlos no fue." Ya no insistí. El misterio de la Quica quedaría sin desvelarse y yo con una duda que me punzaría por siempre.

Uno de los custodios llegó a advertirnos que el tiempo de la visita había terminado. Lo indicó casi apenado por interrumpirnos. "Gracias, Choco", le dijo Sean en español. El chicano se retiró a advertir a otros visitantes que era hora de salir.

Nos despedimos con un abrazo. Sean me apretó con fuerza. Quedé impregnado por su olor a almizcle y encierro. Regresó hacia los pasillos atestados con televisores y de mexicanos, chicanos y negros tumbados en el suelo.

Decidimos no ir al Yukón en línea recta ni con itinerario planeado. A ninguno de nosotros nos corría prisa y nos emocionó recorrer Estados Unidos de sur a norte. Resultó ser un país mucho más interesante de lo que imaginaba. Los paisajes eran variados. Las planicies desérticas de Texas. Los valles ondulados de Oklahoma. La potencia de la corriente marrón del Mississippi. Los fértiles valles de Kansas. Los inmensos macizos montañosos de Colorado. Las extensas planicies de Wyoming. Los tupidos bosques y los ríos serpenteantes de Idaho y Montana.

Nos convertimos en especialistas en moteles de carretera. Hospedajes baratos a la orilla del camino. Grandes anuncios en neón, muchos con letras caídas o faltantes. Cuartos con peste a cigarrillo, alcohol y sexo. A dentífrico, jabones baratos e insecticida. A comida, pañales y mariguana. Orines, pachuli y desodorizante floral. Sábanas raídas, colchas con quemaduras de cigarro, manchas de humedad en las paredes.

657

Cuadros de mal gusto. Grifos que goteaban. Inodoros tapados. Ratones. Cucarachas. Moscas. Agua amarillenta. Cortinas de plástico en las duchas.

Comimos en una variedad de restaurantes. Desde hamburguesas y pizzas hasta sofisticados platillos con piezas de caza. Carne de bisonte, de ganso, de marrano alzado, de armadillo, de mapache. Barbecue ribs, roast beef, pollo frito. Pays de manzana, pasteles, budines de chocolate, iced tea y Nescafé. Dispensadores de refrescos de lata. Coca-Cola, Pepsi y Dr. Pepper.

Calor, lluvia, inundaciones, granizo. Vendavales. Praderas infinitas. Tornados en la lejanía. Granjeros quemados por el Sol. Jornaleros mexicanos avanzando en silencio a la orilla de los cultivos. Vaqueros arreando el ganado. Tractores arando la tierra. Gigantes trilladoras cortando el trigo al atardecer. Vacas pastando detrás de los vallados. Maizales interminables sobresaliendo entre la neblina. Camionetas destartaladas. Inmensos silos de lámina. Viejos en overol sentados en porches, las manos callosas, los rostros arrugados.

A las afueras de una estación de autobuses escuchamos a un anciano negro cantar un blues a capela. En Oklahoma vimos un espectáculo en el que un indio vestido a la usanza tradicional manipulaba víboras de cascabel. Presenciamos un rodeo en Cheyenne, Wyoming, donde una mujer venció a los hombres en la monta de toros. Avistamos caballos salvajes trotar por entre las llanuras. Pescadores sacar truchas en las riberas de ríos sinuosos. Mujeres jugar cartas bajo un encino en Idaho mientras fumaban puros. Peleas de box en graneros donde muchachones de campo enrojecidos por el Sol se daban con todo sin la menor técnica. Cantos de gospell en iglesias de madera pintadas de blanco.

Venados cola blanca, coyotes y víboras de cascabel en Texas y Oklahoma. Faisanes, codornices y perdices en Kansas. Wapitíes y un par de pumas en Colorado. Venados bura y berrendos en Wyoming. Alces, marmotas, perros de las praderas, osos y gansos en Idaho y Montana. Ni un lobo cruzó nuestro camino.

Guardar a Colmillo por las noches se convirtió en un problema de logística. Probamos una perrera portátil, pero Colmillo rompió con facilidad el postigo de la puerta. Buena suerte que esa vez lo dejamos adentro de la camioneta, porque quizás hubiese huido y nunca más lo volviésemos a ver. Feroz y dispuesto a atacar, lo más probable es que un policía de pueblo le metiera un balazo en la cabeza. Mala suerte porque, una vez que escapó de la jaula, orinó y cagó los asientos de la camioneta.

Descartamos la perrera aun cuando era la opción más práctica. Debimos hospedarnos en hoteles ubicados en las afueras de los poblados. Elegíamos las habitaciones al fondo, aquellas que daban a campo abierto, lejos de donde pudiera pasar gente y con doble cuerda amarrábamos a Colmillo a un árbol o un poste. Por precaución siempre le dejé puesto el bozal.

Una mañana en un motel cercano a Denton, Texas, desperté al escuchar voces y ruido de portezuelas. Me asomé por la ventana. Un desvencijado Packard se hallaba detenido frente a nuestra ventana. Una familia negra subía el equipaje al techo del auto. Trepado en un banco, el padre aseguraba las maletas con un lazo, mientras la madre y los pequeños hijos acarreaban bultos desde el cuarto.

A Colmillo lo habíamos atado a un poste de luz al final del estacionamiento. Hasta allá fue a verlo el menor de los hijos. El niño de cinco años se le acercó sin cautela. En cuanto vi levantarse a Colmillo supe que lo atacaría. Rápido me puse los pantalones y descalzo salí corriendo hacia ellos. Los padres me vieron pasar y cuando descubrieron al niño acercándose a Colmillo siguieron tras de mí.

Colmillo lo midió y cuando lo tuvo cerca se arrancó a acometerlo. Al verlo venir, el niño reaccionó y dio dos pasos hacia atrás, suficientes para quedar justo en el límite de la cuerda que sujetaba a Colmillo. El lobo quedó a unos centímetros de arrollarlo. De haberlo hecho, lo hubiera lesionado seriamente o incluso matado.

El niño cayó sentado sobre el empedrado del estacionamiento, lloriqueando. Llegué a él, lo cargué y lo alejé de Colmillo. Lo puse en el suelo mientras lo consolaba. La madre llegó a darme golpes en la cabeza. "¡Estúpido! ¡Estúpido!" El marido trató de controlarla, pero la mujer no se detuvo, furiosa. Chelo salió y se apresuró a interponerse entre nosotros. Por fin la mujer se tranquilizó. Levantó al niño y se lo llevó entre los brazos.

Regresaron al cuarto. Se detuvieron en la puerta y el hombre empezó a hablar con la mujer. Pareció explicarle algo. La mujer asintió con la cabeza baja. El hombre entró al cuarto y salió con un objeto entre las manos. Volvieron con nosotros. Llevaban una Biblia. La mujer se disculpó. Nosotros habíamos amarrado a nuestro perro en un lugar apartado y seguro. El niño era quien se había acercado sin precaución y el error había sido de ellos por no estar al pendiente de su hijo.

Nos regalaron la Biblia. El hombre era un pastor itinerante. Daba sermones a los jornaleros en los campos de algodón. Improvisaba servicios religiosos en casuchas, donde los campesinos lo escuchaban atentos. Se sustentaba de donaciones y de ejecutar eventuales trabajos de plomería.

Nos invitaron a comer. Nos llevaron a un barbecue pit donde los comensales en su mayoría eran negros. Comí las más deliciosas costillas de cerdo de mi vida. Dulces, jugosas, bañadas en una salsa mezcla de miel de abeja, tomate licuado y azúcar mascabada.

Al finalizar la comida le regalé al pastor doscientos dólares. El hombre me miró atónito. Jamás nadie le había dado tal cantidad. Con su voz estentórea de predicador agradeció en nombre de Jesús y dijo que ese dinero sería destinado para bien. Acto seguido se levantó y pagó la cuenta de todos.

Luego repartió dinero entre los cocineros y los meseros. Aun así me dijo que le habían sobrado cuarenta dólares que le ayudarían a mantenerse por dos semanas.

El incidente con el niño nos hizo entender que no podíamos dejar a Colmillo en lugares donde pudiera toparse con alguien, así fuera en los cuartos más alejados de los moteles. Buscar dónde guardarlo por las noches se convirtió en una rutina que nos llevaba horas realizar. Lo metimos en albercas vacías, vagones arrumbados de ferrocarril, en bodegas de granos, en casas abandonadas, en corrales, en edificios a punto de ser demolidos. Lo que al principio nos pareció una molestia, con el tiempo se convirtió en el suceso del día. Recorrer los caminos para encontrar el sitio adecuado para Colmillo nos adentró en las comunidades más recónditas de la vida rural estadounidense. Negociamos con su gente, entramos a sus casas, cenamos con ellos, conocimos a sus familias.

Esos desvíos por carreteras rurales nos llevaron a conocer iglesias en graneros, escuelas en casas rodantes, fondas en camiones escolares, bares en contenedores de tráileres, cabañas construidas con botellas de vidrio. La inventiva americana.

En uno de esos caminos en Oklahoma hallamos un balneario público en medio de un bosque. En realidad era más bien una profunda poza en la caída de unas cascadas de piedra caliza. Algunas sillas plegables se encontraban sobre las lajas en la orilla. Niños correteaban, señoras con bebés se sentaban a tomar el Sol, adolescentes se empujaban unos a otros tratando de tirarse al agua, padres jóvenes enseñaban a nadar a sus hijos. Solo familias blancas de campesinos y agricultores de la región.

Al principio Chelo se resistió a ponerse traje de baño. Le avergonzaba aún que la gente viera sus cicatrices, pero cuando vio a Sergio quitarse la camisa y que profundos rayones le cubrían la espalda y el abdomen, dejó de importarle.

Los tres nos acostamos sobre la piedra caliza, los tres con grandes cicatrices, nuestra historia contada en surcos. Avilés fue discreto y no le preguntó a Chelo sobre la cuadrícula en sus piernas. No hubiera soportado que le contara de Carlos y el distraído brinco que la precipitó hacia el patio de los Prieto. Los celos hervían apenas me arañaba el pasado promiscuo de Chelo.

Me recargué sobre el muro de roca. Chelo se sentó sobre mi regazo y me abrazó. Su cuerpo amoldado al mío. Su aliento en mi mejilla. Sentí su piel cálida, su temperatura perfecta. El Sol pegó en mi cara. Distantes se escuchaban los gritos de niños aventándose de clavado a la poza. Divisé a lo lejos a Sergio, que se había sentado en la orilla del río. Su melena colgando sobre su espalda blanquísima y ancha, abstraído con los pies dentro del agua.

Sopló una ligera brisa. Pequeñas olas ondularon en la poza. Chelo me estrechó y me besó en el cuello. "Me acaba de bajar la regla", susurró. De momento no entendí de qué me hablaba. "La menstruación", aclaró. Me miró a los ojos. "Tenía una semana de retraso, creí que estaba embarazada." Un hijo era una noción remota, un ser nebuloso. Ahora revoloteaba sobre nosotros la posibilidad de ser padres. "¿Y?", le pregunté para saber si ello le dolía o le aliviaba. Ella se ciñó aún más a mí. "Algún día quiero tener muchos hijos contigo, pero sé que todavía no estamos…" Se quedó en silencio sin terminar la frase. Un hálito de pérdida flotó sobre nosotros, sobre los adolescentes que se aventaban de clavado en el río, sobre las hojas de los árboles que se mecían con el viento, sobre la blanca espalda de Avilés que cavilaba con los ojos fijos en la corriente. Una de las entre cuatrocientas y seiscientas oportunidades de ser madre se diluía entre la sangre menstrual de Chelo. Sabíamos que no podíamos ni debíamos ser padres, pero el ligero roce de ese hijo o hija probable nos causó una honda melancolía.

No hablamos más. Callados contemplamos las cascadas. Cayó la tarde. La luz se filtró por entre los árboles. Murciélagos empezaron a sobrevolar el río. Las ranas croaron. Un lejanísimo gallo cantó. Unos venados cola blanca espiaron por entre la maleza y luego se alejaron por las veredas.

Esa misma noche paramos en un pueblo. Chelo consultó con un ginecólogo. Le explicó que nos negábamos a usar condones, que ni a ella ni a mí nos gustaba la sensación que provocaba el látex. El médico nos preguntó si estábamos casados. "Sí", respondió ella sin dudar. Cuestionó por qué no llevaba argolla. "Porque no me gusta llevarla", respondió Chelo sin ambages. A regañadientes, el médico le expidió una receta y pasamos a comprar los anticonceptivos.

La mujer en el mostrador de la farmacia se mostró renuente a darle las pastillas. Las deslizó subrepticiamente, como si fuera una droga prohibida. Al pagar, la mujer se acercó a Chelo. "Deja que sea dios el que decida si debes o no tener hijos, no tú." Intercambiaron una mirada. "Si es así, que sea dios quien me lo pida", le respondió Chelo en inglés.

Resolvimos no cruzar por Lynden-Aldergrove, sino por Porthill en la frontera de Idaho con la Columbia Británica. Era domingo temprano y la garita se hallaba vacía. Ni un auto frente a nosotros. Nos revisó un oficial fronterizo, un joven rubio que debía tener más o menos la misma edad que yo. Estaba pelado al rape. Parecía hermano menor de Bill Cone. Inspeccionó someramente la camioneta y advirtió la matrícula extranjera. "¿De dónde son?", inquirió. "México", respondí. "¿Desde allá vienen?" Asentí. "¿Son trabajadores agrícolas?", preguntó el oficial. "No", contestó Avilés, "venimos como turistas". El agente reparó en Colmillo. "¿Y ese lobo?", preguntó con seguridad, sin dudar que fuera un perro. "Es nuestra mascota", respondió Avilés, "lo llevamos de vuelta al criadero de donde provino". El agente lo miró con sorpresa. "¿Y para eso manejaron hasta acá?" Asentimos. El oficial se limitó a examinar nuestros pasaportes y nos los devolvió. Nos autorizó a cruzar e indolente se volvió hacia una silla en la garita.

A los pocos metros un anuncio en la carretera con un burdo dibujo de un alce daba la bienvenida a Canadá. En un almacén en el pequeño pueblo de Creston compramos dos tiendas de campaña, bolsas de dormir, lámparas de gas, comida, enseres para cocinar, cubiertos, platos, hieleras metálicas y dos tambos de plástico de cuarenta litros para gasolina extra. Por sugerencia del dueño del negocio nos llevamos una caja de repelente contra mosquitos. "Son una pesadilla", aseveró. Advirtió que los osos son capaces de oler la comida a kilómetros. "Asegúrense de colgarla de un árbol lejos del campamento si no quieren visitas indeseables." Nos recomendó música country, folk y rock canadiense y adquirimos varios casetes.

Arrancamos tierra adentro escuchando a Gordon Lightfoot. La luz diurna parecía no acabar nunca. Eran las nueve de la noche y el Sol aún resplandecía en el horizonte. Habíamos llegado a una tierra solitaria y vasta. No más moteles de carretera, ni cafeterías, ni tractores. Solo bosques, montañas, praderas y lagos.

Acampamos a la orilla de un río. Montamos las tiendas de campaña y prendimos una fogata. El hombre tenía razón. Los mosquitos y las moscas negras eran una pesadilla. Aun con el repelente no cesaban de zumbar sobre nosotros. Para alejarlos humeábamos a nuestro alrededor con teas encendidas.

A pesar de las largas horas de convivencia, Colmillo no daba muestras de sentirse cómodo con Chelo y Avilés. En cuanto se le acercaban les mostraba los dientes. Ellos se mantenían a distancia y como precaución procuré mantenerlo con bozal.

Esa noche lo paseé atado a la cadena. La primera vez que tocaba su hábitat natural. Olfateó el musgo, los helechos, los pinos, los rastros de animales que habían pasado por ahí. Le llamaron la atención los gorgoriteos de los somorgujos que flotaban a contracorriente en su intento de atrapar peces.

Lo encadené a la defensa de la camioneta. Tranquilo y exhausto, se echó junto a una gran roca. Hacía tanto calor como en el desierto texano. Calor húmedo y pesado que rayaba los treinta y ocho grados. Avilés sudaba profusamente. Manchas enormes se extendían bajo sus axilas.

Cenamos panes con jamón del diablo enlatado. Atraídas por el olor, las moscas negras revoloteaban sobre nosotros y nos mordían en aquellas áreas donde no llegamos a untarnos repelente. Un pedacito en la nuca, detrás de las orejas, en los párpados, en los labios.

Justo antes del anochecer, inició un ensordecedor croar de ranas que se acrecentó al meterse el Sol. Luego se les unió un coro de grillos. Nunca imaginé tal cantidad de ruidos tan al norte del hemisferio. Un estruendo semejante al que escuché de niño en Cacahoatán, en la selva chiapaneca.

Guardamos la comida en las hieleras, que colgamos lejos del campamento, tal y como lo recomendó el hombre en el almacén. Nos metimos a la tienda. Hacía tanto calor que era imposible dormir. No quisimos desnudarnos por si un oso deambulaba no nos agarrara desprevenidos. Algunos mosquitos se colaron a la tienda y no cesaron de picotearnos, provocándonos enormes ronchas.

En la madrugada se oyeron lobos aullar a la distancia. Chelo me despertó sacudiéndome. "Escucha." Me incorporé. Los aullidos rebotaban contra las paredes de los cañones. Eran penetrantes, profundos. Su sonoridad hizo que se me enchinara la piel.

Colmillo empezó a rondar de un lado para otro. Se oía su cadena rozar con la defensa de la camioneta. Esos debían ser los primeros aullidos de lobos que escuchaba en su vida. Tan distintos y tan semejantes a la vez a los de los perros citadinos.

Colmillo respondió con varios aullidos en sucesión. Por fin lograba entablar una comunicación con los de su especie. La jauría a que tantas noches convocó se hacía por fin audible.

Chelo y yo nos asomamos por las ventanas de la tienda. Colmillo se veía excitado. A cada aullido lejano, Colmillo soltaba otro. Avilés prorrumpió de su tienda a callarlo.

Indignada, Chelo salió a confrontarlo. "¿Qué hace?" Avilés la iluminó con la linterna. "¿Que qué hago? Salvarle la vida. Donde esa jauría venga y lo hallen amarrado, lo van a matar, y de paso a nosotros." Avilés me ordenó que metiera a Colmillo en la camioneta, donde se hallaría a salvo.

Lo subí al compartimento de equipaje. Los aullidos continuaron de manera intermitente durante una hora más, hasta que se silenciaron. Solo quedó el croar de las ranas y el ulular de un búho.

Bosques

El fuego llega a la recámara. Mi padre se levanta de su cama. Tropieza con los muebles en llamas. Resbala. Cae sobre las brasas. Sus piernas se calcinan. Mi madre corre a ayudarlo, pero queda también atrapada en el incendio. Los veo quemarse. El fuego los abrasa. Voy por un balde de agua. Necesito apagarlo. Entro al patio, tomo el balde y me apresuro a volver. El balde pesa más y más. No puedo moverlo ya. Me asomo para ver qué es lo que lo hace tan pesado. Adentro flota Juan José. Es una verdosa masa de carne que sonríe. El balde se me resbala y cae. Juan José se escurre hacia fuera. Se agita como pez. Boquea. Se ahoga. Vuelvo la mirada hacia arriba. Mi casa la destruyen lenguas de fuego. No puedo entrar. El calor lo impide. Veo a Colmillo. Me observa fijamente, parece pedirme que lo siga. Voy detrás de él. Cruzamos entre tentáculos ardientes. El humo me ciega. Colmillo me guía hasta salvarme.

Despierto. Estoy a solas en la tienda. Es ya de día y el calor se siente denso y acuoso. Transpiro. Oigo charlar a Chelo con Avilés en la orilla del río. De nuevo la mandíbula dolida, los dientes apretados. Me limpio el sudor de la cara y el cuello. Varios mosquitos reposan inmóviles en el techo de la tienda. Aplasto a uno de ellos. Una explosión de sangre mancha mi mano. Se han alimentado de nosotros. Ahí queda, en sus minúsculos estómagos, la sangre de tantos que recorren mi sangre. Yo, el gran mosquito.

Debo luchar contra mis fantasmas. No puedo vivir paralizado por su ubicua presencia. Necesito derrotarlos. Estoy a miles de kilómetros de mi casa incendiada, del panteón donde moran mis muertos y heme aquí cargando con ellos. Tantos muertos sobre mis espaldas. No puedo continuar a sabiendas de que un gemelo oscuro convive junto a mí, que un hermano no cesará de boquear en busca de oxígeno, que mis padres se desangran en el auto volteado, que mi perro murió quemado. Entiendo ahora, en esta tienda de campaña, en medio de este calor, en esta tierra desconocida, que necesito liberarme de ellos. Dejarlos ir. Dejarlos ir de una vez y para siempre.

Entre Creston en la Columbia Británica y Mayo, en el Yukón, donde los papeles de Colmillo indicaban que se hallaba el criadero, median tres mil kilómetros. A eso había que sumarle los cuatro mil que habíamos recorrido entre la Ciudad de México y la frontera canadiense. Imposible aquilatar la magnitud de esas distancias si no se recorren en auto.

Las carreteras en Canadá eran desoladas. Pocas veces topamos con otros vehículos, casi siempre camiones de carga o tráileres. Acampábamos a menudo a la vera del camino. Por las noches prácticamente no pasaba nadie por ahí.

La mayoría de los poblados carecían de hoteles o posadas. Algunos habitantes nos hospedaban en sus casas por una módica suma y otros, los más, no nos cobraban ni un centavo. Disfrutaban recibir forasteros para que en la cena les contaran sobre los lugares exóticos de los que procedían. Casi ninguno de ellos había salido, no se diga de Canadá, sino de su localidad. Su mundo se reducía a unos cuantos kilómetros a la redonda. México les sonaba remotísimo, un país perdido entre la masa informe de naciones al sur del continente. Brasil, Argentina, Puerto Rico, Honduras, eran lo mismo para ellos. No sabían cuál limitaba con cuál, ni si eran islas o tierra firme.

Los nativos eran generosos. Compartían su comida sin reserva y nos dejaban dormir sobre sus camas mientras ellos se apretujaban en los sofás de la estancia o se acostaban en el piso. Al irnos nos daban regalos, como si nuestra visita representara un gran honor. Así recibimos desde esculturas talladas en astas de alce y puntas de flecha labradas en piedra, hasta cajas con plantas medicinales y pieles. En reciprocidad les entregábamos monedas mexicanas de baja denominación que admiraban como un gran obsequio.

Colmillo les llamaba la atención. A unos un lobo como mascota les parecía divertido y hasta absurdo. Hubo quienes se ofendieron. Maniatar, encadenar y ponerle un bozal a un animal mítico como un lobo les parecía degradante. Su molestia se atemperaba cuando me veían interactuar con él y más aún cuando supieron que el propósito del viaje era liberarlo cerca de donde había nacido. Otros celebraron que hubiese sido capaz de domesticarlo. "Eso significa que eres más salvaje que él", me dijo un anciano tsilhqot'in.

Avilés no era alguien a quien le gustara viajar por la ruta más corta a un destino. Para él un viaje servía para descubrir, palpar, conocer. Incontables veces nos perdimos, y mientras más al norte del Canadá, más reducida era la red carretera. Si equivocábamos el camino era necesario dar vuelta por varios kilómetros hasta hallar el correcto. Así que, en vez de unos días, llevábamos semanas de viaje. Al principio era Avilés quien conducía, pero a medio camino se sintió cansado y entre los tres nos rotamos el volante. Cuando era mi turno temía que se disparase dentro de mí un impulso suicida latente que me hiciera virar de súbito hacia un precipicio, tal y como lo había hecho mi padre. Pero conforme pasé más horas guiando, más confiado estuve de que eso no sucedería.

Durante el trayecto en Columbia Británica no cesó de llover. Era difícil avanzar por las carreteras anegadas en medio de la escasa visibilidad provocada por los intensos aguaceros. Necesitamos cambiar los limpiaparabrisas varias veces. Eran tan tupidas las trombas que era imposible montar las casas de campaña. La ocasión en que lo intentamos nos sumergimos hasta las rodillas en el lodo y la camioneta se atascó. Sacarla nos llevó medio día. Quedamos empapados y embarrados.

Si anochecía y no hallábamos un pueblo cercano donde pernoctar, dormíamos recostados sobre los asientos de la camioneta. Avilés en el delantero, Chelo y yo abrazados en el trasero y Colmillo a sus anchas en el compartimento del equipaje.

Las tormentas eléctricas eran de una gran belleza. El horizonte se iluminaba por docenas de relámpagos que podían vislumbrarse a kilómetros de distancia. Los picos de las montañas se azulaban por unas milésimas de segundo y los truenos retumbaban instantes después en la oscuridad.

Una noche, un rayo reventó cerca de donde nos encontrábamos estacionados. El tronido sacudió la camioneta y los cuatro saltamos del susto. La copa de un pino se partió en dos y se desplomó en llamas que la lluvia apagó. Aunque es baja la probabilidad de que un rayo pueda electrocutar a los ocupantes de un vehículo, Avilés no quiso tentar a la suerte y decidimos alejarnos de la tempestad.

Después de diez días la lluvia amainó. Las nubes se disiparon hasta que el cielo quedó limpio. Detuvimos la camioneta y nos bajamos a contemplar el paisaje. Las serranías se recortaban contra el azul del cielo. El aire era prístino. Un par de águilas calvas sobrevolaron por encima de nosotros. Al frente, tres kilómetros al norte, se hallaba la frontera con el Yukón.

Paramos en un pueblo que extrañamente llevaba un nombre en español: Ranchería. Nos hospedamos en una pensión llamada Ranchería Inn, que acababa de sufrir un incendio. Varios cuartos estaban calcinados. Las tripas del cableado eléctrico y de las tuberías asomaban por entre las paredes carbonizadas. Aún permeaba un aroma a quemado. Al parecer, el fuego me perseguía.

Chelo pensó que dormir ahí me traería malos recuerdos, pero estaba tan cansado que no me afectó. Llevábamos seis días mal durmiendo en la camioneta, soportando los ronquidos de Avilés y los gases hediondos de Colmillo. Ansiaba dormir estirado sobre una cama y tomar un baño de agua caliente, harto de lavarme con chapuzones en ríos helados.

El señor Sampson, el dueño, se excusó por el estado de la pensión. Durante las lluvias un huésped había prendido la chimenea sin el cuidado de poner la rejilla de protección y se quedó dormido. El chasqueo de la leña provocó que un rescoldo saltara hacia la alfombra. El fuego se propagó con rapidez y prendió las paredes de madera. El hombre despertó y asustado corrió afuera. Cuando lograron apagar las llamas, el incendio ya había consumido la mitad del local. Se salvaron solo tres habitaciones y el comedor.

Éramos los primeros huéspedes en alojarnos después del accidente. El señor Sampson nos otorgó un descuento del cincuenta por ciento y nos cobró cuatro dólares por cuarto con desayuno incluido. Además, nos permitió albergar a Colmillo en un granero a espaldas de la pensión.

Chelo y yo caímos súpitos después de una larga ducha y no despertamos sino bien entrada la mañana. Raro en Avilés, apareció dos horas más tarde. Esther, la esposa del señor Sampson, nos indicó que el desayuno se servía hasta las nueve de la mañana, pero que por ser sus únicos huéspedes rompería la regla. A la una de la tarde nos preparó hot cakes aderezados con miel de maple, tocino crujiente, huevos estrellados, pan recién horneado y café. Nos dimos tal atascón que no volvimos a comer en el resto del día.

El señor Sampson nos dijo que el tiempo de recorrido entre Ranchería y Whitehorse, la capital del Yukón, era de alrededor de cuatro horas. Salimos por la tarde. El Sol brillaba sobre los extensos lagos que bordeaban la carretera. Parvadas de gansos nevados y de frente blanca cruzaban el cielo graznando sonoramente. Al dar la vuelta en una curva, Avilés notó algo a lo lejos. Yo manejaba y me pidió que me detuviera. Sacó los binoculares y revisó la vegetación a la orilla de un río. Las ruinas de lo que parecía una cabaña inundada sobresalían por entre la maleza. "¿Qué es?", preguntó Chelo. Por más que lo examinamos no logramos darle forma. Para averiguar qué era tomamos una brecha hacia el río. Nos estacionamos al borde de una pendiente y luego caminamos cuesta abajo entre los pinos. Otra vez las moscas y los mosquitos nos atacaron sin piedad.

Descendimos hasta el sitio. Eran las ruinas de un barco de vapor de madera estancado en el lodo. Se hallaba inclinado con parte de la proa clavada dentro del agua. Avilés intentó deducir por qué había encallado, pero no encontró indicios que resolvieran el enigma.

Lo abordamos. Pisamos con cuidado la madera podrida del casco. Podría vencerse y precipitarnos hacia abajo. Subimos la escalera hacia la cabina de mando. Alguno de los instrumentos de navegación y el timón se veían aún intactos. En la popa descansaba un cargamento cubierto por lonas. Eran telas de colores que se habían deslavado por años a la intemperie. Corté un pedazo de un lote de tela color índigo y lo guardé como recuerdo.

Nos sentamos sobre unas rocas a admirar el barco naufragado. El chapaleteo de la corriente sobre la quilla se repetía, rítmico. "¿Qué les habrá sucedido?", cuestionó Chelo. Debía ser un barco de finales del siglo XIX. El cargamento de telas nunca fue rescatado. Aun después de setenta, ochenta años, seguía ahí bajo las lonas, pudriéndose lentamente. ¿Habrían muerto los navegantes? ¿Qué los había hecho encallar? Quizás habían sido atacados por los nativos o una tormenta los desvió hacia la ribera y terminaron varados entre el fango y la maleza.

Sergio se levantó y se quedó mirando el barco. Luego se volvió hacia nosotros. "Ya no voy a volver al circo", dijo. "¿Por?", pregunté. "La verdad es que desde hace rato quiero cambiar de aires." Nos costó trabajo entenderlo. Sergio gozaba del trabajo perfecto: arriesgado, interesante, con buena paga. Aseveró que se sentía cansado de repetir el mismo acto noche tras noche, aburrido de las giras, de dormir en la casa rodante, de un público ávido de sangre y muerte. Los leones y los tigres pensaba cedérselos a Paco, su asistente, a quien ya sentía preparado para ser su sucesor. "Él los conoce desde cachorros, ha estado conmigo desde hace años. Lo va a hacer bien." Era notorio que llevaba tiempo considerando la decisión. El viaje, nos dijo, le recordó cuánto le gustaba aventurarse por diferentes lugares, conocer, descubrir. Ansiaba otra vida, nos dijo, y ver el barco encallado lo hizo resolverse. No quería seguir con la sensación de que se hallaba atascado en un mismo punto.

Avilés sonrió al vernos compungidos. La noticia parecía pesarnos más a nosotros que a él. "No se preocupen, a lo mejor al rato cambio de opinión", dijo y echó a andar de vuelta hacia la camioneta.

Arribamos a Whitewater un viernes por la tarde. Después de recorrer pueblos y villorrios de máximo trescientos pobladores, la ciudad nos pareció en extremo populosa: quince mil habitantes. Cenamos espléndidamente en el mejor restaurante. Cangrejo de Alaska, salmón, filete de caribú y algo que nunca imaginé comer: carne de borrego Dall.

Dejamos a Colmillo en una pensión dedicada a albergar perros de trineo y nos hospedamos en un hotel de dos estrellas que nos pareció el máximo lujo. Situado en una esquina de la calle principal, los colchones eran firmes, el agua caliente de la regadera no se acababa rápido y el ventilador del techo funcionaba. No olía a cigarro ni a sexo. No se escuchaba el televisor del cuarto de al lado y, fuera de algunos ruidos de la calle, era bastante silencioso.

Al día siguiente, a las siete de la mañana, nos dirigimos hacia Mayo. Otra vez a recorrer grandes distancias. Bosques, lagos, planicies, rectas interminables, curvas que serpenteaban por entre montañas. En el camino nos detuvimos a ver a una osa gris con dos oseznos que trepaban por la falda de un cerro. Aun desde lejos la madre imponía. Una masa enorme de pelambre ceniciento. Nuestro olor debió llamarle la atención y se paró para observarnos. La mitad de su torso sobresalía por encima de la maleza. De pie debía medir al menos dos metros. "Ursus arctos horribilis", nos dijo Avilés que era su nombre taxonómico. Cuánto horror debió causar en quienes le adjudicaron ese calificativo ver a un oso cargar contra un ser humano y despedazarlo en cuestión de segundos. La osa nos miró por un rato y luego continuó su camino.

Tardamos seis horas en llegar. Mayo era apenas un caserío con calles de tierra. Enfilamos hacia la dirección anotada en los papeles de Colmillo: "Criadero Mackenzie. Duncan Avenue #5, Mayo, Yukón, Canadá". Había imaginado una moderna construcción con varias jaulas en las cuales pululaban lobos y alaskan malamutes, semejante a las imágenes que aparecían en el folleto, pero nos topamos con una solitaria cabaña de troncos al final del poblado, con tejas de madera y astas de alce sobre el frontón de la puerta pintada de rojo. En el solar no se veían ni perros ni lobos. Solo maquinaria agrícola derruida y leños apilados.

Tocamos a la puerta. Nadie abrió. Quizás el criadero había cerrado o ese no era el domicilio correcto. Regresamos al caserío. Dimos vueltas hasta que hallamos a una mujer con rasgos indígenas. Le preguntamos sobre el criadero. Con un inglés quebrado nos indicó que esa era la dirección correcta.

Volvimos a la cabaña. Nos asomamos por una ventana. Se notaba habitada. Macetas con flores descansaban sobre una repisa. Platos, cubiertos, vasos y una jarra con agua estaban dispuestos sobre una mesa. Chamarras colgaban de los percheros y pares de botas se encontraban alineados junto a la puerta. Chelo sugirió esperar.

Nos sentamos bajo la sombra de un pino, Colmillo encadenado en un árbol contiguo. Soplaba una leve brisa y por fortuna no nos molestaron ni moscas ni mosquitos. A lo lejos se escuchaba el murmullo del río que cruzaba junto al pueblo. Dormitamos recostados en la hierba. Luego de un par de horas escuchamos un vehículo aproximarse por el camino. Nos incorporamos y vimos una destartalada camioneta Dodge estacionarse frente a la cabaña. Bajaron un hombre y dos mujeres. Los tres debían rayar los setenta y cinco años. Nos acercamos a ellos. "Buenas tardes", saludó Avilés. "¿Este es el criadero Mackenzie?" "Las oficinas", contestó el viejo y sonrió. Una de las mujeres, una anciana indígena, examinó a

Colmillo y se volvió a decirle algo al hombre en una lengua nativa. El hombre apuntó hacia el lobo que se hallaba echado en la sombra. "Ella lo reconoce. Es uno de los cachorros del criadero", dijo. "¿Cómo sabe?", inquirí. "Porque es idéntico a su padre", respondió.

Se presentó como Chuck Mackenzie. La mujer nativa se llamaba Kenojuac y la otra, una mujer blanca, Rosie. La cabaña era donde ellos vivían y su dirección era la que aparecía en los folletos por meras cuestiones postales y administrativas, ya que el criadero como tal se hallaba en un rancho remoto donde no llegaba el correo.

Nos invitaron a pasar. La casa era fresca y ordenada. Insistieron en que nos quedáramos a comer. Yo deseaba ir ya al criadero. Chuck advirtió que se hallaba a dos horas de camino y que era mejor no ir hambrientos. Nos sirvieron una ensalada de tomates y lechugas que ellos mismos cultivaban en huertos dentro de la casa y deliciosas hamburguesas de carne de oso. Quién iba a imaginar que el Ursus arctos horribilis iba a tener un sabor tan exquisito.

A las tres de la tarde partimos hacia el criadero. Chuck quedó en guiarnos en su camioneta porque él pensaba regresar esa misma noche. Antes de salir del pueblo nos instó a pararnos a comprar víveres y gasolina. "No hay mucha comida allá", se excusó.

El almacén era un cobertizo edificado con láminas de zinc. En los estantes se hallaban bolsas de arroz y frijoles, botellas de aceite vegetal, azúcar, sal y enlatados, la mayoría provenientes de China y con extravagantes contenidos: "nido de golondrina", "huevos de codorniz en escabeche", "sopa de aleta de tiburón", "pollo con bambú". Delicadezas culinarias del Lejano Oriente para un pueblo fundado por gambusinos y tramperos. Vendían también pescado fresco: salmón, rodaballo, lucio y lonjas de bacalao desecadas con sal. De una res en canal que colgaba de un gancho, uno seleccionaba el corte deseado: arrachera, filete, pierna, costilla, cuello, y el tablajero lo cortaba y lo envolvía en periódicos para llevarlo.

Rellenamos el tanque de gasolina de ambas camionetas y los tambos de cuarenta litros. Chuck intentó pagar su cuenta, pero no se lo permitimos. "Cortesía mexicana", le dije.

Viajé con él para que no se fuera solo en su camioneta. La carretera al rancho era estrecha y llena de curvas. En algunos lugares dejaba de estar pavimentada y había que recorrer tramos lodosos. Chuck me comentó que la temporada de lluvias había sido copiosa y varios de los ríos se habían desbordado, llevándose consigo el asfalto.

El criadero, me explicó Chuck, era un negocio boyante que manejaba su sobrino Robert junto con sus hijos. Una regla por contrato de compraventa para todo aquel que adquiría un cachorro era mandar cada seis meses un reporte del estado del animal para certificar que eran bien tratados y que su salud emocional y física era óptima. El criadero se preciaba de detentar junto con los dueños una corresponsabilidad sobre los lobos y ofrecían consejos veterinarios y de manejo cuando eran solicitados por correo. Presumían darle seguimiento puntual a cada uno de los lobos o perros-lobo que habían vendido, excepto uno del que no volvieron a saber y que fue enviado a un hombre en Nueva York. Tres se reportaron muertos al mes de adquiridos. Dos de los compradores exigieron la garantía de reposición y el criadero les mandó nuevos cachorros. Un comprador declaró uno muerto en Laredo, Texas, pero jamás pidió que se lo repusieran. Ese cachorro era Colmillo. Chuck me dijo que supo que era él en cuanto lo vio. "La pareja de lobos que lo gestó solo tuvo dos camadas. De quince que vendimos estuvimos al corriente de los otros catorce. Este era el que nos faltaba."

Colmillo había sido de los primeros cachorros de lobo purasangre que habían vendido, hijo de la segunda camada de la pareja original, del Adán y la Eva del criadero: Nujuaqtutuq y Pajamartuq.

La carretera se internó en parajes cada vez más llanos. Las montañas quedaron atrás. Llegamos a una gran planicie y Chuck dobló en una brecha. A lo largo corría una cerca de alambre de púas. "Aquí empieza el rancho", dijo. Hatos dispersos de ganado pastaban en la llanura que se extendía sin fin.

Recorrimos cerca de quince kilómetros. Cruzamos un arco con un letrero que anunciaba el "Mackenzie Plains Ranch" y llegamos a un conjunto de casas y, ahora sí, a una serie de jaulas donde rondaban docenas de lobos y de alaskan malamutcs.

Nos estacionamos frente a una cochera. Una rubia de diecinueve años salió a recibirnos. Chuck se apeó de la camioneta, la saludó efusivo y luego nos introdujo. "Esta es Patricia, ella se encarga del criadero." Patricia me estrechó la mano. Se sentía fuerte y callosa. "Patricia Mackenzie, mucho gusto." Le tuve que repetir tres veces mi nombre para que pudiera entenderlo. Chuck le dijo que yo traía al "cachorro muerto en Laredo". Ella lo miró, confundida. "¿Disecado? ¿En foto?", inquirió. "Vivo", respondió Chuck.

Chelo y Avilés llegaron un poco después. Se los presenté a Patricia y luego bajé a Colmillo con bozal. "Es idéntico a Nujuaqtutuq", exclamó. Le revelé a Patricia que deseaba liberar a Colmillo. Al igual que a Avilés, le pareció peligroso. "Es mucho riesgo soltarlo cuando ha vivido por años en cautiverio. Sus probabilidades de sobrevivir son escasas, si no es que nulas", sostuvo.

Nos invitó a ver a los lobos y sugirió no llevar a Colmillo para que no se pusiera nervioso. Lo encadené en un poste lejos de las jaulas. Aun así, se mostró agitado. Desde donde se hallaba no podía ver a los demás lobos, pero daba de vueltas excitado por su olor.

Fuimos a las jaulas. Eran amplias, de no menos de dos mil metros cuadrados cada una. Patricia nos llevó a una donde habitaban siete lobos. Abrió la puerta y nos pidió que entráramos. Nos dijo que no nos preocupáramos, que no nos atacarían, que eran dóciles y estaban acostumbrados al contacto humano.

Una vez dentro de la jaula, Patricia cerró la puerta. Los llamó palmeando las manos. Los lobos corrieron hacia nosotros y nos rodearon dando cabriolas. Eran dos machos y cinco hembras. No se mostraron agresivos en ningún momento. Convivimos con ellos, los acariciamos, jugamos. Patricia reiteró lo que venía clarificado en el folleto. "Si los lobos socializan con los humanos desde cachorros, se convierten en excelentes mascotas."

Entramos a varias dc las jaulas. Tanto los lobos como los alaskan malamutes se comportaron cariñosos y obedientes. Los únicos lugares vedados para visitar eran aquellos donde lactaban lobas recién paridas. Le pregunté si aún sobrevivían los padres de Colmillo. "Sí", respondió, "pero los mantenemos en un lugar especial porque ya están muy viejos".

Nos llevó a un galerón en el cual giraban dos grandes ventiladores. Los lobos habitaban detrás de unas rejas de metro y medio de altura. Patricia nos advirtió no acercarnos porque eran lobos salvajes y aun en su mermada condición podían atacarnos. Nujuaqtutuq era un lobo inmenso. Al vernos se levantó, caminó cojeando de la pierna derecha y se echó en un extremo de la jaula. Una larga cicatriz surcaba su pierna. Uno más del clan de las cicatrices. Le pregunté a Patricia si, como decía el folleto, ese lobo había sido atrapado por un legendario trampero inuit. "Sí", respondió "pero esa historia tiene que contártela mi padre". La hembra —Pajamartuq— nunca salió de su guarida. Acostada dentro de una caseta de madera, solo pudimos atisbar un poco de su cuerpo.

Chuck se despidió de nosotros. Debía regresar a Mayo antes de que anocheciera. Patricia lo acompañó a su carro. Nosotros nos quedamos contemplando al gran lobo gris. Sí, Colmillo era idéntico a él. En tamaño, en color, en la intensidad de la mirada.

Robert Mackenzie irrumpió en el galerón acompañado de sus tres hijos. Lo reconocí de inmediato por la foto en el folleto. Nos presentó a sus hijos: Johnny, Eric y Dan. Venían de marcar y descornar a los becerros y se disculpó con Chelo por oler a sudor, humo, estiércol y sangre. "Me comentó Patricia que quieres liberar a tu lobo", dijo. Le conté sobre la vida que Colmillo había padecido, amarrado y aislado. De cómo lo adopté, de los problemas para domarlo, y del tiempo que pasó encerrado en el pequeño patio de mi casa. "Siento que mi obligación es soltarlo", le dije.

A Robert le preocupó que Colmillo careciera de las "herramientas sociales" para adaptarse a una jauría. "Los lobos son animales muy sofisticados", me dijo, "con un complejo repertorio de señales para comunicarse". Agregó que cazar requería también de un aprendizaje derivado de la vida colectiva y que a menos que su instinto estuviera muy desarrollado, Colmillo no sobreviviría en libertad. Para darle una mejor calidad de vida me planteó dejarlo en el criadero, donde habitaría en un gran espacio. Me opuse. No había viajado hasta el Yukón solo a alargar el cautiverio de Colmillo. Sería libre. Punto. "Veamos cómo interactúa con los demás lobos del criadero y entonces decidimos", propuso Robert. Quedamos en que por la mañana siguiente lo meteríamos en una de las jaulas con otros lobos y veríamos su reacción.

Robert nos invitó a cenar. Le entregamos los víveres que habíamos comprado y preguntó si nos debía algo. "Cortesía mexicana", dijo Chelo sonriente. Nos ofreció quedarnos en la pequeña cabaña de visitas atrás de la casa principal, pero le dijimos que no deseábamos dar molestias y acamparíamos fuera del rancho. Se negó. "Son mis huéspedes y los vamos a atender."

Cenamos con Linda su mujer y sus seis hijos: Patricia, Mary, Johnny, Eric, Lisa y Dan. Los tres primeros eran rubios, los otros de cabello castaño. A instancias de Patricia, Robert nos contó la historia de Amaruq y Nujuaqtutuq. De cómo por casualidad habían encontrado a Amaruq herido junto a una cabra montés. Infirieron que ambos se habían desplomado desde lo alto de las grandes murallas. A Nujuaqtutuq lo hallaron días después dentro de las hilachas de una tienda de campaña, atado a un trineo, flaco, anémico y con varias lesiones. Contó después la odisea del funeral, cómo la madre de Amaruq soltó a Nujuaqtutuq, la manera en que él mismo tuvo que ir a rescatarlo y cómo por casualidad había llegado a ese rancho en busca de un veterinario que lo atendiera. La historia nos maravilló, y más aún cuando nos enteramos de que Amaruq había sido el hijo de Chuck y Kenojuac.

La cena se prolongó hasta la media noche. Sin pruritos, Robert narró la historia de John y su locura y de cómo había adoptado a sus tres hijos. A ellos no pareció molestarles, al contrario, Patricia incluso corrigió a Robert en algunos detalles.

Nos fuimos a dormir casi a la una de la mañana. La Luna llena iluminaba la pradera y no necesitamos de linternas para ir hacia la cabaña. Sopló el viento y se escuchó un rechinido. Volteamos hacia arriba. En el techo un gallo herrumbroso giraba movido por el aire. Nos quedamos mirando el horizonte. A lo lejos se escuchaban mugidos de vacas. Les pregunté si les gustaría quedarse a vivir en Canadá. "Sí", respondieron Chelo y Avilés. "Quizás me dedique a amaestrar osos grises", dijo Sergio y soltó una risotada. A Chelo le llamaba la atención una vida tranquila en un rancho. "Con cabras, puerquitos y caballos", dijo. "Claro", agregó Avilés, "si no nos morimos congelados en invierno".

Palabras mágicas

En el principio de los tiempos,
cuando los seres humanos y los animales vivían en la Tierra,
si una persona lo deseaba podía convertirse en animal y
un animal en humano.
A veces eran gente,
a veces animales
y no había diferencia.
Todos hablaban el mismo lenguaje.
Ese era el tiempo en que las palabras eran mágicas.
La mente humana tenía poderes misteriosos.
Una palabra dicha por casualidad
podía provocar extrañas consecuencias.
De súbito cobraba vida
y lo que la gente quería que sucediera,
sucedía,
lo único que necesitabas hacer era decirla.
Nadie puede explicar esto,
así es como era antes.

Canción esquimal
Autor anónimo

Vida

Por la mañana llevamos a Colmillo a la jaula que contenía el mayor número de lobos: doce. Nueve hembras y tres machos. Según Robert, lo mejor era someterlo a la prueba más dura al afrontar a una jauría numerosa. Al acercar a Colmillo al enrejado el pelo de su lomo se erizó y por primera vez en su vida cruzó una mirada con otros lobos.

Robert y Patricia entraron primero. Los lobos los recibieron con alegría, tallando la cabeza contra sus piernas. Robert se colocó en la orilla con un largo garrote que daba toques eléctricos, listo a intervenir por si los demás lobos atacaban en tropel a Colmillo.

Patricia nos abrió la puerta y le sugirió a Avilés y a Chelo quedarse detrás de ella por si el encuentro entre Colmillo y la manada se salía de control. Tenso, Colmillo no cesó de examinar a los lobos que lo oteaban a la distancia. Le quité el bozal y lo solté de la cadena. Al sentirse liberado avanzó hacia el centro de la jaula. El macho alfa de la jauría caminó decidido hacia él, pronto a retarlo. Lejos de asumir una postura de sumisión, Colmillo mostró los dientes y se plantó frente a su rival. El macho alfa se detuvo a un metro de él y también levantó los belfos. Los demás lobos los rodearon. Si el macho alfa subyugaba a Colmillo, lo más probable era que entre todos lo acometieran. Pagaría caro haberse metido en territorio ajeno.

Los dos machos se tantearon. Rondaron en círculos, gruñendo y exponiendo los colmillos. De súbito, Colmillo embistió. Se desató una escaramuza. Los demás lobos aprovecharon para mordisquear a Colmillo, pero no le afectó, concentrado en vencer a su adversario.

La pelea fue encarnizada. Colmillo, más fuerte y grande, terminó por dominar al otro lobo, que sangrando del cuello huyó hacia una esquina de la jaula. A Colmillo no le bastó derrotarlo, se giró y arremetió contra otro de los machos, que temeroso se echó boca arriba para mostrar su sometimiento.

El resto de la jauría comenzó a caracolear en rededor suyo en señal de respeto y subordinación. Patricia y Robert sacaron al lobo herido y lo llevaron a la enfermería. Las mordidas de Colmillo habían sido profundas y el lobo requirió cirugía. Patricia se había entrenado como asistente de veterinario y lo operó. Chelo le hizo saber que estudiaba para médico cirujano y le ayudó en la intervención.

Colmillo superó el primer examen con relativa facilidad. Robert lo adujo a la genética que había heredado de Nujuaqtutuq y a que las condiciones en las que había crecido le forjaron una personalidad dominante y agresiva. Nos contó que había sido el lobezno más grande de su camada. Como los compradores carecían de la oportunidad de elegir a los cachorros, los Mackenzie le asignaban un número al azar a cada uno de ellos y los entregaban de acuerdo con un sorteo. Así fue como Colmillo terminó en casa de los Prieto.

El proyecto del criadero había sido de Chuck. Cuando nació la primera camada de Nujuaqtutuq y Pajamartuq, varios conocidos en la región les pidieron que les vendieran un cachorro. Los lobos, temidos y venerados en el Yukón, ostentaban entre algunos fama de buenas mascotas, cariñosos y tranquilos, ideales para cuidar casas y ranchos. Vendieron cinco lobeznos de la primera camada en menos de una semana. El dinero extra ayudó a Robert y Linda a sostener a la nueva familia, máxime que el invierno había sido demasiado crudo y una cantidad importante de ganado había muerto. Se quedaron con dos hembras y le compraron un macho a un nativo. Luego empezaron a cruzar a las lobas con sementales de alaskan malamute y el negocio comenzó a prosperar.

Nujuaqtutuq y Pajamartuq tardaron en procrear más crías. Pajamartuq era arisca y, debido a los traumatismos en su pierna derecha, a Nujuaqtutuq le era difícil montarla. A esta segunda camada perteneció Colmillo y fue la última que gestó Nujuaqtutuq, porque en adelante se negó a aparearse con otras hembras. Robert nos confesó que estuvieron a punto de no vender a Colmillo. Por su tamaño y porte deseaban conservarlo como semental, pero Lisa, la hija menor, se encariñó con otro de los machos y terminaron inclinándose por ese.

Dejamos a Colmillo dentro de la jaula durante varios días. Su dominio como líder no estuvo exento de problemas. La hembra alfa y otro de los machos constantemente lo retaron y las pugnas brotaron a menudo. La jauría no terminaba de aceptarlo y las hembras lo rehuían, pero Colmillo se impuso a base de abatir a quien lo desafiara hasta que logró afincar su superioridad.

El macho vencido se recuperó de sus heridas y fue reintroducido a la jauría. No tardó en ir a enfrentar a quien lo había destronado. En cuanto entró se fue directo sobre Colmillo. De nuevo tarascadas y una furiosa pelea. Colmillo volvió a derrotarlo, pero esta vez acabó con el hocico perforado. La sangre escurrió abundante. Patricia lo evaluó y consideró que no era necesario tratarlo.

Avilés se mostró sorprendido. Colmillo, sin contacto previo con otros lobos e incluso sin haber convivido con perros, había resuelto con firmeza su posición dentro de la jauría. "Su bravura es excepcional", sostuvo Sergio. Robert creyó conveniente cambiarlo con otra jauría para ver cómo se ajustaba. Si conseguía adaptarse, "me trago mis palabras y lo soltamos", bromeó Avilés.

Trasladamos a Colmillo a una jaula donde solo habitaban siete lobos. Tres machos y cuatro hembras. Esta vez le resultó más complicado. No tuvo un duelo uno a uno con el macho alfa, sino que la jauría entera se le abalanzó. En un principio Colmillo se notó confundido y recibió varios mordiscos que lo lastimaron. Robert estuvo a punto de utilizar el garrote eléctrico para rescatarlo, pero Colmillo se rehízo y

684

se enfocó en uno solo de los lobos. Lo atacó con saña sin importarle que los demás lo acosaran. Peleó hasta hacerlo huir. Esto provocó que el resto de la jauría se destanteara, oportunidad que Colmillo aprovechó para atacar a la hembra alfa. La zarandeó hasta que ella se subordinó echándose boca arriba. Herido pero triunfante, Colmillo se paró en el centro de la jaula listo para retar a los demás. Una hembra joven llegó a olfatearlo con la cabeza gacha. Luego cada uno de los lobos se acercó a rendirle honores.

Quién sabe de qué manera habían impactado en la psique de Colmillo los años que pasó retenido al poste de la casa de los Prieto. Avilés pensó que el maltrato y el aislamiento lo convirtieron en un lobo osado y fiero. Robert aseguró que su forma de pelear y de imponerse a los otros lobos era insólita. Ningún lobo criado en cautiverio jamás se había comportado así. Descartó meterlo con los alaskan malamutes, con su ferocidad era capaz de matar al más grande de los perros.

Dejamos a Colmillo una semana con esa jauría. Mientras Colmillo se adaptaba y para no aburrirnos, comenzamos a ayudar en las labores del rancho. Patricia y Chelo se hicieron amigas y entre ambas se encargaron de darles de comer a los perros y a los lobos, de separar a las hembras preñadas, de estar atentas a los partos y de limpiar las jaulas.

Avilés y yo auxiliamos a Robert con el ganado. Arreábamos a las terneras para mudarlas de pasto, buscábamos a caballo las vacas que se habían perdido en el bosque, separábamos a los becerros de sus madres y los marcábamos y descornábamos.

Los hijos e hijas de Robert asistían a la escuela en Mayo. Estudiaban en distintos grados, pero aun así algunas materias las cursaban juntos. La escuela solo contaba con dos maestros y no se daban abasto para atender a los cuarenta niños del pueblo y los alrededores. Chuck pasaba al rancho por ellos el domingo y Robert los recogía los viernes al salir de la escuela. Cuando los visitamos era verano y, por lo tanto, meses de vacaciones escolares.

Los tres varones trabajaban en el rancho durante la mañana y por la tarde quedaban libres. Les gustaba mucho ir a cazar, y aunque no había ninguna autoridad forestal que vigilara el área, eran respetuosos de las vedas y las regulaciones cinegéticas. Como la temporada abría hasta dentro de dos meses, se divertían con actividades varias. En las semanas en que nos quedamos con ellos nos llevaron a conocer cascadas, a navegar ríos caudalosos en kayak, a escalar montañas, a observar osos grises atrapando salmones que nadaban a contracorriente. Conocían los nombres de todas las plantas, de cada animal, de cada estrella y cada constelación. Sabían pronosticar el clima analizando las formaciones nubosas y la dirección del viento. Estaban preparados para sobrevivir a la intemperie los más cruentos inviernos. Sabían armar trampas para animales con ramas y cortezas, prender una fogata con un cuchillo, una piedra y hojarasca. Si llegaban a hacerse una cortada profunda, suturaban la herida con fibras extraídas de troncos y agujas talladas de pedazos de madera. Sabían orientarse a oscuras y en medio de las neviscas más cerradas. Podían detectar los riesgos de que una avalancha se desatara solo con mirar las formas de las planchas de nieve. Si un predador los atacaba sabían cómo reaccionar. Si se trataba de un oso tirarse al piso, hacerse los muertos y cubrirse la cabeza y el cuello con ambos brazos. Si era un puma, no darle la espalda, gritarle y abrir el abrigo para parecer más grandes. Si los rodeaba una manada de lobos, trepar a un árbol, cortar una rama y golpearla contra el tronco para asustarlos.

Colmillo se adaptó a su nueva jauría. Patricia me quiso convencer de que no lo liberara y lo dejara vivir en el criadero. No solo era mejor para él, sino que además podía convertirse en un espléndido semental. Había demostrado que sus genes eran excelentes y que mejoraría la calidad de las futuras camadas.

Era cierto, Colmillo se notaba tranquilo y feliz en su pequeño espacio. Era el macho dominante de la jauría, lo alimentaban bien, el trato era inmejorable y vigilaban de cerca su salud. Avilés y Robert también trataron de disuadirme de soltarlo. ¿Para qué exponerlo? Las probabilidades de que muriera en su hábitat natural eran altas. Como incentivo para que les permitiera quedárselo, Robert propuso darme la mitad de las ganancias de los cachorros que Colmillo procreara y nos ofreció quedarnos en la cabaña el tiempo que deseáramos, así fuera por meses o incluso años.

Me convencieron y acepté. Le dije a Robert que no me interesaba ganar un solo centavo, sino la calidad de vida de Colmillo. Chelo se alegró, segura de que había tomado la mejor resolución. Determinamos alargar nuestra estancia un par de meses más. Pasado ese lapso decidiríamos qué hacer. Le aseguré a Robert que no daríamos molestias ni intervendríamos en su vida cotidiana y que estaríamos dispuestos a ayudar en lo que nos requirieran.

Por la noche cenamos un enorme salmón que Mary había pescado por la mañana y que ahumaron durante todo el día. Avilés ponderó el sabor del platillo y me cuchicheó, en plan de broma, que casi igualaba al de las truchas de La Marquesa. Lamentó la falta de un buen vino blanco para acompañarlo. Linda dijo que guardaban cuatro botellas de vino tinto para ocasiones especiales y que para celebrar nuestra amistad las abrirían. Robert descorchó una botella y escanció el vino en las copas. "Salud", dijo Avilés en español. "Salud", repitió Robert. Todos bebieron, excepto los menores de edad y yo.

De nuevo la sobremesa se prolongó. El alcohol relajó el ambiente y las historias comenzaron a correr. Robert narró sus aventuras como explorador para trazar los oleoductos y los cercanos encuentros que tuvo con un par de osos grises. Lisa y Mary contaron sus excursiones a las montañas y sobre las leyendas nativas que les enseñaban en la escuela. Eric, Dan y Johnny narraron la vez en que casi quedaron atrapados en un incendio forestal provocado por un rayo que cayó sobre un pastizal seco. Avilés relató sus viajes a África y su convivencia durante un año con las tribus masái. Chelo habló sobre las cirugías que le había tocado atestiguar y la frustración que padeció cuando no obtuvo las medicinas adecuadas para curar niños con disentería en las apartadas zonas rurales donde hizo su servicio social. Patricia, envalentonada por el vino, habló de su padre y de cuánto lo habían extrañado ella y sus hermanos en los primeros meses de su ausencia. Reveló que años después hallaron abandonada su camioneta en un paraje solitario y su cadáver recargado en un pino unos cuantos metros más allá. Cada uno contó una historia o anécdota. Yo permanecí en silencio, sin el ánimo de compartirles un pasado que aún me lastimaba.

Nos fuimos a acostar. Un poco achispada por el vino, Chelo se portó más cariñosa que de costumbre. Tarareó una hermosa melodía mientras hacíamos el amor. Su orgasmo fue largo y dulce. No dejó de besarme al venirse. Se recostó en mi hombro y se durmió pronto.

Me mantuve despierto, intranquilo. No estaba contento con mi decisión. En definitiva, la calidad de vida de Colmillo sería superior en el criadero, pero me perturbaba la idea de que pasara el resto de sus años confinado por una alambrada, restringido a convivir solo con los lobos o perros del criadero, sin poder cazar su comida, sin ganarse su lugar en una jauría salvaje y desafiar a otros predadores. No lo quería domeñado como los demás lobos que corrían a hacerle fiestas a Patricia. No deseaba que fuera padre de cachorros que en el mejor de los casos terminarían tratados como french poodles o maltratados como le había sucedido al mismo Colmillo. Prefería que lo destrozaran hasta la muerte otros lobos a que languideciera encerrado en un oscuro galerón como Nujuaqtutuq, su magnífico padre.

Me vestí y salí de la cabaña. Aún faltaban horas para que amaneciera, pero ya los gansos volaban hacia los comederos. Sus potentes graznidos podían escucharse a kilómetros de distancia. Caminé hacia la jaula donde se hallaba Colmillo. La iluminé con la lámpara. Alertados por la luz, los lobos deambularon nerviosos de un lado a otro, sus amarillos ojos destellando en la oscuridad.

Tomé la cadena y el collar de Colmillo, abrí la puerta de la jaula y entré. Dos de las lobas se me acercaron sin recelo, mansas. Se enredaron entre mis piernas para que las acariciara, pero como no les hice caso se alejaron. Llamé a Colmillo. Reacio se me acercó. De nuevo taimado, impredecible. Paradójico que al único lobo dentro de esa jaula a quien le temía era a él. Le sobé la cabeza hasta que se sosegó. No, no podía dejarlo ahí. Hacerlo significaba una honda derrota, aceptar que era el miedo el que imperaba. Colmillo merecía ser libre.

Le coloqué el collar y la cadena. Lo saqué de la jaula, lo monté en el asiento trasero de la camioneta y partimos. Manejé por el camino de tierra que corría paralelo a la cerca. Me detuve en la intersección con la carretera asfaltada. Me quedé un momento pensando la dirección que debía tomar. Doblé hacia la derecha. Supuse que mientras más viajara hacia el norte menos civilización encontraría, lo que así sucedió.

Recorrí cien kilómetros sin ver una sola casa o automóvil. Primero atravesé una gran planicie, luego una pequeña sierra hasta llegar a un extenso valle boscoso. Al igual que en otras partes de la carretera, el asfalto había sido arrancado por las lluvias y era necesario recorrerla despacio entre baches y hoyancos.

Al amanecer descubrí una senda casi oculta entre los pinares. Se notaba que había sido transitada por un nutrido hato de wapitíes. Aún se notaban sus huellas en el lodo. Por un momento dudé en continuar. Me encontraba lejos y en caso de que se atascara o se descompusiera la camioneta no habría quien pudiera auxiliarme. Decidí seguir. No sería el miedo el que imperara.

Avancé unos kilómetros hasta que la senda topó con una impenetrable mota de maleza. Estacioné la camioneta y bajé a Colmillo. Lo sujeté de la cadena y empezamos a caminar por entre el espeso bosque. Luego de media hora llegamos a un claro. El Sol asomaba en el horizonte y una enorme cordillera se alzaba detrás de las cristalinas aguas de un río que cruzaba el lugar.

Volteé hacia Colmillo, que observaba atento a su alrededor. Me agaché y lo acaricié. "¿Te gusta aquí?", le pregunté. Cruzamos una mirada. Tomé el collar y se lo quité. Colmillo se quedó quieto. Me incorporé y retrocedí dos pasos. Pareció percatarse de que ya nada lo sujetaba. Se giró a verme y luego volteó hacia el inmenso espacio que se abría frente a él. Al sentirse libre empezó a rondar de un lado a otro. Olfateó el terreno y luego trotó hacia el río. Sin detenerse brincó al agua y cruzó hacia la otra orilla. Emergió y se sacudió. Me miró por un momento y se adentró en el bosque hasta que lo perdí de vista.

Aguardé para ver si retornaba. Me senté sobre la hierba a esperar. Las montañas nevadas se recortaban contra el cielo. El viento agitaba las agujas de los pinos. Libélulas cruzaban por encima del río. Se escuchaba la corriente golpear contra las piedras.

Luego de dos horas Colmillo no reapareció y respiré aliviado. No sé qué habría hecho de verlo venir de vuelta hacia mí, dócil y sumiso. Me alegré de que se hubiese ido así, sin vacilar. Que apostara por la naturaleza y la libertad. No tuve dudas de que sobreviviría salvaje y poderoso hasta morir de viejo.

Caminé hacia el río y en un remanso profundo arrojé el collar y la cadena. Los vi hundirse hasta que yacieron en el fondo. Levanté la mirada y contemplé por última vez el paraje donde había desaparecido Colmillo.

Regresé a la camioneta. Me subí y arranqué el motor, dispuesto a volver al rancho a reencontrarme con Avilés y Chelo, mi nueva familia. A reencontrarme con el futuro. A reencontrarme por fin con la vida.